【劉再復文集】㉕〈劉再復詩文集〉

西尋故鄉

劉再復 著

題贈知己摯友再復兄

古今中外，洞察人文。
睿智明澈，神思飛揚。

——高行健，著名作家，諾貝爾文學獎獲得者。

煌煌大著，燦若星辰。
光耀海南，特此祝賀。

——李澤厚，著名哲學家、思想家。

一枝巨筆，兩度人生。
三十大卷，四海長存。

——劉劍梅，劉再復長女，香港科技大學人文學部教授。

出版說明

劉再復

香港天地圖書有限公司即將出版我的文集，二零二二年出齊三十卷，這是何等見識、何等作為、何等氣魄呵！天地出「文集」，此乃是香港文化史上的盛舉，當然也是我個人的幸事、大事，我為此感到衷心的喜悅。

我要特別感謝天地圖書有限公司。「天地」對我一貫友善，我對天地圖書也一貫信賴，我曾為天地圖書的傳統題詞：「天地遼闊，所向單純，向真，向善，向美。 圖書紛繁，索求簡明，求質，求精，求好。」天地圖書的前董事長陳松齡先生和執行董事劉文良先生都是我的好友。和我情同手足的文良好兄弟雖然英年早逝，但他的夫人林青茹女士承繼先生遺願，繼續大力支持我的事業。此文集啟動之初，她就聲明：由她主持的印刷廠將全力支持文集的出版。三四十年來，「天地」歷經多次風雲變幻，對我始終不離不棄，不僅出版我的《漂流手記》十卷和《潔白的燈芯草》、《尋找的悲歌》等，還印發了《放逐諸神》和八版的《告別革命》，影響深遠。現在又着手出版我的文集，實在是情深意篤。此次文集的策劃和啟動乃是北京三聯前總編李昕（現為商務顧問）和天地圖書的董事長曾協泰二兄，他們怎麼動起出版文集的念頭我不知道，但我知道他們都是性情中人，都是出版界老將，眼光如炬，深知文集的價值。協泰兄和李昕兄商定之後，請我到天地圖書和他們聚會，決定了此事。讓我特別高興的是協泰兄拍板之後，天地圖書的全部脊樑人物，全都支持此事。天地圖書總經理陳儉雯小姐（陳松齡的女兒）直接代表天地掌管此事，編輯主任陳幹持小姐擔任責任編輯。其他參與「文集」編製工作的「天地」同仁經驗豐富，有責任感且好學深思，具體負責收集書籍、資料和編輯、打字、印刷、出版等事宜，讓我特別放心。天地圖書全部精英投入此事，保證了「文集」成功問世，在此我要鄭重地對他們説一聲謝謝。

閱讀天地圖書初編的文集三十卷的目錄之後，我的摯友、榮獲諾貝爾文學獎的著名作家高行健特寫了「題贈知己摯友再復兄：古今中外，洞察人文。睿智明澈，神思飛揚。」十六字評價，一言九鼎，讓我高興得好久。爾後，著名哲學家李澤厚先生又致賀，他在「微信」上寫道：「煌煌大著，燦若星辰。光耀海南，特此祝賀。」我的長女劉劍梅（香港科技大學人文學部教授）也發來賀詞：「一枝巨筆，兩度人生。三十大卷，四海長存。」我則想到四五十年來，數十卷書籍，至今之所以不會過時，多年不衰，值得天地圖書出版，乃是因為三十卷文集都是純粹的學術探索與文學創作，而非政治與時務。政治以權力角逐和利益平衡為基本性質，即使民主政治也改變不了政治的這一基本性質。我的所有著述，所有作品都不涉足政治，也不涉足時務，所以站得住腳，贏得相對的長久性。

我個人雖然在三十年前選擇了漂流之路，但我一再説，我不是反抗性的政治流亡，而是自然性的美學流亡。所謂美學流亡，就是贏得時間，創造美的價值。今天我對自己感到滿意的就是這一選擇沒有錯。追求真理，追求價值理性，追求真善美，乃是我永遠的嚮往。我對此無愧無悔。我的文集分兩大部份，一部份是學術著述，一部份是散文創作。無論是人文學術還是文學創作，我都追求同一個目標，持守價值中立，崇尚中道智慧，既不媚左，也不媚右；既不媚上，也不媚下；既不媚俗，也不媚雅；既不媚東，也不媚西；既不媚古，也不媚今。所謂中道，其實是正道，是直道，是大道。

最後，我還想説明三點：一是本「文集」，原稱為「劉再復全集」，後來覺得此名不符合實際，因為收錄的文章不全。尤其是非專著類的文章與訪談錄。出國之前，特別是上世紀七十年代末與八十年代初的文字，因為查閱困難，幾乎沒有收錄集子之中。所以還是稱為「文集」較好，可留有餘地。待日後有條件時再作「全集」。二是因為「文集」篇幅浩瀚，所以成立了一個編委會，我們不請學術權威加入，只重實際貢獻。這編委會包括李昕、林崗、潘耀明、陳松齡、曾協泰、陳儉雯、梅子、陳幹持、林青茹、林榮城、劉賢賢、孫立川、李以建、葉鴻基、劉劍梅、劉蓮。「文集」啟動前後，編委們從各自的角度對「文集」提出許多很好的意見，所有的意見都非常珍貴。謝謝編委們！第三，本集子所有的封面書名，全由屠新時先生一人書寫完成。屠先生是《美中郵報》總編。他是很有才華的追求美感的書法家。他的作品曾獲國內書法比賽中的金獎。

「文集」出版之際，僅此説明。

於美國科羅拉多州波德
二零一九年十二月三日

目錄

《西尋故鄉》

《西尋故鄉》目錄

第二輯

第三輯

《西尋故鄉》序

余英時

劉再復先生最近六、七年來一直都過着他所謂的「漂流」的生活，在這一段「漂流」的歲月中，他除了文學專業的論著外還寫下了大量的散文。這些散文都將收集在《漂流手記》（也是第一集的書名）這個總題目之下。本書是第三集，名之為《西尋故鄉》。再復知道我愛讀他的散文，要我為這一集寫一篇序。其實我不但喜歡他的文字，而且更深賞文中所呈露的至情，因此，便欣然接受了寫序的任務。

「漂流」曾經是古今中外無數知識人的命運，但正因為「漂流」，人的精神生活才越來越豐富，精神世界也不斷得到開拓。僅以中國而論，如果剔除了歷代的漂流作品，一部文學史便不免要黯然失色了。中國第一位大史家司馬遷便最早發現了漂流和文學創作之間的密切關係。他不但在〈自序〉中指出「屈原放逐，著《離騷》」這一重要事實，而且還特別將屈原和漢初的賈誼合成一傳。這就表示他已在有意無意之間為中國的漂流文學建立了一個獨立的範疇，所以傳中既敍其異代而同歸的流放生活，又錄其在流放中寫成的辭賦。

在近代以前的中國文學史上，作家的漂流主要有兩大類型：亂離與流放。前者由於戰爭，後者則出於朝廷的貶斥。在第一流的文學家中，庾信、杜甫、陳與義代表第一類，屈原、韓愈、蘇軾則代表第二類。和流放相同，亂離也是文學創作的一大泉源。庾信經侯景之亂，江陵之陷，流落北方，他的晚年辭賦才大放異彩。故杜甫說：「庾信哀時更蕭瑟，暮年詞賦動江關。」杜甫如果不是經歷了天寶之亂，他的詩的成就，肯定不會那樣高。陳與義也要在靖康之亂以後才能體會到「茫茫杜老詩」的深意。後人說他「避地湖嶠，行路萬里，詩益奇壯」（劉克莊語），是完全合乎事實的。

再復出生較遲，沒有趕上亂離的時代。陳寅恪先生在一九四八年底離開北平所詠「臨老三回值亂離，蔡威淚盡血猶垂」的情況，他是難以真正領略的。在他初入小學的階段，亂離已遠離中國而去了。單從這一方面說，再復似乎是很幸運的。我大約比再復年長十歲，而我的童年的清晰記憶便始於亂離。但是換一個角度看，再復又可以說是「生不逢辰」。因為他從入學到入世的四十年間（一九四九——一九八九）恰好遇到了中國史上一個空前絕後——至少我希望也是「絕後」——的變異時代。這個時代我們現在還無以名之；姑且藉「漂流」兩字起興，讓我稱這個時代為知識人「大流放」的時代。「勞改」、「下放」、「上山下鄉」——這祇是我順手拈來的幾個名詞，我不知道的名目也許還多着呢！這些先後出現的不同名目儘管在內容上有種種分別，其實都可以繫屬在一個共同的範疇之下——流放。我不知道今天中國大陸上四、五十歲以上的知識人有多少人曾經完全幸免於流放？也就是說沒有過任何「勞改」、「下放」或「上山下鄉」的經驗？如果說一九四九年以來中國知識人流放的數量超過了以往幾千年的總和，我想這恐怕不算是一個過份誇張的估計。滿清初入關時也曾大批流放知識人以為鞏固政權的手段，如順治十四年（一六五七）的所謂「丁酉科場案」是其中規模最大的一次，流放關外尚陽堡寧古塔的文士大約不下數百人。但若和一九五七年「反右」運動相比，簡直微不足道。更重要的是清初遭流放的文士在漢滿知識人之間同博得廣泛而深厚的同情。這在當時詩文集中隨處可以取證。最著名的如丁酉案中流放寧古塔的吳漢槎，不但引出吳梅村、顧梁汾、王漁洋等人纏綿悱惻的詩詞，而且納蘭性德也為之奔走關說，終使他得以在五年後便生入山海關。不但如此，吳漢槎在流戍期間仍能與友人（如徐乾學等）詩文信札往還，他的弈技更在此期間突飛猛進，可見流放生活也並非十分的慘酷。我偶然讀到荒蕪的《伐木日記》殘篇，記載一九五八——五九年間他和許多「右派」流放黑龍江原始森林的種種遭遇。兩相比較，簡直是天堂與地獄的懸絕了。

無獨有偶，俄國政治犯流放到西伯利亞的，沙皇時代和斯大林時代的對比也恰恰如出一轍。列寧的妻子回憶錄中記載她在十九世紀九十年代到西伯利亞去探望丈夫時，發現列寧過着頗為舒適的生活，沙皇政府付給他的錢，足夠他租一所房子，僱一個傭工，並且還可以打獵。他也可以和世界各地通信，甚至在俄國出版他的著作。所以他的妻子見到他的第一句話是：「天哪！你怎麼長胖啦！」另一被沙皇政府放逐到西伯利亞的政治犯——索羅金（Pitirim A. Sorokin，一八八九——一九六八），後來在哈佛大學任教（社會學）時也說，沙皇時代政治犯的流放與囚禁等於是「招待度假的性質」（in the nature of granting them a vacation with most of the expenses paid）。俄國的例子更使我們認識到為甚麼中國的「流放」也有「古代」與「現代」的不同。

唐、宋時代著名士大夫的謫戍往往起於他們極言直諫，評彈朝政，用現代的話說，他們都是所謂「在體制內持不同政見者」。韓愈因為上「論佛骨表」，遂至「一封朝奏九重天，夕貶潮州路八千」；蘇軾也由於反對新政而屢遭貶斥，最後更流放到海南島。但是我們不能忘記，當時無論在朝還是在野的士大夫不但不以這種貶逐為恥，而且恰恰相反，視之為莫大的榮耀，所以朝廷每貶逐一次，持不同政見者的聲望即為之提高一節。范仲淹的生平為我們提供了一個最有趣的例證。文瑩《續湘山野錄》載：

> 范文正公以言事凡三黜。初為校理，忤章獻太后旨，貶倅河中。僚友餞於都門曰：「此行極光。」後為司諫，因郭后廢，率諫官、御史伏閣爭之不勝，貶睦州。僚友又餞於亭曰：「此行愈光。」後為天章閣，知開封府，撰《百官圖》進呈，丞相怒，奏曰：「宰相者，所以器百官，今仲淹盡自掄擢，安用彼相？臣等乞罷。」仁宗怒，落職貶饒州。時親賓故人又餞於郊曰：「此

行尤光。」范笑謂送者曰：「仲淹前後三光矣，此後諸君更送，只乞一上牢可也。」客大笑而散。

這是中國古代政治史上一個極美的故事，可見專制皇權的威力並不能壓倒士大夫的公論。文瑩是王安石時代的「餘杭沙門」，和當世士大夫交往密切，他的記載是很可信的。葉夢得在南宋初年撰《石林燕語》也記述了范仲淹最後一次的貶逐，恰可與文瑩之說互相證發。他說：

> 范文正公始以獻百官圖譏切呂申公，坐貶饒州。梅聖俞時官旁郡，作《靈烏賦》以寄，所謂「事將兆而獻忠，人返謂爾多凶」，蓋為范公設也。故公亦作賦報之，有言「知我者謂吉之先，不知我者謂凶之類。」（卷九）

可見范仲淹第三次貶逐時，不但在京師的「親賓故人」都為他餞別以壯其行，而且在外郡的詩人梅堯臣也特別寫《靈烏賦》為他作道義上的聲援。放逐是中國知識人的光榮，這一觀念在范仲淹「前後三光」的經歷中獲得了最有力的支持。

范仲淹為宋以後的知識人樹立了一個典範，他的「士當先天下之憂而憂，後天下之樂而樂」兩句話在北宋已成名言，至今仍流傳人口。其實他答梅堯臣而寫的《靈烏賦》中也有兩句更富於現代涵意的名言。南宋末王應麟告訴我們：

> 范文正《靈烏賦》：「寧鳴而死，不默而生」，其言可以立懦。（《困學紀聞》卷十七〈評文〉）

胡適之先生曾把這兩句話比作美國開國前爭自由的名言：「不自由，毋寧死。」這個比擬雖嫌牽強，但也不是毫無理由的。無論如何，中國傳統的知識人正因為具有「寧鳴而死，不默而生」的精神，所以才往往落得流放的下場。在一九五七年「鳴放」的「陽謀」期間，這個精神又曾極短暫地復活過。我相信後來被打成「右派」的知識人其實都是「體制內持不同政見者」，他們也許從來不知道有「寧鳴而死，不默而生」的這八個字，然而這句名言所代表的精神則毫無疑問地依附在他們的身上。但是他們在打成「右派」而遭到「勞改」或「下放」的懲罰時，卻遠遠沒有范仲淹那樣幸運了。在貶逐的時候，已沒有人——包括家人骨肉在內——會為他們「餞行」，更沒有人會說「此行極光」之類的話。在當時的情況下，人人都覺得「右派」的「帽子」是最可恥的，被貶逐的本人更覺得他們自己「罪孽深重」。用當時流行的暴力語言來說，知識人戴上任何一頂「欽定」的帽子，便變成了「不齒於人類的狗屎堆」。這又是中國知識人史上「傳統」與「現代」之間的一大分野。

就「寧鳴而死，不默而生」的精神而言，再復的「漂流」自然與中國知識人的傳統有着千絲萬縷的牽繫。他發現自己是「中國的重人，整天憂國憂民」，這一情結便是從范仲淹那裏輾轉傳衍下來的。但是再復所受到的「放逐」的懲罰則是「現代」的。文革時期的「下放」固不必說，一九八九年再復自我流放的前夕，儘管知識人的群體自覺已有復甦的跡象，恐怕還沒有一個「僚友」敢公然為他「餞別」，並對他說：「此行尤光！」而且最近六、七年來，這一點剛剛開始復甦的自覺有如逆水行舟，不進反退，在民族主義的新召喚下，許多知識人似乎又心甘情願地重回到「體制內」去，不肯再作「持不同政見者」了。這頗使我聯想到《舊約·出埃及記》中的故事。跟隨摩西出走的一部份以色列人，在荒漠途中捱餓久了，反而懷念起在埃及作奴隸的「好日子」來。奴隸主「法老」雖然逼他們作苦活，但食物的供應是不缺的，有魚、有瓜果，還有菜蔬。荒漠中的甘泉並不真能療飢，未來樂土中的奶和蜜也不過是「望梅止渴」。為甚麼那麼多的中國知識人會在一夜之間變成了狂熱的民族主義者呢？這個問題自然不能有簡單的答案。不過我疑心其中大概也有些人很像受不了荒漠旅途之苦的以色列人，懷念着埃及。但半途折回總不能不找一個光明正大的理由。現在有了民族主義作護身符，他們便可以大搖大擺地走回頭路了。埃及的鮮魚、瓜果，還有菜蔬畢竟是很誘人的。

再復是決心不走回頭路的。他說，名聲、地位、鮮花、掌聲——這一切他都已視為草芥，埋葬在海的那一岸了。這話我是深信不疑的。他把這一集散文定名為《西尋故鄉》便是明證。他說得很清楚，他已改變了「故鄉」的意義；對今天的再復來說，「故鄉」已不再是地圖上的一個固定點，而是「生命的永恆之海，那一個可容納自由情思的偉大家園」。這使我想起了莊子的《逍遙遊》。我想用「逍遙遊」來解釋再復的「漂流」，是再適當不過的。莊子一生追尋的「故鄉」也是精神的，不是地理的。《逍遙遊》中「至人」的「故鄉」是「無何有之鄉」，然而又是最真實的「故鄉」，祇有在這個真實的「故鄉」裏，「至人」才能達到「獨與天地精神往來」的境界，才能具有「舉世而譽之而不加勸，舉世而非之而不加沮」的胸襟。

話雖如此，恐怕今天的民族主義者還是不會輕易放過再復的。民族主義者現在也引儒家為同道了。春秋大義首重「夷夏之防」；不必讀內容，書名《西尋故鄉》四個字便足夠「明正典刑」的資格。近代「西尋故鄉」的先行者，如郭嵩燾，如康有為，如胡適，都曾受過民族主義者的口誅筆伐。不過如果我可以為再復辯護，那麼我要說：根據儒家的原始經典，即使是地理意義上的故鄉，任何人都可以「去無道，就有道」的。孔子便說過「道不行，乘桴浮於海」，雖然他沒有真的成行。《詩經．魏風．碩鼠》更明白地說：

> 碩鼠碩鼠，無食我黍。三歲貫女，莫我肯顧。逝將去女，適彼樂土。樂土樂土，爰得我所。

碩鼠碩鼠，無食我麥。三歲貫女，莫我肯德，逝將去女，適彼樂國。樂國樂國，爰得我直。

事實上，在他的散文集中再復對地理意義上的故鄉充滿着深情的回憶。古人曾說：「情由憶生，不憶故無情。」再復是天生情種，所以他才有那麼多的懷舊之作。他絲毫不懷戀埃及的鮮魚、瓜果、菜蔬，但是對於故國的人物、山川、草木，他終是「未免有情，誰能遣此。」他自然也不能將苦痛的往事完全從記憶中抹去，所以筆下時時流露出對於碩鼠的憎恨。但是在我想來，眼前最緊要的還是繼續作逍遙遊，一心一意去追尋精神的故鄉。從《舊約》的記載看，以色列人出走埃及以後還有漫長的征程，他們似乎逐漸忘記了「法老」的橫暴，因為他們忙着要建立新的信仰和屬於自己的家園。這樣看來，再復似乎也不妨暫時把橫行的碩鼠置諸腦後。碩鼠的世界雖然盤踞在再復記憶中的故鄉，但這兩者不但不是合成一體的，而且越來越互為異化。後者是永恆的存在，蘊藏着無限的生機，前者則已變成一溝死水。所以我要引一段詩人聞一多的《死水》，以結束這篇序文：

這是一溝絕望的死水，
這裏斷不是美的所在，
不如讓給醜惡來開墾，
看他造出個甚麼世界。

一九九六年九月一日序於普林斯頓

第一輯

漂泊六年

到今天為止，在海外已漂流整整六年了。六年前生命發生了裂變，裂變後的生命，一部份死了，一部份則剛剛誕生。波蘭的流亡詩人維托德·貢布羅維茨（Witold Gombrowicz）在他的日記中寫道：漂流是生命之程真正的開始，這就像嬰兒帶着唯一屬於自己的第一聲柔弱的哭喊從安適的、溫暖的母親子宮中得到流放一樣。貢布羅維茨所把握的漂流的意義，一直影響着我。

六年過去了，回過頭去想想，覺得自己的選擇是對的。能贏得生命的另一次開始，的確可以使人生豐富得很多。如果不是隨着那一聲哭喊而擁抱另一世界，我留在母腹的胎中可能會窒息而死。思想一旦醒來就很難重新入睡，何況醒着的思想又偏偏面對被鮮血浸染的季節。到了八十年代末，我的生命已經獲得第一次成熟，很難再隨波逐流。我需要呼吸母腹體外的新鮮空氣，需要到處走走。如果沒有自由的心態，那麼，在封閉的欄柵中吃飽喝足是會感到很舒適的，而有了自由的心態，就注定要走向鐵欄柵外去尋找更廣闊的土地了。

漂流之前，彷佛甚麼都有，名聲、地位、鮮花、掌聲，漂流之後，這一切丟失了。丟失之後還想再去追求嗎？當然不，這一切我都把它視為草芥，埋葬在海的那一岸了。這六年，我的自由首先是從這些世俗之累中解脫出來，然後只做一件事，那就是擴展自己的眼界，像初生的嬰兒，張開好奇的眼睛，到處轉動，渴求認識母腹之外新鮮的星辰與日月。讀書也好，漫遊也好，都是為了這一點。眼睛放寬了，看甚麼都不一樣。知道大千世界的壯麗，才明白關在書齋的門內互相讚嘆的悲哀，也才明白扒在名利高牆上蠕動並不是生活。生命固然有限，但可以在無限的滄海與星空中去伸延，去發現，去打破外部世界所規定的意義，並創造自己可能達到的意義。

六年前，告別故土時雖然難受，但也從此使我不再把生命固定在地圖的一個點上。雙腳移動之後，視野也跟着移動。此時坐下來回望昨天，倒覺得自己在六年中贏得了一雙漂動的眼睛，一個漂動的視野。這一漂動的視野不僅使我發現世界，而且也使我重新發現故鄉。《西尋故鄉》這一集子就是我對故鄉的發現。漂泊使我分解了故鄉並改變了故鄉的意義，地理之鄉，權力之鄉，文化之鄉，心理之鄉，情感之鄉，何處才是我的歸程？不知道，我只是不斷前行着，不斷地接近那生命的永恆之海，那一可容納自由情思的偉大家園。

以前讀《紅樓夢》，見到林黛玉和薛寶釵談論《六祖壇經》，她們說起的「無立足境，方是乾淨」，給我留下很深的印象，因此常琢磨着這一經意，但總是難有真切的領悟。倒是到了海外之後，才覺得這正是漂泊的意義：四處漂泊，正是無立足境，無常住處。而無立足境的不斷漂流，才不會被困死在一個不變的沒有生氣的處所。不流動的處所如死水泥沼，如果常住着，自然會被弄得滿身污濁滿身瘴氣。漂泊之後，無常住處，反而乾淨了。要說六年的收穫，至少收獲到一個乾淨。

不過在美國無立足境倒屬平常之境。而且美國人「無立足境」的不斷漂動遷徙，也不是只求一個乾淨，他們尋求的是發展，是一個比原住處更燦爛的目的地。美國是個移民國家，當代的美國人或者他們的祖輩，都是從其他大陸漂流而來的，美國的神話乃是不斷流遷演變的神話。可以說，漂流是每一個美國人的期待與需要，他們和中國的「父母在，不遠遊」的觀念相反，認為只有離開「爹和媽戀守的村子」才有出息。他們的民謠也這樣說：

都來吧，希望改變命運的揚基農民們，有足夠的勇氣走出土生土長的圈子，離開爸爸媽媽戀守的村莊。

他們天生地把漂泊當作改變命運尋求實現生命本質的手段，把告別父母之鄉作為生命獨立的一個象徵。因此，每一次立足下來之後，他們就準備重新起程。美國的偉大詩人沃爾特．惠特曼在《大路之歌》中早就描述了這一點：

你剛達到你要去的城市，還沒有滿足地安頓下來，
你又被一種不可抗拒的呼喚，叫了出去。

這些不可抗拒的呼喚，就是夢的呼喚。美國人總是有新的夢，總是不安份和不滿足，也因此總是進取着和漂流着。我在海外的六年，倒有點像新大陸拓荒者的不安份，在精神大路上不斷聽到難以拒絕的呼喚，因此，沒有一天停頓下來。也許正因為這樣，所以我感到自己比在國內時成熟同時又比較年輕。年輕的心態使人積極。積極不是瘋狂。積極的年輕心態使我想讀、想寫、想發出屬於自己的聲音。人生須臾，聲音久遠，我確信。就這樣，《漂流手記》難以終止，《遠遊歲月》之後又產生了今天的《西尋故鄉》，我還要不斷寫下去，要記錄一個東方漫遊者的心思，在二十世紀最後年月裏真實的、顫動的心思。

在母腹之外的西方世界並非是一首詩。它有自由的陽光，也有自由的濫用。市場原則對人性的剝奪和政治原則對人性的剝奪一樣殘酷。為真理而放棄市場原則的人極少，為

市場而放棄真理的卻很多。自由的陽光下其實也到處都有腥鹹的風和絞殺心靈的牢房。看到人類還很幼稚，看到天空下到處都有陰冷潮濕的暗夜，才懂得珍惜。懂得珍惜已經贏得的每一點星光，天賦的每一分愛與權利，也懂得珍惜人類付出世世代代的淚水汗水才完成的每一種美好的積澱。於是，在漂泊無依的日子裏，我的靈魂沒有沉淪，在穿過大黑暗之後，我對人類的信念沒有喪失，靈魂的鋼鐵確實需要錘打才能煉成。漂泊六年，錘打六年。

這六年，我的存在方式與過去的四十多年相比變化很大。雖然生活在校園裏，雖然到處漫遊，但在精神生活中，卻完全是個孤獨者。大部份時間都是內心情感的時間，都是獨自在讀在想。這與過去那種在族群與集體中取暖的生活方式完全兩樣。能獨自想想是很要緊的，唯其如此，思想才不會被一律的聲音所左右，也才不會被外在評語所騷擾。六年浪跡，我最高興的是能夠獨自自由思索，而唯有自由思索，我才感到精神生命的全部尊嚴。

關心我的朋友常常問起：「你現在在做甚麼？」我的回答總是很簡單，並不認真。如果認真，就要說明我精神生活中天天循環的一件事，永遠做不完的事，這就是叩問。讀書、思考、寫作，都是叩問，對於宇宙、對於歷史、對於人生、對於真理的叩問。

一個思想者的天職其實就是「叩問」二字，除了叩問，還能做甚麼呢？過去我曾以為，思想者可以提供真理，現在才明白，再有才華的思想者也只能接近真理，不可能到達真理。我和同代人對人生的豐富體驗包括對真理的認識。我看到，一旦有人以為自己達到真理並且通過權力推行真理的時候，接下去就是悲劇與慘劇。叩問真理的變成「牛鬼蛇神」，捍衛真理的以為自己已經佔有真理，就排斥他人。固執地認為自己的觀念是絕對的實在，就會以自己的結論替代叩問。人生永遠是一個不斷接近真理的過程，說人可佔有終極真理或已佔有四海皆準的真理，只是一種幻想。看清人可佔有真理的虛幻，才有包容與寬容。我在六年中發現了漂泊的意義，就是這種沒有終點、沒有結論、永遠到達不了真理之岸的意義，這一意義正是浮士德那種永不停留的意義。

《西尋故鄉》這部集子，叩問的是故鄉的意義和生命存在的意義。我在叩問中告別了「鄉愁」的模式和族群的土地觀念，而尋求生命最後的實在。在六年日日夜夜的遊思中，我只是叩問着，只有漂泊，沒有答案。但在叩問與尋找中，我相信我已經誕生了自己的情感家園，被我緊緊擁抱的情感之鄉。我用生命織成的文字來滋養自己的鄉土，而拒絕那些用祖國的名義要我停止發出聲音的恐嚇與誘惑。連佔據我故土一小塊地盤的豬狗都在使用祖國的名義要我放棄舉起生命的旗幟和發出愛的呼喚。但我不能還就他們。

我將繼續漂泊，繼續自己的叩問與聲音，我能回報在六年中懷愛自己的朋友的，也唯有這內在真實的聲音與文字。

一九九五年八月八日
科羅拉多大學

乞力馬扎羅山的豹子

海明威在小說《乞力馬扎羅的雪》本文之前寫了個楔子，楔子裏叩問了一個攀登雪峰的生命究竟為了甚麼。他寫道：「乞力馬扎羅是一個一萬七千七百一十呎的雪山。據說是非洲最高的山。它的西峰叫做『神之屋』。離西峰不遠有一個乾癟而凍僵的豹子屍首。沒人知道這豹子在那高處究竟尋找甚麼。」

這確實是一個生命之謎。自從我遠涉重洋來到異邦的土地之後，常想起這隻豹子。這隻豹子當然不平常。牠一定是大自然的驕子，擁有強大的生命。牠不像人類那麼優越，在攀登險峰時可以攜帶水、糧食、槍枝、眼鏡和器具。牠甚麼也沒有，只有孤身獨膽。牠繞過多少懸崖峭壁，迎接過多少狂風暴雪，我們無從猜想。令人驚訝的是牠終於走上人跡罕到的西部峰頂，然後永久地躺臥在白雪中。牠沒有死在路上，即使死於中途，也是可敬的。然而，牠只是一隻豹子，沒有另一種生物或同類中另一生命會收埋牠和謳歌牠。牠走得太高遠，注定是寂寞的。能出現在一個偉大作家的筆下，完全是偶然的。

牠到底想尋找甚麼？因為我寫過《尋找的悲歌》，對於牠究竟尋找甚麼特別感興趣。好多年了，心思一直抓住這隻豹子的靈魂。我相信這隻擁抱雪峰的豹子一定有一種人間智力還察覺不到的靈魂。牠是在尋找食物嗎？庸俗的眼睛大約會這樣看。牠是尋求丟失的同伴與兄弟嗎？如果是，牠是一種多麼有情的生命！但是，在山頂上怎麼會有像牠一樣勇敢的生命也走得那麼遠，值得牠如此獻身如此尋找。那麼牠尋覓無上的光榮與無上的地位嗎？牠也像人類那樣知道佔據頂峰是一種榮譽並且由此可以讓萬千同類抬頭仰望和俯首膜拜嗎？豹子恐怕沒有人類那麼複雜，牠的強大生命一定是單純的。

我想了足有十年之久。直到最近，我到處遠行，跋涉洛磯山，穿越大峽谷，一次一次撫摸大西洋的洪波和高天的白雲，才想到這隻豹子也許和我一樣，雖然唱着尋找的悲歌，其實並不尋找甚麼。光榮、光彩、光輝，高峰、險峰、奇峰，紅霞萬朵，風光無限，沒有一樣是我着意尋找的。無論是浪跡天涯，還是放情海角，我只是想走一走。走就可以拓展自己的眼界和擴大自己的生命，僅此而已。每次眼界擴大時，就會從心的深處感到由衷的大喜悅。在擴展的瞬間，我感到生命在變，在豐富，在朝着美的境地飛升。我隱約地感到新的美的顆粒在自己的心靈中滴落，彷彿還發出清脆的響聲。多積澱一點美，就離骯髒的泥濘遠一點。少受醜的牽制，心內就多些自由。我一再說，幸福就是對自由的體驗。

前三年就在漂流的路上，一位北京好友告訴我，說他剛剛見到冰心老人。老人把我的《漂流手記》每一篇都讀了。見面時，冰心唸了林則徐的詩句：「海到無邊天作岸，山登絕頂我為峰。」朋友對我說，這也許正是對你的激勵。我立即否認，因為我沒有佔頂為峰的雄心，而冰心老人也不會這樣期待我。她對我很了解，在她八十九歲高齡而進北京醫院時，她還為我的散文作序並表達了她對我的理解。她說，你的散文可以用你自己的一句話來概述：「我愛，所以我沉思。」我感激老人這樣了解我。

真的，我生命的一切現象都源於愛：我的沉思，我的寫作，我的苦痛，我的歡樂，我的告別，我的漂流，全都源於愛，源於我酷愛陽光下美的生命，酷愛洋溢着歌聲與故事的土地、山巒、河流和白雪。乞力馬扎羅山上的豹了，一定也酷愛這一切，一定酷愛雄奇的山巒與閃着銀輝的白雪。

思想者種族

我五次到巴黎，竟有四次走進羅丹博物館，而每次進入，總是走到《思想者》雕塑之前停下，呆看着，看得很久。

第一次來到《思想者》雕塑面前是在一九八八年初。我作為中國作家代表團的成員首次來到法國，而劉心武已經是第二次了，因此他當我的嚮導，並把我引入《地獄之門》和帶到這位沉思者之前。我在畫冊裏早已熟悉《思想者》，但是，第一次見到這一思想者的原作時，竟激動得淚水簌簌流下。一九八九年之後，我第二次來到思想者面前，照樣又是激動得難以自禁。我覺得他就是我，他就是我的兄弟。在數不清的久遠年代裏，我們同是一堆無言的石頭，這石頭群中的一塊，被法國一位天才所塑造，便成了他；另一塊則被東方的一位普通女子所塑造，成了我。還有許多石頭塑造成其他的思想者兄弟姊妹。

每次從《思想者》面前離開，我就會對自己說，我來到我的種族部落。《思想者》不是一座雕塑，而是一支種族。在廣闊的藍天下有一支奇特的種族，就叫做思想者種族。它散佈在世界的各個角落，這支種族沒有國家，沒有偏見，但有故鄉和見解，他們的故鄉就在書本中，就在稿紙上，就在所有會思索的人類心靈裏。這一種族，是精神上的吉普賽人，他們到處漂泊，穿越各種土地邊界流浪四方。我知道我就是這支種族的一員，所以深深地感謝一個名字叫做羅丹的大藝術家，他為我們的種族留下了永恆的圖騰。

我知道歷史上所有的暴君都歧視和仇恨這一種族，他們把這一種族的弟兄關進牢房，推入牛棚，送上絞刑架，放逐到陌生的難以生存的大荒野。在現代的文明世界裏，還有到處漂泊的沒有家園的這一種族的兄弟。但是，沒有一個暴君有力量消滅這一種族。當他們用暴政的裝甲車從思想者的身軀輾過去以後，這一種族總是發出更加響亮的聲音。暴君暴臣們可以剝奪這一種族的一切權利，但無法剝奪他們最寶貴的財富，這就是他們的思想。

不過，暴君暴臣們畢竟有機槍、巴士底獄、西伯利亞和古拉格群島，因此，這一種族雖然還強大地存在着，但畢竟經受過無數的苦難，直到現在這種苦難還沒有結束，所以，我和我的兄弟還要不斷地發出「讓思想者思想」的請求，而請求總是要付出巨大的代價，常常是從身軀到靈魂遍體鱗傷。

然而，每次見到《思想者》之後，我都贏得一種信念。我相信思想者種族永遠不會滅絕。即使世界處於昏暗的末日，思想者還會去爭取明麗的早晨。在思想者的身邊固然是地獄之門，但是，地獄並不是為思想者準備的，如果專制者擁有力量把所有的思想者都送入地獄，那麼，這個地獄一定連同世界一起崩潰。只要人類社會在，思想者種族是不會滅亡的。

向它走去

世界上有些地方，你總是想避開它和逃離它，而有些地方，你則想向它走去。後者正像初戀的時候，總是想朝着愛者的身邊走去。

我曾把這句話告訴女兒。女兒問：此時你想朝哪裏去？我說，凡是能夠打開我眼界的地方，凡是能夠溫暖我生命的地方，我都想向它走去。我想走向長滿垂柳和杜鵑花的山谷，想走向煙波萬里、驚濤拍岸的海邊，想走向圖書室，想走向藝術館。我一直覺得被拋棄在圖書館和博物館門外的人是不幸的。在北京的忙碌歲月裏，我逃避各種會議，就想走向藝術館，可惜北京幾乎沒有像樣的藝術館，難怪人們只好爭先恐後地走向政治塔頂和走向宮廷御苑。我慶幸今天能夠自由地呼吸藝術大千世界中濃烈的香味，當這些香味包圍我的時候，我就擁有家園和故鄉。

故鄉不是讓人恐懼、讓人想逃離它的地方，故鄉是讓人感到人間的溫暖並希望向它走去的那個地方。記得在蹌蹌踉踉學步而想走出門坎的那一刻，我微笑着回頭看看母親，然後就驕傲地朝她走去，母親的懷抱，就是故鄉。

七十年代中期的一個夜晚，我和另一位朋友走訪北大荒。那個夜晚，周圍佈滿濃重的黑暗，我們寂冷到極點，突然，遠處升起了一堆篝火，我們竟不約而同地說，走，去看看，然後一起向它走去。燃燒着篝火的地方一定有人，一定有渴求光明和製造光明的暖烘烘的生命。那個時刻，燃燒的篝火就是故鄉的胸脯。到了海外之後，我一直記得這個走向篝火的夜晚，記得在四周佈滿黑暗的時候，那一點吸引我向它走去的火光，那一點重新喚起生命熱流的溫暖。

一九八九年六月初的一個早晨，我又處在大黑暗中。但這一次我沒有走向火光，因為那不是賦予生命暖流的篝火，而是吞食生命的烽煙。那是冷的烈焰與死的烽煙。我沒有向它走去，而且遠遠地逃離它。我不停地跑，跑得很遠。我知道我不是逃離故鄉，而是逃離冷的烈焰與死的烽煙，這烈焰與烽煙，不是我的故鄉，不是我的祖國的圖騰。

秋天安魂曲

——寫於一九八九年秋天

（一）

此時我只想安慰自己的靈魂。哭泣的天空已經飄遠，夏日令人心悸的風雪已經過去，沒有心靈的死神在千里追蹤之後已經疲倦。我坐在密茨根湖畔，身邊是書本、岩石和楓葉。秋風吹拂，暗夜的星辰在頭上閃爍，我應當安慰自己受驚的靈魂。

（二）

你的靈魂本來就那麼漂泊無依那麼脆弱無定。你的父親把你拋擲在貧窮山村之後就遠走空漠的冥城，你的守寡的母親也守着瀟瀟的梅雨，只能用柔弱的眼淚滋養你的童年。

踏進校園，你讀書如癡如醉，但你沒有吸進列寧和斯大林的火藥，只醉心於詩與小說。於是從安徒生到托爾斯泰，滴落在你心坎裏的全是溫馨的花瓣。這些花瓣讓你善良，但沒有力量。它不能幫助你在一個充滿鐵血與箭矢的歷史時間中生存，肩膀扛不起太重的黑暗。在需要狼虎的時代，你卻是一隻只會尋找青草與嫩葉的小鹿，你注定是痛苦的，注定要無休止地逃亡，逃離虎豹利刃般的爪，逃離屬於毒蛇也屬於你的變質的故鄉。你不會有永恆的住所，無論是今天或者明天，你都必定要流浪，要在荒漠的深處和歷史的夾縫中尋找家園。走上漂泊的路，你不要悲傷。

（三）

你酷愛長着稻米與小麥的土地，無論是寒凝沃野，還是暑鎖江邊，你都吹着古榕的葉笛，不倦地唱着故土的戀歌。此時，你對着輕漾的湖波，還用沾滿泥土的母親的語言，訴說着你的浩茫心事，本性難改。

然而，你成長了，不單是吹奏天真的葉笛。你知道故鄉的大地不只是山崗與峽谷，也不只是森林與沙灘，而是母親的懷抱，兄弟的肩膀，姐妹們溫柔的胸脯與身軀。當母親向你伸開顫動的雙臂、姐妹們對你展示愛的微笑時，你才認識故鄉。每一次遠渡重洋的前夕，你都要吻別母親與孩子的臉額，那一瞬間，你意識到你在吻別祖國的大地。因此，當坦克的履帶輾過那一片溫柔的跳動着血脈的大街時，你放聲哭泣了。良心不許你歌唱。你的靈魂從此佈滿傷口也佈滿烏雲。帶着傷口你開始漂泊。漂泊的路遙遠又神秘。漂泊的路上，你只是在撫摸傷口時才讓頭顱低垂，但你從來沒有跪下。歷史用帶血的事件抹掉你最後的浪漫，還擦亮你的蓄滿孩子氣的眼睛，讓你看清從前也看清明天。你不會再迷失了，被點亮的靈魂的眼睛和太陽一樣圓，它肯定比你額頭下的雙眼更明亮。

（四）

你可以高興。當往年的風暴和今年的風暴冷卻了人們的血液，當氾濫的洪水把人性最底層的東西全都捲走的時候，你仍守住體內岩壁似的堅貞，脈管裏仍然保持了人的溫熱。試試你的手，手裏還有熱泉奔流。你不要自卑，你雖然充滿驚慌，但沒有墮落。你雖然像麋鹿那樣從一個草原逃向另一個草原，但你沒有為了活命，嗷嗷求饒，謳歌猛獸。靈魂分明如山脈矗立；生命的深谷中依然洋溢着人的波浪。

(五)

你的眼淚流過了。不要再用淚水來灌溉你的記憶的草地，更不要用怨恨來思念你失去的村莊。

其實你的軀殼就是你靈魂的故鄉。當你離開母親的宮牆第一次漂流到人間時，你母親就為你的靈魂建構了第一個帳篷，你的軀殼。被你的雙腳支撐的帳篷，就是你靈魂的第一個家園。這一家園永遠伴隨着你，和你一起跋涉天涯海角，負載你的全部快樂與憂傷。

今天你失去了孩提時代的故園，但你沒有失去你的帳篷和你的弟兄。你的被塑造的日子早已過去，此時你應創造自己，昇華你的勇敢，繼續你的情思。所有的人生大建築，都是你的肝膽的磚石累積成的。靈魂家園的工程師就是你自己。是時候了，用你的骨骼再造你的故鄉。統一的家園已經不在，不要與狼虎爭奪那一片原野，原野之後還有大原野，大原野之後還有無邊無際的海洋與星空。你只是人間的小鹿，只要有水和青草，你就能存活。即使草原上佈滿粗礫的沙石，痛苦再次折磨你，你也會活得很好。你不喜歡謳歌苦難，生怕無意中為苦難的製造者辯護，但你知道博大的悲情確實是靈魂生長的家園。

(六)

你記得你童年時代的家鄉嗎?世世代代被貧窮所浸泡，夜裏只有狼虎、蚊子與黑暗。在沒有月光的晚上，你和你的兄弟把螢火蟲放在玻璃瓶裏，製造反叛黑夜的燈光，以後你又獨自用紗線把螢火蟲串成光圈，驕傲地掛在自己的胸前，憑着這一點光明，你照樣走路，照樣讓青春撒滿夜間的田埂與沉寂的峰巒。記住，你兒時的故鄉不是狼虎、蚊子與黑暗，而是螢火蟲揹負着的光焰和你自己製造的星辰。故鄉的意義全維繫在這光焰與星辰之中。當有人用故鄉的名義把你推向深淵的時候，當殘暴的生物以祖國的名義把你引向死亡的時候，你不要掉入陷阱。莊嚴地拒絕他們，像兒時那樣，高舉起玻璃瓶裏的光明和胸前佩戴過的光明，拒絕黑暗。

（七）

兒時的故園遠走了，愛你和被你所愛的友人被滄海隔斷了。你將陷入孤獨。

你要接受你的命運，接受刻骨銘心的孤獨。不要期待鮮花與掌聲，不要期待兄弟為你設計生日的狂歡節，不要期待盛宴上的流光溢彩。在良心與榮耀同時放在歷史桌面上的時候，你既然選擇了良知，你就要接受孤獨。自從你接受的那一時刻起，包圍你的就不再是歌舞的歡騰，而是沒有盡頭的寂寞。寂寞為你鋪開通向歷史深處的小路，讓你在那裏尋找無聲的快樂。

你做過那麼多浪漫的夢，群體的夢和個人的夢都是那麼甜蜜。夢能暖人，夢也能傷人。在那個昏黑的早晨，夢的碎片直刺心肺，生命從此斷裂。今天拾起夢的碎片，不是追戀往日的溫柔之鄉，只是為了紀念與告別。別了，不要再期待縹緲的夢境；別了，不要再期待他人的理解；別了，不要再期待高山流水似的知音。當你走得很遠，走到沒有炊煙的山谷，你注定孤單。唯有正直的山谷能回應你的歌聲，還有你靈魂家園裏的四壁，它永遠對你真誠。

（八）

你孤獨時的生命像一片孤島。但是孤島成其孤島，就因為它被浩瀚無際的大海所包圍，蔚藍色的大海永遠是孤島偉大的朋友。它獻給孤島以萬丈碧波。孤島的根伸到海底，海底的七彩世界是孤島的家鄉。

孤獨生命的心靈由熱變冷，冷靜的生命變得細緻與從容，在從容中，你將重新發現歷史與世界，重新發現柏拉圖、亞里斯多德，重新發現維納斯與蒙娜麗莎，此時，你才真的發現你的偉大的精神家園。你感覺到嗎？他們一個一個重新走進你靈魂的帳篷，抹掉你眼角上的塵埃，幫助你打開全部生命的窗戶，然後永遠佇立在你生命內核裏，陪伴着你進行新的航行。你會發現，孤單不僅使你冷靜，還點燃你生命最高的激情。你的被點燃的靈魂，從此將生生不息，一個美麗的家園從此誕生。

（九）

夜深了，應當休息了。休息之後好迎接新穎的早晨。時間不會衰老，明天的早晨依舊年青。

秋天的早晨掛滿清新的露珠，秋天的中午飄滿成熟的幽香。秋天過後，到處都是皎潔的白雪，雪下到處都是不屈的根群。生命真的無終無極，靈魂真的不滅不亡，哪裏有你對大地的真誠，哪裏就有你的故鄉。

流浪

我在德國的萊茵河畔第一次看到流浪的吉普賽人。看到她們在河邊輕歌曼舞，手臂上的銅鈴發出有節奏的響聲，又看到她們拖着長裙徐徐地在小飯館的長桌邊坐下，然後又清楚地看到一個一個漂亮的女郎把手小心翼翼地伸進自己的胸脯，掏出一兩個馬克，準備買點咖啡和小糕點。最後這個動作使我吃了一驚。她們把錢那麼珍重地放在胸脯上，不知道是夾在乳罩裏，還是直接夾在低垂的乳房之下。為了防範比她們更窮的小偷，她們謹慎得如此出奇。

對着吉普賽人，我想到另一個流浪的民族，曾經讓希特勒感到恐懼而企圖加以消滅的猶太人。猶太民族是一個富有的流浪群，而吉普賽人則是貧窮的流浪群。我在許多國家中都看到猶太人，但沒有看到過太窮的猶太人。現在，猶太人在地中海東岸建立了自己的國家，但許多人仍然不停地在地球上漂流。他們在世界上所過的日子相當好，這是人們都看得到的。

為甚麼猶太民族在艱辛的環境中流浪還能建設自己的家國家園，而且生活得很好，我想，這與他們的流浪和流浪中形成的哲學有關。流浪，就是永遠的不停頓，就是沒有一個終極的可以滿足的目的地。在不停頓的流浪中尋找，就不斷地向自己和向世界提出問題。沒有終極之地，沒有問題的終極答案，就不會滿足，就能保持和發展自己的生命力。猶太民族是一個非常善於思考、非常善於提出問題的民族。這一點，我在閱讀猶太民族的著作時以及和猶太學者的直接接觸中，都強烈地感到，更不必說從馬克思和愛因斯坦身上得到的啟迪。

不滿足現成的答案，不斷向歷史發出偉大的提問，這是一個民族具有生命力的證明。兒童最喜歡提出問題，因為處於兒童時代的人充滿生命。但是，處於中年甚至老年，如果仍然充滿提出問題的慾望，生命就不會蒼老。與此道理相似，一個民族如果只會沿用祖先的結論，或者只會充當慣性思維的俘虜，在人類生存困境中失去好奇的眼睛和提出質疑的熱情，那麼，這種民族的生命就會衰敗甚至停滯。

我想，吉普賽人在流浪中只是流浪，他們在浪跡中只是在謀求解決溫飽的日常生計，而缺少猶太民族那種永不滿足現狀的性格與智慧。我因為也是一個流浪者，常從猶太學者與猶太民族的奔走足跡中感悟到人類漂泊的意義，而且常激起自己叩問世界的生命衝動。此時，我又感悟自己沒有終極的目的地，只知道路還很遠，要不斷去跋涉，要自己去發現世界和創造世界。

鮫人

穿過險峻的滄浪而踏上西方大陸之後，也許是為了自勉，常想起鮫人。

鮫人是中國傳説中的美人魚。我兩次到哥本哈根，都去拜訪波羅的海海邊的美人魚雕像，對着她想安徒生的故事，想中國的友人，想自己，覺得自己也像從海中鑽出來的孤獨的生命。美人魚坐落在孤寂的岩石上，坐落在大海與陸地之間，人與神之間，現實與童話之間。她深深地愛着那位生活在另一世界上的王子，為了他的生命，她最後寧肯把自己化作泡沫。這泡沫其實正是她的眼淚和海的眼淚。

中國的美人魚為了報答人間愛，不是把自己化作泡沫，而是把自己的眼淚化作珍珠。《太平御覽》引張華《博物志》：「鮫人從水出，……泣而成珠滿盤。」張華所記的故事過於簡短。我所作的解讀，是魚美人投身人間並找到她心愛的人，但終於無法打破人與自然的界限，在別離的那一瞬間，她痛哭一場，全部眼淚頓時化作滿盤珠子。中國的魚美人也是極為寂寞的，在水世界與陸世界中都找不到寄寓之所。因此，她只能空懷滿腹生命的珍奇。

眼淚化作滿盤的珠子，這是中國的美人魚悲劇。每次想起這個意象和悲劇，就想起林黛玉。她雖不是魚美人，但她從江南乘船而至賈府，也可以視為從水中浮出。出現之後，眼淚便湧流不止，並且全部化作詩稿。她的詩，篇篇不同凡響，正是情感的珍珠。可惜污濁的人間不能接受她的滿盤珠子。最後她滿懷悲傷，在死前把這些珠子燒成灰燼，有如丹麥的美人魚化為泡沫。聶紺弩在題林黛玉的知己紫鵑時寫道：「愛海珠荒全是淚」，寫的正是黛玉、紫鵑的悲劇，也是許多屈原式的詩人的悲劇。陸游懷念舊妻的詩句云：「春如舊，人空瘦，淚痕紅浥鮫綃透。」也把妻子比作淚滿鮫綃的鮫人。真誠的詩人所作的詩即使不是眼淚化作的珠子，至少也是用生命的絲線織成的鮫綃。

我自勉時想起鮫人，正是一九八九年我同自己的同胞兄弟姊妹一起哭泣的心思。那時，我聽到「血不能白流」的口號，但想到的是「淚不應白流」的心事。覺得應當學鮫人把眼淚全化作滿盤珠子，好好地留下一些文字。但也常常懷疑，留下的文字真的就是珠子，真的就是不朽嗎？懷疑中倒想到，珍珠其實還不如泡沫不如灰燼珍貴，生命為愛能化為泡沫與灰燼的，畢竟偉大，這是任何人間的珍奇至寶難以比擬的。林黛玉自焚詩稿，把「滿盤珠子」化作灰燼，這灰燼才真的如同丹麥美人魚的泡沫，是為愛而付出生命的千古絕唱，它比文字更美，比珍珠更奇。

身心透明的時刻

在屋後的花園裏，我坐在明淨的岩石上思索。高原上柔和的陽光照着青草，照着綠樹，照着鮮花，也照着我。

此時，我是自己的他者。像觀照青草與綠樹一樣地觀照着自己，覺得自己也像鮮花嫩葉一樣被陽光照得很透明。發覺生命的真實與透明，真是高興。自我發現的快樂，唯有自己才明白。

生命像玻璃似透明，這是往昔的夢。往昔，往昔是一個戴假面具的時代，是一個身心緊繃弓弦防範他人的時代，不會自我掩蓋是很難生存的。心中構築一個城堡，讓人看不清自己的憂傷和眼淚。沒有堡壘，就很難存活。那時，身的處處，心的處處，沒有一處是透明的。

自己掩蓋自己，又讓他人塗抹自己。無數正直的思想者，在牛棚內外被塗抹成蟲豸，塗抹成惡鬼，塗抹成黑幫，面目全非。我沒有被送進牛棚，但也被塗抹。一個赤條條的透明的農家子，也變得朦朧與模糊。生活在一個混沌的時代，身心的透明只是夢。

往昔，畢竟是往昔。此刻，我該看看陽光下的自己。生命真的已經透明，身上被他人所掩蓋、所塗抹的一切已經融化，陽光下的肝膽與心靈像雨後的花朵一樣新穎。人類所發明的一切，皮鞭、監獄、牛棚、高帽、批鬥會、威脅、咆哮都離我很遠。儘管海的那一岸還有骯髒的牙齒在咬嚙我的文字，但畢竟離我很遠，像離我很遠的烏雲。他們已不能像往日那樣任意摧毀我生命的真實與透明。

真實與透明的生命多麼好。往日需要遮遮掩掩才能說出的話，此時，可以在陽光的微笑中自由地抒寫，往日需要扭彎咽喉才能唱出來的歌，此時可以率真地唱給原野。心臟在跳動，每一節拍都在支持我直抒胸臆。我可以自由地展示光明、展示人間，也可以自由地展示黑暗、展示牛棚，還可以自由而透明地展示被奴役過的心靈，包括展示革命名義下屠伯們的兇殘與兇殘下的眼淚和血。許多需要付出遍體鱗傷和死亡代價的語言，我在這棵高高的白樺樹下，卻如同雪水自由地往大地滴落。身心透明時才能意識到生的意義和寫作的意義，該吶喊的時候就吶喊，絕不想到技巧；該透明的時候就透明，絕不想到朦朧；該朦朧的時候就朦朧，絕不想到確定；該批判的時候就批判，絕不想到評論家的嘲笑；該超越的時候就超越，絕不想到革命家們的失望。

我是自己的他者，我喜歡看陽光下透明的自己，赤裸裸的，像玻璃石，像五十年前故鄉那個赤條條的農家子。

滿海光明

因為往返於東西方之間，常常從飛機上觀賞海洋。在空中看海，像是看夢。眼下的海是朦朦朧朧的無沿無際的藍色，空間與時間都凝固在藍色的夢中。有一回，正當我向下俯瞰的時候，突然有一股陽光穿過雲層射向大海，頓時，大海變成鋪上一層黃金的巨大藍寶石，而且放出一種奇異的、令人心醉的大光明。這是天空與大海結合的瞬間發出來的激情。這麼雄奇的藍寶石，這麼渾厚的大光明，這樣壯闊的夢，居然就在我的眼下。世界真是應當由自己來發現，任何書本都不可能給我展示這樣的奇觀。

就在這個瞬間，我的內心充滿生機，感到生命邊幕上又一次日出。也是在這個時候，我又想起羅曼·羅蘭的話：在一個真有眼睛的人，一滴光明等於汲取不盡的寶藏。而我眼下不是一滴光明，而是整個一海一洋的大光明，是夢一樣沒有邊際的美。這是怎樣的寶藏？還悲愁嗎？還徬徨嗎？還放不下昨天嗎？不要別人慰藉與自我慰藉，一切都取決於你自己有沒有一雙能夠發現光明的眼睛。

對於一雙真正的眼睛，有一滴光明就夠了。有一滴光明就足以對付所有的黑暗，而有了一海的光明，還害怕黑暗與黑暗的動物嗎？不必再祈求救星，不必再仰仗舵手。放下昨天那些懦弱的歌，相信只有你才是你自己靈魂的船長。

從空中看海，真像看夢。夢中的海，這樣啟示我。

何處是我在

了解美國歷史的人都知道托馬斯·潘恩（Thomas Paine）的名字，他在一七七六年一月十日出版了震撼北美的小冊子《常識》（*Common Sense*）。在這一小冊裏他第一個提出美洲殖民地應當完全獨立的歷史性要求。他大聲疾呼：「自由在全球到處受到迫害。亞洲和非洲早已把她驅逐出境。歐洲把她當作異鄉之客，而英國則已經向她下了逐客令。呵！接待這個逃亡者，及時地為人類準備一個避難所吧！」這本書三個月內賣出十萬冊，後來增印達至五十萬冊，以當時相對的人口比例計算，等於現在一本書暢銷三千多萬冊。潘恩的這本小冊子像西方大陸早晨的號角，推動了「獨立宣言」的產生（一七七六年七月四日第一次發表在《賓西法尼亞晚報》）和「美利堅合眾國」的誕生。關於潘恩激烈的政治言論尚有爭議，但他的人格精神卻毋庸置疑。這種精神在一次與富蘭克林的對話中表達得十分動人。

富蘭克林說：「何處有自由，何處是我家。」

潘恩回答說：「何處無自由，何處是我在。」

這一對話與潘恩在這一對話所達到的人生境界，近幾年來一直參與我的思索，並對我產生很深的影響。

六年前，我丟失了地理上的故鄉，在西方開始尋找另一意義的故鄉。在我精神處於虛空時，富蘭克林的話使我得到安慰。不錯，哪裏有自由，哪裏就是家鄉。故鄉的意義本來就連結着人的生命意義。如果故鄉也是一種不可更改的空間宿命，就沒有人的自由意志，人便真的成了土地鐵板上的固定點。故鄉，應當是賦予自己的兒女生命力量的母親，她的懷抱與搖籃，天生就被命名為溫暖與自由。

然而，我在認同富蘭克林的觀念之後也常陷入不安，我不是一個只想到自己的人。從年輕的時代起我就抱定要「為人類服務」，不僅要爭取自身的自由而且要為人類走向自由王國而工作。我看見他人身上戴着鎖鏈時比在自己身上戴着鎖鏈更加難受，我憎惡一切鐵籠特別是心靈的鐵籠。我正是在反叛心靈的鐵籠中才感到存在的意義。因此，我不能滿足自己已經獲得一個自由抒寫的精神家園。

在不安之中，我想到潘恩的話就激動不已。他正是一個不滿足於自身自由的人。他發現自己的存在意義恰恰維繫在那些沒有自由而需要他去爭取自由的地方。如同海德格爾正視死亡而發現「此在」的意義，潘恩也因為正視黑暗、枷鎖等不自由的牢籠而發現生命本真的意義。潘恩的卓越之處在於他不是沉湎於自由，而是感悟到爭取自由的責任。潘恩告訴我，你遠離黑暗，找到自由的地方，應當慶賀你，但你千萬不要就此滿足，就此像沒有頭腦的小姑娘似的一心去享受自由與享受生活。找到自由的書桌並不是你的目的，你的目的是找到自由的地方之後可以更自由地向着種種不自由的牢籠抗爭，在自由的書桌上發出反叛不自由的聲音，這些聲音才顯示你生命的實在。如果你丟掉這種聲音，你的生命將在自由中沉淪。

我在自由的地方常常感到孤獨，而潘恩的思想使我喜悅不已地悟到孤獨中的一種內涵。孤獨的「煩」不是因為我遠離了不自由的群落，而是我的生命渴望在與不自由的群落相碰撞並發出火光。意識到這一點時，我同時意識到自己的生命中還燃燒着人生的期待，心沒有死，生命也沒有衰老。我為這種發現感到很高興。

富蘭克林和潘恩的名字都進入我的生命，我接受他們對話的整體，不會愚蠢地去分清誰高誰低，但是，我知道，說「何處有自由何處是我家」畢竟是一種形上理想，而在還很不成熟的人類社會裏，固然相比之下，有些地方自由一些，但總體說來，人類的現實生活層面中並沒有自由。東西兩方的人性都在被異化，各有各的牢籠與困境，即使在比較自由的美國，工業文明也正在變成吞食人性的龐大怪物，這一怪物正在把人變成機器與肉人。人們為了生存，內心充滿緊張，神經隨時都可能斷裂。自由世界中的不自由正在逐步地使人們感受到。在這種世界裏，人又不能躲進象牙之塔中去取得自由，而仍然必須在關懷參與社會中去爭取自由，以證明自己保持了一個「真我」，但要做到這一點，其實是很難的。像潘恩這樣偏偏能在不自由的地方充份地顯示自身，把握此生此在的意義，的確令人敬佩。

無論在中國還是在美國，我都感到尋找存在意義的艱難，在艱難中常渴求着力量。想起潘恩的話，總覺得添了力量。所以我今天要特別紀念一下他的名字。

陽光，陽光真好

在冬日的陽光下，我讀着書，翻閱着遙遠的過去，聽着柏拉圖的對話，想着蘇格拉底的命運，突然，我把書放下，凝視着投射在草地上的陽光。

陽光，陽光真好。有陽光，生命就不會失敗。蘇格拉底並沒有死，在我的思索世界裏，他的骨骼和思想都很堅硬。兩千年前的專制者把他送進牢獄然後把他處死時，一定想到，從此，蘇格拉底的名字連同他的「善出於知」的命題將永遠被埋進地下的棺木，永遠消失在黑暗中。然而，兩千又三百九十九年過去了（蘇死於公元前三九九年），蘇格拉底還活在陽光中。就在我的手上，陽光照着書頁，照着蘇格拉底的名字。在陽光下，凡有文字的地方，都有他的名字。他的名字被不同民族發出不同的古怪的聲音。

偉大的哲人永遠不會死亡，也永遠不怕各種可怕的罪名。蘇格拉底的弟子柏拉圖的理念，在我的故國變成「反動唯心論」和「奴隸主地主資產階級唯心論」，然而，把思想送上審判台的人，一個一個都比審判台低矮。陽光總是先照臨絞刑架上的「罪犯」的聖潔，然後才照出審判者的渺小。柏拉圖並非終極真理的擁有者，可是他擁有學人的正直。對於真理的追求者，是不應當任意污辱的，更不能給他戴着魔鬼的高帽。當我的處於革命狂熱中的祖國用骯髒的水往偉大哲人們身上潑撒時，我為我的祖國感到難過。我並不完全接受柏拉圖的理想國，但我尊重它。此時，我看見陽光也照着柏拉圖的名字和他的夢中王國。他的理想國中的缺陷，只能用陽光去照明，不能用髒水去塗抹。

一切思想者的思想都是在陽光中展開的，他們注定是光明磊落的，注定必須向社會公開他們的思維。因為他們的思索本身常常懷疑過去和現存的一切，因此，他們本身也會引起懷疑，爭辯是不可避免的。但是，爭辯也應當是在陽光下進行的。專制者的錯誤就在於他們禁止陽光，總是慫恿黑暗的動物以暴力來阻擋思想者思想，抵制思想在陽光下傳播。但是，這些暴力總是像空中的風暴，只能一時地遮住陽光，用不了多少時間，太陽照樣會從大地升起，光明照樣會降臨在高山、海洋和原野。了解自然史與人類史的人都知道，陽光是無敵的，在陽光下正直思索着的哲學家是無敵的。暴力可以使思想家痛苦，但不能把他們征服。想到古希臘，想到今天，我沒有再拿起書本，而是拿起筆，又繼續寫着自己的手記。身邊有陽光，有空氣，我的文字就會像植物似地蓬勃生長。

陽光，陽光真好。

永遠的微笑

多次觀賞盧浮宮之後，我生命中便深深地積澱下蒙娜麗莎的微笑。

每次走到達·芬奇這一天才創造物之前，情感總是難以自禁。審美是需要距離的，不要投入太多情感，我告誡自己。於是，我才在距離蒙娜麗莎二、三米遠的地方作弧形的觀照，冷靜領略她的美。每次我都從左側開始，然後一步一步地移向右側，每移動一步，我都獲得一個新的視點，都停下來很久。從左到右，在移動的弧形內，不管從哪一個視點望去，都可以看到蒙娜麗莎的微笑，但不同的視點，又可看到她的不同的笑意與笑影。我觀賞過許多畫，但未曾見到一幅從各個側面看去都笑得這麼溫柔。當我第一次發現這一永恆的、絕對的微笑時，心被美緊緊抓住，並立即就想起天才的字眼和沸騰起對偉大藝術創造者的一種衷心的崇拜。藝術家也是人，但他們的天才竟然可以創造出這種永恆的絕對的微笑，讓東方和西方的眼睛都為之傾倒的至真至柔至善至美。

這種美是如此具有吸引力。她不僅把地球上最遙遠的優秀眼睛吸引到面前，而且讓我覺得，這微笑，就是我心靈的歸宿和情感的故鄉。我的故鄉在遙遠的滄海的彼岸，也在這座藝術星空的長廊裏。我的故鄉肯定不是坦克的履帶和它所輾過的大街，而是這永遠不會凋零的微笑。唯有這微笑，使我感受到家園的全部溫馨。

至今，我已經六進盧浮宮了。除了蒙娜麗莎的微笑緊貼我的心靈之外，還有從古希臘時期到二十世紀下半葉的藝術精華也緊貼着我的生命。這種藝術與生命的緊貼，使我感悟到的人生道理，比任何道德的教科書所賦予我的力量還要強大得多。我的精神每次都在那裏得到昇華。在那些無比燦爛的美之前，在人類天才創造的空氣與境界中，我從內心的深處了解，人應當捨棄甚麼，追求甚麼，而人生旅途中的一些挫折真的算不了甚麼。真正的美，離人間的勢利、算計和小賣弄小聰明那麼遠，遠到不能不使人相信真有一種超驗的力量在支持着真，支持着善，支持着蒙娜麗莎永遠神秘的微笑，支持着人類共同的故鄉。

西尋故鄉

〔一〕

離開故鄉之後，我又在尋找故鄉。

我尋找的不是地理意義上的故鄉，而是情感意義上的故鄉。地理上的故鄉一打開地圖就能找到，而尋找情感上的故鄉，卻行程無邊，道路漫漫。

〔二〕

我開始用世俗的眼睛尋找，並找到我的第一個故鄉，這就是溫暖而佈滿芬芳的母腹。我在母親的腹中吮吸了最原始的生命激情，然後長出雙翼，飛向人間。第一個起點就規定了故鄉的意義。故鄉，就是愛，就是那個用愛緊緊包圍着我而我也用愛緊緊地擁抱着它的地方。

（三）

我的第二個故鄉是我父親的肩膀和身軀。當我在母親的乳汁的灌溉下生長出可以蹣跚走路的雙腳時，就以微笑選擇了另一片土地。我的父親匍伏在地，讓我爬到他的背上，像溫和的老牛任我驅馳。母親說，她第一次聽到震撼肺腑的笑聲，就在這一時刻。我太高興了，指令充當牛馬的父親站立起來，然後讓他把我舉上肩膀，我在高高的父親的肩上第一次把眼光放得很遠，看到天穹的寥廓和大地的浩茫。父親的脊背與肩膀成了我的磐石般的第一記憶。以後想到祖國，就想到父親的肩膀和脊樑，那個願意讓兒女當作牛馬、為兒女負載着全部歡樂與渴望的就是祖國，具有永恆慈父意義的就是祖國。

祖國，是我的最可靠的父親的肩膀。

（四）

美國作家托馬斯．沃爾夫說，「人生最深刻的追尋，是對父親的追尋，這不僅是一個血緣關係上的父親，而且是一個力量和智慧的化身，一個外在的、超越了他的飢渴的可以將他生活的力量和信念統一起來的形象。」精神生命的象徵，人生長河的源頭，把你高高托起的力量與信念，這才是父親。人類從埃斯庫羅斯的《俄狄浦斯王》開始，就展開了對父親的尋找，命運之謎永遠連結着那一個首先把你拋到人生大海中的生命之父。

我在年幼的時代就失去父親，連父親的照片都沒有。因此，我從少年時代開始就一直把祖國當作父親。進入青年時代，我又從魯迅的「俯首甘為孺子牛」詩句中得到關於祖國的意義，知道祖國充當兒女的牛馬，用自己廣闊的肩膀為兒女鋪設人生的黎明之路是不會感到羞恥的，人類的慈愛之心永遠和太陽一樣光榮。我固執地把祖國的概念和牛馬的概念疊在一起，並喜歡毫不顧忌地指責祖國的錯誤。因此當我發現那些以祖國的名義把自己的孩子當作牛馬，把俊秀的兒女送進牛棚，用韁繩和皮鞭對準敢於直言的兄弟時，我大聲抗議：皮鞭、鐐銬、牛棚與坦克的履帶不是我的祖國，我的祖國是仁慈的父親，是那些把孩子擁抱在懷裏和把孩子舉得高高的父親。

（五）

我的生身父親過早就去世了，而我的母親已經蒼老，然而，我永遠感激他們。他們是教會我故鄉意義的第一對老師。是他們告訴我：故鄉就在一切和平的、溫柔的身軀裏，就在一切你愛他、他也愛你的心靈裏。為你枯萎的母親的白髮，讓你枕着頭顱的妻子的懷抱，把你雙唇上的苦味化作甜蜜的女兒的臉額，使你在傾斜的山坡上行走感到安全的兄弟的手臂，替你洗掉一切傷痕的朋友的目光，容你終身在心頭繚繞的愛的歌聲，就是你的故鄉。祖國也不神秘，祖國就是愛的故土和陽光的故土，當潮乎乎的黑暗包圍着你的時候，突然一束陽光照明海岸，那陽光，那海岸，就是你的父母之邦。祖國永遠承擔着父親的意義和太陽的意義，那些失去父親意義的祖國不是祖國。當那些被稱作祖國的地方失去父親和太陽的意義時，我們就要從書本裏、大自然裏和人類各種偉大心靈裏感受陽光。那些把陽光照耀到你的心內重新為你點燃一朵朵生命火焰的，正是你的祖國。你的祖國就在你心愛的書頁裏，就在你跋涉沙漠而充滿飢渴時迎接你的綠洲裏，就在世界被醜惡所扼制時卻為你展示繽紛五彩的藝術畫廊裏。

在遠遊的歲月中，父親的靈魂一直在提示我：勇敢地展開你的生命，人類文化的偉大肩膀永遠不會崩潰，他們像洛磯山、像阿爾卑斯山、像珠穆朗瑪峰一樣堅實可靠。中國與世界的傑出兒女都是站在這一偉大肩膀上的巨人。不要忘記這一肩膀，不要忘記這一偉大的故鄉。你所以會感到無依無助，你所以會為失去故土而驚慌失措，就因為你遠離了這一偉大的肩膀。

父親的提示使我年青。使我像兒時一樣，總是張開好奇的眼睛尋找提供生命滾爬的原野與鄉野，從一座森林走向另一座森林；又總是敞開靈魂的窗戶，在書頁裏吸收乳汁與星光，從一個天才的山脈走向另一個天才的山脈。

（六）

我的確驚慌失措過。一九八九年夏季，當我在芝加哥大學校園散步的時候，常常迷路。因為主宰着我雙腳的常常是歸家的目光。然而，正是在密茨根湖畔，西北大學出版社發行的波蘭詩人維托德·貢布羅維茨的日記走進我的生活。這位詩人提醒我，你不妨在你自己身上尋找你的祖國與故鄉，不要忘記世世代代被時間的激流所選擇的最迷人的詩篇就積澱在你的身上。祖國早就化作你人性的顆粒，並流淌在你的筆下。最美麗的字眼已被盤踞在故土的政客所撕碎，祖國和故鄉只能躲藏在人性的角落裏呻吟，不要忘記這個角落就在你身上。一九五三年新年前夕，當波蘭的流亡藝術家們在一個聚餐會上為失去家園和祖國而長噓短嘆的時候，他對這些漂流者說：「節日臨近，你們喜歡用淚水來澆灌記憶的花圃，你們喜歡用嘆息來緬懷失去的故土。別這麼愚蠢或脆弱了，學會如何擔起自己命運的重負吧。別再令人作嘔地哀輓那業已失去的格魯齊克，皮奧特克沃或比爾戈拉的美麗。要知道你的故土既不是格魯齊克，也不是斯捷涅維茲，甚至連波蘭本身也不是。打起精神面色羞紅地想想看你的祖國就是你自己！……人除了住在他自己之中，他還曾居住過別的甚麼地方？即使你身處阿根廷或是加拿大，那你也是在你的家中，因為故土不是地圖上的一個點，它是人活着的本質。」

貢布羅維茨一下子掃掉我心中的迷惘，點燃了我尋找故鄉的眼睛。原來，祖國與故鄉就是自己的生命之核。永遠像太陽一樣發射七彩光波的生命之核就在胸脯的深處。當宮廷御苑把自己打扮成祖國的時候，當日落時分大群的蚊子以故鄉的名義吮吸你的熱血的時候，你竟然糊裏糊塗地遺忘你的生命之核，忘記祖國的全部溫馨就在你汩汩流動的血脈裏，難怪你會喪魂失魄。

〔七〕

還有一個偉大作家，始終叩問着存在意義的薛弗西斯神話的創造者加繆，也在這個時候走進我的靈魂。

我在華盛頓公園荒疏的草地上讀着他的《鼠疫》。我被他所描述的瘟疫嚇壞了，然而大瘟疫才使我明白：當你謳歌你的土地時，你要記住，這是因為這片土地不僅誕生了你而且肯定你的存在，正像你的母親和父親誕生了你而且時時用生命肯定和保衛你的存在，你才擁有愛的理由。而當瘟疫在地上洶湧時，鼠難就要吞沒你的靈魂，你則必須離開這一片土地，不要因此喪魂失魄。加繆擲地有聲地呼喊：告訴那些喪魂失魄的人們，應當去尋找真正的故鄉。真正的故鄉是在這座窒息的城市的牆外，在山崗上那些散發着馥郁空氣的荊棘叢裏，在大海裏，在那些自由的地方，在愛情之中。

加繆知道只有那些能肯定你存在意義的地方，那些給你的生命以陽光以溫暖以自由的地方，才是真正的故鄉。而那些帶着滿身病菌的老鼠，牠們不僅要毀滅城市而且要毀滅創造城市的生命，牠們有甚麼權利以故鄉的名義命令活生生的生命去作死亡的祭品？

（八）

我感謝貢布羅維茨，感謝加繆，也感謝恆久地矗立在我心中的曹雪芹，在我揹着《紅樓夢》浪跡天涯的歲月裏，是他時時在提醒我別再「反認他鄉是故鄉」。

你的故鄉不在你現實的地上，不在你此生此世暫時的居所裏。你被歷史拋入人間，只是瞬息。你只是匆忙的過客。你的故鄉在遙遠的深處，你的歸宿也在遙遠的深處。你從哪裏來？你到哪裏去？你的文字在度過綿綿時光之後最終會落入哪個心靈——你終極的家園？曹雪芹認定故鄉沒有時間的邊界也沒有空間的邊界。哪裏能讓你的愛得到灌溉與棲息，哪裏才是你的故鄉。

賈寶玉的故鄉不是門口蹲着兩隻石獅子的父母府第，不是雕花刻玉的大觀園，而是洋溢着眼淚的林黛玉的心靈。只有那個蓄滿着愛的地方才是故鄉，只有那個在你靈魂乾旱的時候給你以泉水和露珠的地方才是故鄉。當賈寶玉和林黛玉第一次見面時，賈寶玉就說，我們見過。真的，在遙遠的時間與空間點上，在原始的故鄉中他們就相愛過。賈寶玉，赤瑕宮神瑛侍者，曾經澆灌過靈河岸上三生石畔那一棵後來變成林黛玉的絳珠草。他們的故土在西方的靈河岸邊，最初賦予林黛玉愛的甘露的是林黛玉的情感故鄉，也只有林黛玉才是賈寶玉愛的搖籃。林黛玉死了之後，賈寶玉便喪魂失魄。因為他丟失的是一個被愛積澱了千秋萬載的家園。

賈寶玉出家了。他一定要走出家門，重新尋找他情感的故鄉。是回到青埂峰下、靈河岸邊？還是另一個更縹緲的世界？他到哪裏去，永遠是個很美的謎。《紅樓夢》之美，就在於它無始無終，無邊無際，無真無假，無善無惡，它是一個美麗的大自在，它對故鄉的幽思拂去我濃烈的鄉愁，激發我去尋找永遠的樂土。然而，行程無邊，道路漫漫。何處是生命船隻停泊的地方，沒有答案。只知繼續尋求，只知告別一個地球東南的圓點，卻贏得天宇浩瀚，四面八方。四面八方都有青青的芳草，天宇內外，到處都有我心愛的故鄉。

晨思

今天早晨，看到漫山遍野的白雪在陽光下融化，屋簷下雪水一點一點地滴落，在木製的陽台上發出清脆的響聲，像深夜裏鐘擺那有節奏的歌。我安靜地聽着，感到生命在悄悄流動。

我在水滴的響聲中意識到生命在繼續。每次意識到生命的繼續，就禁不住心跳。想到嬰兒從母腹中誕生，鬃毛還很潮濕的幼馬掙扎着從地上站立起來，小鳥在巢裏啁啾地期待母親歸來，我都難以平靜。

此時看到雪化之後，原先被雪壓得很低的樹枝，又重新抬起頭來繼續濃密地生長，花園裏的小草並沒有枯死，它在雪水的泡浸之後顯得更加翠綠，一葉一葉都在舉起不屈的手掌迎接初春的陽光。那些白樺樹，已灑出第一群蓓蕾，立在軀幹上的枯枝，彷彿是冬天的失敗者，其實不是，它雖然付出代價，但給活着的兄弟作證：勇敢的生命可以被摧殘，但不能被征服。

我走近灌木叢，發現剛剛誕生的小花蕊上已出現第一隻蜜蜂，這一春天的使者不知怎樣度過冬天，也不知道此時牠從哪裏突然降臨，牠們對於生命的繼續，比我更加敏感，更加興奮。

我在生命繼續的第一群信息中，感到生命的倔強，並意識到自然界與人類隨時都在檢驗自己生命的能力。銅牆鐵壁拘囚着人的身軀，但毀不掉堅韌的心靈。整個冬天的狂風暴雪竟戰勝不了柔嫩的小草。暴力雖然強大，但很難阻止生命的繼續。

從草間樹間回到書桌上，我又一個字一個字地抒寫，像屋簷下水的滴落，也發出響聲。我的生命也在繼續。我相信，我的生命鏈和大地的生命鏈一樣堅韌，任何人間的大風雪都難以拔掉。

繼續下去，我對自己說，繼續你的思想，繼續你的聲音，不管人們說你好還是不好，不管人們說你是突飛猛進還是躊躇不前。外在的評語並不重要，重要的是心內那一滴滴雪水般明亮而真實的聲音。

望夜空

在夏夜的陽台上獨坐，面對茫茫太空，望着横貫天庭的星河銀漢，並不猜測頭頂上無窮的神秘，倒是想起人生。

想到人生之難處固然很多，但是最難的似乎是在胸脯裏保持一朵像星光似的永遠燃燒的火焰。不讓這一支火焰熄滅，這是最不容易的。

走進社會之後，我就感到有許多雨雨風風在撲滅這支火焰，而自己也覺得在胸中燃燒着星光，其實是很累的，也時時想讓它熄滅。倘若不是還想支撐着這一點火光，生活可以輕鬆得很多。

然而，搖動於我身內的火焰終於沒有熄滅。仰望星空時，我本能地撫摸自己的胸脯，覺得胸脯是暖熱的，自己對於世界的態度還沒有冰冷，熱愛生活的心腸還沒有僵硬。眼睛望着星河，分明還有尋找的好奇與顫動。脈管裏的血和水不是死血與死水。

想到這裏，我便感謝那些曾給我以力量的人和書本，是他們幫助我保持了這一火焰，和那些企圖澆滅這支火焰的狂風暴雨不同，他們給我以生命的溫熱。好幾次快要熄滅的時候，我想起書本中的語言，想起那些不屈的人類思想大師，正如今宵今夜我望星空，想起偉大的永遠照示人間的光明。我生活着，但不願意生活得太平庸，所以我崇拜人類史上哲學、文學與科學的大師。他們給我以榜樣，並告訴我，要讓正直的思想不屈地燃燒着，永遠拒絕被黑暗所吞沒。

除了書本，就是朋友。朋友的寶貴，是他們也護衛了我生命的火把。真的友情不僅給我以欣慰，還給我以光明。我所以要銘記一些朋友的名字，既是為了高舉他們的期待，也是為了保持自己的焰火。這一焰火不能在生命熄滅之前就熄滅，它應與生命同存同在，一直到死。

每次想到天上的星辰，就想起地上的孩子。以往母親對我是仁慈的，不管生活怎麼艱難，她都要支持我身內燃燒的熱情，她本能地意識到這支火焰是兒子的身內之身。現在輪到我對孩子的仁慈了，我從母親身上學到，最大的慈愛就是護衛孩子心中的那一天真的火焰，那股熱愛生活的激情。

任何時候都不要傷害孩子，即使在苛責孩子的時候，也不要撲滅孩子身上的火焰。

藍天

寂寞時總是喜歡仰望藍天，尤其是身邊沒有大海的時候。看看藍天，看看藍空中飄動的白雲，看看它和靜穆的群山所構成的雄奇的圖畫，真是生的享受。

在加繆的札記裏，記載一個大自然的酷愛者在臨終之前，請親人們為他關上門窗，因為窗外的藍天會使他更加留戀人間，增添訣別的苦痛。我想，我也是這樣一個人。留戀生，多半是留戀藍天、藍海和綠得發藍的草地，當然，還有藍天下那些和青山碧水一樣美的親人和友人。

我常常帶着感激的心情看着藍天。在文化大革命那些恐怖而單調的日子裏，一切真的善的美的，已無存身之所。廣闊的中國大地只剩下兩種顏色：大標語的紅海洋和紅衛兵的黃軍裝。鄉村和城市單調到極點，書籍被禁，藝術舞台上只有八個樣板戲。那個時候，只有藍天還像往常一樣美，還依舊負載着飄動的白雲。於是，我總是透過窗口，悄悄地看着藍天。地上兇險，天上卻還有永恆的淨土與溫情。

那時候，我對藍天充滿感激。在一切生的根據被摧毀之後，藍天還為我保留着繼續生和繼續愛的廣闊理由。因為藍天，我仍然嚮往生活，仍然相信醜的力量總是有限。他們不能征服藍天，他們在橫掃一切的時候，最終還是不能橫掃藍天和吞沒白雲。在紅海洋的狂濤巨浪席捲一切的時候，藍天依然和平、安詳、明麗，並以她深廣而平等的胸脯擁抱人間，也擁抱孤獨的我。

其實，在更早的時候，我就感激藍天。在兒時的搖籃裏，當我用原始而真純的眼睛看世界時，就看到對我微笑的是母親慈愛的臉容和藍天溫馨的光明。母親搖動着我時，藍天在我身上降臨了第一群大自然的光波。在母親的記憶中，那一刻我才開始微笑。雖然那時我還處於混沌中，但後來我一直記住搖籃邊母親的情意和藍天的情意。

此刻，我手裏拿着筆，眼裏又是清朗得像碧玉的藍天。世界可以剝奪我的一切，從房屋到書本，從自由抒寫的權利到自由吶喊的權利，但不能剝奪我的藍天。有頭頂上的藍天，我就會繼續做夢，繼續思想，繼續相信美的不可剝奪和不可戰勝。

迎接每一個早晨

每天醒來，看到晨光已在雪白的四壁上燃燒，便升起一個意念：起來，快起來迎接早晨。

在西方迎接第一個早晨是在密茨根湖畔。那天，我住在湖邊的一座小樓裏。醒來時，發現滿屋洋溢着光輝，連窗台上的鮮花也很明亮。我興奮地翻下床來，從窗口向外眺望，第一眼便看到火紅的太陽正在大湖與藍天的交接處冉冉升起，並在湖面上撒下一條條金色的綢帶。就在這一剎那，我意識到：黑暗過去了，噩夢結束了，我已進入人生的另一個早晨。

我喜歡早晨。覺得每一個早晨都是新的，每一個黎明都是鮮麗的開端。在早晨裏，我喜歡靠在床架上讀書，在書頁上打着一個一個的問號。在幼稚的年代裏，我喜歡結論，現在則喜歡提出問題，我很高興自己的生命仍然像早晨那樣充滿開始的氣息。

過去自己那些已經出版的著作，就在書架上，此時也在晨曦中燃燒。但我很少去翻閱它。我喜歡新的開始，喜歡正在發酵中的新課題。昨天我的書籍向已有的觀念質疑過。只是質疑，並非結論與真理。今天我又有新的質疑，我相信人文學者的使命在於提出問題，而不在於提供結論。

我一直把古希臘視為人文思想的早晨。那個偉大的開端至今還在養育着人們的頭腦。文藝復興時代是另一個佈滿曦光的早晨，但太陽是一致的，都是人的太陽。我期盼下一個世紀能第三次迎接早晨。太陽還是和前兩次一樣放射人的光芒。我記得第一個早晨的先覺者們都有一個充滿質疑力量的腦袋。他們並非提供永恆的真理，而是提供對於世界的叩問。如果當時他們窮盡了真理，我們今天就失去了人的光彩，處於黃昏的暗影中。

其實人類的始祖亞當與夏娃也是向上帝提出問題才開始人類的歷史的。他們不滿足於上帝的結論才會去偷吃禁果。偉大的天父儘管知道他們犯罪，但還是愛他們的。他們畢竟是能思想的生命。

處於早晨中，滿懷思緒在洶湧。面對青翠的山巒和掛滿露滴的鮮花，我覺得自己和他們一樣年青。已經消失的生命屬於昨天，今天又是另一渴望新知的生命，我不會在任何已有的結論的包裹中沉睡，而要從固有結論中醒來，迎接新的日出和新的召喚，跟隨着太陽的光明，我又有新的問題要向時代提問。

早晨！早晨好！

苦汁

大女兒劍梅誕生在距離她外婆家只有五里路的詩山南僑醫院裏。妻子的老祖母一聽到娃娃出生的消息，就立即帶了一杯用蛇膽泡好的苦汁，拄着拐杖，趕到醫院裏，然後不容分說地灌進我女兒的口裏。剛剛問世的劍梅，吞進這杯苦汁之後，頓時放聲大哭，哭得把整座產房都驚動了。

後來老祖母告訴我，蛇膽雖苦，但能清毒，孩子一生下來，讓她嚐點苦汁將來一身就乾淨。此事已過去二十七個年頭了，但每次想起老祖母，總是想起她老人家的心願：人生再苦，社會再髒，自己的子弟總應當是乾淨的。

今年春節，妻子跨洋過海回故鄉，並去祭奠已故的老祖母的墳墓。老祖母活到九十三歲，是村子裏年齡最長、也是最受敬重的老人。她一生清白，滿身清氣，死時房子裏還點着一炷清香。當妻子回憶她老人家時總是掉淚。也是在這個春節，劍梅接到一張可以告慰老人家心意的賀年卡。這不是普通的賀卡，而是一幅國畫。贈畫的是我的朋友，一位正直而有才華的學者。他畫的是一個冰清玉潔的小姑娘，朋友把她和我的女兒相比，畫上題着「玉潔冰清」四個字，並用清麗的文字作註：

> 臨摹一個冰雪女孩送妳，因妳像她一樣清新、可愛，或說「玉潔冰清」是你性格的一部份，以此作賀卡，也算我們「老」朋友對你的回贈吧；你每封信，每張賀卡，都帶給了我以溫馨與清氣。

我的女兒非常高興，在紐約接到之後特地轉寄給我，並說，我不會辜負伯伯們的心意，我雖在攻讀博士學位，但不會像爬蟲在名利的高牆上爬行，你放心。我看了不僅高興，而且立即想到應告慰萬里之外正在地母懷裏長眠的老人。可是，我身在異國，慈者又在縹緲的仙鄉，此心此情不知該如何寄託？無計之下，想到應把這張畫鑲在鏡框裏，這便使我又想起二十多年前的苦汁，並確信女兒能獲得「玉潔冰清」的禮讚，真的和她一墜地就嚐了苦汁有關。不管怎樣，老祖母的至親至愛的信念是對的：一個有出息的生命，她要燦爛地站立於世界之前，首先應當是乾淨的，而要乾淨，最好先飲一杯人間的苦汁。

因為妻子懷念老祖母時，常講這個故事，所以苦能洗滌人生的意念總是在我的腦際裏盤旋。這種盤旋，使我更容易和痛苦而乾淨的心靈相通。雖然自己不能達到「冰清玉潔」的境界，但是，有了這一意念，總是離名利之思遠些，至少，總是嚮往乾淨之所，不會忘記「冰清玉潔」畢竟是種價值。也因此，我總是不敢跟着聰明人嘲笑「純潔」，倒是對溢滿人間的「髒水」保持警惕。也因為這種意念，我便覺得以往的勞動鍛煉並非全是虛度。在社會底層中，了解民間的疾苦，受過折磨和流過眼淚，也像嚐了膽汁一樣。這種膽汁，真的幫助我拒絕許多上層社會的污濁和誘惑，在人們沉湎於用美酒灌潤咽喉和燒傷良心的時候，我因為有這一杯苦汁的積澱，真覺得身上清潔健康得很多。因此，我在譴責把勞動作為刑罰制度的時候，並不厭惡勞動，更不後悔自己曾經飲過許多像膽汁一樣的苦水和淚水。

別外婆

最後一次見到外婆是一九八八年春節，那時她已是九十高齡。見面後不久她就去世了。母親告訴我，外婆臨終前一直唸着我的名字。外婆給我的情意如山高海深，但我只能報效她幾滴很輕的眼淚。

在最後見到她的那一天，她躺在小屋角落裏的小床上。那是我的母校國光中學的教師村落的一間小屋，我的外婆因為一直跟着當教師的兒子和媳婦，我的舅父和舅母，才能贏得這個兩米長的安靜的角落。

在角落裏，我看到從外婆深深的皺紋裏泛起的一絲微笑，這一絲幾乎看不見的微笑表達了她的全部喜悅。我從小就能從她的前額讀出她的整個心靈。她話極少，必須讀她的皺紋與微笑。我拉住外婆的手，她的手乾瘦但仍有暖意。和外婆在一起，就想到年少的歲月。自從我七歲失去父愛之後，外婆的溫情就護衛着我的童年。上中學時，我又在舅舅任教的學校裏讀書，也因為外婆，少受了許多飢餓。她總是把舅舅家好吃的東西，留一份給我，像外祖父在世的時候，留一小碗米粥給那一隻心愛的小貓。一晃三十年過去了，我面對外婆，覺得沒有辜負她老人家。這並不是因為我已有了名聲，而是因為三十年歲月的激流，沒有沖走我曾在外婆懷裏跳動和酣睡的童心，這顆心沒有掉進遍佈中國大地的糞坑。

那一天，外婆一句話也沒說，只是呆呆地微笑着。我知道她很高興，她留給我的最後印象是快樂的。她不願意讓我牽掛。我的外婆沒有文化，但她卻和我的外祖父一起培養了一群有文化的子孫。她的後代，已有十幾個教師，從大學到小學都有。她有根深蒂固的人生責任感，但她唯一的責任感，就是愛，天然的、無邊的愛。她把這種責任推到很遠很遠的地方，不管我和我的兄弟姊妹走到多遠的天涯海角，都感受到她的愛。我這次見到外婆時，便想到人世間像外婆這種把愛當作唯一責任的人，愈來愈稀少了。陽光還在，但世界顯得愈來愈寒冷。我覺得，自己倘若要讓外婆感到欣慰，就是要把外婆給予我的這一責任基因，蘊藏在心底，讓它不斷生長，永遠也不要學會仇恨。

走出外婆的小屋，妻子瞥了一下我的潮濕的眼睛，她知道我又傷感了。真的，在我踏出門坎的一剎那，我想到，這一定是最後一次和外婆見面，以後再見到她時，也許她不是在小床上，而是在墳地裏了。我將不能再撫摸她的額頭，只能撫摸她墳墓上的碑石和泥土。她的深藏於皺紋中的慈祥的微笑，再也看不見了，看到的只會是墳邊的青草。想到這一切，想到剛才她手中給我的太陽般的溫暖就要消失，我傷感了。人生這麼匆促，許多消失的將永遠消失，絕對無法挽回。此去的路上，該不會愛我的人愈來愈少，恨我的人愈來愈多吧？也說不定，因為我的故土，並不適合那些把愛作為唯一責任的人存活發展，在外婆晚年的二、三十年歲月中，我的耳邊充滿着討伐愛的聲音。

想到這裏，我回過頭去最後看一眼外婆，她雙眼緊閉，不願看到我踏上路程，她知道，我要前去的大北方雖然廣闊，但充滿風雪與黃沙。

故園的霜姑

在我年輕的時候，總是把故鄉浪漫化。故鄉就是柔美的詩，就是旖旎的夢。後來，一次一次的政治運動像戰爭似地把我的夢炸碎了。好長一段時間，我憎惡故鄉，憎惡故鄉在誕生自己的兒女之後不能護衛兒女，而且把自己的兒女一個一個送上革命名義下的魔鬼審判台，把他們像狗一樣吊在屋樑上抽打，還給他們戴上惡鬼的高帽遊街，從一個鄉村走向另一個鄉村。那個時刻，故鄉已經沒有心，她對自己受辱的兒女所發出的獰笑，是我絕對不能容忍的純粹動物的肉聲。

我常常憎惡故鄉只有小聰明而沒有大智慧。在黑暗籠罩的日子裏，膽子變得特別小，卻有許多狡狐般的壞主意。我在〈抬着政治棺材的老師們〉中所寫的罪惡遊行，不知道是誰出的鬼點子，至今還擾亂着我的心思。一想到我的老師披麻戴孝地抬着「劉少奇棺材」遊行，我就失去對故鄉的敬意。還有一個壞點子也使我耿耿於懷，這是我在一九七三年回到故鄉時才知道的。

這件事發生在文化大革命的混濁日子裏，那時，我的故鄉除了把中學老師、小學老師統統揪出來之外，在鄉村還揪了一些「壞分子」，所謂「壞」，就是所謂「生活作風」問題。我在妻子的娘家村莊裏遇到的一位中年女子，我們的同鄉姐妹，就是這樣的「壞分子」。當妻子見到她時並親切地叫她一聲「霜姑」時，她竟感動得哭了起來。一看到大顆大顆的眼淚滴落在她枯瘦的臉上，就知道她的心事很深。當時已沒有人敢稱她為「姑姑」，只把她當作壞分子，也在對她進行管制與專政。而「專政」的辦法使我非常震驚。在北京見到的專政對象被遊街示眾已夠我難受，而在自己的家鄉偏有人出壞主意，讓霜姑「自我遊街」，強迫她天天敲打着破鑼到各家各戶去「示眾」。她手裏拿着遊街證明書，即「專政條子」，一家一戶去「遊行」，每到一家，就把自己辱罵一頓，然後求人簽個名，證明她已經來「低頭認罪」過了。無論是誰，只要在證明書上簽字或劃個「√」之後，她便立即磕頭說「謝謝」。她就這樣低頭「謝謝」了一天又一天，一月又一月。這是我知道的人間最淒慘、最悲涼的道謝，也是我未曾見到過的把人的尊嚴剝奪得最乾淨而又最省力的辦法。可是，它偏偏出現在我的自作聰明的家鄉，和我的故居只有一山之隔的岳父母的村莊。

霜姑走後，我的岳母才給我們介紹說，其實她沒有甚麼罪。她早年當過小學教師，為了照顧二個女兒而丟掉了教職。與丈夫離婚後，她開了一個小小的裁縫店，來往中也有二、三個男人與她相好過，再加上她長得秀氣，穿戴也不一般，例如夏天裏她會穿上自己縫製的裙子或者自己設計的背心短褲，露出胳膊。憑這些，就硬說她是「破鞋」，腐蝕勾引幹部和貧下中農。開始鬥她時，是在她胸前掛了一隻破鞋和「壞分子」牌，鬥了幾個月而鬥膩鬥累了之後，才生了怪點子，讓群眾監督、專政，要她自己天天按時出門拿着「專政條子」自行遊街，叫做「亮破鞋」。知道了霜姑的遭遇後，我實在受不了，便對妻子喊叫：世界這麼強大，為甚麼欺負這樣一個弱者？我們的故鄉腦袋為甚麼會變得這麼古怪？對自己的姐妹和兒女為甚麼欺負到這個地步？這是我們的故鄉嗎？妻子聽了我的話，指着窗外說：那不是高蓋山嗎？那不是楓樹林嗎？那不明明是你的家鄉嗎？

火爐邊上的家鄉

我喜歡樓下的壁爐，特別是在雪天裏，對着熊熊的爐火，一邊添着柴火，一邊讀着書，真舒服。

在爐火正旺的時候，妻子總是拿來幾塊紅薯，讓我一邊讀書，一邊烤紅薯。烤熟的時候，我們把它放在鋪好的舊報紙上，熱騰騰地品嚐起來，這時，我們才發現紅薯來自中國，一股鄉土味。而妻子講着紅薯的故事，又是滿口鄉音，偏偏小女兒又在播放着《梁祝恨》的音樂，更是滿屋的鄉風鄉情。這個時候，我才想起，這也是故鄉，火爐邊上的故鄉。

這一年春節，菲亞回鄉了。我和女兒依舊燒着爐火，但是，妻子不在，我便有一種空缺感，覺得失落了火爐邊的故鄉。為了彌補空缺，我和女兒又去買紅薯，但是，吃起紅薯時，卻覺得沒有菲亞在的時候那麼甜，缺了一點故鄉味，這才悟到故鄉固然也蘊藏在瓜果裏，但更多的是藏在人的情感裏。

妻子伴隨着我在海外漂泊多年。她在的時候，一切都很平常，她做好了飯，我就吃；她洗好了衣服，我就穿；她抄好了稿子，我就潤色；她洗好了碗筷，我們就去散步。在爐火前，我看我的書，她看她的書，相對無言，但是，此刻她走了，這才感到往日平平常常的一切都很珍貴。這一切平常的如鹽似水的情誼正是我的故鄉。她走了，彷彿也帶走了故鄉，至少帶走了故鄉的一大半。五年前我剛剛踏上異邦的土地時，因為失落了故鄉而像被抽掉魂魄時，幸而回頭看到妻子，發現故鄉還在自己的身邊。李澤厚在和我的對話錄中說，妻子和其他女子不同，她不僅有愛，還有恩，說的極是。在漂流的歲月中，才知道一個賢良的妻子必須承擔故鄉的全部責任。所有來自天上和地上的奔雷閃電，故鄉都必須用自己的肩膀來擔當，為了護衛在故鄉懷裏呼吸的生命。

菲亞回國三個月之後，又回美國了。回來的那天，這裏又飄起鵝絨似的大雪，我們的屋裏又點起了爐火。她對着我和孩子講述回國的故事，講述故鄉的變化，講述故鄉的同學永不變更的深情，也講述社會科學院用電鑽電鋸打進我北京住宅的細節，這時，她感慨說，祖國也不是鐵板一塊，有愛我們愛得很真很深的兄弟，也有恨我們恨得很深很怪的虎狼。她說得很對，故鄉決不是坦克的履帶和卑鄙的電鑽，而是那些我們愛它、它也愛我們的心靈，這種心靈既在海的那一岸，也在海的這一岸，既在武夷山下的泉水邊，也在這洛磯山下的火爐旁。

當妻子還在滔滔不絕地講述而小女兒時時笑得前俯後仰的時候，我把爐火挑得很旺很旺，對着燃燒的爐火，我心中隱隱激動，覺得自己生命中有一種尚未枯萎的東西與這爐火相似，任何東西都難以把它撲滅。五年前，在經歷那一次生命危機之時，確實懷疑過自己，生命像大樹從故鄉的土地上連根拔了，會不會從此陷入枯萎？如果枯萎，此後的生命便剩下枯枝與殘骸，想到這裏，曾掠過一陣恐懼，然而，五年之後，面對這爐火，我可以為自己驕傲了。生命並沒有凋零，在另一片土地上，我生長得很好，也像這爐火，重新燃燒和放出光明。海的那一岸有我的故鄉，海的這一岸也有我的故鄉。追逐我的狼虎之爪總是有限的，他們撲滅不了到處可以燃燒的故鄉的爐火和紅薯的香味。生命，生命到處都有和暖的家園。

站滿四壁的故園

一九八九年秋天是我一生最徬徨的時候，那時寂寞像魔鬼一樣緊緊地扼住我的咽喉。我是一個故鄉土地的崇拜者，在長江南北的那塊土地上，到處都有我扎得深深的生命的根鬚，此次，一個突然，我就像棵大樹，被風暴連根拔掉，然後被拋到另一片陌生的原野上。這個時候，我第一次感到失去故鄉的揪心的惶恐。

可是，就在九月初的一天裏，我走到芝加哥大學東亞系的圖書館，走進佈滿中國文字的書架中，那一瞬間，我永遠記住那一瞬間，我感到一陣狂喜，然後就像擁抱久別的故鄉一樣緊緊地抓住書架的鐵欄杆，之後，我便悄悄地哭了。抹去眼淚，便近乎神經質地撫摸書架上的書籍，從古到今的書籍。撫摸着《紅樓夢》、《西遊記》，撫摸着《諸子集成》，撫摸着魯迅、冰心、沈從文、巴金和艾青，撫摸着被玻璃窗保護着的《四庫全書》，像撫摸自己的佈滿皺紋的祖先和佈滿笑容的父老兄弟。

我永遠忘不了這一瞬間，常常和朋友們談起這一瞬間。這是我的瞬間，真正屬於我和反映我的瞬間。在這一瞬間之後，我的浮動的心緒開始從空中降落到地上，生命又感到踏實。在我尚未掛上十字架的時候，唯一能救贖我的就是這些書籍，唯一能使我生命發生轉機的時刻，就是這樣的瞬間。

在這個瞬間裏，在一刹那之間，一個準確的、帶着詩的意念降臨於我的心中：這堆滿四壁的書籍，就是我的魂魄和我的故鄉。我的偉大的智慧的祖先，我的故土上的不屈不撓的世世代代的知識分子，就在這裏呼吸。我打開《紅樓夢》，書頁裏的熟悉的香味立即撲鼻而來，不錯，這是故鄉的香味，另一種泥土的香味，總是讓我沉醉和讓我感到人生有意思的鄉味。我像熟悉松明的香味一樣地熟悉這種鄉味。還有這文字，不錯，這是我故鄉的文字，漆黑的、方塊的、蘊含着故鄉的歡樂與眼淚的文字，曾像乳汁一樣地灌溉過我的貧瘠的心靈的文字，從呀呀學語的童年開始，它就穿過我的眼睛進入我無底的內在世界。我的故鄉不僅是野花與野草，還有這些文字與文字中的故事。一切哺育過我愛過我和讓我思念的就是故鄉。我的故鄉決不是坦克的汽油味，決不是那種充滿恐怖的報告，而是這些書香與文字。

那一瞬間，我瘋狂地翻閱着故鄉，一山接一山，一水接一水。我發現我想念的師長與朋友就像山嶽似地站立在書架上，聶紺弩、傅雷、李澤厚、邵燕祥、王蒙、劉心武……一個一個就在眼前，他們在談論中國，談論文學，談論我。此刻，我才感到故鄉離我很近。在我眼前的四壁中，濃縮着我的遼闊的故土。那一天，一下子借了二、三十本回家，把這些書籍放在床前的案頭上，睡前，我覺得故鄉就在身邊，那天夜裏的夢，都是好的故事。

刹那生命

說起《紅樓夢》，我就想到人生只是瞬間。這部巨著給予我的哲學啟迪，就是生命的瞬間感：生命只是一刹那。

生命只是瞬間，尤其是很美的生命，更是瞬間。至情至性的少女，在那一瞬間，還那麼活潑、美麗、動人，如天地絕唱。而此一瞬間，卻消失於寂寞的死亡中，如泥土沙石，誰也無法挽回。

人生總有一了，而且很快就了。沒有不散的宴席，也沒有永存的美貌。一切絢麗的顏色終究都要歸於空無，所有閃光的金子終究要化作輕煙。人們所期待的永恆永在，只存在於「警幻仙境」的超驗世界中。而在現實的世界裏，人生旅程最後一個點都是墳。墳墓平等地等待着每一個人。

讀了海德格爾的《存在與時間》，我總是激動不已，因為他告訴我，人既然必定要死，所以生時要勇於衝鋒進擊。人的存在時間很短，這是鐵鑄的事實，現代科學把生命盡可能地拉長，但仍然很短。既然死亡已經確定，那就不必怕死，應當勇敢地創造生的意義。曹雪芹生命瞬間感與海德格爾的生死觀一樣影響着我。我一直以感激的心情面對曹雪芹，他的天才帶給我這麼多高貴的憂傷，這麼多可愛的靈魂，還給我意識到生命只是個瞬間。

因為意識到這一點，我便產生一種信念，既然生命只是瞬間，所以就要活得真實。想計較就不再計較了，本是放不下的就放下了，汲汲於金錢與名位追求的生命注定要失敗，為瞬間的虛名，為一頂桂冠和一些蠅頭小利而用盡權術心術，而賣掉自己的肝膽與魂魄，無論如何是不值得的。

活得真實，自然就不再欺騙自己。那些期待「萬歲」的人，儘管聰明，但也要欺騙自己，讓幻象來模糊自己。我曾為一個人歡呼過萬歲，但他使我絕望，當他死去之後，我發現他甚麼也沒有帶走。人死時是甚麼也帶不走的。他活着的是瞬間，擁有的也只是瞬間。他欺騙過別人，也欺騙過自己，在人們向他歡呼萬歲的時候，他不敢向人們說：人生只是一刹那。

人生三部曲

有幸的人生大約可以經歷這樣的三部曲：被創造——創造——被創造。

開始是被創造：在母腹中，在搖籃裏，在課堂上，在書海裏，都是在被創造。世上有許多人，在走出母親的生命之門後，就在貧窮與死亡的線上掙扎，從未享受過被學校與書本創造的權利。因此，能夠贏得一個被創造的青少年時代的人是幸運的。

但人生的意義不在於被創造，而在於創造。從廣義上說，每個有工作能力的人都在創造，創造工具，創造財富，創造自己的生活空間。但是，僅僅為求生的創造不是高級意義上的創造。真正意義上的創造是實現生命主體要求的精神價值創造。有幸從事這種創造的人並不多。科學家、藝術家、作家都是這種創造者。但是，從事科學、文學、藝術工作的人未必真有創造，在科學院裏類似工匠的人就很多；在畫室中，也有許多只會摹倣的畫匠，在作家協會俱樂部中，更有許多人誤認為玩弄章句和玩弄技巧是所謂創作。還有一些學人，照搬古人與洋人的概念，更談不上創造。歷史所以給予從柏拉圖、亞里斯多德到托爾斯泰、愛因斯坦以永遠的敬意，就是因為他們是真的創造者。

有幸人生的第三步又是被創造。這是第二步創造出來的成果被他人所闡釋、所研究、所發展。值得他人進行再創造，這也不容易。一個傑出的作家藝術家，總是要被無數的批評家進行再創造。在哈佛大學的圖書館裏，我們會發現研究莎士比亞的書籍千百倍地大於莎士比亞的戲劇和詩歌本文。莎士比亞的作品是文學史的一個部份，而莎士比亞如何被創造，本身又可構成一部學術史。《紅樓夢》也是如此。

被創造有多種可能性，可能被創造成魔，可能被創造成怪，可能被創造成神。因此，在被創造的幸運中，也蘊藏着不幸與危險。被創造成魔怪且不説，即使被創造成神也不是好事，現代中國被創造成神的，一個是毛澤東，一個是魯迅。對毛澤東的神化造成文化大革命的災難，而對魯迅的神化，卻完全把魯迅作為歷史的傀儡，表面上把他奉為神，實際上是把他變成「痛打」他人的極兇惡的鬼怪，真把他糟蹋盡了。他的被創造，原來是被利用。

被創造既然有危險，那麼，被創造者倘若還活着，最好是頭腦清醒，守住自知之明，以免當鍍金的傀儡。

人生這三部曲，其主旋律自然是第二步的創造。活着的意義寓於創造。把握人生意義的人，決不在乎人們怎樣創造他，他只忙於自己的耕耘。

佔有孤獨

夏天的傍晚真是迷人。踏着草間透邐的小路，我獨自散步到無名的湖邊。湖邊很靜，湖面上是紫色的粼光。往日喜歡妻子陪着，最近則更愛獨往獨來了。唯有獨自散步時，才能從容地享受夏夜的美，也才能安然沉思。我的思想似乎一半產生於頭腦，一半則產生於散步時的腳底。托爾斯泰晚年的脾氣很怪，他說他甚麼人也不願意接觸，只願意獨自和上帝相處。我是無神論者，比他還孤獨。然而，我知道，唯有孤獨才有生命的精緻。深邃的精神世界，只有孤獨者才能踏進。

六年前剛出國的時候，我害怕孤獨，幾乎被孤獨所擊倒。那時，我不得不用全副心力與孤獨搏鬥。然而，也正是那個時候，我遠離了生命被割切成碎片的時代，贏得靈魂的完整。帶着完整的靈魂，我開始一步步走進生命的深層，在那裏重新開闢人生。六年過去了，此時心境完全變了。我不但不怕孤獨，而且很愛孤獨，為佔有孤獨而驕傲。世上很少人有這樣的幸運，他們很熱鬧，很忙，必須為生存而奔波，為榮譽和地位而在泥濘中扭打，沒有時間坐下來獨自思索。而我，擁有孤獨，擁有完整的生命。沒有一種力量能擾亂我的身體的腳步和靈魂的腳步。

我真高興，在人們忙着佔有權力與財富時，我卻佔有孤獨。

第三次飢渴

我愛讀書。但是，只有在生命飢渴和靈魂飢渴的時候，才讀得最有心得。

在五十年的人生歲月中，我經歷了三次生命的飢渴，也三次贏得生命的充實。

第一次是在讀高中的時候，我從成功中學轉到國光中學，突然發現圖書館裏有那麼多精彩的書籍，有名字叫做莎士比亞、托爾斯泰的大海，有讓我震顫的惠特曼與讓我安靜的泰戈爾，我真的像飢狼撲向麵包一下子就撲向這些書籍。我怕自己立即就會把莎士比亞吞下，因此，每讀完他的一個戲劇，就要堵一堵自己的胃口。那時我雖然僅是十五、六歲，但是，彷彿經歷過漫長的生命飢渴。不知道為甚麼會有這種飢渴，至今還想不清楚。

第二次是七十年代末。那是經歷了文化大革命的大禁錮之後出現的大飢渴。在那場充滿荒謬的大革命中，除了馬列著作、毛澤東著作之外，幾乎一切書籍都被禁止出借與閱讀。這場大革命，對於愛讀書的人，真是致命的打擊。在我的記憶中，從未有這樣一種奇怪的體驗，我竟像犯相思病一樣的思念荷馬、但丁、莎士比亞、托爾斯泰，思念歌德、拜倫。沒想到他們竟像死囚一樣被送入我的祖國的精神牢獄與靈魂裁判所。曾經使我如癡如醉地傾心過、愛戀過、陶醉過的詩人們，此時被戴上「封、資、修」的罪惡帽子，並被關進戴着鎖鏈的牛棚，有些則被送入造紙廠的垃圾堆裏。那十年，我像癡呆一樣地背着老三篇，看的是《地道戰》等老三片，靈魂荒涼到極點，生命飢渴到極點。這是人類歷史上知識者與思想者最可憐、最飢餓的歲月。如果當時有權利討乞，為了滿足這飢餓，我可能願意做個精神乞丐去乞討一點莎士比亞與其他詩人們的文字，然後像吞嚥果汁似地一飲而盡。那種蒼白的日子，那種精神剝奪的徹底與殘暴，那種令人發狂又令人完全絕望的精神饑荒，沒有切身體驗過的人，永遠難以置信。我就是帶着這種生命的飢渴在七十年代末走進重新開放的書庫，並立即陷入人生的第二次瘋狂的讀書期。那時，我簡直瘋了，到圖書館時見到所有的書籍都想讀；到書店裏，甚麼書都想買。那種慾望使我的讀書方法也發生錯亂，常常不是一本一本讀，而是一群一群地讀。在長安街頭的昏暗路燈下，我常一會兒讀詩，一會兒讀論文，一會兒抓住培根，一會兒舉起莊子，但是我很快就平靜下來，系統地讀些應當認真讀的書。因為經歷過揪心的生命飢渴，又經歷了非人的十年生活，此次讀書的效率和心得真不一樣。我第一次覺得自己能與人類的大慈大悲大智者的靈魂相通，再也不是完全站立於他們的心靈大門之外了。

第三次生命飢渴是在一九八九年夏天之後，那一段日子，我剛經歷過許多朋友知道的浩劫。在浩劫中我和我的書籍被大海割開了。那時，我的全部心思只是讓自己生存下來，待到安全抵達西方的另一片土地時，我才發現自己手上一本書也沒有，此刻，我突然感到一種前所未有的迷惘和大虛空。那時我其實是居住在世界上最繁華的城市巴黎，但是，僅僅因為我無法到中國書店，也無法找到一本書而感到自己是生活在焦熱的佈滿恐怖的大沙漠之中，我被沙漠的火焰烤得又飢又渴。經歷了這場浩劫之後，我帶着新的飢渴走進芝加哥大學圖書館。這是我的第三次的生命飢渴。在異邦的圖書館裏，我張開巨大的胃，貪婪地尋找以前看不到的刊物和書籍，經歷了一段最有心得的讀書生活。在這段日子裏，我被浩劫所打擊的心靈變得成熟，因此在飢渴中冷靜地選擇與思索。各種書籍中的「真理」，我都用自己近乎死亡的體驗和它對話，並以此鋪設了我的第二人生的第一程道路。因為這次飢渴包含着我刻骨銘心的生命體驗，帶着這種體驗讀書，所有的書都不一樣了。我這次是讀生命，發現生命，感受生命。

此刻，我的生活又轉向平靜，但我第三次的生命飢渴仍然沒有停息，唯有不停息，我才感到自己離衰朽和死亡很遠，還有很長的路需要跋涉。

聽濤聲

我很喜歡聽大海的濤聲。童年時代不在海邊而在山邊，聽不到海濤，就聽松濤、柳濤、楓濤。故鄉大森林的節拍，使我從小就愛詩與音樂。

出國之後，無論是在端典的波羅的海海岸還是加拿大的維多利亞海岸，我都喜歡在岸邊尋找一塊渾圓的石頭坐下，極目滄浪，獨自享受濤聲。我特別喜歡月明星稀的夜晚，那時萬籟寂靜，空曠無邊的天地間唯有濤聲，時間與空間全凝聚在波濤之上。濤聲有如萬馬的蹄疾，從遙遠的古戰場直奔今天，一直奔馳到我的腳下，然後在大地的岩壁上和我的胸脯中拍擊出鼙鼓一樣的響聲。我的生命之歌需要這種聲音的伴奏。

我常聽泉聲溪聲，也常聽江聲河聲，但是我最喜歡聽的還是這濤聲。一聽這濤聲，就知道它屬於大海。記得一本史書上這樣描述過科學家牛頓，它說一聽到牛頓的聲音，就知道他是一匹獅子。我一聽到深沉的濤聲，就知道它發自一個天地間最偉大的胸襟。

走出國門之後，我彷彿覺得自己不是走向世界，而是走向歷史——走向歷史的深處。我走到每一個地方，都把生命投進歷史，然後在生命與歷史的緊貼中領悟人生。而這濤聲，又彷彿是我的使者，它總是把我引向時間的深處與空間的深處，如同把但丁引向歷史深處的真純的貝蒂婭。唯有大海的波濤歷盡大自然的滄桑，覽閱過人類無數朝代的興亡。它積澱下歷史，而不被歷史所埋葬。

我在聽濤聲時發現歷史也發現自己。在聆聽的時刻，我感到自己不僅可以有大海一樣的自由呼吸，而且可以把心胸伸展得和大海一樣遼闊。遼闊得可容下星辰與日月。一顆擁有萬里碧波萬重山嶽的心靈是莊嚴而不可褻瀆的。波浪的每一起落，濤聲的每一拍節，都在呼喚我的尊嚴，提醒我在天空下抬起頭來，在人類精神的土地上站立起來，像大海一樣自由地揚起它的無限波瀾。

有一次在加利福尼亞海岸的沙灘上，我坐着聽濤聲聽得發呆，妻子到處找我。見到妻子，我請她坐下，此時，我突然產生一種向她傾吐的慾望，並立即問她，你發現了沒有？濤聲把我們帶到很遠很遠的地方，我們已經遠離一個時代：一個心靈被褻瀆的時代。我們的心靈已被褻瀆得太久了，必須在濤聲中抹掉它的陰影與污跡。在生命之旅中，每次聽到那些自我顯耀的空話與謊言就有心靈被褻瀆的感覺。被褻瀆久了，一旦從被褻瀆中覺醒，就嚮往心的乾淨，像貞女被褻瀆後想沖洗一下身子，然後求個安寧的坐處，忘掉被褻瀆的恥辱。我喜歡聽濤聲，與這意思相去不遠，只是着意遠離人間的那種種褻瀆心靈的噪音，在大海的一章一節中重悟人生的神聖。

我真喜歡聽濤聲，我的音樂耳朵是粗糙的，但我的心靈耳朵卻很細緻，它懂得愛這大自然壯闊的天籟，傾聽一輩子也不會疲倦。

骨灰

聽到馬碧雪去世的消息。我的妻子和女兒痛哭了一場。而我也傷感。三、四個月前在香港見到她，還好好的，帶着三十多名學生練鋼琴，琴聲那麼純，一聽就讓人想起她的父親馬思聰。

一個冬季剛過後她就遠走了。前往香港和母親訣別的小剛、我的女婿來電話說，「媽媽走得非常安詳，用最平靜的心告別人間，沒有一聲呻吟與嘆息，也沒有遺囑，遺留給我的就是幾箱的琴譜，日後能讓我緬懷的就是她的愛與琴聲了。」

我的大女兒劍梅也為婆婆的突然去世傷感了好久。兩個星期後，對着黃剛帶回來的骨灰又哭了一場。骨灰將安放在馬思聰的骨灰盒旁邊。在馬思聰的子女中，她是唯一繼承父母親的音樂事業並成為中央民族學院的音樂教授。她生前就表達過願望，死後一定要陪伴父親偉大而高潔的靈魂，和父親一起安睡在白雲繚繞的音樂之鄉。

沉靜下來的劍梅告訴我，對着婆婆的骨灰，她對人生又有新的領悟。她說，如果要用世俗的眼光來看待死，又要想到你們這一代人的悲辛，控訴一下那個缺少關懷的時代，但是如果超脫世俗的重負，倒可以想得很多。一個實實在在的很美的生命，就在瞬間化作骨灰。前年在紐約這個屋子裏，她還在談笑風生，此時卻完全變成瓶子裏的灰燼了。她走的時候，物質的一切，有形的一切，真的一點也帶不走。人來到世上本來就是一抔塵土，現在離開人世也還是一抔塵土。馬老師生前心地純正，不懂得算計，這是很對的，好像她早就悟到算計再精再細，最後也只是剩下一瓶灰燼。然而，人生就沒有意義了嗎？

劍梅說，她從骨灰盒領悟到一種意義，這就是精神遺物的意義。她見過馬思聰先生的骨灰盒，今天又見到馬碧雪老師的骨灰盒。她發現那些有形的東西在灰燼裏固然全都消失了，但無形的東西依然存在。這是生命的實在。她和黃剛及黃剛的爸爸都真實地感到瓶子裏燃燒着看不見的火焰，無形的東西凝聚在骨灰裏，而且不斷地飄入生者的心中。這些東西，就是馬思聰的歌譜，馬碧雪的琴聲。這些歌音又變得很具體，從另一個遙遠世界裏傳來，悠悠揚揚，一直在提示我們，提示生命的高潔與尊嚴。質本潔來還潔去，這樣的人生就是無愧的了。劍梅還說，這種精神遺物真的比肉體生命更長久，靈魂真的會生根。遺物，竟像植物，也開花，也長葉，也飄香。

聽了女兒悟道的一番話，更增添了對死者的緬懷。但是也得到一種很美的心思和力量。覺得女兒所說的精神遺物是真實的，並非安慰。自己也應當給未來留下一點精神遺物，不僅是一瓶灰燼。高潔的文字與高潔的歌聲是不會化為塵土的，人生並非全是徒勞。蠟燭成灰之後，火焰未必就此死滅，淚水未必從此乾涸。

提筆的瞬間

小時候，我對紙筆懷着敬畏之情。後來因為受「知識者最無知識」思想的影響，對紙筆也沒那麼敬重了。特別是到了文化大革命，見到滿牆滿紙的假話、廢話與大話，才知道紙筆可以這麼賤，可以製造出這麼多野蠻。

近十幾年來，我對紙筆又敬畏起來。覺得紙筆又屬於自己了，它負載自己的真誠與尊嚴。現在一攤開紙筆，就會獲得心的平靜。如果在紙筆攤開之前本是浮躁的，那麼，此時浮躁之情就會自然地消失於紙筆之中。

出國之後，提筆的瞬間感覺更加好。出國之前那幾年，雖然心境已經不錯，總還是有所顧忌。提起筆時還是常有猶豫。一猶豫，靈感就會熄滅。我很脆弱，不能猶豫。大約是以往鬥爭歲月留下的陰影還沒有散盡，陰影就影響到筆的命運。近日翻翻自己在海外所寫的書籍文章，便覺得這些文字是在國內流淌不出來的。

在美國已生活多年。這個國家的暴力、吸毒、性氾濫常使我厭惡，但我仍然喜歡它。這不是因為它有巧克力和汽車，而是因為提起筆來不必猶豫，提筆的瞬間感覺特別好。怎麼好法，其實也說不清，只是感覺這個瞬間是真正屬於自己的瞬間，該說的話就說，不情願說的話就不說，沒有甚麼「真理」需要去附和，也沒有甚麼禁忌需要去迴避，這是一種自由的瞬間，打開情思的閘門讓生命之水快樂流淌的瞬間。在這個瞬間中，筆不是工具，也無所謂敬畏，它就是生命的一部份，抒寫的也是真實的生命。因為有這樣的瞬間，才感到在美國還是有意思，如果沒有這個瞬間，我不一定會喜歡美國。

因為對提筆的瞬間有所感受，便慶幸自己沒有充當為聖賢立言的「筆桿子」。在大陸，充當筆桿子的不少，我也差些當了「筆桿子」。七十年代末我第一次為周揚起草了〈學習魯迅的懷疑精神〉的稿子，他很滿意，以後他幾次報告都讓我起草。我從晚年的周揚身上學習如何駕馭大文章，收穫不小，但是，在起草過程中，才知道周揚並沒有自由。許多雙手都想指揮正在運行的「筆桿子」，不僅我難以獨立寫作，就連周揚也是很難按照他的意志思考。我多次看到周揚悄悄落淚，也多次聽到他的感嘆。在北京醫院裏，面對紀念魯迅一百週年的報告所引起的風風雨雨，他對我感慨說：「這種文章難做，以後不再做了。」周揚去世之後，我一直懷念着他，但也慶幸自己沒有成為他這樣的大筆桿子，用革命的公共性格融化掉私人性格，用集體的語言取代自己的個性語言。這種大筆桿子，雖有筆，但筆下紙上都缺少真實的生命。

兩三年來，有些朋友希望我早些回國，我也心動，但是，每次提起筆來就躊躇。怕回國後會丟掉屬於我的自由的瞬間。就因為這一點，雙腳總是沉重。不過，有一天總是要回去的，回去再感受提筆的味道也好。說不定，在故國的書桌上，提起筆也會快樂，即使不是快樂，至少也不是恐懼。

人之謎

古希臘有一個著名的神話：獅身人面而且長着雙翼的怪物司芬克斯蹲在一座懸崖上面，讓過路的忒拜人猜測智慧女神繆斯教給她的各種隱謎。猜中者就放過，猜不中者則要被她吃掉。其中有一個謎使許多人難以通過她的死亡懸崖。

這個謎是：有一種生物，牠早晨用四隻腳走路，中午用兩隻腳走路，黃昏用三隻腳走路。聰明人猜中了：這就是人。人處於生命早晨即童年時代是在地上爬行，用的是包括兩隻小手的四隻腳；處於生命中午即成年時代便立起身子走路，用的是兩隻腳；處於生命黃昏即老年時代必須借助拐杖，用的是三隻腳。

由於記得這個謎，因此我就杜撰了另一個謎給朋友們猜，這個謎是：有一種生物，在早晨時爬着走路；在中午時跪着走路；在黃昏時躺着走路。這一生物是甚麼？有些朋友皺着眉頭想不出，有些朋友眼睛發亮地喊出來：這是當代中國知識分子！

他們猜對了。中國當代知識者的兒童時代與人類的其他部份沒有區別，也是四肢着地充滿天真地爬着走路。到了成年之後，他們受到一套充當「馴服工具」、「螺絲釘」的奴化教育，特別是被強大的政治運動閹割了脊骨，便在精神土地上站立不起來，動不動就跪在教條與權勢面前，可說是跪着走路；到了晚年，經過數十年的辛苦跌打，雖是滿身風霜，但各類反動政治帽子已被摘掉，而且當了教授還有所謂「博士導師」，倒也心滿意足，可是，到了此時，實際上已沒有創造性能與創造激情，只是躺在虛幻的名聲之上和學生設置的更虛幻的轎子上，讓人們抬着走，所以可說是躺着走路。

我不善於編撰謎語，所以這一謎語很快就被猜中。但願隨着時間推移，當代中國知識者午間跪着走路的人愈來愈少，晚年躺着走的人也愈來愈少，我的謎語可增加一點難度。

哪裏更真實

今天收到年輕朋友小雙的來信，她在西方世界裏生活好些年，最近又回到了中國。在西方還沒扎下根，回到故園又不習慣，來回往返了幾趟，竟不知東方與西方這兩個世界，哪一個對她來說更加真實。

我也常有這種感覺，不知道自己生活在東方還是在西方才更真實。在中國，有時感到自己是完全真實的，生命和故土貼得緊緊，肩膀和父兄一起承受苦難和承受陽光。但又常感到極不真實。政治鬥爭像循環不已的驚濤激浪，一會兒把人拋入空中，一會兒把人推入水底，環境太險惡，不能用本來的面目生活，只能用一副面孔對待朋友，而用另一副面孔對付政治野獸，這種生活怎麼談得上真實呢？在六、七十年代，文學作品中的人物都是戴假面具的英雄，而現實中的人物，又何嘗不戴假面具？八十年代，有人在呼籲說真話，這是因為假話太多，生活太不真實。但在西方世界，我也常感到彷徨。倘若要說活得真實，卻遠離自己的故土。自己內在情感所維繫和熱愛的一切，分明在滄海的那一邊。長江與黃河，每一滴水和每一顆沙粒，對於我都是真實的。在密西西比河河畔沉思的時候，總要想起長江的驚濤與黃河的濁浪，覺得長江與黃河對於我更加真實。然而，我又覺得在這片陌生的土地上也是真實的。我感到自由，可以說一切自己願意說的話，可以讀各種書刊和看各種電影，從最聖潔的宗教經書一直到最鄙俗的性愛雜誌，我可以讓自己的思想自由馳騁，決沒有專制者黑暗的陰影。精神雷達和精神警察都離我很遠，他們絕對不會來敲知識者的門。

我至今不知道生活在哪一個世界裏更加真實，然而，已慢慢悟到一點：一個人重要的不是身在哪裏，而是心在哪裏。倘若把心放在政治角逐和金錢角逐場上，那麼即使他身在故土中，生命也未必真實。對於我，一個酷愛思索的思想者，如果思想被堵塞，即使生活在故鄉的榕樹下，生命也不會真實。而今天我雖身在異鄉，但我真實地思念故國。有時間與空間的距離，思念更加真實。而且，我可以自由地思想，可以把心放在酷愛的文學上。心靈放在自己所喜愛的事業上，就是存放在最實處。在過去的幾十年，強大的政治總是要把我的心從真實的世界中拉開，從我心愛的境界中拉開，使我常常身心分裂，「常恨此身非我有」，而此時，我的心存放在最實處，存放在我的真實的文字裏。我知道，無論東方還是西方，外部世界都太多虛假，但我可以不生活在虛假之中，我的心靈可以作出選擇，無論我身在何方。

由此還想到，人生無論追求偉大還是追求平凡，都無可厚非，重要的是對於自己的選擇是否出自心靈。如果覺得只有追求偉大的目標才感到自己的生命是真實的存在，那就不妨追求，如果覺得只有從事平凡的工作才是真實的存在，那就不妨安於平凡。人只要感到自己所作的一切沒有欺騙自己的心靈，就有「快樂」二字。對於我，今天已把一切都放下，只把心放在自己最心愛的工作上，工作中有一個「真我」在，自然就快樂。凡是能讓心靈感到自由的地方，生命就有真實，不管身在何處。

我的獅王

我在西方的「享受」之一是看孩子們所陶醉的迪士尼樂園電影製片廠出品的種種動畫片，每次都看得入迷。

最近看了《獅王》（*The Lion King*），更是難忘。其中有一個情節還觸動我的心思：小獅王逃離故國之後，異鄉份外美麗的景色溶解了復仇的雄心，使牠不想回歸故土。而智猴為了喚起牠的記憶就把牠帶到一泓清泉面前，讓牠看到一幅在水中搖曳的獅王的勇武影像，並告訴牠：這就是你還活着的父親，天下智勇無雙的先王。小獅王看了之後說：父親早已死亡，牠怎麼還活着？智猴告訴他：他就活在你的眼睛裏，活在你的身上。

聽了這句話之後，我突然覺得自己正是這一匹被迫害而沒有死亡的獅子，只是沒有任何為首為王的野心。我也有我的獅王，不死的精神獅王。他們的生命也活在我的身上。我的獅王不一定勇武，但仁慈、正直、剛毅，也擁有另一種愛的力量。

這些生命活在我身上活得非常具體，例如我的老祖母，世界上幾乎沒有人認識她的名字，但她就頑強地活在我的身上。她作為我的第一個教師，讓我獲得人生的第一印象，是對人無條件的善良與溫馨，是對於孩子剛毅的愛。她愛她的兒子、我的父親超過愛她自己。因此，對於我父親的早逝，她絕對不能接受，她只能以死亡來承受這一死亡，因此，她自殺了。她說她要在另一個世界裏去把心愛的兒子追回。我祖母給我留下的就是這種愛無反顧的基因。我的祖母就是我年少時代的精神獅王。我常常用我的思念與文字祭奠她的靈魂。對於我，她絕對沒有死，她的生命一直活在我的生命之中。我相信，即使我萬念俱滅，也一定不會拋棄仁慈，因為我身上居住着一個絕對仁慈的生命。

我文章中常提到的一些人的名字，例如魯迅、聶紺弩、傅雷、彭柏山、馬思聰、孫治方等，他們也是我的精神獅王。他們顯然就活在我的眼裏和我的身上。我有時覺得我是我自己，但常常覺得我不僅是我自己，而且還包括聶紺弩這些偉大的死者，我是一個集合的生命，我的身上站立着他們巍峨的詩行與人格，血脈裏流動着他們的思索與精神，甚至連他們的筆也在我身上沙沙作響。有時，我會不知不覺地觸摸一下自己的胸膛，覺得那裏還有另一群生命在呼吸，胸脯中顯然是雙音的世界。現在我才明白，另一生命與聲音，正是我的精神獅王。

故國，對於我，不是那些猙獰的面孔，不是那些狐狸般的鼻子和眼睛，而是這些活在我身上的精神獅王，永遠像星斗似地照耀我和引導我的不朽的大心靈。故國，就在這些大心靈之中。

誤登的廣告

香港出版的《亞洲週刊》，每期最後一頁都刊登暢銷書目，我的《遠遊歲月》也幾次被列入這一「光榮榜」，這才知道此書在新加坡、馬來西亞還很受歡迎。

然而，過了幾期，我卻發現這一光榮榜又列出我名下的一部新的暢銷書，題為《做人的技術》。我乍看時嚇了一跳，不過立即明白這是提供資料的書店或編輯部一種張冠李戴的錯誤。有點疏忽是可以諒解的，但此次我卻很着急，覺得必須立即做個聲明。因此，便急忙致信「週刊」編輯部，請他們糾正，並說明我着急的原因乃是因為這一書名和我的人生志向正好相反。我恰恰認為做人不需要甚麼技術技巧，而只要有真性情即可。收到我的信後，《亞洲週刊》編輯部立即致函向我表示歉意。我自然不會怪他們，但至今，我仍感到不安，生怕有些讀者以為我是主張做人需要講究技術。如果這麼以為，就離我的心靈太遠了。

我知道做人的重要。做人治學，這是我人生中最重要的兩件事，而我總是把做人放在第一位。我甚至極端性地對孩子們說，其實人生最重要的事只有三件：第一是做人，第二是做人，第三還是做人。做人如此重要，探討一下怎麼做人自然也是必要的。但是，怎樣做人，並不是一種技術，而是美好心地的開墾、培養與形成。而且，這種形成應當是積累性的，自然的，潛移默化的，而不是謀略性的、人工的，充滿心機的。也許因為我是從大陸充滿謀略的政治風煙中走了出來，所以對於謀略、策略這一類字眼特別警惕。說實在話，我一聽到講甚麼革命的策略、做人的策略最害怕。

我是經過很長時間和許多折磨才知道所謂策略，就是技術與心術。一九五七年中國知識分子就集體上了「引蛇出洞」策略的當，之後又被「政治掛帥」、「對同志春天般的溫暖，對敵人冬天般地冷酷」一類的做人策略搞得面目全非，個個戴上假面具生活。中國大陸對人「改造」的結果正是使人學會了做人的策略而丟掉全部童心全部真性情。這樣，做人的技術是高明了，但是做人的品格卻是低下甚至卑劣了。中國大陸大規模地進行了幾十年改造人的運動，講了那麼多做人的策略，到頭來，也就是到了今天，倒出現一種可怕的現象，就是幾乎不懂得怎麼做人：過去知道做人要政治掛帥，今天只知道做人應金錢掛帥，從政治動物變成金錢動物，學會了許多技巧，就是沒有學會做人。

中國每次政治運動，開始時總是出現一些橫掃一切的英雄和弄潮兒，但是，經過一番折騰，這些英雄就被宣佈為政治騙子和政治扒手。專制政治最不幸的總是要生產騙子與扒手，這些騙子又總是具有高強的做人的技術與策略，他們可以瞞過許多人的眼睛，等到面具一揭，方才知道他們心肝全無。今天的中國，騙子太多而老實人太少，許多人技術有餘而良心不足，因此，倘若為中國人計，現在重要的是要講做人的品格，而不是做人的技術。

第二輯

我愛波德城

自從一九九二年秋天我來到科羅拉多波德（Boulder）之後，就愛上這個地方。愛上一個地方，也會產生戀情，不想離開它了。

我的大女兒劍梅原來也在波德，她在科羅拉多大學獲得碩士學位後就到紐約。到了紐約，她總是懷念波德，這不僅因為這裏有父母和小妹，而且因為這個地方太可愛。她總是感慨波德的山怎麼那樣美，天怎麼那樣藍。去年夏天，她回到波德，就喜歡獨自坐在陽台上，呆呆地眺望着天空和洛磯山。她說，在紐約居住幾年之後，才知道這裏是一片淨土，每一年她都想到這裏來喘息一陣。我安慰她，盡力說些紐約的長處，但心裏明白，與波德相比，在紐約居住拼搏，簡直是在服人生的苦役。

平常我就喜歡看山，那幾天又和她一起欣賞一番黎明中與黃昏中的洛磯山。早晨的霞光殷紅地照射着峰巒，山腰有薄霧繚繞，遠處則仍被白雪覆蓋，朦朧可見到閃閃的銀輝，讓人感到依稀的空靈。黃昏時刻則是另一種景色，夕陽如火，赤紅的金光鋪滿大地，山上的紅砂岩和青松林彷彿在微微燃燒着。與黎明時分相比，此時的洛磯山在寧靜中顯得凝重而莊嚴。然而，高空依舊發藍，藍中還有白雲的飄帶。人們都喜歡把山和海相比，說海多變化，山少變化，但波德的山卻變動不息，每一天都有新意。

劍梅出生在閩南老家戴雲山下，從小就跟着媽媽到閩西山區，在那重山疊嶂的連城縣度過童年。因此她從小就愛山，而且天生一副莊禪性情，不愛與世爭先。剛上小學時年僅五歲，她和隔壁的同齡小女孩榕榕形影不離，小榕的父母親與劍梅媽媽當時都是縣城第一中學的老師。因此，她與小榕同時上學同時學琴。兩人皆聰穎過人，很快就會彈出許多歌曲，且都能自彈自唱。她們一起參加了陳新華老師組織的文藝演出隊，一起在縣城劇院裏演出，立即轟動，後又一起到龍岩各處演出，成為一對山區的小明星。我看過一次演出，當時她們身穿雪白的連衣裙，胸前掛着淡淡的紫色小花，眼裏發出天真的光波，彈唱自如，全然不知緊張二字。回家後，我和院裏的老師及小榕的父母圍着她們讚嘆，小梅倒不好意思起來，斜低着頭。喜愛她們的新華老師逗她們：「你們倆誰彈得更好呀？」小梅立即抬起頭來，小手直指着榕榕：「她！」新華老師又問：「你們倆哪個長得更漂亮？」小梅又趕緊指着小榕説：「她！」出國留學之後，她和我談起其他同學，都説別人比她強。有一回她給我寫信竟説：「人生短促而無常，我常以『無』的心境來看待繁華與喧囂。」依然是一紙莊禪味。大約是這種心境幫助她，使她把名利看得很淡。近年來，她在哥倫比亞大學攻讀博士學位時得益於老師王德威教授的幫助，很有長進，悟性更高，但也因此對外在之名看得更輕，只求內在生命之核的結實與豐富。一切繁華與喧騰終歸要化作空無，唯有生命的真情與愛意像洛磯山那樣實在。她到舊地看山，又一番沉湎，大約也與她的這種心思相關。女兒的性格倒也使我常常想到：人生要美，確實應把名利看穿。

面對着變化中的山色，我對劍梅讚嘆，「波德這個地方，實在是個躲藏的天堂，它還沒有充份被發現。」她卻説：「一旦被充份發現，就會被人踩壞，還是未被充份發現為好。」她説得也有道理。出國後我到過許多地方，覺得溫哥華附近的維多利亞城與波德城最有古典味，也讓我最為傾心。她們都尚未被充份發現，倘若被充份發現，市場的潮流真會把它吞沒。在溫哥華時，我就想，溫城最好不要變成洛杉磯，還是保持一點貴族氣和處女氣為好。長滿機器牙齒的現代社會，要毀掉一片淨土很容易，要保持一片淨土卻很難。前年日本天皇也到波德，對波德欣賞不已，但願他也只是喜愛這一淨土，而不是引來一派商業的潮流。

聽到我和劍梅在談論波德，小蓮也出來湊熱鬧，她說，「姐姐，你只發現波德的天特別藍，怎麼沒有發現波德的水特別清，樹特別綠，人也特別好。」姐姐回答說，我都發現了，還發現波德石頭特別多彩，妹妹回答說：「真的，三嬸是位畫家，她到波德來就很喜歡這個地方，特別在山上採集了許多很美麗的石頭，有玫瑰石，有水晶石，有翡翠色的，橘紅色的、乳白色的。」姐姐說，在香港那個地方太多喧囂，有這些石頭壓着，心裏就會和平得多。我也要採集一些回紐約，那裏也是太多喧囂，也要在櫥窗裏和心底裏多放一些波德的五彩石。

我愛波德，又愛女兒，在波德的山水中看到女兒的笑影，覺得人間特別美。

海德格爾激情

在科羅拉多州，除了在波德附近的朋友之外，稍遠一點還有兩位好友，一位是在一百多公里之外的李澤厚，居住在 Colorado Springs；一位是在三百公里之外的吳忠超，居住在 Grand Junction。忠超兄已到過我家兩次，他邀請澤厚兄和我到他那裏去玩玩。他所屬的城市周圍有神秘的黑峽谷，有著名的 Arches 國家公園，有別具風韻的滑雪名城 Aspen。今年四月初，澤厚兄遊興極高，就約我一家到忠超兄處。為了安全，忠超和他的愛友、《黑洞與嬰兒宇宙》的譯者之一的杜欣欣，特地來接我們，讓我和菲亞坐在他們的車上，由欣欣開車，而李澤厚則自己駕車跟在我們的車子後面，邊上坐着他的夫人馬文君。此行必須馳車四百公里，中間又有橫穿洛磯山脈的崎嶇山間道路，我們擔心的是李澤厚，他的智商雖極高，但開車技術卻屬中等偏下。開車之前，忠超和欣欣一再囑咐：緊跟着我們，別走到岔路上去，有甚麼問題，打信號燈！但李澤厚很自信，一路開快車，先是緊跟着，後來竟獨自高速前進，超越我們，直奔目的地。我們的車速已到達七十五哩，他居然還往前超，最後他先到達 Grand Junction，在城邊的岔口上等了我們整整二十分鐘。見面時馬文君大姐埋怨說：今天我可生氣了，開得那麼快，心都快跳出來了。但李澤厚很高興，他為自己創下飛奔四百公里的紀錄興奮不已。對着生氣的馬大姐，我指着李澤厚調侃說：澤厚兄的海德格爾激情上來了，這激情一上來就不怕死。李澤厚聽了並不否認。我知道他在二十世紀的哲學家群中認為海德格爾最了不得，海氏的哲學顯然佔據他的頭腦。海德格爾認為一切都可能是虛假的，唯有死亡是絕對真實的。這是人生不確定中的確定。因為人必有一死，所以要把握生的意義，在短暫的人生中不妨往前衝擊。今天李澤厚衝鋒般地奔馳在高速公路上，潛意識裏也許還澎湃着海德格爾的生死哲學。

也許因為我提起海德格爾激情，這一天晚上，我們除了享受一頓中國美餐之外，又熱烈地談論了一陣海德格爾。李澤厚果然承認，讀海德格爾的著作確實常使他激動不已。知道死的必然，才能把握充滿偶然的人生，在有限的生命時間中努力進擊。孔夫子的哲學是：「未知生，焉知死」，而海德格爾的哲學觀念正好倒轉過來，變成「未知死，焉知生」。確認人一定要死，反而知道如何把握生的意義。因此，生中要有理性，但理性是為了使生命更加從容而不是撲滅生命的激情。正因為人最終要化為灰燼，所以在生時不妨痛痛快快地燃燒一陣。

帶着「海德格爾激情」，我們第二天就直奔位於猶他州東南部的 Arches 國家公園。這一天還是由李澤厚駕車，我們在山路上奔馳來回三百多公里，到了 Arches 國家公園後，我們開始攀登十里之長的紅山崖，把馬大姐累得直叫喚，而李澤厚則一路興致勃勃。這個由無數紅砂岩構成的奇地，屹立着各種雄奇的石柱、石塔、石牆、石城，有的像女人私語，有的像英雄徘徊，還有一柱竟像蘇東坡在赤壁前仰天長嘯。而在各種石景中最奇的是赤紅石拱門。這裏擁有一百多個拱門，每個拱門的姿態都不同，有的像雕弓，有的像石橋，有的像大象鼻子，有的像蒼鷹的雙翼，有的像巨人的臂膀。每個拱門都有洞，洞框裏是藍天，像大自然美麗的藍眼睛。我們的目標是山頂上一座最大最險峻的拱門，拱門之下是深不見底的懸崖。我們沿着陡峭的山路攀登到山尖時，繞過一牆石壁，便見到巨大的拱門頂天而立，如同神話裏的雄偉天門。我因為素有恐高症，見到這一天險奇門，竟嚇出一身冷汗。而李澤厚則往前攀登，一直登到「天門」牆底，然後乾脆躺臥在石壁上，愜意地眺望着藍空白雲。學過地理並當過地學編輯的菲亞，更是着魔似地激動，一路上她滔滔不絕地講述這裏的地貌特徵，紅砂岩來歷，她說大約三億年以前，由於外力的作用，經過風吹雨打日曬，深切割成現在的風貌。中國的地理學者都知道美國中西部的大峽谷和聞名於世的「象鼻子」山，而所謂象鼻子山，指的就是這一座拱門，「他們只是在地圖上看到，我可真的來到象鼻子山了。」忠超兄見到她如此高興，一連給她照了好些像。

第三天，三位女子到 Aspen 遊覽風景採購山石。而我和澤厚、忠超兄仍帶着海德格爾激情駕車攀越城南的另一個高峰，此次仍由李澤厚駕車，忠超坐在邊上指路。我們在聊天中，竟不知不覺地把車開到險峻的山腰上，路面的斜度很大，路的邊緣是看不見底的懸崖，我從窗口望了一眼山底，便一陣心慌，沒想到此時澤厚兄也說：我感到有點心慌，有點把握不住。這可把忠超兄嚇住了，他連忙說快找個拐彎的地方把車轉過來往下開，可是路面很窄，根本沒有地方停。於是，車子只好繼續往山頂前行，愈高愈險，我們三個都緊張到極點，直到接近頂峰時才找到一個拐彎處，車子才調轉方向往下開，此時，李澤厚海德格爾的激情完全消失了，他雙手緊緊把住方向盤，速度降低到只剩下十哩，然後一步步地「爬行」下來。由於速度過慢，後面的車子被堵住了。到了半山腰，我們才發現警車已跟在背後，他們不知道用甚麼方法發現我們的車子不正常。警車不斷地拉響催促的喇叭，但李澤厚照樣地把速度放在最低檔，緊緊把住圓盤地「爬行下來」。好不容易掙扎到山腳下，我們才把車停下等待警察處置。警察是一個長着金色鬍子的和善美國人，忠超兄連忙給他介紹，駕駛者是哲學家兼教授，從未開車進入險峰，這是第一次嘗試，有點驚慌。李澤厚則拿出駕車執照，表示歉意。警察看到我們三個全是中國書生模樣，便微笑着說：你們因為驚慌而違反交通速度，但沒有造成損失，不必罰款，但要給你們一張警告紙票。我們三個都異口同聲說謝謝，感謝他能理解我們冒險的艱難。

回到家裏，我們把冒險的故事講給女伴們聽，個個都哈哈大笑，我乘機調侃了澤厚兄的海德格爾激情在山頂上丟失了。說到這裏，他一本正經地說：今天在山上有現實的危險性，可不能衝，一衝就衝到山谷底下了，激情也應是有理性的激情。聽他這麼一說，才想起他在進行歷史分析時說過，中國現在應多些波普，少點海德格爾。在生命的感情層面上，本是需要海德格爾激情的，而一旦激情上升到懸崖邊上，則需要一點波普了。

讀山川巨著

十年前，我寫《讀滄海》，把大海作為大自然的經典來讀。有些朋友以為，把大海作為書來讀，只是靈感所至，偶然之筆。

其實不是，我大約從少年時代開始，就把大自然作為書本。大自然的萬物萬有，在我心目中，一直是一部巨著，一部精彩的大書。數十年中，我讀山，讀水，讀花，讀草，讀大川，讀小河，也讀星空，讀大海。這種讀造化，師造化的習慣，使我受益無窮。

到海外之後，我一面讀哲學歷史，一面還是讀山川巨著。在美國，我一見到大峽谷（Great Canyon），就被它緊緊抓住。頭一個念頭，就是驚嘆這天地之間竟有這樣的奇書。

從大峽谷回來之後，我常和朋友說，美國畢竟是擁有大峽谷的國家，所以美國人總是比較開朗，胸懷畢竟比較博大。我自己也覺得有幸看到了大峽谷之後在胸懷中積澱了一種很重要的東西。

我在世界上各種陌生的地方遊覽，只注重尋找兩種東西，一是具有歷史遺蹟的人文景觀；二是大自然的奇崛。對於前者，美國能給予我滿足的地方太少，遠不如歐洲，也不如中國。我至今為自己還沒有到埃及而遺憾，但是，走向金字塔的旅行是不可少的。對於後者，美國則給我很大的滿足，這要歸功大峽谷。大峽谷太奇了，那天早晨，晨曦剛剛降臨大地，我和妻子、女兒和女婿來到觀景點上，從汽車裏剛剛走出來，我們幾乎都同時驚嘆，那一剎那，我只覺得展示在面前的是一個魔幻世界：奇崛的懸崖因為雲彩的繚繞彷彿高掛於空中，錯落有致的奇山奇石一望無際，連浮動在峽谷中的雲彩也充滿神秘的奇氣。妻子知道我有「恐高症」，叫我別看。原來，這是一個極深的峽谷，一眼望下去，看不到底，只見懸崖浮動在雲霧中，直叫你驚心動魄。我這次不顧恐高症，堅持要看一眼深谷，女兒同情我千里迢迢的辛苦奔波，不讓看一眼實在説不過去，於是，就拉着我的胳膊，夾着我往前走，讓我把頭伸出去一瞥。這一瞥，直使我渾身一震，立即本能地退回好幾步。然而，我永遠也不會忘記這一瞥中所看到的奇險奇峻，那像倚天巨劍劈成的石崖和石崖下的深淵，簡直奇絕到極點。不知是在哪個久遠的年代造物主的一筆竟會留下這樣一首大地奇詩，詩成鬼神泣，在峽谷形成的那一時刻，一定是風雨雷霆兼天大作，地上的鬼神一定齊聲發出震天的呼喊。

面對深淵，身邊的從地理系畢業的妻子，興致勃勃地傳播她的知識：「世界上的許多峽谷都是冰川與河流的切割而成，但是，這裏卻不像是冰川切割的『U』形谷，也不像河流切割的『V』形谷，這大約是另一種巨大力量從內切向外把土地挖空，而形成這種谷底幽深面積廣大的『洞穴』。」我想，科學可以説明峽谷的成因，但是，絕對無法解釋是甚麼一種力量，使天地間凝聚成這麼壯美的奇觀，我們真的應當承認這是大自然的神功，大自然畢竟最偉大，山川巨著畢竟是文字書本所不能替代的。

十年前讀王國維時，開始覺得這位歷史學家一定是一個躲在象牙塔裏的書呆，沒想到正是他說，覽閱大自然這書比讀文字之書更為重要。也許他也悟到，山川之美，人生意義，是很難從書本中讀到的。像大峽谷這樣的奇崛，是書本上絕對讀不到的。而我這幾年走過許多山川之後，還覺得，無言的青山綠水不僅給你欣賞，而且還投給你一種視野。大海給你廣闊的視野，大瀑布給你崇高的視野，而大峽谷則給你奇崛的視野。心裏一旦積澱下大峽谷，恐怕就難以再接受平庸。山川巨著賦予人的一種眼光往往是人自己難以意識到的。像辛棄疾說的「我見青山多嫵媚，料青山見我應如是，情與貌，若相似。」他也感到青山綠水是一種人化了的權利主體，它也具有一種眼光與視野，人一旦接受這種視野，生命就會發生奇妙的變化。一個常常看大峽谷，大瀑布的人，大約不會再迷戀人世間的蝸角小名與蠅頭小利。借助大自然壯麗的眼睛再來看看世上的一些紛爭，比書本上教給的道理還使你明白。

走出去

這幾年在海外，有一個進步就是喜歡到處走走。走過許多國家和地區，還想再走，而且常勸別的朋友也要多出去走走，只要走出去，就有意義。世界還是要自己去尋找，自己去發現。

我不善於寫紀實性的遊記，難以說清去過的地方的美，但我常常告訴朋友：很奇怪，只要走，只要朝着一切陌生的地方走去，就會覺得自己在一步步接近生命的目標，一步步地接近精神的家園。杜甫說：讀萬卷書，行萬里路。他看到，行萬里路不是浪費時光，正是一步步接近美的完成。

目標是甚麼？精神的家園在哪裏？難以作出滿意的答案，但是，我知道，那個遙遠的目標比此時此刻更豐富，那個家園比生命更長久。不斷走走，其意義正是與生命相關，雙腳一停滯，生命就容易枯萎。保持生命得靠雙腳，人畢竟是雙腳動物。雙腳把你帶到陌生的地方，那些地方不僅會呼喚你生命的激情，而且會幫你打開眼界。人最要緊的還是眼界。眼界拓展了，才知道世界有多大，自己有多小。反過來說，自己雖然小，但眼界擴大了，就覺得天地無窮，到處都有生活。

在荷蘭時，朋友告訴我，荷蘭其實是很小的國家，其面積和台灣相當，其人口比台灣還少，但是，荷蘭人卻沒有小國家心態，他們常說，我們面前是廣闊的大西洋，背後是雄偉的阿爾卑斯山，生活的空間無沿無際。聽了這話，我突然感到眼界開闊。人大約正是有這樣的眼界，所以他們可以在很小的國土上建設像鹿特丹、阿姆斯特丹這樣的世界巨港。我在鹿特丹對着群山似的巨輪仰望得很久。乘着巨輪遨遊世界的荷蘭海員，一定永遠不會感到故國的狹小。

眼界一放寬，心胸也會跟着遼闊起來。詩歌中常講究通感，即認為視覺、觸覺、嗅覺、味覺可以彼此打通或交通。這種感覺的移借現象，在眼界拓展時也同樣發生。眼界一旦擴大，心界、胸界、境界也會跟着擴大，面對世界的感覺也會變化。這才想到，鷹和雞所感覺的世界確實很不一樣，雞只看到腳下的世界，而鷹則看到天空、大海、群山。鷹的覓食雖然艱難，但牠的生命境界畢竟是雞難以比擬的。鷹和雞的差別，除了翅膀之外，應是眼界的差別。鷹的放眼天空和放眼大地，恐怕是永遠值得人類效法的。

這一兩年來，我更是有點特別，總是用感激的心情觀賞着每一座城市，每一條大街。感謝人類用他們的雙手締造雄奇的教堂、高樓、校園、體育場、博物館和藝術館。即使在一座普通的小閣樓前，我也懷着敬意。走得愈遠，看得愈多，便愈覺得沒有理由憎恨人類，也沒有理由遠離人類。當我走過那些曾經被洪水、地震、戰爭破壞成廢墟然後又重新站立起來的大建築時，更是充滿感激。人類畢竟是值得驕傲的。任何暴力都無法摧毀他們創造美的天性。大自然與社會的狂風巨浪掃除過人類建築的城市，但是，永遠無法折斷人類創造世界的偉大頭顱與雙手。

歐美大城市中最吸引人的是各種博物館，尤其是藝術博物館。每到一個城市，我一定要去瞻仰博物館中那些光芒萬丈的大藝術。因為見到想到這些大藝術，所以我永遠記住應當謙卑。除了從心底感激天才的藝術家之外，我還深深地感謝那些護衛天才和為天才建造博物館的人們。感謝他們的眼光和辛勤，感謝他們保衛住人類共同的心靈家園。

這幾年來，我遊覽了許多國家。然而，走過那麼多地方之後才發現自己還有那麼多地方沒有到過。說這個世界很小是對的，說這個世界很大也是對的；說這個世界很髒是對的，說這個世界很美也是很對的。我知道人類中有一部份人在不斷地弄髒世界，但我不會因為他們而失去對世界的愛和依戀，因為畢竟有更多的人正在把世界雕塑得愈來愈美，每一天，廣闊的地平面上都有很新的高樓矗起，它的每一塊磚石也在壘積着我對於人類的信念。前不久，紐約的一位朋友來電話說，讀了你的《遠遊歲月》，知道你穿越過那樣的黑暗之後仍然沒有失去對人類的信念。我說，是的，我每經過一個美麗的城市，都增加一分這樣的信念。每座城市都是人類辛苦的積澱，沒有一座城市像海市蜃樓那樣突然顯現。每一座每一座城市，都首先積滿了汗水，然後才積澱了美。人類固然是有缺陷的存在，然而，這些積澱又證明，他們是偉大的存在。

我已走過許多地方了，還想繼續走。彷彿走就是目的，並不特別再想尋找甚麼。

熊國與牦牛國

這幾年幾乎走遍美國。和中國的風景相比，覺得美國太缺少自然中的人文景觀，史蹟太少，然而，它卻擁有許多自然的天趣。在我們所居住的 Boulder，就可以在山坡上看到許多野鹿。我在校園裏的樹叢中，還看到幾隻迷路的小鹿，牠們也看着我，彷彿是向我問路。

九二年夏天，我們一家，特別是剛來美不久的小女兒劉蓮，為了享受這種天趣，便由大女婿黃剛駕車，奔赴千里之外的黃石公園去觀賞野生動物與火山噴泉。小蓮從書中還知道，黃石公園往東有一個熊國，擁有三百多隻熊，一定要我們陪她去訪問。在她心裏，動物的天真王國比人間的任何政權都重要，包括比革命大帝國重要。恰巧這時正是被稱為「北極熊」的蘇聯大帝國正在瓦解，但在她的心目中，還是眼前的北美熊國更為要緊。

我們在到達黃石公園之前先到了熊國。熊國很保守，下午七時就關門。為了不讓小妹妹失望，黃剛拚命開快車，終於在日落前趕到。

夕陽照着綠樹環繞的熊國，一進門就感到這一王國比人國安靜。熊們遍佈牠們的國度，山坡上、草地上、沙灘上、枯樹上，全是熊，但沒有一隻發出聲音。唯一的聲音是車內小蓮不斷地驚叫，我也差些驚叫起來，這麼多熊，這麼廣闊的熊的國度！驚喜中的小蓮立即想拉開車窗看得更仔細一些，但立即被姐姐狠狠地打了一下。小蓮也不爭吵，用剛被打了一下的小手指着窗外，看！樹上的小熊，真有趣，滿樹的葉子都被牠們吃光了，那三隻小熊還在攀援着，爭着樹尖上最後的一片樹葉。牠們實在太閒了，除了讓人觀賞，甚麼事也不做，只能在地上不斷翻滾和盯着樹上的綠葉。整個公園都是牠們的自由王國，儘管園裏也有牠們的敵人——狼，但被關在鐵欄裏。我們看到焦急地咬着鐵欄杆的幾隻野狼，詫異在熊國裏也有監牢和專政的機器，愛想事的小梅說：這才更像一個國家呀！

觀賞了熊國之後，第二天我們便進入黃石公園，在那裏，又飽賞了另一個動物國度——牦牛國。儘管沒有「牦牛國」的命名，但又是一番「熊國」似的大氣魄。草原上、山坡上到處是牦牛，一望無際的綠色原野上是一望無際的牦牛群。見到這些牦牛，妻子說：尼克松總統訪華時送給北京動物園的就是這種牦牛。我幾乎不敢相信。我見到過那兩隻總統的禮物，像一座木雕，眼睛不動，好像也不呼吸。而眼前的牦牛則是生龍活虎的奔馳的生命，連尾巴都充滿野性。在柏油馬路上，牠們完全不顧人間的法律而來回走動，放肆地攔住汽車，有兩隻牦牛還走到我們的窗口，傲慢地看看小蓮。路上的旅客都把車停下，盡情地觀賞這些垂掛着長毛還常常調起白眼的生命，小蓮高興極了。她用手指指着隔着玻璃的牦牛的鼻子：你呀你，你為甚麼這麼驕傲。真的太驕傲了，這些牦牛，擋着我們的車子足足有一個小時之久。

那一天，是小女兒最高興的一天，晚間在旅館裏我和她開玩笑，因為你還是小動物，所以特別喜歡動物。她反抗說，我長大成人後也還會喜歡動物。在旁的她姐夫也幫着她說：我已長大了，還是喜歡動物，喜歡動物的天趣。失掉天趣，人生多麼乏味。那天晚上，大約受到天趣的感染，心裏確實愉快，睡得特別香，醒來時想想昨日的情景，竟羨慕起大原野的生命，牠們不知道原野的意義卻擁有大原野。

玩屋喪志

買了新房子之後，好長一段時間，我一直處於快樂的亢奮之中。

搬進來的前一天晚上，我就獨自上街買油漆，然後連夜把屋內四間房的牆壁全部刷新。速度之快，叫菲亞和小蓮大為驚訝。對着看呆的妻子和女兒，我驕傲地說：在「五七幹校」鍛煉那麼多年，不是白活的。但是，說實在話，在幹校的幹勁，從來沒有這麼大過，更沒有這麼興奮地幹過。

刷完牆壁之後，我們就搬家。搬家之後，就忙於買家具，裝併書架、櫥櫃、桌椅，速度之快又令妻子女兒驚訝。儘管快，大約也花去兩個星期的時間。屋內的事忙完之後，便沉醉於屋外的修整陽台和草地。

好友呂志明勸我，陽台最好還是開春之後再修。可是，我心急，從窗口看到陽台上的舊欄杆，總覺得礙眼。一座新房子怎麼可以容忍這麼一座破陽台，於是，在冬日裏就着手改造修整陽台。為了修整，我又購買了各種工具，從斧頭到鋸子，從鉗子到鑽頭，僅僅釘子一項，就有十幾種類型。志明兄原是物理學博士，現在已是專家了。他順應我的意願在冬日裏和我一起改天換地。他心靈手巧，我在他的指揮下做着小工，時而鋸木頭，時而取釘子，時而上街買零件，也忙得渾身是汗。最後一道工序是粉刷，我們選擇的是淡橘紅色。這時，我又拿出「五七幹校」學到的全部本領，把陽台仔仔細細地重新刷了一遍。科羅拉多冬日的陽光特別明亮，嶄新的陽台在陽光下發出淡紅的光焰，像在燃燒。看着自己製造出來的陽台，我簡直高興極了。這是我發表的第一篇創家園的作品，比年青時發表第一篇詩作還高興。志明兄回家後，我獨自對着窗口欣賞自己的作品，欣賞得好久，愈看愈高興，夜幕降臨了，我才感到肚子餓了。那些天，我真的廢寢忘食，飯都顧不得吃，哪能顧得上讀書寫書。

修整完陽台，便進入修整草地。草地上的雜草要除，樹要剪枝，菜地要開墾，還要買肥料和種子，春天到來時更是忙極了，滿地是蒲公英的小黃花，千朵萬朵，要一一拔掉，但不管甚麼活，樣樣都使我沉醉。這時我才知道，修建自己的房屋和草地會上癮，一上癮，才知道原來自己更愛體力勞動。寫作真辛苦，還是幹點體力活痛快。當初不知道為甚麼會走上寫作這條痛苦的迷途，當初為甚麼不選擇修房子、修陽台和修草地這條金光大道？如果不是誤入歧途，怎麼會天天陷入爬格子的苦役中，如果不是誤入歧途，怎麼會被那些低等政治生物纏住不放，直到今天他們還在那裏義憤填膺地批判我「自由化」？愈想幹得愈歡，但也愈想愈不對頭。幸而突然想到李澤厚的話，人一上癮就異化，抽煙、賭博，看《紅樓夢》都會異化。我這會兒也異化了。倘若不是異化，怎麼會整整三個月，甚麼書都不想讀，甚麼字都不想寫，只想刷牆、種菜、拔蒲公英。古人說，「玩物喪志」，我在這些日子不正是「玩屋喪志」嗎？

儘管意識到這一點，還是控制不住自己。還是一天到晚牽掛着草地。而且一走到草地上就高興。好幾回大女兒劍梅從紐約來電話找我，小妹妹告訴她：爸爸又在 enjoy 草地了。大女兒才開始着急，並很認真地說：爸爸，你真是徹頭徹尾的無產階級。人家有產階級才不稀罕那一點小房子小草地呢？你還是趕緊坐下來讀書寫作吧，別在屋裏地裏愈陷愈深。大女兒喜歡教訓人，可這回，她的教訓倒使我愣了一下，然後便覺得這個聰慧的傢伙擊中了我的要害。真的，我是個無產者，而無產者一旦擁有財產，便把財產捏得緊緊，比資產者還興奮。這也難怪，受貧窮折磨得太久了，身上一無所有的痛苦記憶太深了，反而更知道擁有的重要，於是，有了財產之後便緊緊地擁抱住財產。想到這裏，不覺笑了出來，悟到無產者真的並不是天然的無私者，迷信發財的資產者不對，迷信無財的無產者也不對。

經女兒提醒，我才慢慢又坐了下來，只是，像個剛剛戒煙的人，總還是有點煙癮，所以又是一兩個月，寫作不太專心。在想到「真理」時總要想到房子。總覺得任何人間真理都與吃飯和住房有關，實在沒有出息。

營造自己的花圃與草地

在科羅拉多住紮下來之後，我就決定在這裏建造一個屬於自己的花園與草圃，而且願望很快就實現了，我開始種植自己喜愛的各種鮮花，把草地舒展得像柔軟的綠茵。

這不是夢，而是生活。花園與草圃是我生命的一部份。如果不是到海外漂流，我會滿足於第一人生那種安逸與榮耀，會滿足於別人為我營造的小窩。在別人營造的世界裏，固然安適，但必須被別人所掌握。別人建造的世界，如同手掌心，隨時都可把我捏碎。擺佈他人，這是一部份人的慾望。給你一個雀窩大的巢，就要擺佈你的良心和思想。

第二人生畢竟比第一人生有所長進。這些年我仍然生活在文學裏，生命的呼吸形式仍然是思索。在思索中，我渴望建造屬於自己的花園與草圃，既不要生活在故國權勢者們為我營造的教條裏，也不要生活在西方權威們營造好的思維世界裏。我只想放開生命的觸角，去吸收和選擇構築屬於自己的天地。我知道東方與西方各種學說的原創者，他們思想的誕生都與自身的生命體驗相關，他們常常是感到自身或他人的生命大危機之後才激發起新的靈感。從他們生命激流中產生出來的果實，不能代替我的創造。他們的花園與草圃泡浸過他們的生命，屬於他們的生活，而我則有我自己的生活。

自從有了自己的一片綠草地之後，我便常常在那裏沉醉。施肥、除草、剪枝、打掃落葉且不說，還坐在那裏讀書想事，久久不願意進屋。妻子常常做好飯後，從陽台上叫喊：回來吃飯了，別在園子裏睡着了。其實，我哪能睡覺，這麼好的空氣，這麼好的草葉，能睡着嗎？妻子只知道我喜歡草地，不知道我常像一匹受傷的獅子，在這裏舔着傷痕。我確實愛這個恬靜的百草園。假如不是有特別的人生經歷，不會有這麼深的愛。我在這裏，常常想起十幾年前，那時每一天都被拋入沸騰的鬥爭生活。從早到晚，只有硝煙味，沒有花香草香。那時二、三十歲，生命正旺盛，思緒洶湧，讀書和表達的渴望時時撞擊着自己。可是，每一天都是乏味到極點的會議，這些會議吞食着每一個人的生命，把大家的精神一塊塊的扔進泥潭裏。每次聽發言，都覺得全身的每一個地方在受鞭打。會上的語言，又全帶着毒氣，這些語言病毒到現在還會傷害我。整整十年，年青的肝膽沒有一天舒展過，眼睛看到的全是醜與兇殘，耳朵則堆滿垃圾。沒有任何醫生能療治我和我的同代人的病，傷痕文學也只是呻吟。我要恢復身體的健康與靈魂的健康，要讓肝膽和其他器官像熬過冬天的春樹重新長出綠葉，必須有一張絕對和平的精神之床。這綠草如茵的草地，大概就是這種床。

想到自己過去的生活有時像人有時並不像人，而自己的同代人大部份並沒真正活着，或像依附在機器上的螺絲釘，或像依附在獅子尾巴上的蝨子，或像依附在珊瑚礁上可憐的小水螅，或像依附在老森林裏的完全沒有思想的狼孩。這是時代病。但我療治不了時代，只能療治自己。我的療治無須龐大的知識體系，而是很具體的一片草地，很簡單的精神之床。

學開車

聽說我學會開車，許多朋友都很驚訝。消息竟然傳到北京、香港和溫哥華，我一連收到好幾個電話：「你真的會開車了！」其口氣均像是聽說我要駕駛宇宙飛船上天了。去年夏天，三弟賢賢一家來探親，我開車到丹佛國際機場去接。弟弟見到我會開車，禁不住想笑，在他看來，我坐在駕駛盤前的形象是滑稽的。其實，我自己也幾乎不敢相信。我對自己有許多期待，但學會開車，絕對是超乎對自己的期待。

朋友和兄弟都知道我的操作能力實在太差，在「五七幹校」時，大家都學會理髮，就我學不會。而所以學不會，是沒有一個朋友願意拿他們的頭髮讓我試驗，他們都不相信笨手笨腳的我會學會理髮。後來我學會騎自行車也幾乎被視為奇蹟。這些經驗使我在思考主體結構時變得很具體，我把人的主體結構大致分為三個系統，即認知系統，情感系統，操作系統。有的人認知系統很發達但情感系統不發達，如某些理論家。柏拉圖大概就屬此類，所以他崇尚哲學家而排斥詩人，主張精神戀愛。有的則情感系統發達而認知系統不發達，如某些神經質的歌星。有些則是認知系統、情感系統發達而操作系統極差，例如好些科學家都不會修汽車，更不用說詩人了。難怪毛澤東要嘲笑知識分子五穀不分，肩不能挑，手不能提。這固然是事實，但嘲笑是沒有理由的，因為人確實有主體結構上的差異。我就是屬於操作系統極不發達的人，但特別崇拜認知、情感、操作都很發達的「完人」，可惜這種完人難找。

要教會我這樣的人學會開車實在不容易。足足有兩個月，東亞系裏的朋友，從教授到研究生，輪番教我，唐小兵、陳戈、王瑋等。他們不但有好的方法，而且有耐心和勇氣。我自己更需要耐心和勇氣。

當陳戈第一次把我硬帶上高速公路時，我不但緊張得滿身是汗，而且很有一點悲壯感。那天夜裏，我夢見自己雄赳赳氣昂昂地走向為革命獻身的刑場，當了烈士。

教練們最後一項課程是準備考試（路試），拿執照。他們說，美國的警察頭腦簡單，每次路試都是那幾條路。於是，他們就帶我在那幾條道上反覆練習，哪處左拐，哪處右拐，我均記得清清楚楚。可是，考試那天的美國警察頭腦並不簡單，他一開始就指令我往東開去，與我準備好的往西開的路徑正相反。這一下我可心慌了。不過很奇怪，在慌亂中，我竟然按照警察的口令，在一條陌生的路上順暢地東奔西馳，最後又糊裏糊塗地回到原點上。車子剛一停下，我便進入高度緊張，等着警察宣佈我是否通過，簡直像等待宣判。「你通過了。」「甚麼？我沒聽清，請再重複一遍。」「你通過了。」美國考官不耐煩。我高興得緊握黑人考官的手，連聲謝謝謝謝。

拿了駕駛執照回家時，我立即遞給母親和妻子看，而且，連聲自我讚嘆：「真厲害！」「真厲害！」看到我不斷讚美自己，母親用奇怪的眼睛盯了一下，我知道她在說：怎麼這樣自誇個沒完，寫那麼多文章也沒這麼得意忘形過。

我真的有點得意忘形了。立即帶着妻子在 Boulder 城裏繞了一圈，然後又在通往丹佛的高速公路上奔馳：真是不可思議，一切都變了，道路怎麼變得這麼有魅力？Boulder 城怎麼變得這麼小？洛磯山怎麼變得這麼近？我的手腳怎麼變得這麼靈活？這雙手腳完全可以駕駛自己的命運，完全可以駕駛自己的明天和未來，愈想愈得意。看到得意忘形的我，坐在身邊的妻子提心吊膽地說：「超速了，小心被警察抓走！」回家之後，我才發覺自己一身熱汗，而妻子卻是一身冷汗。

草地上的客人

屋後的草地這麼寬廣，真讓我高興。所有的客人來了之後，我都要把他們帶去看看。瞧，我們的草地。草地成了我的驕傲，像少年時代把自己的詩篇展示給同學：瞧，我的詩篇。客人總是讚嘆，這麼寬廣的草地，夏天時該多好玩。

可惜平時客人很少。只有我常在草地上漫步，一面想事，一面欣賞着草地上的花朵、草葉和寧靜。不過，一坐上石頭，便發現草地上也有客人。最常見的是松鼠，牠們在草地上和樹頂上奔竄，對我一點也不害怕。我扔下幾片菜葉，牠們就跑到我的面前。兩腳撐起身體，雙手拿着菜葉猛吃，彷彿還對我說甚麼，可惜不懂得牠們的語言，後來聽小女兒說，小松鼠說的可能是印第安土語。牠們在印第安人主宰美洲大陸的時代就是草地的主人了。除了松鼠之外，就是野兔。過去我的印象是牠們的身軀比松鼠大，但膽子比松鼠小。可是這一回奇怪，野兔不怕我，膽子也不小。可牠們老是偷吃我妻子種的青菜，從小白菜、黃瓜到扁豆全都吃，只是不吃辣椒，口味和我差不多。松鼠和野兔是園子裏的常客，還有一些是稀客，最使我們興奮的是去年三月間，突然來了兩隻大的孔雀，在開滿紫丁香花的園邊上從容地展開牠們艷麗的彩屏。這一突然降臨的美，使我和妻子驚異不已，我們走近牠們，牠們也不飛走，只是緩緩地昂起頭高傲地走向籬笆，然後輕輕地躍上堤壩。那天陽光燦爛，客人的羽毛放射出的絢麗奪目的光芒，真讓我們太高興了。妻子拿來兩個大紙箱，企圖把牠們留下。我暗自笑了，牠們是天生的自由生命，哪能再進人造的囚牢。妻子說，孔雀是吉祥之物，一定是給我們帶來喜訊。果然，孔雀剛走，家裏的電話鈴響了，大女兒劍梅來電話，說她已經通過博士資格考試，此刻，哥倫比亞大學東亞系的王德威教授及同學們正在舉杯向她祝賀。她說她考試時很鎮定，一點也沒有發抖。

夏天時草地上的客人就更多了，而且多半是來自遙遠的東京、北京、台北和香港。其中在草地上玩得最歡的要數我那兩個來自香港的小姪兒誠誠和鳴鳴。他們簡直像到了天堂，又是追逐又是踢球，還搶着開小拖拉機在園地上刈草。草地這麼大，我正懶得動，他們真是海外飛來的勤勞天使，興頭很大，割了一遍又一遍，鄰居說，你的草地快被剃光頭了。玩了割草機之後，他們又想捕獵松鼠和野兔。小姪兒鳴鳴剛看了《三國演義》的電視劇，便說：「要智取，不要強攻。」於是，他自己找了一個籮筐，在籮筐邊下撐着一根帶繩子的小木棍，棍上捆着一根兔子最喜歡吃的紅蘿蔔，兔子一吃，籮筐就會自動倒下把牠罩住。可惜兔子極為機靈，小姪兒「守株待兔」整整兩天，才懊喪地拿走紅蘿蔔。

我的弟弟賢賢和弟媳秀榮及孩子們因為在香港擁擠，看到我們這裏有如此寬廣的草地，自然就特別喜歡。踏着草地上的晨光，我弟弟感慨說：香港錢多，但缺少這種好地方。有錢，不一定就是生活。我驚訝弟弟有這種感觸。

征服蒲公英

我所能感受到的植物世界，生命力最強大的，在樹類中要算榕樹；在花草類中，則要算蒲公英了。我的故鄉到處都有榕樹和蒲公英，一者向天空發展，一者向大地蔓延，這兩種生命，均震蕩過我的靈魂。榕樹的強大我早就知道了，所以寫了〈榕樹，生命進行曲〉。而蒲公英的強大，則剛剛體驗到。

去年初冬，我在科羅拉多的大學城 Boulder 購買了一座房子。隨着房屋而來的是屋子後院足有三畝地之大的草園，草園上還有七、八棵大樹。冬天的草園經常被白雪所覆蓋，一到春天，被雪水泡浸了一個隆冬季節的青草立即抬起頭來並瘋狂地生長，到了三月間便是一片濃密的翠綠。可是，剛被大地的青春所陶醉的我，在一個清晨裏卻大吃一驚，發現草地上到處是星星點點的小花，像天上突然撒下的星光。我本能地揉揉剛甦醒的眼睛，懷疑這是夢境。這時，站在陽台上的妻子也喊叫起來：看，蒲公英，滿園的蒲公英黃花。直到這個時候，我才相信，和青草爭奪土地的正是我熟悉的童年的夥伴。沒想到，它的足跡也遍佈天下。哪裏有土地，哪裏就有它金黃色的生命。

我開始還覺得在草地上有蒲公英點綴也很不錯。可是，鄰居 Dan，一個極為勤勞的美國人，他告訴我，要趕緊除掉這些蒲公英，否則過些天，它就會結籽，經風一吹，滿園都是它的野花，園子就要成為廢園。

聽到「廢園」二字，我渾身一震。童年夥伴的破壞力這麼大麼？它能很快就把柔美的草地變成廢墟嗎？我將信將疑，只繼續寫着我的文章，並沒有立即去對付它們。過了幾天，蒲公英果然以難以想像的速度迅猛發展，蓬蓬勃勃地蔓延到草地的每一個角落，這真真是奇蹟般的星火燎原。而且果然有一大群的蒲公英已抽出一個個小球似的花穗，每一穗上都掛着密密麻麻的白花籽，它們正在微風中搖曳，等到勁風一到，它們就會撲向大地，開始鋪開第二代。第一代還風華正茂，第二代便如此躍躍欲試，真是令人難以置信。蒲公英呀蒲公英，我過去怎麼沒有發現你這種發展生命的強大性格。

我決心征服蒲公英，為了我心愛的花園，為了我心愛的綠草地。於是，我發動妻子和小女兒和我一起投入拔除蒲公英的戰鬥。我們把園地分成幾片，逐片拔除，各個擊破。拔了二天之後，妻子和女兒均腰酸腿疼叫苦不迭。她們退出戰場後我只好孤身奮鬥，近乎瘋狂地繼續我的征戰。

這場征戰真是苦戰。蒲公英的數量之多完全出乎我的想像，多得驚人，拔不勝拔。我一邊拔，一邊想起故鄉的散文詩人郭風，他是蒲公英最熱烈的歌者，早就謳歌過這一倔強的生命。可是我卻忽視他的聲音。當他告訴人們這一貌似弱小的生命其實是難以戰勝的生命時，我以為他不過是在作浪漫的戲語，而今天，我終於對他的提醒有所領悟，他謳歌的確實是一種無比強悍的生命。

經過三天的鏖戰，我鬆了一口氣。第三天清晨，我欣賞草地時，心曠神怡，覺得勞動確實是美麗的，至少帶來美麗。蒲公英雖然強悍，但畢竟是可以征服的。我在陽光下坐着，充滿征服者的驕傲。

可是，大約過了一個星期，在一場大雨之後，又是一個清晨，我又見到三個星期前的景象，後園又是一片金黃色。我立即意識到，新一代的蒲公英仰仗着陽光雨水又崛起了，只是沒想到，崛起得這麼迅猛，我的征服的驕傲尚未舒展它們就這樣向我表明它們的不可戰勝。

我去請教Dan，他告訴我，這麼多的蒲公英拔是拔不完的，要去買農藥，而且要在雨後蒲公英的葉子還帶着水珠時灑藥最有效。我和妻子立即就去買農藥並買了一輛灑農藥的車子。這部深綠色的小車簡直是我的坦克。駕着坦克，我在草地上馳騁。大約是着意要和這大自然的頑強生命較量，我撒得很多很重。此後幾天，我看到藥物可怕的殺傷力，大片大片的蒲公英枯萎下去，長得最密集的北角，簡直遍地橫屍。生命再強悍，也擋不住這種殘酷的化學武器，我又再一次升起了征服者的驕傲。

由於下藥過量，有幾個角落的青草和蒲公英一起被殺死，出現了一片枯黃，翠綠的草地彷彿長滿瘡疤。這使我更加憎恨蒲公英，這種憎恨甚至波及到我所喜愛的故鄉散文詩人。不正是他所謳歌的頑劣者，破壞了我眼前這一片如歌如畫的天堂嗎？

不過，撒藥之後，我就放心了。放下的心收攏起來後便專心去照顧青草，每個週末都開着拖拉機刈一遍青草。夏天來到時，我幾乎天天噴水，房子的舊主人留下一套自動噴灌水系統，我不怕花錢，只要草長得好就高興。可是，就在青草茂盛，草地展示一片生機的時候，我再次非常懊喪地發現，蒲公英又在青草叢中復活而且也跟着長得十分繁茂。它們竟然沒有死，竟然從地底再次洶湧而出。這一回，它們不開花，只是夾在青草裏生長，而且是新一輪的狂生狂長。這一次蒲公英的復活與再生，動搖了我的意志。我對妻子說：蒲公英拔不勝拔，不理它了。妻子說：「聽說要撒五遍農藥才行，你只撒了一遍就洩氣。不要忘記Dan的話，任它生長，草園可就真的變成廢園了。」

一提起廢園，我又急了。不能接受失敗和失敗後的廢墟，於是我又展示新一輪的戰鬥，可是，這一回，我再也沒有雄心消滅它們了。我意識到，這一童年的夥伴與另一夥伴——榕樹一樣是不可戰勝的。而且，我想起了卡夫卡的話，這句話早已爛熟於心中，但此時的聲音變得非常響亮：

從土地上生長出來的生命是難以被消滅了，因為土地是永生的，附麗在土地上的生命也是永生的。

這一年多，我每次走到草地上，總要想起卡夫卡的這句話。真的，大地是不可征服的，附麗於大地的生命也是不可征服的。聯想起這些年自己走過的路，想到那些想征服我的人都失敗了，而我想征服另一種生命，也失敗了。這些失敗的記錄恰恰顯示生命的勝利：無論是龐大如榕樹還是微小如蒲公英，生命都是一支不可征服的進行曲。

女兒的學校

剛剛學會開車的時候，小女兒讓我到學校去接她。她讀的是 Boulder City 的一所高中，叫做 Fairview High School。

我兩次都去得較早，有些班級的學生正在走出校門，等了十幾分鐘才見到小蓮慢悠悠地走了出來。但我藉着等待孩子的機會仔細地看看學校的景象。

老師和學生的膚色各種各樣，白的、黑的、黃的、褐色的，頭髮也是各種顏色，白色的、黑色的，金黃的。有不少亞裔少年，但個子都不太高。僅僅劉蓮一班就有來自台灣、香港、日本、新加坡、越南等國家和地區的同學。一進校門，就可看到大牆上掛着瑞典、挪威、德國、俄國、法國、西班牙、日本、越南、朝鮮、老撾、新加坡、加拿大、墨西哥和美國等二十多面國旗，它標誌着這個學校有來自二十多個國家和地區的學生。我仔細看看，有台灣的青天白日旗，卻沒有五星紅旗，有點遺憾，後來想到，大約從大陸來的，只有小蓮幾個新生，還來不及掛上。美國的中學也帶有國際性，這是中國少見的。兩年前，小蓮在這個小城上初中（Baseline Junior High）時，我就驚訝這種學校也帶國際性，開設了外語課竟有法文、德文、俄文、拉丁文、西班牙文、日文等，英文算是本土語言，劉蓮懂得中文，本應算掌握了一門外語，可是學校還是要她選修另一門外語。劉蓮選的是法文。中國的學生在高中畢業後一般都能掌握三種語言：中文、英文和另一種西語，比美國學生強上一籌。劉蓮到瑞典時上的是國際英語學校，可惜沒學好瑞典文。我在國內時常羨慕能掌握四、五種語言的學者，到了國外，才知道這並不難，關鍵是要從小就學。小孩的腦子裝滿膠住外語單詞的黏液，學一年比我們這些年過半百的人學十年還強。

比亞裔少年還多的似乎是墨西哥的少男少女。在美國五年多，我已能一眼就認出墨西哥人。讓我驚訝不已的是我一連看到三個大約只有十五、六歲的女學生竟然挺着高高鼓起的肚子，她們肩上揹着書包，肚子裏還有另一個正在孕育中的生命，走起路來，有點吃力。但是，她們的臉上沒有憂傷，從我身邊走過時，她們輕鬆地談論着，還友善地和我點點頭。見到小蓮後，我立即問這是怎麼回事。她說這有甚麼稀罕，懷孕的不只是墨西哥學生，也有美國和其他國家的學生。她還告訴我，有的同學生下孩子之後，學校為了幫助她們學習，還為她們開設了一個「托兒所」，請專人照顧嬰兒。不管怎麼說，我納悶：為甚麼這些少年這麼早就懷孕？生了孩子怎麼還能上學？上學怎麼還能得到學校的同情和照顧？想到這裏又想起美國的自由。自由，給少年們帶來了歡樂，也帶來了重擔和荒謬。自由的權利固然令人羨慕，但自由的濫用，也使人害怕。幸而自由國度還尊重腹中生命的權利，懷孕的女學生，如果在我的故園，不知會發生怎樣的慘劇，可是在這裏，她們還是作為一個堂堂正正的生命被尊重，還在求知求勝，還在生存發展，於是，在迷惘中我也感到安慰。

然而，看到了校園裏少女懷孕之後，我心裏一直不舒服，而且總覺得這是美國中學的一個很大的問題。到美國之後，我才知道美國中學相當鬆懈，刻苦讀書的學生很少，更奇怪的是沒有任何道德教育，所有的世界觀、人生觀的形成都聽之任之。性的教育，也只限於如何使用避孕套，預防愛滋病等，以免大肚子的少女太多，但絕對不涉及如何正確對待異性，對待婚姻和戀愛。這種教育空缺，我剛聽說時真是驚訝不已，至今仍然困惑不解。中國的道德教育過份迷信灌輸，而且太畸形太沉重，但重視道德教育，這無論如何是一大長處。看到美國中學的缺陷，我就想起杜威，覺得這位廣泛影響美國的實用主義思想家。可是，實用主義一旦進入學校，則有點危險。學校從實用主義出發，只管走出校門後的專業實用價值，其他的一律不管，這就會使學生只知怎麼做事，不知怎麼做人。這樣長此以往，大約有一天，美國也會發現「人」的危機，這種危機恐怕不僅是大肚子少女佈滿校園，吸煙的少男佈滿課堂。

幸而我的兒女進了美國中學之後，還帶着故國中學的那股蠻勁，因此，門門功課都是A，自然科學更是名列第一，走在美國學生之前。因為走在前面，便是大肚子的同學望着她，而不是她向大肚子同學看齊。這一層使我放心了。但她畢竟生活在實用主義的文化氛圍中，將來能做怎樣的人，也令人擔憂。而我這憂慮，現在已成了她和她的同窗嘲笑的對象：有甚麼可憂的，我們個個都活得比你們快活。

西部牛仔

一聽說要去看美國的牛仔表演，我興奮得直催小女兒去買票。小女兒說雪天冷，還不如在壁爐邊燒火看書烤紅薯有趣，故意怠慢。我急了，這回與小女兒爭執，她竟像大人，我竟像小孩。

牛仔（Cowboy）的表演，就在離我居住的 Boulder 大約七十公里的丹佛城。丹佛每年都有這種大型的表演，稱作「Stock Show」，持續十幾天，吸引觀眾百萬人以上。「Stock Show」直譯成中文，叫「牲畜表演」，實在太缺少詩意。不過，這名稱倒是反映了實際，因為參與表演的不光是牛和牛仔，還有馬、牦牛、綿羊。這回我們看到的表演，有四對英國種的高大駿馬，氣宇軒昂，一看就讓人神往。此外，還有與之相對應的八匹來自拉斯維加斯的童馬，少年英俊，極為活潑可愛。大駿馬與小駿馬均拉着豪華的古典車架，一出場就如同天降的神騎，全場隨即歡聲雷動。而綿羊則是供三、五歲左右的娃娃們進行競賽用的。這些小娃娃頭戴盔甲，全副牛仔武裝，抓住綿羊身上密集的絨毛，然後在口令下達的瞬間勇敢衝出。他們的身體緊緊貼住綿羊的身體，雙手則揪住綿羊不放，臉上一半是野氣，一半是稚氣。

當然，整個表演的主角還是牛仔。我雖看過謳歌牛仔精神的許多影片，也在電視上看過無數次牛仔表演，但臨場觀賞，這還是頭一回。臨近細看，真不一樣。騎在馬背上等待比賽的選手個個精神抖擻，他們戴着黑色的牛仔帽，腰間緊繃着皮帶，手裏拿着韁繩，渾身散發着野氣。這是中西部大原野裏的野氣，在紐約、芝加哥等城市是看不到的。見到這些精神高昂的牛仔，我對身邊的妻子說：「這才是真正的美國。美國的精神一部份在賭場裏與性場裏消失，一部份卻保留在馬背上與牛背上。」整個美國，正是牛仔英雄們開拓的。沒有牛仔的勇敢拓荒，可能就沒有美國。

帶着野氣與驕傲的年輕牛仔，作着各種精彩的表演。一陣掌聲，我剛剛把頭抬起，他們已完成了一個閃電似的表演：摔出套馬的韁繩，衝出馬背，捕住奔馳的小駒，完全像大草原上及高原上俯衝的雄鷹。騎在牛背上表演更是精彩。特別訓練出來的脾氣暴躁的角牛，一出場就瘋狂地反叛騎在牠身上的陌生人。一方在主宰，一方在反抗主宰，兩種力的較量一開始就白熱化。勇敢的牛仔在牛背上躍動，形成一個混亂的但充滿險情的波浪，每一個動作都緊緊地揪住觀眾的心。中國古代解牛的庖丁只有技巧沒有危險，而這裏牛仔的表演則充滿危險，他們雖然也需要技巧，但更需要勇敢。這種不怕摔死的勇敢，正是聞名於世的美國西部精神。

在賽場中間，有一個像馬戲團的小丑，他的滑稽表演帶給神經緊張的觀眾一陣陣笑聲。美國人熱烈地為他鼓掌。他們知道這位「小丑」不平常的經歷，他從小就酷愛和參與牛仔表演的事業，在各種危險的表演中，他受過幾百次傷，被折斷的骨頭竟達五十多根，但是他卻奇蹟般地戰勝所有的傷痛，每次治好骨折就重返沙場，再次對自己的生命力進行新的試驗。最後，他雖然離開了馬背，但仍然沒有離開賽場，他用滑稽輕鬆的表演把危險提升到自由的境界，引來滿場歡快的笑聲。開拓，本來就是有危險也有歡樂。美國人在危險中也常帶有幽默。我喜歡這種性格。

美國進入現代社會已經很久，英雄時代已經結束，但是，牛仔精神作為美國開拓精神和英雄精神的一種象徵，仍然還影響着當代美國人。牛仔表演，不僅是一種娛樂，而且也是一種英雄時代的記憶和對英雄精神的緬懷。美國是個崇尚個人獨立的國家，牛仔精神不僅是象徵開拓精神，而且是象徵着單槍匹馬的開拓精神。中國人所熟悉的前美國國務卿亨利．基辛格就以牛仔精神來解釋自己人生的成功。意大利記者奧里亞那．法拉奇詢問他為甚麼能在政治上成功到享有「電影明星般令人難以置信的地位」時，他回答說，這要歸功於牛仔那種「單槍匹馬地行事」的精神。他說：

美國人所喜愛的牛仔，在率領一隊馬車時，總是獨自一人騎馬走在前面，一向是孤身一人騎向一座小鎮，……只有他的馬與其相伴，別無其他。有時甚至連槍都不帶。……這個牛仔所需要做的只是單槍匹馬，向別人表明他策馬進入鎮子，一切事情都由他親自動手。

我在看牛仔表演之後突然想起基辛格的話。想起牛仔精神不僅影響了美國的平民，而且影響了美國高級知識分子的生命內核。這種精神與我自己所曾接受過的依靠大群體、在族群與黨群中吸取力量的方式完全不同。牛仔方式要求一個人完全用自己的肩膀挑起一切重擔，獨闖出一片天下。基辛格用牛仔精神來解釋自我時，雖極淺顯，卻是抓住美國最根本的勇於單槍匹馬奔闖天下的精神。因此，他的解釋也並非別出心裁，倒是相當合情合理。

這次看牛仔表演，不僅看了演員，還看到了觀眾。數千觀眾多半也頭戴牛仔帽，腳穿高統牛仔皮靴，孩子們更是一身小牛仔打扮。我身邊一位八十多歲的老太太，她更是興奮不已對我說：「從二十歲開始，我每年都要與我的丈夫看一次牛仔表演，到現在已經看了五十七次了。」從她的身上，我看到美國不僅不願意放掉牛仔英雄的記憶，而且也不會放掉他們所擁有的這孑身獨行的精神。

女兒的喜悅

沒想到，聽到北京寓所被劫的消息後，我的兩個女兒都非常高興。

大女兒小梅給我打電話說，你不是喜歡「好了歌」嗎？這一回就算「了」了，了就好，了就有更多自由。你老是了斷不了那個學院，就只好把心掰成兩半，這就太累了。這一了，你又可以全身心寫你的「手記」了。大女兒有點像她媽媽，說話總是有些教師口氣，對自己的父親也是如此，在講了「好了歌」之後，又忘不了要教訓一句：「爸爸，你有更重要的事要做，不要被他們牽制住。」

小女兒小蓮更是高興。她本來就渾身散發着健康的氣息和快樂的氣息，這回更加快樂了。她的快樂更有一番道理。她說，「六四」以後，她在這套房子住的時候，社科院突然就把房裏的電話線拔掉，讓她和老奶奶嚇得睡不着覺，後來又有人來說，只要你們立即交出五千塊人民幣就可以接上。小蓮說：「他們早就用這套房來敲詐勒索我和奶奶，現在又要用這套房來敲詐你。這回拿去，把房子裏所有的東西都拿去了，也就沒甚麼好敲的了。」她才十七歲，說話也學大人腔調，不過，我倒覺得有道理。三年前，小女兒還在北京時，我怕她被傷害，說話總是有顧慮，因為北京留有心愛的「人質」，以後孩子出國了，還留下房子。房子不是「人質」卻是「物質」，物質在人手裏，好像對社會科學院還有甚麼義務，眼珠有時也不得不轉過去，這回房子一拔，既無「人質」，也無「物質」，真是輕鬆了。人只有在不求人家甚麼，不欠人家甚麼時，才有自由。

很早就聽智者說：頭髮一根也別讓魔鬼抓住，這套房子也許是被魔鬼抓住的最後一根頭髮。如今拔掉了，倒也輕鬆，魔鬼別想再從我身上打撈甚麼了。

想到這裏，也和小女兒一樣高興起來，而且暗暗為自己慶幸，慶幸自己遠離黑暗的中心。這個事件提醒我，在黑暗的中心裏沒有和平，像箭矢一樣鋒利的電鑽隨時都可以指向你。武器和旗幟都在魔鬼手裏，昨天他們可以像宰割兔子一樣宰割哲學家與詩人，今天同樣可以宰割你。在黑暗的牛棚時代，我就看清宰割的自由，然而，常常忘記，這一回，電鑽又提醒了我。

可是，我很高興，地球這麼大，雲空下有滄海和群山把我和擁有宰割自由的魔鬼隔開。世界的結構很好，不願意被宰割的還有海的另一岸可以棲息，人間還有不被宰割的自由。黑暗的動物只能橫行於黑暗的中心。中心之外的密茨根湖畔、洛磯山下和波羅的海海灣，都沒有他們的地盤。他們的本事再大，也只能在黑暗中顯耀。可是夜再長，白晝總會到來。想到這裏，真感到走出黑暗的榮幸，僅僅這一點，就該滿足。

近些天來，大約笑影又重新回到臉上，所以小女兒問我：爸爸怎麼那麼高興。其實，高興是她傳染給我的，不過她不會知道我已悟到應當滿足的道理，也不會懂得擺脫黑暗中心的價值，其實，遠離黑暗，就是人間樂園。在這個樂園裏，不僅擺脫了獸，而且擺脫了陳腔濫調，那些注定沒有前途的教條。雖然還有生活的艱辛，但是，魔鬼已不能自由地把陰影投進我的小床和書桌。我們再也不必注視那黑暗中賊一樣的眼睛也不用辛苦地等待黎明。如果小女兒知道這一點，一定會更高興，笑聲一定會更清脆。

被摧殘的眷戀

我到海外後重新尋找故鄉的意義。在理智上，覺得再也不能讓人用「祖國」的名義來蹂躪自己的靈魂了，於是，寫了〈文學對國家的放逐〉，也以此變動一下在中國文學中已延續了很久的「鄉愁」模式。

但是，很奇怪，我始終在感情上抹不掉一種東西，這就是對於故鄉的眷戀。眷戀我的高山，眷戀我的楓樹林與白樺樹，眷戀我的低矮破舊的小土屋，眷戀我的貧窮而純樸的父老兄弟。這種眷戀是我身心最後的實在，它永恆地存在於我情感世界的深淵中。

還在國內的時候，因為住在北方，常眷戀南方的故園。在瘋狂的階級鬥爭歲月裏，我最不能忍受的就是故鄉的老師和親人受摧殘的消息。故園中任何一個老師或親人受難的故事都會在我的心中劃上一道傷痕，每一故事都在夜中給我編織恐怖的噩夢。每次我想直言，總是想到故園的親者，生怕會連累他們，增添他們的恐懼與眼淚。讓我最為難受的，不是自己受折磨，而是至親的親人與老師受折磨。中國的暴君很了解中國人的這種心理，因此發明了牽連法，一人犯罪，可以株連九族。

我接受了很久的現代教育，一直無法擺脫古老的傳統感情，因此，總是眷戀故鄉，眷戀在搖籃邊和自己的人生之初結成難解之緣的最初情感。所以在離開故鄉久一點之後，總是眷戀故鄉。這種土地戀，是如此難了，只有出國後才深深地體驗到。

那一片長滿杜鵑花的土地，從小就在那裏滾爬；那一片掛滿紅荔枝的記憶，從小就印在心的深處。

故鄉，就是那一片如夢如煙的記憶。這一點記憶，像存放在歷史深處的珍珠，隨時都想把它找回來，重新放在手上看看。這是未曾被社會塵埃污染過的第一記憶，每一次重新把它拾起，就想到，每一個人，都當過一回短暫的天使，這就是童年的歲月。哪怕降生在最貧窮的家庭，當他無憂無慮地酣睡在母親的懷裏時也是天使。可惜，人生走入社會之後，便紛紛走向魔鬼的深淵。社會到處是污濁的空氣，人必須和無數骯髒的動物扭打，能不變成魔鬼算是榮幸。我在污水中，常眷戀着故鄉，所依戀的就是童年時代那一點潔白的記憶。我相信，回去擁抱這一點記憶，只有魔鬼才不高興。

然而，我對故鄉最後的眷戀被摧殘了。當我的妻子踏進故國土地的時候，一群強人用電鑽電鋸拔掉我的家，鐵的牙齒撕裂我對故鄉的戀情。在被撕裂的一刹那，我在電話上告訴妻子，他們不僅刼奪房屋與財物，而是傷害了我們懷愛故鄉故國的最寶貴的感情。

財物再貴重，也是身外之物，唯有對故鄉的眷戀，才是身內最後的真實。從此之後，在我對故鄉的記憶裏，多了一群豺狼，也多一分傷感：故國，故國，那一片地域上的故鄉，並不就是自己的情感家園。電鋸、電鑽如同坦克的履帶，輾碎了我童年的夢，也輾碎我的眷戀。

被擊中了要害

一九八九年夏天之後整整兩年中，故國的報刊發表了數以百計的大批判文章，對我進行一場圍剿。在圍剿中，他們控訴人類之愛，控訴我呼喚給生命以自由權利和尊重人的尊嚴。但是，這些控訴和缺席審判，除了暴露控訴者的蒼白之外，甚麼也沒有。他們義憤填膺地訴説：世界是依靠階級爭鬥的雙腳站立着的，愛是資產階級垃圾桶裏的舊貨，個人的主體選擇是違背領袖夾着尾巴做人的教導。他們所有的空洞而陳舊的義憤像泡沫星子濺到我故國的許多街道與鄉野，但是沒有打中我的要害，我的心靈依然完好，絕對沒有傷痕。

然而，在一九九一年秋季的一天，他們突然改變戰鬥手段拔掉我在北京寓所的電話。這一行動遠遠地勝過他們上百篇的批判文章，一下子就擊中我跳動着的心臟。

北京寓所裏住着我的七十多歲的母親和年僅十二歲的小女兒。我出走海外之後，她們相守相依留住在這套住房裏。兩年中，我們被蒼茫的大陸與大洋割開，彼此都懷着刻骨的牽掛。幸而有一條電話線像生命線似的把我們聯在一起。通過這一生命線，我母親確鑿地相信我還活着，死神並未把我奪走。我感謝現代科學家的智慧和天才，他們使我們雖然相隔萬里但可以聽到彼此的呼吸與跳動，維繫了人間最深邃最不可缺少的情感。我在電話裏，準確地聽到蒸發着生命氣息的女兒的聲音和母親微微顫動的聲音。這些聲音為我驅除那些歲月裏最寒冷的寂寞和鼓舞我去踏碎漂流路上的荊棘與險灘。

但是，那些無法用文字戰勝我的文化打手們卻用很簡單的一個動作即拔掉我家中的電話線而擊中了我的要害。當我從朋友那裏聽到這一消息時，我立即提起話筒撥到北京去尋找這一老一小的聲音。然而，我恐懼地證實了朋友的消息。我甚麼也聽不到了，那個時刻，和我在一九八九年那一天凌晨一時的感受一樣，覺得子彈擊中心臟，然後穿過血脈，爆炸出一聲巨響。那些文字上非常笨拙的傢伙畢竟具有狐狸的狡猾與獅子的兇心，他們掌握着比筆桿強大得多的武器，在這種武器面前，我是沒有力量的。我只能深深地嘆氣，承認一顆脆弱的心臟畢竟沒有力量抵禦鐵拳般的政權。

我很奇怪，那些企圖剿滅我的人竟然那麼了解我。了解我是一個很重感情的人，一個忍受不了被思念折磨的人。當我母親生下我的時候，砍掉了自然的臍帶但是沒有砍掉情感的臍帶，而我離開故土的時候，小女兒又被我和我妻子的情感臍帶緊緊捆綁着。他們可能還知道，我不像他們把權力、地位、榮譽看得那麼重要，而是把人間情感視為最後的實在。一切討伐和大批判，無非是損害那些並不重要的東西，不會讓我心疼。而打擊我的生命最終的真實，卻會使我陷入驚慌，把我推入黑暗的奔走求救的深淵，從而把我戰勝。他們想對了，他們拔掉我的電話線，真的拔掉我意志的底線。我撐不住了，真的請一位老同事去向社會科學院負責人說話，請他們手下留情。社科院佯裝不知此事但表示：只要先交五千元人民幣，可再安裝上電話。能贖回女兒和母親的聲音，我甚麼都願意做。但妻子反對，她很了解國內的低級把戲，她說，他們對我們的感情進行敲詐勒索是沒有邊的，他們的胃口是個黑洞，還是得趕快設法讓小女兒出國。聽了妻子的話，我請了不少朋友們幫助，經過大約八個月的努力，終於讓小女兒來到自己的身邊。

小女兒到來後，我的整個心情變了。文字裏多了許多笑影與笑聲。這時我才發現，母親和女兒原來是我命運的人質和情感的人質。被抓住人質，就沒有自由。此外，我還發現自己的情感實在太脆弱，經不起打擊，完全不像個戰士。革命者們一定都會嘲笑我和蔑視我。

英雄，梟雄，匪寇

北京寓所被劫事件之後，我一邊揭露肇事者，一邊照樣寫散文，但提起筆總是想到那些拿着電鋸的大漢和他們的指揮官。於是，便從官想到匪，又從匪想到官，一時竟覺得官匪難分，混沌一團。為了從混沌中擺脱，我又想到三個概念，即英雄、梟雄與匪寇。

英雄與梟雄都是天下傑出者，都有超乎常人的勇猛與本事，但因為都不尋常，有時也不容易分清，例如，對於曹操與劉備，有人認為他們是英雄，有人則認為他們是梟雄。《三國志．吳志．周瑜傳》云：「劉備以梟雄之姿，而有關羽、張飛熊虎之將，必非久屈為人用者。」同一書中的《魯肅傳》也說：「劉備天下梟雄。」但是宋代大詩人辛棄疾就不這麼看，他認為三國的曹、劉、孫皆是英雄：「天下英雄誰敵手？曹劉，生子當如孫仲謀。」他敬佩孫權敢於對抗當時天下的兩大英雄曹操與劉備。而曹操在煮酒論英雄時也認為天下英雄只有他和劉備。

判斷歷史人物誰是梟雄誰是英雄已不容易，判斷現實人物就更難了。當代國際上的某些風雲人物是英雄還是梟雄就很難有一致的看法。例如前蘇聯共產黨的第一書記戈爾巴喬夫，就有很大的爭論。說他是英雄，有充份的理由。因為他不僅結束了蘇聯的一個時代，而且結束了世界的一個時代。冷戰時代的結束，雖然不能說是他一個人的功勞，但他確實起了任何人難以起到的作用。僅此一點，就有英雄資格。而說戈爾巴喬夫不是英雄而是一個梟雄，也不是沒有理由。美國的《時代》雜誌在把他當封面人物時作了一個旁註：一個人，丟失了一個政權，丟失了一個國家。這也不是譭謗，在他手裏，的確丟掉了一個統一的擁有七、八十年歷史的革命大帝國。一個瞬間，一個革命大帝國突然灰飛煙滅。這是歷史偶然。沒有戈爾巴喬夫，大帝國不會崩潰得這麼快。促使革命大帝國崩潰，是功是過，不能不引起激烈爭論。蘇聯按照原來的路走已經走不下去了，除了更換體制，否則將永遠是統一的貧困與僵化。龐大的屍首是沒有意義的。而要救活俄國需要有人入地獄，戈爾巴喬夫的精神就是「我不入地獄誰來入」的精神。這種精神是給俄國帶來災難還是帶來幸福，他的精神和他的行為，是英雄業績還是梟雄衝動，還有待於歷史證明。這裏我只是說，分清英雄與梟雄並不容易，憑智力判斷是有限的，它常常還得仰仗時間。

不僅英雄與梟雄的界限難分，甚至英雄與寇盜的界限也不容易分清。例如宋代梁山起義者——水滸英雄們，有人就不認為他們是英雄而是草寇，所以才有俞萬春的《蕩寇志》出現。在俞萬春的眼中，從宋江到李逵，都是匪寇。但是，公道自在人心，同樣是農民起義者，中國人卻普遍喜歡武松、李逵、魯智深，覺得他們是英雄，而不認為戰勝他們的高俅、童貫之流是英雄。這不是簡單的階級論。對於統治階級的皇帝，現代中國人也無偏見，他們就認定唐太宗李世民是創立貞觀之治的一代英雄。而劉邦、朱元璋是否英雄，則有爭議，許多人寧可稱失敗的項羽為英雄，不肯稱勝利了的劉邦為英雄。

可見，在歷史的篩選中，還是有一個標準，英雄與梟雄與寇盜還是有區別的。

英雄與梟雄同是勇敢的猛人，但英雄比起梟雄來，恐怕必須有一種梟雄所沒有的以「天下為公」之心和確實給天下帶來正氣和進步的業績。因此，儘管有些人勇猛而成為一代強人，但在人們心目中未必是個英雄，像劉邦那樣儘管成為勝利者成為開國之君，但身上總是有許多流氓氣與無賴氣，人們就很難把他視為真正的英雄。正是用這樣一種標準，所以我和李澤厚的對話錄談到二十世紀的政治風雲人物時，便稱孫中山是英雄，儘管我們並不贊成革命方式，而認為袁世凱等只能算梟雄人物。孫中山儘管失敗，但他的革命人格卻是獨一無二的，唯有他，真的不想當皇帝，不謀私利，有雄心而無野心，有政治抱負而無政治權術。這裏有公私之別。

而如果去掉政治偏見，也不難分清英雄與寇盜。寇盜有時雖也表現出英雄、梟雄的勇猛，但其勇猛卻帶有「偷」、「竊」性質，即帶有「匪」的特點，他們沒有英雄、梟雄那種馳騁天下的雄姿，只有鼠竊狗偷的賊相；他們沒有建功立業的遠大抱負，只有急功近利的鼠目寸光；他們沒有規則與信念，只有蠻幹與胡來。梟雄與寇盜還有另一條重要區別，就是梟雄畢竟是梟雄，所以能有許多追隨者。在政治遊戲中他們懂得玩兩面手法，即所謂軟硬兼施、剛柔並重、寬嚴結合、區別對待等策略。玩兩面手法有點好處就是玩者總還是顧全自身的面子和顧全社會的輿論，也因此，就可能給社會造成可伸展四肢的隙縫，而寇盜則常常簡單愚笨得只會玩一面戰術，這雖有可愛之處，卻常常表現出不顧一切包括不顧社會臉面和個人臉面的兇殘，和狼虎一般。因此總的說來，寇盜就比梟雄低一大級，居於社會末流。

從以上的分析看來，中國社會科學院用電鑽電鋸強行拔除我寓所的行為，乃不屬英雄行為，也不屬梟雄行為，只屬沒有抱負、沒有勇敢、沒有信念與策略的寇盜行為。不過，也如上所述，英雄、梟雄、匪寇界線常常模糊，所以說不定也有人認為他們是英雄行為，也符合中國社會科學院的文明準則。

第三輯

傑弗遜誓辭

——寫於文化大革命三十週年之際

我是在一九八九年四月來到了華盛頓的。那幾天，美國的首都剛從冬季的風雪中甦醒，滿城風和日麗，無數風箏在空中飄蕩。我昂起頭眺望着風箏和西天的雲彩。看久了，在綠草地上坐下，心裏想着剛剛在傑弗遜紀念堂裏讀到的誓辭，他向上帝所做的莊嚴的保證。這一誓辭保護着自由的風箏，它彷彿也寫在風箏的絲綢飄帶上。

傑弗遜像下的誓辭這樣寫着：

I have sworn upon the altar of God eternal hostility against every form of tyranny over the mind of man.

（我向上帝宣誓：我憎恨和反對任何形式的對於人類心靈的專政。）

每次參觀紀念堂，我都格外留心英雄的座右銘。人類精英們的心得，值得我多想想。但是，在我的記憶中，還沒有一句名言像傑弗遜這一思想如此讓我震動。在讀到的一剎那，我心裏轟然一聲，心思如洪波湧起。

我是一個從馬克思主義經典中走出來的學人，對西方傑出的政治領袖只有敬意但沒有崇拜，對於他們的思想一直採取質疑的態度。然而，這一句話，我卻產生很深的共鳴。在被觸動後的那一時刻，我真想吶喊幾聲，請求全世界的政治家和思想者注意。那些早已知道的，也請重溫一遍。我還特別請求我的祖國能注意，並希望故土的山谷能夠回應我的吶喊，像童年時代回應我天真的歌聲。

這是一句誓辭，一個美國思想家的信念。但它也包含着我的良知關懷和良知拒絕的全部內涵。近幾年，故國的報刊一直在討伐我，至今沒有停斷。如果我有罪，那就是我對心靈專政毫不含糊的譴責和反叛，也就是我在地球的東方發出一種與傑弗遜同樣的聲音。然而，傑弗遜和華盛頓、林肯共同創造的時代卻告訴人們，尋求真理並説出自己所信仰的真理，這是天賦的權利，永遠不能成為罪行，政治專政的鐵拳永遠沒有理由對準人類天然神聖的心靈。

當然，憎恨我的人把我當作異端也並非沒有根據，因為我的確和一些拿着教條來謀殺我的祖國和我的人民的政治激進者不同。我的語言已從他們規定的死亡方格中跳出，並揭露教條已經刺殺了我的祖國的生命力。我確實在用筆抗爭，而抗爭的一切，如果需要用一句簡明的話來表述，那正是美國這位思想家鄭重的誓言。

在曠古未有的文化大革命荒誕歲月中，我最後悟到，毛澤東與馬克思的區別，就在於毛澤東把無產階級專政的強大機器從政治經濟領域推向人的心靈領域。所謂「全面專政」，就是説僅僅在經濟、政治領域裏剝奪者的政權是片面的，只有在心靈中也實行剝奪才是全面的。當大陸的政治騙子群把「全面專政」的紅旗舉上雲霄的時候，無數知識分子的心靈卻在牛棚和牢獄的黑暗牆角下作着最悲慘的呻吟。他們一個個把筆變成匕首，天天刺進自己的胸膛和別人的胸膛。他們在奴才與佞幸的強制下，用最惡毒的語言詛咒自己和自己的同胞。他們承認自己是內奸似的黑幫，是地獄中猙獰的魑魅魍魎，是企圖阻撓人類走向極樂園的江洋大盜。他們一面被人像追獵野獸一樣地被迫交代自己的罪行，一面又把一枝從小就勤奮練就的筆桿深深地插入自己的咽喉，然後又插進一切和平與仁慈的信念。他們檢舉、揭發交代，一個字一個字都像瘋狂的毒蜂去咬叮他人的靈魂和自己的靈魂，連早已埋在地下的祖宗的屍體也不放過。他們在「不怕疼、不怕醜」的迷魂藥的麻醉下，讓心靈蒙受種種人間的奇恥大辱。在那段歲月中，我還年輕，避免了許多老學者老作家可怕的命運，只是和億萬同胞一樣把本是春水般活潑的情感納入獨一無二的思想體系中，在統一的政治機器中打滾，讓心靈發出麻木的呼叫。

在心靈專政的旗幟高揚的時候，人類一切帶有溫馨花瓣的書籍都被禁止，全世界公認的至真至善至美的詩篇皆被認為是封建階級和資產階級的毒草。連莎士比亞和托爾斯泰也難幸免。著寫《神曲》的但丁本身被送入地獄，無辜的維納斯和蒙娜麗莎被戴上最醜的高帽。我們只允許讀馬克思、列寧和毛澤東的文字。於是，我們一面經受階級鬥爭狂濤激浪的洗劫，一面又經受難以忍受的靈魂大乾旱，這種沙漠似的大乾旱和它所帶來的大飢渴，使我和我的同一代人的生命一下子萎縮得像古埃及墳墓中的木乃伊。儘管這樣，我的眼睛還像燈火一樣燃燒着，而且讀下了一部人類各種文化寶庫中所沒有的心靈專政錄。這部紀錄，是產生於中國五十年代到七十年代的人類歷史上最怪誕的書籍，一頁一頁都令人傷心慘目，一頁一頁都迫使我去作反叛性的思索。我敢說，在藍色的天宇下，沒有另一個國度的思想者，能像我和我的同一代人如此深切地讀盡人類心靈專政的現實圖誌。從醫學上說，這裏有人類精神的全部病毒；從心理學上說，這裏有人類心理的全部變態；從宗教學上說，這裏有魔鬼的全部伎倆；從人類學上說，這裏有人類身上殘存的全部獸類的基因；從文化學上說，這裏有人性惡的全部積澱。

在實行心靈專政的年代，真正的知識分子沒有一個能抬起頭來坦然地看看四面八方，只能埋着被戴上資產階級帽子的頭顱看着自己可憐的腳趾。那些曾像小偷似地發表過關於人性、人道文章的學者，此時更變成千夫所指的寇盜。這些小心翼翼地低聲訴說社會主義國家也需要「愛」的正常腦袋，此時變成全部仇恨集中射擊的對象。專政的機器逼迫他們把頭埋得比任何人都低。播種人道的正直心靈收獲到是赤裸裸的獸道。在六十年代，我從未涉足人道，只是無知地跟着潮流高喊階級鬥爭的口號，因此，在埋着頭的時候，還可以張開眼睛讀着這部荒誕無稽的現實大書，並很深地認識了一個錯誤的時代，看到它是怎樣把高貴的人類變成一隻隻蜷縮着脖子和緊夾着尾巴的狗，每時每刻都生怕挨打的可憐家畜。如果要擺脫這種命運，即如果不想夾着尾巴，那就要高揚起犀利的牙齒，把自己變成管轄狗並無情地撕咬狗的狼。我看到一些被稱為詩人的人也變成了這種野獸。他們裸露的牙齒比他們樓梯似的詩句留給我更深的印象。

這部心靈專政錄，我讀了十年。幾乎用了整個青年時代才讀完，讀到最後一頁我已進入中年時代了。我憎恨那個時代，又感念那個時代。那個時代所有的荒唐故事，都使我刻骨銘心地體驗到人性的脆弱。人類只要穿過心靈專政這一黑暗的洞穴，就會魔幻般地變成畜類與獸類，數百萬年的進化成果就會在刹那間化作洞穴中的灰燼。如果人類缺少保衛心靈的意識，那麼人類未來的災難將是極其深重的，回到獸界與動物界，並非難事。

因為我曾經生活在心靈專政的斧鉞之下，所以我了解心靈專政的力量。今天，我已從心靈專政的陰影中抬起頭來而贏得良知的自由，但我有責任告訴未曾經歷過的人們。我的訴説沒有詩意，但也沒有摻假。我必須用確鑿的語言説明，部份人類所發明和製造的心靈專政，就像無邊無沿的棺木，它可以把整個人類都變成屍首而首先是把最活潑、最高貴的心靈變成屍首。千百萬年形成的人類心靈，一旦進入精神棺木，生命就完全失去愛的知覺。這一點，快樂的人們不一定能意識到。我相信，我今天告訴人們這一點，比詩人奉獻漂亮的詞彩更為重要。

美國是一個很年輕的國家。它得天獨厚，這除了它的肥沃、平坦的土地和東西部的兩條海岸線之外，還得益於一種歷史的偶然，即他們的開國元勳很快地意識到必須拒絕對於人類心靈的專政。這種意識價值無量。這一意識使他們沒有瘋狂而愚蠢地把政權的力量用於消滅良心和消滅思想的革命。我在美國已經六年了，常常用懷疑的眼光尋找它的缺陷。我看到美國並非理想國。這部用金錢開動的龐大機器也充滿機器專政的可笑故事。充溢於街道和辦公室的銅臭味常常讓我感到窒息。然而，他們從來不敢把「全面專政」視為神聖的旗幟，在他們的思想意識裏，從來沒有把人類心靈送進牛棚和豬窩，他們的過於發達的技術和僱傭制度也使一部份人類心靈異化，但是，他們畢竟在法律上和觀念上保護着人類心靈的尊嚴與價值。任何心靈都可以自由地發出自己的聲音，巨大的國家機器絕對不能騷擾任何一支脈管的跳動。他們賦予心靈的權利是心靈永遠不受干預、不受侵犯、不受奴役的權利，是心靈可以像山間飛鳥隨時都可以自由啼唱的權利。這種心靈權利高於一切。我應當坦白地表明，我羡慕這種權利。這種權利比任何綴滿珠寶的桂冠都更有價值。而使我高興的是，他們畢竟能把傑弗遜的口號寫在紀念冊上，讓人們集體地拒絕心靈專政。

我離開傑弗遜紀念堂已經六七年了。這幾年，我走過世界上的許多地方，但始終忘不了這一次的華盛頓之旅，也始終忘不了傑弗遜的這一句誓詞。那裏的草地黃了又綠，綠了又黃，但每年春天，都有競健的風箏在空中翔舞，我彷彿看到每一條風箏中的飄帶，都寫着這位國家先驅者的信念，想到這裏，我心中有一願望冉冉升起，這就是期待人類的每一顆心靈都像自由的風箏，它擁有天空，也擁有大地。任何形式對它的踐踏，都應成為已經過去的奇離的故事。

走訪黑山四總統

（一）

趕到南達科他州（South Dakota）的黑山已近黃昏，但參觀者仍然絡繹不絕，停車非常困難。夕陽的斜暉照着各種膚色的來訪者，也照着拉什莫爾山崗上巨大的石像，看得很清楚，那是喬治·華盛頓、托馬斯·傑弗遜、阿伯拉罕·林肯和西奧多·羅斯福（Theodore Roosevelt）的雕像。這四個由大花崗岩所雕成的石像高達四百六十五英尺，是人類有史以來最大的石頭雕像。我和來訪者站在山崗面前的看台上，仰望着美國人愛戴的領袖，欣賞懸掛於峭壁上的大手筆。這不是集體的創作，而是一個名字叫做Gutzon Borglum的父親和一個名字叫做Lincoln Borglum的兒子用一刀一錘製造出來的。從一九二五年開工一直到第二次世界大戰之後才完成。兩雙生命之手，竟可創造出這種聳立雲端、俯視千古的巨像，人類真不簡單。完成這一傑作，除了靠氣魄和才能之外，恐怕還得靠感情，這就是對於帶給美國人幸福的傑出領袖衷心敬佩和感謝的感情。政治常常是骯髒的，但也有正直的政治和美好的政治，政壇上的政客讓人鄙視，但為蒼生造福的政治家卻讓人衷心景仰，這巨大的石像就是證人。它證明歷史不會遺忘為人類創造幸福的政治家。

我在自己的青年時代也捲入過領袖崇拜的潮流，看到故國大地到處都是毛澤東的雕像，從數量上說，恐怕人類歷史上沒有一個帝王將相可以相比，也不是華盛頓、林肯們可比的。然而，數以千百萬計的雕像，經過一段歷史風雨的吹打，幾年之間便在中國土地上消失得幾乎一乾二淨。這種消失的速度之快，使我暗暗驚訝，後來我明白這完全是無數的雕塑皆沒有根，即被崇拜者的根沒有伸進人民的心底。人民的心坎，才是真正的大地。倘若深進人民的大地底層，那是任何歷史風暴都難以捲走的。面對眼前的黑山石像，我想到，這幾位締造民主政治的歷史人物畢竟把他們的根深深地扎進美國人民情感的深處。美國人從心底裏覺得必須記住這些領袖，記住他們的名字和他們所開闢的道路。可以預言，美國很難突發一種政治風暴來摧毀這座石像。時間只能給這雄偉的傑作不斷地積澱下敬意。在這個短暫的黃昏裏，我意識到，人為的造神運動是沒有用的，即使是億萬人所造的神，也是脆弱的。一切堅固的，都必須站立於人民的心中。人的心靈最柔軟，但也最堅實。

〔二〕

這四位總統，除了西奧多·羅斯福之外，我都有好感。我不太喜歡西奧多·羅斯福，他在本世紀的頭一年因為麥金萊總統遇刺身亡之後而入主白宮，在這之前，他就宣稱，對付拉丁美洲人「說話要客氣點，但必須帶一根大棒」，執政之後果然實行大棒政策，警告拉丁美洲鄰居：「在西半球，美國堅持門羅主義，因此在發生嚴重的作惡多端和孱弱無能的情況時，美國儘管勉為其難，勢必要使用國際警察的權力。」一個大國總統，對着其他弱小國家揮舞大棒，揚言不惜使用國際警察的權力，這真是有點仗勢欺人，過於霸道。我拒絕人世間的一切霸道，不管它是霸在東方還是霸在西方。西奧多·羅斯福的大棒和他對門羅主義的引伸，也許有利於美國，所以黑山石像的作者也崇拜他，而作為一個中國的知識者，我則完全不能認同揮舞着大棒的美國領袖，並覺得把西奧多·羅斯福放在其他三位民主政治的開創者行列，實在是令人困惑的。到黑山之前，我還以為這個羅斯福是二戰中對日宣戰的富蘭克林．羅斯福，到了那裏，才知道是西奧多．羅斯福，真使我失望。

〔三〕

其他三個總統：喬治．華盛頓、托馬斯．傑弗遜和林肯，這些是美國也是全世界公認的英雄，石像作者的選擇自然是對的，華盛頓是美利堅的國家之父，傑弗遜是年輕國家的靈魂，他體現了美國的民主理想主義和國家獨立的深刻內涵，而林肯則是農奴的解放者，用民主理想統一美國的革命家。無須爭論，歷史用如椽大筆把他們的名字寫在時空的大石壁上是理所當然的。

而就個人而言，我並非全是用歷史學家的眼睛去看他們，我對他們的好感，全因為他們三個人均是具有人性的總統。這些年我常常反省歷史，而我的反省完全是一種人性的反省，包括對美國的總統，我也喜歡用人性的眼光去觀賞。當我看到華盛頓的石雕時，我首先想起的竟是他的用象牙骨做成的假牙。在美國的總統群中，華盛頓是最受人崇敬而且也最少人性疵點的人，他作為最高的統帥和國家的開山之祖，想的竟不是如何永遠保持一頂總統桂冠而是自己無法掩蓋的缺陷——只剩下兩顆牙齒。他有自知之明，知道牙齒的脱落是身體衰老的明證。一個只有兩顆牙齒的人是不足以支撐一個新生的百業待興的偉大國家的。因此，他擔任了美國的第一屆總統之後便提出辭職，戰爭一結束，便解甲歸田，回到自己的家鄉維吉尼亞（Virginia），生於斯也死於斯，平靜安詳得如同黃昏徐徐的落日。美國的一本史書上在介紹華盛頓時特別突出他的兩顆牙齒的照片。華盛頓真誠地正視脱牙所指涉的事實。人都是有缺陷的存在，總統也是有缺陷的存在，正視自己只剩兩顆牙齒的缺陷，並不會丟失總統的尊嚴。相反，這種正視，除了說明華盛頓作為一個人具有純真、誠實的品格之外，還說明他對其他健康生命的尊重。他領導下的千千萬萬生命那麼年青那麼有朝氣，牙齒那麼好，為甚麼一定要讓一個沒有牙齒的人作終生的統帥呢，他真誠地希望有牙齒的人趕快接任他的總統的位置。

(四)

面對傑弗遜與林肯時，我想到的也是人性的奇蹟。歷史真是充滿偶然。宇宙的發生，地球的發生，人類的發生都是偶然的。美國會成為現在這個樣子也是偶然的。這種偶然，就是在歷史進程中突然出現了影響歷史命運的傑出人物，出現了人性的奇觀。傑弗遜和林肯就是這種奇觀。

暫且把時間顛倒一下，先說林肯。這位美國的第十四任總統，天生有那麼大的一顆慈愛之心，天生地感悟到人降生之後無論是誰都擁有人的權利，無論他是屬於哪一種族哪一膚色，因此把黑人作為奴隸，對他們進行壓迫與剝奪是絕對不可以的。農奴的悲慘生活使他感到不安，在他的人性世界裏不能容納兩種相反的制度：自由制與奴隸制。「要麼，自由制徹底勝利，要麼奴隸制徹底勝利，二者勢不兩立」，最後他為廢除奴隸制而投入戰爭，罪惡的子彈也穿進他的胸膛。歷史從心靈深處敬重林肯，不是因為林肯是位總統，而是因為他是一位偉大的烈士，為千百萬長着黑色皮膚而被奴役的人類的解放而戰的烈士，為美國成為一個統一的民主國家而戰的烈士。如果林肯是一個無限鄙視黑奴的人，美國的歷史便是另一種面貌。一個國家的命運與一個國家領導人胸襟中流動着怎樣的血液、燃燒着怎樣的情思竟如此息息相關，這是歷史宿命論者怎麼也想不明白的。

對於傑弗遜，我的心靈與他更為接近。我一直把他視為一個思想者，常常忘記他曾是一個美國總統。

美國開國之初，上帝賜與他們一個華盛頓，偏又賜給他們一個傑弗遜，真是幸運。當時華盛頓身邊有一個英勇的軍事將領，才華橫溢的政治組織家，但是他野心勃勃而且極為保守，他勸華盛頓稱王，而自己當宰相。在當時他與傑弗遜是並立的英雄，但歷史選擇了傑弗遜。一九七零年莫里森和康在美國歷史教科書上這樣寫道：「傑弗遜具有魅力的秘訣在於，他訴諸美國的良心：理想主義、單純、飽滿向上的精神、充滿希望的憧憬，而不是漢密爾頓推崇的追求實利的榮耀與野心。」兩個人的人性世界的差異如此懸殊，而美利堅大地拒絕了漢密爾頓，這一拒絕對於後來意義重大。我很喜歡歷史學家能夠如此注意傑出歷史人物的人性世界，能注意到傑弗遜的單純和充滿人類的良心。我在傑弗遜的思想言論中強烈地感到這位美國開國元勳、《獨立宣言》的起草者的「單純」，他所以能抓住一個國家——一種人類族群的存在方式最重要的東西，絕對與他單純性格有關。他不被繁雜的各種思想所擾亂，而緊緊地抓住人的權利這一最重要的「硬核」，他的思想既豐富而精彩，但只要再重溫他的《獨立宣言》的幾句話就夠了：

我們認為這些真理是不言而喻的：人人生而平等，造物主賦予他們某些不可讓渡的權利，其中包括生命、自由和追求幸福的權利。

這幾句話後來成為美國神聖的經典，每個在美國土地上生活的人都必須擁抱這一經典。無條件地接受這一經典。這一經典的核心，是發現人的一種天生的權利，這種權利與生俱來，天然是神聖不可侵犯的。說傑弗遜單純，就是他具有一種美好的天性，在把握世界時不被任何外在的巧言令色所迷惑，一下子就捕捉人世間最重要的真理。像嬰孩似的一張開眼睛就捕住剛剛出山的太陽。這絕對與傑弗遜個人的人性有關，是他人性深處的一種神秘的東西使他揚棄人間暴君的種種學說而直接挺進到造物主的心靈之中。我在〈傑弗遜誓詞〉一文中特別呼籲人類社會能注意他向上帝所作的保證：「我向上帝宣誓：我憎惡和反對任何形式的對於人類心靈的專政。」我相信這是美國歷史上也是世界近代史上最重要的觀念。只有這一觀念，才能保證大空下的人性太陽不會熄滅，人間的精神萬物不會失去它的意義。

面對黑山巨像，我與女兒劍梅談論着美國和它的過去，瞬間與它負載的永恆，人性的點滴與它輻射的海洋。劍梅說：真的，這個世界非常複雜，但也非常單純。那把握住世界與歷史的，往往倒是單純的人。

徘徊冬宮

（一）

也許我是一個在十月革命彩虹下做夢的人，所以一見冬宮，就心潮起伏，就想到阿芙樂爾號的水兵炮擊它的歷史壯劇。那時，克倫斯基臨時政府的蠢才們正在宮裏空談形勢，而列寧領導的工人和士兵已經衝進雪白色殿堂的大門了。這一偉大的瞬間，是二十世紀第一個真正的大地震，它搖撼了世界，也搖撼了中國，最後還搖撼了我和許許多多人的命運。可是，才過去幾十年，歷史翻開了另一頁。又是一個瞬間，又是一場大地震，蘇維埃紅色政權消失了，列寧格勒的名字被抹掉了，城市的圖騰與榮譽交回給這個城市的締造者彼得大帝。

我和高行健、北島、李陀、劉禾、汪暉等幾位朋友在冬宮廣場上拍照之後便獨自徘徊了好久。出國之後，到了許多國家，但沒有一處使我這樣充滿感觸。歷史滄桑如此偶然與迅速，真使我暗暗吃驚。

一個列寧建立的歷時已近七、八十年的革命大帝國就這樣瓦解了，連戰爭也沒有。不錯，連當年阿芙樂爾號的炮聲和工人的吶喊都沒有。沒有人起來保衛革命帝國，沒有人為它拋頭顱灑熱血，沒有人為它的消亡哭泣與憂傷。俄國的工人和士兵身上的血是甚麼時候開始冷卻的？他們怎麼會連冬宮和整個俄羅斯大地改變顏色都無動於衷？他們的生命激情到哪裏去了？革命的神聖理想和神聖名義到哪裏去了？在平靜的、行人稀疏的冬宮廣場上，我心底一陣一陣地捲起波濤。我不怪這些工人與士兵，踏上俄國土地之後，我才具體地知道，他們不惜犧牲為之奮鬥的政權，連最起碼的麵包都缺少，更不用說自由。直到八、九十年代之交，煎熬他們的仍然是一九一八年前後的麵包問題。在龐大的革命王國表象背後，俄羅斯已成了廣闊的荒墟。面對着現實，從總統到平民，從元帥到士兵，都覺得日子過不下去了，都覺得需要更換一種生活方式，需要改變一種沒有希望的體制。無須戰爭，從上到下都接受這種改變。歷史就這樣無情地撕掉舊的曾經激動全世界心靈的一頁。

冬宮沉默着，它只是無言的見證人。

【二】

在冬宮廣場的右角上是地攤。小生意人正在地舖上叫賣着蘇聯的遺物，包括國徽、各級英雄勳章、勞動模範勳章和各種等級的舊盧布，還有列寧像章和鑄着列寧像的勳章。我用一美元買了兩枚銀色列寧，捏着它，竟説不清是溫熱還是冰冷，感覺不在手裏，而在心裏。想到人生久久地伴隨着列寧的名字，想到自己崇拜過的導師和精神大帝竟貶值到這個地步，心裏真難受。我的崇拜是真實的。在最美好的青年時代，我就拚命地讀馬列的書，在革命的經典裏打滾和取暖。在「五七幹校」裏，列寧的《國家與革命》、《唯物主義和經驗批判主義》是規定必讀的六種馬克思主義原著中的兩種，我更是不知讀了多少遍。這兩本書的書頁沾着許多泥土和我手上的汗水。還有黃河與淮河鹹澀的風。而長達數十卷的《列寧全集》，我也常常翻閱，在集子中我投入青春的熱情、夢的嚮往和將來的期待。在我的心目中，列寧是不同於斯大林的。列寧把政權作為手段而把理想作為目的，而斯大林正相反，他把理想作為手段而把政權作為目的。中國的激進革命論者並不真正尊重列寧，他們也像斯大林那樣把政權作為目的而把理想作為手段甚至把列寧也作為手段，因此，列寧就像任意被捏造的泥團，也變得面目全非。他們的一切胡作非為，包括像踐踏豬狗一樣地踐踏學者的尊嚴和生命的權利都把列寧拉來壯膽。他們以列寧的名義把國家元首劉少奇打成「叛徒」、「工賊」、「內奸」，然後把他變成滿身尿臭和屎臭的白毛女，他們還以列寧的名義對辛勤和卑微得像螞蟻的小學教師、中學教師實行鋼鐵一樣的專政，在許多地方，一些革命派把割下的人頭掛在胸前，也以列寧的鐵的專政的名義。在中國，我看到兩個列寧，一個是偉大的列寧，建立第一無產階級革命大帝國的列寧；一個是可憐的列寧，被用來作為蹂躪良知蹂躪婦女的面具和小丑般的傀儡，難怪人們會拋棄他。

我的故國尚且如此，更不用説列寧的祖國。列寧的祖國一面高舉列寧的旗幟，一面則利用列寧的名字無情地屠殺、監禁異端，流放最有才華、最有良知的作家，連把整個國家拖入貧困也以列寧的名義。一部蘇聯製作的《列寧在十月》的影片在中國佔據了整個十年的歲月，我至少看過二十遍，影片中的列寧，對着高爾基人道的請求竟回答説：「我的身上至今還留着知識分子的子彈。」影片的製作者以列寧的名義煽動對知識分子的仇恨，把知識分子視為敵對政治集團的幫兇。但是，蘇聯這樣做，最後導致知識分子和他們所關懷的人民拋棄列寧和列寧締造的政權，造成革命大建築最後的雪崩。而列寧的名字也從天堂上掉落到最不值錢的地舖上，原來神聖的列寧像章變成一個時代的廢品被沿街叫賣，而且警察還在不斷跟蹤和盯梢這些可憐的販賣者，他們在列寧締造的政權下難以聊生，為了一條麵包常常要排三、四個小時的長隊，冬天缺少煤和柴火。他們除了拋棄列寧的名字和列寧的旗幟，否則就難以存活下去。

我捏着列寧的像章，捏着一段可歌可泣又可憐可嘆的歷史，也捏着我自己經歷過的一段長長的道路。端詳着列寧像，我並不怪他，他呼籲俄國人民從戰爭和飢餓的糞窖中走出來並沒有錯，然而，那些利用他的名字的人卻毀了他的名字與事業，正是那些把列寧的名字叫得最響的人把列寧引向失敗、引向被賤賣的地攤。

【三】

時間容不得我在廣場上多想。朋友們召喚我趕快到冬宮裏參觀。十月革命後冬宮已變成藝術博物館。參觀了冬宮博物館，我則被另一種景象所震撼，美的感覺一下子壓倒我對歷史的憂思。館裏收藏着這麼多豐富的藝術品，這是我想像不到的。除了產生於俄羅斯本土的最珍貴的名畫和雕塑之外，還有從西方搜集來的珍貴巨畫。甚至有文藝復興時期最偉大的畫家拉菲爾的作品。在看到拉菲爾的瞬間，我產生一種嫉妒：要是我們故國藝術館裏有這樣一幅畫，那個藝術館就會像升起了太陽，不僅滿院生輝，而且會光照大地。也在這個瞬間，我對彼得大帝產生一種敬意。畢竟是他首先打開了俄羅斯大門。這個嚴酷而氣魄雄大的君主崇尚西方文化。如果不是他敞開門窗引入西歐清新的異質文化，就沒有十八世紀特别是十九世紀俄羅斯的輝煌文化，就沒有普希金、果戈理、屠格涅夫，更沒有陀思妥也夫斯基和托爾斯泰，當然也沒有列賓這些藝術大師。歷史真是充滿偶然，出現彼得大帝也是偶然。一六九八年，這位改變俄國面貌的帝王，到西歐作第一次遊歷，旅程經柏林至荷蘭，然後又到英國。他從小就喜歡水，童年時代曾經在他父親的鄉村別墅裏乘坐一艘土製的小船在養鴨池裏行駛，差些淹死。但是，他對水的熱愛至死不變。於是，他成為帝王後便心向大海，向大西洋沿岸的歐洲國家學習，之後又在波羅的海岸邊建造起新的沙皇帝都（Imperial Residence），也就是以他的名字命名的彼得堡。俄國因為他的出現，便在全世界面前突然崛起。這一崛起，不僅出現了一個強大的國家，而且也形成了一個擁有大藝術的冬宮。如果彼得大帝不是酷愛水酷愛大海酷愛巨大輪船的彼得大帝，近代俄國就會是另一種樣子，拉菲爾也絕對不會踏進俄羅斯的宮殿和心靈。

彼得大帝通過他的改革使自己的國家強大，建立了一支擁有二十萬陸軍和五十艘艦隻組成的強大海軍，在一七零九年擊敗了瑞典軍隊而稱霸北歐。可是，僅僅經過二百一十年，他建立的帝國又破爛不堪，最後被列寧的士兵一舉推翻。彼得大帝再偉大，但他的軍隊和權力，最終還是過眼煙雲。任何政權，放在歷史的長河中觀看，只不過是忽上忽下沉浮不定的走馬燈而已。彼得堡的名字被改成列寧格勒，列寧格勒又改成彼得堡。誰又敢保證彼得堡是永恆的名字呢？然而，彼得堡也許會更換名字，而彼得大帝為之開路而進入俄羅斯的拉菲爾和俄國土地上生長起來的大藝術卻是永恆的。歷史會遺忘甚至會抨擊彼得的龐大艦隊，但一定會懷念和謳歌他為近代俄國的精神燦爛開了先河。

再悟紐約

因為大女兒在紐約讀書，所以年年都到紐約。

我說過，紐約是龐大而冷峻的城市，對紐約愈熟悉，這種感覺愈深。它確實是冷峻的，你不去接近它，它是不會接近你的，不要期待紐約對你熱情。

一想到紐約，就想到那些懸崖峭壁似的高牆。也許正是這些高牆才是紐約真正的符號，紐約迫使所有的人都像爬蟲似地在高牆上攀登。我們耗盡心力，只希望在牆內佔據一塊地盤，或住房，或辦公室，或俱樂部。人們被慾望和誘惑拖着走，剛剛有了公寓，立即又渴望房子，有了汽車，又追求汽艇，有了汽艇，又嚮往小飛機。在高牆上的競爭比在平地上的競爭更激烈，爬到頂上的成了億萬富翁，爬不上的則掉進貧民窟。

我曾去參觀洛克菲勒中心，燈火和建築令人暈眩，這是美國的驕傲。聞名全世界的洛克菲勒財團的創始人聲明：我相信個人自由的絕對價值。憑着這一信念他征服紐約爬到高牆的尖頂，成為人們羨慕的財星。但是，處於尖頂也得爭鬥，據說，洛克菲勒集團已鬥不過日本的財團了，日本人準備買下洛克菲勒中心，這件事使我看到金本世界的殘酷：有了錢，也可買下一個國家的驕傲。為了錢，也可以賣掉驕傲。我在芝加哥的時候，就聽說那座最高層（一百二十層）的樓，也要賣給日本，那也是美國的光榮之一，只要賺到錢，自然也可以賣掉光榮。

但是，當你接近紐約之後又會發現這個大都市的魅力。它固然瀰漫着商業氣息，但也瀰漫着文化氣息。第一流的報紙、刊物、博物館、藝術館、音樂廳，讓你吞吐不盡。僅僅《紐約時報》就可吸盡你的一大半時間。從文化之門走進，便會發現紐約本身就是一個國家，一個資本主義世界的大百科全書，一個包容一切的大海。紐約的包容，恐怕是地球上最龐大的包容，各種文化，各種膚色，各種階級，各種語言，最古典的與最現代的，最富有的與最貧窮的，最繁榮的與最破爛的，最文明的與最野蠻的，全都在這裏共生共存。在這個大海裏，甚麼人物走進來甚麼東西掉進來都沒有聲息，即使是偉大人物進來，也不會激起波瀾。帕瓦羅蒂的歌聲在北京可以轟動全城，而在紐約，也不過是一種比較美妙的聲音而已，手提火把的自由女神和她的城市絕對不會激動。

想到這一點，我便想到紐約的可愛之處，這就是它不排斥那些不美和不完美的東西。它雖然雜亂，但是，各種人各種生存方式都可以找到他們的空間。在這巨大駁雜的都市裏，有一種「真理」，這就是共生共存的真理。憑着這一真理和大規則，紐約依然像隻大恐龍，雖然老了，但還存活着，而且常有大生命的咆哮。

我住在科羅拉多，與紐約相比，就像蟄居山林。在山林裏住久了，看看紐約很有好處。正如劍梅在紐約住久了，回到科羅拉多來看看，便可調節一下心境。前些時候，我在電話上與劍梅談起這一想法，她極贊成，並立即引證一副對聯：「居軒冕之中不可無山林氣味，處林泉之下還需有廊廟絡綸。」電傳給我。短箋中她說：用現代人的眼光看山林確有一塵不染和人間淨土之感，但反過來，常居深山之人亦得常常領略大都市的文化氣息才好。紐約雖然太多喧囂，但是這種混和駁雜卻讓人覺得世間萬物萬有皆可相安，無論是低賤的，還是高貴的，富有的還是貧窮的，也無論是久居美國本土的還是剛從異鄉移民來的，皆可共存。雖然紐約並不完美完善，但人生本就不完善，世界本就不完美，人們所期望的完善與完美只不過是暫時的虛幻與許諾罷了。如何容納萬物（包括惡的與渺小的）才是必須叩問的另一種真理。

劍梅在紐約已住多年，所感所悟，畢竟真切些。

夏威夷的思念

走過世界上許多地方之後，還是特別想念夏威夷。我知道我所以想念它，是因為它很美。所有能讓我難以忘卻的、讓我不斷懷想的都是美的東西，有的是內在之美，有的是外在之美。

（一）

我的這種體驗使我相信，世界上那些具有生命力的東西，一定是美的。不必說傑出的圖畫音樂小說詩歌，就是傑出的科學學說，也是很美的。我是自然科學的門外漢，但我讀愛因斯坦的著作後，覺得它所展示的宇宙美極了，前些時，讀友人吳忠超先生翻譯的史蒂芬·霍金的《時間簡史》和《黑洞與嬰兒宇宙》，覺得這位身體殘廢但智力非凡的當代大物理學家所描述的時空也是美不勝收。

夏威夷是由海底山巒的頂巔組成的島嶼群，非常特別。這種特別的美是一種集合的美。大自然最美的景觀：山巒、海洋、瀑布、峽谷、森林，還有終年積雪的火山，令人醉倒的草地，四季明麗的鮮花，都在這裏匯集。大自然可以引為驕傲的，它都具備。

我是一九九二年七月到夏威夷參加《二十世紀中國歷史的反省》學術會議的，參加這次會議的有來自美國大陸及中國大陸、台灣、香港、澳大利亞等國家和地區的學者。學術討論會開幕的那一天，當地的朋友獻給每個與會者一串鮮花，並要我們立即佩掛在胸前，當時我就覺得站在夏威夷很特別：身邊被大海的碧波所包圍，胸前被鮮艷的花朵所環繞，心裏還被熱情所充溢。夏威夷這個州叫做「阿洛咯州」（The Aloha State），在當地的語言中，阿洛咯就包含着歡迎、再見、友誼、愛情等幾層的意思。對於來自遙遠地方的客人，他們從心裏感到高興。這種人間的情意美又為夏威夷增色。

夏威夷到處都是夢幻般的美，連作謀生之用的莫洛島上的大菠蘿種植園和考愛島上的甘蔗林也給人一種夢幻之感。像我們這些遠來的客人在這個本就很美的地方還要去參觀更特殊的地方就得去看瓦胡島上的珍珠港和毛伊島上世界上最大的死火山。這個死火山是在一次激烈的爆炸後，掀掉整個山頂，然後形成一個火山岩覆蓋的山谷。我在山谷裏想像着噴火的壯觀和腳下的小草怎麼重新復活。廢墟，也很能豐富人的心靈。在未到珍珠港之前，我想，要説與夏威夷的大自然不和諧的，大約就是這個軍港。但是，參觀後又覺得港灣很美，而且只看到兩隻軍艦。美國的風景不像中國的風景，帶有許多詩詞歌賦和歷史故事，而這個港灣卻讓人想起歷史，想起那些只知權力的價值而不知道美的價值的人。這些人倒真的離美很遠。

〔二〕

每次參加學術會，我都有一種觀賞美的動機。一是觀賞開會處的風光景色；二是觀賞與會者的美。高水平的學術討論會一定是美的，那裏有智慧之美、境界之美、風範之美。此次會上，我第一次見到的余英時先生、韋政通先生以及在海外重新相逢的王元化等老學者，他們的風範都給我留下美好印象。我在會上得到他們許多難忘的勉勵，這些勉勵也像夏威夷海灘上那些色彩絢麗的貝殼。參加學術會也像採集貝殼，那些無價值的爭吵我總是把它扔進海裏，而那些有價值的，我卻會長久地放在心上。一直懷愛着我的王元化先生年紀大了，他怕此次相逢之後再難見面，臨別時竟傷感起來，因此，他把六十年代初贈給我的老師彭柏山的詩《送柏山上路》抄錄轉贈給我：

邊城風雨鎖春寒
千里荒漠萬重山
墨翟有感哭岐路
老聃無意出函關
豪情都作斷腸夢
歲月漸摧鬢髮斑
心事茫茫誰堪訴
問君更得幾時還

詩後還說明：六十年代初，柏山被遣邊陲，假期返滬省親，時相過往。聽其談及邊塞荒涼，心境愁苦，乃賦此詩。洎至六五年柏山境遇改善後不久，又被遣送河南。時經上海，匆匆來訪，始書此詩贈柏山，題為《送柏山上路》。此次會面，遂成永訣，而詩中末句竟成讖語。

讀了這首詩，看到王元化先生緩緩地走下樓梯，我也傷感起來，悄悄地落淚。想起彭柏山老師，我就感傷，何況此時又是一場惜別。愛我的師長與朋友，有的死了，有的在遙迢的遠方，在海外想起他們就難過。我的彭老師，內心那麼高潔，如同這裏的陽光樹林，但是他的路卻那麼坎坷，死的又那麼慘，真讓我受不了。他剛跨過二十歲就參加革命，解放戰爭時期更是一個英雄，他領導的新四軍第二野戰軍四十八團，全部戰死，他倖存下來後更是奮不顧身地為戰友前驅。戰爭末期，他剛滿四十歲就已經是南下的一軍的副政委了。一九五二年後便就任華東軍政委員會文化部副部長、上海市委宣傳部長。他雖身居高位，但心地卻仍很單純，依然愛文學和愛作家，因此，一直與胡風保持着友情。結果，他為這一友情付出驚人的代價。一九五五年受胡風案牽連被捕入獄，之後又被放逐到青海省邊陲勞改。一九六二年因為戰友葉飛、皮定鈞在福建主政，才把他調到廈門大學中文系工作，成了我的寫作課老師。他對學生極愛又極嚴，我的每篇作文紙上都有他密密麻麻的批改文字。文化大革命開始的時候，因為葉飛被稱為反革命修正主義分子，而彭柏山也被遣送到河南農學院圖書館做工。之後，便受到種種難以置信的折磨，最後被鞭打慘死，死時遍體鱗傷。但他留下一部用鮮血凝成的長篇小說《戰爭與人民》的手稿，文革結束後，才由人民文學出版社正式出版。

為了紀念彭老師，我在十幾年前曾寫過一篇散文〈高傲的戰馬〉，記錄了他在廈門大學被視為「敵人」時連在黑板報上發表一首《戰馬》言志詩的權利都沒有，一個立過赫赫戰功的英雄，因為心存真實的性情，便難以生存。想起彭老師，我就想起美的毀滅。

王元化先生的詩中末句「問君更得幾時還」，也有期待我之意。但我一時還不能回去，我生性脆弱，害怕害死彭老師的那群狼虎還會害我，剝奪我的聲音。我的愛美的天性使我一直學不會和那些虛偽的醜類相處，在海外，領略了夏威夷和四面八方的美之後，更難和醜類為伍。

但我抹掉眼淚之後感到欣慰。能在滄海大洋之中憑弔過去，能在人間最美的地方懷念一顆影響過我的聖潔的心靈，一個最值得我敬愛的名字，是值得慶幸的。這個名字永遠和大海一起飄香，和夏威夷的鮮花一樣美麗，他將像花環永遠佩戴在我的胸前。

彭柏山老師，您的名字和夏威夷一樣美。

沉默的校風

我讀過許多學校，也到過許多學校，到海外之後，又特別留心一些聞名於世的學校。我到學校時，不僅看看校園，還翻閱它的歷史，而最重要的是感受它的氛圍。

學校最要緊的還是它的氣氛，即它的校風。我在芝加哥大學兩年，説實在的，我並不太喜歡芝加哥這座「風城」，暑天太熱太濕，冬天太冷太長，城中又有太多的廢樓，讓人感到鬼氣。大學的校園周圍也不安全，中國留學生被攔路要挾的故事很多，常聽到晚上不要出門的警告，心裏就不舒服。但我很喜歡芝加哥大學，這種喜愛完全是因為這個學校有一種濃得像酒一樣的讀書和研究的氛圍。到了一九九零年，芝加哥大學已有四十八個學者獲得諾貝爾獎。贏得文學獎的索爾．貝婁，也在芝大。我還在芝加哥大學時，這位保守主義的猶太裔作家，聯合了五十多名教授，提議美國大學和學院一定要堅守從亞里斯多德一直到康德這個傳統的基本教材，不要讓時行的女權主義、後殖民主義、解構主義這些時髦的學派進入課堂。我雖不完全贊成他的觀念，但他們對學術的執着和對學生的負責精神，卻令我感動。我接觸較多的只是東亞系。那時李歐梵教授主持亞洲研究中心，其研究氛圍也是濃到極點。在他主持的課堂裏，為了開拓學生的思路，常請文學之外的人類學、經濟學教授講課，還系統地講述福柯、拉康、德里達，我在那裏兩年，得益很大。我的大女兒劍梅在到科羅拉多大學攻讀碩士學位之前，得到李歐梵教授的允許，旁聽了半年理論課和參加了三個月的魯斯研究活動，竟讓她系統地學習了西方文學理論的基礎知識，她還把聽到的講座整理出二十多篇，為她的深造奠下了很好的基石。

美國最著名的哈佛大學、斯坦福大學、哥倫比亞大學等，我也都去訪問或講演過，這些大學不是每個系的教授都是著名的大師，憑心而論，有的系顯然是學校的名聲很大，教授實在很弱。但是，這些名牌大學所以能保持他們的優勢，最根本的是靠他們一、二百年甚至二、三百年所形成的傳統校風。校風是一種空氣，一種時時浸染着你、把你推向至高境界的力量。它無聲無息，但包圍着你，把你帶向它願意去的地方。好的學校，會把你帶到追求真理崇尚真理的地方，讓你渾身沸騰着追求知識的熱血，讓你充滿着跟蹤人類先進足跡的慾望，讓你丟開世俗的誘惑，讓你從一切低級趣味和低級尋求的泥坑中走出來，然後不斷地擴大你的眼界，使你一天不努力就感到不安。這種氛圍不是一個老師的具體指點，而是千百個老師共同形成的精神召喚。一個正在生長和發展的年青心靈，一旦被投進這種氛圍中，就會生長出奇異的花朵。有的學校，雖然有著名教授在，但是缺少這種氛圍，結果年青的心靈生活在另一種空氣中，其結果也極不相同。我三次到哈佛大學，作過四次講演。第一次住在傅高義教授家，在一個星期裏，我盡量地感受這一聲名赫赫大學的氛圍。我到圖書館裏，翻看書目，僅僅莎士比亞的研究目錄就讓我暈眩讓我感到窮盡一生的精力也做不盡莎士比亞研究的研究。人類知識大海的任何一角都足以使你望洋興嘆，都使你驕傲不得。在離開哈佛大學圖書館的一剎那，我想到，我應永遠懷着在哈佛圖書館裏所獲得的對於知識的謙卑態度走過整個人生旅程，千萬不要滿足，千萬不要以為自己知道得很多。在今天哈佛大學的中國漢學群裏，能讓我折服的雖然不多，但校園的氛圍一直使我傾心，我一直覺得一所大學的氛圍類似佛寺與神殿是必要的，那種肅穆、寧靜與虔誠，是人類智慧心靈的一種必要的搖籃。

在中國大陸，本來也有一些大學的校風是比較好的。北京大學、清華大學都屬於這種學校，在蔡元培擔任校長的時代，那種兼容並包各種文化觀念而帶來了各種文化競相生長的氛圍，真正造就了人才，但是，在文化大革命中，這裏卻成了放出第一炮的「革命聖地」，完全橫掃了校園的寧靜和從容。當然，關懷社會是北京大學的良好傳統，但願他們在關懷中，保留蔡元培時代的空氣。這種空氣，對於數十年處於革命瘋狂病的中國，也許是一種療治的藥方。

紀念碑上的悲情

到華盛頓城的時候，朋友帶我去參觀越戰紀念碑。這一「V」字型的由花崗岩鋪成的碑牆，從地上伸延到地下，綿延幾百米，上面刻着美國在越南戰爭中陣亡的五萬八千個將士的名字。碑牆的「V」字型，象徵着勝利。然而，美國在越南的戰爭是一次失敗的戰爭，在戰事處於高峰的時候，美國投入戰場的軍事人員共五十四萬三千人，死亡的人數達整整六萬人。我所以會記得參戰的數字，不是翻閱書本而是因為美國電話公司給我的一個電話號碼是五四三〇〇〇〇。這正是美國的越南參戰人員的數字。從參戰的人數中可以看到，踏進越南土地上的美軍，十個人中有一個戰死未還。紀念碑把所有戰士的名字一個個刻在上面，但是，仍然遺漏了兩千名戰死者的名字。

這一紀念碑建立在八十年代初。建設之前，政府徵集設計方案。在數以萬計的徵稿中，一位中國的年僅二十幾歲的大學本科留學生林小姐的方案被選中了。她的設計走出紀念碑塔型與柱型的一般框架，以V型的碑牆並刻上全部陣亡將士的名字的獨特構思，別開生面，贏得了美國人的心悅誠服，接受她的超群的智慧。

我到紀念碑前，看着碑牆下人們獻予的鮮花和碑牆上密密麻麻的英文名字。在我身邊，有幾個金髮的中年女子指着碑上的名字，含情地給孩子們講述這些名字所創造的故事。這些名字也許是她們的丈夫，也許是她們的兄弟，也許是她們的好友。我看到一位母親拉着孩子的手，輕輕地撫摸着碑石上的名字，像撫摸月光與星光。見到這種情景，我也走近碑牆，也撫摸着牆上的名字和映射在碑牆上的陽光。這時，我竟感到手指微微發顫，心思忽然飛到我祖國天安門廣場的英雄紀念碑。不知道有多少次，我也在秋日的陽光下，帶着我的女兒去撫摸那裏的白色花崗石的欄杆，撫摸那記載着陣亡將士獻身事蹟的浮雕，今天，我在遙遠的異邦，仍然想念那高高聳立的雪白的豐碑，想念那些負載着故國人民的期望而浴血的英雄。我知道我故國碑石上的戰士和華盛頓碑牆上的戰士，曾在敵對的沙場上鏖戰過，拚殺過，彼此張開着仇恨的眼睛，但是，此刻他們都在地下安息了。我對大洋兩邊碑石上的靈魂都懷着愛意，覺得他們都曾帶着對於祖國的忠誠和各自的信念去衝鋒陷陣。他們都沒有罪，都值得後人敬獻鮮花與眼淚。在我的心碑中，同時刻着兩邊碑石上的名字。我沒有敵人，也沒有仇恨，我永遠譴責製造死亡的戰爭和發動戰爭的幾個瘋子，但同情所有被送上戰場的身軀強健的少男少女。我祈求人間能結束一切戰爭，結束一切流血的不幸。我撫摸一切承受不幸的天真熱情的戰士的名字，無論是中國的名字，還是美國的名字。就像在一九八九年夏天天安門廣場流血的戰火中，我哀悼被殺害的學生、市民的名字，也哀悼被燒死的年青軍人的名字。我的心一直被敵對雙方的年青幼嫩的名字所燙傷，永遠也抹不了這種疼痛。當我在異國的碑牆上沉思的時候，我的胸膛仍然充滿悲哀與疼痛，我撫摸他們的名字，也在撫摸自己的傷痕。我在離開碑牆時，給死者獻上一朵小花，明天，我還要到天安門廣場的英雄紀念碑前也獻上一朵小花，我只希望，我的潔白的小花不再被鮮血所染紅，它將永久永恆地播放和平的清香。

美國的天真

在美國生活幾年之後，我愈來愈喜歡美國人，尤其喜歡美國人的眼睛。這不是個別美國人的藍眼睛或黑眼睛，而是美利堅民族整體的正視自身瘡疤的眼睛。

美國也許因為它是一個只有兩百年歷史的年輕國家，眼睛裏總有點天真在。因為有這天真在，它總是睜得圓圓大大的，然後正視自己的缺陷和黑暗面，而且正視得很直率很自然，有點像小孩子毫無顧忌地張望着自己滿身的泥濘與腳板上的屎尿。

我開始只驚訝美國的社會缺陷。暴力、吸毒、性，每一樣都讓我困惑。後來，我更為驚訝的倒是美國人張開圓滾滾的眼睛正視自己的缺陷。報紙、電台、電視天天都在暴露這些缺陷，時時都在宣揚他們的「家醜」。他們有《醜聞》雜誌（*Scandal*），專門揭露明星名人的醜事，但實際上整個新聞媒介都在揭發國家與社會的瘡疤。他們甚麼醜也不迴避，包括愛滋病。電視節目裏幾乎天天都有愛滋病的鏡頭，還有愛滋病人對公眾從容不迫的談話，連超級明星也不例外。美國人最崇拜的籃球明星約翰遜（Magic Johnson）就接受電視記者的採訪，非常誠實地敍説自己得了愛滋病的故事，完全沒有想到這會影響自己在公眾眼裏的光輝，只覺得張開眼睛看自己的瘡疤包括自己的愛滋病是很自然的。那天，我在電視屏幕上看到約翰遜睜得圓圓的眼睛，立即想到這正是美國天真的、傻乎乎的眼睛。

能夠睜開眼睛正視暴力、腐敗、吸毒、性氾濫乃至愛滋病並不容易。不用説中國，就説日本，這個國家並不缺少約翰遜身上的病，但絕沒有約翰遜那種立即就正視病狀的天真和勇氣。美國有一報紙披露，日本的愛滋病患者已經很多。但是，即使多至百萬，他們仍然會像現在對愛滋病諱莫如深，為了顧全面子，而把這種病掩蓋得嚴嚴實實。這種掩蓋，又將帶來迅速傳染的災難。一群一群到泰國的日本旅遊者，他們一旦染上愛滋病，不像美國人那樣誠實地立即告訴妻子，於是，還留臉子，還擺架子，還做愛，於是就傳染給妻子和孩子。

寫到這裏，想到一個人或一個國家還年輕的時候，雖尚幼稚，但沒有學會瞞的本領，也沒有形成掩蓋黑暗的習慣，的確是很大的長處。有這一長處，其生命前程恐怕還是可以樂觀的。

莎士比亞橡樹
——獻給詩人艾青

一九四二年三月十一日，詩人艾青在延安《解放報》的《文藝》副刊上發表了〈了解作家、尊重作家〉的短文。為了說明應當尊重作家的理由，他借助莎士比亞來作證：

好像有一個英國人曾說：「寧可失去一個印度，卻不願失去一個莎士比亞。」

這篇文章帶給艾青很大的不幸。除了發表之後受到批判之外，到了一九五七年反右派鬥爭，這又成了一個罪證。他當了右派分子。《文藝報》把這篇短文作為「奇文」（毒草）重新刊登「示眾」，說這些「奇文」（還有王實味的文章等）奇就奇在「以革命者的姿態寫反革命的文章」。（《文藝報》一九五八年一月二十六日）同時還發表詩人馮至的再批判文章。馮至是詩人又是外國文學研究者，當然又是要抓住「莎士比亞」，他說：「艾青在這裏拾取了歐洲資產階級批評家的牙慧，過份地誇張作家的作用。」又說，艾青不是像「英國勞動人民站在反殖民主義的立場」，而是站在那個說「寧可失去一個印度，卻不願失去一個莎士比亞」這一句話的「英國人」的立場，言下之意，也就是殖民主義者的立場。經過這場批判之後，艾青變成「右派分子」並被放逐到邊疆二十年。一聲「尊重作家」的呼籲，付出這麼高的代價，讓人心寒。

我因為性格的偏頗，常捨本求末，不去過問殖民主義與反殖民主義的大是大非問題，只是好奇地想知道那位說「寧可失去一個印度，卻不願失去一個莎士比亞」的人是誰。這個人肯定不是普通的英國人，而是一個充份了解精神創造價值的人。茫茫英吉利，茫茫大西洋與太平洋，不知道這個英國人在哪裏？

到了國外之後，隨便翻閱書籍，才發現這個英國人就是英格蘭著名的歷史學家和散文家托馬斯·卡萊爾（一七九五——一八八一）。卡萊爾的著作很多，主要有《舊衣新裁》、《法國革命》、《憲章運動》、《論英雄和英雄崇拜》、《過去與現在》、《普魯士腓特列大帝傳》、《挪威早期帝王史》等，而這句話則出自於他的歷史代表作《論英雄和英雄崇拜》。他在這本書中謳歌和分析了穆罕默德、但丁、莎士比亞、路德、諾克斯、約翰遜、彭斯、克倫威爾、拿破崙等不同類型的英雄。而莎士比亞作為文學的英雄受到特別的禮讚。他說莎士比亞「寬厚、溫和而高瞻遠矚，就像是高懸在空中將世界照亮的太陽」，他又說：

莎士比亞作為最偉大的智者，他有一種下意識的智慧，這就是說，莎士比亞的藝術不是技巧；它的最高價值不是從設計籌劃而來的。它通過他高貴真誠的靈魂茁壯成長於自然的最深處，它就是自然的聲音。這種聲音從莎士比亞不可知的深處無意識地成長起來——就像一棵橡樹從大地的懷抱中成長起來，就像高山大海那樣自己形成。

因為莎士比亞價值無量，所以卡萊爾想到，沒有甚麼比他更有價值，包括印度。他說：

他是我們迄今所有的最寶貴的東西。他為我們英國增添了光彩，為了我們在世界上的光榮，為了他，我們有甚麼東西不願意放棄！讓大家設想，如果有人問我們，你們英國人是願意放棄你們的印度帝國呢？還是願意你們的莎士比亞？這確實是個嚴肅的問題。官吏們回答這個問題時當然會打官腔；至於我們，從自己的本份上說，不一定非要回答要或不要印度帝國；但是我們不能沒有莎士比亞！印度帝國總有一天會失去，而莎士比亞卻不會消逝，他永遠與我們同在，我們決不能捨棄我們的莎士比亞。

卡萊爾認為印度總有一天要失去，唯有莎士比亞是永恆的，這種觀念很難說是殖民主義立場，而如果我們不硬扯到政治上，就可了解，卡萊爾這樣把精神價值視為至高無上的價值也並非沒有道理。他在闡釋他的觀點時說，莎士比亞這樣一個大發光體，將千秋萬代高懸於英國民族之上，永恆地照耀大家，成為英國最高檔、最溫和而又最牢固的集合標記。一個民族，能有這樣一個發光體和集體標記是幸運的。只要是聰明的民族，他們一定會以最高的熱情來尊重這種發光體。

艾青並不知道他所引證的話是卡萊爾說的，也不知道卡萊爾的歷史觀。但他以詩人的敏感領悟到作家應當被尊重的理由。他其實不是為個人請命。他知道，一個民族如果沒有莎士比亞這樣一個大發光體已是悲哀，倘若連小發光體也不受尊重，甚至被撲滅乾淨，這個民族就會陷入黑暗之中。

莎士比亞不僅屬於英國。這一發光體的光芒沒有時間的界限與空間的界限，他作為自然之聲與世界之聲天然地屬於全人類。卡萊爾的局限是他只看到莎士比亞對於英國的意義，他把英國的精神王冠戴在莎士比亞的頭上時沒有說明，莎士比亞大橡樹不僅是英國的集體標記，而且是人類文學王國的圖騰，像荷馬、但丁一樣，都是人類一個歷史時代的符號，那個時代可以用他們的不朽的名字命名。

《論英雄與英雄崇拜》，在一九八八年已出版了中譯本，譯者是張志民與段忠橋先生。至少他們倆比我早知道那位說「寧可失去一個印度，卻不願失去一個莎士比亞」的英國人是誰，讀過這本書的人，也早就知道。而我卻直到這本書出版後的五年，才仔細閱讀，才聯想起中國文藝界的那一樁令人悲哀的往事。

如今，艾青去世了。這一往事更令我悲哀。然而，於悲哀中我的敬意也更加結實。艾青，畢竟是一代歌王，他不僅有才華，而且有品格。他把自由歌唱視為詩人的全部尊嚴，不惜為護衛這一尊嚴而承受人生苦難。因此，他真的成為發光體並將永遠高懸於中國的星空。

埃菲爾鐵塔也曾孤獨

幾次到巴黎，帶回的小紀念品都是埃菲爾鐵塔。

埃菲爾鐵塔已經成為巴黎的一個象徵。我在塔下想起，這座聳入雲端的鐵塔和畢加索的畫及盧浮宮裏的藝術一樣已變成一種高高屹立着的永恆之美。我在畢加索的女友拉波特撰寫的《畫布上的淚滴》一書中知道，「第二次世界大戰的硝煙消散之後，欣喜若狂的盟軍將士們將畢加索和埃菲爾鐵塔推崇到驚人的高度。他們明言：在離開巴黎之前，要求能滿足兩個心願，一是登上埃菲爾鐵塔，二是見到畫家畢加索。」（《畫布上的淚滴》第三頁，三聯書店，一九八九年）這兩個願望對於我這樣一個當代人也難以實現：畢加索已長眠地下，而埃菲爾鐵塔高達三百二十四公尺，共一千七百十一級，而我偏偏犯有恐高症，未能登臨放目，實在太遺憾了。

每次見到埃菲爾鐵塔，我就想起它曾經孤獨過。它不像凱旋門那樣，從一建造開始，就連着法國人的驕傲。儘管它的建造前後經歷過三十年的風風雨雨，其中包括拿破崙的浮浮沉沉，但它建成之後，始終是勝利象徵，雨果歌頌它是「一堆巨石，一片光榮」。它未曾寂寞過，沒有人拒絕與非難過它。即使在第二次世界大戰巴黎淪陷的最黑暗的日子裏，德國的納粹大軍舉行入城儀式也要利用它，在它的門下顯耀自己的征服與勝利。

而埃菲爾鐵塔則深深寂寞過。從一八八七年一月二十八日興建到一八八九年三月三十一日落成，這一工程不斷地遭到強烈的反對。連著名的作家大仲馬、莫泊桑，作曲家古諾，畫家梅梭涅，劇作家薩都也都加入反對的行列。他們聯合了一百多個藝術家發表聲明說：「我們作家、畫家、雕刻家、建築師，熱愛美麗無比的巴黎的人士，互相攜手、義憤填膺，全力抗議在我們法國首都中心，建築醜陋的黑色大煙囪，使巴黎許多被人格化了的其他偉大建築物，在它野蠻的體積及虛無飄渺的幻想下，受到嚴重的傷害。」有的更是污辱性地加以攻擊，說它是「狂妄的鐵架，醜陋的骨骼，孤聳的栓劑，既難看又不切實用的怪東西」。還有人義憤到甚至想遷出巴黎，羞與埃菲爾鐵塔並立於同一城池之中。

在強大的非難壓力下，亞歷山大．古斯達夫．埃菲爾幾乎沒有招架之功，他只能低聲地自我辯護說，鐵塔將有自己的美，不好與其他建築物相比。在精神無援的大孤獨之中，他唯一的出路就是拚命工作，帶領三千工人，每天工作十個小時，埋頭二十六個月，硬是把鐵塔在巴黎的土地上豎立起來。在兩年多的時間中，埃菲爾本人和他的鐵塔在那些最高貴的作家藝術家及其他紳士眼裏，簡直是蠢人與蠢物。直到建成之後，埃菲爾才戰戰兢兢地期待巴黎的紳士名人能刮目相看。當他看到竭力反對建造的鋼琴家古諾混在遊客隊伍中時，高興得緊緊地把他抓住，誠懇地邀請他在鐵塔上彈奏一曲。而觀看了鐵塔之後暗自收下偏見的古諾終於坐下來彈奏一曲，宣告靈感可與工業交流，此後，鐵塔便一天一天從孤獨中走出來，而完全站立在世界各國旅遊者的讚美與仰望之中。

想起這段故事，我就想起布魯諾、加利略、梵高這些科學家和藝術家的名字。他們帶着嶄新的觀念在大地上站立起來的時候也是孤獨的。梵高的畫，凝聚着那個時代新的審美觀念的光輝，可是，帶着舊的審美習慣的世界拒絕它，沒有人願意買他的畫，以至使他貧窮潦倒而死。而現在，他的畫，卻像高聳入雲的埃菲爾鐵塔的塔尖，世界以最高昂的價格在收藏它。審美的習慣，真是一種可怕的力量，連大仲馬、莫泊桑這種作家，也難以擺脫它的牽制。這種力量所產生的偏見，足以毀掉美和天才。如果不是埃菲爾本人具有剛毅的意志和不屈服於舊審美習慣的堅定眼光，就沒有埃菲爾鐵塔。現在，如果拔掉這一鐵塔，不僅巴黎減色，人類所居住的大地也會減色。

此刻，案頭上的小鐵塔正在閃爍着光芒。我從這一光芒中得到鼓舞，它告訴我，可以帶着自己的風采勇敢地在大地上站立起來，不要害怕外在的議論。此刻被繁華與詩畫包圍着的埃菲爾鐵塔，就曾經孤獨過。

孔雀東南飛

從溫哥華起程，在橫跨太平洋的飛機上，我想到，在同一時間，還有從北京、上海、紐約、洛杉磯、巴黎奔赴台北的朋友。他們也在白雲深處的藍天中，也在朝着亞洲東南海面飛翔，時間的光束此時正射向同一空間點上。想到這裏，腦際中突然浮出一個少年時代熟悉的漂動意象：孔雀東南飛。

人類在科學的壯麗層面上確實在進步，兩千年前，大自然的孔雀朝着東南展翼奮飛的時候是五里一徘徊，而今天，人類智慧創造的銀孔雀，卻能日行萬里，一個徘徊就涵蓋着東方與西方，南方與北方。從溫哥華到台北只要十一個小時，從北京到台北則在一反掌之間。孔雀東南飛這一意象產生之後，我禁不住暗自驚嘆天地的滄桑、人類的卓越。在這一特殊的時間與空間中，我的心情很好，覺得逝去的並非全是虛無，而未來也並非全是黑暗。

留給我許多噩夢的故國，此刻也正在發生巨大的滄桑。一種正在興起的社會潮流已引起世界的注目。這一潮流，倘若要賦予它一個形象的名字，也可稱作「孔雀東南飛」。自從八十年代廣東和福建兩個東南省份開闢經濟特區之後，從政治魔幻中甦醒的中國人開始從西北、東北、西南、中原紛紛飛向東南去尋找生之路。這與六、七十年代人們像羊群似地朝着太行山下的大寨流動，其方向正相反。我至今仍喜歡大寨人那種開山劈嶺的強悍精神，但不喜歡革命領袖們賦予它的「窮過渡」象徵和那種農奴般的勞動。當我在裸體男人似的太行山看到滿目瘡痍的黃土地時，同時也滿含眼淚。「西北望長安，可憐無數山」，我一直承受不了那個時代的赤裸裸的階級鬥爭和赤裸裸的荒漠與貧窮，所以也不喜歡億萬同胞朝聖般地走向西北高原上的山寨。也因此，我更喜歡八、九十年代中國孔雀朝着東南飛行的選擇。

東南本來早就應當成為吸引各路孔雀的繁華之地。廣東福建乃是中國最先打開海禁的兩個省，它們本應成為中國最先進的地方，可總是先進不了，其原因，有一位老學者借用一位英國艦隊司令的話來解釋：一個艦隊的速度決定於最後那一隻艦艇。中國這一龐大的「艦隊」，也總是被落後的地方船隻牽制住。而到了八十年代之後，歷史賦予這兩個省一個機會，讓它們可以以特殊的速度往前起飛。廣東人真聰明，他們無情地抓住這一歷史機會，無情地往前飛奔，無情地甩掉大鍋飯和蠢豬式的意識形態把戲，贏得了經濟上的翻身。南方這塊亞熱帶土地上的人民真的從階級廝殺的噩夢中覺醒過來了。他們以原始積累式的野蠻扭動社會槓桿，不惜讓人慾橫流。繁榮攜帶着娼妓、騙子、流氓與盜賊，暴發戶無情地兼併土地和腐蝕「無產階級政權」，資本運作的結構性圓盤轉動着血和污穢。但他們滿不在乎，繼續前行。而福建在項南擔任「封疆大吏」時也無情地往前走，可惜受到了挫折，因此一直缺少廣東的銳氣，但畢竟走得很遠。於是，這兩個省成為今天中國經濟的引擎和新的風流地帶，從而吸引着各路孔雀都朝着它的方向展開雙翼。

不錯，朝着東南洶湧的人流，並非真的像詩境中的孔雀那樣七彩繽紛，美麗燦爛。人流中有濁流，有盲流，有膨脹一萬倍到一百萬倍的野心與慾望，但「孔雀」只能往「東南飛」。中國已別無選擇了，曾經飛向大寨，曾經飛向更遠的莫斯科與列寧格勒，但都飛向了死角。如今大寨死了，列寧格勒也死了，西北方向飛不下去了，中國要從死路上自救，只能選擇東南。寫過《鳳凰涅槃》的詩人郭沫若臨終之前趨時地留下遺囑：請把我的骨灰撒到大寨。他希望社會主義鳳凰在那裏得到涅槃，然而，歷史拋棄了他的遺囑的詩意，給他留下了冷嘲，宣告中國的痛苦生命無法在大寨得到更生。至今為止，中國還有一群庸人在辯論孔雀是社會主義孔雀還是資本主義孔雀，它的羽毛和糞便會不會污染社會主義的土地。

說中國人是不幸的，對；說中國人是幸運的，也對。八、九十年代大陸孔雀朝着東南飛的時候，就幸運地得到台灣、香港的兄弟姐妹們的支援。這些兄弟姐妹是第一群迎着東南海風飛翔的孔雀。

俄羅斯就缺少這種先飛的孔雀。俄國人在革命的沙漠中衝撞了七十多年，彷佛已失去了繁榮的記憶和朝着繁榮飛翔的技能。失去這種記憶和技能是多麼不幸。

應當直言，台灣和香港比大陸更早地踏進現代社會，更早地贏得經濟繁榮。它給大陸的兄弟留下繁榮的記憶和從貧窮中崛起的經驗。於是，大陸的孔雀通過已打開的大門，穿越另一重雲天紛紛飛向香港和台灣。此次，我到台灣，才知道近幾年到台灣去的大陸人已近十萬。十萬隻孔雀飛向滄海那邊的山巒與大街，擁抱那裏的拍岸驚濤和同胞兄弟，這在二、三十年之前誰能預想得到呢？而我們這些大陸的寫作者和思想者，此時正從北美、從歐洲、從北京、從上海同時飛向那裏，這在二、三十年前又有誰能預計得到呢？對於我來說，二、三十年前的台灣，就像天河的彼岸，它在星空那一線的邊幕上，如今，台灣卻這麼近。儘管我們此行只有王蒙、高行健、阿城、劉恆、李陀、李子雲、吳亮、程德培、黃子平、蘇煒等十幾隻長着文學羽毛的流浪孔雀和非流浪孔雀，但我們畢竟和其他孔雀一道穿過了巨大的高牆與屏障，贏得一個新的令人喜悦的歷史瞬間。而在我們的足跡之後，柯靈、汪曾祺、劉心武、李鋭等作家也將接踵而至。柯靈先生已八十五高齡，但他還是要飛向東南一睹台灣的風采，這隻長滿散文的精彩羽毛的老孔雀，此行一定了結了一個美好的心願。其實，這一心願何止於他，能看到海峽另一岸的同胞和平、安寧與幸福，就應當高興，不高興的只是一部份嗜鬥嗜血嗜好製造苦難的階級鬥爭迷狂者。

到了台北之後，和朋友聊天，我便講起「孔雀東南飛」的時代意象，台灣朋友補充説：孔雀有南雀北雀，北雀是朝着東南飛了，而我們這些南雀，卻往北飛了。的確，近幾年來南雀也大量北飛，他們紛紛到北京、上海和其他地方去探望久別的故人與故土，僅記者編輯就有三千人次，更不用説數不盡的商家與普通人家。聽台灣朋友這麼一講，我更高興，而且意識到，一個新的時代在中國的陸地與海島上真的已經開始，這就是對流、對話的時代。能以對話取代對抗，能以對流取代隔絕，哪一個中國人不感到高興呢？

其實對話並不輕鬆，也許真正難的倒是真誠的對話。革命是比較簡單的，它用機槍大炮的語言裁決一切，用鐵的拳頭堵住人們的嘴巴。而對話卻比較麻煩，它必須讓人家説話，必須和自己不喜歡的人打交道，必須用理性和耐心的語言申述一切，這自然沒有革命那麼痛快。説革命不是請客吃飯，這是不錯的，但請客吃飯總比殺戮與流血好。這次我們在台灣享受了許多美餐，有些朋友開玩笑説，國共兩黨都在「統戰」知識分子，王蒙立即回應説，「統戰」總比「打仗」好，在飯桌上讓心靈逐漸靠近總比你死我活的戰爭好。自然，統戰需要真誠，沒有真誠，統戰就會變成騙局。

二十世紀的中國，總是處在戰爭、革命、政治運動的狂熱中，知識分子很難找到一張平靜的書桌。

這一切，但願它作為一種進入現代社會所付出的代價，下一個世紀不應再重複這種鮮血橫流的歷史。這個世紀的中國政治，多半是流血的政治，激戰雙方所玩的政治遊戲都是兩極性的「你死我活」的遊戲，一個吃掉一個的遊戲。在這種政治遊戲中，每一方都想讓對方得零分，自己得一百分。「不是東風壓倒西風，就是西風壓倒東風」，不允許東風與西風同時吹拂大地。因此，這個時代的英雄都是徹底革命的英雄，而少有真誠對話、為民請命的英雄。然而，在你死我活的兩極遊戲中，中國人民飽受了深重的災難，而知識分子在兩極的夾縫中常常走投無路、報國無門，更悲慘的則成為政治鬥爭的殉葬品，在無謂的爭鬥中耗盡了自己的生命與才華。隨着這個世紀的結束，「一個吃掉一個」的時代應當結束，「一方得一百分，一方得零分」的政治戲劇也應當結束。

世紀末的孔雀東南飛，它不僅結束一個朝着十月革命的發源地飛翔的時代，也應結束一個生死對抗的時代。我相信，長着文學藝術羽毛的孔雀是吉祥的，它尋求的是和平、和諧與和睦，是真誠的對流與對話。在《聯合報》的《四十年來的中國文學》討論會上，我表示：作為一個熱愛中華母族的思想者，我追求「深刻」，但更愛「和諧」。「和諧」是很高的價值尺度，可惜在二十世紀中丟失了，一切與「和諧」相關的價值觀念，一切和平、愛、寬容、自由、讓步、民主和妥協的觀念，都被視為惡鬼而慘遭蹂躪。和諧一旦喪失，所有外來與本土「深刻」的一切，都會化作爛泥般的黑暗深淵。

不論是南方或北方的孔雀，倘若真的是吉祥物，它都應當是追求「和諧」，無論在哪裏，都該是去找回這一丟失很久的、維繫中華民族生命秩序最原始的精神支點，而不應當踐踏這一個光明的概念。

因為自己也處於向東南飛行的雀群之中，因為自己明明穿越了霧海雲天，明明滿身風塵，明明看到腳下太平洋東南一隅的滔天巨浪和海島上的穆穆青山和娓娓松林，這才想到，我和朋友們即將抵達的土地，畢竟是重要的存在，重要的政治、經濟和文化的存在。倘若台灣是一片荒野、一潭泥沼，那就只能吸引好奇的探險者，而絕不會吸引四面八方的各類孔雀。想到這裏，我對這一土地上的兄弟姐妹和一切堅韌不拔的奮鬥者便有深深的敬意。我對政治立場往往缺少敏感，但對超越於政治立場的精神層面與人格層面卻十分關注，我一直認為精神與人格是一個具有獨立價值的層面，不管其精神與人格的載體屬於哪一政治集團和選擇哪一政治立足點。

二十世紀下半葉，從大陸去的中國人與台灣本土上的中國人聯合奮鬥，聯合拓荒，就像打通太魯閣的高山隧道一樣，打通了走向繁榮的艱辛之路，比大陸更早地擺脫了貧窮，這就是精神。這群踏着滄浪而去的中華之子，畢竟是大陸的一群精英，因此，他們終於在台灣站立下來和生存下來，並堅忍地開出繁榮之花。歷史走過了四十年之後，我們可以揚棄前一代人的仇恨而公正平和地說，他們畢竟是中華民族優秀的孔雀而且是在挫折中以強悍的精神重新崛起的一群。與台灣同胞相比，大陸的人民也是可歌可泣的，他們經歷了那麼多次殘酷的階級鬥爭和路線鬥爭，靈魂中到處都是傷口，但神經仍然沒有斷裂，重整家園的雄心仍然沒有死亡，歷史一旦提供機會，他們仍然不顧一切地拼搏。而此次來到台灣的大陸作家，該說的話還是說了一些，該呼求的還是呼求了一些，臉上的奴相少了很多。王蒙在演講中呼求政府應「多管點劫機，少管點作家」。我也呼籲，應當「讓思想者思想」。思想者需要生存前提，但貧窮很難摧毀思想者，而堵塞思想卻能使思想者發瘋。這些呼聲是很微弱的，然而在過去，因為一點微弱的自由呼求，多少才華縱橫的作家慘遭不幸。今天中國大陸正處在社會大轉型中，官本社會正在變成金本社會，資本運作正在逐步取代政治運作，社會生態正在發生新的斷裂和傾斜，在這樣的時代裏，最需要思想，最需要知識者表達的自由。倘若沒有這種表達的自由，中國很快就會變成一個「有錢無聲」的中國，或者說，是「有錢無魂」的中國。孔雀東南飛收獲到的如果是這樣的結果，孔雀東南飛的時代如果是有錢無聲的時代，那就太乏味太可怕了。在這樣的時代裏，孔雀恐怕還會重新折斷翅膀。

《聯合報》的中國文學會，所以使大家高興，就是因為它提供了一片森林和草地，讓孔雀去歌唱，去發出屬於自己的聲音。有聲音就好，有聲音就有光明。台灣固然有許多社會問題，但已有聲音，有對政府起着道德監督系統作用的報刊和民間社會論壇。有中國第一個真正的在野黨，知識分子可以自由地發揮他們的社會批判功能與世道批判功能，這種功能發揮時往往過於激烈，甚至有令人難以接受的情緒化聲音，但社會還是以寬容的精神擇善而從。這種社會襟懷與自由空氣，在十幾年前的台灣也是沒有的。但重要的是今天已經有了。我還注意到，他們雖自由說話，但沒有大陸那麼多大話、廢話與假話。我的耳朵能敏銳地捕住這種無價值的語言，這種語言在台灣雖然還有，但比大陸少得多。我至今想不通為甚麼大陸的同胞會那麼善於鬥爭，善於炮打，善於運用大炮似的恐怖話語。

在台灣雖然只有十幾天，但所有來自大陸和海外的文學孔雀們都很高興，因為大家都發出了自己的一點聲音。好些朋友都說，在大陸，生活雖不如台灣的朋友富裕，但也還過得去，作家面臨的不是生活的困境而是心靈的困境，該發出的聲音發不出來就是困境。在困境中自然也有出路，這就是玩玩、笑笑，當然也包括和強權政治與庸人政治開玩笑，以增強文學娛樂性。倘若連娛樂性也不允許，作家就活不下去了，寫到這裏時，一位友人來電話，說他們正在討論世紀末的中國社會趨向，問我的看法如何？我回答說：我正在描述這種趨向，這趨向就是孔雀東南飛，不過，我正在為有聲的孔雀請命。

從馬六甲到檳城

（一）

馬來西亞的八月，仍然是如火的八月。自從一九六三年我離開故鄉福建之後，便一直生活在北方。出國之後在芝加哥、斯德哥爾摩、溫哥華等處，又都是北方。在北方住久之後，突然又來到亞洲南端的熱帶地區，很不習慣。一出門就忙着擦汗，找椰子水喝。

但是，炎熱的天氣始終沒有減少我對馬來西亞的特殊情感，從吉隆坡到馬六甲，又從馬六甲到檳城，一路看過去，一路吃過去，一路興致勃勃。因為天熱，這裏有各種非常美的草帽，每一種草帽都讓我想起童年時代夏日裏的故鄉和割稻子的兄弟，我買了五、六種帶回美國，妻子和女兒都喜歡極了，每當妻子戴上這草帽上街，經常碰到美國的婦人問：「這是從哪兒買的，多美麗的草帽。」

此次一起到馬六甲的朋友有金觀濤、劉青峰、龔鵬程、鄭通濤等，鄭通濤也是廈門大學的校友，正在新加坡大學任教。我們一到就受到馬六甲城華僑領袖們的盛情歡迎，他們在宴會廳前列隊迎接，個個都非常謙和。雖然都是中國人的後裔，但是，數十年生活在不同的人文環境中，性格與氣質也不同了。在飯桌上，當地局紳林源瑞先生把他撰寫的《歷史之城馬六甲》贈送給我，才使我比較確鑿地了解早在公元一四零三年（明朝永樂元年），明成祖就派了使臣尹慶來到這裏，兩年之後蘇丹拜里米蘇剌又率領五百個隨從搭乘尹慶回朝的船隊覲見明朝皇帝。這之後才有一四零九年鄭和龐大艦隊的到來。從一四零九年到一四三三年將近三十年間，鄭和七次下西洋竟有五次訪問馬六甲，並在馬六甲三保山附近設立官廠囤放糧食和貨物。三保山也因為鄭和這一「三保太監」多次在此定居而得名。明皇把漢麗公主下嫁蘇丹曼速沙時陪嫁的五百名宮女也定居此處。現在，三保山成為中國本土之外最古老最大的華人墳場，這裏埋葬着中國在馬來西亞的一群最早的拓荒者。因為時間太緊，我們只能從車上遠遠地遙望這一佈滿中國先賢的古蹟。也許因為好奇，我們倒去參觀了蘇丹皇宮。可惜這座皇宮只是倣造的，而且歷史太短，文物也不多。宮內還有一角是描述早期蘇丹接見明朝使臣的場面，但有些與史實並不相符，例如穿着明朝的峨冠博帶卻拖着清朝的辮子，顯然是一大疏漏。不過，皇宮全是木頭製成，外觀也具特色，畢竟讓人想起數百年前的歷史風貌，也屬難得。留給我印象最深的倒是清真寺。在黃昏時，我們參觀了一座剛剛建成的據說是世界上最大的清真寺之一。那豪華與堂皇，就讓人明白伊斯蘭文化在馬來西亞的地位。

〔二〕

我對馬來西亞的特殊情感來自童年。從小我就知道菲律賓的呂宋和馬來西亞的檳城。那時鄉親們稱呂宋為金山，稱檳城為銀窟，為了逃離故土魔鬼般的貧窮，他們都把這兩個地方看作自己的夢。我的二伯父和妻子的外祖父就是逃離故土而終於擁抱住夢的人，但是他們始終沒有逃脱掉貧窮。世界上的金山銀窟只屬於極少數人，而多數人只能處於社會的底層。但丁的天堂、淨界、地獄三界，到處都是這樣。我在馬六甲的華僑歷史展覽室裏參觀，看到這個世紀初來到這裏的華僑，多半處於地獄中。一群來自大陸的廉價勞工，一盞灰暗如豆的煤油燈，一把驅趕着炎熱與蚊子的椰葉舊扇，這就是華僑。妻子的外祖父是三十年代來到這裏的，但奮鬥一輩子，也只是擁有一車賣涼水果汁的小貨攤，始終進不了社會的「淨界」。然而，即使他們處於社會最底層，還是牽掛着比他們更窮的故國的兄弟，生命中的那一份情意始終堅貞。

妻子的外祖父辛勞積累了一輩子，選定一九六零年回到處於大飢餓中的故鄉，帶回來了麵粉、糖、大米和花生油，然後又返回了馬來西亞。年邁的外婆在此次重逢後，便因思念太切而去世，而外祖父到了九十高齡還整天去移民局申請回國，但終於沒有能力第二次回歸故園了。當我在馬六甲的海岸邊遙望滾滾海浪時，再次想到世界對於多數人來說，真的沒有路。然而，又分明看到，人間之愛卻撒滿辛勞苦痛的路上。

使我感到欣慰的是走過將近一個世紀的路途之後，來到這裏的中國人更多地走上「淨界」了。雖不富裕，但日子和平、安寧、沒有飢餓的威脅。不僅有溫飽，還有溫情。在離開吉隆坡南去的前夕，研究東南亞文化的專家楊松年教授就告訴我，你到馬六甲、檳城看看，就會發現那裏保留着很純樸的民風。真的，這種沒有外形的風氣，雖然看不見，卻時時讓我感受到。這兩個地方像我童年時代尚未經過革命洗禮的故鄉。這裏沒有尖聲的吶喊，沒有燃燒着意識形態的口號，沒有雄偉的空漠，一切都顯得很質樸，自然。無論是談論大陸、台灣，還是談論椰子樹與孩子的教育，都沒有激昂慷慨。信佛的很多，我一連吃了幾次素餐。但信仰也是從容不迫，與伊斯蘭教徒同處一地卻也相安無事。他們帶我到寺廟並讓我也抽個籤。我並不拒絕，為的也是不願意辜負他們純樸的心意。他們還送我佛曲的錄音帶，其中有為弘一大師詩詞譜成的曲子，聽了更讓人心靜。

在檳城的兩個早晨，我都被請去吃肉骨茶。這是第一代華僑發明的早餐。發明者的心思很樸素：又要進入辛苦的一天了，需要精神還需要氣力。僅僅有純粹的茶是不夠的，還需要有點排骨瘦肉和中藥，於是，一種消解肉的素的東西和一種肉的東西便融合在一起，雖然矛盾，但吃起來卻既提精神又增添氣力。我吃了一次之後果然很有精神，便一連吃了三次，而且還帶回好幾包。現在喝肉骨茶的多半不是辛苦的勞工，但能保持這一傳統食品，倒是一種象徵。它預示着，馬來西亞的華人，即使將來更多人從淨界進入天堂，他們一定不會奢侈，純樸的民風將會繼續，對他們來說，民風是一種永恆之美。倘若世界各地的豪華世界，也能這麼想，這個世界倒不會墮落。

可惜，隨着童年的消失，我故鄉類似檳城的純樸民風也消失了。純樸的民風雖美，但缺乏抗爭力量，它經不起革命，經不起階級鬥爭大風暴的洗劫。嚴酷的政治運動迫使每個人都走上揭發檢舉批判的舞台。為了生存，連最質樸的農民也學會摧毀社會的和諧和民風的和諧。故鄉的榕樹被砍伐的時候，許多人都心疼，但純樸的民風死亡時，卻很少人意識到。如果我不是經歷了這一次的馬來西亞之旅，也許不會這樣強烈地意識到：丟失了純樸的民風，這是多麼值得可惜啊。

儘管受到熱帶夏日的煎烤，但我很高興。經過這一旅程，我更不喜歡所謂大激情，而更喜歡自然的生活。雖然缺少英雄，但也不必老是讓心靈化為碎片。當然，自然的生活並不意味着沒有追求與夢。

香港漫筆

（一）

一九九五年秋冬之間，我第四次來到香港。這次留住的時間比較長，較仔細地看了看香港。

雖然處於世紀末，香港還是和以往一樣繁榮、繁忙、有生氣。在地球上，它是和紐約、洛杉磯、東京、巴黎一樣強大的城市恐龍。三十年代的上海，也曾是這樣的恐龍，後來歷史的滄桑把牠埋葬了。一九八六年我到上海時，上海只剩下恐龍的骨架，現在黃浦江上的這隻東方恐龍正在復活，我在海的另一岸已聽到牠翻身的咆哮。而香港恐龍則面臨新的歷史滄桑。我在逗留的兩個月裏，一再表達歷史見證者的心願，讓這隻恐龍生存發展下去，保持它的廉政、自由新聞系統和高繁榮，我希望在跨進二十一世紀之門時仍然聽到牠強健的龍吟。

〔二〕

我禮讚過香港，現在還禮讚。這麼小的空間，創造這麼密集龐大的文明。窗戶像盛綻的花朵朝着四方開放，人類現代化的一切成果都在這裏匯聚。後現代主義者倘若要研究「並置」，探討時間如何在空間凝固，應當來香港看看。香港這種容納古今、容納中外的文化心態，正是漢唐那種把一切都拿來的心態。在歷史的江津口上，我真擔心這種心態會丟失。漢唐心態該不會變成世紀末的黃昏的心態吧。我期待着不變。

香港包容了一切，還包容來自大陸的許許多多喪魂失魄的兄弟和幾乎被貧窮吸乾了美與天真的姐妹，還有那些拒絕心靈專政而尋求南方熱帶自由氣息的人們也到香港喘息。在大陸處於飢餓線上呻吟的五、六十年代之交，香港的糖、油和大米曾經滋潤過同胞們浮腫的身軀與臉頰。而在故國從階級鬥爭的噩夢中半醉半醒之後，香港又吹奏了一支早晨的太陽曲。中國有香港，才有市場的記憶。俄國沒有香港，所以俄國新的步伐顯得沉重。香港還常常發出正義的呼喚，恐龍之心的深處蘊藏的溫熱，我在一九八九年和其他許多時間中都感受到。這種溫熱使我感到人類的良心沒有滅絕，許多香港人可敬可愛。

【三】

我愛香港。我在世界上其他恐龍般的城市街頭漫步的時候，也常常想起香港。

在新加坡時，我想到香港和新加坡一樣不簡單，地方那麼小，能量那麼大。潮水般的人群，構築的卻是一個有序有動力的社會，但是，相比之下，我更愛香港。香港可以更自由地發出自己的聲音。我喜歡自由叫喚自由歌唱的恐龍，不喜歡戴着金甲的面若冰霜的恐龍。所以我很怕龍吟的消失。東方世界裏的這一恐龍之聲如果消失，世界將會寂寞得很多。

在巴黎時，我也想到香港。但我更喜歡巴黎。巴黎是一個有靈魂的城市，那裏匯聚着人間的美與天才的創造，人們崇尚一切卓越的思想者與藝術家，心靈緊緊連着盧浮宮、巴黎聖母院這些人類的驕傲，伏爾泰、盧梭、雨果、巴爾札克、羅丹、莫奈的名字一直被巴黎的市民高高舉起。塞納河邊全是書攤、雕塑和翠綠的草樹，許多精彩的思想和藝術伴隨着塞納河水不斷地湧流。

香港缺少巴黎似的文化大靈魂。這裏太多金錢崇拜而少有藝術崇拜。人們的眼睛仰望着高樓金字塔尖上的財閥，很少人仰望柏拉圖與畢加索，也沒有時間仰望燦爛的星空。一位朋友説，香港的最大財主也是最高的精神帝王，人們膜拜他，爭寫他們的傳記，以為他們是人生的楷模。我走遍香港並留心它的街頭藝術，才發現香港的街頭沒有藝術，從羅湖橋一直到銅鑼灣，竟找不到一幅有個性的畫和一座現代派的雕塑，所有的個性都消失在股票、餐廳與交易所裏。在香港產生不了巴黎似的藝術沙龍並不奇怪。奇怪的是沒有一個企業家想到建設一個藝術博物館。在巴黎，藝術館到處都是，在香港，期待一個藝術館，就像期待神的奇蹟。

（四）

香港的金錢太強大了，強大到把世界變得很古怪。人們一上電車想的就是錢，孩子們一踏進中學校門想的也是錢。金錢把城市人變得很現實，很會算計，生活裏缺乏詩意。但金錢又使整個島嶼充滿魔幻故事。一個偶然的機會真的雞毛就上天，窮棒子真的一下子就變成百萬富翁。一座樓房轉手可以贏得一個思想者十輩子的工資，一天股票的起落可以決定一個人終生的命運。在香港，遍地都是暴發戶與破落戶的傳奇。

錢讓一些人去冒險去充當騙子與寇盜，但錢卻也使人變得規規矩矩。每個人都按財富的多寡認定自己的位置，社會像排好的格子，每個人都站在自己的格子上，不敢越位。一位朋友告訴我：在香港，「財大氣粗」是個真理。財大，才能佔有大一點的格子，喘息也才能有粗一點的氣。這又使我想到像大陸流行的螺絲釘概念，香港的許多人倒真的是名副其實的螺絲釘。螺絲釘當久了，便遺忘人生該有的一切，以為賺錢花錢及擁有愈來愈多的錢就是生活。

（五）

金錢把一部份人抬得很高很高，高入雲端，高得不知所措。連高等學校的精英們也被金錢抬得很高。一部份優秀者並不因此昏眩，仍然雙腳着地，關懷學校圍牆之外的人間。一部份則變得怪怪的，很冰冷，一身寒氣與怪味，談起政治他們着意迴避，以示清高，而內心又極為關切，因為政治隨時都可以把它從雲端拉下而摔碎於現實的地面。於是，着意迴避便顯得有點酸氣。

由於被抬到雲端，所以就瞧不起從現實地面上走進的外來人。對於外來人的聲音，往往不分是非，總是先攻擊一頓，以示自己坐在雲層之上。在他們心裏，沒有真誠。面子大於真理，學者的架子大於人間的真性情。

階級鬥爭可以把人變成魔，錢勢競爭則會把人變成怪，這個世界處處都是陷阱。人類真的還很幼稚。

（六）

然而，金錢並沒有把香港變成文化沙漠，沙漠的意象加在香港的頭上並不公平。

香港有發達的俗文化，也有可觀的雅文化。還有打破雅俗森嚴壁壘使華語世界傾倒的金庸小說。香港的俗文化是在自己的島嶼上生長起來的，而精英文化則吸收了大陸、台灣、香港和在西方世界深造過的精英，在文字的世界裏，我看到從香港產生的精華，例如查良鏞、林山木的政治評論，葉靈鳳的讀書筆記，曹聚仁的各種文章，西西的小說，饒宗頤的考古與歷史研究，都極為難得，倘若要把香港校園內外的評論家作家畫家也算進去，其陣容更為可觀。

但是，我跑遍了香港的書店卻找不到查先生的政治評論集，也找不到曹聚仁的《文壇五十年》以及葉靈鳳的《讀書札記》。在書店裏我留心人們喜愛的書，我發現天地圖書書店放着西方古典與現代名著的書架之前特別寥落。不僅莎士比亞覺得孤獨，喬尹斯也很孤獨。我買了卡爾維諾的《看不見的城市》、川端康成的《古都》、三島由紀夫的《潮騷》、《午後的曳航》、《假面的告白》、《不道德教育講座》和大江健三郎的《個人的體驗》、《死者的奢華》、《廣島札記》，我一直等着有人去翻翻《尤里西斯》，但是，我留心二個多小時之後最後還是失望。

香港這部金錢開動的機器，像一隻快速前進的航船，它的馬達聲愈是響亮，似乎離荷馬、但丁的港灣愈遠，也離喬尹斯與川端康成們愈遠。我分明看到書架上馬爾奎斯的《百年孤獨》，馬爾奎斯在美洲已不孤獨，但在香港肯定是孤獨的。所有的思想者都應忍受孤獨，在香港更應如此。我怕的是有一天，思想者在這塊黃金島嶼上要滅絕。

（七）

我終於懂得賽馬場對於香港的意義了。如果沒有跑馬場，香港的富豪與中產階級如何消耗他們的能量？如何排遣他們的乏味的生活？

如果沒有賽馬場，香港恐怕要革命。每一天，香港淤積了多少緊張、疲勞、厭倦，如果沒有賽馬場提供一個宣洩的出口，這個社會怎能不動盪？香港報紙的競爭，重要的一頁是「馬經」副刊的魅力。馬經辦得好，自然就有銷路，馬經可以說是許多香港人的聖經，他們能從這一經書中讀出快樂、夢與命運。

這次我有幸去看了一次賽馬。我最喜歡的動物就是駿馬。飛奔的駿馬賦予我的美與詩意一直難以磨滅。在我的書架上一直放着一隻皮革做的駿馬塑像。我參加的這次賽會，有來自世界各洲最優良的馬匹，比賽時，陪奏的音樂格外響亮。

可是，我一進入場地，才知道賽馬場完全是個賭場，沒有一個觀眾是不賭的。我也買了賭票、結果，我的眼睛很快就被牽制在我所「押寶」的馬上，看得兩眼昏花，竟忘記欣賞奔馬的英姿。此事過後，我才想起康德關於「美乃是超功利」命題的卓越。眼睛一旦被功利所控制，再美的東西也看不見。賭徒即使在美的身邊，也離美很遠很遠。至今，我還為那一天沒有安靜地欣賞駿馬的飛奔而後悔不已，真是鬼迷心竅。香港，香港，真會迷住人們的心竅。

第四輯

漂泊的歌譜

因為親戚的關係，我很榮幸能夠和馬思聰的夫人王慕理常常通電話，她已八十多歲了，但思想之明晰，常讓我讚嘆不已。

當她聽到我的北京寓所被劫的消息時，便留心各種報刊的反映，半個月後，她在電話中告訴我，這回社會科學院幹的事真正引起了公憤，他們完全失敗了。我回答說，他們可以使我痛苦，但不能把我征服。

因為北京寓所裏有馬思聰的手稿，劫後可能有遺失的危險。為了安慰我，她又抽出一份馬思聰的手稿交給我的女兒，以讓我保存。她說，平時她不去翻閱馬思聰的手稿，她的心並不堅強，害怕翻閱。魯迅先生曾說過，捏着亡友的手稿，就像捏着一團火。王伯母大約也會像捏着一團火，也許比捏着火還難受。重新撫摸一顆高貴而無可挽回的心，一顆最不該受到傷害而受盡傷害的心，其心情是可以想像的。為了我，她此次特別去觸摸這些本不願意觸摸的手稿，真使我感動。「人生幾回傷往事」，這回一定又讓她為往事而傷感。我曾說，想起過去的快樂會感到痛苦，因為快樂已經消失；想起過去的痛苦，會感到快樂，因為痛苦已被戰勝。然而，這是一般地說。倘若過去的痛苦太深，往事的悲傷太重，就不同了。人世間殘暴的鞭子不僅會把人的身軀打得遍體鱗傷，還會把人的肝膽、肺腑、心靈都拖出來抽打，這是野獸所沒有的本事。被抽打之後再寬厚的人也很難從記憶中抹掉這些鞭痕。

接到手稿，我在手裏緊捏了好久。覺得手稿中的每一個音符都在跳動，而且帶着溫熱。我又聽到高貴靈魂溫柔的歌聲。這一手跡是在美國寫下的。在異邦，他為離開心愛的故國而多次痛哭過，這手稿的音符分明是流亡者的淚痕。有一次痛哭時他竟對王慕理說：不要阻止我哭，這次讓我哭個痛快。他的整個心靈都是故國之愛與人類之愛織成的，而這些樂譜的每一條絲線，都是從最深的大愛中抽出來的。這些愛的絲線太寶貴了，我把它鄭重地鑲在鏡框裏，然後高高地掛在我書房雪白的牆上。每次我在寫作之前，一看到這些線譜，就覺得一絲一線都在呼喚我的生命和我的筆。對着牆上聖潔的歌魂，對着拒絕在骯髒的泥濘裏呼吸而漂泊海外的歌魂，我便覺得手中的筆應當保持乾淨與正直。我知道當馬思聰先生放聲痛哭的時候，他的祖國是不會動心的。因為那時的祖國的心已經腐爛，絕不會為自己丟失最優秀的兒子而痛苦。然而，我必須記住這哭聲和記住哭聲之後的歌聲。

有一個夜晚，我對着牆上的歌譜，猛生出一種期待，期待有一天，把他放逐的祖國的心靈不再僵硬，也會想到這漂泊的歌聲和逼走歌者的錯誤。把天才的兒女當作牛馬抽打的錯誤，是應當承認的。如果有這麼一天，我將會把眼前的歌譜移到故國的牆上，讓它在東方的四壁上迴響，我相信，這一漂泊的聲音，一定會安慰許許多多受過鞭打的肝膽、肺腑與心靈，每一條線譜一定也會像陽光一樣，使受傷過的心靈感到和暖。

聶紺弩山脈

因為聶紺弩這一名字已成為我靈魂的一部份，所以我常常想起他。説人死了之後可以永遠活在人心中，過去以為是願望，今天才知道這是現實。聶紺弩的名字，絕對活在我的心裏，活得很具體，具體得像一盞燈光，一顆寶石，一朵白雪中的古蓮。

在精神山脈的登臨中，我常想到許多峰巒的名字，例如荷馬峰、但丁峰、莎士比亞峰。這些名字是人類共同的。而聶紺弩山脈，則屬於我。當然也屬於愛他的中國讀者與朋友。那些常常凝望聶紺弩山脈的旅行者，一定是我的兄弟。

我見過許多年邁的作家和學者，看過他們或站立着，或踉蹌蹣跚地走着，惟有聶紺弩，我只看見他平實地坐着，總是靠在床頭坐着，坐在那裏，手中拿着筆。時間停滯，空間濃縮為筆下的夾紙板。大約有七、八年，我沒有看到他走動過。聶紺弩山脈永遠是坐落着的，和大自然的山脈一樣。

每次見到他坐着寫作的時候，我就感到一種力量。這種力量很大，它迫使我也坐下來，老老實實地讀、寫、思考，不敢亂走亂動，不敢丟失任何一個早晨與黃昏。因為聶紺弩，我才悟到：坐着就是力量。

經歷二、三十年的精神摧殘和監獄生活之後，聶紺弩本來應當好好休息以享受人生最後的時節，至少可以躺着看看閒書，不必再那麼勞累了。然而，他偏選擇了勞累，確確實實的勞累，別人坐着不算甚麼，而他坐着卻不容易。他的體力，在監獄裏幾乎耗盡了，現在支撐他坐着的是完全沒有彈性的骨架，是沒有被剝奪掉的生命最深層的意志。意志的力量真是驚人。看不見的很抽象的意志，真可以變成一種非常具體的挺立的大山。聶紺弩就是這種山峰。他憑着不死的意志，就整天在那床頭坐着不動，一天又一天，一年又一年，十年歲月，就在那個角落裏，就在那個空間濃縮的紙板上，寫出了上百萬字精彩的詩歌、散文、回憶錄和論文，像岩隙裏的泉水奔湧，像山谷裏的鮮花盛開。在他那個座位的牆外，數不清的讀者為他的才能而感動而嘆息而坐立不安，但他一概不知道，知道了也不在乎。讚揚與詛咒對他都無所謂，他只是坐着，只是寫着，除了面對自己的良心之外，其他都不存在。

我與朋友談論起聶老面壁十年的寫作故事時，大家總是驚嘆。但我總是不滿意朋友們的解釋，他們說，聶老是受壓迫之後的奮發，為了爭一口氣。我感受不到聶紺弩在爭氣，只感到他的氣格外平和從容，沒有憤怒，沒有浮躁，只有山脈似的靜穆。天崩地裂過了，留下的是永恆的太始之初。一切都重新凝聚於筆尖，他的開山之斧。他知道，情緒是沒有價值的，重要的是把以生命的痛苦代價換來的體驗一筆一筆寫下來。對聶紺弩我作出不同於朋友的「唯心論」解釋：他的生命就是特殊，當人們在嚴酷環境中生命秩序發生混亂的時候，他並不混亂；當人們把自己的靈魂切成碎片爭先奉獻而贏得苟活的時候，他偏偏為了保持靈魂的完整而讓肉體受盡摧殘。他坐着的力量首先不是表現在小床上，而是在監獄的鐵窗下。在死亡的角落裏，他始終直面死神坐着，也像山峰，巍巍直沖天穹。十幾年中從未有過哀叫、求饒和哭泣。伴着鐵一樣冰冷的四壁和若有若無的明天，他終於把牢底坐穿，戰勝命運最嚴峻的挑戰，重新贏得寫作的權利。當他贏得這一權利之後，就比誰都更懂得珍惜，也比誰都知道坐下來使用這一權利比甚麼都重要。於是，在他的晚年，表現出比「把牢底坐穿」更大的力量，坐到肌肉全部消失，坐着從骨髓裏吐出最後一個字。

當我遠離故土也遠離聶老生前那座樓房的時候，我總是想起他的小屋和小屋裏的那張小木床，他的那一塊夾紙板和圓珠筆，還有那座思想者山脈。一想起它，就聽到它的召喚：坐下來，坐下來就是力量。當我身心俱倦的時候，一聽到這種召喚，就會回到書桌前，拿起筆。在人們競相沉淪的歲月裏，我所以還一篇一篇地寫着，其實與這遠山的呼喚相關。

我的遠山，我常常登臨的聶紺弩山脈，你將永遠坐落在中國的大地和我心中的大地。

記住，記住他們的名字

近日讀金聖華編的《傅雷與他的世界》，又一次被傅雷的名字所感動，並產生一種期待：希望每一個中國人都能記住他的名字。都能像此書的編者和作者一樣，不管歲月的激流沖走了多少記憶，但決不會忘記高高地舉起「傅雷」這個天才而潔白的名字。

這個世紀的下半葉，中國不斷發生劇烈的變動，而在變動中，最不幸和付出最大代價的是那些既有才華又有正義感的知識分子。而中國最慘重、最值得惋惜的損失，也是這樣一些知識分子——民族的真金子被迫走上絕路和死路。傅雷、老舍、鄧拓之死，值得我們永遠為之痛惜，沒有死亡而被迫停止歌唱和停止智慧之筆的沈從文、馬思聰、胡風、路翎等也值得我們永遠為之痛惜。我們可以忘記別的，但不能忘記他們的名字和命運。記住他們的名字和命運，人間才有是非、公道與正義，一代年幼而勤奮的孩子才有人生的美好前景，最黑暗的悲慘劇才不會在中國重複發生，血腥的圓圈遊戲才會終了。

二十幾年前，瘋狂的革命風暴企圖一舉剷除傅雷的名字，連骨灰也不給留下，但在最黑暗的時刻，一位傅雷素不相識的年輕女讀者，冒着生命危險、戴着大口罩衝到火葬場，並以傅雷「乾女兒」的名義要求保留傅雷夫婦的骨灰。這個青年女子，從未見過傅雷，但她受過傅雷文字的哺育，並把傅雷的文字視為自己生命的一部份。因此，當社會把傅雷化作灰燼的時候，她不顧一切地去擁抱灰燼。這些灰燼曾帶給她光明，曾像陽光一樣照亮過她人生的起點。這位年青女子冒險護衛這點灰燼，就是要護住光明，要人們記住這位偉大的死者。讀完《傅雷與他的世界》，我想着：不能辜負這位年青朋友的生命渴望，應當盡自己的一份責任，讓世界記住傅雷的名字和其他已經化為灰燼但仍在燃燒着光明的名字。

在這位年青女子護衛住傅雷的骨灰之後，十幾年來，為了護衛傅雷的精神和他所創造的文學世界，出版、翻譯和其他文化領域中的正直朋友們作了感人至深的努力。一九八零年十月，傅雷夫婦的沉冤剛剛昭雪，三聯總編輯、可敬的范用先生就親自造訪傅敏，毅然決定出版《傅雷家書》，為傅雷高貴的靈魂樹立起第一塊潔白的紀念碑，其功德不在於禹下。之後（一九八二年三月），安徽人民出版社又獨具膽識，及時派出江奇勇及蔣萬景先生飛抵北京和范用接洽，挑起出版《傅雷譯文集》的重任，並邀請到學貫中西的羅新璋先生擔任編輯，使得十五大卷的《傅雷譯文集》終於問世，保存了西學東漸以來一座價值無量的文化寶庫。現在，金聖華又通過《傅雷與他的世界》，把傅雷的精神、成就以及中國知識者為了護衛這一寶庫所進行的奮鬥歷程記錄下來，以讓傅雷的名字再一次像晨鐘敲響。在此，我要衷心感謝范用、羅新璋、江奇勇、蔣萬景、金聖華諸位有心有識有情之士（自然也要感謝傅雷先生傑出的兒子傅聰和傅敏），他們珍惜了最應當珍惜的，銘記了最應當銘記的，他們的選擇本身就是光明和希望，並且證明光明和希望並沒有死亡。石在，火種是不會滅的，魯迅早就這樣說。

我所以要在這裏表示謝意，僅僅是因為我從小就生活在傅雷的世界裏，太愛傅雷和他的文字。我和那位護衛傅雷骨灰的女青年一樣，心靈受過傅雷的哺育，而且從少年時代就像承受一滴一滴的星光一樣地承受過他的文字的滋潤。我和我的同一代人，生活在政治概念密集的、空洞怪誕的世界裏，精神食糧異常粗糙，這種粗糙的精神食糧足以把人變成牲畜與野獸，幸而我從中學時代開始就偶然地遇到傅雷和朱生豪。我的母校國光中學因為陳嘉庚女婿李光前的資助而擁有很大的圖書館，使我能生活在《莎士比亞全集》和巴爾札克、羅曼·羅蘭的另一個豐富的世界中。而這個世界是傅雷、朱生豪和其他譯者們締造的。在夏日的黃昏裏，我向同學們講述《高老頭》、《貝姨》、《歐燕妮·葛朗台》、《約翰·克利斯朵夫》的故事，在講述中，我總是唸着傅雷的名字，他是我的故事的源泉。我相信，如果沒有傅雷和朱生豪，我少年時代的心靈將是一片荒野或佈滿砂礫的焦土。三年前，歐梵請我和其他幾位朋友到加州大學講演時，有位來自台灣的女研究生問我，「你和大陸學者生活在同一人文環境中，但你想的總是有點不同，這是為甚麼？」我當時回答說，這僅僅因為我愛讀書，愛讀一些翻譯過來的外國小說和詩文，這些書本在我心中積澱了一種「東西」，這種東西使我無法接受階級鬥爭和「全面專政」這類殘暴的觀念。文學在人們的心靈中所積澱下來的美好的顆粒，其力量竟能消解鐵流般的種種暴力和種種符咒般的政治概念和政治病毒。這一點，迷信強權和迷信牙齒的社會生物未必能夠想通。

到海外之後，我一直在重新尋找故鄉的意義，也一直在尋找精神家園。而每次見到《傅雷譯文集》和《傅雷家書》，無論是在圖書館或在中文書店裏，我就會走上前去，輕輕地撫摸着它，而且立即意識到，這就是我的精神故鄉。少年時代和青年時代心靈荒涼的時候，它曾給我以乳汁；如今，在我靈魂孤獨的時候，它又給我慰藉，這就是故鄉。摧殘這一故鄉的不是我的故鄉，摧殘這一家園的不是我的家園，只有那些重新讓傅雷的名字與其他星辰般的名字重放光輝的書籍和地方才是我的永恆的故土。

一九九四年九月七日於科羅拉多大學

風範的意義

知識分子自然應當有知識。知識就是力量，知識就是價值，這是毫無疑義的。但是，除了知識之外，知識分子還有另一種價值與力量，這就是風範。知識有形，風範無形。前者容易被實驗所證明和被社會所發現，後者則不容易被注意和被肯定，但是，風範卻是一種更難得的價值與力量。

所謂風範是指人的高潔美好的精神、作風、舉止、品行和情懷，也可以說，風範是一種人格尊嚴與嚴肅的生活態度。孔子所說的「剛毅木訥」、「不以巧言令色顯於人」者是風範；孟子所說的「威武不能屈，富貴不能淫，貧賤不能移」也是風範；蔡元培的「兼容並包」是風範；沈從文的寧可輟筆，不發違心之論也是風範。古代的屈原以投江自盡表明對生死情操的執着，這是風範；現代的傅雷拒絕再與齷齪人間為伍以證明自身的潔白，也是風範。古代知識分子保持風範難，當代知識分子要保持風範更難。

兩個月前，我奉獻一節禮讚的文字給千家駒先生，就是覺得他有一種很難得也很難保持的不逐名利、只求真理的精神與風範。

風範雖然無形而且難以求證，但是，它畢竟是一種獨立的精神存在。所以，有同樣精神的人便可以很具體地感受到它。余英時先生在《猶記風吹水上鱗》中談論他對錢穆先生的印象時這樣說：

> 他的尊嚴永遠是在那裏的，使你不可能有一分鐘忘記。但這絕不是老師的架子，絕不是知識學問的傲慢，更不是世俗的矜持。他一切都是自自然然的，但這是經過人文教養浸潤以後的

那種自然。我想這也許便是中國傳統語言所謂的「道尊」，或現代西方人所說的「人格尊嚴」。

余先生在這裏所描述的正是錢穆先生的風範。這種風範是一種屹立的人格尊嚴，雖然看不見，但它確實屹立着，自然而永遠地屹立着。它讓你感受得到，彷彿就是你面前的星辰，你隨時都能感受到它的自然的光明。像我這樣年齡的大陸知識者，在四十歲之前，只聽到對錢穆先生的批判，心目中只有「反動學者」的錯誤印象。近幾年來，通過錢穆先生本身的著作和紀念他的文章，才逐步進入他的歷史世界，並逐步了解他的治學為人的風範。這種風範，正如余先生所說的，他從來不懂得譁眾取寵，對於世俗之名也毫無興趣，更不知道甚麼叫做「製造社會形象」或「打知名度」。他學識淵博，但不自立門戶；他獨闢路徑，但不存私見；他有尊嚴，但不傲慢，從來也不想當主宰別人和領導別人的一方教主或霸主。這一切，看來無形，卻真實地存在着。

風範和知識不同，屬於知識之外的另一層面，具有獨立的價值。但它又和知識相關，實際上，它乃是一種對於知識的態度和情懷。對知識的尊重與敬畏，是一種態度；蔑視知識和踐踏知識，也是一種態度。有了知識甚至成為知識權威之後，是「挾知識以令諸侯」，稱霸一方，還是以知識為根柢更尊重他人，胸懷四海，這是完全不同的情懷和境界。像蔡元培這樣的人，之所以到了今天還讓人們格外尊敬，格外緬懷，格外覺得他的稀有和難有，就是他對知識和知識者的博大情懷。這種博大情懷便形成一種永遠屹立着的蔡元培風範。聶紺弩在世時，一身傲骨，蔑視權貴權威，從不輕許於人，但一談起蔡元培就充滿敬意。他說蔡元培能夠超越「左」「右」兩極，獨尊真善美，兼容各種知識見解，在本世紀中絕對是鳳毛麟角。聶老說，蔡元培能兼容陳獨秀、胡適、魯迅、劉師培、辜鴻銘等，實在不容易。容下陳獨秀、胡適的革命大旗不容易，容下辜鴻銘的小辮子也不容易。北京大學最寶貴的傳統，就是蔡元培傳統，而它，也是中國新文化最有價值、也將被證明是最有生命力的傳統。「五四」新文化運動，各種「主義」共生，各種思潮並存，其文化生態如同匯海百川，能夠形成這種壯闊景觀，儘管有許多複雜的歷史原因，但蔡元培的個人襟懷和風範，確實起了巨大的作用。

蔡元培是晚清進士、翰林院編修、留學德國學者、辛亥革命元老，論資格有資格，論知識有知識，論能力有能力，但他卻一點兒也不霸道。一個有知識有地位有名望的人而不霸道，這就是風範，遠就是價值。這種不霸道的謙和作風，在世紀末的中國，顯得格外寶貴。這是因為現在知識界有霸氣的人太多。且不說思想文化界中那些數十年如一日地踐踏知識分子的職業文化殺手，就說現在一些知識界的權威，實在也是有霸氣的居多。一有名聲地位，則經營霸業，頤指氣使，不可一世，腦子裏的中外掌故愈來愈多，而心靈中的溫熱善良則愈來愈少。內在的真情真性被「名利」所吸乾，剩下的只有徹頭徹尾的對於社會的冰冷。因此，在知識冒點小尖的同時，人也變得尖酸、尖刻、尖滑，不僅想用自己的一個系統囊括一切，而且想用自己的系統對同行進行「專政」，以置他者於死地，而置自己於雲端，一點也不可愛。這種「尖」與蔡元培的「兼」，真有霄壤之別。這是兩種不同的心靈整體和心靈方向。在中國，缺少的並非是甚麼「尖子」，而是滄海般的兼容情懷。蔡元培的意義，正是他以自己的品行補充了中國文化界最缺少的知識分子風範與情懷，為中國多元共生的新文化結構奠定了第一塊基石。

因為中國缺少寬容情懷，所以新文化運動以來凡表現出這種情懷的學人作家，都應該肯定他們這方面的價值。例如胡適，儘管現在學界對他的評價還有很多歧見，但對於他的學者風範還是應當欣賞的。前些時，李澤厚兄談起胡適時說：胡適的思想並不深刻，但他有一種東西是很有價值的，就是他的自由主義作風，胡適寬容論敵，主張漸進改良，重視平等待人等等，這些作風至今還極有價值，中國近幾十年缺少的正是這個。我尊敬胡適，覺得他開了一代風氣，並做到「但開風氣不為師」，不稱霸，不排斥他人，這實在可貴。一九四九年之後，大陸對他進行大規模的批判，近幾年，我在海外又讀了一些非難文章，其中是非曲直先不論，但多數文章都缺少胡適的平和作風，倒是巧言令色顯於人者和危言聳聽欺於世者居多，令人感慨時代的步伐固然很快，但斯文掃地也很快。時代崇奉「立場」，知識者紛紛「趨時」，也以「立場」鮮明為第一要義，哪裏還顧得上斯文風範。不過，我也由此看到另一面，這就是風範的力量實在很大，千軍萬馬的衝擊和批判就是摧不倒。而且有風範在，就像有明鏡在，倘若作文變成舞槍弄棒，倒會被照出野蠻與兇惡來。這種野蠻與兇惡終將消失，而風範卻會長存長在，又是如同星辰日月。

永遠的文化紀念碑

剛到吉隆坡的那一天下午，《南洋商報》的總主筆王錦發先生和社長林忠強先生在報社新大樓裏會見了我，並告訴我說，《南洋商報》是陳嘉庚先生創辦的。

一聽到陳嘉庚的名字，我就產生一種故鄉感。故鄉的意義在我心中是多重的，有地理上的故鄉，有心理上的故鄉，有文化上的故鄉，還有情感上的故鄉。聽到陳嘉庚的名字，我想到的是文化上的故鄉。

從少年時代開始，我就生活在陳嘉庚和他的女婿李光前所締造的文化搖籃裏。十五歲那年，即一九五六年，我進入國光中學讀高中，這是李光前先生創辦的學校，校名就有紀念締造者的意思。那時，國光中學是我故鄉少年朋友們所羨慕的學校，因為得到李光前先生的全力支持，因此，它有特別華美的校園，有特別豐富的科學博物樓和實驗室，尤其是有一個其他中學難以比擬的特別大的圖書館。圖書館裏有上百種科學與文學刊物，有從柏拉圖、亞里斯多德到康德、黑格爾的各種哲學書籍，而且有朱生豪譯的全套的《莎士比亞全集》，有傅雷譯的巴爾札克的《貝姨》、《高老頭》、《歐燕妮．葛朗台》、羅曼．羅蘭的《約翰．克利斯朵夫》，還有從普希金、果戈理到陀斯妥耶夫斯基的俄國詩歌與小說。一個從山高水遠的僻靜鄉村走出來的農家子，從少年時代開始就能與這一切人類精華相逢，就能像擁抱太陽月亮一樣地擁抱歌德、惠特曼、泰戈爾，就能面對雨果的《悲慘世界》和但丁的地獄世界沉思，就因為人世間有一個名字叫做陳嘉庚和一個名字叫做李光前的人存在着。我常對朋友們誇耀，從少年時代起，我就擁有一個屬於我的文化搖籃和精神家園，這就是國光中學圖書館。我敢說「屬於我」，是因為我在高中的三年歲月中，真的完全沉醉在這個家園裏，一下課就撲在那裏，完全像兒時沉湎在母親的懷抱和母親的搖籃裏。那時的圖書管理老師被我的「書癡」情狀所感動，在暑假與寒假中，竟把圖書館的鑰匙交給我，使我在書海裏可以自由翻騰，可以下沉得更深。

從那時候起，我的內心變得豐富了，而且慢慢地產生一種當時自己並沒有意識到的拒絕外部世界那種種殘酷的鬥爭和那種種金光耀眼的政治概念的心理元素。在大陸的政治空氣中生長，人是很容易變成狼的。在文化大革命中，整個中國大地到處都佈滿狼群。我所以沒有變成狼，完全是因為陳嘉庚先生和李光前先生創造的財富拯救了我，他們的財富轉化成書籍，轉化作我的精神家園，使我與人間的豺狼性格區別開來，形成了另一種性格和另一種心靈。

沒想到，高中畢業之後，我的大學生涯又和陳嘉庚的名字緊緊相連，因為我踏進的大學正是陳嘉庚先生締造的廈門大學。依山臨海的廈門大學真是美極了。這是陳嘉庚先生的心血凝成的文化紀念碑。我在廈門大學的四年讀書生活中，儘管正遭到大飢餓，但是，一面對美麗的校園，我就對「生」充滿興趣與熱戀。儘管肚子在咕咕叫喊，但腦子仍在天天充實。無論是冬季或夏季，每當我在晴朗的陽光下欣賞着華麗的建築與燦爛如火的鳳凰木時，就感到自己生活在夢境之中，就有強烈的求知和求勝的慾望。我知道，為我創造這一夢境的，是一位偉大的華僑，他的名字叫做陳嘉庚。

一九六零年春季的一個充滿陽光的日子，陳嘉庚先生突然出現在集美學村的校園裏，那時，我們中文系一年級的同學正借居在這裏，一聽到這個消息，都蜂擁出宿舍去圍觀他。平平常常有點發胖的老頭，嘟嘟囔囔地對身邊的隨員説話，説些甚麼，沒有一個同學聽得清。然而，我們個個都安靜地仰望着他，覺得眼前這個嘟嘟囔囔的老頭，實在有一種他人所沒有的眼光與智慧，他看得那麼遠，關懷得那麼深。他擁有金錢，但竟沒有成為金錢的奴僕，而是用這些金錢造福我們這些來自山村與城鎮的孩子，讓每一塊錢都用在強化中國文化的生命。人間的百萬富翁，億萬富翁那麼多，但像他那樣具有這種眼光和關懷精神的卻極少。歷史有時不公平，有時也公平，許多億萬富翁們的名字早已灰飛煙滅了，而陳嘉庚的名字，卻與屹立於滄海之邊的山峰同在，與文化紀念碑同在，也與我們這些熱切渴求知識的生命同生同在。

在我的青少年時代，福建省的教育質量在全國總是名列第一，那時全國每年都進行高考競賽，而每年福建都中了「狀元」，得了「紅旗」，北京、上海總是輸給福建。這裏的原因除了當時的教育廳長是葉飛將軍的夫人、很有見識的王于畊之外，還有一個原因就是陳嘉庚的教育光輝確實普照了八閩的山山水水。

一九八五年春，我參加了全國政協會議，在會上聽到了費孝通先生的發言説：近幾十年來，閩南地區所以人才輩出，就因為這個地區一直有華僑資助私人辦學，有陳嘉庚先生致力於教育事業。陳嘉庚先生像一條大河澤溉後人，特別是澤溉閩南地區的幾代子弟，我就是被澤溉的一個。一、二十年來，我寫着一個一個的文字，其實，每一個字都與陳嘉庚的名字相關。如果沒有陳嘉庚和他的女婿締造的文化搖籃，就不會有我的《性格組合論》，也不會有我今天的《漂流手記》和《遠遊歲月》。我的祖父和更早的祖先，他們生活的年代沒有陳嘉庚，因此，他們的生活跨度就只有原始的村落和傳統的文化圈子。陳嘉庚先生大約沒想到，正是他幫助我們新一代走出狹小的山村和狹小的圈子，而且，他大約也不會想到，那隻打破哥德巴赫猜想的白鶴——陳景潤，那些遍佈五湖四海的學界天鵝，報界天鵝與商業天鵝，甚至連我的被討伐的文學主體論，都與他創建的文化紀念碑相關，都與他在馬來西亞灑下的汗水和創造的星光相連。他老人家在馬來西亞奮鬥的果實，其芳香，其光明，竟輻射得那麼遙遠，那麼深遠。

人生很短，但陳嘉庚先生創造了比他的生命長久得多的生命與業績，因此，他的名字，無論是昨天、今天還是明天，都是光榮的。

信念

在犬儒主義盛行於中國的時候，我卻常常想起一個人，這就是孫冶方。

我在中國社會科學院（包括其前身中國科學院哲學社會科學部）工作二、三十年，看到很多人間世態、儒林面目，本應當對社會絕望的，但是，我不輕言絕望，因為我看到另一面，這就是不管社會怎麼齷齪，總有一些信念堅實卓越的人格存在着。負載這種人格的生命有的已經消失，但他們的影響卻奇怪地在我身上洶湧着，只要想到他們，我就感悟到力量。他們的名字簡直像魔術一樣，可使我在黑暗中看到輝煌的燈光，在高牆絕壁中看到絢麗的草原。一九八九年夏秋之際，我被推入黑暗的谷底，但是我很快就重新對生活展開微笑，並很快地開闢了新的生活，其中有一個秘密，就是我得到一些死者的名字的支持，這些名字中，有一個名字就是孫冶方。

孫冶方是原中國社會科學院經濟研究所所長，資深的共產黨員，在中國共產黨的革命之初，他就是著名的遠去蘇聯取火的二十八個半布爾什維克之中的一個。在五、六十年代之交，許多身居要位的共產黨內學者，都面對反右派和反右傾的殘酷現實而噤若寒蟬，不敢直言苦諫，而孫冶方則不然，他初衷未改，繼續直面真理，對當時一味強調政治掛帥、一味迷信意識形態的潮流進行批評，並大聲呼籲：一個國家，如果不顧經濟價值規律只知意識形態，將會導致崩潰性的災難。但是，他因此而被認為是毛澤東思想的敵人。在文化大革命前夕，就開始整他，把他作為修正主義思潮的代表批判。文化大革命一開始，康生、陳伯達等則想一舉把他置於死地，用莫須有的罪名把他送入秦城監獄。而且一進就是十年，孫冶方後來說：做夢也沒想到，我這樣一個老布爾什維克，最後走進了自己共產黨的監獄。

孫冶方的名字給我力量的還不僅在於他入獄前敢於面對真理敢於反抗強大的潮流，還在於他被投入監獄之後，竟然還奇蹟般地繼續追求自己的信念。那時，他得了嚴重肝病，常常發燒，而牢獄暗無天日，令人窒息。疾病、飢餓、黑暗、憤怒，每一樣都足以把他殺死，他也感到死神之手已經緊緊地掐住自己的咽喉，但他卻沒有死，想到必須告訴自己的祖國一個擺脱瘋狂與怪誕的真理，他就決定要活下去。那時他一天僅僅分到六両窩頭，還有幾根鹹菜，但他一口一口地咬，一點一點地嚼，一根鹹菜掉到地上，他也撿起來吃。他說在那個特殊的時刻，多一根鹹菜就多一分營養，也就多一分活下去也讓真理活下去的希望。他還説：「死不足惜，名聲毀掉了也不要緊，但我長期從事經濟研究形成的觀點不能丟，我要為真理活下去。」他命令自己：一不能自殺，二不能神經錯亂。即使在放風的幾分鐘裏，他也快步走到院中，爭取多吸幾口新鮮空氣，多吸收幾分陽光，那一瞬間，他想到的也是這一分空氣與陽光對於信念的意義。

更使我難忘的是他在牢裏沒有任何紙筆的時候，還以一種令人難以置信的毅力，構置了一部長達一百八十三節、百餘萬字的著作《社會主義經濟論》。他面對冰冷的四壁，一遍一遍地給這部著作打腹稿，一行一行地默念，一章一節地「寫」，「寫」到他把牢底坐穿重見天日時已「寫」了八十五篇，就這樣，他在地獄中實現了一次艱苦卓絕的精神征程。這是我在社會科學院目睹的一次生命奇觀和信念的奇觀，並且是深深地影響我此後人生的奇觀。我對自己說：銘記下這一奇觀，給自己的生命積澱下新的磐石與鋼鐵，有了它，還有甚麼荊棘險途不能踏破。在孫冶方臨終的前幾天，我的兩個好友、幫助孫冶方整理獄中腹稿的林青松和林泉水就守在孫冶方身邊，他們把我贈給孫冶方的一首散文詩錄音放給孫冶方聽。在這首詩中，我禮讚他為故國尋找經濟槓桿而自己卻被釘在十字架上，而且告訴他，我從你身上才真的明白科學的門口真如地獄的門口，有心踏入真理之門的人是不應當害怕踏入地獄之門的。我真的從孫冶方的奇蹟中得到這一信念，從那之後，再也不怕地獄。這幾年，我一想孫冶方，這種信念就在我身上燃燒，即使在此時此刻寫這篇短文的時候，我也感到自己的筆下充滿熱流，這是相信自己有力量在崎嶇的山路上滾動穿行的熱流。

最近幾年，我常常在回憶社會科學院的生活，覺得在院中的日子沒有白過，它使我看得那麼多，那裏固然有卑鄙者製造的許多謊言，但也有卓越者獻身過的真理。在那裏我看到無望的殭屍和黑色的泥濘，也看到有骨的脊樑和綠葉閃爍的大樹。在孫冶方的故事裏，我雖見識了很多荒唐，但也收獲了信念。

一九九五年九月五日於科羅拉多

周揚的傷感

（一）

這幾年，無論走到甚麼地方，都會想起周揚的名字。許多人的名字，包括學術權威的名字，不值得我多想，想下去便覺得他們身上太多寒氣，以至使我也冷了起來。而想念周揚時，心倒會熱起來。因為這種熱的感覺，又使我確信，周揚的晚年是值得懷念的。

八十年代即周揚的晚年時期，在五十歲上下的新一代人中，我應當是與他的思想聯繫較多的一個人了。我為他起草過〈學習魯迅的懷疑精神〉、紀念魯迅誕辰一百週年的報告、紀念左聯成立五十週年的報告等。最後一次是第五次全國文代會的報告，那時胡耀邦和他領導的中央書記處已決定仍然由周揚作為文代會的籌備委員會負責人，由他作主題報告。當時文藝界的領導人夏衍、陽翰笙、馮牧等擬定了一個為他起草報告的候選人名單，交給周揚挑選。周揚已病重在床，但還是認真地看了名單，最後在我的名字上劃了一個圓圈。當時文學所所長許覺民受委託告訴我此事並要我承擔執筆起草全國文代會報告。儘管我已下決心不再「代聖賢立言」，但是，一聽說周揚在病中還顫巍巍地拿起筆最後又顫巍巍地讓筆抖落在我的名字上時，心裏一熱，便答應了。我總是拒絕不了別人的信賴，可是，這之後，他的腦軟化病情加重，不能像以前那樣總是把報告的主旨想好。我只得自己寫了一個提綱，然後隨同夏衍、馮牧、許覺民等到中南海，在胡耀邦主持的一次中央書記處的會上去宣講和討論這個提綱。這之後不久，周揚不省人事，此事也就不了了之。可是，在周揚病危期間，我最後還完成了和他共同署名的中國大百科全書《中國文學卷》的頭條，即總論。在腦子清醒的時候，他承擔了《中國文學卷》主編的職務，而且還提議要在卷首放一篇總論性質的第一條目——「中國文學」，以概述中國文學的歷史發展輪廓、中國文學的特徵和中國文學與世界文學的交流史略。當時替代周揚具體執行主編職責的王元化、許覺民把這一寫作擔子委託給我。我明知繁重，又是因為對周揚個人懷着知遇的情感而完成了這一工作。完成之後，本應只署周揚的名字，但王元化、許覺民為了表彰我的勞動，便不顧名份輩份的差別，把我的名字和周揚的名字署在一起。當時我四十三歲，還是全國青聯委員，常以青年自居，能與中國文藝界的泰斗人物「並置」，自然高興，但我當時所以沒有「謙讓」，實在是因為周揚晚年留給我一種人性尚存尚在的美好印象，並非「暴君霸王」，使我覺得把自己的名字與他的名字連在一起是榮幸的。今天，我寫這篇文章，也是在為他的晚年未滅的人間性情作證。到海外之後，我所作的反省都是人性的反省，包括對故人的回憶，也唯有那些還具有人性掙扎的往事，才能重新激起我熱愛人生的波瀾。

〔二〕

我和周揚真是很有緣份。一九七八年他從暗無天日的文字獄中剛剛走出來就到社會科學院擔任副院長（院長胡喬木），而我正是院長胡喬木和另一副院長鄧力群領導下的寫作組成員，工作室就在周揚辦公室附近。那時我正如癡如醉地批判「四人幫」，經歷着人生最快樂的向前衝鋒的日子。當時周揚也剛從臨近死亡的峽谷中走出來，尚未完全抹掉從地獄裏帶來的陰影，談不上甚麼架子，而我又仗着自己年輕，就常常直闖他的辦公室，和他談論我正在寫作的討伐四人幫的文章和社會科學院在文化大革命中的血腥故事。那時，文化大革命如山如海的大冤大仇大恨彷彿全都集中在我身上，除了寫文章之外，就是滔滔不絕地訴説荒誕與野蠻。可周揚除了認真聽之外，很少説話，只是我在談到把孫冶方打入牢房，把張聞天按之入地，把廁所裏的鐵絲紙簍戴到俞平伯老先生的頭上時，他才連聲嘆息。那時，我注意到，他的眼睛是潮濕的。從他的淚眼中，我發現他心事很重。

這是周揚留給我的第一印象，完全是一種傷感的印象。這種印象在後來與他頻繁的接觸中愈來愈加深。而且知道，他的傷感一是為自己被傷害，二是為自己曾傷害過別人。特別是後者，我親眼看過他多次為此落淚。第一次是在一九七九年我到頤和園清華軒參加全國第四次文代會報告的起草工作。當時在清華軒參加這一個工作的有三個「將」（陳荒煤、馮牧、林默涵）和五個「兵」，周揚也幾次到過那裏。初稿完成後，周揚在人民大會堂召集了大約有四百個文藝界著名人物參加的徵詢意見會。在這個會上，丁玲、蕭軍站起來走到周揚面前，痛斥他過去的「專橫」，一點也不給周揚「面子」。那時我坐在離周揚只有幾米遠的地方，看到他恭恭敬敬地傾聽着這些滿懷義憤的「痛罵」，眼睛直愣愣的，一句話也沒有回答。那一剎那，我覺得周揚真是可憐。作為反革命修正主義黑線的頭目被打得還直不起腰，這些作家又要向他討債而他又確實欠了債。他欠債是因為對毛澤東的文藝思想絕對忠誠，而毛澤東卻咬定他背叛而整個地拋棄他。散會後的第三天我在頤和園清華軒見到他，當時其他寫作人員都回城裏了，只有馮牧和我在。我們就陪着周揚聊天，並自然地説起這次徵詢意見會。周揚用一種負咎的、低沉的聲音説：「五七年傷太多人了，那篇批個人主義的文章太激烈了，他們有氣，他們都吃了苦了。」説完就落淚。這一天我也第一次聽到他訴説自己的委屈與困惑。他説他每寫一篇文章每作一次報告都要重新認真讀毛主席在延安文藝座談會的講話，毛主席也親自給他寫了三十多封信，可是，不知道為甚麼，突然就這樣整他。説完又落淚。他走了之後，馮牧説：周揚同志好極了，一説起錯打一些同志就掉淚，以後少提這些事，他的眼睛已經很不好了。我點點頭，並覺得周揚確實非常真誠地覺得過去自己傷害過別人，對此負有責任，儘管他心裏明白自己又是一個執行他人意志的悲劇者，無可逃遁的政治器具。

我從清華軒回來之後，就很少再見到周揚。當時我埋頭撰寫《魯迅美學思想論稿》和《魯迅傳》，並陸續在一些報刊上發表一些研究魯迅的文章。大約是一九八零年秋天，當時擔任文學研究所副所長的陳荒煤找我，說周揚想寫一篇紀念魯迅的文章，請王士菁先生起草了一個，實在不行，周揚請你另寫一篇。說完就把王士菁寫的稿子給我，上面寫着「請載復同志重新起草一篇」，他把「再」字誤寫為「載」字。荒煤還告訴我，周揚出的題目是〈學習魯迅的懷疑精神〉，你就按照這個題目寫一篇吧。我覺得這個題目好，而且性急，兩天內就寫了一篇稿子並交給陳荒煤，過了幾天，荒煤告訴我，周揚很滿意，但你還是要尊重王士菁同志。這篇文章發表之後，周揚特別交代把稿費交給我，我堅持把一半稿費分給王士菁同志。當時王士菁是魯迅研究室主任，剛從廣西調到北京。他為人溫和，只是每次開會都強調要堅持用毛澤東思想改造自己，活到老，改造到老，常使我困惑。

〔三〕

這之後不久，我又作為紀念魯迅誕辰一百週年報告的主要執筆者，再次代周揚立言，從一九八一年的春天一直忙到秋天。當時周揚、陳荒煤根據我的意見，請我的朋友、哲學研究所的張琢參加，還請另一朋友、文學所的張夢陽協助。這一寫作過程，其複雜與曲折，是我在這之前絕對料想不到的。這一過程的細節還是留待以後細說。我這裏想說的仍然只是周揚的感傷。為了寫好這個報告，周揚在他家裏以及在北京醫院，多次和我談論魯迅。在文化大革命中，他是作為反對魯迅的「四條漢子」之一被揪出來的。以《魯迅全集》中的一條註釋作為藉口，說這條註釋是他射向魯迅的一支毒箭，然後便開始清查以他為代表的所謂從三十年代就開始的反革命修正主義文藝黑線。周揚作為這條黑線的「祖師爺」，在文化大革命的十年中，自始至終受盡污辱性的批判。我常想，一個人能承受這種大規模的洪水般的攻擊、譭謗與中傷，能在泰山壓頂似的當代文字獄中存活下來真是個奇蹟。陶鑄的夫人曾志告訴過我，當他聽到廣播姚文元的〈評陶鑄的兩本書〉時，覺得每一個字都像刀子往她心上戳，而周揚聽到姚文元的〈評反革命兩面派周揚〉時不知道怎能受得了？我一直想了解：是怎樣堅韌的信念與觀念使他能在最骯髒最惡毒的語言轟炸中支撐住生命。每次見到他時，我幾乎都忍不住要問他。而揹着「魯迅之敵」的罪名蒙受十年攻擊的他，現在又要作為紀念魯迅的文藝界領袖而發言，他又該說些甚麼呢？心裏翻騰的是怎樣的真實情感呢？也許因為當時我正處於好奇的年齡，所以總是留心他的想法說法，並把他說的話作了記錄，儘管這些紀錄因為去年北京寓所的被劫，材料可能散失，但我仍然記得他一再對我說：魯迅的偉大，在中國現代作家中無人可比，他最了不起的一是對中國歷史的深刻認識，一是對中國現實社會的深刻認識。魯迅是個天才，可是在魯迅處於晚年的三十年代，「我們那時還很年青，太幼稚，不能充份認識魯迅。」周揚在說這些話的時候，是很誠懇的，我能感受到他的每一句話都發自情感深處，一點也不摻假。他知道那時人們仍然在神化聖化魯迅，魯迅的研究者和宣傳者仍有許多矯情，他知道這種聖化乃是魯迅評論另一形式的幼稚病。但他不是忙於去指導他人，而是想到自己年青時代的幼稚並為此感到遺憾。他的這種認識與情感，使我感動，所以在寫作這一個報告時，我要為他負責，盡可能地抹掉文化大革命投給魯迅的神聖光環，絕對不能再濫用魯迅的名義以號令作家。於是，我尊重周揚的意思，在寫作時強調魯迅的科學的、民主的、大眾的文化精神和強調作家的良知，語調平和平實些。這一報告初稿寫成的時候，周揚很高興，他作了修改後便印發送給中央的領導人和文藝界的領導人徵詢意見。沒過幾夫，胡愈之、傅鍾等的意見紛紛下來，他們都很滿意。當我正在鬆口氣的時候，周揚讓陳荒煤通知我和張琢立即到北京醫院參加緊急會議。這次會留給我極深的印象。當時周揚住在北京醫院，所以由王任重召開的此次討論報告初稿會議只能在醫院裏開。那天會議除了王任重以中宣部部長身份主持外，參加的還有周揚、賀敬之、林默涵、陳荒煤等，他們都是中宣部和文化部的副部長，此外，還有李何林、王士菁、我與張琢。王任重一開始就借助胡耀邦之名，說他上午剛剛見了胡耀邦同志，耀邦同志說報告還是得有點戰鬥性。於是，王任重批評說，這個報告初稿完全沒有戰鬥性，完全不批判資產階級自由化，而且還提甚麼作家良知，這是資產階級人性論。聽了王任重的話之後，我和張琢都沉不住氣，當場就和王任重辯論起來。我說，過去十年把魯迅弄得滿身火藥味和戰鬥氣，藉他的名義打人，這回報告可不能這麼寫了，我們應當有一個平和的、求實的、科學性強一點的報告。張琢也緊接着發言，支持我的看法，他鋒芒更健，用辭極為坦率無忌。王任重沒想到我們敢於當面頂撞他，一時不知如何是好，最後他口氣放緩和了一些，說這個稿子作為學術論文還是不錯的，你們可以用個人名義在《人民日報》上發表，但不能作為黨的報告。於是，王任重便委託林默涵組織一個班子另寫一篇。那時距離開會時間只有十幾天，三位臨時上陣的起草者日夜奮鬥，而我則賭氣真的想把初稿拿到《人民日報》上發表。周揚得知我要這樣做時，急了起來，說：「等等，情況可能還會有變化。」果然，過了幾天，作為此次紀念活動籌備委員會主任的鄧穎超通知周揚和陳荒煤，說她已讀完報告初稿，並說：報告寫得很好，我沒有甚麼意見，只有一條意見，就是凡是提到作家的地方，前邊應當加上「革命」二字，作家應當成為革命作家嘛。王震也在報告上作了「批示」：周揚同志，報告寫得很好。凡是精彩的地方，我都用紅筆劃上了。周揚讓我看看王震劃紅線的地方，一段一段，幾乎劃上了三分之二。陳荒煤聽到鄧穎超的意見後很高興。他告訴我，可能還得用原來起草的報告，你可以在文字上再作些推敲。鄧穎超、王震的意見果然起了作用，王任重又在中宣部召開緊急會議，那時距離開會的時間只有兩天了。此次參加會議的人很多，除了王任重之外，周揚、朱穆之、賀敬之、林默涵和中宣部的一些幹部都參加了。王任重顯然受到鄧穎超意見的影響而想給自己找個台階下，他說：現在形成兩個報告初稿，今天都讀給大家聽聽，大家作決定。林默涵立即表示，後來起草的報告不行，又亂又淺又臭，還是讀讀原來起草的報告吧。於是，我就當着大家讀了一遍報告。讀完後王任重首先發言，說這個報告稿這幾天修改得不錯嘛（其實我並沒有修改），再加上一段反對自由化的內容就可以了。可是我很固執，當場表示，要加還是由你們自己加，我的工作就算結束了。我的話惹得幾位副部長都不高興。有位副部長站起來，說加不加一段反對自由化的文字是要不要與黨中央保持一致的問題。他還拿了胡耀邦即將在同一會上發表的報告稿來，特別唸了其中反對自由化的一段，氣氛變得非常緊張。我很尊重胡耀邦，但覺得當時的作家主要問題應是從教條的重壓中站立起來以便用更自由的心靈去創造在文化大革命中崩潰了的中國文學，而不是在他們剛剛呻吟幾聲就忙於用「反對自由化」的口號堵住他們的咽喉。因此，我又和他們論辯起來。散會後，周揚讓我和他一起回到他的家裏。當時，周揚的夫人蘇靈揚大姐正好在家，她對着滿懷心事的周揚說了幾句我一直難忘的話：如果還要你再去反對自由化，再去批判別人，你就不要做這個報告，我們的教訓夠深的了。當時她很激憤，從沙發上站起來，鋒芒直逼周揚。我被蘇靈揚大姐的一番坦率的肺腑之言所鼓舞，暗自高興。而周揚始終認真聽着，待蘇靈揚大姐平靜下來後他才和我一起到會客室隔壁的小辦公室裏，他讓我把談論文藝界現狀的那一段話找出來讓他再看看。我把稿子攤開，他就在桌邊坐下，一行一行地看下來，最後，他提起筆加了一句話：「我們現在應當特別警惕左的傾向。」寫完之後對我說：他們說要加上一段話，我看還是加上這一句。我看了之後，高興得幾乎要跳起來，立即鄭重地對他說：「周揚同志，你的想法是對的。」他接着就很嚴肅地說：我改過的這份稿子以後就由您個人保存着，你可以作證。他講這幾句話時，聲音微微顫動着。我一直不會忘記這一天，一直不會忘記他的委託，一直把他的修改稿鄭重地保留着。到了一九九四年年底社會科學院強行劫奪我在北京的寓所時，我首先想到的正是聶紺弩、馬思聰的手稿和周揚委託我保存的這些手稿。我不能辜負他的委託，我必須讓世界了解他晚年悲哀而清醒的靈魂。

周揚無論是在延安還是在一九四九年之後，他都作為毛澤東思想的忠誠執行者，確實整過人，打擊過敢於直言的作家，但是，當他自己也經歷過不幸經歷過貼着革命標籤的文字獄之後，又確實有所徹悟，確實有負咎之心。他從歷史的傷痛與自己的傷痛中學習到一點：不能再左傾了。他曾參與左傾的革命列車輾碎了許多作家的心靈而最後自己的心靈又被這種列車所輾碎，無論是坐在車上還是被輾碎在車輪下，他顯然都感到自己有一份責任。他晚年不斷落淚，不斷傷感，不斷對着繼續左傾的喧嘩發出嘆息，都讓人留下深刻的印象，讓人感到他真誠地認識到自己參與創造了一個錯誤的時代，一個需要記取教訓、需要懺悔、需要感到心靈不安的時代。當那些以整治他人為職業的文化革命家們高喊「永不懺悔」的口號而理直氣壯的時候，晚年的周揚卻從來沒有理直氣壯過，他只是傷感、迷惘與反省，盡可能發出一點與過去不同的聲音，最後他還希望一個年輕的後人為他晚年靈魂的變遷作證。他意識到這種變遷的重要，意識到歷史將肯定他的某種覺醒，儘管在這種覺醒中仍然充滿搖擺、矛盾和痛苦。

我和周揚的文字之緣和思想之緣，畢竟是我人生旅程中值得記憶的一頁。所以值得記取，這不在於我曾和二十世紀中國社會主義文學運動史上的一個領袖人物的名字緊緊相連，而在於我從這個歷史人物身上看到一種歷史滄桑的痛苦與嚴峻，一種人性的掙扎與復活，一種難以死亡的良知責任感，一種負載着時代錯誤與靈魂困境的眼淚與傷感，這一切，倒使我感到溫熱與希望，而不會像那些踐踏過無數優秀的身軀而高喊永不懺悔的人們只給我寒冷與絕望。

緬懷胡喬木

聽到胡喬木去世的消息後，我就想寫一篇悼念的文章。在他生前，我未曾給他寫過一個字，完全沒有私交。可是，他卻一直關懷着我，浪跡海外後，還是關懷着。這是一九八九年夏天之後，我從共產黨高級領導人中所能感受到的唯一的人際溫暖，所以不能忘卻。

一九九零年還在芝加哥大學的時候，幾位國內的朋友告訴我，說胡喬木多次地保護我和李澤厚，說他對前北京市長陳希同在「平亂報告」中的胡亂點名很不滿意，特別是點了我和李澤厚的名。他對一些朋友說：李澤厚和劉再復是搞學術的，這次被捲入了政治，也不能隨便點他們的名。

聽了這消息後我是很感謝的。我也知道在這個時候發出另一種聲音不容易。一九八九年的夏秋，在中國是個不尋常的時間，到處瀰漫着恐怖的空氣。陳希同本人自然很輕，但他的報告挾持國家名義，其勢卻很重。在那樣的時候，地位再高的人都面臨着「立場錯誤」的罪名。因此，即使是平常呼籲要人們講真話的作家政治家，到了這個時候也說不出話來。在這種特別的歷史時間中，胡喬木能站出來替我和李澤厚說話，為兩個正在被討伐的思想者仗義執言，確實難得。只有了解中國國情的人，才知道在這個時候發出另一種聲音、表達另一種情懷的寶貴。

我和故國隔着滄海大洋，萬里之外傳來的消息無從證實，但我一聽到胡喬木關心的消息，立即就相信，因為這種關心已經不是第一次了。

早在八六年反自由化運動中，他就多次保護過我。那時《紅旗》正在拿我祭旗，批判我的主體論。

社會科學院黨組正為《文學評論》的「傾向」撤銷我主編職務。胡喬木知道這些後，站出來為我說話。

這一年八月三十一日，吳世昌先生去世。幾天後社會科學院在八寶山為吳世昌先生舉行葬禮，胡喬木和習仲勳、鄧力群、胡繩、周谷城等都去參加。在休息室裏，我作為吳先生所在工作單位的負責人，前去向他們致意。當我走到胡喬木跟前的時候，他從沙發上站起來（胡繩和吳介民也跟着站起來）對我說：「這幾年你寫了一些很好的文章，我很高興。你的《性格組合論》是符合辯證法的，肯定站得住腳。主體論也寫得很好，但剛剛提出問題，總會有爭論。有爭論不要緊，我支持你的探索。」我聽了之後很高興。這之後大約五天左右，我又接到錢鍾書的電話，讓我立即到他家裏。我一見到錢先生，他就說，剛才喬木到這裏，他說他支持你的探索。錢先生顯得很高興。他平素很少理會這類事，但這次特別。他和胡喬木私交很好，胡喬木常住在釣魚台，離錢先生的寓所很近，到錢先生家時還常穿着拖鞋。這次他對錢先生再次表示對我的支持，說明他在八寶山殯儀館對我說的那一番話是真誠的。大約又過了一個月，王蒙給我打電話，我恰好不在家。過一會兒，當時《文藝報》主編謝永旺又來電話，說王蒙委託他轉告我，昨天在中央開會時，胡喬木對他（指王蒙）說：劉再復論文學主體性，寫得很好，我非常喜歡。這是我在反自由化運動中第三次聽到胡喬木支持的聲音。因為一連三次，我便覺得胡喬木決心保護我度過新的政治關口和保護我的學術探索，態度很鄭重。中國的政治運動，隨時都會把人吞沒，錢先生、王蒙他們也怕我被吞噬下去，所以一聽到胡喬木說話，就鬆了一口氣，立即告訴我，其心意也很重。那時我一面感激，一面也自憐自嘆：寫了幾篇學術文章，為甚麼就面臨如此的深淵？中國社會科學院除了重複領袖語言之外，總得發出一點屬於自己的文字，而我只說了一點自己的話，就這麼危險嗎？但細想起來，也真有危險。原經濟研究所所長孫冶方，革命資格那麼老，就因為說了要按經濟規律辦事的話，不就被送進監牢嗎？中國的監牢沒有知覺，它不會拒絕飲啜着知識分子的腦汁與膽汁。

儘管我明知胡喬木的保護是真的，但李澤厚出國之後，我又特別問了他。李澤厚說，是真的，而且不只一次。聽了李澤厚的證實，才知道在中央電視台上放了錄像點了我們名之後，胡喬木也坐不住，他立即給李澤厚打電話說：「你不要緊張，我會說話的。」後來，果然多次說話，還特別約請李澤厚、王蒙和他一起到冰心家，可惜找不到李澤厚。在高級幹部中，恐怕也只有胡喬木認真讀過李澤厚的著作，一九八七年，當胡喬木讀了李澤厚的《批判哲學的批判》（修訂本）之後，非常高興，給李澤厚寫了一封信，說：「可惜我讀得人晚了。」話說得很誠懇。

到海外之後，才知道胡喬木仍然揹着「極左」的名聲，不少文字仍然抨擊他。讀了這些文章，總覺得他們把胡喬木有時理解得過於簡單，有時又理解得過於複雜。其實，胡喬木不是一個那麼簡單的所謂「極左派」，也不是一個複雜得佈滿心機的政治家。他是個很有才華的思想者，又是一個沒有自由的筆桿子。前者佔上鋒時他像一匹駿馬，後者佔上風時他卻像一頭俗牛。但不管怎樣，在他的性格深處，一直還保留着一點書卷氣。在中國數十年的政治狂風巨浪中，能保留一點未被風浪捲走的書卷氣，就很不容易。這也足見其性格中真誠的一面還是堅韌的。但因為有書卷氣，也就難免在政治風浪中把握不住自己，搖擺於兩端。我在文化大革命後期，參加籌辦與《紅旗》抗爭的刊物《思想戰線》時，就看到他作為這一刊物的設計者而不斷左右擺動。到了「反擊右傾翻案風」開始的時候，本是鄧小平熱烈支持者的他，卻驚慌失措地揭發了許多鄧小平的言論，印發出來，竟有數十頁的一本，使人讀後又困惑又惋惜。可是，鄧小平並沒有因此而拋棄他，反而把他推向中國思想文化界的領導地位。我想，鄧小平是了解他的書卷氣的，而且了解，在中國共產黨內，除了毛澤東，沒有另外一個人的學識可以和胡喬木相比。

我曾與許多海外的朋友直率地談論胡喬木，但他們常懷疑是因為他保護過我所以才替他說話。這種時候，我都要嚴肅地告訴他們，我當然不忘保護的情意，但情意不能代替理性評價。而且從保護我這件事中，的確可以看到他雖是高級筆桿子，但還是沒有被異化成政治機器。在中國，一旦當上「筆桿子」就要被異化成機器，很難有屬於自己的心靈和屬於自己的聲音，而胡喬木能有自我之音，就很難得。而且我對胡喬木的評價，並不僅僅是因為他保護過我。其實，從六十年代我讀他的詩詞之後，就很敬重他。在山東勞動鍛煉時，我就背誦他的許多的詩句，「與眾悲歡，始信叢中另有天」、「攀山越水尋常事，英雄不識艱難字，奇蹟總人為，登高必自卑。」這些詩句一直幫助着我嚥下窩窩頭、「瓜菜代」而度過那一段勞動過於艱辛的歲月。他當中國社會科學院院長期間，可能是他的生命達到高峰的時期，那時他的思想真是活潑，可以說是當時思想解放的先驅。我聽過他的「反對長官意志，按經濟規律辦事」的大報告，也聽過他關於文學研究的許多小報告，留給我印象最深的是在七十年代末一次關於魯迅的研討會，那時還沒有把魯迅從神壇上請下來，包括我自己在內的研究者們還蒙昧地以為把魯迅捧得愈高愈好，而他的講話題目則是《不要以謳歌代替研究》，可說是擊中要害。那時的文學研究，除了謳歌魯迅，就是謳歌毛澤東詩詞、謳歌一切「革命詩人」和「革命作家」，他這麼一提醒，非常及時。

胡喬木擔任社會科學院院長期間，他在知識分子中威信很高，可惜他很快被調到中共中央書記處。到了那裏之後，地位是提高了，但威信卻降低了。特別是在清除精神污染的運動中，他充當前台領導人的角色，並批判了周揚和王若水的「異化」理論，這使他的威信從山頂落到谷底，「極左」的惡名也從此與他糾葛不斷。但是，據說他批了周揚後不久，又寫了一首詩贈給周揚，意思是雖然子彈打到你的身上，但我的心裏也流淌着血。倘若是事實，也說明他內心實在太矛盾、太複雜。黨性與人性的衝突使他的人格常處於分裂狀態。當然，這種分裂比起那些整了人之後還得意洋洋的完整政客好得多。經過幾十年階級鬥爭的訓練，這種政客踐踏了人包括踐踏了師長、朋友，已毫無心理障礙和不安，而胡喬木會感到不安，所以在他威信低落的時期，我仍對他懷着敬意。看到胡喬木在知識群中威信的浮沉起落，我和社科院的一些朋友都覺得他要是一直留在社科院工作就好。這個環境可以使他作為思想者的色彩加濃，在學術組織學術思想上多做建樹，而減少他的政治「筆桿子」的色彩。他自己似乎也是這樣想，所以離開社會科學院之後，還一直兼任「名譽院長」和大百科全書的總主編。據說，他還講過：「我死也要死在社會科學院。」他對我和李澤厚特別關心大約與我們倆是社會科學院的「老地保」有關。

緬懷胡喬木，才感到故國瓊樓玉宇中的一點微弱的愛意與暖意，而且也因此想到，在人間，最好還是不要苛求人的完美，一苛求，就會有所排斥。禪者早已悟到，人的性情如雙掌合一，一掌為正為陽，一掌為負為陰，兩掌合一才是正常的。人因為有負面而不完善，不完善才正常。以為人可完善，乃是一種幻想。去掉虛幻之求，才有寬容。胡喬木在世時，一定也這麼想過，所以在他安息之後，我更應當這麼想。我相信寬厚的人間一定也會給喬木的靈魂報以諒解和愛意，祝他的靈魂永安永在。

頑石

前些天，一位朋友回國前說，此次回去並不想去找許多作家朋友，但還是想見見一兩位老作家。她說，中國的老天真幾乎滅絕了。

說起老天真，我便想了想所認識的老人，屈指一數，覺得老天真果然極少，在數十年嚴酷的風吹雨打中，到老還能保持一顆童心，真的難找了。

由此，我又想起兩個意象，一是曹雪芹筆下大荒山青埂峰上的那塊頑石，一是金庸筆下的老頑童。金庸的老頑童，其頑的意思指的是頑皮，至死還像孩子一樣頑皮。渾身是力，但胸無城府，十分單純，這不容易。而青埂峰上的頑石，除了頑皮之外，還有一種意義，恐怕是「頑固」，即頑如金石之堅。經過長久歲月風雨的磨洗，依然不改其天然純樸的本性。老天真其實正是這種不改其天性的玉石，在社會的大浪淘沖洗中，依然保持固有的純真。人生能做到這一點，很值得自豪。我羨慕真正的詩人，正是他們做到這一點。

在海外常與朋友談起故國的老人，也和他們一起屈指數數老天真。有位朋友不以為然，說這麼多年的政治封閉和政治高壓，把人的赤子之心全毀了，哪裏還有甚麼「老天真」，全成了「老狐狸」了，年事愈高，心機愈多。沒有心機的，至少是心冷，一身寒氣，接近不得。說得我極為失望。我不同意他如此悲觀。就列舉了一張老天真的名單，如聶紺弩、楊憲益、季羨林等等，覺得他們身上就有人的熱氣，就以一九八九年夏天事件之後來說，就出現兩位老天真。一是楊憲益，他在子彈射進學生與市民的軀體之後，在人們全都嚇得目瞪口呆而知識者也被嚇得三緘其口之時，卻站出來向海外廣播電台發表講話，痛說悲劇。當時他既用漢語又用英語，義正詞嚴，一點也不含糊。在旁的夫人也說：這個說話的是我的丈夫，他是個老書呆子，但我同意他的意見。還有一位是曾任北京大學副校長、著名的學者季羨林。據說季先生在政府發出佈告，勒令參加「六四」運動的學生必須到公安部門去「自首」時，他也打點毛巾牙刷到派出所。並說：我和學生一樣上街遊行，也來報到了。季先生這一筆，是鄭重莊嚴的一筆，但又是極其天真的一筆。在某種時候，老人家如同初生牛犢，也極可愛。他讓我知道，人性中真純的一面是那麼美，又是那麼堅韌而難以征服。老人而近乎孩子的行為，給我在海外的幾年裏，一想起就在心頭佈滿光明。

人類社會愈來愈壞，不僅政治風暴的打擊，還有經濟風暴的打擊。在金錢的誘惑下，人要保持天真就更難了。因為難，能成頑石，就更寶貴。時間一久，人們大約會看到，人間真正屬於價值無量的珍奇，恐怕正是這種頑石。這種頑石大約可稱作真寶玉。

從堂·吉訶德到莊之蝶

前些時和澤厚兄談天，他記起屠格涅夫曾說俄國有兩大類型知識分子：一類是堂·吉訶德型；一類是哈姆雷特型。倘若借用這一說法來描述二十世紀的中國知識分子，那麼，可以說，在本世紀艱難動盪的歲月中，中國也不乏這兩類知識分子。

堂·吉訶德型的知識分子自然最值得尊敬。這種知識分子的可敬之處是知其不可為而為之，而其可愛之處則是身上總是有些呆氣。處於龐大的悲劇性的環境，面對的全是荒謬與黑暗，敵人也分明比自己強大得多，但還是一路戰過去，即使碰得頭破血流、一敗塗地，也還是戰過去。可惜這種類型的知識分子太少。六、七年前我就感慨過中國的堂·吉訶德太少，阿Q太多。前者一路戰過去，後者一路縮回來。經過一九八九年的一次歷史悲劇，堂·吉訶德就更少了。現在的知識者幾經鍛煉，都變得很聰明很能適應環境，誰還會充當傻子去「獨戰風車」？於是，人們紛紛提出「回到乾嘉去」的口號，嘲笑堂·

吉訶德迂腐過時，以至使堂·吉訶德式的知識分子瀕臨絕種。雖然瀕臨絕種，但還是有。在海外，我就分明看到一位老堂·吉訶德，這就是千家駒先生。千老真是有點呆氣。我幾次在人大會堂聽他發言批評政府不重視文化教育，言詞灼灼，語無藏鋒，加上他削瘦的身材，使我想起堂·吉訶德先生。他本來就是第一屆全國政協的籌備委員，兼有學識與膽識，只因為總是滿身堂·吉訶德的呆氣，愛說逆耳真話，結果兩次被「開除」出政協：一次是一九五七；一次是一九八九。開除後還是滿身呆氣，在海外仍然一路戰過去，正直之聲佈滿天下，令人聽之神往。比他聰明的知識分子早已頭頂桂冠，高高地坐落在王者之師的位置上，或者已充當「全國一級勞動模範」，唯有他還是長矛瘦馬，辛苦馳騁於沙場。不管人們對千老的立場如何評價，但都不能不否定這種堂·吉訶德似的千家駒精神在中國是何等的稀少，何等的富貴！中國政協需要千家駒，而不是千家駒需要政協。

哈姆雷特的特點則是猶豫、徬徨、徘徊，他知道自己的使命，但是也知道履行使命的艱難與代價。他被拋到歷史舞台上，同時也被拋入無可逃躲的人生困境：他既愛父親又戀母親，如果要替父親報仇，完成人之子的責任，就會傷害母親，丟失人之子的感情。他在精神困境中掙扎着，思索着，充滿煎熬與苦痛。他陷入矛盾的深淵中，生活在內心的衝突裏，因此，總是缺少行動。他知道，一旦行動，必將和仇敵同歸於盡，並置母親於死地，後來也果然證明這一點。哈姆雷特的性格是分裂的性格。二十世紀的中國知識分子多半都是徬徨的分裂人。

不管是堂·吉訶德還是哈姆雷特，他們有一個共同點，就是都有精神。一路戰過去是精神，不能一路戰過去但在路上執着於一個目標而徘徊思索也是精神。只是前者單純而堅定，後者複雜而搖擺，但兩者都有承擔精神與責任感。在今天的中國，表面上看好像哈姆雷特的知識分子居多，其實真正具有哈姆雷特精神的並不多。聰明的知識者早就放棄哈姆雷特式的焦慮，他們既不戀父也不戀母，只戀自己，現在正在舒舒服服地充當各路的權威名人。

堂．吉訶德型和哈姆雷特型的知識分子既然不好當，就充當別的角色。現在大陸知識分子常常找不到自己的角色，並為之而痛苦，但也有找到角色的，賈平凹的《廢都》就描述出一種角色，這就是主人公「莊之蝶」所扮演的那種角色。這種角色只有慾望而沒有精神，只有「性」而沒有性格（指精神性格），是完全頹唐沮喪的角色。莊之蝶不能算是知識分子的「典型」，但他確實指涉二十世紀末一些中國知識分子的可悲哀的精神狀態。在此狀態中的知識分子，丟失了精神家園和丟失了價值追求的熱情，不是一路戰過去或思索過去，而是一路嫖過去，以「性」為唯一的奢侈品和歸宿。古人教訓說：勿「玩物喪志」，而莊之蝶則是「玩人物而喪志」。我們應當感謝賈平凹，他塑造了這樣一個本世紀中國知識分子的最後角色，以供我們借鑒，並為我們敲下警鐘：世紀末的中國文化有一種可能性，它將成為「廢都文化」，中國知識分子的最後角色，將是完全淘汰掉堂．吉訶德和哈姆雷特精神的莊之蝶。

我身邊的金庸迷們

一九八八年文學所古代文學研究室的幾位朋友找我，說他們極想以文學所的名義召開一次全國性的金庸小說學術討論會。並警告我說：時至今日，我們再也不能深鎖學院之門，看不見正在席捲中國的金庸小說。在他們的敦促下，文學所把金庸學術會提上日程，並由我寫一封信給查良鏞先生，邀請他參加來年我們即將召開的會議。沒想到，會還沒開，「六四」發生了，此事便成了往日的一夢。

就在古代室的朋友找我後幾天，忘記是甚麼緣由，在我家又談論起金庸小說學術會，並被耳朵很靈的十歲小女兒劉蓮聽到，她立即胡攪蠻纏說要參加這個會，說她已讀了三部金庸小說，牆壁上、冰箱上全貼滿金庸小說的偶像。我不敢說個「不」字，因為她從八歲就已入迷，言必稱黃蓉、楊過，熟知故事的關關節節，並在讀小學的第三年就模仿金庸小說，寫了一篇《五女暗器震天下》的大「小說」，她把五個英雄女子按美貌、武藝、勇敢的不同程度分為五等，其中有她姐姐、表姐及她同學的化身，但最完美的是集三者於一身的一位名叫「蓮子」的女英雄，這就是她自己。可是只寫了兩頁稿子就寫不下去了，她着急，便向正在北大中文系讀書、也是金庸迷的姐姐求助，姐姐發現妹妹把自己放在五女之中的第三等，屬武藝不錯勇敢不夠一類，不太服氣，也就不熱心幫她「震天下」了。看了年幼的小女兒在金庸小說中陶醉神遊，我暗自驚訝：生命真是神奇，一個十年前從我身上伸延下來的小生命，轉眼間竟變得這樣刁頑、活潑，浪漫，竟在我完全沒有心理準備的時候就闖進另一精神空間，並在那裏摹倣、遊思、飛翔，如穿雲天馬，而且萌生出震撼天下的怪想。時間對人的塑造如此之快，真使我振奮。

八九年初秋我到芝加哥大學校園後，又碰上另一群金庸迷，這就是歐梵兄和他周圍的朋友們。其中最突出的恐怕要數李陀與甘陽。李陀的審美眼睛犀利但評論偏苛，老愛挖苦人。他說人類不應以好人壞人來劃分，而應以笨人和非笨人劃分。他挖苦起文壇眾星來，常叫我們捧腹大笑，但他對金庸卻真心佩服，並瞪着眼睛對我們說：中國人如果不喜歡金庸，就是神經有毛病。我聽完連忙聲明：「我雖讀得不多，但很喜歡金庸。」而出乎我意料之外的是甘陽，他正在西方學術重鎮芝加哥大學社會學委員會裏當博士候選人，滿腦子韋伯、哈伯瑪斯、迦德瑪，加上初讀著名的新學系，格外緊張，常常叫苦不迭。可是，他卻禁不住誘惑，於大忙中還到芝加哥中文書店租了金庸小說的電影錄影帶，開夜車看《射鵰英雄傳》，他看完，我們一家人也緊跟着連夜看。那些日子，金庸壓倒一切，學英文老不長進。甘陽和李陀一樣，屬性情中人，但也恃才傲物，臧否人物一點也不留情，可是，一說起金庸卻讚不絕口。那時，我鑒於工農兵文藝的鄙俗化教訓，常主張「雅俗分賞」，可甘陽就以金庸小說為例說明可以「雅俗共賞」，金庸就完全打通雅俗的分明壁壘。我聽了覺得很有道理，金庸確實打破了優雅文化與通俗文化、精英文化與大眾文化的界線。城市民眾那麼喜歡，而我們這群聚集在芝大的知識者也這麼入迷，這不證明文學可以雅俗共賞嗎？除了李陀、甘陽，歐梵和他的幾位研究生也喜歡金庸，歐梵那時總愛開玩笑，說他就想在電影裏扮演武林中的一個「壞蛋」，老找不到機會。我也愛開玩笑，說我們這些大洋彼岸無產階級學院的「東正」，怎麼突然變成資產階級自由化的「西邪」了？開玩笑也常用金庸的語言。我們都覺得他的小說在現實的世界中提供了另一精神存在，這一存在是我們所需要的。初到芝加哥的日子，是我們去國離鄉不久而感到最寂寞的日子，在這段日子裏，這一奇妙的文學存在幫助我們沉澱了許多激憤與浮躁，使我們開始新一輪的理性思索，而且思索得比較冷靜。

到了瑞典，我的小蓮已讀完金庸全部小說，最多的已讀四遍。那時，瞿小松被瑞典歌劇院邀請去為新劇《俄狄浦斯王》作曲，這在中國作曲家中倒是少有。工作之餘他便到我家聊天，他的出色的作曲才能真使我和小女兒佩服，但他到我家時偏不講貝多芬與俄狄浦斯王，而大講金庸，並說他對金庸之熟悉，敢說中國大陸很少人可比。他的豪言一落，身邊的小蓮不服，並表示要當場「比試、比試」。小松雖然已是名作曲家，但一片天籟，竟也認真和小蓮比試，他們互問故事細節，來往幾十個回合，旗鼓相當，但小蓮還是抓住他的一個小誤。比試畢，小松讚嘆並道：幼者可畏！

今年春末，我還在溫哥華時，李陀去看我。見到書架上有《俠客行》，竟抓住就讀，夜裏聊天至深夜，他上床之前還讀。在維多利亞海灘上散步時，我又談起未實現的金庸學術討論會，並說還想開這個討論會，他大聲叫好，還說無論如何得在海外開一次，在旁的譚嘉東，也立即響應。嘉東是美國布朗大學文學碩士，多年來不斷翻譯寫作，她聰穎過人，對一切都蠻不在乎，對名利更是淡泊至極，沒想到，一提起金庸，她竟然禁不住說，如有金庸的會，別忘了請我。就在這個海灘上，我們竟熱烈地討論起金庸，覺得應打破金庸作品只是「武俠小說」這一成見，而應把它放在更廣闊的視野之中，即將金庸當作特殊的嚴肅寫作來對待，把金庸與「五四」以來的作家，如老舍、巴金、沈從文、茅盾放在一個層面上去研究。在世界文學史上，打破優雅文學與通俗文學的界限、開始被認為是通俗的作品後來卻變成公認的「精英文學」、「優雅文學」的現象很多。西方的大仲馬、狄更斯、馬克．吐溫，中國的《三國演義》、《金瓶梅》、《紅樓夢》等都是如此。《神鵰俠侶》雖不能與《紅樓夢》比肩，但許多被中國現代文學史書肯定為「大作家」的一些人，其寫作水平卻難以和金庸相比。二十世紀的中國精神界，總的來說，缺少想像力，而金庸卻提供了一種充滿想像力的奇特世界。現在研究金庸作品的文章已不少，可惜都局限於「武俠小說」範圍，不注意武俠小說經過金庸之手已經發生變質，變成另一種值得重新定義的文類。金庸破了「武俠小說」和許多嚴肅寫作及通俗寫作的「章法」，獨創漢語寫作的另一天地，不能不說這是二十世紀下半葉中國文學的一種奇觀。

思想錐心坦白難

在聶紺弩生前，我請他為我書寫兩句詩以作為人生座右銘，他想了想，便鋪開紙張，提起毛筆，寫下：「文章信口雌黃易，思想錐心坦白難。」因為從心裏敬愛他，所以我真的一直把它作為座右銘。漂流到海外時，時刻把它帶在身邊。現在又把它掛在書房的牆壁上，像一盞燈火，時時在我身邊發着光明。

聶老臨終前不久把他的一小本詩稿手跡和兩本已出版的詩集送給我。因為常常翻閱，才發現這兩句詩早已在他心中釀成，然後再移植於完整的詩中，也因此，這一對聯竟兩次在詩中出現（這是聶詩中所沒有過的），一次是在《三草》（香港野草出版社）的《歸途二首》中，全詩為：

雪擁雲封山海藍，宵來夜去不教看。
文章信口雌黃易，思想錐心坦白難。
一夕樽前夢尾酒，千年局外爛柯山。
偶拋詩句凌風舞，夜半車窗旅夢寒。

這首詩是放在《北大荒》輯的最末，應是作於一九六六年，但聶老的好友高旅先生在為《三草》所作的「小序」中說：「或曰『文章信口雌黃易，思想錐心坦白難』係六六年劫後被囚時作。非。一九六二年曾讀之，列一組雜詩中，可見，這句詩在寫《歸途二首》之前就出現過。」然而，有意思的是聶老在八十年代又把這兩句詩放入給馮雪峰的輓詩中。詩曰：

狂熱浩歌中中寒，復於天上見深淵。
文章信口雌黃易，思想錐心坦白難。
一夕樽前夢尾酒，千年局外爛柯山。
從今不買筒筒菜，免憶朝歌老比干。

此詩收入一九八二年出版的《散宜生詩》。大約聶老覺得馮雪峰才配得到這一對聯，所以便在他逝世時作為輓聯為他送行。這又可見聶老真把這兩句詩視為生命的晶體，只能獻給純正的靈魂。

我查了聶老的詩稿手跡，又發現他給馮雪峰的這首輓歌最後兩句原是「孟嘗門有三千客，長鋏懸空孰再彈」，發表時改成另一樣，大約是覺得把馮雪峰比作養士三千的孟嘗君還不如比作剖心自白的比干。這一比喻和「文章錐心坦白難」一句相聯，寓意更深。這些苦心琢磨，可以看出聶紺弩正是把這兩句詩也視為自己的座右銘。而這座右銘也只有經受許多苦難之後才能產生，它屬於痛苦生命的血脈流出來的血。

深深了解文章坦白之難有如比干剖心，可能只有中國作家。世界上過去有，但現在似乎沒有一個國家的作家坦白說話會面臨着牛棚、監獄和文字獄。聶紺弩自己因為坦白而被拋入牢獄，而他的朋友胡風的上書，其實也只是坦白直言，然而，他的報償是「三十萬言三十年」，坦白地道出自己對文學藝術的看法結果是坐牢三十年。一個人要承受三十年的地獄生活是不容易的，特別是要承受入獄的理由僅僅是「坦白直言」更不容易。而著名的「三家村」冤案，其實也只是在雜文中坦白地說了一些話。鄧拓身為《人民日報》總編輯、北京市委宣傳部長，坦白地批評一下「偉大的空話」，就遭到滅頂之災，更何況別人。我有次談起鄧拓時，一位朋友說：鄧拓算甚麼，彭德懷是戰功赫赫的大元帥，三軍總司令，他在上書中坦白地說點真話都不行，還容得了手無寸鐵的一介書生說話嗎？在千百萬人餓死溝壑時一個開國元勳都難以直言，那麼，真實地描述社會人生的文章該從何做起呢？縱有天才又有何用呢？如果不是在故國親眼看到文字獄的深重苦難，如果不是親自目睹無數傑出靈魂遭到凌遲的慘劇，如果不是那些像比干一樣的人高舉着自己流血的心之後便被戴上鐵鐐然後又大聲呻吟在我們這一代人的耳邊，我真不會知道文章原來難的不是文彩，不是技巧，不是知識的萬花筒，而是直面慘淡的人生與淋漓的鮮血，是像錐子錐着自己的心靈然後坦白地面對人間的強權與黑暗喊出真實的聲音，這聲音，不是肉聲，而是心聲，不是詞章包裹着的唇齒，而是負載着人間大憂傷的坦蕩胸懷。這一點，西方的評論家很難了解，他們永遠不能理解當代中國作家踩着鐵蒺藜前行時的心情，也永遠不能理解他們為甚麼總是要在自己的肩上挑起被純文學作家所瞧不起的道義。

因為文章坦白之難，所以當代聰明的作家再也不願意「知難而進」了，千百年來一個中國作家該有的赤子之心到了九十年代就快滅絕了。赤子之心一枯萎，詩文自然就只有肉聲而無心聲。過去的笑聲裏有淚有心聲，現在的笑聲卻只有肉聲皮聲。但也並非都是如此，仍有許多作家依然坦白，依然跳着赤子之心。如小說家李銳，他的長篇小說《舊址》就是這個時代最真率坦白的聲音。在散文中，我讀到戴晴的《我的間諜生涯》，也頓生欽佩。中國高層幹部的子弟很多，但能像戴晴那樣在十幾年中不斷為民請命敢於坦白直言的卻沒有幾個。這真是一個奇蹟。從戴晴寫作梁漱溟、儲安平的文章之後，我就一直以敬慕之心讀她的文字。到了海外之後，我更感到這些文字的寶貴，並感到在苦難的時代之中確實會產生傑出的精神生命，這些生命並不會與污泥一起被葬入深淵。

我的驕傲

我在與李澤厚的對話錄《告別革命》中評價李澤厚是「中國大陸人文科學領域中的第一小提琴手」，並說我一直把他視為師長。

沒想到，我的這一評價竟引起幾位從大陸出來的朋友的嘲諷與攻擊，並說我未免太貶低了自己。聽到這一攻擊，我的第一感覺，是覺得這些攻擊者和我的心靈距離確實太遠了。此時我不想再次評價李澤厚和給這種評價作闡釋，但我要說，我把李澤厚當作「師長」，不是我的謙虛，而是我的驕傲，不是我的自我貶抑，而是我的自我肯定。不用說李澤厚這樣傑出的思想家，即使是一些普通的作家詩人，只要我能從他們的文字中得益，我也把他們視為老師。不恥相師，在少年時代我就懂得這一道理。我記得出生於智利的大詩人聶魯達說過一句話，他說：「我把所有的詩人都稱作我的老師，這不是我的謙虛，恰恰是我的驕傲，因為要不是我熟讀了在我們國土上以及在詩歌的所有領域寫下的這一切佳作，哪裏會有我今天的一切。」這是他就任智利大學哲學教育系學術委員時在演講中說的話，這句話在我心中共鳴得很久，而且使我知道他為甚麼會成為偉大的詩人。知道一個偉大的詩人在知識面前總有一種永恆的謙卑，並且把這種謙卑視為驕傲。

聶魯達，不論是他的詩歌散文還是演講都充滿智慧的靈性，如果要揭開他心靈的秘密，上述的這一句話恐怕是一把鑰匙。他的這一自白，說明他不僅善於吸收外域智慧的活水，而且善於吸收自己國土上智慧的活水，這一活水就在他的身邊，就像故鄉村莊裏的江流。這恐怕是他在母親的乳汁哺育之後，最重要的第二乳汁。智利是個小國家，而聶魯達卻從自己的祖國詩人那裏吸收了許多養份，而且為此而驕傲。而中國，是這麼大的國家，有那麼多傑出的兄弟，有那麼多摧殘不死的卓越心靈，我能把這些傑出的兄弟與心靈視為師長，決不是恥辱。我昨天為此而驕傲，今天仍然為此而驕傲。

聶魯達把善於學習的謙卑視為驕傲，這是值得他自豪的。他有一種詩人純潔的眼睛，使他能淘汰掉世俗眼睛中的雜質如嫉妒、狹隘、偏見等等，而以博大的情懷面對一切智慧的創造。他擁有一顆大海般的可以容納各種江河的胸襟，擁有懂得尊重卓越人物的品格，他知道這一點不容易，所以他為自己驕傲。

因為聶魯達的謙卑，我想起自己人生中的一種奇特感覺，這就是在詩人與學者中，我更喜歡詩人，更喜歡和他們做朋友。我生活在學院裏很久，但也接觸許多詩人。接觸一些學者特別是一些著名學者，總覺得他們身上有一股寒氣，像是冰人，不是真的人。這也許是他們對世界看得太透，反而悲觀，從頭到腳便生了寒氣。這是一些有學問的人，還有一些是屬於並無太多學問和建樹卻偏擺架子，刻意把自己抬高以期人們仰視的，也有一股寒氣，但因為刻意，所以寒氣就變成酸氣。但真正的詩人都沒有寒氣與寒酸氣，倒有許多熱氣與孩子氣，至死都有一股孩子般的天真，我倒喜歡這種詩人，和他相處不會太累。聶魯達就是這種人，我在美國特別喜歡的保羅·安格爾，也是這種人。

我敬重李澤厚並和他成為朋友，是覺得他並不高寒，至少對我是親切的。在中國，他的學識大大高於那些滿身冷氣的人，處於中國大陸的人文科學的屋頂，但架子卻沒有他們大，心態也很年青。我嗜好讀各種書籍，但在當代大陸學界，我真的找不到第二個能像他那樣獨創一套學術命題和學術系統的人。兩種人化自然和兩種本體存在，西體中用，儒道互補，審美方程，歷史積澱説，主體性實踐哲學，情本體，實用理性，救亡與啟蒙的雙重變奏，歷史主義和倫理主義的二律背反，社會性道德與宗教性道德的區分等等，每一個命題都屬於李澤厚，又切實影響中國，然而他明明處於高處卻不高寒，因為不高寒所以他關懷民瘼，擁抱社會，也不得不為救救孩子而走上街頭，完全放下架子，像李澤厚這樣的學者，難道只配被批判的命運而不值得我和一些朋友理性地肯定他的學術實績與謳歌他的不寒冷的小提琴嗎？

《告別革命》出版後，雖遭到不少人身攻擊，但也有熱烈支持的。年已七十五高齡的鄒讜教授，身體病弱，卻在大暑天中，寫了那一封萬言書信給我們，其熱情實在動人。他是高我們一輩的老學者，又早已名滿天下和桃李滿天下，卻如此謙卑，這種學術品格很值得深思，並值得我認真學習。想到鄒讜教授的謙卑態度，我更覺得自己的謙卑是應該的。前幾天，我收到高行健兄的信說：「看了《告別革命》，中國當代有人能寫出這樣的書來，這大概就是我們存在的意義，也算得其自在而快樂。」高行健是劇作家和小說家，但也是詩人，有天真在，所以想到的不是你高我低，而是存在的意義。真的，我們這一代人被革命名義下的種種荒謬行為耗盡了生命而能在最後喊一聲「告別革命」，也算是意識到自己應當活得像樣些，在精神土地上是應當站立起來了。李澤厚敢於喊出，我也能跟着吶喊，實在也是我的驕傲。

共一　冰冷的鑰匙

聽到林燿德去世的消息，先是驚訝，後是痛惜。

才三十三歲，這麼年青。一個活生生的渾身燃燒着創造力的詩人與作家，就這樣消失了，再也見不到他了，這是可以相信的嗎？生命這麼短暫而充滿偶然，叫人不能不感嘆。

我和燿德見過兩次面，第一次是一九九三年年底在台北《聯合報》召開的《四十年來的中國文學》討論會上；第二次是在一九九四年夏天吉隆坡的《中華文化之路》的學術會上。台北會上聽他評講別人的論文，吉隆坡會下又聽他評論別人的論文。作為詩人，他兩次給我的印象是一樣的：率直、犀利、才華橫溢，思想獨到，不善於藏匿自己的鋒芒。這和讀他的小說留下的印象差不多。一九九二年我剛到科羅拉多大學東方語言文學系時，葛浩文教授讓研究生讀一些台灣當代具有代表性的作品，其中就有燿德的《高砂百合》、《都市之甍》等，當時我的女兒劍梅也是該系的碩士研究生，她向我推薦說，「林燿德的小說現代味很濃，寫大都市寫得很特別，你看看」，我讀後果然覺得特別，現代味濃得幾乎讓我難以接受，但我也感到，這位作家不俗，竭力逃避平庸，拒絕他人用慣了的語言和寫法，以自己的才華去創造具有宇宙感的恢宏氣象。我喜歡這位勇於試驗自己的生命智慧的作家。

和燿德最有緣份的事要算在吉隆坡了。恰巧我和他被會議的主人安排在同一房間，而且只能共同擁有一把房門的鑰匙。頭一天夜裏他就很坦率地談他對大陸、台灣文學以及對當天會議發言的看法。他談得很亢奮，但不空洞。從他激烈的批評中，可以看出他不能容忍作家學者對自身的重複。聊到半夜，我先睡覺了。可是，我很快又被一種聲音震醒，醒來時才明白是燿德的鼾聲。這鼾聲真可說是如鼓如雷，響亮之極。我再也睡不着了，就靠在床上看報，而燿德卻開始熱烈地說夢話，夢裏好像是在和別人辯論，認真，執着，激憤，又好像是被對方堵着嘴，於是掙扎、抗議、喊叫。那時我就感到，這位年青才子內心過於緊張，睡夢中也無法放下思想的重擔。我知道他太累，沒有把他叫醒，自己便悄悄地到樓下找了個沙發睡，第二天早晨，我提早回到宿舍，發現他還在說夢話。

大約由於沒有睡好而缺少精神，我忘記把門的鑰匙交給服務台，可是，一間房子只有一把鑰匙，燿德在會議休息時想進房子，便到處找我。另一次則是他忘了把鑰匙留下，而我也到處找他。這把鑰匙把我們連在一起，而且給他帶來了靈感。臨別時，他突然送給我一首詩，我一看，題目是《贈劉再復先生》，開會很忙，晚上他又睡不好，不知道他是用甚麼魔法寫出詩的，而且謄抄得工工整整。詩這樣寫的：

贈劉再復先生

在整個中國都迷惘的時刻
我們共用一把鑰匙
如果世界是部寫滿密碼的經文
也許同一刹那你我聽見
窗外那不存在的雨滴
正如何激越地敲響現實的鍵盤

在鐵鍋上的印度煎餅逐漸變脆的時刻
我們只能擁有一把冰冷的鑰匙
讓它和其他的鑰匙堆積在櫃台的喧囂中
食物易於腐敗而餐桌牢牢地蹲踞
窗簾後隱藏着永遠飢餓的天空

一隻夢幻的孔雀正展開斕斑的翅翼
在馬來教士朗誦起可蘭經的時刻
我們得將那把鑰匙交還這熱帶的半島
祈禱的浪潮穿越流出白色膿汁的橡膠林
當他們虔誠面對麥加的方向膜拜
我們仍然在積雲騰滾的天空下
尋找回到中國的起點

讀了這首詩，我很高興。沒想到，燿德的感覺這麼細緻，捕捉詩意的能力這麼強，而且對中國這麼關懷。詩在我心中產生共鳴，是的，大陸的中國人與台灣的中國人要走進歷史的光明坦蕩之門，是要尋找共同的鑰匙的。這鑰匙是理性？是傳統？是愛？先不討論，但意識到彼此有共同的命運則是最要緊的。過去是相關的，未來也是相關的，如同我和燿德共同一把鑰匙。這把鑰匙曾經丟失過，所以雙方都不幸地經受動亂、戰爭、流亡和大規模的死滅。今天，中國人自然應當重新尋找這把丟失的鑰匙。

燿德的美好心思我能理解。我用微笑表示認同他的詩意。雖然他遠走了，但他和他的尋求鑰匙的情思，將永遠留在我的心坎裏。

一九九六年三月
科羅拉多大學校園

被牽連的死者

二十七日，當我聽到北京寓所被劫的消息時，首先不是憤怒，而是想到馬思聰和聶紺弩這兩位死者，想到他們存放在我房中的遺物。

歷盡艱辛的老作家、老詩人聶紺弩晚年出獄後，拋開一切世俗的念頭，全心寫作。天天陪伴着他的，除了妻子周穎老太太之外就是筆和書，臨終前他把獄中讀了四遍（一句不漏）而且貼有數千張批條的《資本論》和九箱線裝書交給我。他說，這些書交給你比較安全，你這個人，世界是不忍欺負你的。聶老在告別世界之前，已把世界看得很透，特別是把世界壞的那一面看得更透。但是，他仍然沒有想到這個世界壞到甚麼地步。這個人間世界，不僅有人，還有獸，獸是不會有不忍之心的。到海外不久，聽到一位朋友說海外的知識分子有三種類型（對於政府來說）：一種是不敢欺的，一種是不怕欺的，還有一種是不忍欺的，最後這一類舉的例子就是我。聽了之後，便聯想到聶老所說的話，而且也相信，這個世界大約還不忍欺負我這種柔弱的人。我真的相信，故園無論如何總是尚存天生的溫情，孟子所說的「四端」大約還不會滅亡。

但這次北京寓所的抄家事件卻完全打破我的幻想。可見善良人對世界之壞總是估計不足，善良的思想者，對壞世界也能展開想像，但壞世界的表現，又總是超乎他們的想像力。他們以為：孟子所講的「不忍之心」已向中國灌輸了二千多年，卑鄙的忍人總還積存一點父輩祖輩遺傳給他們的良心，但是，他們的「以為」完全錯了。人類離開動物界的時間很短，人性畢竟還很脆弱，回到動物界是非常容易的。對人性估計過高，就會缺少法律觀念。但是人類如果毫無不忍之心，法律就沒有人性基礎，這是永遠難以解決的矛盾。中國的忍人們正是利用這一矛盾，一面踐踏不忍之心，一面踐踏法律。王忍之先生贏得的正是雙重踐踏的快意。

馬思聰的大女兒馬碧雪因為和我是親戚關係，她去香港之前，也把一些珍貴物品，如馬思聰生前的照片、手稿寄存在我屋裏。她也相信世界是不忍心欺負我的，而且還相信，世界也不忍心再次欺負馬思聰。一個把整個心靈都奉獻給新社會的最純潔、最乾淨的天才音樂家，無端地被譭謗成「黑幫」，然後被紅衛兵用鐵鏈抽打，把雜草塞到他的嘴裏，然後不得不離開他用生命歌吟的故鄉。經過這一段磨難之後他客死他鄉，死難瞑目。如果故鄉良知尚存，該不會再擾亂他地下的靈魂了吧，然而，他的靈魂還是難以安寧，人間的寇盜擁有充份的自由，他們可以隨意踐踏生者，也可以隨意踐踏死者。

這次劫難，才明白所謂「不忍欺」乃是一種幻想。社科院用電鑽打破我的幻想，使我更了解人性，也更了解人禽、人畜、人獸之間的難分，這是應當感謝的。

第五輯

「變質」的獅子

四十年前，我第一次在電影上看到被關在鐵欄柵裏的獅子，一下子就被牠的雄姿所吸引。可是，我馬上產生一種哀憐感，覺得牠是被困的驕傲，失去自由的帝王，真是不幸。

當時我的外祖父還在世，他勤學多思又走遍東南亞各國，見識很廣，見我為獅子鳴不平，就表示異議：「你不必不平，有自由心態的動物，關在鐵欄柵裏才覺得不舒服。如果沒有自由心態，關在籠子裏吃飽喝足，倒會覺得日子過得很美。」

外祖父說話是有根據的。他僑居印尼的時候，曾結交過一位動物園的朋友蘇先生。蘇先生從非洲買了兩匹白獅子，並為牠們建造了一個三十平方米的獅舍，四周是高高的鐵欄柵，中間有大石與水池。開始時，兩隻獅子抑制不住被關押的憤怒，一連幾天幾夜狂奔、咆哮、用頭衝撞鐵欄柵，其中那隻暴烈的雄獅，甚至還撕咬自己的鬃毛，腳上滴着血，以自殺的方式向人類抗議。可是，蘇先生沉得住氣，他讓獅子盡情地怒吼直至精疲力盡。在獅子又飢又渴時，則投給獅子以最新鮮的豬肉、牛肉、鹿肉，甚至雞肉、兔肉。獅子經不起誘惑，在緩緩吞下第一隻雞之後，便愈來愈貪婪地把滿地的肉塊收拾得一乾而淨。兩年之後，蘇先生帶着我的外祖父去觀賞動物園，這兩隻獅子又肥又壯，渾身富態。一隻得意地搖擺着尾巴，像條大母狗。另一隻躺臥在大石頭邊上正在打瞌睡。為了讓朋友高興，主人特別扔進兩隻兔子。兔子驚慌地四處逃竄，但兩隻獅子根本不理。躺着的張了一下懶洋洋的眼睛，站着的打了一個長長的呵欠。蘇先生是個好事之徒，有一天，他把獅子裝在鐵籠裏，然後打開籠門，放在夜晚的曠野上，那裏有森林，有草原，有淙淙流水，他希望獅子回到牠們的原始家園，然後再回到籠裏。第二天早晨，他發現兩隻獅子還在原處，只是互相擁抱着，睡得很熟，並且發出很響的鼾聲，像打雷。蘇先生立即斷定：獅子根本不願意踏出鐵籠子一步，牠們早已忘記了充滿野性的自由家園。

獅子又被帶回到四面是鐵欄柵的獅舍，過着有吃有喝的日子。野外的星光與大森林實在不如室內的溫柔之鄉。獅情與人情十分相通。深深了解人與獅子的蘇先生對我外祖父説：「鐵籠裏的生活，一習慣就好，英雄也是如此。」

外祖父以他親眼見到的例證讓我啞口無言。從此之後，我對鐵欄裏變質的獅子，不再報以同情。

笑狼

一個偶然的機會，我在北京動物園裏看到狼的大笑。

我並不喜歡北京動物園，因為缺少曠野，每次見到的老虎和獅子，都在懶洋洋地打瞌睡，所有的鷹鷲都無精打采，從非洲來的大象也像一尊木雕，一動也不動。可是，一九八八年的那個星期天，我卻意外看到充滿活力的狼，那真是難逢的好機會。正當我走近狼圈的鐵欄杆時，動物園的管理員正在給狼進午餐。管理員臉上沒有任何表情，但是，三隻狼一看到他，就狂跳起來，進入瘋狂狀態。管理員為了避免慘烈的搶奪，同時扔下三塊肉。三隻狼均聳身躍起，像箭一樣射向渴望的食物，然後不經咀嚼在剎那間吞下。肉還沒有落肚，牠們又幾乎同時昂起頭來，迎接第二塊肉，然後又是瘋狂地吞嚥，接着又是第三塊、第四塊，就在十幾秒鐘內，牠們閃電似地完成了午餐。在我還來不及看一眼管理員如何走開時，三隻狼已各自叼了最後一塊肉在鬆軟的沙土裏埋了起來。這之後，完全出於我的想像，這三隻狼竟幾乎同時仰天長嘯，接着又發出一種與剛才的嘯聲不同的聲音，這是非常古怪的聲音，短促，顫慄，沙啞，一聽就知道這種聲音絕對不是來自有靈魂的生命。正當我被這種魔鬼般的聲音困擾的時候，站在我身邊的一位老先生正對他的妻子說：「狼笑了。」此時，我才恍然大悟，原來，這是狼的笑聲。經提醒後，我又仔細地聽了一陣，果然是笑聲。三隻狼均露出得意的牙齒，四肢都在歡快地彈着腳下的土地。

這是我聽到過的生物界最淺薄的笑聲。聲音顯然是從牙齒縫裏發出的，不用說經過心靈，連喉嚨也與這聲音無關。不過，一種沒有心靈的生物用牙齒笑是可以理解的，牠們迅猛地吃掉另一種生物的肉之後，渾身被溫飽所充實，而且證明牙齒還像刀劍一樣犀利，牠們是有理由笑的，只是笑得那麼得意，永遠會讓有心靈的人感到詫異。

到了瑞典之後，才知道斯特林堡早已發現野獸的笑聲。他所寫的《狼嚎》詩中，雖沒有狼的笑聲，但有狐狸的笑聲。在這首詩裏，斯特林堡描寫一個新年之夜發生一場火災，城裏火光沖天。這時，斯特林堡住房附近的斯康森天然博物館裏的動物個個被火光照得狂喜起來。平時通過嚎叫以發洩牠們對人類的仇恨的狼們此時叫得更兇了，狗熊也直起身子咆哮，連海豹也跟着詛咒城市，而狐狸則歡喜若狂，發出刺耳的笑聲。斯特林堡通過這首詩說明，一些野獸為了獲得自身的自由，一直希望能發生一場世界性的大火災。因此，一見到火光，牠們就禁不住狂叫與狂笑。斯特林堡顯然認為，自由不應通過製造戰爭災難來獲得。

讀了這首詩，我首先想到，野獸確實會笑。斯特林堡聽出狐狸的笑聲是有根據的，其次，又想到，我聽到的狼的笑聲實在比斯特林堡聽到的笑聲更膚淺。斯特林堡聽到的狐狸的笑聲還有一種自私的對解放的期盼，而我聽到的狼的笑聲則完全是吞食另一種生命之後的大快樂。動物界的黑暗，竟然也有這樣的差別。

四代「衛衛」的故事

讀小學的時候，我媽媽養了一隻名叫「衛衛」的狗。「衛衛」的名字，是沿襲牠的祖父和父親的名字。牠的祖父和父親也叫「衛衛」，因此，牠是第三代衛衛，我們姑且稱牠為衛衛第三。

衛衛第三長得很不錯，其身姿有點像德國的牧羊犬，只是缺少牧羊犬那種剛勁氣質。不過，牠的尾巴很漂亮，翹起來時像一彎鐮月，而且搖起來很有節奏，相當迷人。可是我奶奶卻很不喜歡牠。

我是奶奶最寵愛的孫子，從小就是她的心裏話的存放處，牢騷、悲傷、憤怒、感慨都不瞞我。我常聽她埋怨，我們這塊土地正在敗落，人心正在發霉，樹木總有一天要被砍光，河流總有一天要滅絕，老人們總有一天會死無葬身之所。我還常聽到她認真說，咱村子裏的狗也是一代不如一代，咱家的衛衛也一代不如一代。

就以她見到的三代衛衛為例吧，奶奶說，雖然牠們一代比一代會叫喚，嗓門愈來愈粗，但是一代比一代好吃懶做，一代比一代膽小而無守衛能力，到了衛衛第三，就只會搖動漂亮的尾巴，其他的甚麼也不行。而且，那尾巴也是一代不如一代，衛衛第三的尾巴雖漂亮，但是完全沒有祖父衛衛第一尾巴的雄健。

說起衛衛第一，我奶奶臉上就有自豪的神色。那是我爺爺的衛衛，第一印象就使我奶奶終生難忘。奶奶嫁到我爺爺家的第一天，和爺爺並立迎接她的就是長着雪白鬈毛的衛衛第一。牠真是英俊極了，簡直不是狗，而是一匹獅子，一看就叫人振奮。奶奶說，她在娘家二十年，從來沒有見過如此英武的像個將軍的狗。我爺爺聰明勇敢，在辛亥革命中帶兵打仗時也像獅子，他知道奶奶見了這隻頗有將軍風度的狗一定很喜歡，所以在迎接奶奶下轎的那一重要時刻，特地讓老衛衛站在自己的身邊。果然，奶奶一下轎子，就透過薄薄的面紗看到那雄獅般的衛衛滿身英風地和爺爺互相映襯，使她頓時增加了對爺爺的愛慕。奶奶說她永遠不會忘記走下轎子踏上我故鄉土地的一剎那，衛衛豪爽地大叫一聲，像獅子吼，然後舞劍似的揮動三下尾巴，接着便傲慢地離開人群，跑向屋後的山崗去盡牠戰士的職責。

奶奶說，這以後很久，她再看不見老衛衛的搖擺的尾巴，連舞劍似的瀟灑也看不見。但她親眼看到，在一次和狼的搏鬥中，牠的尾巴就像神鞭一樣。當時雙方勢均力敵，進行了持續足有一個小時的鏖戰，最後在一個轉身中，衛衛突然用尾巴猛擊狼的眼睛，每一下都擊中要害，最後山狼慘叫一聲，趴在地上，而衛衛則把尾巴驕傲地舉起，像得了金牌的世界冠軍高高地舉起手臂。

老衛衛最可愛的地方，還不在於牠的勇武，而在於牠決不亂叫。牠在門外巡邏，倘若是月明風清的時刻，牠就喜歡獨自奔突，但決不叫出聲來，在漆黑的時刻，牠則伏在洞口注視和聆聽着屋外的世界。牠天生敏感，負責任，不貪睡，或熟人，或陌生人，或攜帶武器的盜賊，牠都會作出很準確的判斷，從來也不會在沒有看清楚過客的臉孔就叫喚起來。如果能聽懂狗的語言，就會明白牠很少空話與廢話，倘若有叫聲，一定是重要的信號。對於野獸，牠的敏感、判斷力和勇氣，更讓奶奶喜歡。在牠守衛家園的年代，我故鄉佈滿原始大森林，巨大的古榕和古松覆蓋着我家屋後的山巒，那裏常常有老虎、豹子、猴子、野豬出沒。因為我家正處於山腳下，所以老虎常來偷襲豬羊和家禽，也因為常有野獸騷擾，所以我爺爺和他的同輩鄉親，家裏都有獵槍，而老衛衛則起了獵犬的作用。奶奶說，老虎身上有一種類似臭蟲的味道，而衛衛對這種味道非常敏銳，當老虎還在兩公里之外，衛衛就能聞出這種味道。而一旦嗅到這種味道，牠就會狂吠起來，在屋裏狂奔，並朝着正在鼾睡的爺爺大叫，一直叫到爺爺驚醒，拿起獵槍。我爺爺並不輕易傷害老虎，不得不鳴槍時也只是為了把老虎嚇跑。有一天夜裏，一隻顯然是很年輕的花斑虎，剛剛走出我家對面的小叢林，衛衛就瘋叫。大約是這種叫聲惹得小老虎生氣了，牠偏偏一直衝着聲音奔來，一直闖到衛衛的洞口，於是，牠們就在不到一米長的花崗岩門洞兩端互相吼叫，咆哮，一時吼聲雷動，把村子裏的人全都驚醒。我爺爺和奶奶的眼光穿過洞口看到老虎憤怒的臉和像鋼針一樣豎起的虎鬚，彷彿就在噩夢中。而老衛衛一點也不驚慌，只用堅定的吼叫迎接洞口那邊另一強大生命的挑釁，雙方持續對叫了大約一個小時，直到彼此都精疲力盡，聲音嘶啞，小老虎才怏怏地退入我家屋後的大森林。

那天晚上之後，老衛衛名揚全村，連狗們也知道，一見到牠，都敬佩地看着牠，向牠行注目禮，從那天之後，牠更是難得一叫，假如見到野豬，牠便像鷹一樣飛撲過去，用不着發出聲音，就把野豬捕住。奶奶說，有老衛衛醒着，我們就可放心大睡。

老衛衛死時，我爺爺和奶奶都很悲傷，親自把牠厚葬於西北坡的茶園裏，那裏很安靜。據奶奶說，自從老衛衛安葬在那裏之後，再也不見野豬的蹤跡。顯然，老衛衛的鬼魂也是很有威力的。

老衛衛死後，我爺爺不再養狗，由我伯伯養了一隻老衛衛和鄰村一隻很伶俐的小母狗交配而誕生的小黃狗，這就是衛衛第二。

因為這是老衛衛下的種，所以奶奶對衛衛第二開始也喜歡，並希望牠能保持父輩的遺風，但是，她很快就失望。奶奶告訴我，使她反感的還不在於牠身上幾乎看不見父輩的英姿，更重要的是牠有幾個致命的弱點：一是喜歡亂叫，一聽到村子裏有狗叫的聲音，就立即跟着叫。儘管這不只是牠的缺點，而是整個村子一代狗族共同的缺點，即無論哪一隻狗先叫起來其他的狗必定跟着叫。有一天晚上，爺爺奶奶正在做愛，衛衛第二竟瘋叫起來，把爺爺奶奶嚇得連滾帶爬地端起獵槍，結果，甚麼蹤影也沒有。我爺爺安靜下來後，才知道這是因為小河那邊的狗在叫，衛衛第二只是胡亂響應。另一個使我奶奶不喜歡的缺陷，是和老衛衛相比，胃口變得很大而膽子變得很小。胃口大，無非是貪吃，多做一點飯也就罷了。而膽子小則使人厭惡。牠一聽到遠山的虎吟，足有五公里距離的虎吟，就立即往狗洞裏鑽，鑽得像隻泥鰍，而且嚇得直哆嗦。怕老虎還說得過去，有時連野豬也害怕。據奶奶說，牠開始也曾向野豬衝擊，但被野豬狠狠刺了一回之後，一見到野豬，便立即鑽入狗洞，然後在洞內朝着野豬亂叫，而野豬總是蔑視牠的空喊，從從容容地挖掘我家田裏的地瓜和芋頭。還有一點使我奶奶不喜歡的是牠的尾巴已沒有力量，只能用尾巴欺負我家的母雞和母鴨，但有一次當牠正在用尾巴彈打着母雞時，一隻憤怒的公雞衝過來朝着牠擺開陣勢，牠不僅不敢迎戰，而且又像一隻泥鰍似地從狗洞滑出去，然後鑽到我家對面的土屋和一隻長得很乖巧的小母狗調情。

衛衛第一和衛衛第二我都沒有見過。到了七、八歲的時候，才見到衛衛第三。據奶奶說，衛衛第三和老衛衛的血緣關係是很清楚的。我奶奶腦子中狗族的家譜一點也不糊塗。可是，使我奶奶生氣的是，衛衛第三明明是老衛衛的血脈骨肉，卻一點也沒有祖父的骨骼和風度，只有漂亮的臉蛋和漂亮的尾巴。使奶奶更生氣的是牠連衛衛第二都不如。衛衛第二雖然聽到村子裏的狗叫喚時必定會跟着叫喚，但叫喚時還是認真地站在洞口，而衛衛第三則總是懶洋洋地蹲着，只作叫喚狀，聲音雖大，但總是閉着眼睛瞎叫，響應別家的狗嗚只是一種本能。更使奶奶厭惡的是，牠的尾巴雖然漂亮，但老是自我欣賞，在曬穀場上，我奶奶好幾次看到牠翹着尾巴得意地轉圈，顯然是在欣賞自己的尾巴，竭力想親吻自己的尾巴。牠拚命把脖子往後擰，而尾巴拚命往嘴邊靠，但始終沒有接吻上，只是轉圈。看看衛衛第三彎弓似的尾巴，奶奶已很不舒服，偏偏牠又拚命地搖擺，對任何施捨給牠一點食物的人都要叮叮噹噹地搖晃幾陣。而對那些不能給牠東西吃的人，特別是衣衫襤褸的過路人，牠總是突然收起尾巴的舞蹈，然後衝到這些窮人的面前大叫，作種種挑釁狀。這個時候，我奶奶總是忍無可忍地舉起手杖，而衛衛第三機靈至極，立即就鼠竄而逃，徹頭徹尾全是狼狽，祖輩的堂皇與驕傲丟失得乾乾淨淨。

奶奶去世之後，我隨後也離開故家到別處讀書了。十幾年中，中國社會風風雨雨，狗的命運也發生很大變化。當我一九六三年大學畢業後回家鄉去的時候，衛衛已進入第四代了。

我在堂哥家見到第四代衛衛。堂哥指着一隻怯生生的龜縮在牆角下曬太陽的小黃狗說：這就是衛衛。我簡直不敢相信。怎麼這樣猥瑣？怎麼眼裏全是怯生生的乞求憐憫的光波。牠蹲在陽光下的草堆裏，身邊是一隻打鼾的豬。看到我注視着衛衛，堂哥朝牠叫了一聲，衛衛第四聽了主人叫喚，如夢初醒，輕輕地應了一聲，聲音竟像綿羊，那甜蜜與溫順把我嚇了一跳。牠悻悻地跑到我們面前，眼睛仍然是怯生生的，當牠站在我面前時，我才發現牠一直把尾巴夾得緊緊。我一向討厭夾着尾巴的狗，為了讓牠走開，我把手上的一塊吃剩的饅頭扔到門口，希望牠在往前奔跑的時候能揚起尾巴。沒想到，牠朝着那塊饅頭跑過去的時候，尾巴仍然夾得緊緊，顯得非常馴服，非常本份，跑起來也像一隻羊。

我問堂哥，牠為甚麼總是夾着尾巴。堂哥說，全村的狗都這樣。我更驚訝，為甚麼會這樣？他說：前幾年開展了幾次打狗滅狗運動，殺了許多狗。運動過後倖存下來的狗都嚇破了膽，全都夾起尾巴，見到陌生人就趕快逃走。「連搖尾巴也不會了嗎？」正在追問中，夾尾巴的衛衛剛吞下那塊饅頭，並朝着我搖了幾下尾巴，可是，立即又把尾巴收回，又夾得緊緊。

看到這個樣子的衛衛，我滿心不舒服，覺得奶奶所說的「一代不如一代」真的說中了。可是，我還是不甘心，還期待夾着尾巴的衛衛有狗的生物功能，便問堂哥：家裏有牠，還是放心一些吧？堂哥笑着說：咱家鄉的大森林砍光之後，也沒有老虎豹子了，連野豬也沒有，沒甚麼不放心的。我們家家都窮，也沒甚麼可偷的。不過有衛衛在總是熱鬧一些，牠不分熟人生人，不分好歹，反正總是胡叫，村裏的狗一叫牠跟着叫且不說，連烏鴉叫喜鵲叫的時候牠也常跟着亂叫，生命秩序有點混亂，而且叫的樣子也很難看，一伸一縮的，很像烏龜。不過，牠也有許多長處，據堂哥說，牠天生很講衛生，睡眠相當準時，不僅夜裏睡，白天也睡，尤其是午睡更少不了，很像人。

老母豬的兒女餐

六十年代初，蔓延於大陸的飢餓，像法力無邊的魔鬼籠罩一切，不僅抓住每一個人，而且抓住每一隻牲畜，因飢餓而死的人和豬狗牛羊難以計數。而在飢餓中強撐着生命的人與牲口多半心理變態，很難正常生活。

在飢餓中支撐生命已經非常困難，如果要孕育生命或生產生命就更難，所以在那些年月出生的孩子很少。人和動物經受食飢餓時並不會同時產生性飢餓，在肚子餓得咕轆咕轆響的時候，大約不會想到性交。然而，這不等於完全沒有性的要求。一九六零年前後肚子餓得發慌的中國人與中國畜類還是照樣懷孕，照樣生孩子，就是明證。那個時期仍然有繁殖，我有幾個朋友的兒子就出生於一九六零年前後，只是繁殖中也發生了許多被飢餓扭曲的故事，我的一位朋友就親眼目睹過一隻餓得發狂的母豬生崽的情景。

這個故事發生在河北省內的一個鄉村。當時一群來自北京的幹部正在那裏勞動鍛煉。飢餓君臨一切地區，也降臨於這片土地。那時人餓得發慌，餓得想當盜賊，豬狗牛羊比人還慘，餓得更慌。

在饑荒中這個村裏的一隻因善於生育並已下過一百窩以上豬崽而非常著名的母豬，非常特別，牠雖然已經餓得皮包骨，但仍然充滿生的慾望，牠提着又長又尖的嘴，拱着泥土，拱着石頭，與飢餓搏鬥。牠到處覓食，貪婪地咬嚙一切，菜葉、地瓜葉、樹葉、竹葉、青蛙、蚯蚓、螞蟻、蜜蜂窩，無所不吃，凡是能充飢的，凡是能支持牠活下去的，牠都無情地吞噬。也因此，終於出現了奇蹟，牠依然發情，依然性交，而且居然又懷了孕。這隻著名老母豬即將誕生一窩新豬崽的消息，使當時正在飢餓線上掙扎的人民公社社員和下放幹部感到歡欣鼓舞：豬能戰勝飢餓而繼續性交繼續生產，難道人還不如豬，難道人類還不如畜類嗎？當然，也有憤憤不平者說：真他媽的，人都要餓死了，豬還能吃飽肚子脹大肚子下豬崽子，妖豬！

母豬下崽那天，空中飄着雨絲，天色灰濛濛。但豬欄外還是圍觀着深受感動和深受鼓舞的下放幹部們和公社社員們。他們看到母豬不安地走動，喘着粗氣，十分煩躁，除了肚子稍大讓人相信牠有下崽的可能之外，其他方面均讓人難以相信從牠的肚子裏會滑溜出新的生命。儘管如此，人們還是等待着奇蹟發生。

奇蹟果然出現了。在那個同樣也是灰濛濛的只有一堆稻草的豬欄裏，新一代豬崽降生了。人們數着一、二、三、四、五，竟然生了五隻。儘管每一隻都小得像紅老鼠，但絕對是小豬。毫無疑問，尾巴很短，絕對不是老鼠。下完崽的母豬在完成牠的艱難而令人驚嘆的使命後，喘了足有半小時的氣，而後突然想到甚麼，眼裏放出可怕的鬼火，接着便搖搖擺擺地站立起來，左顧右盼，牠不去關照剛剛問世的兒女，只是在豬欄裏顛來簸去，顯然在尋找吃的東西。飼養員知道牠此刻飢餓極了，但她手邊甚麼糧食也沒有，一個月前向公社申請的五十斤飼料還沒有配給下來，她完全束手無策。母豬找不到食物，顯得更加煩躁，牠提着又長又尖的嘴巴拱着那一堆乾稻草，乾草裏甚麼也沒有，但牠還是拚命地咬嚼着甚麼也沒有的乾草，然後拚命地喝着槽裏的水。飼養員在槽裏加水的時候，牠用力地拱了一下她的腳，顯然是在生氣。接着，牠又用那奇怪的鬼一樣的眼光掃射圍觀的人們，好像在呼籲，在抗議。牠在豬欄裏吁吁地轉着圈子，發出一種令人恐懼的聲音。所有觀看的人們都知道牠在呼求甚麼，但是，個個愛莫能助，此刻，他們的肚子也是空的，身上又犯水腫病，誰也沒有力量奉獻一片地瓜乾或一碗稀粥，只能眼睜睜地看着牠近乎發瘋地轉着圈子，充滿敬意也充滿歉意。最後，人們終於看到一種難以置信的可怕景象：這隻母豬突然瘋狂地撲向剛剛生下的豬崽，然後張開血盆大口地咬住其中一隻，像咬住柔軟的紅蘿蔔，狂吃起來，接着又撲向第二隻，第三隻，當牠抓起第一隻的時候，幾乎沒有咬嚼就吞下去，第二隻還是一口吞下，第三隻開始咀嚼了，然後是第四隻，第五隻。一場慘烈的食子奇餐只用了兩分鐘，果斷，迅猛，乾脆，絕不拖泥帶水。不過，在牠吃完了自己的兒女之後，還是瞥了一眼圍觀的人們，然後伸出舌頭又是神速地舔乾地上的血跡，舔得乾乾淨淨，一點也不剩。

圍觀着的人們被這突然發生的吃子景象嚇得目瞪口呆，等到清醒過來想到應當制止這一慘烈行為時，剛剛降生的所有豬崽已重新回到母腹中了。而肚子得到填充暫時得到滿足的母豬，在舔乾兒女最後一滴血後，此時已經在乾草堆裏呼呼入睡了。在牠的意識裏，剛才好像甚麼也沒有發生過，連人類的那種噩夢感也沒有，一切都和從前一樣平靜，產前沒有人們那麼激動，產後也沒有人們這麼驚訝，生生滅滅就在一閃而過的瞬間裏，像一場很短暫的空中雪和地上霜。

貙人

貙人這一概念出自《搜神記》：「江、漢之域，有『貙人』，其先，廩君之苗裔也，能化為虎。」

東晉干寶所作的這部誌怪小説講了這樣一個貙人化虎的故事：住在長江漢水流域的當地人，喜歡用木籠捕捉老虎。這種方法和捕捉老鼠一樣，只要老虎觸發到機關，木籠的門就會自動落下，再兇猛的老虎也跑不掉。有一個晚上，木籠的機關觸動了，村民們就相互召喚着去抓老虎。沒想到，被關卡在籠裏的卻是一位亭長。村民們十分驚訝，而這位亭長見到村民時，不僅不求救，還擺架子發脾氣説自己是應縣政府的召集，夜裏趕路才誤入歧途，説完還拿出蓋有政府大印的文書，儼然是官府人樣。村民們只好放他並請這位亭長大人原諒。但是，聰明的山民們覺得他行蹤可疑就悄悄地跟蹤他，結果，走了一段路之後，這位亭長突然變成一隻老虎跑上山去，這時，村民們才知道木籠卡住的果然是一隻老虎。他們在驚詫之餘就去詢問一位識者。識者告訴他們，相傳有一種人叫做貙人，這種人具有人形，也通曉人的世界，但善變，轉眼間可化為虎，也能吃人。在牠化為人的時候，要注意牠的腳。牠的腳雖有五指，但沒有腳後跟（足無踵），這是牠不同於人也不同於虎的特點。這位識者告訴善良的村民說：對這種明裏是人暗裏是虎的怪物，要特別小心。

少年時讀過這篇小說，只覺得有趣，並不相信有甚麼貙人。但是，經歷了文化大革命後，才知道人世間的貙人是很多的。這種貙人確實具有人形，平時與人一模一樣，而且隨時隨身都帶有文書公印，但是，內心卻是一片貙虎之性。而貙虎之性與猛虎之性並不相同。柳宗元在〈羆說〉一文中說：「鹿畏貙，貙畏虎，虎畏羆。」貙雖是虎的一種，但沒有虎的雄健與兇猛，牠們身材如狗，文如狐狸，其實屬於犬與虎之間，因此，牠的性情除了具有虎的兇惡之外還帶有狗的下賤與狐的陰猾。由於世界進入現代社會，這種貙人已不再化作虎形，只顯貙虎性。而且貙虎性平時也潛伏着，只是到了一定的時刻才爆發出來。

巴金在文化大革命後作《隨想錄》，叩問瘋狂歲月中的怪現象，其中有一點使他困惑多年而至今仍然想不通。他說我們這些人被送入牛棚成為牛馬，這一點還是想得通的，但為甚麼中國突然之間有那麼多咬嚙牛馬的狼虎出現，這一點始終想不通。他的這個問題極為嚴肅，我因此也想了多年，最後我才想到一個答案，就是人間並不純粹，在人群中其實有許多並不是人，而是貙人。平常時我們的眼睛看不出貙人，只知道他們是人，他們也穿衣，也吃飯，也性交，也寫文章，虎性隱藏得嚴嚴實實，但是到了文化大革命，人人自危，連貙人也一概要被「橫掃」時，牠們的生存本能才爆發出來。生存本能一爆發，貙虎性也就隨之爆發，於是，正常人類所沒有的兇殘、陰險、狡猾、卑劣也都表現出來，這時，平素只會埋頭於書卷的知識者才大吃一驚，發現狼虎遍地。實際上，只是平常沒有發現「貙人」的能力罷了。

我在文化大革命中浪費了許多時間，身心也受到許多折磨，但是經過折磨的眼睛，倒可以認出一些貓人來。這些貓人現在仍然還身揹公章大印而橫行於世，平常時仍然穿得漂漂亮亮，有時還結領帶。去年年底我的北京寓所被劫，社科院領導下的一群人突然用電鑽電鋸破門而入搬走我的書籍財物。許多朋友聽後都感到不能理解，光天化日之下怎能發生此事？這是人的行為嗎？我雖然生氣，但並不吃驚，只是輕輕提醒自己，藏匿在學院裏的貓人又出動了。有了貓人的概念，對理解人間的怪事還是有幫助的。

我思索貓人已經多時，最後覺得《搜神記》中提醒的貓人特點值得注意，即貓人沒有腳後跟。雖然現代貓人都穿上皮鞋，很難發現他們沒有腳後跟，但是，留心久了，就會發現沒有腳後跟的人其坐臥行走的姿態和正常人不太一樣。他們總是要往極前方傾斜或極左方偏斜，思想、言論較平常人激烈。因為沒有腳後跟，為了掩蓋其缺陷，總是要把脖子伸得更長，以把口號叫得更響，也把紅旗舉得更高，於是，總是說出一些不近情理的話和做出一些不近情理的事。也因為沒有腳後跟，所以總不像真老虎那麼有氣勢，所幹的兇殘行為也屬於小打小鬧，很難放到大門面上來，因此，兇殘中總是要露出卑劣的不像虎而像狗的尾巴。

狼人

美國在一九九四年拍成的電影《狼人生死戀》(*Wolf*)，由著名的演員傑克．尼科爾森(Jack Nicholson)演出。一上演，我和小女兒就去觀賞。看廣告就知道這部電影描寫的是一種狼人。小女兒説，這是可怕的電影，但還是想看，她總是好奇。

《狼人生死戀》的主人公原來是一個正常人，他在一個大雪紛飛的夜晚，開車路過深山野嶺，突然發現雪地上有一團黑物擋在路上，他就下車去看個究竟，一走近，才發現是一條垂死的老狼。當他動手想把老狼移到路邊時，老狼突然縱身躍起，大叫一聲，在他手上咬了一口，然後閃電似地奔入黑暗的大森林。這隻狼是經過漫長歲月的風霜磨煉而幾乎變成狼鬼的動物，身上有一種奇毒，人一被傳染，就會帶上狼性。影片主人公中了狼毒之後一天一天地變性，特別是在夜裏，身上、臉上均長出了狼毛，手上也長出了狼爪。從鏡子裏，他看到自己的眼睛，竟閃爍出狼的兇光，其他器官也變了，鼻子、耳朵的感覺全是狼的感覺。嗅覺、聽覺變得非常靈，可以聽見森林裏的沙沙聲，可以聽到遠處的人們對他的議論。他本是一個善良的人，此時他內心充滿恐怖和痛苦。雖然白天在陽光下還是原來的模樣，可是到了夜裏，狼性便整個地控制着他，渾身沸騰起狼的血液，充滿跳躍的慾望，於是，他衝出屋外，奔向草原、森林，像狼一樣在黑暗中驅馳，宣洩其野性的、混亂的生命。他的狼牙磨得咯咯響，到處尋找着攻擊的對象。在黑夜中折騰得精疲力盡之後，他又回到自己的床上，像是做了一場噩夢。第二天早晨，他才從鏡子裏看到自己疲憊不堪的臉容，知道自己的狼性又瘋狂地發作了一個夜晚。只是他的心地沒有完全被狼毒所侵襲，因此，不會隨便咬人吃人。而另一位心腸很壞的同事，本就兇狠得像狼，平時就善於損人利己，蓄意傷害人，有一次他動手欺負這個「狼人」，結果在互相撕打中也被傳染上狼毒。這個人一中狼毒，則完全狼化，全身都燃燒着咬人吃人的毒焰，他很快地跑進大森林加入黑暗的狼群，兇惡的眼睛一直盯着原野上一切無辜的生命。

看了狼人影片之後，天真的小女兒直喊「可怕」、「不可理解」，而我則不說話，很理解。因為我和女兒不同，親眼看到故國數十年中就在極端的階級鬥爭理論薰染下產生了整整一代甚至兩代的狼人，親眼目睹無數人變態變性變成狼人。看到一個一個穿着漂亮的衣裳和戴着時髦眼鏡的文明人突然發出狼似的長嗥，露出狼的牙齒，然後闖進人的住宅，撕碎所有的東西，還把人拖到他們設立的「牛棚」，而後又在牛棚裏作狼的狂舞。讓我印象最為深刻的是，那時無數的中國人，其眼睛、鼻子、耳朵的感覺全都變了，變得像狼一樣敏感、敏銳，心中掛滿狼一樣的神經線，號稱「緊繃階級鬥爭這根弦」，有點風吹草動，他們就驚叫起來，聲稱這是「階級鬥爭新動向」，接着他們就會沸騰起狼的血液衝向大街和鄉野，對無辜者進行一場無端的廝咬。只是中國狼人，比美國的狼人還聰明，他們除了感覺特別敏銳外，還很善於把感覺器捕獲到的信息立即匯報給狼人司令部。那時的「四人幫」，耳朵靈得像魔鬼，他們的本事所以那麼大，全靠下邊狼人敏銳的鼻子和耳朵。

在文化大革命中，中國到處是狼人，而且都帶有夜間狼的特點，即在黑暗中才出來活動的特點。在白天，狼性還是潛藏着，到夜間則狼性大作。那時搞陰謀詭計的人特別多，以致最高領袖不得不發出「不要搞陰謀詭計」的指示，不過當時中國的夜間狼，都戴着革命的面具，常常讓人無法辨認。這種戴面具的狼人，直到現在還有。

五十、六十、七十年代中國狼人那麼多，究其原因也是中了狼毒。狼毒在中國的氾濫之快，令人目瞪口呆，為甚麼會傳播得這麼快，可能是今後我們的子孫後代必須認真研究的課題。我沒有研究，但也看到在狼毒傳染中，那些堆滿方塊字的報紙和刊物起了特殊作用，它們在十幾個小時甚至幾個小時之內就可把狼毒擴散到全中國的每一條胡同和每一個鄉村。只是中毒者在不知不覺中成了帶菌者，一步一步地被狼性所侵吞。當然，狼毒的擴散還不只是報刊，那時候，年年、月月、日日講階級鬥爭，相互口戕、相互揭發、相互廝咬，也使狼毒迅速擴散。到了後來，狼毒也傳到少年兒童身上，連孩子也好鬥嗜殺，帶有狼性，這是為甚麼？是不是連兒童歌曲的曲譜和歌詞也帶有病毒，或者是連環畫上狐狸和狼的故事裏也有野獸的種子？這一層我還沒有想清楚。

美國的藝術裏有狼人，中國的藝術裏也有狼人，《紅樓夢》裏的孫紹祖就被曹雪芹稱為狼人。「子係中山狼，得志便猖狂」，這種中山狼，得了志也像中了狼毒，立即就狂嘯狂吼狂叫。現代中國的中山狼很多，一得志就利用權力胡作非為，猖狂得很。二十世紀下半葉的中國大陸，製造了整整一代的狼人，其性格，其感覺，其夜間行為，絕對與人不同，想了解中國，只研究古代的中國猿人是不夠的，還得研究歷史的進化成果——中國狼人。

自食之狼

我常常想起叔本華的一句話：「人是自食之狼。」把人比作狼，已不留情，比作自食之狼，更不留情。但經歷過階級鬥爭狂風暴雨之後，我卻覺得叔本華的比喻很貼切。想想過去的政治運動，便知道摧殘人類最兇狠的不是別的，恰恰是人類自身。而摧殘知識分子最兇狠的又常常是知識分子。摧殘者在摧殘他人時可以說完全像狼，只是荒野裏的狼用的是自然的牙齒，而人類用的是現代文明製造出來的種種牙齒，如鐵鏈、槍彈、尖刀等，還有一點是自然狼望塵莫及的，就是人類可以用文字來斷殺人類，而狼則是一個字也不認識的絕對文盲。野蠻與文明的界限還是有的。人能裹着文明的外套，這是可以對着大自然中的狼世界引以自豪的。

不過，叔本華所說的「自食之狼」，恐怕不是指「人食人」這種人類互吃的現象，而是指人類每一個個體，往往是自己吃自己。而且吃起來也兇狠，也像飢餓的狼。然而，人類自己吃自己雖然兇狠，但比狼還是文明一些。人不像狼那樣吃自己的肉，而是吃自己的靈魂，具體地說，是吃自己的精神、人格、尊嚴等等，所以自食的形式和內涵要遠比自然狼豐富。自然狼大約不懂得甚麼叫做自我踐踏、自我奴役、自我批判，這也是人可以驕於自然狼之處。

關於這一點，我在《傳統與中國人》中多次說過，「五四」的文化革命者發現中國的「吃人」的黑暗時包括三個意思：一是「我被吃」；二是「我也吃人」；三是「自己吃自己」即自食。魯迅的《狂人日記》揭示前兩個層面，《阿Q正傳》則揭示第三個層面。阿Q的自作孽、自作踐和自吞食非常熟練，只要他身上一萌發出任何一點屬於人的念頭，他很快就會自我撲滅。例如他被人打了之後，本應反抗以維護做人的尊嚴，但他卻自己撲滅自己的反抗之念，說甚麼這是「兒子打老子」。魯迅的《野草》裏的〈墓碣文〉中所說「抉心自食」正是阿Q所做的事。我所以特別注意「抉心自食」這一意念與行為，是因為自己在政治運動中看到千千萬萬革命者與知識者正是這樣做，我自己也這樣做。我們在「鬥私批修」中所幹的事就是抉心自食的事，其不怕疼不怕醜的兇狠勁，完全與狼相似。

出國後我常常想起過去自食的慘劇，並奇怪為甚麼自己抉心自食時雖然也有痛苦的時候，但常常又表現得很悲壯，不能說完全是被迫和受蒙蔽。想了之後，才明白當時自食，其實也不是那麼直接，而是因為自己早已不是自己，即自己早已獲得一種高於自己存在的類本質，比如自己是屬於黨派的一員，然後使用自己所屬的黨的普遍本質吃自己，即吃還保留着天性人性的自己。因此，在吃自己時，理由是很充份的，根據也是很神聖的。

這又使我想到人類中的一群狼，他們在捕食人類時，也不是直接吃人，而是他們所屬的普遍本質在吃人，所以總是得意洋洋，不會覺得自己在犯罪，反而覺得自己有功於自己的「類」和族群。正是這樣，「自食」的悲劇便很難了結。

豬意識形態史綱要

序

這個題目很大，做的卻是很小的文章。

筆者因為從小生活在鄉村，大學畢業後又經常下鄉勞動改造，所以對於豬、狗、牛、羊、雞、鴨、鵝等與農民命運息息相關的牲畜家禽特別關注，尤其是對肥頭壯耳的豬，更是關注。

筆者留心過近四十年中國大陸關於豬的意識形態不斷變遷。豬的意識形態史，反映中國當代政治史的一角。為了提供有歷史癖的學者方便，筆者特作豬意識形態「史綱」。

本文

二十世紀下半葉，大陸關於豬的認識不斷發生重大變化，其變遷可分五大階段。

第一階段：時間一九四九至一九五七年。本階段豬姓豬。豬是自然的豬，是肥肥胖胖無牽無掛的豬，是老老實實但又好吃貪睡頻於拉屎拉尿的豬，是一般都長着黑毛或長着白毛也有少數黑白夾雜的豬。豬可以自由飼養，豬肉可以自由買賣，豬糞可以自由撿拾，豬尿可以自由處理。豬無意識形態性。豬形象可以充當年畫上的主角，和壽星福星一樣，可象徵豐衣足食和肥胖有餘。

第二階段：一九五八年的一個短暫時間。全國正在大躍進，大煉鋼鐵，大辦公共食堂。公共食堂屬共產主義性質，當時農民都在公共食堂吃特別大的大鍋飯，又是全民大煉鋼鐵日以繼夜，因此豬也進入黃金時代，牠們也在公共食堂吃大鍋飯，連晚上也和公社社員們一起共進夜餐，史無前例地與人類共享宵夜。這個時期豬是公共財產，吃的是公共飯，拉的是公共糞（公社所有），宰了是公共吃，因此，本階段的豬帶有初步共產主義色彩，姓「共」。

第三階段：時間一九五九至一九七六年。一九五九下半年全國開始大飢餓，人都活不下去了，豬自然也養不了。到一九六二年前後，農村實行「三自一包」的新經濟政策，允許農家自養豬、羊和家禽，關於豬的小生產意識活躍了一陣。可是不久全國又掀起「四清運動」，接着又是文化大革命，全黨全民都在反對資本主義復辟，豬也開始進入意識形態鬥爭範疇，被視為「資本主義尾巴」，豬窩也被視為資本主義溫床。在全國開展閹割資本主義尾巴運動中，豬作為被閹割的重點對象，從姓「共」變成姓「資」。全國上下義憤填膺地對豬進行革命大批判：豬影響以農業為基礎、以糧為綱的百年大計，豬把農民引向個人發財致富的資本主義道路，豬導致和平演變，豬關係到黨變修、國變色，關係到衛星上天紅旗落地，關係到社會主義在中國的命運。此階段豬不是豬，豬的一身，豬血、豬肝、豬肺、豬尾巴，全是意識形態。

第四階段：時間一九七六至一九七九年。此階段豬得到平反，恢復名譽。豬和自留地一樣已不再屬於「資本主義」，被摘掉「資本主義帽子」。但豬屬於何種「主義」，尚在探討之中。

第五階段：時間一九七九年至現在。豬被視為重要生產力資源。按照新的意識形態，所謂社會主義就是發展生產力，豬是社會主義生產力的一部份，多養豬即為社會主義多作貢獻，豬肉繁榮了社會主義的市場，豬糞繁榮了社會主義的田地，豬不姓豬，更不姓資，豬已姓「社」了。革命領導幹部們在爭論改革開放是姓資還是姓社時，對豬是姓「資」還是姓「社」這一重大問題，沒有發生根本分歧，一致認為豬姓「社」，一致認為豬肉好吃，尤其是豬排和瘦豬肉。

註釋

（一）豬意識形態史，是指人對豬的意識形態，豬本身無意識形態。

（二）本提綱指涉的豬是家庭飼養的豬，不包括國家和人民公社、機關團體統一飼養的豬。

（三）豬意識形態史和雞、鴨、鵝等家禽相似，人們的家禽意識形態發展過程與對豬的認識過程大體相同，因此，本提綱可供治雞史、鴨史、鵝史專家們參考。

（四）豬意識形態史與狗意識形態史不同。狗肉一直未能影響國民經濟，而豬肉則直接關係到計劃經濟，因此，豬意識形態史比狗意識形態史更重要。

（五）本文特供熱衷於姓「資」姓「社」爭論的各級領導幹部參考。

捕鼠英雄

我在小學讀書的時候是個絕對聽話的乖孩子，每到學期結束時，我就會帶着「學習模範」、「紀律模範」、「勞動模範」等獎狀回來給我媽媽。有一個學期還得到一個「捕鼠英雄」的光榮稱號，得到這一項榮譽，比得到別項榮譽更加艱難。

當時全國正在開展「除四害」運動，舉國上下都在追打蒼蠅、蚊子、麻雀和老鼠。因此，每個學校都在展開捕鼠捕雀競賽。當時學校規定，每個學生在暑假期間，至少要捕住五隻老鼠、三隻麻雀，才能在新的學期中取得註冊的資格。因此，開學的時候，我們每一個學生都用小紙頭包着五條老鼠的尾巴和三對麻雀的小腿小心翼翼地交給老師。老師總是很認真，一面翻翻假期作業，一面用指頭撥弄一下已曬乾的老鼠尾巴，以防學生用老樹的根鬚蒙混過關。開學之後，學校又展開捕鼠競賽運動，班級之間、小組之間、個人之間均展開評比。學校製作了兩張很大的圖表貼在大廳裏，其中一張是各班的捕鼠戰績表，另一張是捕鼠戰果最多的前十名的英雄表。在那英雄榜上總有我的名字，而且總是名列前茅。評比最後結束時，我捕鼠的數字達到七十八隻，比第二名高出一倍。

我所以能捕獲這麼多的老鼠，其秘密在於我的媽媽，應當歸功於我媽媽。媽媽年青時就守寡，她真的渴望孩子有出息，樣樣要出人頭地，捕鼠也不例外。因此聽說學校在展開捕鼠評比運動，她寫信去給我的當中學教員的舅舅，請他送一個老鼠夾子給我，當時，一個老鼠夾子大約需要五角錢，相當於三斤鹽和半斤肉的價錢，我的同學的家長都買不起或捨不得買，儘管家家屋子裏的老鼠有的是，但沒有這種先進的武器——夾子，畢竟不行。我們家不僅有了一個夾子，而且我媽媽還知道老鼠最愛吃肉皮，於是，她總是把肉皮放在火裏烤得香噴噴，然後放在老鼠夾上。結果，老鼠們都經不起香味的誘惑，一個個上當就擒。

我的媽媽對我真是太愛太關心了。每次放學回家，她總是先報告捕鼠的消息。我進門後看她的臉色就知道這一天有沒有「戰果」。倘若捕到，一進門就會看到她臉上的微笑，接着就會聽到她高興地說：「今天又抓到一隻。」倘若捕到兩隻，她臉上更是佈滿喜氣。如果一無所獲，她就不說話，埋頭做家務活，好像欠了兒子甚麼似的。

我媽媽甚麼都好，就是性情太急，一旦抓到老鼠，就恨不得把喜訊告訴我。有一次，我剛走出家門不久，她就聽到「啪」的一聲，知道又夾住一隻。於是，便立即割下尾巴，然後跑到小山崗上喊住我。我不知道發生了甚麼事，立即往回跑，到了她跟前，看到她手上有一個小紙包，就知道是老鼠尾巴。雖然我的戰績又多了一分，但差一點遲到，心裏還是怪媽媽太性急了。

還有一次，也是我上學之後捕到了兩隻，她高興得很，又是迫不及待地想給兒子報喜。那一天，我們鄉村的賣貨郎熊叔搖着小浪鼓轉到我家門口，還說中午要轉到學校，我媽媽一聽說，就託他把兩條小老鼠尾巴帶到學校給我。那天中午，熊叔在學校操場上擺小攤，我和同學們都去圍觀，他正忙着，但一見到我，就把小紙包塞給我：「老鼠尾巴，拿好，你媽媽讓我給你的。」那時，正巧我買了兩粒糖果，就交給他二分錢。這之後，大約一個星期，我們學校流傳一個謠言，說我所以會成為捕鼠英雄，是因為向別人買了老鼠尾巴，有人親眼看到賣貨郎把老鼠尾巴交給我，還親眼看到我給了錢，一手交錢，一手交貨。此事引起校長的重視，當他把我叫到辦公室詢問的時候，我立即委屈得哭了起來。我向校長說明這是怎麼回事後，校長皺着眉頭說：這老鼠尾巴雖然不是買來的，但也不是你親自抓的，當英雄要靠自己，而不能靠媽媽。這一天回去後，我對着媽媽大哭大鬧了一陣，還絕食抗議了好幾個小時，但我的媽媽一句話也不回，最後喃喃地說：「那天黨支書說，老鼠是人民公敵，我抓到了和你抓到的還不是一個樣嗎？」

這一事件發生後，儘管我的捕鼠記錄突破了一百，但「捕鼠英雄」的獎狀再也不發給我了。而我媽媽就此也灰了心，並把老鼠夾子送給了我的堂嬸子。幾個月之後，我的小堂弟便成了「捕鼠英雄」。但是，堂嬸子卻很瀟灑，對此不在乎地說：「打老鼠又不是打老虎，打老虎英雄才算真正的英雄，捕鼠英雄算得了甚麼？」聽了這幾句話後，我媽媽點點頭，覺得很有道理，照搬過來安慰了我好幾回。

第六輯

西尋故鄉

人造人

近日看了新影片《科學怪人》(*Frankenstein*)，這是根據英國大詩人雪萊的夫人瑪麗．雪萊(Mary Shelley)的小說改編的。

電影描述了一位富有抱負的科學家製造人的故事。他搜集了死人身體的各個部份而加以拼湊，最後又用電流重新激活死人的神經，然後製造出一個人來。這個被製造出來的人除了人的肉身之外，甚麼也沒有，連名字也沒有。於是，他開始要求作為人應有的一切，要求與人類溝通，甚至要求為他再造一個女伴和賦予他一顆心靈。當這些要求不能滿足時，他開始瘋狂報復，最後殺死他的製造者，而他自己也在葬禮的火焰中與造他的「父親」同歸於盡。當代卓越的物理學家史蒂芬．霍金在他的《黑洞與嬰兒宇宙》中批評這部作品是對科學的懷疑，他說：「一位卡通式的人物——在實驗室中製造科學怪人的瘋狂科學家，便是這種不信任的明證。這種不信任態度也是支持綠黨的一個背景因素。」（參見《黑洞與嬰兒宇宙》第二十八頁，杜欣欣、吳忠超翻譯，藝文印館）

我欣賞這部影片，是因為它表述的思想與我近年來常想到的「人的有限性」觀念相通。人是有限的，科學也是有限的。科學促進人的進步，放大了人的眼光與潛能，但不能改變人的有限性，包括科學家的有限性。而其中最重要的一種標竿，就是任何具有高智能的人都不可能製造出人來。人造人的幻想一定要粉碎，人造人的烏托邦一定要化為人殺人的悲慘劇。

我對影片特別感興趣還因為我親自看到和經歷過故國大規模的人造人運動。這就是從五十年代到七十年代的對人的改造運動。交心、鬥私批修、勞動鍛煉、反右鬥爭、文化大革命，一個接一個的重新造人的運動非常像這部影片的卡通式科學家的造人過程：先把心取出來（交心運動），再把肉體放在熔爐裏，然後輸入電流似地灌進各種思想，再造新的神經系統。而不同的是我們強調靈魂深處鬧革命，而卡通式的科學家則忽視了這一點。問題是我們的通過再造靈魂以造新人的運動也沒有成功。我們改造的結果，是儘管還存有人的肉體，但變成了一個馴服工具，一個螺絲釘似的機器人，完全喪失了獨立的人格。在我們稍微覺醒一點之後，和影片裏那個被製造出來的軀殼一樣，也要求愛，要求人的尊嚴，要求自由的靈魂。

西方在浪漫時期，竭力誇大人的力量，並由此產生一些浪漫主義的傑作，但是，誇大過份了，就會越過界限，以為人可以創造一切，包括製造人自身。我國從本世紀下半葉，也經歷一個精神大浪漫期。在這個時期中，除了產生大躍進、萬斤糧食、衛星上天等神話外，就是產生無數人造人的荒謬故事與慘烈故事。

窈窕淑女的改造

這幾年在海外看的西方電影比在國內幾十年看的總和還要多得多，特別是英格麗·褒曼（Ingrid Bergman）、慧文麗（Vivien Leigh）、赫本（Audrey Hepburn）、索非亞·羅蘭（Sophia Loren）等幾位女星主演的電影我看得更多。

英格麗·褒曼主演的《卡薩布蘭卡》和赫本主演的《羅馬假日》，我看了不下十遍，有點像當年看《地道戰》、《平原游擊隊》那種勁頭。不過看《地道戰》的時代，是別無選擇，而看赫本等演的影片則是自己衷心喜歡。去年年僅六十七歲的赫本去世，我竟產生一點惆悵感，於是，又連續看了赫本的一些影片。她所演的片子幾乎都讓我喜歡，唯有 *My Fairlady*（中譯為《窈窕淑女》）看了一遍之後就不想再看了。這不是她演得不好，而是影片的內容觸動我的心事。

這部影片講的是一個出身最底層的賣花姑娘走進上層社會的故事。賣花姑娘提着小籃子沿街叫賣，和底層社會的勞工們一起廝混並一樣滿身帶着野氣，連言語也很粗魯。然而，她擁有天然的美貌，因此被一位紳士看中。這位紳士把她帶到家中，並發誓（和朋友打賭）一定要把她改造成一個和他們一樣具有貴族風度的雅女子。於是，他開始刻意改造她、重塑她。他像訓練剛從森林裏救出的狼孩一樣，從學習語言入手，一個字一個字地改變她的發音，以至最後改變她的整個性格和存在方式。他如願以償，這位賣花姑娘在他的改造下，儼然變成上流社會最有貴族風度的具有第一流美貌和第一流舉止的女子，並讓上層將軍貴族們為之傾倒。這位紳士在改造成功的興奮中還與自己所塑造的新人結為伴侶，終成眷屬。

我所以不喜歡這部影片，就因為涉及到對人的刻意改造問題。這位美麗而帶有野性的賣花姑娘，本來潑辣而有生氣，倘若把她引入學校給她讀點書、施加點教育，讓她文明一些，也未嘗不可。但是，這種教育和補充應當是自然的，逐步形成的。而《窈窕淑女》則不然，這位賣花姑娘完全被刻意改造，執行改造的紳士簡直像雜技團裏的馴虎師一樣地把這個姑娘飼養、馴服，然後從舌頭開始一樣一樣地強行改造。在紳士的眼裏，處於底層人間的姑娘，簡直不是人，而是狼孩，她進入紳士之家後，必須完成從狼孩到人然後又到貴人的全部轉變。每一種轉變，都是人工的強制的結果。

我看到這種強制性的人為改造和被改造，真是渾身不舒服。因為每一情節都使我聯繫到自己，聯繫到自己的青年時代也是這樣被人為改造、被刻意塑造成另一種人，在改造與重塑的過程中淘盡了自己的天真和其他一切美好的天性。只是方向與賣花姑娘相反，她從卑賤者被刻意塑造成高貴者，而我則從高貴者刻意地被塑造為卑賤者。我的農民化過程和她的貴族化過程都是人為的所謂脱胎換骨改造的過程。我因為有這種經歷，便深知這種刻意改造的荒謬，並懷疑這種非自然的像馴動物一樣地馴化人的方式是否能構成一種美的現象，是否值得謳歌和引為驕傲。

按照毛澤東的説法，是卑賤者最聰明、高貴者最愚蠢，所以必須把高貴者進行脱胎換骨的改造，而按照《窈窕淑女》導演的觀念，則是卑賤者最愚蟲、高貴者最聰明，因此也應把卑賤者進行脱胎換骨的改造。兩者觀念相反，但都覺得可以人造人，可以強行改造人。先不説他們把複雜的人群簡單地劃分為高貴、卑賤兩極是何等武斷和荒謬，就説強制性地把人進行脱胎換骨，實際上是不可能的。人固然有文野之分，但文氣有文氣的長處，野氣有野氣的長處。何況沒有一個人渾身是純粹的野氣或渾身是純粹的文氣。人在未接受教育之前，自然是野氣多，但是，要在人身上注入文明，是需要一個不斷薰陶、潛移默化的過程，而不是靠一場強制性的運動、勞動或靠一場馴老虎似的硬守強攻，更不是規定一個「脱胎換骨」的烏托邦目標。我因為吃盡脱胎換骨的苦頭，至今還常常腰酸，所以雖然喜歡赫本，但絕對不喜歡她所扮演的那位淑女的脱胎換骨，並覺得她還是渾身野氣時可愛。

三類悲劇

無論是文學上的悲劇還是現實中的悲劇，我都喜歡去讀去想。世界文學上的一些大悲劇隨時都會讓我重新想起。

我最關注的悲劇有三種：命運悲劇，性格悲劇，還有關係悲劇。

古希臘產生的最偉大的悲劇是《俄狄浦斯王》。這一悲劇寫人被拋入世界之後，就成為命運的人質，怎麼也改變不了某種超驗力量所預設的結局。命運的悲劇，也可以說是宿命的悲劇，人生彷彿被冥冥之中的一隻巨大的手所掌握，怎麼也逃脱不了這一手掌，即使你是擁有最高權力的國王，也逃不脱這一無邊的命運之手。我在美國讀了艾蓓的小説《叫父親太沉重》，就想到《俄狄浦斯王》。艾蓓小説中的人物，個個都是歷史的人質和命運的人質，連身處權力尖頂上的「總理」也是如此。他雖身居高位，但他又是一個歷史的人質，他被歷史所規定，因此，他可以指揮億萬民眾，但沒有力量保護自己生產出來的一個弱小的生命。而這一被拒絕的生命，尚未誕生就被拒絕，生下來之後更是被拒絕，於是，她永遠只能在她站立的地上掙扎，幾乎是走投無路地尋找生的隙縫之所。

文藝復興之後，人站立起來，文學上震撼人心的作品是性格悲劇。莎士比亞的《哈姆雷特》、《奧賽羅》、《李爾王》都是性格悲劇。歌德曾説，性格決定命運。在莎士比亞和他之後的一些大作家眼裏，不是命運主宰性格，而是性格主宰命運。人的主體性格就是命運的舵手，它可以把命運引向廣袤無邊的海洋，也可把命運引向死亡的礁石。一個人成為億萬富翁，運氣很好，但日子未必過得很好，性格上的慳吝可以使富豪過着像乞丐一樣的生活，巴爾札克筆下的那個至死都緊緊地抓住黃金不放的葛蘭台，就是這種人。巴爾札克一生寫了九十多部小說，二千四百多個人物，有許多人物是性格悲劇，其中「高老頭」是最有名的一位。

除了命運悲劇、性格悲劇之外，還有一種巨大的悲劇，就是關係悲劇。所謂關係悲劇，就是人一生下來之後，就被拋到早已預設好了的人倫人際關係中，人成了關係中的一個固定點，最後又成了關係互動中的犧牲品。這種關係平平常常，卻像奇怪的深淵，一步步讓人墜入其中而死亡。王國維非常精闢地指出《紅樓夢》的悲劇就是各種關係互動的悲劇。造成林黛玉等美好生命死亡的，不是幾個「蛇蠍之人」，而是親者的關係網絡，這些親者多數是愛她的，包括賈母和賈政，更不必說賈寶玉，但他們出自不同的動機與願望，最後共同製造了林黛玉的悲劇，形成共同犯罪，但犯的又是無罪之罪。林黛玉之死並不是惡的結果（不是幾個惡人迫害的結果），而是善的結果（一群愛她的親人出於某種觀念而形成的共同關係作用的結果）。關係，可以形成一種無意識的可怕的羅網，一種看不見的絞殺生命的力量。

我在中國的現實生活中看到最多的是這種關係的悲劇。龐大的關係構成一個大棋盤，每個人都像棋盤中的一個小卒子，在關係運動中被逐步吃掉。所有的個性、才智、追求都不知不覺地沉淪於沒有邊際的關係網中。一生忙忙碌碌而一事無成，最後回顧過去，才發現自己被一種幾乎無事的關係所吞沒。追思中對此突然升起怨恨，但也不知恨誰，只能面對無形而龐大的關係感慨不已。存在主義者發現他人是自我的地獄，其實也正是發現他者所形成的關係網結如同無盡的繩索，它必定要造成絞殺個體的悲劇。

倘若作為文學研究，講清這三類悲劇的差異與興衰，至少需要作一篇長長的論文，但我在這裏漫不經心地議論，只是想說，最後這一類悲劇其實是最可怕的。我就看到無數性格很健康很美好的師長朋友，他們的意志力量很堅強，也很難被艱辛的命運所擊倒，但不幸卻被深重的關係所吞沒。一進入某種關係，便進入一種可怕的結構性運作，如同轉盤上的一顆滾珠，怎麼也脱不開那些鋼鐵的旋律。

三本《狂人日記》

在魯迅寫作《狂人日記》之前，俄國已有兩部《狂人日記》，一是中國讀者早已知道的果戈理的《狂人日記》，還有一部是中國讀者不太知道的托爾斯泰的《狂人日記》。

俄國著名的思想家列夫·舍斯托夫非常看重托爾斯泰的《狂人日記》，他的名著《在約伯的天平上》論述説，《狂人日記》可以看作是托爾斯泰五十歲之後所寫的全部作品的總標題，在某種意義上可以看作托爾斯泰創作的關鍵。舍斯托夫還認為，《狂人日記》寫的是托爾斯泰本人的故事：他想買一座莊園，但不想付出足夠的價格，因此，他便希望能找到一個不要代價的「傻瓜」，以自得一座莊園。他相信這種傻瓜可以找到：既然是獵人，野獸就會跑到跟前來。於是，他耐心地等待着，留心閲讀聲明，到處打聽。如果上帝不派傻瓜來，他就想用農夫來補償，在一個所有農夫都無土地的縣裏買一座莊園，那時他將得到不花錢的勞動者。總之，《狂人日記》寫的是一個偉大人物的負面生活，無緣由的瘋狂的恐懼和病態的慾望。

果戈理、魯迅和托爾斯泰的《狂人日記》共同點都是提出這樣的問題：人瘋狂了，是整個世界生病，人因生活在瘋狂之中而瘋狂；還是個人生病，加劇了世界的瘋狂？魯迅的新意在於說明另一層意思：世界病了，沒有人道破，而那個道破世界病了的人被認為是病人。同一標題，不同作家可以借題發揮，寫出不同的意思。

我讀了三部《狂人日記》之後，感到三個偉大作家都想療治有病的世界，但都沒有把自己只當作醫生，他們還把自己當作病人。他們都覺得自己和他人一起共同創造一個有病的錯誤的世界，自己乃是這個世界的一部份，因此，應對這個世界負有一份責任。

七、八年前我提出中國當代文學缺少懺悔意識，想說的也只是作家自己或在自己作品中最好是在扮演醫生角色時，不要忘記自己也曾是一個病人。現在中國到處是審判官似的批評家，專門以診斷他人作品的醫生自居。而作家也常受這種風氣影響，也不知不覺地以法官與醫生自任，其實，如果換種心態，站在病人和罪人的位置上想想社會人生，就會很不一樣。上述的偉大作家這樣做，並不影響他們的偉大，其實，恰恰成就其偉大。

我特別敬佩托爾斯泰，他在《狂人日記》中簡直就寫他自己，承認自己病態的恐懼和追逐，當別人仰望他的天才、認定他是聖人的時候，他卻看到自己曾是一個狂人。中國人在二十世紀中，當了很久的革命狂、鬥爭狂，但自認為是聖人的很多，自認為是狂人的很少。文壇上那些瘋狂地踐踏過胡適、俞平伯、胡風、路翎和其他知識分子的一代狂客，現在仍然感覺很好。所以，中國的狂病總是不會結束，而《狂人日記》卻難再誕生了。

返回經典

在海外，滿懷「西天取經」的熱望，貪婪讀書，讀韋伯，讀維德根維坦，讀福柯，讀拉康，讀德里達，讀後，常被他們的新鮮思維所激動，尤其是讀福柯，更感到相對主義的智慧，本質主義的漏洞，也才知道歷史只是一篇由人訴說的故事，《性史》是福柯演繹的故事，《史記》是司馬遷敍述的故事，《漢書》是班固編說的故事。故事而已，不要當真。而讀德里達更是神奇，他的萬能解構刀，有如孫悟空的變幻術，說變就變。一經解構，禮物變成非禮物，桌子變成非桌子，歷史變成非歷史。

我讀後確實受到啟迪，原先那些本質化的思路因此斷裂。但是欣賞久了，也產生一種恐懼。這種恐懼是一種綜合性的讀後感，即閱覽二十世紀否定性哲學的讀後感。

所以感到恐懼，是因為愈讀愈覺得自己像個霧中人，世界、歷史，全變成一圈迷霧。迷霧中甚麼是真，甚麼是善，甚麼是美全模糊了。數千年人類智慧的頭腦所分清的真假、美醜、善惡只是人們隨意編織的童話，知識權力支配下所說的真未必真，知識權力支配下所說的善未必善，知識權力支配下所說的醜未必醜。林肯未必是開明領袖，希特勒未必是歷史丑角，維納斯與蒙娜麗莎似乎與骷髏無別，廁所裏的糞桶乃是先鋒藝術，給蒙娜麗莎畫上鬍子的畫家比達·芬奇更前衛。從少年時代讀了許多書才形成的審美理想突然變得怪誕起來，想着想着，便感到恐懼。

經歷了一陣恐懼之後，現在倒冷靜下來了。覺得自己不該當霧中人，還是要腳踏真善美的古典實地，兩隻眼睛還是要去辨明真假、美醜、善惡，腦子可以複雜一些，但不可過於怪誕。所以就慢慢地離開時興的思潮，回到一些哲學與文學的經典著作當中。從《伊利亞特》、《奧德賽》到《神曲》到莎士比亞到托爾斯泰、陀思妥也夫斯基，在哲學上從柏拉圖到康德到海德格爾。很奇怪，回到經典，就像回到精神故鄉。在這個家園裏，感到他們的文字一行行都與我的生命的體驗相關，他們筆下所說的一切都連着我的呼吸，不像在霧裏，而是在地上和大海裏。在地上踏實，在海裏雖有浮沉，也覺得自己就是靈魂的船長。我擁抱他們描述的生命，他們創造的生命也擁抱我。我在他們的文字裏感到生命的氣息。我更喜歡他們，喜歡他們高高地舉起自己的心，高高地舉起人的意義與生的意義。

我是一個酷愛文學並把生命投進文學的人，也知道語言與技巧對於文學的重要，但是，僅僅生活在概念遊戲和技巧遊戲的世界裏，我受不了，我更需要語言文字中血的蒸氣，靈魂的燃燒，人間的關懷，愛的搏動和具有偉大人格力量的價值選擇，我更愛那潛藏於各種文學中的心靈原則和希望原則。世界正在走向商品與技術的深淵，人性正在退化成機器和動物，在物質的包圍之外，我更需要文學給予我以溫暖，以力量，以真性情，而不是讓我從貧瘠走向貧瘠，從沙漠走向沙漠。

我了解自己，我是個把最寶貴的青春時代無可逃遁地拋進野獸橫行的黑暗洞穴裏的人，在這種洞穴裏久居的人難免要被獸毒所感染而丟失許多人性的溫馨。從洞穴裏走出來的人，更喜歡篝火、陽光，更需要擁抱人的溫馨與人的血脈。我不怕被人嘲笑自己曾有過哭泣、傷感和赤子之心，只怕靈魂像骷髏一樣空洞和生命像冬天一樣冰冷，因此，我需要重新擁抱經典，重新擁抱永遠帶着溫熱的精神故鄉。

也說張愛玲

五十年前，張愛玲還僅僅二十幾歲的時候，就寫出她的代表作《傾城之戀》和《金鎖記》，才華過人。《金鎖記》確實了不起，它是魯迅的《阿Q正傳》之後最重要的中篇小說之一。其藝術價值可與沈從文的《邊城》相比，但其刻畫人性的深度超過《邊城》。

張愛玲的小說，在中國現代文學史上，構成另一坐標，或者說，構成另一近傳統。這是和左翼革命文學、閒適文學、世俗小說、新感覺小說完全不同的另一坐標與傳統。此一傳統，可稱作抒寫悲愴人性的悲劇傳統。以她為起點，台灣的白先勇、蘇偉貞等，大陸的蘇童等，都可視為這一傳統的伸延和發展。因此，哥倫比亞大學的王德威教授，稱張愛玲為「祖師奶奶」是有道理的。

在本世紀中，張愛玲是一個逼近哲學、具有形上思索能力的很罕見的作家。她是一個深刻的悲觀主義者。浸透於她的作品中的是很濃的對於世界和人生的悲觀哲學氛圍。張愛玲具有作家的第二視力。當人們的第一視力看到「文明」時，她卻看到「荒原」；當人們看到情感的可能時，她看到不可能；而當人們看到不可能時，她卻看到可能。《傾城之戀》告訴人們，世界並非在「進步」，而是在一步步地走進死寂的荒原。因為作為世界主體的人是自私的，他們被無窮盡的慾望所控制，這種慾望導致了人性的崩塌和愛的失落。只有到了「地老天荒」、世界走到末日的時候，慾望才會與世界同歸於盡，人才可能重新發現愛和復活天性中的真誠。《傾城之戀》表現的正是把世界推向末日的戰火反而拯救了人間之愛。

張愛玲對世界是悲觀的，對文明是悲觀的，對人生是悲觀的。現實中的一切實有，成功與失敗，光榮與屈辱，到頭來都將化作虛無與死亡，唯死亡與虛無乃是實有。前不見古人，後不見來者，念天地之悠悠，獨愴然而涕下。張愛玲的作品具有很濃的蒼涼感，而其蒼涼感的內涵又很獨特，其獨特的意義就是對於文明與人性的悲觀。這種悲觀的理由是她實際上發現人的一種悲劇性怪圈：人為了擺脫荒蕪而創造文明，但被文明刺激出來的慾望又使人走向荒野。人在拚命爭取自由，但總是得不到自由，他們不僅是世界的人質也是自身慾望的人質，說到底只是「屏風上的鳥」、被「釘死的蝴蝶」，想像中的飛翔畢竟是虛假的，唯有被囚禁和死亡才是真實的。張愛玲這種對人生的懷疑和對存在意義的叩問，使得她的作品挺進到很深的深度。中國現代文學，普遍關注社會，批判社會的不合理，但缺乏對人類存在意義的叩問這一維度。而張愛玲的小說卻在這一維度上寫上精彩的人生悲劇。

張愛玲早期的作品比中、晚期的作品更令人喜愛。她在青年時代登上文壇不久就登上自己創作的高峰，這是一個很奇特的現象。可惜，她沒有充份意識到自己開闢的獨特的文學道路，因此，在創作《赤地之戀》與《秧歌》時，很快就遠離自己，遠離了冷靜地思考宇宙人生的自己，遠離了具有形上特色的自己。她早期的精彩是永恆性的思索壓倒時代性的思索，而到了中期則相反，現實的政治傾向性顯然壓倒了審美形式也壓倒早期那些帶有永恆性和普遍性哲學意蘊的叩問。她離開了自己熟悉的城市而走向陌生的鄉村，離開了獨特的、屬於她的意象而走向世俗的共同的意象，也離開了靈魂細緻化和心理細緻化的審美王國而走向性格和命運圖解化的不幸王國。總之，她放下文學的超越視角而走進了世俗視角。這就使她在青年時代所獲得的成就沒有得到長足的發展以至未能傑出到足以和世界第一流作家比肩的水平。

對張愛玲文學成就的充份發現始於夏志清先生的《中國現代小說史》。這部著作給張愛玲以極高的評價，並奠定了近十幾年來張愛玲研究的基礎。現在台灣、香港、海外的張愛玲研究十分熱烈，大陸某些文章也有精彩見解。但大陸所編撰的中國現代文學史書一直把張愛玲排除在外，新出版的小說史也只是把她作為一般作家放在一小節上輕描淡寫，這種政治大於審美評價的教科書顯然缺少文學眼光。在重寫文學史時，自然應當把張愛玲作為二十世紀新文學史重要的一頁。但是，也不應把張愛玲「創造」得過於神奇。一個重要作家，除了自身的創造之外，總是還要被評論者所創造。現在張愛玲已「被創造」到相當精彩但也相當神奇的地步，我們不妨揚棄她的「神奇」，保留她的「卓越」，以使她在地母懷中的靈魂得到安息。

大愚若智

蘇東坡在〈賀歐陽修致仕啟〉中用「大勇若怯，大智若愚」八個字稱讚友人，也概括了世界上的一種可愛的人：有智慧而不賣弄小聰明，以至讓人以為愚魯可欺。

老子所說的「大直若屈，大巧若拙」，也是這個意思。孔夫子大約非常喜歡這種人，所以他才會抨擊「巧言令色」之徒，而喜歡「剛毅木訥」者。所謂剛毅木訥者，當然不是呆子，只是口拙。有內在智慧而不善於表達，便成了大智若愚。

可惜，今日的中國，剛毅木訥而內藏智慧的人很少，大智若愚者幾乎絕種。與之相反，大愚若智的人則大量繁衍，以至充斥國家的上上下下。

大愚若智的人，本來愚蠢，沒有眼光，沒有胸襟，沒有知識，沒有境界，空空洞洞，腹中無物，這種無才之愚本來也不要緊，但他（她）卻偏偏裝出一副大智的樣子，彷彿甚麼都懂，滔滔不絕，巧言令色，似乎早已窮盡天下之理。這種大愚若智者愚蠢之極卻不自知，所以一出場就讓人啼笑皆非。在這種大愚若智者群中，也有一些小聰明的，但因為沒有真才實學而善於賣弄或自以為是，也成了大愚若智者。例如《三國演義》中的蔣幹，其實只有小聰明，但自以為很有才幹，結果中了周瑜之計。曹操誤殺水兵將領，兵敗赤壁，首先是吃了大愚若智者的虧。

中國當代政治舞台上出現過許多大愚若智者，文化大革命中的江青，就是一個。此人有點小聰明，但在政治上卻愚昧無知，可是她沒有自知之明，以為在藝術舞台上可以扮演主角就可在政治舞台上扮演主角。因此，她在政治風雲中便把自己裝成一個旗手似的大智者，竟然想指揮億萬民眾，甚至想指揮所有的將軍和知識者，結果弄得身敗名裂，被天下當作笑柄。

大愚若智者可以暫時造成一些假象，但終歸要失敗。這種人的致命弱點是愚蠢又不誠實，無才之外又橫添無德，所以人生便一敗塗地。在平民百姓中，所謂大愚若智者不過是一些不懂裝懂、喜歡賣弄小聰明的淺陋之徒，雖不幸但不足懼，而如果這種人身居高位則對國家社會危害極大。昏聵之君卻偏偏擺出一副事事洞若觀火的樣子，勢必剛愎自用，閉目塞聽，又胡亂發號施令，這樣一定要造成蒼生的苦難。所以，中國要好起來，還是要少一些大愚若智者為妙。

帶菌者

從中國大陸出來的人，尤其是六、七十年代之後出來的人，許多都是帶菌者。我可能也是一個，但自己往往沒有察覺出來。

我所說的帶菌者，是指帶着政治瘟疫的細菌和病毒的人。

本世紀下半葉的中國大陸，發生了曠古未有的、連綿幾十年的政治瘟疫，這就是政治運動。從批判俞平伯、胡風開始，瘟疫愈演愈烈，到一九五七年和文化大革命，便釀成讓全世界目瞪口呆的政治大瘟疫。幾乎所有的中國人都陷入瘟疫的災難，中了病毒，形成一種政治病狂症。

中了這種病毒，便發瘋，發狂，生長出利牙獰齒，旋轉着帶毒的舌頭，到處以口戕人，在打擊他人中尋求快感。這種病毒蔓延到中國的每一個村莊、大街與胡同。

政治瘟疫的病毒，是在政治運動之後我和許多朋友才看清楚的。這種病毒，很有生命力，甚至可以說很有激情。初中這種病毒，身心處於亢奮狀態，喜歡歌唱，喜歡跳舞，喜歡文章的激昂慷慨，但是，日子一長，便會知道這病毒有一種特別的功能，就是會吃掉人性。它可以把一個人的人性吃得一乾二淨，使其變成政治機器或政治野獸。病菌一旦鑽入人的靈魂深處，就把人最原始的同情心、不忍之心、羞恥之心全部都吃空。而一旦被吃空，靈魂就變得堅硬，打擊人與虐待人，就自然地視為天經地義。六、七十年代，一些生靈被打入牛棚，另一些生靈則以撕毀他人為「其樂無窮」，以摧殘文明為天然合理，人人都發狂，個個都變態，當時中國所發生的，正是一場史無前例的政治大瘟疫。

十七世紀歐洲曾經發生過一場舉世震驚的大瘟疫，那場瘟疫使隔着大西洋的美洲人都心驚膽戰。這場瘟疫的主要病症是霍亂。而中國六、七十年代的也讓舉世震驚的瘟疫則是「魂亂」，則整個生命秩序、靈魂秩序的大混亂。學生打老師，兒子打父親，這是倫理的混亂，而倫理混亂的深處是生命秩序的混亂，完全分不清白與黑，人與獸，鬼性與人性。

在政治瘟疫中，有一些倖存者，靈魂沒有爛掉，但受了病毒的感染，也中了毒。這種人不少，這就是我說的帶菌者。因為政治瘟疫持續了二、三十年，人們都在瘟疫中泡浸，互相傳染，原來乾淨的靈魂，或多或少都帶上病毒，原來覺得是不能隨便污辱人的，在中了「階級鬥爭理論」病毒後，便覺得要「看污辱甚麼人」，因此也覺得污辱人有理。許多人整天神經兮兮的，心中還是繃着一根階級鬥爭的弦，只會說官話、套話，也是病毒未消。包括一些自稱是崇尚民主的人，動不動就把不同意見的人視為仇敵，非置於死地而後快，專制霸道得很，其實也是身上的病毒在起作用。

中國大陸經歷了一場政治大瘟疫之後，留下一種巨大的後遺症，就是產生無數的帶菌者。這些帶菌者現在正在進入另一場革命。我相信，在這場新的革命中，未清除乾淨的細菌會變成另一種模樣重新繁殖，中國人的生命秩序可能還會再次發生混亂。今天我指出這一點，也算是警世危言，特說給被權勢和錢勢沖昏了頭腦的人們。

尋找的悲歡

《人民日報》在一九八七年曾經發表我的《尋找的悲歌》的片斷，「六四」之後，大約是為了配合反擊資產階級自由化，則發表了另一作者的《尋找的歡歌》。以歡歌之喜消解悲歌之毒，化了自由，也化了危險，編者實在是聰明得很。

尋找過程，可以寫成悲歌，也可寫成歡歌，本都無可非議，但在有的人看來，歡歌是積極的，它與大好形勢相宜，悲歌是消極的，它不能反映時代的光輝。這就很荒謬了。

《尋找的歡歌》的作者大約是個年輕人。年輕的生活充滿夢和歡樂，這是很自然的，我無意給予褒貶，只是我由此想到中國文學的一個問題，就是我們中國文學向來就是一種樂感文學，從古到今，就不太喜歡面對人生悲劇進行思索，而喜歡大團圓。這一點已經被許多作家和批評家指出了。我在《魯迅美學思想論稿》中也特別指出了這一點，可惜當時我沒有想到應把這一傳統和中國人對人的存在意義的認識聯繫起來。今天倒想到，中國文學往往缺少深刻的思索內涵，正是因為它往往把生存意義看得太簡單。「天生我才必有用」，人本來就是天地之心，萬物之靈，生下來意義就確定了，用不着去叩問去尋找。也就是說，本質先於存在，存在的意義用不着自己去發現、去開拓、去歷經種種艱難險阻。人生注定是一派歡歌，形勢注定一片大好，快樂是不用懷疑的。因為這麼想，中國文學就少有對存在意義深刻的質疑，也少有把叩問的巨大激情昇華為悲劇的大藝術。

本世紀下半葉，中國作家只能充當淺薄的社會鬥爭謳歌者，在文化大革命那互相吞食的黑暗歲月裏，也是一派歡歌。倘若暴露點黑暗，則難以存身。其實，文學即使暴露黑暗也是不夠的。如果不能叩問人生的意義，其思想內涵終究是淺露的。八十年代中，中國新文學開始出現朦朧詩歌，之後又出現劉索拉、徐星的一些小說，倒開始了生存意義的叩問，這種對存在意義的懷疑，使中國文學開始踏進另一世界、可惜，他們似乎一叩問就停了下來，創作力不夠旺盛，以至一種很重要的開端也被人們所遺忘。

我寫《尋找的悲歌》，也僅是叩問的開始，不過，我在這一開始中，對自己有一種新的期待：日後的文字應對活着的意義有更深的領悟，有別於頌歌與歡歌的領悟。我寫悲歌時，正視了過去，倒看到光明，於是，悲情中倒有謹慎的歡樂，而聽到鶯歌燕舞似的歡歌，倒是感到悲哀。我分明記得人們吟唱到處鶯歌燕舞時，正好聽到牛棚裏無數知識分子的呻吟，而這回聽到尋找的歡歌時，我正好又在尋找那一個血色早晨的記憶，還有一些母親正在尋找兒子的屍體和靈魂。

遠離仇恨

中國人對美國的尼克松總統比較熟悉。因此，在他逝世的時候，也比較關注他的消息。我也不例外。去年他逝世的時候，所有的英文報刊都在談論他。歷史學家們紛紛地翻閱和評論他的過去，並引述他說過的許多話。其中有一句話竟使我難忘。他說：如果你要懲罰某一個人，最好的辦法是讓他去仇恨別人。對於尼克松，我說不上喜歡，也說不上不喜歡，但這一句話，我卻非常喜歡。

大約是像我這樣年齡的一代中國人，都經歷過仇恨別人的時代。數十年的階級鬥爭教育，就是讓我們記住仇恨的教育。我不知參加過多少回憶苦思甜的教育，隨後又不知道呼喊過多少次「不忘階級苦，牢記血淚仇」的口號。每一次教育，在心中就多積澱一點仇恨。政治運動更不必說了，運動的發動，就是仇恨的發動。每一次政治運動都和奧林匹克運動會一樣，首先要舉起火把，點燃火焰，但是，奧林匹克點燃的是愛的火焰，而政治運動點燃的是恨的火焰。當火把在全國各地燃燒的時候，便是舉國仇恨的瘋狂燃燒。

在許多日子裏，我們簡直是生活在仇恨的烈焰中，但是，我們終於又在仇恨中贏得了一種體驗，即在揭發他人也就是仇恨他人的時候，自己也處於焦慮不安和恐懼之中，心靈也受着恐怖的煎熬，絕對過不了輕鬆的日子。在文化大革命中，每一天都在點燃仇恨，每個人都處於被人批判和批判別人的循環中，時而這一派慶祝勝利，時而那一派慶祝勝利，但沒有一派能擺脫緊張、疲倦、迷狂。經過十年的翻騰，大家都發現，中國大陸到處是狼煙，到處是焦味，也到處是被仇恨燒焦後的靈魂的傷痛。這焦味不僅存在於他人的身上，也存在於自己的身上。幾乎沒有人能幸免。有人以為當時擺佈中國的極端分子江青、張春橋、姚文元等能夠幸免，其實，他們又是另一種緊張和另一種焦慮，也沒有好日子過，更不用說他們最後收獲的是火山爆發似的抗議。在那種以仇恨支撐國家的歲月裏，每個中國人從早到晚不可終日，日子之難過是前所未有的。我覺得必須反省，就是覺得必須面對這種每個人都參加製造過的仇恨。經歷了集體性的仇恨，也經歷了集體性的懲罰，靈魂被放在革命的熔爐中，不是鍛煉，而是煎烤。我大約在這段歲月中有被煎烤的切膚之痛，所以對尼克松的話也有共鳴。

也因為有切膚之痛，所以出國之後，在文章中就說自己決定揚棄仇恨，但是，有些朋友看了不高興。然而，我還是要放下仇恨，因為我不想再懲罰自己。我知道，此刻我心境很好，不是因為我遠離故土，是因為遠離故土中的仇恨和仇恨的崇拜者。崇拜仇恨，是仇恨崇拜者的錯誤，我不想拿他們的錯誤來攪亂自己的心境。有從容不迫的心境，才能有對仇恨的理性分析。我不會放下批判仇恨的武器，只要我心中尚存着愛。

心地頌

中國人多數是土地崇拜者，所以祖先製造文字語言時，也在心靈之外，創造了「心地」一詞，並成為評價人的一個重要標準。

我也是一個土地崇拜者，所以也喜歡這一概念，而且不知不覺地常常清理自己的心地，與農民的耕耘除草的意思差不多。

心地隱藏於身內，肉眼看不見。奇怪的是，一個人的心地如何，時間一久，人們都清楚。

心地好壞，最重要的是如何對待人，包括如何對待窮人，如何對待富人，如何對待他人的成就，如何對待他人的不幸等等。

一個自己有成就的人，也希望別人有成就，也為別人的成就而高興，這就是心地好；反之，一個有成就的人，害怕別人也有成就，更害怕別人比自己成就高，甚至千方百計排斥貶低其他有成就的人，這樣的心地就不好。當然，如果自己沒有成就，卻只能嫉妒貶低他人，然後從貶低嘲諷中得到自我滿足或贏得一種自己最高明的幻象，那就更可悲，心地自然更不好。

對待他人的不幸也很能看出人的心地。中國有句成語叫做「幸災樂禍」，就是形容心地不善的人。看到別人的災難就高興，遇到別人的不幸就快樂，熱衷於在別人的痛苦中咀嚼出人生的甜味，津津有味地嘲諷別人的失敗，卻全然不懂失敗者的精神；細細地品嚐他人的悲劇，卻全然沒有對於悲劇製造者的義憤，甚至對於不幸的殘廢者、無辜者也沒有任何同情心，這樣的心地就很壞。反之，對人們的一切不幸與災難，都能理解與同情，對一切不幸者，心靈都能與之相通，能急不幸者之所急，對他們及時地伸出救援之手，這樣的心地就好。善良、慈悲、仁愛、正直，都是對這種美好心地的描述。

人的美好心地，乃是無價之寶。擁有美好心地的人，其人生將會從容、平和、安詳，並會創造出許許多多美好的不朽的故事。但是，美好的心地，還得努力去保持。人間社會實在太髒，如果不努力保持，心地就很難乾淨。心地一旦變髒，而且任其發展，就會腐爛。人心的腐爛可以達到不可思議的程度，以至變成狼心狗肺。這種心地可以埋葬一切真理，一切愛，一切善良美好的東西。

我在大陸數十年，常常感到報刊上或課堂上對人們灌輸的東西，十分可怕，但是，為甚麼可怕，直到近年來才慢慢想清楚，這就是在念念不忘階級鬥爭的名義下，讓人們拋開善良正直的美好心地。在人的心地上，注入仇恨和嫉妒，卻掃滅一切愛與同情心，自然就使人心愈來愈壞，甚至壞到難以想像的地步。因此，美好的心地的重新開墾和培育，對於未來的中國，可能是最艱巨最重要的事情了。

因為現在時行講心術，所以我偏講一點心地，明知聰明人要嘲笑，還是要講。

呻吟

想起陀思妥耶夫斯基，我就記起他講的那句話：「我只有一邊呻吟，一邊探索人生。」因為這句話所概括的生存狀態，也恰恰是本世紀下半葉大陸正直的中國知識分子的生存狀態，我自己在許多時間中，也處於這種狀態。

我曾把這一意思告訴過一位朋友，他卻不以為然，反駁說：「能這樣做的人極少，多數人只有呻吟，沒有人生探索，有時甚至是一邊哭泣，一邊詛咒人生。」

朋友的話雖有點激憤，但也是事實，能夠一邊呻吟一邊探索的人確實很少，特別是在階級鬥爭籠罩一切時，知識分子的生存權利都沒有了，在牛棚裏，只能像受傷受虐的牛馬一樣呻吟，怎能顧得上探索人生。那裏唯一的工作是無休止地寫交代材料，那是甚麼？那是一邊呻吟，一邊踐踏人生。但是不管生存如何艱難，仍然有一些艱苦卓絕者在，如傅雷、巴金、聶紺弩、孫冶方、顧準等，他們就是一邊承受鞭子，一邊還握緊筆桿，身體被囚禁，思想仍瞭望鐵窗外的中國。當然，他們是人，在皮鞭下，在監牢裏，在牛棚中，固然堅忍，沉默，只是內心也只能呻吟。苦難本來足以把他們壓倒，但他們偏偏讓靈魂抬起頭，一邊咀嚼苦難，一邊面對苦難思考，於是，才有《傅雷家書》、《隨想錄》、《散宜生詩》問世。這些書籍也有呻吟之聲，但更多的是冷靜和理性的探索。他們的探索不像陀斯妥耶夫斯基叩問神是否存在，而是叩問人是否存在——有尊嚴的人是否存在？在難以存在的土地上人如何存在？一邊呻吟一邊探索的是人，一邊呻吟而一邊自我踐踏的還是人嗎？

我還曾把「一邊呻吟一邊探索人生」這句話告訴過一位年青朋友，他則不以為然，說這是你們生活的時代狀態，到了我們這一代，就不再呻吟，只有探索。這位朋友出生於六十年代，而在九十年代走向社會。他和他的一些同齡人的確不再呻吟，而且時時嘲弄呻吟，我本來也充份理解他們，可是，他們中的一部份人現在則走向一種極端狀態，則一邊寫作，一邊戲弄人生。這就使我感到惶惑了。倘若一邊輕鬆地玩玩，一邊還嚴肅地探索人生我還能夠接受，而如果把一切都視為玩樂，撕毀一切嚴肅的探索，那也有點古怪。因為他們自己雖不呻吟，但在中國，在世界，處於呻吟中的人還很多。作家的心靈能夠聽聽這些呻吟之聲，甚至傳達一點呻吟之聲，恐怕是有益於自己的探索的。倘若一聽到呻吟就嘲笑，反而容易浮淺與浮滑。

我到海外之後，早已不再呻吟，日子過得很好，也喜歡玩玩，但也害怕長此以往會沒有出息的。我知道，人類史上的偉大作家，多數是一邊呻吟一邊探索人生。活得很快活的只是玩玩的作家其成就倒是很有限，幾乎沒有一個大作家是因為自己會玩玩而引為自豪的。

人虎之變

巴金在《隨想錄》中提出一個問題，這就是在文化大革命中為甚麼中國人突然一部份變成牛馬，一部份變成虎狼。他說，我們這些人被送入牛棚，變成牛馬還是容易想得通的，而為甚麼那麼多人突然一下子就變成虎狼，這就難以想通，但這是必須想通想清楚的。

這個問題我已經想了許多年了，現在還在想。我按照自己的思維習慣，把問題簡化，於是便變成這樣一個疑問：為甚麼人的革命化教育結果變成人的動物化？而這種動物化，也有四化，即牛化馬化虎化狼化。經過簡化，我把問題與現象記住了，記住中國人的一部份牛化馬化，另一部份則虎化狼化。

我還有另一個也總是想不清的問題，就是固然大群的人狼虎化，但有虎氣的人卻很少，市面上早已缺少虎骨酒，而社會上也缺少虎骨氣，人們愈來愈委瑣，愈自私，愈貪婪，一想，頭腦就發脹，時代、環境、制度、種族等原因均一湧而上，似乎必須用一本厚厚的書才能完成答卷。但去掉系統性的思索，回憶一下當時發瘋的日子，倒也簡單了。

如果不是依據聖經的解釋，而是依據達爾文的解釋，那麼，人從動物界走出來的時間並不長。於是，在人身上一面是作為動物的求生慾望仍非常強烈，一面作為人的人性則非常脆弱。動物與人的區別是動物只有求生慾望而沒有死亡意識，牠們不能意識到死的必然，也就不能把握生的意義，因此，能生存下去便是一切，一旦飢餓危及到牠的食物乃至牠的生存，牠便要張開自己的牙齒進行無情的廝殺，包括吃掉自己的同類甚至吃掉自己的子孫。我在電視 *Discovery* 的節目裏就看到一部介紹獅子、鱷魚、鷹、猩猩在飢餓的時候吞食同類和兒女的紀錄影片，令人毛骨悚然。人在不能生存下去的時候，也會像獸類一樣甚麼事都幹得出來。文化大革命又恰恰是一個人不能生存下去的年月，在歷史變成佈滿斷頭台的舞台時，人們為了求生，就會把狼虎性充份暴露出來，為自己的苟活而出賣、而攻擊、而絞殺同類。強烈的飢餓感、恐懼感和求生慾望能把人性剝奪得很乾淨，這是六、七十年代故國的革命大課程告訴我的。

由於人從動物界中擺脱出來的時間不長，所以人性還是很脆弱的。像保爾．柯察金那種能煉成人性鋼鐵者只是極少數，絕大多數人性是鋼鐵的反面。因為人性脆弱，就經不起天天講，月月講，年年講階級鬥爭講革命。天天、月月聽講暴力和搏鬥，人真是會變性。巴金納悶人變虎，與人性的脆弱絕對有關。

說到這裏，便想起袁枚的《小倉山房尺牘》中「答某學士」一文中的話，他說：

以入虎穴得虎子自矜，而不知久居虎穴中，已作牛哀之化而不自知。

袁枚講的也是人性的脆弱，說人以為入了虎穴，可得虎子，卻不知道長久住在虎穴裏面，已經被虎性同化了。文化大革命，作為瘋狂而畸形的階級鬥爭，已把整個國家變成虎穴，人進入虎穴中，天天講虎性，月月講虎性，也就變成狼虎了。只是自己還不知道或不承認，以為自己還是真正的革命派。當時有許多革命造反派組織叫做打虎派，聲稱不打「地富反壞」等死老虎，專打「走資派」等活老虎，他們完全不知自己早已變性，變成一群真正的狼虎。

偌大的中國，在六、七十年代剩下兩個世界，一是「牛棚」，一是「虎穴」。或者說一是豬圈，一是狼窩。把審查批鬥的處所命名為「牛棚」雖殘忍但有概括力，「牛棚」二字的象徵指向極為準確，而「虎穴」二字是另一種象徵指向，也是極準確的，只是身在其中的人如袁枚所說的久居虎穴而不自知，所以還是得意洋洋。巴金老人一直惦記着文革事，並質疑一個號稱為大革命的時代，他的問題是對歷史的重大提問，其實每個中國人都應作一答卷。

「食槽」與「鬥技場」之間

人有時會降低到近似畜與獸之間，這種體驗，是我在第一人生經歷中得到的。

在河南「五七幹校」的後期，我們已不必再到田野裏勞動了，而是集中精神從事清查所謂「五一六反革命集團」的活動。為此，我們離開了息縣，到了明港的部隊營房。知識分子住進兵營，這是新鮮事，而住進之後甚麼事也不做，只能清查一個虛構的反革命組織和改造一種假設的資產階級世界觀，這更是新鮮。身處其中時我沒有太強烈的感覺，只一心想抓魚和泥鰍，那裏的魚和泥鰍很多，又很老實。但離開了幹校之後，我才慢慢意識到，我們當時走進了一個七十年代的集中營。

這種集中營的特點就是集中，編排不是研究所，而是營部隊的「連」「排」「班」。集中在一起學習，集中在一起吃飯，集中在一起睡覺，集中在一起互相揭發、批判。

雖然集中在一起睡，還是很文明的，男女分居，決不可亂來，這點與原始社會是有區別的。但是，確實太擁擠了，例如我們所在的連隊，全都是二、三十個男人擠在一間房裏，密密集集，一到半夜，便鼾聲四起，此起彼伏，這種住所，其實不能說是人房，倒有點像豬窩。那時候我們開飯時間是固定的，匆匆地趕到公共食堂買了飯菜之後，便又匆匆地回到宿舍裏來。這宿舍沒有桌子椅子，除了床架之外，就是在床架之間那些裝滿衣服、日常用品等全部家當的木頭箱子。用餐的時候，大家都以這些木頭箱子為餐桌。因為餓，用餐時很少說話，埋頭大吃。就在這一時刻，我想到：這些木頭箱子就像豬的「食槽」。圍着「食槽」吃飯，就是我們的生活。食槽生活雖然不雅，但它卻支持着幹校主要內容：清查鬥爭和思想改造。我讀過許多謳歌「五七幹校」的詩，但始終沒有發現謳歌「食槽」的句子。

離開了「食槽」之後，我們就拿着小馬札，找個地方，圍坐一起，開始學習毛澤東著作。然後就是揭發、批判、鬥爭，當時叫做「攻心」。即攻擊被審查對象的心。住在兵營，幹這種攻打事，倒名副其實。一天到晚攻克堡壘，打擊「不拿槍的敵人」，高喊「敵人不投降就叫他滅亡」。這種攻心、鬥嘴皮、鬥心機的場合，很像古代的「鬥技場」。雖然沒有古羅馬鬥技場上的壯觀，沒有戰馬、斧頭與長矛，但口槍舌箭，其殘忍與野蠻，決不亞於古羅馬。那時以《毛澤東語錄》為「匕首」，戮殺同伴的心，決不留情。

於是，我們在幹校的生活，就變成在「食槽」與「鬥技場」這兩個地方來回往返，形成一種古往今來少有的在「食槽」與「鬥技場」之間擺動的生活模式，一會兒像豬，像畜；一會兒像狼，像獸；生活就在畜與獸之間循環，很少有人的味道。倘若有人的味道，一定會被放到鬥技場上，變成畜與獸共同廝咬的對象。

這種擺動於「食槽」與「鬥技場」的生活，並不止於幹校，在文化大革命時代裏到處都是。那時人們一面吃大鍋飯，一面飯後就進入鬥技場，十年如一日，吃得有滋有味，鬥得也有滋有味。

幸而改革了，改革的要義實際上就是打破統一的食槽和統一的鬥技場。現在，食槽的生活方式已有改觀，人與畜的距離開始拉開，但鬥技場的一些老鬥士仍然存在，殺戮的事還在發生，中國人的獸性在某些人身上仍很旺盛，人與獸的形象還難分清。中國的改革，最終恐怕得看鬥技場是否有所改變。過去只注意「誰是我們的敵人，誰是我們的朋友」。今後恐怕應當注意作為人，如何區別於畜，如何區別於獸。

驢命

一九八九年初，年過七旬的鄭朝宗老師到北京來看我，他到我家就說：這次北上，就看一老一少。老的是錢鍾書，小的就是我了。他和錢先生是真正的知己，不僅是清華大學和劍橋大學的同窗，而且真心景仰錢先生。他當廈門大學系主任期間專門開設《管錐編》研究的課程，培養了好幾名《管錐編》的研究生。他所寫的〈但開風氣不為師〉、〈文藝批評的一種方法〉、〈再論文藝批評的一種方法——讀《談藝錄》補訂本〉、〈錢學二題〉、〈《圍城》與《湯姆．瓊斯傳》〉、〈憶四十年前的錢鍾書〉、〈懷舊〉、〈續懷舊〉、〈文章千古事，得失寸心知〉等，都可以看到他與錢先生的情感之深和他對錢著的研究之認真。

對着自己的老師，我竟有些撒起嬌來，並訴了許多做學問的苦楚，於是，他便舉起了錢先生的一個比喻讓我記住。他說，錢先生把做學問的人比作轉磨之驢，因太辛苦，也偶爾頓足不進，引頸長鳴，但是稍為抒一口氣後還是得埋頭帖耳繼續拉磨前行。（註：這一比喻載於《管錐編》第五零三頁：「匹似轉磨之驢，忽爾頓足不進，引吭長鳴，稍抒其氣，旋復帖耳踏陳跡也。」）鄭先生在七十多高齡的時候北上，除了帶給我很重的情意之外，就是帶給我一個難以忘卻的轉磨之驢，每每鬆懈的時候，便想到轉磨之驢的宿命，繼續在艱苦的路上奔走。

但因為自己的經歷特殊，又覺得在中國僅僅有充當轉磨之驢的精神準備是不夠的。就我個人的體驗而言，還得有一種準備，就是在轉磨之時，要迎接不斷來襲的鞭子，即使被抽得遍體鱗傷，也得繼續推磨才行。這一層可能國外知識分子也曾遭遇到，但決沒有中國知識分子所遭遇到的這麼普遍。了解這一層很重要，否則就很難堅持轉驢精神。還有一層也是應當有精神準備的，就是在中國，真正做工的也就是埋頭當驢子的很少，而監工、也就是監督驢子的人很多，這些人有的是官員，有的是工頭，有的是批評家。驢子是走着拉磨，他們是坐着評論和吆喝，我在甘心充當轉磨之驢時，「偶爾頓足不進」，常常是因為聽到吆喝和讓你不知所措的批評。最後還有一層麻煩，就是中國的知識「驢子」，無論怎麼埋頭轉磨，也無法「引吭長鳴」。四十多年來，有許多驢子過於天真而鳴放了一下，就被專政與制裁，變成反革命驢子。這是充當中國當代之驢的艱難處，我的老師想必也有所了解。

興滅繼絕

白先勇讀了我的《遠遊歲月》和《告別諸神》後，給我一封信。說我的文字在做着一種「興滅繼絕」的工作。

我在大陸聽慣了「興無滅資」，熟悉消滅地主資產階級的口號，一下子竟不知道「興滅繼絕」的意思，但我對白先勇和他的小說創作非常尊重，便認真地想想。

想了之後，覺得他給我的評價雖高，但還是準確的。我這幾年確實正在呼喚一種在中國瀕臨滅絕的東西，其熱情，也相當於世界上的鯨魚保護組織，呼籲人們不要再打擊滄海中的鯨魚，如再打擊，鯨魚也許會像恐龍一樣在地球上消失，那時，天空下將會失去一種大生命的壯觀。

我對社會生態十分敏感，的確看到社會大海中一些生命的壯觀和一些雖不算壯觀但屬於支撐人類存在的精神生命正在滅亡。我看到過去幾十年燃燒在大陸的政治火焰和由此蔓延出來的仇恨火焰正在把人間之愛化作灰燼，我看到階級鬥爭的洪水已經捲走了中國人際的溫暖，我看到政治運動的瘟疫其病毒正在滅絕中國人的良知。像一九五八年大煉鋼鐵時掃滅一切大森林一樣，六、七十年代人為的革命風暴掃滅了人的正直、善良與誠實，掃滅了中國土地上生長得很久的對知識的敬意、對師長的敬意和對高尚品行的敬意。在文化大革命中，當我看到自己所尊敬的作家學者一個一個被戴上無常鬼似的高帽並在胸前掛着他們的名字遊街的時候，我不僅感到斯文掃地，而是感到人類正在自我滅絕。在「把他們打翻在地、讓他們永世不得翻身」的吶喊聲中，我恐懼到極點，完全像生怕也被拖出去挨打的乞丐，唯一的心願只希望做一條沒有被抓住的漏網之魚。那時。我從小就養育成的讀書的渴望早已熄滅在恐懼中，只是心裏仍然還有一種對於安全與安寧的渴望。我希望有一天能像一九四五年結束日本強加給中國的戰爭一樣結束在我祖國大地上燃燒的精神戰爭。這場戰爭帶給中國知識分子的不幸恐怕連知識分子本身也難以表達，我也難以表達其萬一。然而，我在劫難中聽到的人的呻吟，看到的人的尊嚴像廢紙似地被撕成無數可憐的碎片，還有每個人都戴着面具地進入革命然後在中國大地上所演出的最醜惡最龐大的化裝政治晚會和政治戲劇，一直難以忘卻。尤其不能忘卻的是，我親眼看到在政治化裝盛會上幾個發出誠實的眼光和講了幾句真話的知識者，立即像兔子被揪住耳朵，然後又立即像竊賊一樣地被送上比豬圈還擁擠的牛棚，那時，即使他是戰功赫赫的將軍，是吃過草根參加過二萬五千里長征的老紅軍，也很難從成堆的謊言中抬起頭來，為三軍總司令彭德懷和國家元首劉少奇說一句正直的真話。真理、真誠、真話，天真、天籟、天理，人倫、人性、人道，寬厚、寬恕、寬容，善良、善意、善行，自由、自尊、自愛等等，這一切人間美好的字眼和它們所蘊藏的內涵全被視為反對革命專政的罪孽，每一個字眼都被批判得傷痕纍纍，每一個類似的含有真情與愛義的概念都像被利箭射中頭顱的大雁趴在地上作垂死的喘息。像我這樣一個「在紅旗下長大」本來只會盲目地謳歌紅旗、迷信紅旗和打着紅旗向受傷的心靈進軍的人，正是在這種山窮水盡中、也就是人類的一切美好概念和品行都被滅絕、整個中國大地只剩下被謊言染黑的政治洪水時，才開始覺醒——開始覺得應當尋找一葉乾淨的小舟以自我拯救，也才開始作第一輪反省，開始作「興滅繼絕」的思索。

我知道和我同時思索的還有許多朋友，而且大約需要幾代知識者的思索活動和知識活動才能真正讓那些死亡的真善美重新復活。一九五八年大煉鋼鐵時，我看到了故鄉大森林的滅絕，之後又看到小河與草圃的滅絕，為此，我傷心得很久，但是，我相信我故鄉的父老兄弟勤勞的雙手還會重新播下種子，而重新播下的還可以長成讓山鷹棲息的大樹，森林復活後山鷹還會重新盤旋在我故鄉的天空，那是我在十八歲將要告別故鄉而走上大學校門的期望。沒想到三十年後，在我四十八歲的時候，我又一次告別故鄉又一次產生期待：像那些被消滅的大樹有一天能重新復活，我的故國在過去丟失的那些美好的精神樹林能在廢墟中重新吐綠，健強的山鷹能重新在我同胞廣闊的心靈原野上飛翔。曾經有過的荒蕪將成為過去，在荒野中重建新的森林與田園，永遠是我的心願。

糞窖

我的老師鄭朝宗先生在講述但丁的《神曲》時，特別注意「糞窖」這個意象。但丁所設置的地獄第八層就是「糞窖」，他把佞人佞臣的鬼魂放在這一層上。但丁大約認為，佞人生前靈魂太髒，死後應放在最髒處。

糞窖的特點一是髒，二是臭，在人間社會中，它是堆積着人類糟粕的處所。世界變壞的時候，最後就是變成糞窖：淘盡一切精華，剩下的就只有髒兮兮的糞窖。

鄭老師是錢鍾書先生的摯友和研究家。他對《圍城》的解讀，就讀出《圍城》所展示的人間世界乃是一座「糞窖」。他說，錢先生在《圍城》中雖不曾公然指出揭發人性污點的宗旨，但他的《圍城》卻是一部人性大觀。人性太多邪惡，所以錢先生在《圍城》的序文中表白：「在這本書裏，我想寫現代中國某一部份社會，某一類人。寫這類人，我沒忘記他們是人類，還是人類，具有無毛兩足動物的基本根性。」鄭先生說：

> 我們的世界，照錢先生的看法，不是天堂，也不是地獄，而是糞窖——這裏面熙熙攘攘着的盡是些臭人和醜事；一部《圍城》便是專門拿來給糞窖中的人物畫臉譜的。臉譜有三副，用韓非子的字來形容，一副代表「愚」，一副代表「誣」，還有一副則是兩美並全「愚而兼誣」。

因為鄭先生在講課和文章中多次使用「糞窖」這一意象，所以留給我的印象極深。但是在聽他的課時，我心目中的世界很美好，一心正在嚮往未知的天堂，所以覺得糞窖時代已經過去，地獄已經拆毀。沒想到，文化大革命之中，我卻真正看到世界千真萬確乃是一大糞窖。糞窖中充滿着撒謊、殘暴、愚昧、陰險，充滿着臭人和醜事。

我看到的糞窖與但丁的糞窖相比，除了髒兮兮與臭乎乎相同之外，卻有一點很大的區別。但丁設置的糞窖是懲罰人性惡的處所，被他送入地獄這一層的是一些真正的臭人，他們滿身是邪惡。而我見到的糞窖，雖也有真正的臭人，但卻有許多是人造的「臭人」而其實是好人。他們的臭，只是被「批臭」。那時，舉國上下，連續數年大揭發大批判，領袖發動億萬人把千百萬「戰友」和知識分子「批臭」，而批得最臭的是國家元首劉少奇。這些人造的「臭人」，也被放在糞窖裏，使龐大的中國成了龐大的糞窖。

了解中國的人都知道，每一場政治運動都是一團爛泥。那裏除了洶湧的髒水之外甚麼也沒有。運動其實是互潑髒水的運動。今天這一群往那一群潑，明天那一群往這一群潑，無休無止。最後是一批人完全沉淪於糞窖，成為黑五類或黑九類，臭到底，而另一批人被平反，即從糞窖裏撈起來然後用清水沖洗一下。特別應提到的，是被弄髒不僅是別人潑來的髒水，還有自己的筆墨，這是最可怕的了。不寫檢查檢舉揭發材料，就不能過關，可是，一寫就給自己潑髒水，弄得很不乾淨。

文化大革命結束後，人人都鬆了一口氣，但是一回憶起過去，就像穿過一道黑暗的長廊，一座龐大的糞坑。在長廊和糞坑裏做些甚麼，自己很明白。人生複雜又簡單，自己只是做了一件事，潑髒水和弄髒自己。說了那麼多揭發別人和詛咒自己的語言，弄髒了舌頭；寫了那麼多污辱別人和污辱自己的文字，弄髒了筆頭，值得慶幸的是黑暗的長廊終有盡頭，十年革命的噩夢終於過去。沒想到一九八九年夏天的悲劇發生之後，知識者又面臨着新的噩夢，再次遇到弄髒自己的危險。

我出國的收穫是此次沒有再次掉入糞窖，沒有被別人潑髒水也沒有潑給別人髒水，保持了舌頭與筆頭的乾淨，口裏沒有謊言，筆下沒有假話，對於血寫的事實我睜着眼睛看，然後用乾乾淨淨的文字寫下自己看後的心思。乾乾淨淨，就是收穫。乾乾淨淨，在中國是不容易的。

數字獄

不必說但丁所想像的地獄，就是人間現存的地獄也是多種多樣的。人類畢竟優於獸與畜類，動物界就設置不了地獄。對於仇敵，只能用獰牙利角去爭鬥，但不能用地獄。牠們可以吃掉同類，但無法折磨同類，尤其是精神折磨。人類可引以驕傲的有許多，僅僅能夠設置種種地獄特別是精神地獄一項，就值得驕傲。人為萬物之靈長，是當之無愧的。

中國設置的地獄有許多，但我看到的並使我憎惡的有兩種，一種是文字獄；一種是數字獄。前者已談得很多，並被史家立傳，稱作《中國文字獄史》，所以我暫且不談。後者則談得不多，許多人雖身受其苦，但未意識到它也是一種地獄。況且這是新時代的新發明，因此，有必要記念它。

這種數字的地獄實在很文明，它沒有但丁所描述的那種種野蠻。但所有的中國人都知道這個數字獄的可怕，千萬不能進入。這地獄，就是所謂佔中國人口百分之五的階級敵人圈。每次政治運動，領導人總要宣佈，中國人多數是好的，階級敵人只是百分之五，只是一小撮。於是，人們便揭發、檢舉、批判，展開一場生死攸關的戰鬥。目標都是在證明自己屬於百分之九十五圈子裏的好人，而避免落入百分之五的死亡圈。

誰都知道，落入百分之五的圈子，就是落入地獄。輕則進入豬圈牛棚，重則進入勞改營和監牢。百分之五與百分之九十五的圈內圈外之別，是最可怕的區別。它不是高與低之分，而是敵與我之分，並且是人與鬼之別，人與畜之別，即人與非人之別。倘若還硬說是人，那也是良民與賤民之別。中國政治運動的威懾力量，其實就是這樣一個簡單的數字獄。一旦被劃入百分之五的數字內，接下去便是暗無天日的人生，其命運與豬狗牛馬相似，我們中國人曾經歌頌過這個數字，以為這是寬宏大量，階級敵人的比例這麼少，打擊面這麼窄，百分之九十五之內的人這麼幸福，但很少想到進入百分之五數字獄的人們是怎樣悲慘，怎樣呻吟，怎樣被物質宰刈與精神宰刈。

中國人實在太多，十億人的百分之五就有五千萬人。相當於法國的人口，要把這五千萬人置於監獄，僅建設牢房一項就夠傷腦筋的，無論怎樣大興土木也難以容納這麼多的階級敵人。幸而中國人畢竟聰明，能想出一種無需圍牆和鐵絲網的牢獄，只要一個百分比的數字圈就可一網打盡，既可使百分之九十五的百姓引以為幸引以為榮並感激自己在牢獄之外，又可使百分之五的百姓感到自己的孤立無援只好老老實實、服服貼貼、規規矩矩，等待某一天進入另一百分比的天堂。我到國外走來走去並看來看去，竟沒有發現哪一個國家的百姓和領袖，有我們中國人之聰明，能設置一種數字獄，無需現代化設置，但絕對嚴嚴實實。

被送入中國數字獄的四類分子、五類分子、九類分子，我只知道他們其實是「非人類」分子，但對他們的慘苦了解不深，因為我畢竟在他們的圈子之外，沒有切膚之痛。不過，我在圈外對兩種現象卻印象極深。一種是官員所為，他們為了表明自己的立場堅定，避免犯「右傾」錯誤，硬是填足百分之五的數字，例如在他的一百人的單位裏只有兩個右派分子，但為了湊足百分之五，便又多劃三個，填滿百分之五，這樣就完成了革命指標，心裏才扎實。第二種是民眾和官員皆有，即為了逃避數字獄的邊界，便殫精竭慮揭發檢舉別人，病態性地表現出極左極革命的姿態。他們知道，只有趕緊把別人推下去，填滿那個數字的深坑，自己才能安全地活在坑外。人一到死活關頭，為了生存，甚麼事都做得出來，當然也不惜先把別人送入地獄。中國的揭發風、檢舉風、批判風之盛，人類歷史上曠古未有，其中有一原因，就是人們為了逃避數字獄，不能不做出賣良心之舉。因此，數字獄不僅使進入此獄的人受盡污辱，而且使未進入數字獄的人也掙扎、搏鬥得異常殘忍，不像人樣。

蜜月

談起「蜜月」，人們會想起歡樂和詩意。可我談起「蜜月」則常常又要感傷。這不是為我這一代人沒有初婚的蜜月，而是因為我又由此想起那一對摯愛我的老人——聶紺弩與周穎。

聶紺弩從牢裏出來之後，已經年過七十，而周穎老太太也近七十。走過近乎死亡的黑暗洞穴，聶老又重新來到人間。他記憶中的人間首先是妻子和女兒。然而，女兒海燕早就對人間絕望並已從人間消失。那麼，迎接他重新進入人間的就只有妻子了。這樣，這對老夫婦開始了晚年一段相守相依的生活。自然還有許多真誠的朋友圍繞着他們的生活。我親眼看到他們倆的這一段告別苦難後的清淡而充實的日子。聶老住在南邊的這間小屋，屋裏是一張小床；周老太太住在北邊的那間小屋，屋裏也是一張小床。聶老從心裏感激周老太太，但很少和她說話。這是他們的身心靠得最近的年月，聶老把這段日子稱作是他們晚年的蜜月。他贈給周穎的詩說：「五十年今超蜜月，願君越老越年輕。」他們在二十多歲時結婚，而在經歷了五十年的苦難與滄桑之後，才感到開始共享人生的蜜月。

聶老的蜜月感是從心的深處流淌出來的。在他們最後這飄滿白髮的十年蜜月裏，一切都很平淡，沒有歌聲，沒有擁抱，沒有親吻。然而平淡中卻有相互絕對的信賴與尊重。青春的熱情與歡樂，已遺失在遙遠歲月的深處，曾有過的夢都已死亡，但值得他們互相敬愛的最寶貴的東西卻還在。這就是他們胸脯中那一顆永不凋落的星辰，人最難以保持的品格與情感。有這一星辰在，他們都為對方和自己感到自豪，也感到甜蜜。知道他們的身世和其他中國正直知識分子身世的人，都了解他們的蜜月感是很真實的。聶老的感覺，正是許多中國老知識分子在經歷滄桑之後的共同感覺。七十年代末和八十年代初，當他們從暗無天日的牛棚走出來而重新和妻子團聚的時候，都有這種感覺。在牛棚裏，在人造地獄的恐怖中，他們常常走進絕望的深處，等待着他們的是死亡和比牛棚的黑暗更深的黑暗。在牛棚裏過着非人的生活，一旦回到人間，便覺得是一種夢，一種不敢奢望的甜蜜。在一個瞬間裏夢果然實現了，回到家裏，回到沒有背叛他們的妻子與孩子身邊，中國的苦難生命，就這樣，真實而強烈地感到滿足，感到甜蜜，感到蜜月重新來臨。

我記得我聽到聶老說我們在度着蜜月的時候，心裏一陣傷感。我覺得我面前這對中國知識分子，一個奇才和他的伴侶的蜜月不應當是這樣的。我在他們的甜蜜裏感到悽楚。我知道我的感覺是不現實的，它包含着對生活太多美好的期待。我知道在中國能擺脱牛棚、牢獄和互相廝殺的日子就是蜜月，能夠不虐待他人也不被他人虐待而過着一種無須請示匯報就能有溫飽的生活就是絕對的蜜月。我知道這一切，但我總是在這種甜蜜中感到一種悽楚，我不知道在五十多年前，這一對老人是否度過沒有悽楚的真正的蜜月。我希望我看到的只是他們的二度蜜月。

中國的零現象

我在霍金的《時間的歷史》一書中讀到一個關於零的公式，即零的兩倍仍然等於零。其實，零的一百倍、一千倍也等於零。

這一公式使我想到在中國大陸當代社會到處氾濫的零現象。

可以説，我在青年時代看得最多的是零現象和它的無限膨脹。那時候，空話覆蓋一切，空頭政治統治一切。空話就是零。空頭政治就是一種零現象政治。空頭政治中沒有國計民生的真實發展，沒有科學文化的真實長進，因此，把空頭政治的作用誇大千倍萬倍，説到底，還是等於零。那個時代，人們把毛澤東的一句話膨脹成一萬句甚至膨脹成精神原子彈，但是這種膨脹的結果是在七十年代後期幾乎把中國變成經濟廢墟，即變成一片零的荒野。鄧拓寫「偉大的空話」的意思就是指出偉大的零沒有用，零再偉大還是零，零的一萬倍等於零，空話的一萬倍還是空話。

不過毛澤東畢竟是一代雄才，肚子裏並不空，因為他腹中有物，所以他瞧不起已變成國家領導人的高級幹部和高級知識分子肚子裏總是空空蕩蕩，不讀書，不看報，「嘴尖皮厚腹中空」。他看透一些高官與高貴者的肚子裏其實總是一個零。零在當科長時是零，在當局長、司長時是零，在當部長的時候還是零。地位、名聲提高兩倍、五倍、十倍、一百倍還是零。這一點毛澤東看得很透，很徹底。

我在國內時，一直害怕聽一些領導人的長篇談話，聽完的結果常常是一個零。這個零，本來可以用一分鐘畫圓，但是他卻用了一百二十分鐘或兩百分鐘，使零的外延擴展兩百倍，但是，毫無內涵的零的兩百倍還是零。可是，零的膨脹卻會消耗有用的生命，使有限的生命陪着零的圓圈打滾，造成生命的悲劇。我覺得自己正是一個零悲劇的受害者，年青的生命在他人的零遊戲中流失了很多。

最近讀報紙，又看到今日中國的一些零現象，其中最新鮮的是開白條。這種新現象不是買空賣空，而且是用經濟之零代替政治之零。袋子裏明明只有一個空錢包，卻無限地誇大，然而，誇大一千倍的空錢包還是空錢包。空錢包只能用來開白條，一塊錢的白條和一百萬的白條都是零。對零的不斷誇大，是當代中國騙子的特色，所以要不上當，最好還是從「零」開始，注意零的加減乘除。看看白條上怎樣產生百年大計千年大計。

姍姍的幻影

出國之前，妻子告訴我：姍姍神經分裂了。我怎麼也不相信，妻子覺得我固執，姍姍是她的表兄的妻子，此刻就躺在杭州的一家醫院裏。

姍姍是我高中時比我低二級的同學，因為學校在高中部選拔了一些優秀學生充當初一年級學生的少先隊輔導員，我和她都被選上了，所以就常見面。後來我們又先後考上廈門大學，我在中文系，她在外文系。她因為唱歌唱得好，還是廈門大學藝術團團員。那時，藝術團正在演出大型合唱《廈門大學戰歌》，我正好是歌詞作者之一，也常到藝術團，又常見到她。大學畢業後我分配到北京，第三年，她也分配到北京，我在社會科學院，她在鐵道部當英文翻譯。當我知道她也到了北京之後，突然有種感覺：這個姍姍怎麼像尾隨我的影子，我到哪裏，她就跟着到哪裏呢？不過，那時我和現在的妻子菲亞感情已經很深，她又愛上我的好友，即我妻子的表哥，所以，我們之間，只有很純正的同學情誼。她在我的心目中，一直是那個穿着雪白襯衫結着鮮艷綢布紅領巾的大姑娘，修長、腼腆、熱情地領着一群低年級小弟妹唱歌的女學生。我第一次見到她時，她竟羞澀地低下頭，臉微微發紅。那時我很驕傲，心裏暗暗笑着：這麼羞澀，怎能當別人的輔導員。可是，兩年之後，在我要離開國光中學的前夕，她已經成為二十幾位輔導員中的最優秀者。不僅那些小少先隊員們個個喜愛她，而且所有的老師和她認識的同學，都說她是學校裏最單純、脾氣最好的女子。在有些老師心目中，她簡直不像一個人，而是一隻紮着紅綢巾的鴿子。我記得最後一次見到她的時候是在學校的鐵門邊。我因為忙於高考，衣服穿得很髒，而她還是身着乾淨的發亮的雪白上衣，臉上的微笑也是雪白的。在她面前，我突然感到自慚形穢，完全失去兩年前的驕傲。可以說，她是我見到的女子中一個心性最溫柔的女子。連僅僅和她接觸幾次後的菲亞也說：姍姍太單純了，像一杯蒸餾水。

因此，當妻子說她神經分裂的時候，我怎麼也不相信。那是在文化大革命進行了五年之後我得到的消息，很奇怪，當我下放河南「五七幹校」之後，不久，她隨着鐵道部的同事也到了河南「五七幹校」，而她就是在幹校中完全脱離了現實，斷裂了神經。其實，在這之前，即在北京的時候，就已發生了較輕的神經分裂症了，但人們忙於革命，忙於鬥爭，沒有人留心她。到了「五七幹校」，同事們才發現她的不正常。有一天，她和同事們一起推着小車在泥濘的路上顛簸，突然身子東歪西斜，接着就渾身發顫。她告訴同伴說：「你們看到小車上的東西沒有？那不是石頭，那是一個個劉少奇的頭，頭還在一個個地擺動。」同伴們才知她產生了幻覺，便安慰她，但她爭辯着，説她明明看到許多個劉少奇的頭在晃動着。為了照顧她，不讓她推車子，讓她去到田裏拔草，她拿起一根草管，立即聽到草管裏響着口號，叫嚷着「打倒劉少奇」的口號，她感到恐怖，立即扔下草筐，往宿舍裏瘋跑。最後，「五七幹校」確認她神經分裂而讓她調到杭州的一個大學裏與她丈夫在一起。大學裏還給她安排當英文教師，但她一進課堂，見到一個個學生的頭又產生幻覺，又覺得是劉少奇的頭在晃動，她用非常快速的英語不到十五分鐘就把一堂課講完了，然後慌忙往宿舍跑，從此，她不能再正常工作了，只能住進醫院裏。

我妻子告訴我的時候，我明白姍姍那麼單純的心地確實承受不了文化大革命的大風暴。妻子回憶說，文化大革命一開始，她曾見過姍姍一面，當時姍姍就被嚇呆了，並告訴她說：「讓我跟隨紅衛兵去天安門接受毛主席的檢閱，那一大片望不到邊的人頭在快速地湧向前，當時我的一隻皮鞋丟了但不敢彎下腰去拾，只好一隻腳穿皮鞋，一隻腳穿襪子往前走，如果當時彎下腰去拾，就會被踩死。」後來，她又一次一次地參加批鬥會，她害怕極了，每次都渾身發抖。她在當少先隊輔導員時，和小弟妹們講着白雪公主的故事和祖國未來鋪滿陽光的故事，自己也以為人生道路充滿陽光和鮮花，沒有一點迎接黑暗的準備。可是，當她踏進社會，偏偏遇到魔鬼般的大黑暗。那種黑暗的風暴，連身經百戰的將軍元帥都經受不住，何況她這麼一個弱女子。她太單純、太乾淨了，但她面臨的卻是最複雜、最骯髒、最殘忍的階級鬥爭。那時，為了生存，人人都必須調動自己身上的人性的邪惡，必須欺騙、撒謊、打擊他人、玩弄兩面心術，但是，她甚麼也不會，她的身內太缺少邪惡，沒有邪惡可以調動。因此，她的脆弱的神經終於被風暴打斷，往日飄動的紅綢巾被風暴颳到不知何處的遠方，替代它的是無數的毒蛇緊緊地纏住她的脖子，纏住她的靈魂，把她帶到佈滿噩夢的廢墟。

一九八六年我在回福建的路上，在杭州逗留，特地和妻子去看望姍姍。那時，她躺在床上，聽說我們來了，很高興地坐起來叫着我們的名字，並對着我們微笑，這微笑是呆笑，但說明她還有記憶，還有往日的影像。她臉色蒼白，但顯得很高興，我拉住她的手，偷偷地噙下眼淚。看到往日的白鴿，就這樣喪失了她的天真與活潑，心裏真是難受。一種我人生中見到最純的性格，就這樣被文化大革命摧毀了，我怎麼也接受不了。幸而妻子勸慰我說，這樣做個家庭婦女也好，不知道外面的世界更好。真的，這個世界是愈來愈髒，她好歹有個安靜的家好躲，免得像我們面對骯髒的世界而感憤和痛苦。神經雖然斷裂了，但心還是完整的。包括神經的斷裂，也證明這顆心無法容納骯髒的一切，寧可破裂，也不能同流合污。

後記

作為《漂流手記》第二集的《遠遊歲月》出版後，我讀到正在浸會大學任教的黃子平兄的評論。儘管我已不重視外在的評語而重視內在的聲音，但讀了子平的文章還是非常高興。因為正是他發現我的散文有一種勢利社會想抹掉的聲音，保存着一種被痛苦泡浸過的良知記憶。他和那些淺薄的文學論者完全不同，不是勸我高懸於藝術塔尖，遠離慘淡的人生和淋漓的鮮血，而是告訴我，執着，像祥林嫂那樣傻，念念不忘被狼叼走的生命，對於文學是必要的。我真傻，《西尋故鄉》這部集子作為《漂流手記》的第三集，仍然還是佈滿讓太聰明的論者失望的傻氣。

這部集子斷斷續續寫了一年半。這是到了 Boulder 的科羅拉多大學之後才開始寫的。波德這個地方實在可愛，尤其是夏天與秋天的時候，藍凝天空，綠滿大地，到處是繽紛的鮮花嘉樹，令人感到就像生活在圖畫之中。居住在這樣的地方，我的第一個念頭是「要珍惜」，要努力寫作，不要辜負這風光時光，不要辜負人生成熟的夏秋季節。

坐在案前向窗外眺望，便看到洛磯山，肅穆渾厚的洛磯山很像故鄉的高蓋山——我童年時代的搖籃。大約也因此，我在 Boulder 更加想念兒時的山野田野，常生對故鄉的眷戀。「思哲故以想像兮，常太息以掩涕」，這種對於土地的戀情使我想回去故園看看。沒想到，此念一生，竟使國內的一些權勢者恐慌起來，以至趕在我妻子到達北京的前一天，連夜劫持了我的北京寓所，堵住我的歸路。他們的舉動傷害了我的懷國之情，摧殘了我的最後的眷戀，但也激起我對故鄉故國更深的反省。所謂更深的反省，就是更帶人性的反省。故鄉決不是我所想的那麼浪漫。年輕時代把故鄉詩意化了，此時不能再如此簡單。不應當再把自己的視野死盯住地圖上那個誕生我的小圓點，而應當追尋另一意義上的故鄉，這就是情感的故鄉，生命與靈魂立足的廣闊家園。這種思緒的變化給我帶來了一次心靈的大解脱。一九九三年六月我在瑞典斯德哥爾摩大學召開的國際學術討論會上提出的「文學對國家的放逐」這一命題，倒真的在自己的散文中得到一次嘗試。讀了這本集子的朋友，一定會發現其中許多文字都是尋找故鄉的變奏，變奏中有我的憂傷，但更多的是超越憂傷的解脱和解脱後的情思。

我感謝故國情懷很重的余英時先生能理解我，並為我的這部集子作序。他看到我把生命至情融入散文、化入歷史，並非空頭文章，真使我高興。他的序文乃是中國漂流文學史綱要，而文中所描述的「寧鳴而死，不默而生」的精神，則是今天中國知識分子所缺少的。

我還要感謝我的妻子陳菲亞。我在海外所寫的每個字都是她謄抄的，包括我和李澤厚的對話錄《告別革命》，也正是她細心抄寫了整整兩遍才完成的。這部集子中的〈火爐邊上的家鄉〉是獻予她的。她只專心為我抄錄，自己不着一字，唯在去年年底才寫了一篇文章，這就是給中國社會科學院的抗議信。在這封信裏，她對把持社會科學院的蠢人們說：你們傷害了我們最真摯最寶貴的懷愛故土的感情。

此刻月光潔淨澄碧如水，空氣中彷彿可以聞到月色的清香。科羅拉多高原的四野寂靜極了，時間好像已經凝凍。在月華照臨中，我的心境極好，宇宙和永恆對我格外親近，道路重新向我展開。因為我已贏得自由表達的權利。沒有比「自由表達」具有更高的價值了。為了這一點，我吟哦，告別，抗議，漂流，也為了這一點，我將繼續用文字反叛黑暗和反叛一切在黑暗神秘中橫行的動物及其粗野的原則，不能讓牠們褻瀆這月光，不能讓牠們褻瀆月光籠罩下溫馨祥和的人間。

一九九六年六月一日於科羅拉多大學校園

《漫步高原》

《漫步高原》目錄

第一輯

第二輯

第三輯

第四輯

第五輯

第七輯

第八輯

第一輯

西尋故鄉

救援我心魂的幾個文學故事

這幾天，一些蘊藏在心內的美麗的故事突然又洶湧起來。這是一些作家的故事。這些故事總是支持着我的骨骼和不斷勞作着的筆，並在體內催生着我人性底層那些積極的部份。過去想起這些故事，會坐在沙發上閉目沉思，讓故事的主人呼喚我的感到怠倦的生命。而今天，我卻產生一種啼鳴的渴念：把它寫下來，也許女兒會看一看，也許朋友會看一看。看一看也許會增添一點力量。無論如何，文學還是得給人以力量。人總是背着難以息肩的重負走着佈滿荊棘的道路，誰都需要吸吮一點力量。

故事一

一九八六年十二月二十日，北京大學的宗白華教授逝世。過了幾天，在八寶山開追悼會，我立即趕到那裏對着他的落日般的遺像深深鞠躬。面對遺像的最後一刹那，我心中充滿感激。其實我和宗先生並無私交，和他只見過一次面。那是在徵詢如何寫好由我執筆的《中國大百科全書·文學卷》總論的座談會上，他因年邁已不能說甚麼具體意見，然而他激勵我寫好的聲音是響亮而充滿摯愛的。我所以特別感激宗先生是他在介紹歌德的時候，結結實實地在我身上播下了很美的種子。每一顆種子都讓我心跳。他所翻譯的德國學者比學斯基（Bielsehowsky）的歌德論，是一篇人性洋溢的散文。這篇文章所描述的歌德是一個心靈高度發展的人，是一個身體不斷興奮但精神卻內斂集中的人。這個人是奇異的圓滿人性的組合，在他每一步生活的進程中都是一個錚錚男子漢。他的人格結構是如此幸福，他的每一種心態都是積極的、善的，於世於己有益的部份總是佔着絕對的優勢，所以能在一切奮鬥中從不害及自己與世界，從而永遠成為勝利的前進者與造福者。經過宗先生的介紹，我更酷愛歌德，更不能忘記歌德對於文學發現與科學發現的那種最真誠的敬佩和最單純的激情：一行幸運的、意義豐富的詩句之偶得，可以使他喜極而涕。一個自然科學上的發現會使他「五臟動搖」。當他讀到卡德龍（Calderón）的劇本中一幕戲的美麗時，興奮過份，竟停止了宣讀而將書本死命用力擲在桌上……比學斯基說：只有像這樣一種個性結構的人在老年時可以説道，他命中注定連續地經歷這樣深刻的苦與樂，每一次幾乎都可以致他於死命。

這一故事一直像詩人進行曲在我心中繚繞。每次偷懶，一想起故事，就感到慚愧：歌德至死都迸射着發現的激情與愛的激情，至死都鼓着孩子般好奇的眼睛注視着世界上新作品的誕生，每一精彩生命的問世都使他興奮得五臟動搖，而你為甚麼才年過半百就懶洋洋、慢吞吞？就讓惰蟲在你體內自由繁殖、以至幾乎願意充當惰蟲和魔鬼的俘虜？甚麼時候，你還能像歌德那樣，當你讀到一首精彩的詩歌和一幕精彩的戲劇時也身心俱震，也坐立不安，也把書本狠狠地擲在桌上太息長嘆，然後向自己呼喚：你，嗜好形而上但又嗜睡的懶鬼，起來！繼續你的抒寫，繼續像篝火般地燃燒你的尚未衰老的激情！

故事二

福樓拜的故事也常使我慚愧。他的一生是那樣緊那樣緊地擁抱着文學。無論甚麼時候，文學都是他的第一戀人。他性情溫柔，情感豐富，從他的文字中可以看出，他的感情河水總是面臨着氾濫，只是嚴謹的文學紀律使他不得不冷靜敍述。毫無疑問，他有戀人，但是，他的第一愛戀絕對獻給文學。子夜的鐘聲響起，從他的寓室裏傳出瘋狂的、帶着人性溫熱的呼喊，此時，人們都確信，那不是在做愛，那是一個文學的摯愛者在創造。狂呼的那一刻，熔岩衝破地殼，那一定是他又贏得了一次神秘的高峰體驗，一次新的成功。

我要鄭重地推薦福樓拜的學生、法國另一文學天才莫泊桑所寫的散文：〈從書信看居斯塔夫．福樓拜〉。這篇散文記錄了一個真正的福樓拜。我把這篇散文視為標尺，它能衡量出人們對文學有幾分愛與真誠。我常在這一標尺面前垂下頭顱。僅僅是福樓拜的一句絕對命令：「面壁寫作！」就使我羞愧得無地容身。從二十歲到五十七歲，這三十多年最寶貴的歲月，我有幾年真正面壁過？好些日子都在時髦的革命運動中鬼混。雖說這是荒唐時代的騷擾，但是在平和的日子裏，你又有多少時間面向牆壁進入深邃的遊思？即使今天，周遭如此寧靜，春光秋序全屬於你，而你一旦面壁，僅僅十天半月，就會叫苦連天，老是想到丹佛的豆漿油條多麼香，北京的烤鴨油皮多麼脆，革命雖不是請客吃飯但革命家甚麼好吃的都有……

然而，福樓拜一坐下來面壁就是四十年。莫泊桑的散文一開頭就說：

> 誰也不如居斯塔夫．福樓拜更看重藝術與文學的尊嚴。獨一無二的激情，即熱愛文學，貫穿他的一生，直至辭世。他狂熱地、毫無保留地酷愛文學，沒有人能與他媲美，這個天才的熱情持續了四十多年，從不衰竭。

獨一無二的天才激情持續了四十多年，這可不是輕鬆的持續，而是孤獨面壁的四十年的持續，是一種以「絕對的方式」熱愛文學、擁抱文學、孕育和創造文學的持續。莫泊桑告訴我們，這種絕對的方式，就是在他的被文學之愛所充滿的心靈裏，沒有給文學之外任何別的宏願留下位置。「榮譽使人失去名聲」，「稱銜使人失去尊嚴」，「職務使人昏頭昏腦」，這是福樓拜經常重複的格言。既然文學佔有他的全部心靈空間，那麼，它就容納不了別的。於是，熱愛文學的絕對方式又外化成他的一種行為的絕對方式；「他幾乎總是獨自生活在鄉下，只到巴黎看望親密的朋友，他與許多人不同，從不追逐上流社會的勝利或庸俗的名聲。他從不參加文學的或政治的宴會，不讓自己的名字與任何小集團和黨派發生糾葛；他從不在庸人或傻瓜面前折腰，以獲得他們的頌揚。他的相片從不出售；他從不在生客面前露面，也不在上流人士出入的場所出現；他好像帶點羞赧地隱藏起來。他說：「我將自己的作品奉獻給讀者，最起碼我得保留自己的模樣。」

他如此絕對，如此遠離集團，如此把自己隱藏起來，是為了悠閒嗎？是為了孤芳自賞嗎？不，他只是為了把整個心靈交給文學，只是為了把全部時間獻給他的第一戀人。他在給女友的信中說：「我拚命工作。我天天洗澡，不接待來訪，不看報紙，按時看日出（像現在這樣），因為我工作到深夜，窗戶敞開，不穿外衣，在寂靜的書房裏，像發狂一樣狂呼亂喊。」福樓拜面對四壁和星空，度過無數感情澎湃的夜晚。我不知道，中國有幾個作家像他那樣以絕對的方式把全生命投進文學之中？我在提出這個問題時，自己的臉也紅了起來。

故事三

愛得發狂。真有對文學愛得發狂的人。一想起歌德、福樓拜的呼叫，我就想起十九世紀中葉俄羅斯那群卓越的批評家和詩人，從《祖國紀事》的常務編輯格利羅維奇到別林斯基和涅克拉索夫。這些人長着一雙尋找文學天才的眼睛，他們的眼光犀利得讓人害怕，不了解他們的人，以為他們的眼裏和額頭上佈滿寒氣。其實，他們是一群渾身都是熱血、愛文學愛得發狂的人。只是，他們的心目中都有一個自己假定的理想國，一個絕對不能讓冒牌貨踏進的美麗的園地。園地的圍牆是嚴格的，他們的炯炯有神的眼光守衛着，顯得有點冷。可是，當他們發現有人正是假定理想國的公民，其才華正是他們那塊文學園地所期待的鮮花艷蕊時，你猜，他們會怎樣？他們就發狂了，他們就毫不保留、毫不掩飾地對他（她）表示愛，傾訴愛，在他們面前像孩子似地哭泣起來。

陀思妥耶夫斯基就經歷過一次被愛的震撼。那年他才二十多歲，剛剛寫完第一部中篇小說《窮人》。猶豫了一陣之後，他終於怯生生地把稿子投給《祖國紀事》的格利羅維奇和涅克拉索夫。然後就到一位朋友那裏讀果戈理。回家時已是淩晨，這時他仍然不能入眠。突然，傳來一陣敲門聲。門打開了，原來是格利羅維奇和涅克拉索夫。他們讀完了《窮人》，此時，他們激動得不能自已，撲過來緊緊地把陀思妥耶夫斯基抱住，兩人都幾乎哭出聲來。涅克拉索夫，這位俄國的大詩人，性格孤癖、謹慎，很少交際，可是此刻他卻無法掩蓋最深刻的感情。他和格利羅維奇告訴這位尚未成名的年輕人：昨天晚上他們一起讀《窮人》，「從十多頁的稿子中就能感覺出來」，他們決定再讀十頁，就這樣，讀到晨光微露降臨。一個人讀累了，另一個接着讀。讀完之後，他們再也無法克制自己的喜悅之情，而且異口同聲地決定立刻來找這位年輕人，也許年輕人已經睡了，不要緊，睡了可以叫醒他，這可比睡覺重要！他們來了，他們為俄國的文壇又出現一個傑出者而把眼睛哭得濕漉漉的。

見面之後，涅克拉索夫把《窮人》拿給別林斯基看，並叫喊道：「新的果戈理出現了。」大批評家別林斯基有點懷疑：「你認為果戈理會長得像蘑菇一樣快呀！」可是當天晚上他讀了之後，立即變成一個急躁的孩子：「叫他來，快叫他來！」他對着涅克拉索夫呼喊着。陀思妥耶夫斯基來到時，別林斯基的目光瞪着年輕人：「你了解自己嗎？」「你了解自己嗎？」他大聲叫着：「你寫的是甚麼？」他在喊叫之後便解釋作品為甚麼成功，年輕人雖然寫出來但未必意識到的成功。批評家對青年作者說：「你會成為一個偉大的作家。」在那幾天裏，一八四五年五月間的幾天裏，俄國的大批評家、大詩人，為發現一個天才而沉浸在狂喜之中，那幾個白天與夜晚，他們的內心經歷了一個任何世俗眼睛無法看到的狂歡節。他們的心地的廣闊與善良是非常具體的，他們對文學的愛與真誠是非常具體的，陀思妥耶夫斯基感受到這種愛之後，作出這樣的反應：

> 我一定要無愧於這種讚揚，多麼好的人呀！多麼好的人呀！這是些了不起的人，我要勤奮，努力成為像他們那樣高尚而有才華的人。

每次我仰望陀思妥耶夫斯基這一崇山峻嶺的時候，我就想起他的處女作《窮人》問世的時刻。那些為他的墜地初生而像母親一樣含着喜悅眼淚的好人。那些人就是偉大作家的第一群接生婆，這些把初生的嬰兒捧在自己的暖烘烘的胸脯中的思想家與詩人，正是嬰兒的搖籃、故鄉和祖國。

故事四

如果說，別林斯基、涅克拉索夫這種年長者對年幼者的愛，拯救了我靈魂的一角的話，那麼，我靈魂的另一角則是被年輕的作家對前輩作家的愛所拯救。六十年代我的祖國興起的那場文化大革命把後一種愛徹底毀滅。那時，年輕的一代在打破任何權威與偶像的口號下，徹底地踐踏了古今中外所有的優秀的作家與詩人。「橫掃一切牛鬼蛇神」，包括橫掃人類有史以來最傑出的哲學家和文學家。正當需要培育對人類精神價值創造者的無限敬重的時候，我們這一代人和比我們更年輕的大學生與中學生，卻在革命的名義下粗暴地嘲笑這種敬意。在嘲笑的同時，心靈中生長出來的是一種最無知的蔑視和隨意否定、隨意撕毀精神創造物的邪惡。我和一些良知殘存的朋友曾經看清那場大革命所造成的巨大死亡，看到死亡深淵中那些難以漂散的血與靈魂。但是，我們並未注意到，大革命在製造死亡的同時卻生產出一些極其可怕的、幾乎要使我們的祖國致命的東西，這就是嗜殺嗜鬥的性格，撒謊的本領，做巧人和假人的策略，老子天下第一的幻象，反覆無常善變的作風，為了拔高自己而不顧人格尊嚴地打擊同行的傑出者與前輩學者的脾氣。我穿越過大革命的狂亂深淵後，寫了許多批評這場革命的文章，表明我對反人道行為的極端憎惡，然而，我並未充份意識到，這場革命的帶毒的射線也輻射到我的血脈深處，直到七、八年後（即我第一次提出懺悔意識的時候）才第一次認真地想到：革命爆炸的輻射物顯然存留在我的身內，十幾年前、二十幾年前那一雙仰望老師的蓄滿天真與敬意的眼睛消失了，還有那一雙像渴望雨水似的渴望人類一切精神大師澆灌的眼睛也變質了。奇怪，怎麼眼睛老是轉向自己，怎麼老覺得自己像一朵花，很漂亮，簡直壓倒前一代的群芳了。幻象產生了，一代人共同的病態產生了。能夠意識到這幻象，能夠使我克服魔鬼的誘惑而繼續謙卑前行，又是得益於一些作家的故事。

故事紛繁，我還是講講茨威格吧。在《性格組合論》中，我用散文的語言分析他的中篇小說：《一個陌生女人的來信》和《一個女人的二十四個小時》，後來我又讀了他的《異端的權利》與《昨日的歐洲》。我對他真是欽佩之極。毫無疑問，他是個天才。然而，天才並非靠天賦的素質就擁有一切。我從茨威格身上，看到他的成功首先源於他對前輩或比他先行的作家的愛慕和發自心靈最深層的敬意。他總是想起歌德的話：「他學習過了，他就能教我們。」這就是說，誰走在前面，誰就可以當我的老師。茨威格就是這樣謙卑地望着一切先行者，更不用說那些比自己年長的作家學者了。謙卑與敬慕使他從年輕時期就產生一種嗜好：收集作家和藝術家的手稿。當他發現了一張貝多芬的草稿時，就像着了魔似地驚呆了，他愛不釋手地把這張陳舊手稿當作天書似地整整看了半天，沒有一種喜悅與興奮能超過這種喜悅與興奮。一九一零年的一天，他又一次驚呆了：在他所住的同一幢公寓裏，他見到一位教鋼琴的老小姐，而這位小姐的已經八十歲的母親，竟然是歌德保健醫生福格爾博士的女兒，並於一八三零年由歌德的兒媳婦當着歌德的面接受洗禮。由於對歌德的衷心崇敬，茨威格見到這位老太太時激動得有點暈眩：世間居然還有一個受到歌德神聖目光注視過的人，居然還有一個被歌德圓圓的黑眼睛悉心、愛撫、注視過的活人在這世界上。茨威格驚奇地久久地望着這位老太太，他雖然沒有像這位老太太被歌德的目光愛撫過，但他被歌德的作品照射過和培育過，他從內心深處感激歌德，知道對傑出人物的愛慕與尊敬，乃是一個人的優秀人格的表現。而那種企圖通過貶低和踐踏前輩作家而拔高自己的人，其人格一定是卑劣的。

茨威格名滿天下之後，他對先行者的仰慕並沒有被自己的名聲所沖淡。他始終用最虔誠、最純真、最熱情的筆調描寫着他所見過的詩人與學者，從哈爾維倫、羅曼．羅蘭、克里爾到羅丹與弗洛依德。他把最美好的語言獻給這些精神價值創造者，用最熾熱的感情再現他們的優秀品格和卓越精神。當他被羅丹邀請到工作室觀賞雕塑創作的時候，羅丹由於精神過於集中，在創作完成之後竟忘了他的存在。茨威格，這位年輕的客人是羅丹親自帶進創作室的，可是在聚精會神工作之後，他竟然想不起來：這個年輕的陌生人是誰？等到想起來之後，他才向茨威格表示歉意。如果是一個虛榮心很重的人，如果是一個對藝術大師缺少真誠的敬意的人，茨威格此時該會多麼不愉快。可是，茨威格恰恰相反，他從羅丹的遺忘中看到大師成功的秘訣就在於能夠全神貫注地工作，並由此產生更高的敬意。他感激地握住羅丹的手，甚至想俯下身子去親吻這雙手。每次想起這個故事，我就要說：羅丹的雕塑是美的，而站在雕塑前因仰慕而發呆的茨威格的謙卑，也是美的。兩者都像明麗的金盞花，都像科羅拉多高原上的藍寶石。

每次讀羅曼．羅蘭所寫的《托爾斯泰傳》和茨威格所寫的《羅曼．羅蘭傳》，我都激動得幾乎要叫喊起來。除了興奮，我還感慨，作家抒寫作家，投下這麼高的敬意與真情，這正是品格。在中國，我只看到學人所作的作家傳，很少看到作家為其他作家立傳。為甚麼同時代的作家不能互相獻予茨威格的愛呢？是缺少時間，還是缺少茨威格那種嬰兒般的單純呢？

我知道我的心魂是脆弱的，需要人類偉大靈魂的援助。今天我重溫茨威格和其他天才們的名字與故事，只是希望他們繼續援助我，不管明天的時間隧道中橫亙着多少莽原荒丘，有他們的名字與故事在，我的人生之旅也許可以超越沉淪。

原載《今天》一九九八年夏季號

不朽的楷模與摯友

這幾天，我心內簡直是欣喜若狂。大陸的年青友人王強給我寄來了《蒙田隨筆全集》，以前就讀過《蒙田隨筆》，可這一回是全集上、中、下三卷。朋友還寄來了幾部我讀過和在北京珍藏過的散文中譯本：英國喬治．吉辛的《四季隨筆》、美國愛默生的《美的透視》、蘇聯的普里什文的《大自然的日曆》、康·帕烏斯托夫斯基的《面向秋野》等。收到這些久違的、用母親語言轉述的人間珍品，真有說不出的喜悅。兩、三個白天與夜晚，我像蜘蛛龜縮在小床角上，一頁一頁地閱讀，讓書中柔和的波光涓涓汩汩地流進心裏。人類散文的偉大代表永遠是我的楷模與摯友，我從情感深處熱愛他們，並通過他們，具體地感到語言文字的甜蜜和詩化智慧的甜蜜。

這些死了的摯友給我的慰藉、啟迪與力量是許多活着的友人難以企及的。他們對於我，只有「情」，即只有付出；而沒有「欲」，即不求我回報甚麼。他們筆下的春樹與秋野，森林與天穹，永恆的仁慈與美德，不朽的身體與靈魂的芬芳，結晶着文明創造精華的詩語與悟語，任我品賞，任我索取。常聽說人死了只有沉默，可我卻聽到這些死了的天才無盡的歌哭、傾訴和他們發出的天地間最柔美的聲音。這些聲音一行一行在提示我做人的尊嚴和提示我的眼睛要堅定地注視着前方那些最美麗的目標。在暗夜中獨思獨行的時候，有這些聲音伴隨着，我就不會感到孤獨。我常感到揪心的孤獨，但又不承認絕對的孤獨，原因就是有這些死了的卓越的摯友與楷模在。喬治·吉辛告訴我：「學習的熱情是永遠不會過時的。前驅們的事例——在人們心中燃起了神聖的火焰，那是永遠撲滅不了的。」真的，只要我擁有閱讀的熱情，就擁有偉大的朋友和不滅的光焰，就擁有藐視一切黑暗的根據。

我和蒙田、喬治·吉辛、普里什文等先驅與摯友已經分別多年了。當一九九四年年底我的北京寓所被劫的時候，我格外想念留在房中書架上這些大自然與人類美德的偉大歌者。我害怕沒有心肝的生物會撕碎他們的安寧和弄髒他們的嬰兒般的單純的情思。此刻我的手又握着先驅與摯友的書卷。可以放心了。沒有甚麼力量可以摧毀這些終極的永恆的精神存在。它既沒有時間的邊界也沒有空間的邊界，跨洋過海來到我的身邊依然是佈滿生命的氣息。我深深地吸了吸這些氣息。除了大自然的氣息之外，我還需要書卷的氣息。無論是莎士比亞、歌德的氣息，還是蒙田、普里什文的氣息，都能喚起我的遙遠的青春的活力。這幾天，我感覺到，我生命中一股曾經沉睡過的活力已經被這群不朽的楷模與摯友所喚醒，在燈火下，我握着書本的手顫慄着，思想馳騁於高遠的天空，生命的活水再一次像春潮洶湧。在馳騁與洶湧中，我聽到他們偉大的祝福。

原載《明報月刊》一九九八年二月號

活着多麼好

以賽亞．貝林（Isaiah Berlin）去世之後，悼念他的文字很多。美國的《時代》雜誌有一篇文章說他晚年渴望長壽，常常情不自禁地呢喃：活着多麼好！

要是在二十年前聽到這句話，我一定會想起「唯有犧牲多壯志」的豪言，然後以輕蔑的口吻嘲笑這位英國大思想者：活命哲學！可是，今天聽了這句話，卻覺得貝林的確是老實人，他很坦白地承認自己害怕死亡，留戀人生。他的一生都在用思想和寫作創造生命意義，但他知道，生命意義的創造有賴於生命本身的存在，生命意義的燦爛是後來編織的，而生命本身則天然地無限美好。我因為經歷過一次瀕臨死亡的體驗，所以對人生更有一種特別的依戀，也更能理解貝林晚年的慨嘆。

有人也許會說：以賽亞．貝林功成名就，譽滿天下，當然想活着，活着可享受生命、享受成就。可是，許多在貧困與各種苦痛中掙扎的人們，也想活嗎？也會說「活着多麼好」嗎？這確實是個問題。然而，回答這個問題的是一個更高的哲學問題：既然你處於貧困與苦痛之中，那麼，你為甚麼不自殺？不自殺就說明：你的意識深處還是覺得無論如何，活着是好的。加繆的《西西弗斯神話》一開篇就說：真正嚴重的哲學問題只有一個，那就是自殺。討論人活着好不好、值不值得活下去就進入了哲學的根本。貝林以「活着多麼好」作出了自己的回答，在他的思索中，不自殺的理由一定就是活着多麼好的理由。他不是看不到人生的苦痛，但他知道在苦痛中的拼搏、跋涉、試驗、期待，也是「好」的一部份。即使是挫折、摔倒、失敗，也是通向「好」、通向成功的大門。只有心理脆弱者才會在挫折面前像落水狗那樣顫慄。貝林大約是這樣想的，所以他堅定地熱愛生活與熱愛生命。

不想自殺是留戀人生的明證，而自殺者也不一定全是厭棄人生。近日讀日本作家渡邊淳一的《失樂園》，真被書中男女主角松原凛子和久木祥一郎瘋狂的生死之戀所震撼。這對戀人相愛到極處的時候便發現死亡深淵是她和他的極樂園。他們在愛到至深至烈的瞬間產生失去對方的恐懼，並覺悟到唯有在這一瞬間中死亡才能永恆地凝固着愛。於是，他們決定在性愛的巔峰體驗中相互擁抱着自殺，以死來贏得愛的天長地久。然而，就在飲罷毒酒即將死亡的前一刻，凛子從心的最深處發出一聲感嘆：「活着真好！」明明刻意求死，卻說活着多麼好，這是怎麼回事？連久木也愣了一下。此時，凛子告訴戀人也告訴人間一個絕對無可爭議的理由：「因為活着才遇見你！」久木聽了之後立即感悟過來，心懷感激地連連點頭。不錯，因為遇到一個絕對相愛的伴侶，他們每一天便都獲得活着的意義。他們正是感到被愛的陽光所照明的生命太美好了，所以決定用死來捍衛和鞏固生命最後的實在。

讀了《失樂園》的故事，我更相信貝林的話，並確信「活着多麼好」的理由是可以自己選擇和創造的。一個擁有無數財產的億萬富翁未必擁有人生美好的理由，但一個擁有《紅樓夢》和擁有莎士比亞的窮書生則可以快樂地展開他的人生之旅。我就是這樣一個近乎一無所有的書生，然而我能從身心的大海之底由衷地說：活着多麼好！活着真好！

原載《明報月刊》一九九八年九月號

兩個給我力量的名字

到海外之後，有兩個詩人的名字，常常給我力量，或者說，有兩個詩人的名字，總是在幫助我解脱。一個是歌德，一個是陶淵明。人們通常認為前者是積極的，後者是消極的。但對於我，他們兩位的名字都很積極，都很精彩，都成了我靈魂的一部份。

歌德通過他的浮士德告訴我們：人生是一個和魔鬼較量的戰場，唯有堅韌不拔的前行者能夠獲救。浮士德最後超越了世間的苦痛，正是仰仗於他自己不斷努力、不斷前奔的精神。他死時擁着他升入蒼穹的天使唱出他的精神主題：

唯有不斷的努力者，
我們可以解脱之。

歌德通過他的偉大詩篇，安慰了所有勤勞的靈魂，並告訴人們：唯有永恆的努力可以使人生贏得自由。每次想到歌德，我就有力量，就想做事。十多年前，文學研究所的年青朋友靳大成與陳燕谷在〈劉再復現象批判〉中把我比作不知停頓的浮士德，一直使我難忘。

與浮士德的永不滿足的精神相比，陶淵明好像已經滿足於心遠地偏的小天地之中，其實不然，他也有追求。他追尋的是蘊藏於日常生活中的永恆之美。如果說歌德給人以偉大美（壯美）的啟迪，那麼，陶淵明則給人以平凡美（優美）的啟迪。陶淵明尋求人生解脫的方式，是一種東方式的最簡單的辦法，這就是在最平淡的生活中保持自己的理想、情操和心靈的平靜與樂趣。歌德認定人只有不斷進取才不會被魔鬼所俘虜，而陶淵明則認為只有守住心靈的自由與寧靜，放棄外在價值的嚮往，才不會被魔鬼所征服。歌德與陶淵明的區別，乃是英雄式的人生與常人式的人生的區別。前者可以作為史詩時代的符號，後者可以作為散文時代的符號。現代社會乃是沒有英雄沒有偉人沒有轟動效應的散文時代，它似乎更需要陶淵明那種善於在平淡無奇的生活中保持高尚審美情趣的心靈。我願意把陶淵明視為別一意義的英雄。

歌德的浮士德精神與陶淵明的桃花源精神，是人生方式的一對悖論，兩者均有充份理由。無論是選擇哪一種，只要覺得自己的選擇乃是真實的生命存在就好。歌德的自強不息是真實的，陶淵明的自樂無求也是真實的。他們都把人生放置在很美的境界中。

以往我只覺得當浮士德難，現在覺得當陶淵明亦難。在海外八年，我常讀陶淵明的詩，並和他一樣過着最簡單的生活，這才發覺，簡單的生活並不簡單。要在簡單的生活中保持高尚的理想、情操，要在平淡的生活中保持心靈的平靜、安詳和自由，是需要力量的。需要抗拒外界壓力和誘惑的力量。魔鬼並不僅僅與浮士德似的人物打賭，他同樣也不放過在田園裏從事耕作的人們。它先是讓這些人陷入極端的孤寂之中，然後調動人間各類勢利的眼光來照射他們和嘲弄他們，最後又用名聲、地位和各種世俗的榮耀來煽動他們的慾望，要抵禦這一切，並不容易。它除了需要知識力量、意志力量之外，更需要人格力量。因此，陶淵明的平凡平淡，似乎簡單，其實並不簡單。

原載《中國時報》一九九七年六月十三日

命運之賜

在蘊滿偶然的生涯中，我多次感到命運的賜予。命運畢竟神秘，所贈所賜也非一般。

讀高中的時候，命運賜給我一萬冊書。這是陳嘉庚先生的女婿李光前先生創辦的國光中學圖書館，整整一座樓，由我選讀。在記性最好的年歲，我沉湎在那裏。那裏是一個比現實世界遠為美麗、遠為廣闊的原野。在這片土地上我第一次遇到歷史上最卓越的靈魂，從荷馬、但丁到莎士比亞、托爾斯泰，連康德也站在書架上，可惜我只能遠遠地望着他。四十年來，我的心魂從來沒有離開過這個圖書館——養育我自由個性的第一個精神家園。一九九四年夏天我到新加坡時，特地到新加坡大學尋找李光前紀念室，可惜正碰上星期天，沒有開館。我只能在館前照一張相，默默地向這位帶給故鄉孩子以精神泉流的有識之士致意。

到了北京之後，命運贈予我的世俗的一切都早已忘卻，但有一樣東西，卻整個地改變了我的思想，這件東西是一份死亡的名單。正像史蒂文·斯皮爾伯格（Steven Spielberg）導演《辛德勒的名單》（*Schindler's List*）一樣，我在文化大革命中，命運把一份死亡的名單鐫刻在我的心壁上。這些死亡的名字包括：乒乓球世界冠軍容國團；掏大糞工人時傳祥；大元帥彭德懷、賀龍、陳毅；正直的學者、作家老舍、傅雷、鄧拓、吳晗、趙樹理、李達、梁思成、翦伯贊、陳翔鶴；國家主席劉少奇；傑出的藝術家嚴鳳英、蓋叫天、鄭君里、孫維世；共產主義革命家張聞天、李立三、王稼祥、陶鑄；將軍陶勇、張學思；熱血青年遇羅克、張志新；有心靈的當權派周小舟、田家英等。這份名單，對於中國是劫難的象徵，而對於我，則是苦難的記憶和刻骨銘心的經典教科書。每次想到這份名單，我便升起負疚感：他們死了，我還活着；他們有的比我傑出，有的比我勇敢，有的比我單純，然而，他們消失了，而我還存在着。我不謳歌苦難，但我感謝遇難者從生命深層上把我喚醒：從此之後，再也不敢追隨高調、賣弄知識，世間一切名聲和地位，都在這份名單之前顯得很輕很輕。

有了這份名單，還有說謊的勇氣嗎？有了這份名單，還有計較個人榮辱的興致嗎？命運賜予我這份名單，給了我良知最堅固的防線。然而，如果真有機會再生再世，但願命運不要給我這種折磨性的賜予。

一九八九年一個突發的事件把我拋到海外。此時被拋卻者都在感慨「贏得了天空，失去了大地」，而我卻感到命運的第三次賜予。因為我感到自己既得到了天空：自由時間與自由表達的權利；又得到大地：一張平靜的書桌。有了平靜的書桌，就有任我馳騁的精神大地。近日阿城到我寄寓的科羅拉多大學演講時說：「美國對於其他人來說，可能是發財之所、發跡之地，但對我來說，美國就是一張平靜的書桌。」阿城所言完全與我心靈相通，真的，對於一個思想者，沒有比一張平靜的書桌更為要緊的了。一百多年來，中國知識分子所夢所爭所求，不就是一張平靜的書桌嗎？此刻，我的思緒就像江河在書桌上湧流，沒有甚麼力量能阻止它的滔滔之旅。陰影在遠方，陽光在窗前，自由在筆下，這不正是思想者的極樂園嗎？

一座擁有萬卷書的圖書館；一份折磨我又啟示我的死亡名單；一張平靜的書桌；這就是我的命運。

原載《明報月刊》一九九八年五月號

生命的繼續

今年三月初的一個下午，我正陶醉於科羅拉多高原初春的陽光中，忽然電話鈴響。是大女兒劍梅的聲音。她告訴我，她已經得到瑪里蘭大學（Maryland University）「助理教授」的工作了，這個大學在華盛頓附近，離海也近。

劍梅很幸運，道路很順。北京大學中文系畢業後就到美國讀書。在科羅拉多大學讀完碩士學位後便到紐約哥倫比亞大學讀博士學位，當了王德威教授的弟子。德威兄品學兼優，學問好，人好，對學生又很關懷，因此劍梅更是一帆風順；九五年通過博士資格考試；九七年夏天到舊金山州立大學任教；同年十二月獲得文學博士學位；九八年又獲新的職位。在美國獲得文學博士已不容易，獲得學位後要在東亞系或比較文學系找個教職更難，因此，一旦找到，就格外喜悅。我在話筒裏聽到女兒報喜的聲音是興奮的，沒有平時的安靜。我被她的興奮所感染，也跟着興奮起來。女兒的喜悅是純粹的，而我的喜悅卻不太純粹，它夾雜着悲憫：讀書讀到整整三十歲，而且這樣辛苦這樣緊張這樣累，眼睛近視了，青春衰減了，學問固然能充實了人的生命但也能剝奪了人的生命。

可我真的是喜悅。這喜悅不在於女兒有了教職之後，我和妻子的晚年更不愁沒飯吃，也不在於她為我爭了一口氣：八、九年前，政治權勢者想把我一口吃掉，八、九年後我不僅帶着自由的足音活着，而且又生長出另一文學生命。政治權力沒有打敗我，這是事實，但我的高興不在於世俗意義上的「勝利」。時至今日，我已不在乎成功與失敗，何況我偏執的天性乃是喜歡站在失敗者一邊。我常想着茨威格在描述羅曼·羅蘭時說的一句話：他不是爭取成功，而是爭取信念。我的所作所為，其實也是在爭取信念。從女兒身上得到的喜悅，首先也是「權力無法征服生命」這一信念得到證實的喜悅。到了海外，我甚麼都放下了，唯有兩樣東西放不下：筆和信念。

我把這些想法告訴劍梅，沒想到她卻說：「你的信念是對的，但似乎有點儒家的『望後』心理。其實，沒有我，也可以證明權力無法征服生命的真理，你自己的經歷就可證明。」她還說：「你的作品就是你生命的繼續和伸延，就是你難以征服的證明。期待後人，反而說明你身上還留着過去的陰影。」聽到女兒這席話，有點愕然，過後想想，也覺得有道理。不錯，最要緊的還是自身的健康和強大，生命的繼續也在於自身。人性最根本的弱點大約是恐懼，生怕自己被吃掉，指望有後人來接班，其實，這種指望本身就包含着失敗，至少是怯懦。筆，還是靠自己來緊握；未來，還是靠自己來把握。這也許正是各種信念中首先應當確認的信念。

原載《明報月刊》一九九八年六月號

又是圓月掛中天

一年一度的中秋節又到了。今年見到的明月，高掛於科羅拉多湛藍的中天，顯得格外清、格外圓。皎白的銀光，渾圓的大圖畫，讓人一看就心馳神往。也許見到的是大圓滿，反而想起人生的缺憾，想起那些早已去世的未能共此月色的親人。

有些已經別離人世的朋友和師長，他們身前就有名聲，我也寫過緬懷他們的文字了，想起他們，心裏坦然些，而想起一些至親的親人，心裏卻是一片空缺。她們都是無名氏，我只知道她們的名字叫做「奶奶」、「外婆」、「伯母」、「嬸嬸」。長大成人之後，我仍然不喜歡查問她們的名字，只願意她們的名字永遠和「我」連在一起。我奶奶，我外婆，我伯母，我嬸嬸，她們天然地屬於我，人間的溫馨有一大半就凝聚在這種無名的名字中。

在我的人生之初，這些名字就是陽光、月光與星光。她們的熠熠光華使我處於貧窮中仍感到生活非常美好。我的童年像隻小動物，完全是靠在她們身邊取暖才長大的。她們生活在封閉的、偏僻的鄉村，沒有太多交往，也不懂甚麼是國家之愛與人類之愛，因此，她們就天然地把全部情感集中在自己的子弟身上，也集中在我身上。她們不知道我將來有一天會用方塊字寫文章紀念她們，只知道我很呆，但她們愛我，在我的腮邊留下她們數不清的親吻。走過幾十年的道路之後，回頭看看過去，才清楚地看到我的第一群愛神就是母親和祖母、外婆、伯母、嬸嬸。至今使我眷戀不已的孩提王國就是她們建造的。我的母親還健在，但願來年她能來到洛磯山下與我及心愛的孫女共此月光。而祖母、外婆們卻永遠消失了，不知另一世界是否也有藍空皓月。

在這鋪滿月光的陽台上，我格外想念永遠消失了的親人，並深深後悔一件事，這就是我身邊沒有留下奶奶外婆們的任何一件遺物。奶奶戴過的斗篷和眼鏡，外婆用過的尼絨帽子和方格毛毯，還有小鏡框，要是有一件在我身邊該有多好。哪怕是奶奶外婆用過的萬金油小玻璃瓶子也好，此時它就是人間珍奇，捧在手上，它就會像圓月一樣放射神奇的光彩。最使我傷感的是連她們的一張照片都沒有。世上最慈祥最溫馨的臉龐，緊緊地貼着我的整個童年的太陽般的臉龐，我卻沒有留下她們的影像。如果此時此刻，有人送來一張她們的照片，我一定會用顫抖的雙手和感激的熱淚去迎接它，迎接我的已經逝去而又復活的故鄉。

我真的被充耳的豪壯的口號弄糊塗了，竟然忘記去索求一件遺物和一張照片。不知道中了甚麼邪，我竟然會覺得這是小事，以為只有人造的一些獎狀獎牌和名位證書才是要物，以為在四壁上掛些面具似的紙張比掛着祖母、外婆的照片更為重要。荒謬！其實，許多邪惡正是來自這些貼着金字的獎品之中，而人世間的善良與赤誠恰恰來自無名氏親者之中，唯有她們的大慈大愛，才配得上與這高潔的圓月共同懸掛於空中，讓我和我的孩子作無盡的思念。

寫於一九九八年中秋節

又看秋葉

每年十月，朋友們都會邀請我去看秋葉，從一九八九年秋天開始，沒有一年忘記。

去年秋霜來得早，我們又去得晚，所以看到的是正在飄落的紅葉。醉紅的葉子一半在樹上颯颯作響，一半在地上絮絮私語，見到這一晚秋景象，就想起普希金的短詩《森林正在脱下它那深紅色的衣裳》。我的心境比較容易通向普希金，眼睛總是看到大自然的活力和這活力驅動下的輪迴、更替、運動、循環。即使在舊葉紛紛落下的時節，也是這樣。李清照那種「秋風秋雨愁煞人」的瞬間也很美，但離我比較遠。

今年秋霜還未到，我們就去看秋葉。十月四日，正是星期二，我和女兒劉蓮還有女兒的一群年輕朋友，一起到洛磯山中的幾個湖邊去觀賞秋色。這次不僅季節早，而且又出發得早。到了山間湖畔，才九點多鐘。此時太陽剛剛升起，陽光格外柔和，我注意到，樹葉上的許多露珠還在，每顆露珠都像閃爍着光波的小太陽。當我們走上湖濱的一座小山頂時，我驚呆了，天啊，怎麼會有這種五色斑斕的山谷，一坡紅，一坡黃，一坡綠，參差地在藍空下構成氣勢恢宏的圖畫。我的第一感覺是眼前的秋景彷彿是假的。可是，沿着山中的幽徑走近森林時，卻看到畫中的每一棵小白樺，每一片楓樹林都是真實的，樹上的每一片葉子都是透明的，透明得像玻璃製品，我伸出手指輕輕撫摸一下，葉子柔嫩得讓我心跳，分明是真的。我在似真似假的秋樹秋葉間盤桓了好久，女兒和她的同伴們等得有點不耐煩，遠遠地，我聽到女兒的聲音：我爸爸看秋葉總是看不夠，年年看，還是看不夠。真的，我總是看不夠透明的秋光秋色。在佈滿面具、充滿包裝的時代裏，我喜歡透明的存在。離開故國九年，唯一感到遺憾的就是在故國時除了匆匆看了幾次香山秋葉之外，竟然沒有時間去看武夷山、黃山、峨眉山、廬山的秋景，這是多麼難彌補的生命空缺啊。

真後悔過去的自己那麼呆板，老是擺脱不了生活設定的那些大事大狀態，美好的歲月都投入階級鬥爭與經典閱讀的日程表之中，想不到心胸中多積澱一些明淨的秋葉、晶瑩的露珠、潺潺的清泉對於靈魂的健康多麼重要！幸而現在覺醒了，知道要走出過去的陰影，要告別往昔的那種過於激烈、過於急切的心緒，是不能離開大自然這一終生朋友的幫助的。

「我爸爸每次看山看水，總像和它們初次見面似的。」又是小女兒的聲音。我驚訝這個小傢伙的評説怎麼那麼準確，我真的每年見到秋葉，都好奇得像是第一次相逢似的。在年年的陶醉中，我離昨天的噩夢與陰影愈來愈遠，而大地母親賦予我天性中的溫馨卻愈來愈濃，無論如何，這是應當高興的。

寫於一九九八年秋

洛磯山下美麗的瞬間

正當紫丁香和千百種鮮花盛開於洛磯山下的五月，科羅拉多大學東亞系召開了《金庸小説與二十世紀中國文學》國際學術討論會。這個會，帶給大學校園和我一個非常美麗的瞬間。在開幕式上，研究生院院長 Rodney Taylor 代表科羅拉多大學致歡迎辭説：「諸位從世界各地抵達春意盎然的洛磯山，討論當代中國不同凡響的創造性文學的第一流代表金庸小說。對於我們來說，春天本來就是一個美麗的季節，而今天的鮮花和綠樹又格外生機勃勃，繁盛迷人。我們希望，如畫的風景和美妙的春天將成為你們會議成功的讚美。」聽了這席話，我立即感受到，窗外的花香草香沁入會場，我和許多朋友正在經歷一個大自然、思想、知識和個體生命交融為一的美麗的瞬間。

我的直覺不錯。在三大的學術會議上，來自大陸、台灣、香港和歐美、日本的四十多位學者和作家在大學會場裏一起熱烈、認真地進入金庸創造的半是現實半是超驗的小說世界和二十世紀中國作家共同創造的半是吶喊半是「涕淚飄零」（劉紹銘語）的文學天地。二十世紀中國文學僅僅是「魯、郭、茅」等的新文學流向，這一文學史觀受到質疑，而從劉鶚、李伯元、蘇曼殊開始的中經張恨水、張愛玲最後到集大成者金庸的本土文學流向公正地進入與會者的視野。我在會上傾聽着幾經周折才出國的李劼（華東師大）和靳大成（文學所）的聲音，傾聽着北京大學中文系三位教授嚴家炎、陳平原、錢理群的聲音，傾聽着李陀、平原、老嚴和台灣葉洪生的爭論。爭論使時間顯得更加寶貴。我還傾聽着來自美國各大學的年輕教授和博士生理論味很濃的聲音，傾聽着虹影、堅尼（加拿大自由作家）情感味很重的聲音，還傾聽着自己的女兒劍梅宣講她的論文〈從性別政治看金庸小說〉的提要和她的「學術姐妹」Ann Huss、孟悅、沈雙、田曉菲、戴維貞等才女們別具一格的發言，最後還傾聽日本崗崎由美和美國柏克萊大學專門研究金庸小說的博士生John C. Hamm（中文名韓倚松）的發言。韓倚松畢竟是金庸小說博士，他用幻燈展示金庸小說起源，把會議帶入另一境界。觀賞幻燈片時，我想起了另一位專事金庸小說研究的博士、北京社科院外國文學研究所的宋偉傑被人為地阻撓參加會議，暗自惋惜不已。除了傾聽學人、作家們的發言外，我還第一次聽到金庸先生談論自己的作品。他幾次站立起來，恭恭敬敬地回答問題，其剛毅木訥的樣子，真難以使人相信他竟會寫下那些天馬行空、情思瀟灑的作品。

三天，對於歷史只是一剎那，對於個人也只是一剎那。然而，對於我，這卻是一個非常具體的、圓滿的瞬間。在閉幕式上，當葛浩文兄提醒我該講話的時候，我正想着「瞬間」這一字眼，於是，我對與會的所有朋友説：此刻我想到的是瞬間與永恆。人生常常充滿艱辛，然而，即使千辛萬苦，人們還是願意活下去，這就因為人生中總有許多美麗的瞬間。這三天，我們就共同經歷了享受思想、享受學術、享受智慧和友情的瞬間。有這種美好的瞬間，就足以支撐繁重的人生。每一瞬間都會消失，所以瞬間才珍貴；但每一瞬間都是無盡，幾天的相逢相會，將會成為永恆的記憶，至少在我心中，是會永久地留着所有與會者的名字的。這些名字將與高原五月鮮花盛開的瞬間一起增添我的人生的勇氣，並幫助我記住歌德的話：

人生，無論如何，它是好的。

原載《明報月刊》一九九八年五月號

身體・靈魂・護照

UPS的深綠色大卡車停在門口，給我送來了新的中國護照。這是芝加哥領事館快郵過來的證件。拿着護照，看到印有天安門的國徽，我百感交集。這一護照保留了我的最後的故土。撫摸着封面，就像撫摸着故園上的沙礫、樹葉與草根，感覺是粗糙的，又是柔嫩的。政權可以更替，黨派可以生滅，社會可以變遷，但土地之情是永恒的。

一九九二年六月，美國移民局發給我「傑出人才」的綠卡，接着，有朋友問：「五年後你要不要申請美國國籍？」我回答說：「不，我要永遠保留中國國籍。」我的血緣意義上的祖國只有一個，這就是中國。只有在祖國拋棄我的時候，我才會尋找情感意義上的祖國和情感意義上的故鄉。此刻，我的鄉愁仍然是良知的鄉愁與情感的鄉愁：何處是我愛的熱土，情感的歸宿？

一九九四年我在加拿大卑詩大學訪問的時候，第一次要求延長中國護照。溫哥華領事館請示外交部後立即發給了我。溫哥華領事館與芝加哥領事館這樣做是對的。儘管他們知道我和政府在對待「六四」事件的觀點與態度上有衝突，但必須把我當作一個中國人和中國知識者來尊重。可以論辯政治見解，但不可傷害土地之情。

提起護照，我就想起天才作家、《異端的權利》作者茨威格。他在自傳性的著作《昨日的歐洲》裏講了一件事：第二次世界大戰期間，因故國奥地利被德國「消滅」，他便流亡到英國。此時他身上沒有任何護照，只好向英國申請一張白卡，即無國籍的身份證。但是，當他準備在英國結婚的時候，英國當局卻認為他來自「敵對國家」而拒絕發給他結婚證書。之後，茨威格繼續流浪，最後帶着對世界的絕望客死巴西。經歷生存困境時，茨威格引用了一位俄國流亡作家的話說：「早先，人只有一個軀體和一個靈魂，今天還得外加一個護照，不然，他就不能像人一樣被對待。」

這位漂泊者告訴人們：人是靈魂、軀殼、護照（身份證）三位一體的生物，沒有護照就不是一個完整的生命存在。當今世界的各國權勢者們都知道掌握身份證乃是一種權力，因此，他們刻意製造權力遊戲，把許多自由思想者逼向一種被驅逐、被追趕的困境。

拿到新的護照時，我想到還有許多在海外漂流的朋友沒有中國護照，據說，他們也曾申請，但被拒絕了。我為這種拒絕深感困惑：不必諱言，有些朋友在「六四」事件中的觀點比我激烈，但是，一個寬容的政府是不應當排斥激烈的批評和「異端」的聲音的，尤其不應當把「異端」開除國籍。

我多次說過，可以拒絕異端的內涵，但應尊重異端的權利。「六四」悲劇已經過去九年了，此冤此怨，我希望和平化解，更希望政府主動化解。如果在跨越二十世紀最後的門坎時，能放下這個冤、這個怨，二十一世紀的中國一定會增添許多光明，中國知識分子的心頭一定會減去許多陰影。

原載《明報月刊》一九九八年十二月號

腳踩千秋雪

科羅拉多高原是美國著名的滑雪聖地。每到冬天，世界各地的滑雪英豪就紛紛來到這裏大試身手。前些年，世界冬季奧運會曾要求在這裏舉辦，沒想到竟遭到科羅拉多州公民們的反對。這裏的傳統居民富裕而保守，生怕太多強健的雙腳會踩壞自己心愛的土地。他們把家園天然的美貌視為生命，看得比名聲和金錢重要。

前年夏天，我弟弟一家從香港來到我居住的 Boulder 城作客。一見面我就對他們說：你們來到真正的「避暑山莊」。洛磯山裏一個又一個躲藏的小鎮，像古老的城堡，暑氣根本無法進入。第二天，我就陪他們到著名的滑雪點Vail。這個山中城閣，酷似童話世界。四周是城牆似的山巒，城中是盛開的鮮花和雕塑般的古雅的屋宇，空氣清新得讓人醉倒。我們站立在小橋上，看到清溪潺潺流過，溪水潔淨透明得讓人驚奇。我知道這是山頂上流下的雪水，未曾被人間染污的雪水。

沿着清溪，我帶弟弟一家到山間去看雪景。盛夏中的白雪在陽光下閃着銀輝，使山谷內外顯得更加明亮。從燥熱的香港來到這裏的客人，看到眼前一片雪原，驚喜得叫喚起來。我作為嚮導解釋說：這就是我國古詩人所說的千秋雪，終年不化，千秋不化。我說話時，兩個被夏雪所激動的姪子已經跑到雪地上奔逐打滾，和早已在那裏踏雪的遊客們鬧成一團。我也禁不住好奇，帶着弟弟去踩雪，這才注意到腳下悅耳的雪聲，一聲聲份外清脆。此時，我想起范成大「好風碎竹聲如雪」的詩句，更覺得這千秋雪聲與千秋雪色一樣十分神奇。正想着，我弟弟說，奇怪，昨天我還感冒着，一身疲倦，今天全好了。我笑着說，可不是，這千秋雪本來就能治病，這叫做美的療治和意義的療治。

我說的是實話。香港人真是太緊張太累，沒日沒夜地想錢掙錢，所有的感覺都被金錢緊緊抓住。時間一久，其他感覺就麻木退化了，以致遺忘了美，遺忘了意義，遺忘了金錢之外那些價值無量的生命歡樂與生命最後的真實。療治這種遺忘症，最好的藥物，不就是這些「不用一錢買」的山川草葉、陽光白雪嗎？

那一天，我弟弟一家很高興，他們顯然被千秋雪喚醒了許多美的感覺，還在沉睡中或正在悄悄消逝中的感覺。看到兩個姪兒漲得通紅的佈滿喜悅的臉額，看到銀裝素裹的起伏的山巒，我突然產生一種年輕感，並覺得應當記下這踩雪的一天。這一天的確特別，那是冬日風光，夏日歲月，春日心情。

寫於一九九七年夏季

愛的凱旋

我的親家，女婿黃剛的父親黃康健先生於八月間突然去世。得知噩耗後我立即趕到紐約去弔唁。看到覆蓋着他遺體的靈柩連同鮮花送入火葬爐的瞬間，一陣空無感襲擊過來：一個情同手足、總是帶着微笑的生命無可挽回地消失了，這一刻肉體，下一刻灰燼，死亡是鐵鑄的事實。人生如夢如幻，此岸世界與彼岸世界真的只隔一扇小門。門的這邊是小小的憂傷的廳堂，門的那邊是無盡的時空的深淵。

康健兄今年才六十四歲。十年前在北京時，他常與夫人馬碧雪（馬思聰的長女）一起來我家。因為他是原上海先施公司總裁、企業資本巨子黃祖康先生的兒子，所以我便開他的玩笑說：你正是破落戶的飄零子弟。口裏這麼說，心裏卻敬佩他。他一點也不飄零、消沉與頹廢，而且由衷地熱愛生活與關懷他人。在廣東中山醫學院讀書時，他的積極、熱情、無休止地為別人操心、忙碌、奔波、着急等品格，感動了所有的人，連出身於「被剝削家庭」的同學也感動，因此他被推選為學生會主席。畢業時被分配到上海醫學院，但他得知有位家在上海的同學剛失去父親，母親無人照料，便立即把這個好職位讓給他，而自己卻到江西的一個深藏於荒山野林之中的「導彈基地」當保健醫生。他天生地知道「愛全人類易，愛一個人難」，因此對友人鄰人的關懷總是很具體。對我也是這樣，他知道我有胃病，就寄了一袋又一袋的藥。現在我每天早晨喝普洱茶（戒掉綠茶）也是他安排的。我們生活的年代，總是處於革命狀態、鬥爭狀態，遺忘了日常關懷、日常溫馨和其他日常之愛，但康健兄沒有忘。

對別人關懷，對妻子更是如此。他對馬碧雪的愛是一種絕對的愛。一九六三年結婚前夕，醫生警告他：馬碧雪有難治的心臟病，頂多活十年，你要慎重考慮。他卻不加考慮立即回答：不用說十年，就是一年，一天，我也要和她結婚。婚後三年，文化大革命爆發，馬思聰突然變成「黑幫分子」和驚動國內外的「叛國分子」，康生親自擔任馬思聰專案組組長，聲威俱烈，調查員直接踏入他的家門。在這種高壓之下，他又用絕對的方式保護馬碧雪，對馬碧雪「封鎖」許多可怕的消息。最後，他又承擔一個道德罪名：宣佈和馬思聰「劃清界限」。為此，他負疚一生。前年他到科羅拉多時還對我說：為了讓馬碧雪和腹中的孩子活下去，我殺了一回自己的心。「劃清界線」之後，他辭去工作，陪同馬碧雪到湖北「五七幹校」，做妻子的精神護衛者，一起度過最艱難的日子。

一九九六年春，正當他們擺脱苦難開始在香港過着正常的生活，馬碧雪卻不幸去世。妻子的死，傷到他的身心的最深處。他無法接受妻子的死，把妻子的骨灰一直放在身邊，從香港到紐約，老是對着骨灰盒發呆。今年年初，我到紐約時曾對他說：碧雪已去世兩年了，你也該找個老伴互相照顧。沒想到，一向溫和平靜的他，卻臉帶慍色地説：別提這個事了，前些天小剛和小梅也這麼説，他們是不是想把我從家裏攆走。他的生氣使我明白：他對馬碧雪的愛太絕對，思念得太深了。此次他心臟病突發，顯然與思念的煎熬有關。想到這裏，我固然哀惜他人生的短暫，但也暗暗慶賀他和馬碧雪人生之戀的真實與圓滿。他的死，正是有情人愛的凱旋。

愛一個人難，愛一個人愛到底更難，但他們愛到底了，一直愛到光明永在、沒有眼淚的天國。他們應是充實的，空無只屬於我。儘管他們不像父輩那樣功成名就，但他們卻以日常的溫馨和日常的真摯之愛表明：平常的人生也可以是一曲很美的歌。

原載《明報月刊》一九九八年十月號

端午節

已經很久不願意提起端午節了。

端午節只屬於我的童年時代與少年時代。那之後，這一節日便逐漸死亡。開始是因為饑荒，後來是因為革命，這個節日就死在文化大革命的狂潮中。六七十年代，人們把革命當作唯一盛大的節日，整個東方大陸除了亢奮的吶喊之外，就剩下牛棚裏的呻吟。中國處於癲狂病之中，誰還記得糉子、龍舟和五月開滿山崗的杜鵑花呢？

雖然端午節只屬於年少時日，但還是有印象的。除了記得嚐了第一口便永遠忘不了的糯米豬肉糉子之外，還記得節日意義的啟蒙。告訴我這一意義的是第一個小學校長劉中法老師。那是在讀小學四年級的時候，他在地理課堂上指着湖南省的汨羅江說：今天是端午節，記住，當年我國的偉大詩人屈原就在這裏投江而死，所以端午節也叫做詩人節，我們要年年歲歲懷念那些為老百姓流盡眼淚的詩人們。中法老師熟悉歷史地理，又喜歡文學，講到屈原詩，蒼白的臉漲得通紅。也是在這一天，我第一次聽到故鄉詩人歐陽詹的名字。中法老師的眼睛發着光輝，對我們講述家鄉的驕傲：「知道嗎？知道我們的家鄉為甚麼叫做詩山嗎？就因為我們的家鄉在唐朝出現過一個很有名的詩人，名字叫做歐陽詹。他就在我們學校背後的高蓋山上遊玩讀書。他媽媽的墓就在山上。端午節時我們也要想念歐陽詹，記住。」我當然記住家鄉的驕子，特別是從事文學之後更是留心歐陽詹的名字。他於公元四五七年出生於晉江，是唐代第一個考中進士的福建人。他因和韓愈同時登第而結識韓愈並和韓愈一起致力於儒道復興和古文創作。他比韓愈年輕十一歲，死時僅四十六歲，韓愈曾作〈哀辭〉一文悼念他。歐陽詹留有《歐陽行周文集》十卷，《全唐詩》收入他的詩共八十首。唐貞元間他遊歷太原時與一位妓女相愛，別離曾與之相約，返回京師後將派人迎娶，但後來歐陽詹未能踐約，於是這位妓女在絕望中留下絕筆，這就是《全唐詩》中「太原妓」所作的《寄歐陽詹》：「自從別後減容光，半是思郎半恨郎。欲識舊來雲髻樣，為奴開取縷金箱。」據説歐陽詹也因為未能與太原妓重新相聚憂鬱而死，但我不太相信這一傳説。也許是童年時代的經驗，因此，一提起端午節，我就要想起粿子、屈原、歐陽詹和我的第一個校長。

當一九五九年我進入廈門大學中文系之後，更是想念這位教我熱愛詩人的校長和老師。可是所有關於他的消息都使我感到害怕：他因為曾經擔任過國民黨縣政府機關裏的科員而被定為「歷史反革命」，屬四類分子，不僅被開除教職，而且還要接受管制。六十年代初，飢餓煎熬着每一個人，福建的普通老百姓正在靠山東支援的地瓜葉充飢，可是，中法老師不是普通老百姓，而是「賤民」，地瓜葉是分不到的。偏偏他又有胃病，就常常疼痛得在地上打滾，然而，沒有人敢去接近他，整個家鄉給予他的只有陰沉的臉和冷酷的目光。

幸而我很快就到北京工作了，遠離家鄉這些讓人寒冷的消息。據説北京的端午節不僅有粿子還有餃子，但我不在乎。我在乎的是到了北京三年之後，也就是一九六六年端午節的前前後後，一場大革命的風暴把所有正直的詩人學者全都捲走了。噩耗一個一個傳來：鄧拓跳樓自殺，老舍投湖而死，李平心含冤而亡……而在我面前，社會科學院的學者詩人們，俞平伯、何其芳、錢鍾書、楊絳、卞之琳、陳翔鶴、鄒荻帆、馮至，一個一個被戴上魔鬼的高帽在大街上「示眾」，在這如火如荼的革命歲月中，有誰還想到端午節呢？有誰還想到粿子、龍舟和開滿山崗的杜鵑花呢？

端午節死了，端午節在中國群體的記憶中死了。死了整整十年。

重新想起端午節，是在一九七八年遇到北上探親的遠房堂兄弟的時候，他告訴我：故鄉的小河乾涸了，龍舟死了，還有會講詩人故事的劉中法老師也死了。他還說，人都是在死後才變成鬼的，而劉中法老師死之前就成了鬼了。他戴着的斗笠總是把自己的臉蓋住，斗笠後卻是又長又白的頭髮。白天他把頭埋着，晚上到處去偷挖地瓜芋頭，幾次被人抓住痛打，也不說一句話，不會叫，不會呻吟，沒有人的聲音。有個鄰居在夜裏聽過他的聲音，那是鬼的哀哭，絕不是人的聲音。

聽了這一消息，我只感到毛骨悚然。人變鬼，老師變成了鬼，這是可以相信的嗎？堂弟為了安慰我，又補充說：不過我們的家鄉還是有許多軟心人，幾個華僑嬸子在三更半夜時還悄悄請他去給南洋寫信，他的字還像以前那麼清秀，一筆一劃都很工整。寫完信，嬸子們總是做一碗米粉給他吃。有一次，正是端午節，老四嬸還給他吃了兩個粿子，只是他吃的樣子很不好，幾乎一口吞下一個，差些噎死，那也不是人的吃法！他死的時候，只剩一把骨頭，抬棺的人說沒抬過這麼輕的死人，不像人的屍體……

別說了。我粗暴地打斷堂弟的話。我無法再聽下去了，淤積在我心中的死亡已經太多，我不能再接受新的死亡。粿子的故事我也不願意聽，我不願意聽粿子變質的故事。我只想讓自己的靈魂麻木一些，只想記住「詩山」這一美妙的家鄉名字，只想記得故鄉詩人在北方高原上的浪漫故事，只想記得我的第一個校長講述歐陽詹時那漲得通紅的臉和驕傲的目光，只想記得龍舟拍起的疊疊浪花和開滿故鄉原野的杜鵑花。

原載《世界日報》一九九八年六月九日

徘徊

——致遠志明信

志明兄：

讀了上期你對拙著《漂流手記》的評說〈流浪之美〉（見《海外校園》雜誌第十七期），真是高興。我讀了幾遍，邊讀邊想。我喜歡這種比純文學評論更有意思的心靈評論和靈魂對話，一讀就讓人進入沉思。我的散文本來就是心靈的象徵，在屬於心靈的形而上層面討論問題真是人生的樂事。感謝你這麼認真地讀我的手記，並用如此美好的語言作如此精闢的分析。

你對我的心靈剖析十分中肯。我的確是個矛盾體和流浪體。這幾年，我的名字簡直就叫做徘徊與徬徨。徘徊於神性與理性、絕望與希望、拯救與逍遙之中，徘徊於基督與康德、孔子與莊子、魯迅與陶淵明之中。托爾斯泰晚年變得很古怪，他說他不願意和任何人在一起，只願意單獨與上帝相處。我還不至於如此，但有時比托爾斯泰還孤獨，所以我只能在上帝的門外獨自遊思。當然，在徘徊中我還是繼續前行，不會回到過去，只會走向將來。

在流浪與徘徊時，如你所說，越是感到痛苦與絕望，就越是尋求拯救。然而，經常盤旋在我腦中的問題是：拯救的使命是交給上帝還是交給自己？自救是否可能？依靠自身的力量反抗絕望是否可能？我所以會徘徊於神的主體性與人的主體性之間，而且至今不放棄人的主體性，就因為自己覺得自我拯救和依靠自身的力量反抗絕望，不是不可能。如果不可能，那麼人的力量與人的意義何在？當然，我也常常懷疑這種可能，並為此常常產生一種「無力感」，即感受到人的智慧的有限性，無力到達真理的彼岸。

我所以徘徊，還有一個原因。作為一個人，即在個體情感層面上，我非常接近基督，而且幾乎能接受聖經中那種徹底的愛與仁慈的觀念。我們這一代人是被仇恨教育出來的一代人，全部教育就是要讓我們丟掉愛。也許因為這樣，我反而覺得愛的觀念特別寶貴。但是，作為一個思想者，一個人文科學學者，我的天性又總是喜歡對已有的結論提出質疑，不願意只活在已有的結論之中。所謂流浪，就是沒有句號也沒有結論，即先作一種形而上假設：人間沒有終極真理。這種思想者的脾氣又是背離基督。當我那已經很自然地信仰基督的小女兒勸我也應當信仰的時候，我心中的疑慮就是，倘若認定聖經所說的一切就是終極結論，那麼作為思想者是否就只能是這些結論的演繹者？它本身的創造是否還有可能？它是否還有在結論之外流浪的自由？這些問題，還會繼續煎熬着我。這些年，你邁入另一精神境界，連語言也充滿祥和之氣。你的研究上帝與老子的著作對我的疑慮一定會有幫助，出版後請贈我一冊。

你對拙著的評說發表出來後一定會引起許多朋友的思索。

原載於一九九六年《海外校園》

死的假設

這幾天，我很高興，李澤厚兄從史華斯摩學院（Swarthmore College）又回到了科羅拉多。此次他不是返回 Springs 的科羅拉多學院，而是來到我「客席」的 Boulder 的科羅拉多大學東亞系和中國現代文化研究所。這樣我們至少可以一道工作兩年。這是多麼難得的兩年。儘管有一些人竭力貶低李澤厚，用各種方式往他身上潑髒水，但我卻永遠對他懷着敬愛之情，而他本人與他的著作也於禁錮與批判中依然在故國和遙遠的異邦閃耀着灼灼光輝。懂得尊重有學問有思想的人，是人格乾淨高尚的一種表現，我常這樣提醒自己。

今年夏天，李澤厚曾執教多年的 Springs 科羅拉多學院授予他榮譽博士的稱號，他用英語講授的中國美學課程真為這個學校增色。授獎儀式由校長親自主持，這無疑是一種光榮，但李澤厚並不邀請任何朋友參加，也包括我。他進入晚年之後，把名譽、地位、頭銜等等看得很輕，此次也不願意讓我和其他朋友去觀賞所謂「光榮」。今年年初我到費城去看他，對着剛剛出版的十大部《李澤厚論著集》（台灣三民書局）我讚嘆不已，而他卻說：「我已經假設自己死了。人死了，還求甚麼，還爭甚麼，還怕人家說甚麼？」這幾個月，我腦際中常迴蕩着這句話，幾次認真思考着這一死的假設。想來想去，覺得死的假設真可以給人生帶來很大的解脱。我雖比澤厚兄年輕，但想到自己總有一死，而且也假設已經死了，頓時感到身外的得失、功過、榮辱、是非、恩怨，一下子變得不重要了。死的時候，生前的一切，甚麼也帶不走，即使帶走了，像古代的帝王把婢女、珠寶埋藏在身邊，那又有甚麼意義呢？前兩年，我就寫過，重要的不是外部的評語、鑒定、獎賞，而是內在自由而真實的聲音。今天接受了死的假設，更覺得應當抓住身前的時機講真話，講該說的話。托爾斯泰說過：「活着是做夢，死去才如夢方醒。」早點有死的假設，便是早點醒悟，以免老陷入財富、權力、名望等種種的虛假的夢幻中。倘若到了死時才如夢方醒，就太晚了。

澤厚兄和我的對話錄《告別革命》出版之後，各種評語都有，一邊說「想討好政府」，一邊說「想瓦解政府主流意識形態」，不管人們怎麼說，我們照樣繼續思考，唯一牽掛的是對話錄的續篇尚未完成。此次李澤厚返回科州，我們該會有所前進。續篇的主題是「返回古典」，與流行的時髦理論很不和諧。李澤厚最近在天地圖書公司出版了長達四百四十五頁的專著《論語今讀》，已初步揭示這一主題。回歸古典的話題將會引起更多的輕蔑，這不要緊，李澤厚的形而上假設，已告訴我和其他朋友：

身後是非誰管得，滿村爭說蔡中郎。

寫於一九九八年九月七日

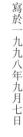

小城守望者

我居住的小城叫做 Boulder。英文 Boulder 就是大石頭的意思，因此，可以說我就居住在石頭城中。我的一部份《漂流手記》，也可稱為石頭記。

石頭城位於洛磯山東麓。洛磯山的英文名字叫做 Rocky Mountain。Rock 也是石頭的意思，可見，我這個地方與石頭特別有緣。這幾年，我常帶着來訪的朋友參觀城內的科羅拉多大學，他們個個都對校園之美激賞不已。除了讚美草色、樹色之外，更是讚美學校背景中的巔崖崛峰和園中建築的天然石色。這些建築都是紅砂岩砌成的。此種岩石不像紅磚那樣精緻玲瓏，但顯得粗獷、自然、厚實，與知識重鎮十分相宜。我特別喜歡陽光照射的時候，此時每一塊紅砂岩都像浮雕在火裏微燒。天高日晶，草佳石明，不能不說是一幅好圖畫。

石頭城是個大學城。全城居民不到十萬人，而科羅拉多大學的師生就有三萬五千人。大學是整個城市的軸心，城裏的各種行業都圍繞着這個軸心運轉。校園裏的大體育場，幾乎可以把全城居民容下，每年獨立節，總有五、六萬人來這裏觀賞怒放的焰火。Boulder 城把大學作為自己的心臟，生命脈搏就緊緊連着文化知識。生活在這一城市裏的人，如果沒有文化，自然會感到羞愧。所以它是美國博士、碩士比率最高的地區。

我從一九九二年來到 Boulder 之後，就特別留戀這個地方。大自然與大文化如此和諧相處，天人合一，實在是難尋的境界。難怪今年五月金庸來到這裏時要情不自禁地給報紙題辭說：「世外桃源而充滿文化，世上更無第二處矣。」

在這裏居住多年之後，才知道 Boulder 城的居民特別保守。這裏每一年都有一次居民投票，表決一下要不要發展城市，可是每一年投票的結果，多數居民總是說「不」。這個城市無論是住宅區還是商業區都沒有高樓，原因是居民們反對興建高樓——高樓會擋住他們觀賞洛磯山的視線。窗口景觀，山水身影，對於他們來說具有極高的價值。說起石頭城居民，我就想起塞林格的《麥田守望者》。這部小說的小主人公霍爾頓對光怪陸離和異常冷漠的現代社會感到絕望，在無可逃遁之中，他幸運地找到一塊未被染污的清新的麥田，並在那裏守望着一群天真無邪的孩子。而 Boulder 的居民，也是麥田守望者。他們把小城視為麥田，把自己當作小城守望者，在人慾橫流中守住人類日常生活中所需要的恬靜、平和、美和人際溫暖。這些高原上的美國人非常聰明，他們早已悟到：現代化不等於紐約化、洛杉磯化，也不等於就是遮蔽天空的高樓大廈，發展是為了人，而不是人為了發展。因此，他們在小城裏既吸收了全部現代化成果，又保留了非現代的、千百萬年的歷史積澱下來的「古典」成果，這就是大自然蔥蘢的詩意和人性溫馨的詩意。難道現代化一定要帶來喧囂、浮躁、神經質與對大自然的疏遠嗎？石頭城的居民回答說：不！我受他們的影響，在去年居民的投票中也寫下「No」！願意和他們一起，做一名小城守望者。

寫於一九九八年十二月一日

獨行者

剛到這裏時，朋友告訴我，Boulder 小城被洛磯山的山巒所擁抱，如果步行繞着城市走，需要十幾個小時才能走完一圈。朋友還告訴我，山中有個固執的和尚，他每天環城走一圈，晴天自不必說，風天、雪天、雨天也照樣走，數十年如一日。

朋友未能講述更多細節，我也找不到這位獨行者，無法了解他內心的秘密。此時，我仍然只知道他肯定還在默默地走，從早晨到黃昏，歸來時的腳印連着出發時的腳印，數十年一直和起始的那一天一樣。

這樣的生活不感到乏味厭倦嗎？遙望窗外黛色的遠山小道，真想知道這位僧人的人生之謎。有一天，我對着逶迤的洛磯山遐想，突然覺得白雪覆蓋的山坳間依稀有個閃動的人影，可能就是他。而且覺得他在反問：你不也天天重複着你的行走嗎？不也天天在書行間與格子間無休止地跋涉嗎？從早晨到黃昏，最後的一個格子緊連着最初的一個格子，天天如此，你不感到乏味嗎？你不感到厭倦嗎？一時竟無以對答。不過，這一天之後，我似乎慢慢了解他，相信他在行走時一定有所思、有所夢、有所感。對於他，鮮花、野草每天一定都是新的，雪裏雨裏的每個腳印一定都不一樣。一個數十年從不倦旅的行者，一定擁有與他者不同的意志。他的行走沒有人過問，如果願意，他可以瞞，可以騙，可以隨時回到廟裏屋裏沉睡，沒有人會譴責他。在數九寒冬裏躲躲風雪不會有人知道，即使到紐約或者黃石公園玩玩，也沒有人會干預。然而，他總是走，既不欺騙別人，也不欺騙自己。不停地行走，就是他的信仰，就是他的生命進行曲。

因為老是想着這位僧人，有一天在白樺樹下，我突然覺得有一種聲音從山那邊的小道上傳來，依稀聽到：我還在走。行走便是修煉，教徒是需要修煉的。進入大千世界的法門，不在縹緲的遠鄉，它就在眼前，就在腳下，就在腳下環城的小道。這聲音隨着落葉飄入草地，我十分感動，便回應這聲音說：人也是需要修，需要煉，需要磨難的，我在方格紙上已跋涉了數十年，雙手已經長繭，謝謝你，我已悟到我的法門在何處，我已踏進門坎，我將繼續前行。

寫於一九九七年十月

父女兩地書

紐約《明報》的《明月》副刊就要連載我和大女兒劍梅討論文學問題的兩地書，我為此非常高興。這要感謝副刊主編伍幼威先生的約稿與設計。

劍梅已臨近而立之年。從五歲開始讀書，至今已面對「寒窗」二十五載。五年前她在科羅拉多大學獲得碩士學位之後，又進入哥倫比亞大學東亞語言文學系，成為王德威教授和夏志清先生的弟子。在這兩位傑出的華裔教授和美國其他教授的扶持下，她學有所成，兩年前已通過博士資格考試，今年夏秋即將畢業，並將到三藩市的加州州立大學任教，開始新的生涯。

劍梅從小與人無爭，長大後又把名利看得很淡，她能在美國不斷進取，大半是因為我的逼迫。我在國內時太忙，私人時間總是被公共時間所割切，因此很少關心她，到了美國，我簡化了社會關係，贏得時間，就與劍梅格外親近。每個星期她一定會給我打電話或寫電傳信。她在第一封兩地書中就對我說：「你在國內時，總是被社會上無數『重要的』事務纏身，無暇顧及我們。我常覺得家裏門庭若市，人來人往，像個旅店而不像個家。爸爸好像離我很遠。自從一九八九年你被迫漂流後，倒是對我們念念不忘，雖然你丟失了祖國，可是我和妹妹卻重新得到了自己的父親。你的『漂流』對我們來說反而是件可喜可賀的事——我們這個家因你從公共空間走回私人空間變得更完整了。」劍梅說得不錯。我到海外後除了贏得「自由表達」之外，還贏得了「自由時間」，這兩項，對於寫作者來說，具有至高無上的價值。沒想到，它還帶給家庭以溫馨。人類的情感確實需要自由時間的滋潤。

因為同行，我們在電話上和書信上講的都是文學。我很喜歡聽她講讀書研究的心得，近幾年，我從她的講述中獲得許多思想活水。她確實幫助我保持了思想的活潑狀態。我英語不好，而她卻像我的一支觸角，幫助我在英語世界裏吸收許多新鮮的空氣和養料。李陀幾次對我說：你有劍梅這個小學術顧問真好。我尊敬的呂俊華老師則說：這顯然是蒼天着意的安排。從我們兩地書的對話中，朋友們可看到父與子的兩代，思路雖然有區別甚至有衝突，但完全可以互相補充、互相豐富、互相激活思維的靈犀。兩代之間，固然有溝壑，但也有美好的橋樑。如果兩代人相依相助，那麼，一加一，就會大於二。我和女兒的相加，得到的就是一種一加一大於二的生命數學。

在通信中，我覺得有兩個女兒相伴相隨，人生有意思得多。所以我在第一封信裏就對劍梅說：你屬於我熱愛的那個世界。

原載《明報》一九九七年六月十日

一千零一夜不連貫的情思

今年《明報月刊》一月號開始選登我的多卷本散文集《漂流手記》的第四卷《獨語天涯》，這部集子的副標題叫做「一千零一夜不連貫的思索」，是因為組成集子的是一千零一則隨想錄、讀書筆記、散文詩、悟語等。由於潘耀明兄的支持，能在《明報》上連載，真使我高興。

這部集子的形式比較自由，我也寫得比較盡興。「盡興」，這是我近年寫作時的心靈狀態。我已從為階級、為族群、為他人的寫作狀態中解脫出來，更多地為自己的心靈需求寫作。人生很短，死亡雖是個巨大的不可知，但它是個不可抗拒的時間限定則是確定無疑的。因此，一切創造都只能在這限定之前的一剎那，抓住這一剎那，不再理會政治權力的干預和他人的目光，不再迎合權威、偶像、群眾等，盡興地說些該說的話，這種選擇我自信是對的。

《獨語天涯》的書名正題也與「盡興」有關。和他人對話還是會受到他人思路的限制，唯有獨語最自由。在文化大革命中，知識分子被洗腦之後，只能一律說黨派的話，我當然也不例外，不說黨派的話就難以活下去。然而，當時我還是私下自言自語，悄悄說些自己的話，唯有在自言自語時，我才意識到自己的存在。因此，可以說，在二十多年前，我就朦朧地感到自由獨語乃是人的一種存在證據，一種自由意識，一種任何政治權力難以剝奪的思想權利。

二十年來我寫了不少文學批評與文學理論文章，其要點之一也是在說，八十年代之前，中國作家喪失了一種最重要的東西，這就是個體經驗語言。二、三十年中，作家只有黨派語言、階級群體語言，只有合唱。八十年代出現的新作家詩人，其所以「新」，就是恢復個體經驗語言和寫作個性，唾棄千篇一律的黨派化、集體化的文藝腔。我作為一個寫作者在拋卻群體腔調之後確實獲得大解脱，想甚麼寫甚麼都覺得流暢。《獨語天涯》中的一千零一則手記，雖不連貫，但流暢、痛快。德國作家圖霍爾斯基（一八九零——一九三五）有句很有意思的話：「説謊必須前後一致，而説真話則可以斷斷續續。」説謊者怕露馬腳，而我則盡興地袒露胸中的一切。

原載《明報》一九九九年一月十四日

第二輯

冰心：二十世紀中國的愛神

二月二十六日，旅居芝加哥的冰心的外甥陳鋼打電話告訴我，他的外婆病危。聽到這一消息後我立刻想到，這位誕生於一九零零年的世紀同齡人大約將與本世紀同時結束。果然，過了兩天，美國中部清晨七時，我得到冰心剛剛去世的噩耗。因為有心理準備，所以在陳鋼起程回國奔喪前夕，我便請他為我代送鮮花花環和帶去我的哀輓敬辭：「中國偉大的現代散文之母冰心永垂不朽——您的名字永遠代表着愛與光明。」

冰心確實是個奇蹟。這不僅是她誕生於世紀頭一年和逝世於世紀的最後一年——與二十世紀同始終，而且還因為她這樣一個弱女子，竟能在本世紀巨大的歷史滄桑中以及在這種滄桑所帶來的險風惡浪中至始至終貫徹她的愛的信念，並成為中國獨一無二的愛的旗手，從而使「冰心」二字從今之後將代表着愛與光明。愛是永恆的，冰心名字之下的散文、詩歌、小說及其所蘊含的至真至善至美的精神也是永恆的。中國是一個沒有完整神性形態的國度，而二十世紀又有「科學」、「革命」等各種名義圍困宗教，卻偏偏出現冰心這種「愛一切人」的偉大宗教情懷，自覺地背負起靈魂苦行的十字架，這不是奇蹟是甚麼？冰心早就說：「理想的和愛的天國，離我們竟還遙遠，然而建立這天國的責任……正在我們最能相互了解的女孩兒身上。」（《冰心文集》第三卷，第四十七頁，上海文藝出版社）每次想起這句話我就感到慚愧。幸而我隨即總是又想到，但丁走訪地獄之後也正是由一弱女子——原先的女友、後來的女神貝亞特麗齊引入天國的。在此世紀末的時間點上，我已確信，天國並非洪秀全們的暴力能夠建造的，它恐怕需要像精衛啣石那樣用一顆一顆愛的心靈去鋪築。冰心，正是二十世紀中國的貝亞特麗齊，她是同我們一起進入地獄又引導我們向着天國之門前行的愛神。

一九三四年八月，正當左翼文學思潮席捲中國的時候，茅盾在《文學》雜誌上發表〈冰心論〉，嚴厲批判冰心寫作的愛的方向。他說：冰心是「『唯心』到處處以『自我』為起點去解釋社會人生，她從自己小我生活的美滿，推想到人生之所以有醜惡全是為的不知道愛；她從自己小我生活的和諧，推論到凡世間人都能夠互相愛。她這『天真』，這『好心腸』，何嘗不美，何嘗不值得稱讚，然而用以解釋社會人生卻是一無是處。」一九四二年延安文藝座談會進一步批判愛的創作觀念，一九四九年之後更是如此。然而，這種批判是沒有道理的。愛本身並不是用於解釋社會人生的意識形態，它是一種超越「唯心」、「唯物」等意識界線的人類心靈狀態與生命狀態。它大於各種解釋社會人生的「主義」、「理念」而成為維繫人類社會的情感紐帶和各種智慧、信仰的根基。二十世紀中國最基本的精神教訓之一便是對愛的批判與摧毀，而這種摧毀導致了中國良知系統的瓦解和人性底層美好部份的消亡。在「愛」遭到各種譴責的時候，冰心的可貴品格卻得到凸現。記得她的書房中掛着「世事滄桑心事定」的條幅。儘管世事滄桑浮沉，討伐愛的喧囂一潮高過一潮，但她的信念堅貞如一，始終為愛而寫，為愛而歌。儘管在長歲月中她也有過徬徨，妥協性地說過自己曾「退縮逃避到狹仄的家庭圈子裏，去描寫歌頌那些在階級社會裏不可能實行的『人類之愛』」（《冰心小說散文選集》自序）的違心之論，但是，她很快又從嚴酷的階級鬥爭中感悟到愛是不可以放棄的，特別是在文化大革命之後，她的愛的信念更是清醒。八十年代中期，她發表〈我請求〉一文，震動全國。這篇為中學、小學教師請命的散文，標誌着她的愛的情懷增添了戰士的歌哭。在中國，只有積澱下戰士的歌哭，才有愛的力度與散文的力度。關於這一點，我還想用個人對她的感受來說明。

作為一個文學評論者，我說冰心的名字代表着愛與光明；作為個人，我則把冰心視為故鄉和精神母親。一九八七年，廈門鷺江出版社編選《福建散文作家作品集》（任鳳生編），請我作序。我在序中這樣評說：「冰心天生一副奇絕的女兒性，她降臨於人間，彷彿就是為了負載天下一切苦戀母親的全部深情。她是那樣動情地歌頌母愛，歌頌童心，歌頌大自然。她把母親放到神聖的廟堂上，把母親之心看作至真至善至美之心。她的《寄小讀者》所表達的鄉愁鄉戀，不知扣動了多少遊子的心弦。在記憶中，我最初受到愛的教育，就是從《寄小讀者》開始的。我在童年時代，從故鄉飲啜了兩種潔白的乳汁：先是從生身母親那裏吮吸了物性乳汁；後又從冰心散文中吮吸了靈性乳汁。」也許因為從小吮吸冰心愛的乳汁，所以我和那個佈滿階級鬥爭硝煙的時代便格格不入，覺得自己與自己身處的社會太不相宜，於是，寫下的文字總是帶着異端情思，然而，這種異端性的沉思，也的確是自己太愛故國與人間。冰心能理解我這一點，包括我到海外，她也理解我。一九九三年，我的朋友萬維生去拜訪她。她桌上就放着《漂流手記》，並說：我每一篇都讀了。九十多歲的老人，把我的三百多頁的散文集全都讀了，這是怎樣的情意和關懷，在國內時，她就一直勉勵我，幾次到她家，她都給我以母親般的厚愛。她知道我鋒芒太露，特寫了「淡泊以明志，寧靜以致遠」的條幅給我。一九八八年年底，邵燕祥要主編一套散文選集，我的散文選定後請她作序，她當時已年近九十，又剛剛出院，但還是立即答應，後來她又進了醫院，在病中仍牽掛此事並寫下序的初稿。出院後她又用毛筆一個字一個字謄抄清楚並於一九八九年一月七日寄給我。後來因為「六四」悲劇發生，散文選集和序都未曾出版，而我卻把這一簡短的序文視為珍品，帶着它如同帶着故鄉浪跡四方。序文這樣寫道：

劉再復是我們八閩的一個才子。他不但是個詩人，還是一個學術理論家。我不但沒有學問，而且甚麼理論都說不清。我只勉強評論他的散文詩——我覺得可以用他自己說的「我愛，我沉思」來包括一切。他從「愛」的「沉思」裏，寫出了這本百花齊放的花園裏花朵般燦爛的散文詩集！

這篇序文是她晚年堅持愛的信念的明證。從她十九歲發表《兩個家庭》、《斯人獨憔悴》到八十九歲為我作序到一九九九年去世，七十年，八十年，她的愛的豐碑一直屹立於中國大地。二十年來，我在對中國現代文學的閱讀中和自身數十年的社會體驗中形成了這樣的認識：中國社會最需要兩種人格，一種是魯迅式的敢於對黑暗發出投槍的人格；一種是冰心式的敢於在「鬥爭神聖」的時代裏高舉愛的旗幟的人格。前者呼籲「救救孩子」，後者呼籲「孩子救救我」。冰心在《寄小讀者》的開篇這樣呼籲小朋友：「我從前也曾是一個小孩子，現在還有時仍是一個小孩子。為着要保守這一點天真直到我轉入另一世界時為止，我懇切的希望你們幫助我，提攜我。」此刻，冰心已轉入另一世界，而她呼籲孩子們幫助她守住的天真天籟與無盡之愛，果然穿越各種戰火狼煙而遺留人間，這是多麼值得驕傲的偉大人生啊。

原載《明報》一九九九年三月五日

世紀泥石流中的一片淨土

一九三五年四月，郁達夫在《中國新文學大系》散文二集導言中就對冰心作出這樣的評價：

我以為讀了冰心女士的作品，就能夠了解中國一切歷史上的才女的心情；意在言外，文必己出，哀而不傷，動中法度，是女士的生平，亦即是女士的文章極致。

冰心是本世紀的同齡人，一九三五年她才三十五歲，但已有十六年的寫作歷史，且創造出女性文學的極致，這很不簡單。郁達夫本身就是散文大家，他用「極致」二字來評價冰心是極為恰當的。每一個擺脫平庸的、卓越的作家詩人，他（她）們都會採取一種「文本策略」，這就是把自己獨特的發現、感受、手法推向極致，只有推向極致，才能走出自己的路。而冰心的極致，並不是「手法」上的極致，而是情感上的極致，愛的極致，尤其是童心與母愛的極致。

冰心雖然比魯迅小十九歲，但她和魯迅（包括胡適、周作人等）一樣屬於中國現代文學的奠基人，即第一代草創者。巴金雖然僅比冰心小四歲，但他和老舍、沈從文、茅盾、曹禺、丁玲等，都屬於現代文學的第二代。我在給冰心的輓辭中說「冰心是中國現代散文之母」，就因為她和魯迅、周作人、郁達夫一起，共同締造了中國現代散文的第一座豐碑。這一豐碑迄今仍然是二十世紀中國現代散文的高峰與源頭。

用周作人的話說，「五四」新文學運動有三個時代性的發現，即發現「人」、「婦女」和「兒童」，而魯迅、胡適、周作人這些先驅者對兒童的發現（對兒童價值的肯定）是通過對封建文化扼殺兒童個性的揭露來完成的，他們思考與表達的重心是「我們現在怎樣做父親」，他們確認的使命是「救救孩子」。而冰心對兒童的發現（對兒童價值的肯定）則是通過把童心提升到至真至善至美的形而上境界，把童心及其護衛着童心的母愛視為最高精神本體，正如曹雪芹把未嫁的少女視為精神本體一樣。冰心在感悟到這一點之後，便以無限的深情和典雅的語言謳歌童心與母愛（兩者合而為一），並呼籲「孩子救救我」——從醜惡的社會泥潭中拯救出來，以保持自己的天真天籟。我在〈冰心：二十世紀中國的愛神〉悼念文章和結尾，特別引述了冰心的代表作《寄小讀者》開篇中的一段關鍵性的話，這段話如此請求小朋友們：

> 我從前也曾是一個小孩子，現在還有時仍是一個小孩子。為着要保守這一點天真直到我轉入另一世界時為止，我懇切的希望你們幫助我，提攜我。

這段話正是開啟冰心文學世界的鑰匙。她與魯迅、胡適等一樣，看到現實生活的黑暗、齷齪、醜惡，然而，作為一個弱女子，她自知沒有力量去肩住黑暗的閘門，但可以在心中保持一片反叛社會醜惡的人性的淨土，這片淨土，就是童心，就是愛。冰心的人生和文學創造是值得自豪的。而最值得自豪的，是她在整整一個世紀中，把這一片淨土保持到老、到死，保持到另一世界中去，真的是「質本潔來還潔去」。這是不容易的。二十世紀中國，充滿動盪混亂和戰火烽煙，文化界各種激進的思潮此起彼伏，政治和市場的濁水污染世道人心，「全面專政」又席捲了人性底層最美好的東西，在這種環境中，冰心卻戰勝各種誘惑與壓力，硬是保住這片淨土，這是何等可敬。正因為這樣，唯有冰心的名字可以代表愛與光明。

把童心提到生命本體地位，明代李贄曾經作過努力。冰心承繼了中國文學中李贄、曹雪芹這一抒寫真性情的文脈，又吸取了印度泰戈爾觀看世界的童心視角，從而開闢了中國現代文學的代替宗教的本真維度，所以我願意稱冰心為「愛神」。冰心之後，二十世紀的中國文學還出現了丁玲、張愛玲、蕭紅等傑出女性作家，但是，沒有一個作家能像冰心這樣，始終高舉愛的旗幟，始終把人性的天真與至愛視為最初與最後的精神家園。丁玲是一個個性主義者，又是女權主義者。她的革命性格既導致她創作出人性掙扎的《莎菲女士日記》，又導致她創作出喪失人性光輝的《太陽照在桑乾河上》。張愛玲的才情過人，卻是一個歷史悲觀主義者與人性悲觀主義者，我們從她的才華洋溢的文字中不免讀到世故與冷漠。而冰心卻不同，她的文章雖是女性的極致之筆，她本身卻不是女權主義者或其他任何主義的信奉者，她追尋與歌頌的是超越性別、超越階級的永恆的普遍的人類之愛，是對人類的絕對信賴與期待。因此，當丁玲落入階級鬥爭陷阱而頌揚暴力的時候，冰心卻在鬥爭的風暴中守住她的淨土。冰心不僅遠離丁玲的火藥味，而且也遠離張愛玲那樣「討厭孩子」的世故、悲觀與沒落貴族的冷漠。她始終熱烈、真誠、毫無人間偏見地擁抱天真的孩提王國，在一個踐踏愛的世紀中高舉孩子的旗幟與愛的旗幟，即使在左翼文學思潮壓倒一切的時候，她仍然帶着鄉愁的衝動去尋覓人性的天國。

可惜，三十年代之後，特別是本世紀的下半葉，激進的政治風浪和極其平庸的文學批評與文學史寫作，又像混濁的泥石流，幾乎淹沒和覆蓋了冰心的成就和她的立足之所，使她在最後五十年的創作生涯中只能發出微弱的聲音。然而，泥石流畢竟是暫時的，而冰心的名字和這一名字所代表的內涵卻是永恆的。甚麼力量也無法抹掉屹立於二十世紀滾滾泥石流中的一座偉大的、愛的豐碑。

原載《明報月刊》一九九九年四月號

錢鍾書先生的囑託

儘管我和錢鍾書先生有不少交往，但他去世之後，我還是盡可能避免說話。我知道錢先生的脾氣。在《圍城》中他就說過：「文人最喜歡有人死，可以有題目做哀悼的文章。棺材店和殯儀館只做新死人的生意，文人會向一年，幾年，幾十年，甚至幾百年的陳死人身上生發。」錢先生的逝世，也難免落入讓人生發的悲劇。不過，人生本就是一幕無可逃遁的悲劇，死後再充當一回悲劇角色也沒關係。我今天並非做悼念文章，而是要完成錢鍾書先生生前讓我告訴學術文化界年輕朋友的一句話。

這句話他對我說過多次，還在信中鄭重地寫過一次。第一次是在我擔任文學研究所所長之後不久，我受所裏年青朋友的委託，請求他和所裏的研究生見一次面，但他謝絕了，不過，他讓我有機會應告訴年輕朋友，萬萬不要迷信任何人，最要緊的是自己下功夫做好研究，不要追求不實之名。一九八七年，我到廣東養病，他又來信囑託我：

請對年輕人說：錢某名不副實，萬萬不要迷信。這就是幫了我的大忙。不實之名，就像不義之財，會招來惡根的。（一九八七年四月二日）

作為中國卓越學者的錢先生說自己「名不副實」，自然是謙虛，而說「萬萬不要迷信」包括對他的迷信則是真誠的告誡。迷信，不管是迷信甚麼人，都是一種陷阱，一種走向蒙昧的起始。錢先生生前不迷信任何權威，所以他走向高峰，死後他也不讓別人迷信他，因為他期待着新的峰巒。在不要迷信的告誡之後是不要虛名的更重要的告誡，我今天不能不鄭重地轉達給故國的年輕朋友。

到海外之後，常想起錢先生的囑咐，這一珍貴的教誨，它時時提醒我要往實處努力，要本本色色做人，認認真真讀書，扎扎實實著寫每一部著作，每一篇文章，要把虛名真的看淡看輕看透。我所以常想起這句話，還因為近十年來我看到大陸內外學界的許多學人的學風、文風、作風，正在往錢先生所擔心的「不實」的深溝裏滑落，追逐不實之名的現象愈來愈盛。為了及早出名，許多聰明人使用了許多所謂「人生策略」與偽文本策略：或者打擊名家充當「黑馬」，或者吹捧名家以拉大旗做虎皮，或者故作艱深玩弄學術姿態，或者搜集他人文章編成書籍在封面上署上自己的名字，或者經營一個小地盤互相吹噓拔高。各有各的策略與捷徑，就是缺少實實在在的研究實績與創作實績。這些通過捷徑與策略贏得的不實之名，確實就像不義之財。錢先生批評得很尖銳，但很準確。我們在這些現象的背後，看到的不僅是「名」中的「虛」，「有」中的「無」，「色」中的「空」，而且還看到佔據了不義之財一樣的惡行。也就是說，這不僅是學術的虛假，而且是品德的潰敗。錢先生生前對不實之風就有痛切之感，所以他囑咐我作這樣的告誡。這種告誡是至深至誠的關懷，雖然逆耳，但我相信，它對於我們這一代或更年輕的一代人靈魂的健康是非常要緊的。

原載《明報》一九九九年四月十五日

璞玉

——緬懷鄭朝宗老師

聽到鄭朝宗老師逝世的消息後，我獨自坐在窗前，面對崇深的洛磯山呆呆地想念着。無盡的緬懷不知從何說起。自從一九六一年聽他講授《西洋文學史》至今，將近四十年裏，我的生命之旅就一直連着他的名字。他是一個真正影響過我，真正在我的心坎中投下過寶石的人。他寫給我那麼多書信，可惜大部份都留在滄海的那一邊，儘管如此，他的名字還是伴隨着我浪跡天涯。無論是飛行在白雲深處，還是航行在波羅的海的藍水中間，我都會突然想起他的名字。在天地宇宙的博大蒼茫之中，他的名字和其他幾個溫馨的名字就是我的故鄉。那時想起他是欣慰，此時想起則是悲傷。這麼好的一位老師就這樣遠走了，滿腹的心事再也無法向他訴說。

在北京時，我收到他的許多信，其中有一封是他最動情的信，這是他告訴我師母去世消息的信。鄭老師平時給我的信如同他的文章，總是把熱烈的心包裹在冷靜的文字裏，可是這一回，他卻放聲哭泣，每一行字都充滿着對妻子的思念之情、內疚之情和感激之情。百日後，他又把悼念的文章〈懷清錄——一個平凡人的一生〉寄來給我，其痛哭的淚痕猶在。在我的經歷中，還沒有見過一個人對妻子之死如此悲痛，如此把它看作是大事件。幾十年的社會教育使我習慣於生活的革命狀態，也習慣於把個人生活放在偏遠的角落，而鄭老師這封信卻給我一次驚醒，一次人性教育：人間常情如此之真，真情真性如此之美，這種個體感情怎麼可以忽略呢？鄭老師是一個喚醒我人性底層美好部份的導師，他的教導不是通過他的言說，而是通過他的眼淚與深情。

鄭老師在〈懷清錄〉的哀悼文章中說他和師母乃是姨表兄妹。他們訂婚後的第三年準備成婚，卻有人散佈流言說他有悔婚之意，這話傳到師母耳朵裏，她異常鎮靜，只要求見面問個究竟。鄭老師說：「雲消霧散之後，她帶着一顆真誠純樸的心來到我家，以後不管發生甚麼情況，這顆心始終是堅如磐石的。」這幾句話，移用到鄭老師身上也是極其恰當的。鄭老師說魯迅是個「仁人」，他自己也正是個「仁人」。他的仁厚之核，就是「忠誠純樸」，而且這核是堅如磐石的。鄭老師到了晚年名聲已很大，至少在福建是人們公認的一個大教授、大才子了，但他對妻子依然像初戀時那樣忠誠純樸。他對妻子忠誠純樸，對朋友學生忠誠純樸，對事業也忠誠純樸。他和錢鍾書先生的友情，已成為中國文壇的美談佳話，其中的美，就是「忠誠純樸」四個字的無限光彩。

鄭朝宗老師和錢先生相處的日子大約只有一年半的時間。開始是清華園同一學系的一般同窗，到了一九四二年他贏得一個機緣，才成為錢先生的朋友。一經交往，鄭先生立即進入錢先生的深層世界，並成為錢先生的莫逆知音。這不僅是因為鄭先生眼光如炬，知道這位博學的朋友未來前程無量，更是因為鄭先生有純樸之心，使他天然地排除驕傲、嫉妒等人性障礙，很快就發覺面前這位大才子身上有一種品格，即對人「不存勢利之見」。「不存勢利」，便是高潔的人品。鄭老師發現，錢鍾書雖然天份高，但好學不倦，不論身處甚麼環境都手不釋卷。勤奮，也是品格。這一年鄭先生和錢先生兩人真是以心發現心。一年之後鄭先生離開上海時，錢先生贈予他的三十行五言古詩：「清華曾共學，蹤跡竟相左……」就足見他們的友情之深了。這之後，鄭先生和錢先生一別十年，中間經歷了抗戰勝利、解放戰爭和新中國成立等歷史滄桑，直到一九五三年他們才重新見面，可是到了一九五七年鄭先生則陷入政治劫難，而錢先生也常處憂患之中，可是不管世事如何浮沉，他們的友情始終堅如磐石。甚麼政治風煙都侵蝕不了他們的情誼。八十年代，知識分子重見天光，鄭老師便把三十年積澱下的仰慕之情化作對錢鍾書學問的研究。在全國範圍內，第一個別開生面地招收《管錐編》博士研究生。能想到這一點，正是歷史的結果，即一九三二年鄭先生進入清華園之後就開始形成的既深邃又純樸的眼光洞察的結果。招收《管錐編》博士研究生，不僅是鄭老師人生精彩的一筆，也是中國當代教育史上精彩的一筆。在北京時，為此事我多次自豪地對朋友說：我的老師鄭朝宗真出手不凡，一筆開了一代錢鍾書研究的風氣。鄭老師寫下這一筆，與友情有關，但絕不僅僅是友情。《管錐編》深邃如海，一個只是在海邊徘徊的朋友是不可能認識它的淵深的。鄭老師不是海濱虛泛的讚嘆者。他走了進去，並投下晚年最成熟的生命，實實在在地下功夫閱讀、鑽研，用全部學識去領悟、去開掘。他在給我的信中說：你對《管錐編》一定要「天天讀」。我聽了鄭老師的話，從一九八二年至一九八九年幾乎天天讀。到了海外之後，我寫作《人論二十五種》，其中的「肉人」、「忍人」概念和許多例子都得益於《管錐編》。在鄭老師的啟迪之下，我兩次讀破《管錐編》，這確實使我的學術素養有所長進。我常想，鄭老師自己更不知是如何天天讀、天天思索？否則，他怎能寫出〈但開風氣不為師〉、〈文學批評的一種方法〉、〈再論文藝批評的一種方法〉、〈錢學二題〉（〈《圍城》與《湯姆．瓊斯傳》〉）等《管錐編》研究的開山之作？這些文章數量並不多，但它是高水平的「質」，是《管錐編》精華的提煉與提取，說它是《管錐編》研究綱要，絕不過份。在〈文藝批評的一種方法〉第三節中，他列舉的《管錐編》八項新義，倘若不是深邃扎實的研究者是絕對說不出來的。這八義包括：（一）學士不如文人；（二）通感；（三）以心理之學釋古詩文小說中透露的心理狀態；（四）比喻之「二柄」與「多邊」；（五）詩文之詞虛而非偽；（六）哲學家、文人對語言之不信任；（七）詞章中寫心行之往而返、遠而復；（八）譯事之信、當包達、雅。鄭老師也許正是受到「學士不如文人」的影響，因此他喜寫至情穎思之文，不喜歡作學士那樣賣弄學問姿態的高頭講章，包括各類複製性很強實無多少見地的大部小說史、文學史，而他寫的這幾篇僅有六、七萬字的文論，其價值決不在百萬字的高頭講章之下。

八十年代裏我和鄭老師不斷通信，而督促我讀《管錐編》、學習錢先生學品人品是老師信件的主要內容，他幾乎每封信都要叮嚀我。鄭老師還寫信給錢先生，說我是他「最可靠的學生」，他用「最可靠」這個詞，使我感動不已，至今難忘。後來錢先生對我格外關懷格外信賴（以後我會在紀念錢先生的文章中細說），除了我自身的心靈傾向與心靈狀態得到錢先生的摯愛之外，自然與鄭老師的竭力推薦有關。鄭老師在給我的信中對錢先生一往情深，他對錢先生的評價與描述，每一句都是真摯的冰雪文字。這些年我多次為這些信件的下落而焦慮。人生的挫折與磨難我不怕，北京一群強人打劫我的居所也不可能動搖我的信念，可是師長與友人給我的玉石般的書信如果丟失了，卻會讓我心疼到死。幸運的是，在一九八九年離開北京的那個清晨，我於慌亂中抓了一把信件恰好有三封是鄭老師的。其中有一九八六年一月六日的一封信，信上說：

你現身荷重任，大展宏才，去年在《讀書》第一、二期上發表的文章氣魄很大，可見進步之速。但你仍須繼續爭取錢默存先生的幫助。錢是我生平最崇敬的師友，不僅才學蓋世，人品之高亦為以大師自居者所望塵莫及，能得他的賞識與支持實為莫大幸福。他未嘗輕許別人，因此有些人認為他尖刻，但他可是偉大的人道主義者。我與他交遊數十年，從他身上得到溫暖最多。一九五七年我墮入泥潭，他對我一無懷疑，六十年摘帽後來信並寄詩安慰我者也以他為最早。他其實是最溫厚的人，《圍城》是憤世嫉俗之作，並不反映作者的性格。你應該緊緊抓住這個巨人，時時向他求教。

這封信中的意思，鄭老師叮嚀過我幾回。他的提示我記在心裏。一個品學兼優的文化巨人就在附近，高高的山嶽就在身邊，我記住了。鄭老師對錢先生的崇敬之情感染了我，使我更認真地讀先生的書。一九八六年初，我已經擔任文學研究所所長一年多了，有許多事我都去請教錢先生。每次到錢先生家裏，他和楊先生都非常高興，除了談工作，我們總要提起鄭老師。鄭老師的名字顯然是條潔白的紐帶，它的潔淨與純樸，使錢先生對我格外信賴，從為我題簽散文詩集《潔白的燈心草》開始到破例地出席我主持的三次大會（他從不參加任何會），都不同尋常。鄭老師要我好好向錢先生學習，而我從他的教誨中首先學到鄭老師的品格：他的朋友之愛這麼真、這麼純。說知音難求，是像鄭老師這種知音才真的難求，這是一種品格、學識、情感、境界都集於一身的知音，這是時間、空間、人間邪惡無法動搖與影響的磐石般的知音。

鄭老師對妻子、友人、學術的真誠純樸使我感動，而對於我——一個學生的真誠純樸，更是讓我感激。我在下筆寫這篇悼念文字的時候，情感是雙重的，一重是傷感，另一重則是自豪感。鄭老師的去世帶給我的憂傷不知道要多久才能抹掉？如果有一天，我回到母校廈門大學的海濱，在沙灘上悄悄落淚，那一定是我想念着那些愛我但不在人世的老師，其中首先是鄭老師。除了傷感，我便覺得自己有幸成為鄭老師的學生，一個有許多弱點和缺陷但卻得到他的厚愛的學生。一九八八年，他已到古稀之年，而且身體很弱，但是他還是要藉文代會機會到北京。他說他不是想來開會，而是想「到北京看一老一少」。老的自然是錢先生，他在給我的信中說：「錢先生也在想念我，多年朋友至少得再見一次。」少的就是我。到了北京，一進我家，第一句話說的就是要見一老一少。看到老師稀疏的白髮，看到他擠在我書房（兼臥室）的小角落裏說着這句話，我馬上轉過身去偷偷抹掉眼淚。妻子見我傷情，就連說鄭老師精神很好。和他一起到我家的有陳永春（泉州市長）、劉登翰和中新社的林華、王永志等好友。那天晚上，我特別高興，很想對鄭老師說你要多多保重身體，可是說不出，反而是他老人家一再勸我：人到中年，工作又多，可千萬要注意身體，不可太勞累。過了兩天，我們又見了一次面。這一次我們單獨交談，他對我說了許多「私話」和「知心話」。每一句都真的是「語重心長」。他說的話很多，留給我印象最深的是要懂得「壕塹戰」。他說：你生性率真，敢於直言，不留餘地，這是好的，但屢屢赤膊上陣，一旦中箭倒下，反倒可惜。這一意思倘若是別人勸我，我可能要辯白幾句，可能要說「我不赤膊誰赤膊？」但由鄭老師相勸，我便覺得他從情感最深處關懷我，而且有道理。我的確鋒芒太露，說話總想說個痛快、徹底，完全沒有設防，這一面是失去自我保護能力，另一方面也沒想到別人能不能受得了。到海外之後，我身處異國校園草園，心境平靜，想起鄭老師，更覺得他的話是對我的至仁至愛，格外寶貴。說到這裏，有人也許會以為鄭老師在勸解學生明哲保身。不是的。鄭老師對我的仗義執言，敢於批評社會黑暗是衷心支持的，他的信件常常給我力量。就在這次見面之後，他返回福建立即給我寫信說：

> 近在《人民日報》上見君一文，其中頗多創見，敢言別人之所未言，此種膽識至堪欽佩，想錢先生必與鄙意相同。目前國內為人門户之見仍極牢固，前途當仍有連續惡戰，為維護真理，死生以之，此亦我國傳統美德之一，宜加繼承。所宜注意者，即勿讓兩面二心小人乘機撩撥，從中取利，是高明人，自知保衛，無庸愚之喋喋多言矣。

鄭老師勸我注意「壕塹戰」，並非讓我迴避真理，而是教我如何更好地「為維護真理」去作「死生以之」的奮鬥。這與魯迅主張「壕塹戰」而崢崢硬骨猶存是一個道理。

鄭老師對我的關懷與厚愛從學生時代就開始了。大學三年級，他開始講授《西洋文學史》。尚未聽課，我就聽到其他老師介紹說，鄭先生有學問，但他是個摘帽右派分子，只能接受知識，不要私下交往。我當時是個乖孩子，絕對聽黨的話，也就不敢私下拜訪。這一點使我離開廈大之後幾十年一直悔恨不已。年青青為甚麼就這樣膽小、聽話、坐失求教的大好時機？太沒有出息了。今天我更是把這一點視為青年時代的一個錯誤。幸而在課堂裏，我洗耳恭聽鄭老師的課，常常聽得入迷，課後又絕對按照他的指教閱讀所規定全部必讀的書目，從《伊利亞特》、《奧德賽》到《神曲》、《浮士德》、《唐璜》等等。下課時間我總是要到講台前問他各種問題，有一回我問到「托爾斯泰批評莎士比亞有沒有道理？」他愣了一下，認真地看了我一眼，那目光的溫馨和喜悅，永遠使我難忘。鄭老師對學生極為嚴格，必讀的書非讀不可，他的考試也極嚴格而別開生面，讓我印象最深的是他會出一系列的填空題，例如《俄狄浦斯王》的作者、《復活》的男主角，都屬於填空對象，倘若沒有認真閱讀就混不過去。期末考試時他出了更多難題，結果得五分的同學極少。我因得益於高中時就讀了許多西方作品，加上特別喜歡鄭老師的課，就學得特別開心，成績優異。期末考試時，我分析哈姆雷特形象，把背誦的段落加以引證，使得鄭老師非常滿意。他甚至激動得情不自禁地在我的考卷背後題了詩。此事是考試之後許懷中老師告訴我的，他說，這次你的《西洋文學史》考得特別好，鄭先生高興得題起詩來。然而，因為鄭老師是個「右派分子」，不可接觸，我竟然無法到鄭老師家去問及此事。這件事一直鼓舞着我，到北京時，我把鄭老師的《西洋文學史》講義裝進箱子，在大北方的燈火下，我一次又一次翻閱。一捧起講義，我就想起鄭老師題詩的事，這不是為自己受到欣賞而自美，而是我從中看到一種人與文化的炬火：一個老師可以為一個學生的好成績如此真摯地興奮，如此熱血翻騰而難以自禁，這是何等偉大的教育者，何等偉大的教師性情啊！

寫於一九九九年四月

人生有情淚沾臆

去年十一月初馬悅然的夫人陳寧祖去世之後，我和妻子難過了好久。寧祖大姐真是我的知音，當她讀完《漂流手記》之後簡直高興得像小孩，拿着它到處給人看，給她的學生看，給她的姐妹看，給她的朋友看。劉心武到瑞典時，她一面做飯，一面問心武：看了《漂流手記》沒有？可不能不看。最後，她乾脆在斯德哥爾摩大學漢學系開講整整一個學期的《漂流手記》課程。有一天，她拿着瑞典學生的作業對我說：瞧這些孩子多認真，他們竟看出你笑中有淚。我在斯德哥爾摩大學擔任客座教授一年期間，她幾乎每個星期都要帶我和菲亞去玩，菲亞身上穿戴的皮大毛、毛衣、絨帽、鞋子，一件件都是她帶去買的。其實，那時她已得了乳腺癌而且開了幾次刀，但還是那樣爽朗、熱情、愛笑，還是關心別人超過關心自己。

寧祖大姐去世後的這半年，我和菲亞總是緬懷着她，也緬懷着馬悅然：七十三歲的老人了，原來甚麼都仰仗妻子，現在寧祖去世了，他的日子該怎麼過？想念之中，接到馬悅然的信。讀了信，我禁不住落淚。寧祖大姐去世後不久，他就寫一封長信訴說他的思念之情，字裏行間全是淚水。而近日的來信又告訴我，他怎麼也無法抹掉自己的悲傷與懷念。自從寧祖死後，這一兩百天，他每天都到寧祖的墓前去，在那裏發呆思念。我了解馬悅然對亡妻有多深多重的感情。自從一九四八年馬悅然到四川蒐集漢語方言資料並和寧祖相愛，至今已近五十年了。在這段長歲月中，寧祖隨他來到名副其實的雪國，和他共赴人生之旅，不僅和他生下三個孩子，而且和他共同從事中國文學的傳播研究事業。馬悅然不僅愛寧祖，而且熱愛寧祖母親的語言和熱愛寧祖故國的文學。他取得的卓越成就，無論是古漢語語法音韻的分析研究，還是《水滸傳》、《西遊記》的翻譯或是多達七百多種的中國現、當代作品的翻譯，都有寧祖大姐的汗水泡浸其中。他們真是一對相許相依相助完全超越民族界限的有情人。

馬悅然從墓前回到家裏，孤獨中想到的還是寧祖故國的文學。他對中國文學的情意和對妻子的情意一樣深邃和永恆。他在信中說：他正在譯李銳譯殘雪譯台灣諸詩人的傑作。譯完李銳的《舊址》後，他將到太原去看看李銳。我知道一提起李銳他就高興。這位山西高原上年僅四十六歲常留着短小鬍子的作家，是我們共同喜愛的文學豪傑，但願他的光輝的長篇（《舊址》），能幫助馬教授從哀傷與眼淚中解脫，也使寧祖大姐在地母懷中感到欣慰。

原載《明報》一九九七年五月二十一日

哀悼項南

得知項南去世的消息後，我和妻子菲亞都緬懷不已。妻子說，你在專欄的文章中，幫我向他致敬吧，他是一個多麼值得我們致敬的人。

項南的名字和我的家鄉福建的名字連得緊緊。想起福建這個世紀的歷史，除了想到嚴復、林紓、辜鴻銘、冰心、林語堂等名字之外，總要想起項南這個名字。上述這些名字多數是帶給福建以文化榮譽，而項南則帶給福建以幸福的曙光。

項南在五十年代被打成右傾機會主義分子。在那個荒誕的向左傾斜的時代裏，能被稱為「右傾」，一般都有求實之心。項南正是一個尊重社會、敢於右傾的老實人。胡耀邦了解他，因此在八十年代初中國處於最重要的歷史時刻時，把他派往福建擔任省委第一書記。那時的廣東、福建是中國改革的先鋒省和試驗地，革新的序幕能否成功地拉開，確實關係到中國的前程。胡耀邦知道南方兩省的重要，所以特別委任兩位「封疆大吏」，一位是坐鎮廣東的任仲夷，一位就是坐鎮福建的項南。

項南不辱使命，不負時代的期待，一到福建就全力做一件事，把福建的門戶毫不猶豫地打開。他像孫中山那樣，首先把眼光投向交通，努力推動電訊系統和機場航空的建設，並推動廈門成為自由港。一九八四年他又抓住鄧小平視察廈門的機會，爭得「老佛爺」的支持，進一步擴大廈門特區，為福建走向現代社會衝破了第一道溢口和開闢了第一段路程，建立了里程碑似的業績。可是，項南的改革熱情卻遭到北京高層保守派的忌恨，他們把項南視為異端視為胡耀邦的「心腹」，刻意給項南設置種種障礙，甚至譭謗項南已把福建變成「殖民地」。到了八十年代中期，正當福建的改革事業蒸蒸日上的時候，這些高層保守派竟然以清查假藥案之名硬把項南整治下去。賣假藥，自然是壞事，然而，晉江某些人製造假藥事件，是福建地委、省委首先發現並通報全國的，而不是「中央」發現的。何況在社會大變動中，泥沙俱下，騙子混雜是不足為怪的。可是，「中央」的保守家們卻藉此打擊項南，莫名其妙地給項南以「警告」處分，並罷他的官，免去他省委書記的職務。胡耀邦雖然器重他了解他，但在元老重臣的壓力下也愛莫能助。當時為此惋惜、嘆惜、痛惜的只有福建那些目睹自己的家園獲得生機而對項南充滿感激之情的平民百姓和知識分子。

我和項南交往是在項南調往北京之後的事。恰恰是在一九八七年反自由化運動中也是我心境最壞的時候，他想起我，邀請我到他家裏（中組部管理的高幹院落）作客聊天。他知道我的「文學主體論」正在受批判，但是他卻非常謙和地傾聽我對這一論題的表述。我仗着年輕氣盛，在討論問題時總是率直犀利，咄咄逼人，但他始終以溫馨的目光看着我。他並不同意我的全部觀念，但支持我表述，並贊成我的一個看法：共產黨人不能永遠站在自由、民主的彼岸。今天，想起項南的許多話，想起他那永恆的、溫馨的目光，想起他那仁厚的赤子的模樣，不僅緬懷不已，而且痛惜不已。

原載《明報》一九九七年十二月七日

緬懷王錦發先生

昨天打電話到馬來西亞《南洋商報》找總主筆王錦發先生，電話員告訴我：他已經去世一個多月了。他竟然已不在人間！我在電話機旁久久地發呆着。不必多問，他是死於癌症的。兩年前他就告訴我：他得癌了。還叮囑說，在海外，他只告訴我和李澤厚，不想打擾其他朋友。聽了這一消息，我很難過，一時說不出安慰的話。反而他來勸我：不要緊，我可以支撐下去，可以繼續工作。

我第一次認識王錦發先生是在一九九三年八月間。那時馬來西亞召開《中華文化邁向二十一世紀》國際學術研討會，我是與會者，他是主人。我一到達吉隆坡，他就請我到嶄新的報社大樓去。剛坐下來，他就告訴我：《南洋商報》是陳嘉庚先生創辦的，你的母校廈門大學也是陳嘉庚創辦的。陳嘉庚的名字像神奇的靈犀，一下子就把我們連接成朋友。他說他對陳嘉庚先生特別崇敬，這一年十月二十一日，正好是陳嘉庚先生誕辰一百二十週年，商報要好好紀念他，請我寫一篇紀念文章，我立即答應。回美國不久，我便寫了〈永恆的文化紀念碑〉寄給他。接到文章後，他非常高興，在電話上對我說：原來你性情特別，也得到陳嘉庚先生的神助。錦發兄敬愛陳嘉庚先生，除了仰慕老先生的精神之外，還有一個原因就是他自己特別關注教育。在吉隆坡的會上，他發言談的是教育，在會下幾次和我談的也是教育。他談的一點意見讓我印象極其深刻。他說，教材不能只是選擇那些壯烈殉道的岳飛、文天祥、史可法等英雄的故事，還應當選些具有人性溫馨和生活情趣的詩歌、小說、散文。他還舉了個例子：馬來西亞二戰後的小學課本裏有一課是：「排排坐，吃果果，你一個，我一個，妹妹睡了留一個。」這個意見使我深深共鳴，也使我了解這位性格倔強的朋友，心內有一種很深的人間關懷和對孩子的摯愛。

也許是陳嘉庚先生的繼續「神助」，也許是人間關懷方向的契合，離開馬來西亞之後，我們便成為朋友。他很誠懇地告訴我，我寫的每一篇文章他都喜歡，而且叮囑我，無論稿子寄到哪個報刊，都希望寄一份給他，在別家刊登後他就轉載。一九九四年，他甚至破例連載《告別革命》全書，自己還以總主筆名義親自署名寫了介紹文章作為編者按語。《告別革命》不是小說，不是有趣的政壇故事，而是嚴肅的思索文字，而他竟然決定全書刊登，這是怎樣的見識、怎樣的魄力、怎樣的情意啊，讀了他的既有眼光又熱情洋溢的刊前按語，看到一張張刊載《告別》的報紙，我不禁感嘆道：這真是知音啊！連載《告別革命》是根據我的手寫稿的複印件（香港天地圖書公司尚未出版），許多字跡不太清楚，他卻帶着病，一頁一頁的校閱。這一年夜半常有電傳鈴聲響起，每次都是他傳來的商討信和校閱單子。他的字寫得很工整，疑問處（一）（二）（三）（四）清楚地排列着。從一九九四年六月到一九九五年二月，二十多萬字的稿子，近三十封校閱信，不知費了他多少心思？想到這裏，我不免感傷。然而，我同時也清醒地想到：在人類文化世界裏，報刊書籍的編輯——像王錦發先生這樣有責任感有道義感的編輯，其人格心靈是太值得敬佩了。我和類似我的一些作者學人，其文學生涯全是他們默默支撐着的，他們的骨骼和脊樑，才是文化大建築真正的柱石。人世間的文學，不管它多麼輝煌，但最初都是由他們的汗水輸入大地的。如果不是他們的汗水，蘇格拉底、荷馬、屈原這些精彩的文化江河怎能一代又一代地流向今天？今天的文化水流又如何奔向今人與後人心靈的原野？想想自己過去走過的路，我除了對歷代人類思想、文學大師心存感激之外，還對同時代的兩種人抱着感激之情：一是翻譯家，二是編輯。如果沒有朱生豪、傅雷等翻譯成果的澤溉，如果沒有許多編輯朋友的扶助，我的人生可能就會是另一個樣子。

好像是去年夏天，王錦發先生到了大陸，走了幾個省市，回吉隆坡後，他在電話上告訴我，聲音是興奮的，他說他在一個縣城的書店裏看到還在賣上海文藝出版社出版的《性格組合論》：「他們禁你的書，好像沒有完全禁得住！」他為自己的發現、為朋友的聲音沒有完全被剿滅而喜悦不已。受他的喜悦所感動，我也興奮地說：「中國那麼大，總有良知呻吟的夾縫。權勢者的巴掌再大，也大不過中國的版圖。」沒想到，為我繼續存在而衷心高興的朋友這麼快就消失了，這是怎樣的悲哀？在本就寒冷的人間，我又少了一團和暖的火焰，這是怎樣的失落？只是此刻我不甘心這失落，眼睛依然遙望着東南亞的夜空，在那片閃爍着亮光的空中，有一顆星星，我把他命名為「王錦發」。他的星光溫暖過我，他還不會從我的眼睛中殞落。

原載馬來西亞《南洋商報》一九九七年十月二十一日

懷念一位平凡的女子

——獻給張萍

去年十二月二十七日，我聽到年輕的朋友張萍死於車禍的消息時，渾身本能地顫慄起來。克制了一下情感，我告訴妻子菲亞，她竟驚叫一聲，然後連說「不可能」。接着我們便不約而同地找她的愛人楊一民的電話號碼，可是電話本突然不見了，於是，我們便瘋狂尋找。好像找到電話本就可以證實死訊是假的，就可以找回可親可愛的小張萍，那個美麗活潑、多年來一直像女兒一樣護衛着我的心靈的小張萍。

可是我們的愛無法改變張萍已經去世的事實。這個事實如此冷酷地推到我們面前，讓我和菲亞完全無法接受。

當我們找到電話本接通電話而聽不到任何聲音時，便絕望地坐在沙發上相對落淚。我們已經很久不哭了，歷史的滄桑與命運的浮沉使我們早已能夠剛強地直面生活，然而，面對張萍的死，我們又禁不住悲慟與悲傷。

六年前，我聽到摯友施光南的死訊時，曾經哭泣與悲傷過。施光南是偉大的，他的名字與他的歌聲傳遍中國；而張萍是平凡的，她的名字很少人知道。然而，他們兩人對於我和我的一家並沒有區別。他們都是我們心愛的朋友，都非常真實非常具體地生活在我們心中。張萍的名字與施光南的名字對於我們一樣親切一樣溫暖一樣不可缺少。無論是偉大的歌聲還是平凡的話語，都是我們生命的一部份，對於他們的消失，我們一樣感到深深的痛惜。

張萍是平凡的。當一九八九年秋天我們在芝加哥認識她的時候，她和楊一民已經結婚。小楊是一個數學才能很高的博士生，而她卻只能給人照看小孩。可是她覺得平凡的工作也是工作，在這項工作中她可以學外語，可以幫助楊一民安心深造，並沒有丟失真實的自己。因此，她總是很快樂，衷心地熱愛生活和熱愛自己的丈夫，開朗得像個從未入世的天使，所有和她接觸過的人，都感受到她性格的溫馨。哪裏有她在，哪裏就會變得更加有趣更加美好。

我剛到美國的頭半年，還沒有抹掉去國離鄉的陰影，總是滿懷心事，可是一見到她和小楊，一聽到她爽朗而實實在在的話語，就會很高興。她知道我們為甚麼漂流出國，也知道我們的寂寥，因此總是竭力安慰我們。記得第一次見面時，她就對我們說：劉老師、陳老師，你們在美國不會孤單的，小楊和我就在你們身邊，要我們做甚麼事，儘管說。你們頭髮都長了，我明天就給你們理。第三天，她果然提了個小工具箱來到我們家。理髮時她告訴我：昨天楊一民見到你後說，你長得很像他父親。

聽到這句話，我非常感動，心想：蒼天真的對我不薄，漂泊到天涯海角還能碰到這樣真純明白的孩子，用整個心靈理解我和保護我的孩子。想到這裏我禁不住抬起頭來看了看張萍，這才發現，這個小張萍長得真像我的大女兒劍梅，而且講話的口吻也很像，總是帶着「開導」的溫情，幾句話就叫你感到人間的和暖。

在芝加哥大學，我們得到許多老朋友的懷愛，而事無巨細地照顧我們一家的則是張萍小倆口和林基成小倆口。每個週末，他們都要帶我們去買菜或到城內城外玩。整整兩年，他們沒有一次忘記我們。在我們這個小社會部落裏，張萍好像是個天然的小酋長，一切都聽從她安排。心急的菲亞有時過早地打聽週末的事，如果接電話的是小楊，他一定會快樂而拉長嗓門回答道：「問張萍！」接着張萍就會告訴我們這個星期的節目。

在張萍的指揮下，我們遊遍了芝加哥的好地方，還到百里之外的郊區農場去採蘋果、採草莓。我和菲亞初到異國，一不會說話，二不會走路（開車），總是緊跟張萍。唯有一次她安排我們到密茨根湖裏游泳，我反抗了一下。因為我在湖邊蹚過水，湖水冷得我趕緊往回跑。可是張萍非讓我們去不可。她說，劉老師陳老師發胖得太厲害，不鍛煉身體不行，夏天多游泳冬天才不會感冒。我們只好服從她的天真天籟的命令，痛快地游了一番。那天她真高興，拿了個照相機使勁地給我們拍照，還邊拍邊樂呵呵地叫着：這可是劉老師流放到密茨根湖的照片，就我們家有。其實，沖洗完她立即送我們一套，至今還保存在我們的相冊裏。想起那天的藍空、湖波、笑影，想起希望我們健康希望我們活得長久的張萍竟然在我們之前離開人間，怎能不感到心的疼痛。

離開芝加哥之後，我和菲亞無論在科羅拉多，還是在斯德哥爾摩或溫哥華，都時時緬懷着張萍、小楊並保持和他們的聯繫。三四年前，聽說張萍生下小男孩，菲亞立即給小寶寶買了小毛衣寄到芝加哥。張萍接到小禮物後立即來電話說，小寶寶穿了新衣更漂亮了，以後一定抱到科羅拉多讓你們看。

張萍天生是一個賢妻良母，母性剛剛覺醒就很強烈，她說，怎麼一天到晚看這小頑皮也看不夠呀。而這次車禍，就在那一災難性的瞬間中，她完全把自己置之度外，卻緊緊地抱住孩子，最終以自己的犧牲護衛住孩子的生命。這是一個災難的瞬間，但也是一個偉大的瞬間。在這個瞬間裏，我看到一個平凡的女子表現出感天動地的偉大的母性。這一人性之美，將如星光似地永恆照耀着死者的親人友人以及她生活過的土地。

張萍，今天我和菲亞把哭泣的眼淚獻給你，請你安息，你的心靈不僅活着，而且還在繼續給我們的心靈以溫暖；你的美不僅活着，而且還像不敗的鮮花，年年歲歲都會在我們心中盛開。

原載《明報》一九九七年五月二十六日

第三輯

羅丹：三點啟示

當茨威格還年輕的時候，他贏得了一個機會見到羅丹。那時他正在法國詩人維爾哈倫家作客，詩人聽到他熱烈地讚頌羅丹後就說：「你那麼喜歡羅丹，就應該和他親自認識認識。我明天就要到羅丹的創作室去。如果你覺得方便，我帶你一起去。」

「問我是不是覺得方便？我高興得簡直不能入睡。」經過一夜的興奮難眠，茨威格終於見到羅丹。年輕人在自己崇拜的藝術大師面前「嘴笨得說不出話來」。「我沒有對他說一句恭維的話，我站在各種雕塑之間，就像他的一座雕塑一樣。」但羅丹喜歡這位年輕詩人真誠的窘態，請他一起用餐，讓他觀看自己的創作，於是，茨威格獲得了一種對他整個一生具有決定意義的教益。這種教益包括三項最重要的內容。

第一點教益：偉大的人物總是心腸最好的。

第二點教益：偉大的人物在自己的生活中，幾乎都是最最樸實的。

第三點教益：偉大的藝術家總是擁有一種「創作訣竅」，這就是創作時全神貫注，不僅思想高度集中，而且要集中全身精力，以至把自己置之度外，把周圍的整個世界忘卻。

這三點教益，一直伴隨着茨威格後來的人生，並使他也成為本世紀最卓越的作家之一。

一個偉大的人物，一個偉大的作家和藝術家是一定要具備最好的心腸的。他一定對世界對人類充滿着溫情和愛意，他對人間的苦難一定懷抱着大悲憫和大關懷。對於其他卓越人物和同行，他一定不會嫉妒與排斥，對於地位比他低微的人，包括才能不及他的人，他一定不會看輕。羅丹正是具有這種心腸，因此他的每一座雕塑都像一束暖人心窩、治人創傷的光芒，能夠穿透到觀賞者心靈的最深處。羅丹又是最樸實的，茨威格發現，這位享譽世界的偉人，飯食非常簡單，就像一家中等水平農民的伙食：一塊厚厚實實的肉，幾顆橄欖，一道水果，還有本地產的原汁葡萄酒。內心世界極其豐富的人，自然無須外在的排場。而使茨威格畢生難忘的是羅丹進入創作狀態之後。那是一個了不起的偉大時刻。那是全副身心的投入。他全神貫注埋頭於自己的創作，完全沉浸在一種陶醉的情思中，「即使是雷鳴，也不會把他驚醒。」在陶醉中他忘記藝術之外的一切，最後也忘記他自己請來的客人。茨威格描寫道：「他在這精神非常集中的時間內把我全然忘卻。他不知道，有一個年輕人激動地站在他的身後，像他的雕塑一樣一動不動，呼吸短促，而這個年輕人是他自己帶進創作室的。」

茨威格所感受到這三點教益，乃是羅丹無言的偉大的啟示，我知道這對於一個思想者和寫作者是何等重要。為了避免忘卻，我特記錄於此。

原載《中國時報》一九九七年九月十九日

蒙田：美德的韌性

近日接到王強從大陸寄來了譯林出版社的《蒙田隨筆全集》上、中、下三大卷，真是喜出望外。關起門來，一口氣讀完，還是愛不釋手。

我很早就知道蒙田這位十六世紀法國大散文家的名字，也知道他的小品文早在二十年代就對中國現代文壇產生影響，可惜只讀到他的零星選本和文字片段，直到今天，才讀到他的全譯本，觀賞到完整的蒙田，這真是今年的幸事，應當感謝潘麗珍、王論躍、丁步洲等六位譯者。

我讀了全集後曾推薦給小女兒讀，但她覺得冗長、沉悶、太多說教，讀了兩、三篇就放下了。女兒不喜歡，我並不感到奇怪。蒙田的隨筆，畢竟是四百年前的文章，與現代人特別是現代青少年的文化要求與心理節奏自然會有很大的差距，加上他的散文乃是學者型的散文，旁徵博引，說理不斷，更不容易被急性子的年輕讀者所接受。而我是一個喜歡鑒賞精彩思想和美麗人生的人，讀着蒙田的文字，隨時都在產生共鳴。我一面驚嘆他的廣見博識，尤其驚嘆他對古希臘羅馬的歷史、文化如此駕輕就熟，如數家珍，一面又喜歡他所提示的種種做人的道理如此真切，無可辯駁。這些道理現在正在被遺忘、被嘲弄，但是蒙田卻堅定不移地提示人類，做人的基本道理是不可拋棄的，那些維繫社會的基本道理一旦喪失，社會就會斷裂、變質，最後不可救藥。蒙田散文的力度，正是一種毫不妥協地捍衛美麗人格的力度。他的散文既是他個人的全人格的象徵，又是他對人類美德誠懇的期待。

在這篇被專欄所限制的短文中，我不可能詳細地介紹蒙田關於具體人格的精彩議論，只能告訴讀者，如果你讀完這三卷隨筆，你將會對美德獲得一種堅貞的、不為任何詭辯所動搖的信念。在中卷第三章〈塞亞島的風俗〉中，蒙田動人地論述美德的韌性和絕對性，他說：

我們身上的鎖鏈，磨斷要比掙斷更需要韌性……。遇到任何變故也不能背離生活的美德。為了避開命運的鞭撻，找一個洞穴和一塊墓碑躲起來，這不是美德的行為，而是怯懦的行為。不論風暴如何強烈，美德決不半途而廢，會繼續走自己的道路。

蒙田在寫了這段話之後，引用了大詩人賀拉斯一句撼人心魄的詩：

任憑天崩地裂，
美德巋然不動。

蒙田還告訴我們，在平穩的日子裏，美德比較容易維持，但在不幸與苦難中，特別是在暴力與誘惑面前，美德要經受住考驗就不容易了。然而，美德恰恰必須挺立在大苦大難之前決不轉身。而且暴君的威脅、苦刑和屠刀將使美德變得更有光彩。

今天，重溫蒙田四百年前所說的這些話，心情實在難以平靜。我經歷過一些人生的風暴，知道美德要在風暴面前和誘惑面前「決不轉身」的艱難。我還看到，尚未天崩地裂，美德已紛紛瓦解。當我看到大陸市場經濟興起之後人們不擇手段地巧取豪奪、貪污舞弊成了風氣；當我看到台灣民主政治展開之後人們提高嗓門地進行人身攻擊，甚至動手動腳；當我看到謊言籠罩中國，金錢擺佈一切，骯髒的謀略、策略、交易、靈魂拍賣在黑暗中進行，我便感到美德其實很脆弱，蒙田所期待美德的韌性並不容易。不過，我也看到，那些在權力競爭與金錢風暴中讓自己的美德巋然不動的人，顯得更美。

原載《中國時報》一九九七年十二月二十六日

茨威格的絕望

在德語的作家中，除了歌德之外，我最喜歡的就是斯蒂芬·茨威格（Stefan Zweig）了。他的作品，無論是小說、散文還是書信，我都喜歡。八十年代中，茨威格書籍的中譯本《一個陌生女人的來信》、《斯蒂芬·茨威格小說四篇》、《三人書簡——高爾基、羅曼·羅蘭、茨威格書信集》、《茨威格小說集》、《麥哲倫的功績》等，一部一部在中國降臨，我也一部一部地閱讀。讀到他的《異端的權利》，我激動得伏案哭泣。無論走到哪裏，這本書總是帶在身邊。最近，我又讀了他的近五百頁的另一部傳記性散文《昨日的世界——一個歐洲人的回憶》（舒昌善等譯），又是激動得不知所措，幾個晚上都心潮起伏，難以入眠。感謝譯者，感謝他們給中國帶來這本書，要是所有的中國人都能讀讀這本書，該多好啊。

《昨日的世界》，是一九四二年茨威格自殺之前兩年完成的自傳。一九三九年至一九四零年，世界已陷入巨大的戰爭災難之中，茨威格「人性與和平」的理想已被戰火全部燒成灰燼。「出於絕望，我正在寫我一生的歷史」，他對朋友這樣說。讀了這部生命史書，就可知道，茨威格這位天才在六十歲正當年富力強時，斷然自盡，完全是因為他對世界的絕望。

茨威格是出生於奧地利的猶太人，一九三八年希特勒吞併奧地利之後他又成了德國人。在他寫作這本書時奧地利已經滅亡，德國成了強加給他的「祖國」，可是這個祖國的旗幟是希特勒。這個名字和他代表的國家，剝奪了猶太人所有的權利，把「任何摧殘心靈和身體的強暴行為都當作取笑手段強加在他們身上」，然後像捕獵兔子一樣地追逐他們，迫使他們走進集中營或拖着可憐的破爛越過原野與海洋去向異邦乞求一點存身之所。而茨威格本人，早在一九三三年就被希特勒政權列入必須查禁的四十四名德語作家之一。他的數十萬冊書籍統統被納粹分子從書店和圖書館抄走，他的寓所也被無理搜查。在他的「祖國」，他的書被塞在「毒品櫃」裏，只有得到官方特別許可——為批判和辱罵之用才可借出閱讀。因此，他只好逃離故土，到處流浪，最後寄居於遠離歐洲的巴西。

茨威格發現，世界根本沒有路，偌大的地球根本沒有他的去處與坐處。整個世界正在被一個名字叫做希特勒的瘋子所主宰。對於這個瘋子，人們開始是麻痺，以為他不過是啤酒館裏搧風點火的一個小丑，成不了氣候；後來又對他抱有幻想，以為對他妥協可以贏得和平；等到看清他的面孔，他的殘酷火焰已經閃電般地燒遍歐洲。茨威格在故土被看成異己而無處安身，跑到英國，又被荒謬地視為「敵邦的外國人」，連結婚手續也無從辦理。一個瘋子就這樣撕碎整個世界，也撕碎茨威格整個生命的出路。他內心深處熱烈追求的人性與和平的願望一下子成了泡影。在那個時候，他除了充斥無力感之外，便是感到一生中從未有過的孤獨。在孤獨中他終於絕望，對那個任瘋子擺佈任瘋子宰割也任瘋子闡釋的世界深深絕望，於是，他選擇了從這個瘋狂而孱弱的世界中解脫的最後途徑——死。既然生命深處的一切意義都被粉碎了，那麼最後自己粉碎一下無意義的軀殼，並不費力。

這個天才的死告訴人們：人本來應當是反抗絕望的，但人世間的惡有時太強大，以致使清醒者無能為力，最後唯有將絕望的文字與絕望的行為留下，後人也許可從這絕望的故事中，感悟到如何去創造希望。

原載《中國時報》一九九七年七月十八日

薩特：人格的幸福

近日讀《存在與虛無》，又想起薩特的人格故事。一九六四年他作為法國的一位具有卓越思想的文學家與哲學家贏得了諾貝爾獎。瑞典文學院說明給獎的理由是：薩特的作品富於想像力，字裏行間充滿了追求自由與真理的精神，對我們這個時代已產生一種深遠的影響。沒想到薩特竟然拒絕接受這筆數額五萬三千美元的獎金。這件事使人們感到愕然，但薩特自己則覺得很自然，他說：「我所以拒絕接受這項獎金，乃是為了維持自由和不致於陷於東西的文化衝突之中。」他還申訴另一個理由是他「一向拒絕來自官方的榮譽」。他認為一個作家選擇了他的政治、社會或文學的立場後，只應就其所寫出來的話而行動，而他如果接受任何官方榮譽都會使讀者感到壓力。

我們先不爭論諾貝爾獎是否屬於來自官方的榮譽（這一點薩特的判斷可能不對），但他為了維持個人自由而拒絕獎金的行為卻是一種很強大的人格力量。薩特在他草創的存在主義哲學中一再說明：人永遠在選擇，永遠在向好裏選擇。人永遠在創造，創造自己的價值。生命的意義是由自己選擇而來的，是自己賦予的。他拒絕接受獎金這一選擇，確實創造了一種生命的意義：生命不是他人決定或他人肯定的存在，而是自己決定的存在。生命的奪目光彩是自己創造的，不是他人賦予的。我從薩特的行為中感受到薩特是一個真正幸福的人。他擁有真正的自由，他真的從社會的各種壓力中也從社會各種誘惑中解脫出來，任何人造的金錢、權力、榮譽、名聲、地位都不再成為阻礙他前行的高牆，他的人格像太陽滾滾的輪子，輾碎了一切捆綁生命的世俗的鎖鏈。

所以又想起薩特這一故事，乃是我除了看到大陸、香港、台灣的一些知識者正在拍賣人格之外，還看到中國作家的圈內圈外都太重視諾貝爾獎，只看到它是一種榮譽，未看到它是一種枷鎖。此外（這更是讓我受不了！），我又看到愈來愈多的作家熱衷於在自己的名片上寫下一系列的餖飣似的桂冠：省作協副主席、市作協副主席、中國作協副主席、一級作家等等，而且其神情有如鄭板橋所說的：「烏紗略戴臉就變。」還有許多作家在自我介紹時樂滋滋地開出一系列的餖飣似的小獎，殊不知評獎主體乃是一些文學的昏蟲。我覺得這些作家只有小驚喜而沒有大幸福：人格自由的大幸福。

說到這裏，我又想起歌德。他在中年之後戰戰兢兢唯恐丟失的就是人格。他的詩句告訴人們：

人類孩兒最高的幸福就是他的人格！

原載《明報》一九九七年五月十日

以賽亞·貝林對斯大林的批判

英國的哲學和思想史權威、本世紀最卓越的思想家之一以賽亞·貝林近日去世。提起這位學術界的巨子，人們都會想起他的著名論文〈刺蝟與狐狸〉，而我則是想起他那些關於生命的思想和那些捍衛生命權利的毫不含糊的言論。許多人都在談論人權，但他的談論卻包含着別人難以企及的哲學的徹底性。他說：「如果你問為甚麼我們相信人權，因為那是人類可以相互依存的、唯一的、有尊嚴的，乃至是寬容的方式。如果你問甚麼是『有尊嚴』，我可以說，如果人類不想互相毀滅，這是人類所應追求的唯一生活方式。」他還說，民主所以優於其他政權形式就在於民主的基礎是人權。我讀過許多關於人權的文字，卻少見到像貝林這樣徹底地說明人權的絕對性、重要性和唯一性。他的提示是完全必要的，因為這是人類自身在選擇生存或者毀滅時不能繞過的最關鍵、最核心的問題。

由於貝林對人的生命權利有着最高的意識，因此，他無法容忍希特勒，也無法容忍斯大林。他說：一個具有嚴酷制度的社會，無論其制度有多麼荒謬，例如要求每個人必須在三點鐘的時候頭朝下站立，人們都會照着去做以保全自己的性命。但對於斯大林來說，這還不夠。這樣做不能改變社會。斯大林必須把他自己的臣民揉成麵團，之後他可以隨意揉捏。即使人們沒有犯法，你也可以指控他們犯了法。即使他們沒有犯罪，你也可以指控他們犯了罪，指控他們幹了連自己都不明白的事，這樣就可以把他們變成一群行屍走肉。沒有人是安全的，因為無論你做甚麼，或甚麼也不做，你都可能招來滅頂之災，這樣就可以造成一種社會的反常狀態，如果你能把社會塑造成果子凍一樣的狀態，你就可以隨時隨地、隨心所欲地改變其形狀。

　　這是貝林在一九八八年的一段談話。它完全擊中斯大林的要害。斯大林作為第一個無產階級專政國家的領袖並領導過蘇聯人民贏得反法西斯戰爭的勝利，本應受到歷史的尊重，但是，時間卻很快就唾棄了他。他所以會迅速地被歷史所淘汰，其原因確實如貝林所指出的，他完全蔑視人的生命權利，把自己的臣民變成手中隨意揉捏的麵團。他可以把自己的戰友、紅軍的統帥托洛茨基揉捏成「匪徒」，可以把見解不同的另一革命領導人布哈林揉捏成「反革命」，可以把千百萬無辜的蘇聯知識分子和蘇聯人民揉捏成反黨反社會主義的「黑幫分子」和「異己分子」。貝林是個出色的議論歷史的散文家，極善於運用比喻來透徹地說明一種深刻的思想。「把自己的臣民變成隨意揉捏的麵團」，這一比喻精彩準確又有豐富內涵，曾經被任意改造過和被任意揉捏成「胡風分子」、「右派分子」、「黑幫」、「牛鬼蛇神」的中國知識分子，一聽到這個比喻，就會想起一場歷史的噩夢，一段喪失生命尊嚴的黑暗歲月，一種麵團似的沒有魂魄的人生。

原載《明報》一九九七年十一月三十日

彌爾頓評「書禁」

寫了〈讀《中國禁書大觀》〉，還想說點話。於是想起了一六四四年英國大詩人約翰．彌爾頓（一六零八——一六七四）在國會的那份著名的講演辭，後來成了名著的《論出版自由》。

英國的詩人，除了拜倫、雪萊之外，讓我醉心的就是彌爾頓。他的長詩《失樂園》很早就進入我的心域。其實彌爾頓不僅是個偉大的詩人，而且又是個偉大的思想家，在克倫威爾攝政時期，他除了發表《論出版自由》之外還發表了《偶像破壞者》、《為英國人民聲辯》等號角式的支持共和的文章。斯圖亞特王朝復辟時期，彌爾頓遭到君主主義者的迫害，生活困頓，雙目失明，但他除了創作長詩外還完成了六卷本的《英國史》與《莫斯科國史》，無論是他的詩還是他的論著都是對壓迫的反抗和對自由的呼喚。

他的《論出版自由》，可說是一篇詩的政論，或者說是政論的詩。他在論證出版自由的必要時指出，專制者（包括政治專制與宗教專制）總是分不清好書與壞書。書籍不是死的東西，它包藏着一種生命的潛力。就書的總體來說，確實有兩重性。一些書像一個寶瓶，它把創作者活生生的智慧中最純淨的精華保存起來；有些書則像神話中的「龍齒」，繁殖力極強，一播種下來，便會長出嗜鬥嗜殺的武士。說書絕對不可禁未必對，但禁不是個好辦法，何況專制者嚴禁的總是一些被他們視為異端的書，這些書又正是好書。而一旦禁止好書，就是一種類似殺人似的罪惡。彌爾頓說：

……如果不特別小心的話，誤殺好人和誤禁好書就會同樣容易。殺人只是殺死了一個理性的動物，破壞了一個上帝的象；而禁止好書則是扼殺了理性本身，破壞了瞳仁中的上帝聖象。許多人的生命可能只是土地的一個負擔，但一本好書則等於把傑出人物的寶貴心血薰製珍藏了起來。目的是為着未來的生命。……因此我們必須萬分小心，看看自己對於公正人物富於生命力的事物是不是進行了甚麼迫害；看看自己是怎樣把人們保存在書籍中的生命糟蹋了。我們看到，有時像這樣就會犯下殺人罪，甚至殺死的還是一個殉道士；如果牽涉到整個出版界的話，就會形成一場大屠殺，殺死的還不止是塵凡的生命，而且傷及了精英或第五種要素——理智本身的生氣。」（《論出版自由》第六頁，北京商務印書館，吳三椿譯）

彌爾頓把禁止具有異端思想其實是理性的書，視為一種「殺人罪」，而且把由國家與教會對整個出版界的普遍與嚴格查禁（如文化大革命中大陸所為），視為一種「大屠殺」，這種銳利的眼光和判斷，決不能視為只是詩人的義憤之辭，它確實包含着真理：書籍確實就是生命，正如不能任意拘捕殺戮一個人一樣，絕不能拘捕殺戮一本書，殺了好書，不僅是殺了現在，還殺了將來，而且是殺了現在與將來的理智本身的生氣。在文化大革命中，彌爾頓的話多次浮上我的腦際，使我確定不移地相信，這種所謂「大革命」，恰恰是「大屠殺」。七十年代末和八十年代初，我所以不遺餘力地批判這種大革命（至今熱情未減），就是想到：中華文化的生命和人類理智的生命要恢復它的生機，就絕對要痛斥這種大屠殺，本世紀大陸知識分子的良知責任，就具體地體現在這種痛斥之中。許多當權者缺乏對禁止書籍的嚴重性的認識，所以我特地介紹一下彌爾頓的《論出版自由》，希望大陸的官員能撥冗一讀。

寫於一九九八年三月二十日

書禁的進化

安平秋、章培恆等先生的《中國禁書大觀》很厚重，也很有趣。五、六年來，我常常翻閱，以觀賞一下被禁書籍的命運。因為我的書也被大陸權勢者禁行，所以讀起來就特別有感觸。此書共八十七萬字，由「中國禁書簡史」、「中國禁書解題」、「中國歷代禁書目錄」三部份組成。《簡史》第一章的題目叫做「幼稚的嚴酷」，而最後一章最後一節的題目叫做「欣慰的回顧」。從這兩個題名就可以知道，歷代權勢者查禁書籍，甚至大興嚴酷的文字獄，都沒有成功。「野火燒不盡」，「抽刀斷水水更流」（也是書中的小標題），一面是文網愈織愈密，一面則是文章愈傳愈廣。權勢者以為權力萬能，以為擁有軍隊、警察、監獄的政權對付幾位書生、幾本書籍根本不在話下，但是，歷史證明權勢者是「幼稚」的，他們不知道，有價值的文化之根扎在歷史最深處，絕對抹不掉。權勢者的身軀早已經灰飛煙滅，而被他們查禁燒毀的書籍卻還健在。在天下之至柔（書）與天下之至剛（王權）的較量中，開始總是「至柔」者處於劣勢，但從長遠看，凱旋總是屬於至柔者。儘管查禁的手段和嚴酷程度不同，但結果是一樣的，所以正直的史家們回顧這一歷史，總是感到欣慰：歷史雖嚴酷，但畢竟有公平在。

近日比較有閒，又把《大觀》通讀了一遍，而且把作者舉例性介紹的二百二十種禁書的內容也領略了一番，這才發覺，歷代禁得最多的是三類書：第一類是帶有宗教色彩的天文讖緯和異教典籍；第二類是帶有性愛色彩甚至帶有淫穢描寫的小說；第三類是批評朝政的書。最後這一類到了宋代才開始，蘇軾、黃庭堅的文集以及南宋後期江湖派詩人的《江湖集》等所以被禁，都帶有政治性問題。屬於「思想問題」即「意識形態」問題而遭禁的只有三個時期：第一時期是秦代，當時規定除了官方可以保留《詩》、《書》之類的儒家典籍之外，老百姓所收藏的一律送交地方官署燒毀。孔夫子的書後來成為經典，但在秦代也屬於與韓非子思想衝突的異端，《論語》也在嚴禁之列。秦之後，漢代雖「罷黜百家、獨尊儒術」，卻並未禁止百家的著作，所禁者只是一部份天文圖讖，總的說來還比較「寬鬆」：沒有思想罪。漢之後一千多年間，只有到了李贄才因思想問題而獲罪。這一點，《大觀》的序言特別加以說明：「李贄因其所著《焚書》、《藏書》、《卓吾大德》等『惑亂人心』而被逮捕，死在獄中，皇帝並命令將其著作全部焚毀，不准收藏。這些書不僅跟造反無涉，而且也不含有批評朝政的性質，只不過因其內容不符合『聖學』，才落得這樣的結果。……自漢代以來，像李贄那樣由於著作的思想有問題而遭慘禍的，這是最早的一例。」李贄不是持不同政見者，只能算思想異端——與官定的思想未能保持一致，因此就犯了滔天大罪，當時上疏彈劾李贄犯思想罪的張問達，只要求「將李贄解發原籍治罪」，可是神宗皇帝卻批示：「李贄敢倡亂道，惑世誣民，便令廠衛五城嚴拿治罪。其書籍已刊未刊者，令所在官司盡被燒毀，不許存留。……」李贄就這樣被投入當時最為黑暗的特務機構錦衣衛獄，並用剃刀割喉自殺於獄中。

明代可算是以思想治罪的第二個時期。第三個時期則是清代。清代的禁書進一步和文字獄結合，也更為嚴酷野蠻。清朝前期（康熙、雍正、乾隆）查禁的主要是具有漢民族思想的書籍，後期則查禁天主教傳教書籍和康、梁維新派著作。康梁的著作因發展成運動，所以思想罪便兼有政治罪。

從中國古代到近代的禁書歷史看來，因純粹思想問題（如李贄）而獲罪的，還是不多。平心而論，因違背聖學和偉人思想而遭禁遭殃最甚的時期還是在當代，即本世紀下半葉的大陸。五十年代，舉國加以聲討批判（另一嚴酷的查禁形式）的胡適、胡風、俞平伯等，都不屬造反或批評朝政，乃屬思想問題；一九五七年查禁的「右派分子」著作，如費孝通、蕭乾、艾青、丁玲、吳祖光等人的著作和詩文小說，幾乎連思想問題都說不上；文化大革命期間古今中外數不清的書籍雖被扣上封、資、修的罪名，其實絕大部份都屬「思想無問題」，只是不符合馬克思主義毛澤東思想「經典」。李贄還公開宣稱不以孔子的是非為是非，而古今中外這些作家思想家們可沒有人說過馬克思主義、毛澤東思想一個「不」字。像鄧拓寫的《三家村夜話》，對毛澤東的「偉大的空話」有些微詞，是極個別的，但是，在文化大革命中被投入文字獄和書籍被禁止的，則是多得難以計其數，連基督、莎士比亞也難以幸免，更甭說拜倫、霍桑、勞倫斯、羅曼·羅蘭了。六、七十年代，中國禁書的規模，恐怕真的稱得上「史無前例」。

從中國的禁書史看，人類歷史是不是在不斷走向文明還是一個問題，至少我看到中國人在查禁文明成果時是一代比一代野蠻的：宋甚於唐漢，明甚於宋，清甚於明，當代中國甚於清。我作此文的目的只是期望：可別下一世紀甚於這一世紀。

原載《中國時報》一九九八年三月六日

集中營：密勒的警告

我曾說過，作家必須有第二視力。陀思妥耶夫斯基在牢房之外看到無邊的監獄；卡夫卡在人類身上看到甲蟲；艾略特在繁榮之中看到荒原；殘雪在革命大道上看到佈滿蟲蛆的黃泥街；這就是第二視覺。

優秀的作家常被視為怪人，就因為他們具有特別的視覺。然而，正是這種特別的視覺使作家能穿透龐大的表象，道破事物的根本與實在。

說起第二視覺，我就想起美國著名的作家、《推銷員之死》的作者密勒所說的一句給現代大城市潑冷水的話。他說：「我一向覺得集中營雖然是集權國家的現象，卻也是現代生活合理的結論。如果你抱怨人們當街遭到射殺、缺乏溝通、缺乏社會責任、暴行與日俱增、喪失人性，那麼社會發展到最後便是集中營。」密勒這一說法彷彿是危言聳聽，但仔細想來，極有道理。我在紐約的某些區域（不是整個紐約），看到高樓林立，樓裏密密集集地駐紮着各種膚色的人群，但彼此都不來往。區域內暴力事件經常發生，行人毫無安全感。在恐怖氣氛中我曾困惑，後來想到密勒的話才恍然大悟：這不過是豪華的集中營。

前年到香港時，腦子裏又有幾次浮起集中營這個意象。儘管我在香港吃得飽飽睡得好好的，儘管我看到香港的街頭巷尾比紐約的某些區域顯得乾淨而有序，但是「集中營」這個令人討厭、令人詛咒、令人懊喪的意象還是要和香港這個令人羨慕、令人嚮往、令人陶醉的名字連結上去。由於這意象拽不掉，我便認真地想了想，並覺得香港真有可能變成豪華的集中營：地方這麼小，人口這麼多，而且還在不斷增多；每一座樓房的居住密度已密到畸形程度，可是各方人士還繼續往香港「集中」，使樓房擠上加擠，密上加密，這樣，香港便逐步顯示出集中營的特徵：四壁森嚴，缺少人應有的生活空間，缺少人應有的生活時間，缺少人應有的從容、寬鬆和快樂，尤其是那些租不起好房子、處於社會底層的人們，更是準確地落在集中營的位置上。

香港雖然呈現出集中營的某些特徵，但還不是集中營。這得益於香港獨立的法治系統和英國的管理方式，因此「有序」；還得益於香港的自由新聞系統，因此「有聲」；有聲就不會太悶，就避免窒息感，也就避免落入集中營的絕境。最後還得益於香港的國際都會的特徵，有這一特徵，就「有錢」，就繁榮，所以儘管社會「底層」苦，但大門面還是熱熱鬧鬧，不像集中營那樣只有一團死氣。然而，我要給香港潑一潑冷水，要坦率地說：上述的「有序」、「有聲」、「有錢」都是脆弱的。一場股災，就把「十分繁榮」的香港，變成「七分繁榮，三分蕭條」；而最可寶貴的自由新聞系統，幸而未見干預，要是政府有所干預，恐怕也會很快就從有聲變成無聲，至少也是「七分嗓門，三分啞巴」。所以，過於密集、土地負荷過重的香港，聽聽密勒的警告是有好處的。

小心，不要走向集中營！

原載《明報》一九九七年十二月十七日

選擇的艱難

大陸的經濟發展之後，人慾橫流，社會迅速變質，許多商人和投機者對此興高采烈。他們抓住歷史時機在刹那間變成暴發戶，並覺得眼前真的有一條黃金的道路。但是一些有思想的知識者卻陷入困境，覺得無路可走，徬徨、徘徊、困惑。他們很像托爾斯泰在俄國資本主義發展時期那樣感到苦悶，並向時代提出問題：在人慾橫流的時候，知識者的積極生活、健康生活是否可能？

托爾斯泰的回答是「不可能」。他在小說《活屍》裏通過主人公萱嘉說出這樣悲觀的話：

一個人出生在我所出生的這個圈子裏，只有三條路可以選擇。第一，就是做官，賺錢，使我們生活在裏面的醜惡更加醜惡——這是我最憎恨的。也許我沒有這種本事，可是主要的是，我憎恨。第二，就是消滅這種醜惡，這非得英雄不可，而我卻不是英雄。最後一條路，第三條路，是忘卻一切，走到一群狗那裏去，飲酒，作樂，唱歌——我幹的也是這個。結果我就弄成這個樣子。

這段話，今天大陸一些具有人文理想的知識者一定容易引起共鳴。做官，賺錢本也可以成為健康的職業，但是，在社會肌體變質之後，做官的個個貪污腐化，賺錢的個個不擇手段，官場、商場全變得十分醜惡。因此清高的知識者不願意與之為伍，這條路便走不通。而走另一條相反的路，即消滅醜惡的英雄之路，這在托爾斯泰的時代裏已經很難，在當今的中國就更難，說不定只能蹲監獄。監獄可以造就若干英雄好漢，但畢竟不是路。上述這兩條路均走不通，就只好「走到一群狗那裏去」，即尋歡作樂麻醉自己。痞子文學，在托爾斯泰的道德眼睛中，也許只能算是一群狗的吠叫文學。清高的大陸知識分子大約不情願在「狗群」中混日子。

這三條路都不可能導致積極、健康的生活，而且也走不通。那該怎麼辦呢？老托爾斯泰當時探討了另外兩種選擇的可能性：一是獨善其身甚至施善於他人的可能性。《復活》中的聶赫留朵夫，就是一個想以「善行」悔過自身並達到自我完善的人，但是他被人視為「傻瓜」，也走不出甚麼像樣的路。還有一種可能性則是逃亡的可能性，即逃離醜惡骯髒的泥坑也逃離狗群而隱逸或者自我放逐到國外。近十年來，大陸知識者選擇逃亡之路的人漸漸多起來了。但這條路非常陌生，其孤寂與艱辛往往是逃亡者始所未及料想到的，因此，逃亡者便忘記逃亡的初衷是為了擺脱爛泥爭取積極的生活和健康的生活，反而因困難而消沉下去，甚至很頹廢。這樣，逃亡導致積極健康生活的可能性又成了問題。

我自己在八十年代末也選擇了逃離的路。逃離之後並沒有消極，並覺得在異地他鄉要積極健康地生活是可能的，但是，這種可能性必須自己創造。這個創造過程，最重要的不是給自己構築精神殿堂，而是努力逃離最後一個地獄，這就是自我的地獄。我正是在向這個最後地獄的不斷挑戰中贏得生活的健康的。不走出我的地獄，生活到處都很灰暗，而一旦走出，則到處是積極、健康的道路。

原載《中國時報》一九九七年十二月十九日

沒有酸氣的薩依德

讀完艾德華．薩依德（Edward W. Said）的《知識分子論》（單德興的中譯本，收入王德威主編的《麥田人文》叢書），禁不住感佩興嘆：這位出身於巴勒斯坦、深造於美國、在哥倫比亞大學任教三十五年的教授，真不愧是卓然獨立的大知識分子，而且一點知識分子的酸氣冷氣也沒有。

他明明有深厚的專業知識：哈佛大學博士；在哥大講授英美文學和比較文學；精通音樂；一九八七

年就以《東方主義》一書蜚聲學界，並成為舉世矚目的後殖民主義、後現代主義的理論先鋒，但他卻不端起教授架子，更不刻意賣弄教授語言。他著述不輟，但從不在自己的著述中自戀自美、自歡自嘆或以著述傲視人間。

他不像一些酸溜溜的知識分子，念念不忘自己是個專家和名家，生怕自己的衣衫會沾上一點政治和社會塵土，活像一枚酸果。與此相反，他總是挺身而出，熱烈地擁抱社會，直言不諱地宣告自己關懷世間苦難。為了實現這種關懷，他寧可當個專業的「圈外人」、「業餘人」。「完全專業化會使知識分子變得溫馴」，「陷入專業化就是怠惰，到頭來照別人的吩咐行事」，他這樣告誡別人與告誡自己。具有豐厚專業知識的人又不被自己的專業所困，他便成為人生整體更為豐厚、博大的知識分子。

幾乎所有的思想者都會給「知識分子」下定義。因為「定義」繁多，急性的福柯（M. Foucault）乾脆說他「從來沒有遇到過任何知識分子」。但薩依德卻沒有半點輕浮，他不僅把知識分子刻畫為流亡者、邊緣人、業餘者，而且下了一個斬釘截鐵的定義：知識分子就是「對權勢說真話的人」。即在各種壓力中尋求獨立並對權勢提出質疑和批判的人。而批判必須把自己設想成為提升生命、在本質上反對一切形式的暴政、宰割和虐待。薩依德本身就是一個對多重權勢說真話即展開批判的人，至少他展開了兩重批判：第一重批判是對西方「帝國主義話語霸權」的批判；第二重批判是對本土（阿拉伯）軍事獨裁政權的批判；因此，他的書籍既受到西方學界的批評，又被阿拉法特禁止進入巴勒斯坦。他正是屬於勢利人所嘲諷的「兩邊不討好」。他介入、參與故土的民族獨立運動，但不是民族主義者。他認為，知識分子的重大責任恰恰在於「把特定的種族或國家所蒙受的磨難賦予更偉大的人類範疇」。

薩依德生活在各種矛盾與張力之中，但他通過雙重批判實現了對矛盾的協調與超越。

如果要對薩依德提出更高的要求，那麼，我覺得，薩依德的不足是缺少第三種批判，即自我批判。

知識分子如果不是保持自我質疑和自我批判，就很難保證自己對時代的質疑是充份清醒的。關於缺少自我反省和批判這一弱點，最近一期《今天》雜誌張寧、張倫在訪問黎巴嫩作家埃利亞斯·扈利時已經道破。扈利說得很好，始終保持自我反省、自我懷疑的態度是知識分子的一種自我立場，這是件最難的事。一個真正的知識分子不應當把自己看得太重要，而應時時從零開始。我並非要求薩依德成為完人、聖人，只是說，知識分子如果擁有第三重批判，那麼，他的第一、第二重批判一定會更加堅實、更加理性。而且，在批判他人時才不會形成自我的話語霸權。

原載《明報月刊》一九九八年四月號

人生的盛宴

還在北京的時候，我就見到湖南文藝出版社出版的林語堂先生的散文集，書名為《人生的盛宴》，我忘了書名是編者加的，還是林語堂先生原有的文章名稱或集子名稱。而今天緬懷起林語堂先生，倒是覺得林先生的人生真可以稱得上「盛宴」：哈佛大學文學碩士，萊比錫大學語言學博士，北京大學教授，北京女子師範大學教務長和英文系主任，廈門大學文學院院長，外交部秘書，《人間世》、《論語》、《宇宙風》創辦者，新加坡南洋大學校長，香港中文大學研究教授，國際筆會副會長。卓越的散文家，傳記作家，小說家，翻譯家，學者，雙語寫作的高手，長達三百多萬字的《當代漢英詞典》的獨立編撰者，中文電子字碼機的創作者。一九八六年，台灣金蘭文化出版社出版的《林語堂經典名著》達三十五大卷，而卷外用英文寫作的長篇小說，又有八部之多。前幾年我在芝加哥大學圖書館一部一部地閱讀林語堂先生的著作之後，便驚嘆他的著作和人生的豐富，並想到他和胡適一樣是個巨大的文化存在，興師動眾對他進行抹煞，完全是徒勞的。

近日我讀林語堂先生的傑作《蘇東坡傳》，更覺得人生的豐富乃是他自覺的追求。他特別欽佩蘇東坡，也在於蘇東坡的人生極其豐富，人性與天才擴展到極為廣闊的領域。在《林語堂自傳》裏，他這樣概述：「蘇東坡是個秉性難改的樂天派，是悲天憫人的道德家，是黎民百姓的好朋友，是散文作家，是新派的畫家，是偉大的書法家，是釀酒的實驗者，是工程師，是假道學的反對派，是瑜伽術的修煉者，是佛教徒，是士大夫，是皇帝的秘書，是飲酒成癖者，是心腸慈悲的法官，是政治上的堅持己見者，是月下的漫步者，是詩人，是生性詼諧愛開玩笑的人。可是這些也許還不足以勾繪出蘇東坡的全貌。我若說，一提到蘇東坡，在中國總會引起人親切敬佩的微笑，也許這話最能概括蘇東坡的一切了。」蘇東坡是個出色的文人，但更為重要的，他是一個非常豐富、非常精彩的人，他告知人們：人性可以豐富到何等程度，人的才華可以展示到何種可能性。

說到這裏，我又想起歌德。歌德追求的正是人性的可能，一個人的可能。宗白華先生在〈歌德人生之啟示〉一文中說，歌德對人生的啟示有幾層意義，幾種方面。就人類全體講，他的人格與生活可謂極盡了人類的可能性。他同時是詩人、科學家、政治家、思想家，他也是近代泛神論信仰的一個偉大的代表。他表現了西方文明自強不息的精神，又同時具有東方樂天知命寧靜致遠的智慧。他是世界的一扇明窗，我們由他可以窺見了生命永恆幽邃綺麗廣大的天空。宗先生的評論完全沒有溢美，只要我們進入歌德的世界，就會感到他的無窮深邃，他的一萬兩千行的長詩《浮士德》就是一部偉大人性的象徵與百科全書，我們在驚嘆他的文學天才的時候，很難想像，他又是一個人類顎間骨的發現者，傑出的生物學家，更沒有想到，他到了八十歲還熱烈地愛戀着，對人生依然充滿渴望。他每涉及一個領域，就在那個領域放出光輝和留下美麗的故事，他全身心地傾注於人生的各個方面，又在各個方面都證明人性可能達到的深度，從而成為真正的人。一八零八年，作為皇帝的拿破崙會晤了他，並對他說：「你是一個人。」一歌德為此高興到靈魂深處。因為歌德理解這一評價的意思，許多人都只是人的片段，人的初稿，但他是一個完成的人，一個在人格、生活、作品等方面都贏得輝煌完成的人。

從林語堂想到蘇東坡、歌德，由歌德又想到接近一百卷的俄文版《托爾斯泰全集》，想到身兼哲學體系的開創者、科學家、神話詩人、國家設計者、宗教先知的柏拉圖和文字比他更為豐富的著作達數百部的亞里士多德等等，想到了這一切，我便再次對人獲得信念：人，真了不起，一個傑出的人真可能把自己的本質對象化為大海，對象化為星空，對象化為讓後人欣賞不盡的大世界。面對人生的盛宴、人性的可能，我們會覺得自己還只是人的初稿，遠未完成，千萬不要驕傲。

寫於一九九七年六月

世紀末的童話

英國王妃戴安娜（Diana）車禍身亡之後的這一個星期，我聽到的全是關於她的故事和評論。如果地球可稱為地球村的話，那麼，可說是「滿村爭說戴安娜」。在 Diana 生前，我對她和英國王族的種種傳說並不太感興趣，但是她去世之後卻很奇怪地和許多人一樣，感到世界真的失掉了甚麼，仔細想想，才意識到是丟掉這個世紀末期一個美麗的童話。

二十世紀的戰爭、革命和科學技術的高速發展給世界帶來很大的變化，但是，隨之而來的是人類美好品性的潰敗，到了世紀末，人們真感到世界太多濁流，甚至太骯髒了。在這個時候，出現了戴安娜，彷彿是一個夢，彷彿是一個童話，有她在，世界彷彿就有美在，就有真在，就有善在，就有微笑與童趣在。許多人都沒有見過戴安娜，但是覺得她與自己相關，甚至是自己生命中的一部份，大約就因為她是自己的夢和童話。

我留心戴安娜死後的各種評論，這些評論反覆獻給她三個形容詞，這就是珍貴的（precious）、稀有的（rare）、驚人之美的（stunning beauty）。對於這種形容，戴安娜是受之無愧的。她確實帶有很奇特的稀有性。在今天的世界上，身為王妃，本來就稀有；王妃而如此美麗，更是稀有；這兩項稀有未必動人，戴安娜的動人是她作為王妃的美麗之中還加上一顆溫馨的、善良的、和不幸的人緊緊連在一起的心靈。

她身處王宮這一社會的尖頂，心卻能連着社會的最底層，這才是最難得的，這種心靈才是真正的無價之寶。她的弟弟 Charles Spencer 在悼詞中說得很好，他說我們不必把戴安娜聖化、經典化，但她確實有一種天賦的美好人性，這就是她能夠與世界所有受難者的心靈息息相通的內在直覺。這種直覺，使她非常自然並且充滿溫情地擁抱不幸的人間。這才是戴安娜獨特的、稀有的、無法替代的性格。

戴安娜不僅讓世界注目，而且還給世界以啟示，她提示全世界一切擁有地位、名望的人應當如何影響世界。戴安娜是一個大名人，她的一舉一動都會被新聞告知世界，她自然知道這一點，因此她便盡可能多放射一些人性的溫暖以使世界多一些關懷和少一些冷漠。世界上有許多名人是不負責任的，他們只想表現自己，為了表現自己，他們常常忘記他人的痛苦與社會的痛苦，常常忘記自己的義務。無論是在台灣還是在大陸，中國的名人很多，但是，具有熾熱的愛心並以愛心去影響世界的名人卻很少。錯誤地利用自己的影響，這是名人的致命傷。也許正是對混沌世界的不滿和對名門望族的失望，地球各處的人們才把戴安娜當作新的童話。我相信此後許多年月，這一童話還會被傳頌、被創造、被闡釋。愛，美，高貴人性，真的是會超越時間、超越等級、超越國界而為人類所共有，並且會被傳頌得很遠很久。

原載《中國時報》一九九七年九月十二日

豐子愷帶給我的迷惘

在海外，我讀了許多大陸高級知識分子在四九年之後所寫的「檢討書」、「決心書」和「自我批判」的文章，每一篇都使我感到悲哀。朱光潛、馮友蘭、賀麟、金岳霖等先生，在四九年之前都寫出了精彩的著作，但是，四九年之後他們全都自我否定，而且否定得非常徹底，這是一次知識分子群體性的精神自殺。我曾與友人說過，如果要寫二十世紀中國精神現象史，那麼，五十年代中國高級知識分子的集體精神自殺，可能是最重要的一章。

在數不清的檢討書中，我讀後感到最難過的是豐子愷先生的檢討。十幾年前我第一次讀到時就心疼，並覺得不可讀第二次，可是，近日因為讀他的傳記竟然又讀了第二次。這一次我不僅感到心疼，而且感到恐懼，甚至產生一種迷惘感，不知如何做中國人的迷惘感。

豐子愷先生的〈檢查我的思想〉，發表在一九五二年七月十六日的《大公報》上。在這份檢查書裏他對自己在四九年之前的思想和創作全盤否定。他說：「一、趣味觀點，二、名利觀點，三、純藝術觀點，四、舊人道主義觀點。上述四點，合力造成了我的思想的混亂與錯誤。此外，我的二十六年來的離群索居，助成了我的脫離群眾的習慣；解放以來，雖然常出席各種會議，然而舊習的影響還是存在。總之，我的思想錯誤，由於過去脫離群眾，不問政治，不解認清階級立場，對於階級鬥爭袖手旁觀，因而長年地從事於為資產階級服務的純藝術工作，而使我的錯誤思想廣泛地流毒在人間。今天，我要向廣大的群眾表示由衷的懺悔。我過去好比患了肺病，整風的X光檢查出我的病狀，今後只要好好地療養，定能恢復健康……」

豐子愷是怎樣的作家和畫家，具有中國現代文學藝術常識的人都知道。早在青少年時代，他就受其老師李叔同（弘一法師）的影響，皈依佛門。他本來就關懷社會與孩子，皈依佛門後他不是超塵脫世，而是從更深的精神層面上去關懷人間，特別是關懷孩子。在中國現代史上，他是一個奇特的兼具佛心和童心的作家，對孩子懷有最仁慈、最親切的大愛。兒童至上，這是他的世界觀也是他的文學藝術觀。在他的心目中，兒童佔有與神明、星辰、藝術同等的地位（〈兒女〉）。如果說，曹雪芹是把「少女」視為人間生命的曙光，那麼，豐子愷則是把「孩子」視為人間生命的太陽。在他看來，只有孩子真誠、純潔、聰明的生命能夠映襯出社會的齷齪、虛假和卑劣，並把社會導向光明。無論是散文，還是漫畫，我們都可以看到他的一顆最純潔最溫柔的心靈。我個人就受到這顆心靈的影響而時時提示自己：應當努力在複雜的社會上純化自己，努力保持生命中的天真天籟。

可是，豐子愷這樣一顆最單純、最天真的心靈，在中國卻沒有存身之所。五十年代初的革命運動，竟然放不過這麼一顆與世無爭並絕對有益於社會的童心。而豐子愷本人在時代的壓力下竟然不得不在被社會凌辱之後也自我凌辱，而且給這顆一塵不染的心靈扣上「名利觀點」、「舊人道主義」等各種帽子，甚至把它視為一種「病毒」，要求「群眾」來清洗這種病毒。這是怎麼回事？這是怎樣的邏輯？這是怎樣的革命？難道真的需要連最純潔的童心也要摧殘乾淨，才算革命得徹底嗎？難道中國的進步真要付出整個人性的代價連人性最底層的天真天籟也要消滅嗎？讀了豐子愷先生的檢查，我不能不感到難過，為一名善良作家的自我踐踏而難過；我也不能不感到迷惘，為人類的童心無處安生而感到迷惘。野心馳騁天下，童心卻無處存放，這是文明的世間嗎？

原載《中國時報》一九九七年十一月七日

萬古雲霄一羽毛

香港藝術發展局的評選委員們，把第一個文學成就獎授予金庸，這是一個非常正確的選擇。我得知消息後，感到特別高興。

今年五月中旬，我「客座」的美國科羅拉多大學東亞系，將召開《金庸小說和二十世紀中國文學》的國際學術討論會，與會者將來自瑞典、英國、日本、中國大陸、台灣、香港和美國各地。這一盛會也表明：覆蓋世界各地的金庸小說已成為文學文化的「大自在」，不管你喜歡與否，是得好好面對、好好研究了。

這次學術討論會的視角和過去曾經召開過的金庸小說研討會不同，它不是把金庸小說放在武俠小說的歷史語境中來考察，而是放在中國現代文學發展的歷史場合中來觀照。因為會議發起者對金庸小說有一基本看法，即認為金庸的寫作的意義和水準已超出「武俠小說」這一成見，我們完全應當把它當作某種特殊的嚴肅寫作來對待，而且應當把金庸的寫作與「五四」以來的「嚴肅」作家們（如巴金、老舍、茅盾、沈從文等）放在一個層面來研究。即使把金庸小說當作純粹的武俠小說，也應看到這一文類在金庸寫作中已經變了性質，獲得了新的意義。因為視角不同，所以所邀請的多數學人，並非武俠小說研究者，而是現代文學研究者和文學批評家，而且年紀都不大。

在被邀請的學人中，有兩個以金庸小說作為自己的博士論文的。一個是畢業於北京大學中文系、現在在社會科學院外文所工作的宋偉傑，他的長達十五萬字的論文題目是：〈金庸小說研究——文化研究一「個案」〉，第一章揭示了金庸小說所造成的「作者神話」的內在機制，並細緻梳理「金庸現象」在小說、影視、動畫、電腦軟件等多層面的跨文類流行及其與「文化工業」的多元化關係。第二章分析金庸小說的正反烏托邦之維，並與國外相似的文學類型作比較；第三章論述金庸小說中的「成長主題」與「性別政治」；第四章挖掘小說中的「民族——國家」主題的多重寓義；第五章評述金庸小說接受史。另一篇博士論文則是柏克萊大學東亞系博士候選人 Christopher Hamm 所作。這位美國博士生用英文寫作，探討的是金庸小說從「通俗化」到「經典化」的過程。僅僅這兩位博士的論文，就足以讓與會者討論三天。會議東道主正在發愁：這個會怎麼駕馭？

在這個會上將會有爭論，有兩位朋友告訴我，他們至今堅持金庸小說屬於俗文學範圍，它的文化意義大於文學意義。我對他們說：能提出問題才有意思，不過，在我心目中，金庸小說可稱作「萬古雲霄一羽毛」，真是稀奇得很。

原載《明報》一九九八年一月二十五日

世紀末的慈悲聲

金庸與池田大作的對話錄《探求一個燦爛的世紀》，今天我從頭到尾讀了一遍。從第一頁到第四七四頁，一口氣，一頁不漏。十幾個小時裏，中間只吃了一塊麵包片。真是讀到「廢寢忘食」。很久沒有這種閱讀體驗了。青年時代讀莎士比亞，讀雨果，中年時代讀羅曼·羅蘭，讀茨威格，有過這種體驗。人過中年，甚麼都喜歡從容、悠閒，便少有這種狀況。聽到我連連嘆息，女兒問：「和你們的《告別革命》相比，怎樣？」我說：我們是人的對話，他們是菩薩的對話。的確，這是兩位求道者、得道者高境界的對話。我雖然不是教徒，但尊重宗教，並覺得不管從事何種職業，具有宗教情操、菩薩心腸是絕對美好的。而且，當我回顧這個世紀時，儘管看到成就，然而，看到更多的是暴虐、殘忍、勢利和虛假。抬頭望見摩天大樓的尖頂，低頭則看到世紀末的道德廢墟——同情心與慈悲心的整體失落。正是因為清楚地看到這一切，所以讀了對話錄，便又驚又喜。兩位得道的智者，他們站立於豪華的廢墟中，高高舉起大慈大悲的旗幟。他們認為，探求一個燦爛的新世紀，需要有一個引導我們跨入大門的尊神，這一尊神，就是每個人都可能有的「慈悲之心」。慈悲之心是使人成為「世界人」、「國際人」、「二十一世紀新人」的曙光。慈悲比愛具有更高的境界，它是愛的昇華。愛中常常有恨的糾纏與糾葛，戀愛中的情侶常吵架。而慈悲則是對愛恨對立的超越，是大愛與博愛，是絕對的善。換句話說，不分生命類型，不分生命等級，不分生命顏色，一律去愛，便是慈悲。也許因為我先前生活在鬥爭哲學的噩夢中，近幾年又讀到太多張牙舞爪的文字，便覺得這一對話是稀有之物，是珍品，它給予我的是那些故作高深的學人所不能給予的溫暖與啟迪，也是人性冷漠者更不能給予的向真、向善、向美的情懷與對人類的絕對信賴。

這部對話錄的態度非常謙卑，是「老子天下第一」的才子們應當學習的。在謙卑中所表述的基本思想和我的心靈非常相通：求真求實的漸進主義，反對一切暴力的和平主義，無條件的人道主義，對理想、公道、正義、道德的渴求與期待，對個人選擇和個人精神價值創造的絕對尊重與支持，等等，都在我心中激起深深的共鳴。這些思想我在自己的文字中也表述過，但是，我不敢與兩位得道者相比，因為他們的理性內涵被神性光輝所照明，不僅顯得更堅韌而且也帶有更多的溫馨。但願更多的人能讀這部書，也願更多的人從慈悲精神的復活開始，於新世紀中能擺脱舊世紀的瘋狂和與此相關的暴力、專制、野心與苦難。

原載《明報》一九九九年一月二十八日

瘂弦的「暖暖」

前幾天，我寄居的美國科羅拉多州下了一場大雪，洛磯山內外一望皆白，這才意識到，秋天過去了，冬天真的降臨了。在寒凝高原的時刻，我突然想起瘂弦先生的「暖暖」，那首歌吟「暖暖」的《秋歌》：落葉完成了最後的顫抖／荻花在湖沼的藍睛裏消失／七月的砧聲遠了／暖暖。／……

秋天，秋天甚麼也沒留下
只留下一個暖暖
只留下一個暖暖
一切便留下了

在寒意籠罩中，我默誦這首詩，心頭便漸漸暖和起來。當世界被金錢與權力弄得愈來愈寒冷、人際的溫馨愈來愈稀薄的時候，這首詩顯得格外美。我喜歡這種篝火般的給人以溫暖情思的詩歌，它一定安慰過許多在人世間感到孤獨與冷寂的靈魂。

暖暖，也許是詩人女兒的名字，也許不是。但她一定是所有的溫馨的小生命的共名。蘊藏着人間暖流的生命，這是世界最後的實在。當秋風捲走一切的時候，只要還留下人性最底層的溫暖，人類就可以繼續生存發展下去，就可以在苦難中免於絕望。暖暖，這是人類反叛絕望最美麗的旗幟，她應當是今天與未來人類共同的生命圖騰。

讀了《秋歌》之後，我又讀《屈原祭》、《短歌集》、《我的靈魂》、《深淵》、《鹽》，然後又讀《一九八零年》、《山神》、《酒吧的午夜》、《苦苓林的一夜》、《巴黎》、《倫敦》、《如歌的行板》等，這才升起一個念頭：瘂弦的詩，每一首都是好詩，每一首都是精品。由瘂弦又想起洛夫、余光中、鄭愁予等，於是，又找出他們的詩集來讀。這一次讀後便平靜不下來，於是，拿起電話筒找鄭樹森、找奚密。奚密寄來了她的幾篇詩論，我立即就讀。我急於想知道，關注台灣詩歌的評論家們是怎樣看瘂弦和其他詩人們。最後，我竟然抑制不住感情給遠在北歐的朋友馬悅然打電話，痛痛快快地談論了一次台灣的卓越詩群。在談話中，我表明了一個堅定的看法：五、六十年代台灣的詩歌、八十年代大陸的小說，是本世紀下半葉中國文學兩項最突出的成就，也可以説是兩大寶庫。沒想到，馬悦然的心情和我一樣熱烈。他除了認為大陸八十年代的文學成就還應補上詩歌與散文之外，其他的完全贊成我的看法。他說台灣五、六十年代的詩歌獲得很高的成就，瘂弦就是一個大詩人。他還説，從明年起，他將要着手翻譯台灣的詩歌。

馬悦然是個性情中人，妻子陳寧祖去世之後，他非常悲傷，每天都到寧祖墳前去緬懷。我打電話去的時候，他正在廚房裏做四川（寧祖家鄉）的擔擔麵。他告訴我，這是寧祖生前常做的麵。寧祖已去世兩年，但他仍然無法排除刻骨的思念。唯一可以安慰自己的是正在前進中的、也是他所酷愛的中國文學，唯有譯介研究中國文學的工作能排遣他的孤獨。和他談話之後，我一面感到高興，一面也跟着傷感。不過，我想到，他所喜愛的瘂弦，這位被他稱作大詩人的「暖暖」，說不定也會給他以慰藉。

原載《中國時報》一九九七年十月三十一日

四海之內皆兄弟

知道潘耀明兄又要重新主持《明報月刊》，感到由衷高興，並由此想到孔夫子「四海之內皆兄弟」的話。

大約是一九八六年，潘耀明北上京城。在三聯書店諸友的歡迎晚宴上，我第一次見到他。在我們兩人的座位中間夾着戴晴，所以總是探着頭說話。宴罷，頑皮的戴晴說，今晚受到兩個福建佬的夾擊，真痛苦！那天之後十幾年來，無論走到哪裏，他都關心着我。而我則發覺，這位從我故鄉走出來的、筆名叫做「彥火」的剛毅木訥者，有一種特別寬厚的情懷，對於他來說，真的是「四海之內皆兄弟」。「六四」之後，權勢者把戴晴送進監獄，把我逼出海外，我們被視為異端，但恰恰是這個時期，他和他主編的《明報月刊》，卻真摯地把我和戴晴視為兄弟姐妹，刊物上的許多文字都可作證。這之後，魏京生第一次出獄，他又提供版面讓魏京生充份表述自己的意見，絕對不會想到魏京生是異類。在潘耀明的字典裏，沒有「敵人」二字，也沒有甚麼「異類」這種荒謬的殺人的概念。在他眼裏，四海之內都是朋友，都是兄弟，只要是人，都天然地擁有自由表達的權利。

潘耀明是個幸運兒。他沒有甚麼口才，甚至有點口吃，但是他天生有一種包容百家的博愛氣質。這種氣質反映在他的散文裏，便是筆調溫柔敦厚，行文如清澄流水，敘事敘人均充滿敬意與愛意，即使對那位至今還在被視為「帝國主義分子」的賽珍珠，他也給予真誠的敬意。他發現賽珍珠是首倡「地球村」的人，而且主張地球村內各民族應「超越政府之間的不和諧而團結為一體」，對中國決無敵意。在潘耀明的眼裏，賽珍珠也是個相信「四海之內皆兄弟」的作家，很厚道。

耀明兄重返《明月》，聘請一批學術顧問。在給我的聘書中，寫着其他顧問的名字有查良鏞、李遠哲、余英時、楊振寧、馬悦然、李澤厚、李歐梵、夏志清、王德威、張灝、劉紹銘、鄭樹森、饒宗頤、董橋、金耀基、聶華苓、葛浩文、杜維明等。一看到這名單，我就意識到，這是真正的「潘耀明名單」：不管政治傾向如何不同，有文化實績就是我尊重的兄弟。而這麼多嚴肅的思想者樂意當他的「顧問」，也全因為他們知道邀請者是謙卑誠摯的，而且有可信賴的情懷。

我一再說，中國百年來文化界最缺少的不是文化知識，而是蔡元培似的文化情懷。因為稀少，也就顯得特別寶貴。如果耀明兄用蔡元培的名字激勵自己，那他將會體驗到，儘管兄弟遍佈天下，但日子並不會太輕鬆。

原載《明報》一九九八年二月一日

《山海經》的故事新編

《山海經傳》是高行健在一九八九年寫成初稿而最近才完成的一部精彩的劇作。

一九八二年，他的第一部劇作《絕對信號》在北京人民藝術劇院上演後，引起了轟動。由於他打破了傳統的戲劇格局，開創了中國的實驗戲劇，因此立即招致了批評。但是從那時起，他的創作卻一發而不可收。在十年內，他不斷前行，繼續創作了《車站》、《模仿者》、《躲雨》、《行路難》、《喀巴拉山》、《獨白》、《野人》、《冥城》、《彼岸》、《逃亡》、《生死界》、《對話與反詰》等，從國內影響到國外，至今，在中國大陸之外，已有南斯拉夫、瑞典、德國、英國、奧地利、法國、美國、澳大利亞以及台灣、香港等國家和地區上演他的劇作。

一個中國戲劇家，在世界上引起如此熱烈的關注，在本世紀還是一個特殊現象。今年年初，他的《生死界》在巴黎圓點劇院首演後，該院首辦了有兩百多人參加的座談會，會上有一戲劇評論家說，「高行健來自問題叢生的中國大陸，但他同樣希望在自己的文化背景和特殊經驗的基礎上，以平等的身份，參與構築今日文化的全球性工作。」（見《歐洲日報》，一九九三年一月十三日）高行健確實參與了全球性的文化工作。但是，有意思的是，高行健用的既是世界性語言，又是道地的中國藝術語言，《山海經傳》就是明證，而其他劇作也是明證。關於這一點，我在一九八七年所寫的〈近十年的中國文學精神和文學道路〉中就指出過：

在戲劇創作中，也表現出現代主義的某些審美方向，但和西方現代戲劇相比，還是具有自身的特色。以高行健來說，他的試驗戲劇發端於中國的傳統戲曲和更為原始的民間戲劇。他將唱唸做打和民間說唱的敍述手段引入到話劇中去，又吸收了西方當代戲劇的一些觀念與方法，創造出一種現代的東方戲劇。他的戲劇時間與空間的處理極為自由，常常將回憶、想像、意念同人物在現實生活中的活動都變成鮮明的舞台形象，並且力圖把語言變成舞台上的直觀，使之具有一種強烈的劇場性。國內外的一些評論稱他為「荒誕派」並不貼切，他其實是對戲劇的源起的回歸，並非是反戲劇。他的這些戲劇試驗國內外都相當注意，預示了中國的當代話劇可以走一條不同於西方戲劇的新的路子。（《論中國文學》第三九六頁，作家出版社，一九八八年版）

《山海經傳》也表現出上述這些特點。但是這一劇作比以往的劇作更不平常。他是專以中國遠古的神話為本的藝術建構。從創世紀寫到傳說的第一個帝王，七十多個天神，近似一部東方的聖經。也許高行健在寫作時也潛藏着這種「野心」，所以在考據上非常嚴謹，而在藝術格局上又雍容博大。

中國的遠古神話，記載得最多的是《山海經》，其次在《楚辭》、《史記》等古籍中也可找到一些線索，可惜都比較零散，不成系統。康有為在《孔子改制考》裏就不滿這種散漫零落，所以才指出上古「茫昧無稽」，而這種慨嘆卻啟發了現代的古史研究學者，如顧頡剛先生就說：「我的推翻古史的動機固是受了《孔子改制考》的明白指出上古茫昧無稽的啟發，到這時更傾心於長素先生的卓識，但對於今文家的態度總不能佩服。」（《古史辨》第一冊自序）因為「不佩服」，不滿足於「無稽」的慨嘆，因而就進行認真的辨析，寫出七大卷的《古史辨》。和顧先生同時代，魯迅、聞一多也對《山海經》這部古籍作了許多研究。特別應當提到的是袁珂先生《山海經校注》，對上古神話傳說更是作了認真的考據和整理，可說是中國古代傳統研究的集大成者。高行健顯然吸收了現代學人已有的成果，但是，他卻完成了一項學者們沒有完成的工作，這就是把散漫的神話傳說消化成一宏篇，建構一個藝術的、然而又是材料確鑿的中國古代神話系統，展示上古時代中華民族起源的基本圖景，完成一部仿「史詩」的劇作。

每個民族都要叩問自己是從哪裏來的，這就形成描述民族起源的史詩。中國遠古的神話傳說非常豐富，可惜散失太多，而且還被後世的屬於正統的儒家經學刪改得面目全非，因此，始終沒有形成《舊約》、《伊利亞特》、《奧得賽》那樣的巨製。《山海經傳》的作者大約也為此感到惋惜，所以他在這一劇作中努力把許許多多的遠古神話傳說的碎片撿拾起來，彌合成篇，揚棄被後來的經學者強加給它的政治或倫理的意識形態，還其民族童年時代的率真，恢復中國原始神話體系的本來面貌，以補救沒有史詩的缺陷。

由於《山海經傳》的作者選擇尊重遠古神話的本來面目的創作之路，即作「傳」的路，因此，創作就更為艱辛，倘若不遵循這一路子，而是抓住其中某些碎片加以演繹和鋪設，倒是比較簡單，但這就要放棄「史詩」的藝術追求。而採取作「傳」的路子，則必須借助於文化學、人類學、民族史學和考古學的功夫。為此，高行健不怕艱難，博覽群書，並親自到長江的源頭上考察和搜集資料，對中國的文化起源作出富有見解的判斷。從《山海經傳》中，我們可以看出，中國文化不僅起源於黃河流域的中原文化，而且也起源於長江流域的楚文化，還起源於東海邊的商文化。高行健似乎有「文化起源」的考證「癖」，多年來他一直叩問考究不停。他的長篇小說《靈山》也作了這種叩問。

但《山海經傳》並非學術，而是藝術，因此，把系統的原始神話，上升為戲劇藝術，又是一大難點。一個大民族開天闢地的完整故事，故事中這麼多線索，這麼多形象，卻表現得這麼有序，這麼活潑，而且要賦予比學術所理解的內涵豐富得多的各種內涵，包括美學內涵，心理、哲學內涵，實在是很不容易的。而高行健則能舉重若輕，站在比筆下諸神更高的地方，輕鬆而冷靜地寫出他們的原始神態，這就是證明作者駕馭戲劇的特殊才能。

在七十多個人物中，女媧、伏羲、帝俊、羿、嫦娥、炎帝、女娃、蚩尤、黃帝、應龍等，個個都具有一種神秘個性，半神半人的個性。尤其是那個神射手羿，上古時代的偉大英雄，更是令人難忘。這麼一個英雄，既被神所拒絕，又被人所拒絕，最後又被妻子嫦娥所拒絕。只有在庸眾們需要利用他的時候才把他捧為救主。他立下解除人間酷熱的豐功偉績，然而他卻被認為犯了彌天大罪，天上人間都不能和他相通，這是何等的寂寞。在劇作中，羿的命運和其中許多天神的命運，都有「形而上」的意味。在今天形而上面臨沉淪的時代，把《山海經傳》作為文學作品來讀，領悟其中的哲學意蘊，是很有趣味的。那些天神悲壯的生與死，那些生死之交中的天真和勇猛的獻身與鏖戰，那些類似人間的荒謬與殘忍，細讀起來，可歌可泣，又可悲可嘆，然而，他們終於共同創造了一個漫長的拓荒的偉大時代。

在《山海經傳》劇本與讀者見面之時，我還想趁此機會向香港的讀者和其他關注戲劇的讀者介紹一下高行健。

高行健是八十年代中國文學復興以來極為突出的一位作家，不論就中國文學的革新而言，還是就重新發揚中國文化的精髓來看，都成就卓著。

一九八一年，他的《現代小說技巧初探》一書的出版在中國文學界引起了一場「現代主義還是現實主義」的論戰，受到批判，從此便一直被視為異端。

一九八二年，他的劇作《絕對信號》在北京人民藝術劇院上演，引起轟動，開創了中國的實驗戲劇，法國《世界報》評論稱「先鋒派戲劇在北京出現」。他因此又招致批評。

一九八三年，他的荒誕劇作《車站》在北京人藝剛內部演出便被禁演，他本人也成為「清除精神污染運動」的靶子，禁止發表作品一年多。

一九八五年，他的《野人》一劇在北京上演，美國《基督教箴言報》評論稱該劇「令人震驚」，在中國文藝界再度引起爭論。

一九八六年，他的《彼岸》一劇排演被中止，從此中國大陸便不再上演他的戲。

一九八七年底，他應邀去德國和法國繼續從事創作。

一九八九年，他流亡巴黎，並創作《逃亡》一劇。

一九九二年，法國政府授予他「藝術與文學騎士」勳章。

他流亡國外五年，創作力仍然不衰。他的許多作品已譯成瑞典文、法文、英文、德文、意大利文、匈牙利文、日文和弗拉芒文出版。他的劇作在歐洲、亞洲等地頻頻上演。西方報刊對他的報導與評論近二百篇。歐洲許多大學中文系也在講授他的作品。他在當代海內外的中國作家中可說成就十分突出。

他一方面將西方現代文學的觀念與技巧溶化到他的創作中去，同時又浸透了從老莊哲學到禪宗所體現的東方精神。他既觀照中國的社會現實，又從中國古文化和殘存的原始民間文化中吸取靈感，是中國當代少見的一位有自己的哲學觀和歷史觀的作家。

他在中國大陸早已着手、在巴黎脱稿的代表作品長篇小說《靈山》，揭示了中國文化鮮為人知的另一面，即他所謂的中國長江文化或南方文化，換句話説，也就是被歷代政權提倡的中原正統教化所壓抑的文人的隱逸精神和民間文化。這部小說，上溯中國文化的起源，從對遠古神話傳說的詮釋，考察到漢、苗、彝、羌等少數民族現今民間的文化遺存，乃至當今中國的現實社會，通過一個在困境中的作家沿長江流域奧德賽式的流浪和神遊，把現時代人的處境同人類普遍的生存狀態聯繫在一起，加以觀察。他毫不迴避中國的種種社會現實，哪怕中國當前的政治，並不止於一般的抗議和揭露，他那種透徹的懷疑主義導致的思考和對中國傳統的倫理教化的反思，浸透了自嘲，所具有的顛覆性遠更為深刻。他對現今人的生活方式，對自我，乃至對語言的質疑，都毫無矯飾，達到一種不可盡言又無可言說的境界。

《靈山》的結構十分複雜，第一人稱「我」同第二人稱「你」實為一體，後者乃前者的投射或精神的異化。第三人稱「他」則又是對第一人稱「我」的靜觀與思考。全書八十一章，便由這三者分為三個層次。而第一人稱的章節中出現的女性「她」，同第二人稱的章節中出現的「她」，也有所不同，前者是「我」在現實中遇到的活人，後者乃是「我」通過「你」喚起的回憶與想像，這「她」並非是通常的一個或若干人物的集合，而是作者對女性的描述的一系列變奏。作者對心理活動的刻畫，訴諸東方式的靜觀，又遊筆於種種玄想，同樣也淋漓盡致。

高行健作品中的語言純淨流暢，又很精緻，他不啻為中國現代漢語的一位革新家，不僅講究聲韻，節奏變化多端，而且文體不斷演變，自由灑脱，他在語言上的這些追求豐富了現代漢語的表現力。從他早期的中、短篇小說到這部《靈山》，他一直在追求各種不同的敘述方式。《靈山》是他這些實驗的集大成者。他從中國古小說散文傳統出發，將神話、寓言，誌人誌怪，風物地理、傳奇、筆記、故事熔於一爐，又把西方現代小説中的意識流變為一種富於漢語音韻的語言流，從而找到了他自己的小說形式。

他的戲劇作品，題材非常豐富，表現形式無一重複，他無疑是中國當代最有首創精神的劇作家。他在中國首先引介了西方荒誕派戲劇，並異軍突起，在中國最大的劇院開創了實驗戲劇，在北京他每一個戲的演出都釀成事件。

他以現實的社會問題為題材的《絕對信號》，將現實環境、回憶與想像交織在一起，在一個有限的貨車車廂裏把劇中的五個人物的心理活動展示得極有張力。另一齣《車站》卻從現實走向荒誕，把貝克特的徒然等待那個思辨的主題變成日常生活的喜劇：一群人在一個汽車站牌下等車，懷着各自微小而不能實現的願望，年復一年，風吹雨打，到頭來方才發現這車站沒準早已作廢，可又相互牽聯，誰也走不了，笑聲中隱藏的尖銳的政治諷刺令人心照不宣，同時又讓觀眾不免也嘲弄自己。

扎根民間傳唱的《野人》，所包含的隱喻更層出不窮，其中對官僚主義，對人的普遍生存狀況，對現代文明的弊病等的暗示，不同的觀眾可以有不同的領悟。

《冥城》原本脫胎於一個道德說教的戲曲老劇目，他卻將被儒教歪曲了的莊子還其哲人的面貌，並把無法解脫的人生之痛注入其中。從戲劇觀念和形式方面來說，實現了他對中國傳統戲曲的改造，使之成為一種說唱做打全能的現代東方戲劇。

《彼岸》則從做遊戲開始，導致人生的各種經驗，愛慾生死，個人與他人與眾人的相互關係，都得到抽象而又充滿詩意的舞台體現。該劇也可以說是一部超越民族與歷史的現代詩劇，個人在社會群體的壓迫下無法解脫的孤獨感，表現得令人震動。

《逃亡》以天安門廣場這一歷史悲劇為背景，在作者筆下，不只限於譴責暴力，還賦以更深一層的哲學含義。人哪怕逃避迫害，逃避他人，卻注定逃避不了自我，把薩特的命題再翻一層。甚至連非洲的多哥也即將上演。

他的新戲《對話與反詰》則回歸禪宗公案，用一種冷峻的幽默來關照現今人與人之無法溝通這種病痛。該劇由作者本人導演，在維也納首演後，奧地利的報刊評論，「禪進入荒謬劇場」，「劇中的對話創造了一種精緻的舞台語言」。

由法國文化部定購的他的《生死界》一劇，則通過一個女人的內省，精微表達了現代人的無着落感，惶惑與困頓。法國戲劇界和漢學界也認為高行健「雖然人在巴黎，足及世界，卻不會是一個斷了根的全球性的藝術家，依然頭頂草帽，從他的天國和相互矛盾的紛繁花卉中吸取靈感，不斷豐富他自己的創作。」

中國現代許多劇作家，一直在努力追隨西方過時的潮流，他卻回臨中國戲曲的傳統，從中找尋到一種現代的東方戲劇的種子，並且同西方當代戲劇得以溝通。他每年一個新戲，很難預料他下一齣戲又走向何處。總之，他着意從戲劇的源起去找尋現代戲劇的生命力，一再聲稱他的實驗並非反戲劇，相反強調戲劇性和劇場性。他提出關於表演的三重性，即自我與演員的中性身份和角色的相互關係，是他的劇作的一個契機。他的劇作總為演員的表演提供充份的餘地，這恐怕也是他這些雖然充滿東方玄機和哲理的劇作能在西方劇院不斷得以上演的一個原因。他應該說也是迄今被西方大劇院接受的唯一的中國劇作家，並且開始預定他的新作。他的戲劇理論，也已引起西方戲劇界的注意，影響正在日益擴大。

本文是為高行健的《山海經傳》單行本所作的序言

一九九三年六月

中國大地上的野性呼喚

去年三月，我在加州柏克萊大學所作的一次學術講演中，熱烈地讚賞莫言的《紅高粱》、《酒國》和他新的長篇小説《豐乳肥臀》。一年又六個月過去了，最近我又老是想起莫言，這大約又是與我對文學的思考相關。不知道怎麼回事，近年來我老是想到文學的初衷，想到人類如果不是生命表達的需要似乎不必有文學；想到大陸的許多作家技巧愈來愈細密，但作品愈來愈蒼白；想到古今中外的文學巨人們總是面對生命的大困惑而不僅僅玩弄語言；想到文學家畢竟不是文學匠……想到這些，便想到「莫言」二字。

莫言沒有匠氣，沒有痞氣，甚至沒有文人氣（更沒有學者氣）。他是生命，他是頑皮的搏動在中國大地上赤裸裸的生命，他的作品全是生命的血氣與蒸氣。八十年代中期，莫言和他的《紅高粱》的出現，乃是一次生命的爆炸。本世紀下半葉的中國作家，沒有一個像莫言這樣強烈地意識到：中國，這人類的一「種」，種性退化了，生命萎頓了，血液凝滯了。這一古老的種族是被層層疊疊、積重難返的教條所窒息，正在喪失最後的勇敢與生機，因此，只有性的覺醒，只有生命原始慾望的爆炸，只有充滿自然力的東方酒神精神的重新燃燒，中國才能從垂死中恢復它的生命。十年前莫言的透明的紅蘿蔔和赤熱的紅高粱，十年後的豐乳肥臀，都是生命的圖騰和野性的呼喚。十多年來，莫言的作品，一部接一部，在敍述方式上並不重複自己，但是，在中國八、九十年代的文學中，他始終是一個最有原創力的生命的旗手，他高擎着生命自由的旗幟和火炬，震撼了中國的千百萬讀者。

與那些只會玩弄技巧和語言的作家不同，莫言熱烈地擁抱人生擁抱歷史，在自己的作品躍動着大愛與大恨，但是，他卻從未陷入反映現實背離現實的泥坑中，他擁抱大地又超越大地，在所有的表述中都保持着自己獨持的哲學態度，這一態度就是認定：生命，只有龍騰虎躍不為韁繩所縛的生命，才是歷史的原動力。這一原動力才使歷史變成活生生的讓人的靈魂不斷站立起來的歷史。莫言的文本策略，就是把這強調生命野性的哲學態度推向極致。任何作家只有把自己的藝術發現推向極致才能走出自己的路來，四平八穩的作家是沒有前途的。

二十世紀中國文學的致命傷是它太意識形態化，尤其是三十年代的左翼文學和四十年代之後的社會主義現實主義文學。在此文學氛圍中，莫言獨樹一幟，拒絕接受意識形態觀念對歷史的詮釋，不僅從不陷入意識形態的邏輯，而且以作品沸騰的岩漿化解這些邏輯並完成了只屬於「莫言」名字的他人無法替代的創造。這些讓世界注目的創造，使變成意識形態現象的中國文學又回歸到生命現象與個人現象。

原載《明報》一九九七年九月十七日

表達絕望的革命悲劇

上一個月，李銳的長篇小說《舊址》的英譯本在美國正式出版，英文的名字是 *Silver City*，即銀城。譯者又是我的朋友葛浩文教授（Howard Goldblatt），近水樓台先得月，我立即得到他贈送的帶有國畫封面的這本新書，而且興奮地連猜帶測地讀了將近一百頁。看見故國當代最優秀的長篇進入英語世界，心裏真有說不出的喜悅。

Silver City 第一版就印了兩萬冊。出版不久，美國最權威的書評雜誌 *Publishers Weekly* 就加以介紹推薦。美國作家 Lisa See 論說：這是我讀到的有關中國的書籍中最令人驚嘆的一本，它是中國的《日瓦戈醫生》。而出版此書的出版社 Henry Holt and Company 在推薦書頁第一句話則是：*Silver City* 是從悠久的文化中所發出的稀有聲音。

我曾告訴李銳，你在海外至少有三個知音，一個是馬悅然，一個葛浩文，還有一個是我。我真的非常喜歡李銳的小說。他的《厚土》早就讓我沉醉。呂梁山下那些貧窮的莊稼漢，那些純樸中的狡黠，善良中的愚昧，那些讓人發笑又讓人心酸的性糾葛的故事，每一篇都那麼精粹又是那麼深厚地展示着一個真實的中國。李銳的短篇是真正的短篇，短而厚實，精粹而精彩。而《舊址》則是真正的長篇，這個「長」不是篇幅的冗長（它不到三百頁），而是它容下了從二十年代到八十年代整整一個革命歷史時代，並氣魄宏大地書寫了跨越三代人的中國革命的大悲劇。

我在這部大悲劇中讀出了絕望。李銳是不是有意寫絕望，我不知道。不過，他自己早就意識到絕望能使文學深刻。他喜歡曹雪芹，喜歡龔自珍，喜歡魯迅，就因為他們都有絕望感，或者說都有極為豐富的絕望內涵。而《舊址》的絕望內涵真的是在中國過去的文學歷史上所沒有過的。小說的主人公李乃之，中共地下黨銀城市委書記。他出身於銀城本地望族鹽商李氏家門，但他背叛家庭而投身革命，並領導銀城的工人運動，組織和發動了銀城歷史上最大的一次鹽業工人總罷工。四九年革命成功了，他成為革命英雄，但他家族的成年男子卻全在鎮反運動中遭到槍決。付出親情巨大代價的他當了副部長，他理所當然應當享受他參與創造的新世界，然而並非如此，在文化大革命中他因為無法證明自己在獄中的清白而被打成叛徒，最後被迫害致死，而他的女兒李延安則宣佈與「走資派」家庭決裂遠走陝西並嫁給一個迷信生殖器官又有生理缺陷的文盲農民，藉此完成她理解的另一場意識形態的革命。至此，李氏一家三代，無論是作為革命對象還是作為革命主體，均歸於毀滅。革命以壯烈始，以慘烈和怪誕終，這個大過程中的神聖、必然、進化不知道在哪裏？而一個一個在暴力中的死亡、變形、悲愴、無告卻那麼真實地擺在面前，這是怎樣的人類悲劇。李銳不顧歷史決定論和革命動力論的種種說教，以大手筆寫出二十世紀中國的一場慘烈的悲劇，真的給世界文學寶庫增添了動人的新篇。

原載《明報》一九九八年一月三日

雙重飢餓的女兒

近日讀完虹影的新長篇小說《飢餓的女兒》（台北爾雅出版社），興奮不已，禁不住打了幾個電話告訴同行的友人：《飢餓的女兒》成功了，虹影走向新的水平線，她突破了自己，也超越了與她同時期中國女性小說寫作流行的基調。

虹影是一個既寫詩又寫小說的非常勤奮的作家，《天堂鳥》、《魔菌》、《詩這陰性詞》、《倫敦，危險的幽會》、《你一直對溫柔妥協》、《女子有行》，一部接一部，但真正打動我的是《飢餓的女兒》。

今天我推薦和激賞《飢餓的女兒》也許與我對當代中國文學的期待有關。我愈來愈不喜歡刻意玩語言、玩技巧、玩「詩意」、玩「寓言」的小說，因為不喜歡這種創作流向，我甚至想極端地提出「返回原始」的主張。文學的「原始」即文學的初衷是「有所感而發」，許多作家已忘了這一初衷，忘了（甚至刻意輕蔑）對時代的感受。面對這種遺忘的輕蔑，我想向中國小說界發出一種不合時宜的聲音：返回《祝福》（魯迅）、返回《生死場》（蕭紅）、返回《靜靜的頓河》（蕭洛霍夫）。在這種期待下，看到《飢餓的女兒》這一擁抱時代抒寫時代的作品，看到充溢於作品中作者對苦難時代那種準確的、具體的、令人嘆息不已的描摹與感受，我真的心情難以平靜。

小說的主人公「六六」（「我」），出生一九六二年的重慶，那是大飢餓的年代。她是雙重飢餓（「食飢餓」與「性飢餓」）的產物，是靠「一根扁擔兩根繩子」挑着家庭重擔又餓又累的母親和另一個只擁有一副貧窮的肩膀的年輕男人的私生女。因為這一特殊身世，她失去父愛。在沒有糧食也沒有愛的飢餓中，少女讓「歷史老師」的性充塞於自己的身體，以填補那一恐怖的、虛無的、絕望的飢餓的深淵。

虹影把苦難時代的苦難寫得令人不寒而慄。而使我驚訝也是使小說藝術獲得成功的則是：第一，作者之描寫苦難人生時非常冷靜，和她以往的作品很不同。熬過大苦難的倖存的女兒，眼淚早已流盡，此時身在汪洋彼岸，時間與空間均已拉開距離，一切都變得那樣明白明晰，無須浮躁，從容寫下便令人驚心動魄。第二，作者不僅抒寫了苦難現象，而且寫了苦難重壓下人的心理變態。人在飢餓到極點時無所謂羞恥屈辱，連「強姦」也能麻木地接受。主人公「六六」和歷史老師那種變態的愛，蘊含着沉重的悲傷，然而所有的悲傷都化解於瀕臨死亡的絕望心理中。

「體驗」和「心驗」是不同的，痛切肌膚的生理性體驗有助於深化心理性的感悟。虹影寫了自己痛切體驗過的一段歷史，可說是真切又深切。

原載《明報》一九九七年十一月十六日

首席翻譯家

前兩個月，我的摯友葛浩文教授興致勃勃地把剛出版的王朔的《玩的就是心跳》的英譯本（*Playing for Thrills*）送給我，我問他：這是您翻譯的第幾部中國小說？他竟說不出來，因為他的翻譯量實在太大了。才過去兩個月，昨天他又興致勃勃地告訴我：我剛譯完王禎和的《玫瑰玫瑰我愛你》，應當輕鬆一兩天。

葛浩文教授是猶太裔的美國人，但中國話講得比我好，我的閩南腔常被他取笑。這幾年，我們幾乎天天見面或通電話，可說是情同手足。去年小女兒劉蓮高中畢業時，就他和我們夫婦作為家長去參加畢業典禮儀式。小蓮上台領獎時，照理家長都應當高聲喝采，可我和妻子都叫不出口，唯有老葛吶喊幾聲，把我們的喜悅全都表達出來。

未到科羅拉多大學之前就聽朋友說，老葛活得瀟灑。到了大學之後，才知道這位瀟灑的朋友有兩個特點，一是勤奮得要命；二是愛中國文學愛得要命。他的勤奮用功完全出乎我的意料之外，並很快就對我形成一種壓力。看到他的譯作一部一部地出版，我就趕緊坐下來寫坐下來讀。勤奮使他在教學、研究之外還創造出令人驚嘆的翻譯實績。

迄今為止，被他翻譯成英文出版的中國小說和其他文學作品有蕭紅的《呼蘭河傳》、《商市街》、《蕭紅小說選》；陳若曦的《尹縣長》；黃春明的《溺死一隻老貓》；楊絳的《幹校六紀》；李昂的《殺夫》；端木蕻良的《紅夜》；張潔的《沉重的翅膀》；白先勇的《孽子》；艾蓓的《綠度母》；賈平凹的《浮躁》；

劉恆的《黑的雪》；老鬼的《血色黃昏》；蘇童的《米》；古華的《貞女》；莫言的《紅高粱家族》、《天堂蒜薹之歌》（《酒國》也接近譯完）；李鋭的《舊址》（已交出版社）等。除此之外，他還主持夏威夷大學出版社的一套中國文學英譯叢書，已翻譯出版的有沈從文、老舍等作家的作品八種。我很幸運，我的文學理論和其他一些文學研究論文，也正在由他組織翻譯。

上一個月，葛浩文的學生、史華斯摩學院（Swarthmore College）助理教授孔海立博士和夏志清先生共同編輯出版了《大時代——端木蕻良四十年代作品選》，在此書的序言中，夏先生高度評價葛浩文，説他是「公認的中國現代、當代文學之首席翻譯家」。這一評價高而符合實際。只是夏老也未必知道葛浩文教授乃是一個孜孜不倦的人，他對中國文學走向另一世界的貢獻絕不僅僅來自他的聰敏和語言才華。

原載《明報》一九九七年五月十五日

歐梵風格

這個星期讀完長達五百頁的《現代性的追求——李歐梵文化評論精選集》（王德威編選，麥田出版）之後，便有評論的慾望，但是長文無處刊登，只好借專欄先説幾句話。

多年來，我作為歐梵的摯友，凡是他的文字我都認真閱讀。這不僅是友情使然，更重要的是他的文字中蘊含着獨到的思想見識和博大的人文情懷，絕不是空頭理論家所能企及的。雖常常讀他的文章，但此次集中地閱讀他這部英文論文的譯本集子，仍然有新穎的感受，並再次被他獨特的學術風格所吸引。這風格既不同於大陸現代文學研究者，也區別於海外學術界。

歐梵的學術風格首先是他自己選擇的角色所決定的。他宣稱自己是一個中國的世界主義者，這雖然不是一個嚴格的定義，但也很能夠說明他的學術角色：既屬於中國，又超越中國而屬於世界。在帶有邊緣性的中國與世界的中介地帶，他獨立思索，自闖一條屬於李歐梵這一名字的道路。很難再找到另一個學者像他這樣：立足於文學研究，但同時生活在三個中介地帶，即中西文化的中介地帶；文學與歷史的中介地帶；文學批評與社會文化批評的中介地帶。這種中介地位，使他成為多重的、流動的、活潑的學術主體，所思所言皆有自己的個性。

他所選擇的特定角色，使他無論是看中國文學文化還是看世界的文學文化都有一種遊離浮動的眼光（非固定化眼光）。熟悉李歐梵的朋友都欽佩他看中國文學總有一種國際性的視野。所謂國際性視野，就是他不是局限在中國文學史的語境下談中國文學，而是放在世界文學的語境下談中國文學，這就不能不高出大陸學者一籌。而李歐梵與海外的中國文學研究者又不同。海外學者受到西方的學術訓練之後，贏得了一套扎實的研究邏輯，善於文本分析，這是長處，但是也帶來缺少跳動、缺少大視野、缺少個體經驗語言的弱點。而李歐梵雖然也受西方學院的嚴格訓練，卻未被這一套學術模式套住。他破除對所謂「純粹學術」的迷信，在嚴格的學術規範中融入自己的個性經驗語言和對世界的獨特感受與發現。他對浪漫主義和頹廢藝術情有獨鍾，他對中國現代性和現代主義系統的開發和思考，彌補了中國現代文學史研究中罷黜百家、獨尊現實主義和革命文學主潮的現象，提醒了中國學界注意長期被忽視的現代大都市氛圍。李歐梵的獨特視角顯然與他在學術探尋中敢於融入自己的感性發現有關。他個人的多元文化情懷和不拘一格的個性與他特別關注的浪漫派、現代派作品有極其相似的地方：在文壇上的傑出學者總是以超凡的感性跨越任何邊界。

如果說第一個中介地帶使歐梵獲得廣闊漂流的視野，那麼，第二個中介地帶則使他獲得歷史的深度，而第三個地帶又使他強化知識分子的使命，使得歐梵風格更為顯著。這一風格就是廣闊的學術視野、深邃的歷史深度和學者的人文關懷熔於一爐的特殊品格。

原載《中國時報》一九九七年十月十二日

虛構中國與解構中國

哥倫比亞大學的王德威教授在今年《明報月刊》第一期上撰寫了一段「人生小語」，語中說：「梁啟超與魯迅一輩曾希望藉文學『不可思議之力』拯救中國。我卻以為一個世紀的經驗告訴我們，文學之為文學，正因為它不能、也不必擔當救中國的大任。文學不建構中國，文學虛構中國。」

德威兄這一思想非常有意思，也極有歷史針對性。二十世紀的中國作家有一個別國作家難以想像的重大負荷，就是拯救中國與建構中國的負荷。每個作家提起筆桿便想起「國家興亡，匹夫有責」，於是，尚未着筆便已掉入精神陷阱，丟失了個人精神價值創造的自由空間。而政府、社會、人民則非得作家揹上這一精神重擔不可，於是，每個作家便注定欠下一筆巨債。二十世紀的中國作家真是可憐極了，到了世紀末還是擺脫不了國家這一偶像的絕對統治。世紀初尼采就說，「國家乃是一切冷酷怪物中的最冷酷者」，「他們給民族高懸了一把刀與各種慾望」。不幸而言中，一把高名義的刀斧，把作家砍得不知所措。在新舊世紀之交，發表「文學不再建構中國、只虛構中國」的宣言，實在應當成為中國作家的共同綱領。

不過，我還是要給德威兄作兩點注疏與補充：一是以「虛構中國」替代「建構中國」，乃是放下「拯救中國」、「改造中國」一類的超重負荷，並不是說，虛構意義上的文學便無建構意義。在遠古，虛構的神話（如《山海經》）恰恰是中國最本真的歷史；在今天，「為藝術而藝術」的藝術，恰恰是最有建設性的藝術，非政府工具、非救國工具的文學恰恰能構成中國最有生命力的精神建築。所以德威兄的主張可請各類愛國者放心。何況，「虛構中國」的詩人作家固然更多着眼於人類和藝術，但其愛國心的深廣絕不在民族主義者之下。其二，在「虛構中國」與「建構中國」之中，還有一個「解構中國」的問題。文學家們在放下「建構中國」的重擔時，似乎不必也放下「解構中國」的本領。曹雪芹雖然與建構中國無關（只是虛構中國），但他則是解構中國的巨人。中國的聖人聖賢文化，就被他解構得只剩下榮國府門前的兩隻乾淨的石獅子。我的意思是說，今後中國作家雖然只管「虛構中國」，但也不必放下社會批判與文化批判的解構刀。有「解構」的文化底蘊在，虛構才不會變成虛空，輕中才有重，表中才有深。德威兄在談了「文學不建構中國，文學虛構中國」之後補充說：「而這中國如何虛構，卻與中國現實的如何實踐息息相關。」這顯然意識到，虛構並非空想和逃離現實，所以，我在「虛構」與「建構」之中加了一個「解構」，也許可以給德威兄的「共同綱領」增添一節條文，而不是一道難題。

原載《明報》一九九九年二月二十五日

與白先勇教授商討

讀了《明報月刊》第五期白先勇教授的文章〈世紀末的文化觀察〉，很想好好商討一下。

先勇兄雖是文學教授，但畢竟是出色的作家，所以談起「五四」，也不拘泥於一般學人的三十年一貫、五十年不變的陳腐看法，而以作家的敏鋭和特殊視角直言不諱，提出問題。提出問題而激發人的思維，本身就是一種價值。學術文章當然也要回答問題，但以為一回答就能解決問題，仍是一種學術烏托邦。在世紀末的沉悶空氣中，我喜歡先勇兄這類不僅説真話而且説新話的文字，也喜歡讀點少作姿態而多作詰問的文字。這種文字遠勝於故作艱深的高頭講章。

〈世紀末的文化觀察〉提出的問題甚多甚大：二十世紀中國有沒有文化巨人？倘若沒有，原因是甚麼？「五四」前既然有《紅樓夢》等精彩白話小説，那麼，「五四」的語言革命是否必要？二十世紀中國的文學成就有限在於徹底破壞自己的文化傳統，那麼，下一世紀文學的希望就在於親近傳統，甚至必須有一個復興傳統的文藝運動，這一見解，是否妥當？等等，這些問題都是值得討論的。我雖然未能全都認同白先勇教授的看法，但也希望新文學的創造者與研究者不要生氣，不要擺出「五四」衛士的姿態，而要共同進入問題。

我的被限制於千字之內的專欄文章當然不可能對上述問題進行深入討論。但我想先商討一個問題，這就是文學評價的尺度問題。先勇教授認為：「講到文學成就，文學到最後恐怕還是個文字藝術；至於內容，也許因為受當時政治、社會的影響，要具有社會意識、革命意識，這些東西看起來很重要，但最後作為判斷的時候，文字畢竟還是藝術，而且文字是很重要的。」基於這一看法，白先勇認為張愛玲的文字是最美的，那麼，也應當是最有成就。在這段論述中，白先勇把文字藝術看作文學的最後實在，也是文學成就最後判斷的依據，而不把文學的精神內涵也視為最後實在之一與最後依據之一。以往大陸把革命意識、社會意識視為第一要素當然不對，但是，卓越的文學作品卻不能不有深廣的精神內涵（包括心理內涵、時代內涵、關懷內涵、審美內涵等）。陶淵明的詩歌文字未必是最美的，但它因為提供了獨一無二的隱逸內涵而成就非凡。托爾斯泰、陀斯妥也夫斯基的文字也未必能比得上屠格涅夫，但他們的作品卻因為具有巨大的精神內涵而超越屠格涅夫並構成了文學巔峰。倘若精神內涵蒼白，這兩位大家能成其偉大嗎？在先勇兄提出許多問題的時候，我也提一個問題作為回應和討論的開始。

原載《明報》一九九九年五月二十日

中禧詩情：秋瑾氣質

忽然我們拋錨
在歷史的中央。
田裏倒照的不是夜夜

看顧我們屋檐的月
而是老祖母臉上斑黃的
皺紋。
家園，很早已失去了，
她想。
欲尋回的，只是一葉孤獨的尊嚴。

這是陳中禧的詩《澤國沉思》。

這首詩的意境遼遠而幽深：漂泊者被歷史拋入無邊無際的長河中間，沒有家園，縹緲如無盡的時空中屋簷上的月，然而，月亮因為時間的蒼老已經變形，世界顯得更加清冷，人顯得更加孤絕，但漂泊者依然倔強地反抗着孤獨並執着地尋回那一葉彷彿已經飄落的尊嚴。

我讀詩除了喜歡讀意境之外，還特別喜歡讀詩人的氣質，蘊含於詩中的氣質。近日讀陳中禧新出版的詩集《颩風的日子》（香港當代文藝出版社）就覺得這位女性詩人氣質非凡，很有點英雄氣概。這部集子除了收錄三十四首短詩之外，還收入一部詩劇，名為《秋瑾之聯想》，第一幕：斷頭；第二幕：戀愛與婚姻；第三幕：年輕的躍動；第四幕：時代的激盪；第五幕：天安門的哭泣。各幕的名稱和劇中的詩情，都讓我清晰地看到中禧的秋瑾氣質：拔劍起舞，慷慨悲歌，願以熱血「釀我自由的酒漿」，獻給故國古老的大地與蒼天。這是女性的血性，感性的理性，在中國快要絕跡的悲天憫人的詩性。中禧寫秋瑾，完全是藉秋瑾以揮灑胸中之塊壘，所以她在劇中表明一個真實的自己：不但在中國歷史的冊籍上，我找到自己的名字；不但在中國女性的行列裏，找到自己曾站的位置；我更在祖國的懷抱裏，找到一份人的尊嚴。中禧的秋瑾情懷有時表現得比較袒露（甚至過於袒露），有時則表現得比較含蓄，手法多變。我特別喜歡她的富有歷史內涵但又有特殊意象的篇章，如《鈕扣——悼念六四》：

一幅是生
一幅是死
我未能釘緊歷史的喉頭
但我還是執着
兩片薄薄的相依
繼續未完的開拓。

在詩歌愈來愈像謎語的時代，在詩人們紛紛逃離道義承擔的時代，在人們的靈魂普遍感到衰落的時代，在中國文壇玩語言玩技巧而玩出許多酸氣的時代，讀中禧的詩，反而感到清新，並感到中國詩人的性靈底層還有不死的力的美和不死的正義的美，由此，便又想到米蘭·昆德拉的話有道理：不可輕言絕望。

秋瑾是個「詩人」，但首先是個「人詩」。她的人生非常精彩，本身就是一首極美的詩篇。我和中禧只見過一次面，不敢斷定她就是「人詩」，但她的率真、坦誠、擁抱社會的生命激情，留給我的印象完全像一首光明的詩：急於燃薪成燼，抽絲為帛。

原載《明報》一九九七年六月二十三日

讀夏中義的《新潮學案》

近日，兩位朋友不約而同，分別從北京和香港給我寄來華東師範大學教師夏中義先生的新著《新潮學案》（上海三聯）。兩位朋友還不約而同地說：儘管書中的觀點你未必都能同意，但其認真的充份學術化的分析，卻是極為難得的。我讀了書後，覺得朋友所言極是。

《新潮學案》共分五章，順序如下：第一章／劉再復：人文美學的主體焦灼；第二章／魯樞元等：文藝心理學的重建曲式；第三章／李澤厚：歷史積澱説的理學意蘊；第四章／劉曉波：選擇批判論的思辨搖滾；第五章／劉小楓：詩化神學的本土語境。作者在「前言」中説，這本書的寫作是「想探尋某一新的學術樣式，即通過『學者批評』這類個案研究，為後人治思想史提供一份殷實的學術資源」。夏中義一點也沒有誇張，他的著作確實無愧「殷實」二字。所謂「殷實」，不僅是史料之實，即材料的翔實與詳盡（這一點《學案》一書做得很好），而且是史心之實，即評估歷史（八十年代思想史）的誠實樸實態度。對於當代中國，後者特別缺少，因此也特別寶貴。錢穆先生曾説，他治中國史，首先是對已發生過的歷史，懷着一種「溫情與敬意」。唯有以此美好之心治史，才可能揚棄個人意氣，才可能不顧政治氣候而理性地對待過去。夏中義這部新著最寶貴的首先就是這種樸實而帶溫情的史心。這種史心，也是一種史德，一種情懷。我常感慨二十世紀中國缺乏的並非文化知識，而是文化情懷。有寬廣的文化情懷在，其批評語言、批評邏輯、批評見識就不同：就脱俗，就超越「火藥味」和「揪打糾纏」，就進入深邃的精神層面。以往大陸總是以政治批判代替學術批評，結果把學術批評變成精神裁判所，讓人感到恐怖與厭惡。而像夏中義這種建設性的真正的學術批評反而變成稀有現象，極不發達。

《新潮學案》除了表現出作者的史德之外，還表現出作者的史才。應當承認，我對作者的分析才能相當佩服。八十年代的文學——文化思潮，所經歷的時間雖然短暫，但由於它是長期壓抑後的爆發，因此思想的湧流顯得特別迅速和密集，所涉及到的學科和學科背景也特別繁複，這不僅涉及到一般的文學、哲學、歷史學、心理學等，還涉及到較陌生的變態心理學、人類文化學、發生認識論、民族精神譜系學、宗教哲學、結構主義和解構主義等等，因此，要把握和「總結」這一「新潮」並非易事。而讓我驚訝的是夏中義竟「挫萬物於筆端」，對所述對象及其涉及的各種知識瞭如指掌。涉筆成思，既有宏觀博識，又有微觀辨析，令人感到大陸學界，確有堅實的人才在。

我如此肯定這部著作，並非它描述了我。不，在此書中，作者固然尊重我的探尋，但也提出非常中肯而尖銳的批評，以至使我感到過去的自己未免常常過於焦急。儘管我還想與夏中義商榷，但我首先從心靈上感到必須傾聽他的意見。雖然他比我年輕十歲，但我不能放棄這一次贏得教益的機會。

原載《明報》一九九七年七月三十一日

學者·蒼蠅·臭肉

前幾年，「錢鍾書熱」席捲大陸時，我曾擔憂：面對這種病態的熱潮，錢先生怎能受得了？最近有一訊息，果然證實錢先生感到了一種難以承受的沉重。

事情發端於去年李希凡等人聯名寫的呼籲信。據說這封信要求制止江蘇無錫把錢先生的祖居舊址夷為商場，以保護「國寶級文物」。知道這一情況後，國外有一位朋友致函給楊絳先生，詢問此事是否可以「聲援」一下。楊先生回信說，錢先生常對我講：我是一塊臭肉，所有的蒼蠅都想來叮着。

當朋友告訴我這一故事時，我立即相信這是錢先生的話，毫無疑問，這是錢先生尖銳而準確的比喻。然而，我還是吃了一驚，沒想到錢先生竟然使用如此冷峻的比喻來表達他對捧場者的氣憤。錢先生已經很久不說話了，然而，在他還很清醒的時候，卻留下這個比喻。他似乎預見到，當他沉默以至完全沉默之後，人們還會以各種方式利用他的名字，因此，他必須表明一種態度，必須對人生境界進行一次自我捍衛。

如果錢先生沿用一般性的比喻，例如把自己比作「唐僧肉」，許多妖魔都想吃它，這也說得過去，但是，這一比喻容易讓人誤會成喻者在自我溢美。錢先生不用自戀式的比喻，而用「臭肉」這一自虐性的比喻，說明他對多年「炒」、「烤」他的名字早有一種痛切之感。因為痛切，用起比喻來也就「痛徹」。因為痛切痛徹便自然而痛快地表達了自己的一種不受他人擺佈和不受外界誘惑的人格。

我因為天時地利，有幸多次接觸錢先生，深知錢先生對「捧殺者」、「炒烤者」的憎惡完全是真實的。記得一九八八年北京文化藝術出版社要出版一個刊物叫做《錢鍾書研究》，熱心此事的朋友要我也當一名顧問，與此同時，我的老師鄭朝宗（錢先生的摯友）也被邀請。我和鄭老師都糊裏糊塗地答應了。錢先生知道此事後，把我找到家裏，非常生氣地說：「你怎麼也熱心此事，趕緊退出，不要被人利用！」這是錢先生唯一的一次用嚴厲的口吻對我說話。我立即意識到這是絕對命令，並立即退出刊物。這一年秋天，我回福建，順路去看望鄭朝宗老師，鄭老師告訴我：「我們兩個都太隨便了，錢先生寫信說我，這一回他着實生氣了。」回北京後我見到錢先生又說起自己常胡塗，他則微笑着安慰我：「我本來還坐得住，他們一搞那個刊物，我就坐不住了。」這件事之後，我覺得自己的心靈有所成長。

從五十年代到七十年代，大陸對老知識分子並不尊重，在文化大革命中更是拚命「打殺」，錢先生和楊先生自然也在劫難逃。七十年代之後，一些老知識分子尤其是其中的傑出者受到國家的「禮遇」，但是他們卻往往遭遇到另一種命運，這就是被「捧殺」，種種捧場方式都使他們再次不得安寧。要求保護名人舊址，本來也算不了甚麼，其中有些呼籲者也是好意，但是久經革命洗禮的中國，可能就會藉此而起鬨或演出一場料想不到的戲劇，所以對此有所警惕也是可以理解的。如果五十年代整治胡適、整治俞平伯時有人出面要求保護胡適、俞平伯的祖居故園倒是值得敬佩的，而錢先生現在生活得好好的，如果真有一個「護居運動」，他倒是不得安生了。近五十年來，中國學人在「打殺」與「捧殺」的兩極中動盪，正常的學術規範和學術作風已飽經摧殘，現在還是休養生息、少一點鼓譟為好。

原載《中國時報》一九九七年十月二十四日

施議對：詞學的傳人

記得是一九八六年八月三十日的夜晚，突然想起病重的吳世昌先生。雖然已接近午夜，我還是直奔醫院，並直接闖到吳先生的病室。吳先生躺在清冷的燈光下和雪白的病床上，已不會説話。唯一守在他身邊的是他的博士研究生施議對。吳先生第二天就去世了，儘管他是著名的紅學家、詞學家，又是全國人大教科文衛委員會副主任，但他臨終前卻非常寂寞，經常守在他身邊的只有兩個人，除了施議對之外，還有一個就是吳先生的外甥、趙紫陽的助手鮑彤。

想起這段往事，是因為春節格外寧靜，讀了《施議對詞學論集》第一卷——《宋詞正體》。這部論集分四卷：一、《宋詞正體》；二、《今詞達變》；三、《詞法解賞》；四、《詞籍要論》。僅第一卷就有三百五十六頁。因施議對現任教於澳門大學社會人文學系，所以此書便由澳門大學出版社出版。手捧這部裝幀富麗堂皇、內容豐富扎實的學術論著，又是喜悦，又是感慨。議對兄不僅是我的同鄉，而且是我的同齡人。在學術生涯上，無法迴避時代投給我們這一代人的命運：強制性的下放勞動和政治運動剝奪了生命的黃金歲月和打斷了連續性的思索。但是，施議對戰勝了時代所設置的種種閘門，硬是在孤寂崎嶇的學術道路上走下去。一九六四年他在福建師大中文系讀書時就寫作了〈論陳亮及其《龍川詞》〉的出色論文並成為杭州大學夏承燾先生的研究生。剛剛在詞學研究上起步，就遭逢到文化大革命，研究一斷就是十幾年之久。但他不洩氣，在臨近四十歲的時候，再次北上求學深造，既當移居於北京的夏承燾先生的學生又當吳世昌先生的研究生，最後成為文學研究所的第一個古典文學博士。

讀了《宋詞正體》，便知道他不愧是夏承燾先生和吳世昌先生兩位名師的高足，不愧是中國詞學的傳人。他對「詞」這一中國文學的特殊文體的見解，他對「詞學」這一學術史分支的把握，他對現代、當代詞學研究弱點的批評，都表現出一個長期下過苦功的學者的才華與功力。在我們這一代人中，我還想不出有比他更強的人在。更使我感到意外的是他雖長期泡浸於詞學，但並不是一個學究。他超越了老師的研究方式，表現出自己的另一種具有現代感的詞學批評鋒芒，這種鋒芒直逼傳統的「本色論」（注重詞的特質研究，但取徑偏窄）、「境界說」（為詞學開拓視野，但未能解決詞的個性）、「風格論」（立論籠統）等，很有新一代詞學傳人的膽識與火力，難怪，霍松林先生讀了議對兄的文章之後說：「詞學復振，可預卜也。」不過，議對兄在批評舊說之後，提出詞體結構論，主張以結構方法論詞，雖能自圓其說，我卻懷疑這可能也是一種本質論，未必就是「真理」。但能提出來就好，我相信，有施議對在，現代詞學不會中斷而且將會更有活力，這是可以肯定的了。

寫於一九九八年一月二十七日

一半強，一半勉強

到了世紀末，人們自然要回顧一下本世紀走過來的道路，看看自己的成就。於是，美國的《時代》雜誌就挑選出本世紀影響最大的一百名政治人物、科學家；七月二十日，《紐約時報》又挑選出一百部最優秀的英語小說（Top Among 100 Best Novels），把喬尹斯的《尤里西斯》放在榜首，把他的另一部代表作《青年藝術家的肖像》放在第三名。大約是受到感染，台灣的《聯合文學》在今年最後一期約請馬悦然和我各寫一篇談論諾貝爾獎和中國文學的文章，我便寫了〈百年諾貝爾文學獎與中國作家的缺席〉，長達四萬字。這之前的九月，《亞洲週刊》則組織「本世紀中國小說一百強」的評選活動，請我當評選委員之一，而且要委員們開列出一百強中名列前茅的二十名「強中強」。刊物關懷世紀之路，有責任感，應當支持，為此，近來我真忙乎了一陣。

在寫作〈百年諾貝爾文學獎和中國作家的缺席〉時，我案頭一直擺着三份名單：一份是將近一百年的諾貝爾文學獎獲獎者（共九十五名）；一份是《紐約時報》的百部長篇；還有一份便是我挑選出來的一百種中國最好的小說。也許因為有前邊兩份名單在作祟，我對自己主觀列出的一百強有點不滿意，說得明白一點，是覺得這一百強裏，頂多一半真強，而另一半則是「勉強」。名列前茅的二十部，有些真的很傑出（如劉鶚的《老殘遊記》，魯迅的《吶喊》、《徬徨》，沈從文的《邊城》，李劼人的《死水微瀾》，巴金的《寒夜》，張愛玲的《金鎖記》等），然而，不知怎麼回事，我仍然覺得一半強，一半勉強。也許又是那兩份名單在作祟。

讀東讀西，想來想去，終於不能不這麼說：二十世紀的中國文學有成就，但成就有限；不可自悲，但也不可感覺太好；得不了諾貝爾獎，雖有些委屈，但得不到也好，免得助長中國作家的虛榮心。

為甚麼會造成中國現代文學成就的有限？說來話長。我在給《聯合文學》的文章中僅說了兩點：一是文學生長的大文化生態環境有問題；二是在很長的時間內作家的大思路有問題。「五四」之後，中國現代文學發展勢頭很好，可惜到了三十年代，主流作家便進入以階級鬥爭和政治革命為軸心的文化生態環境之中，文學受「集團」、「主義」所牽制。到了本世紀下半葉，作家進一步被組織化、制度化，個性也進一步被毀滅，整個創作思路陷入「你死我活」的兩項對立之中。文壇熙熙攘攘，但沒有真價值的作品產生，反而是沉默者更美。可惜沉默者只有一個，這就是沈從文，他不僅沉默，而且沉默到死。他知道，作家既然沒有自由表達的權利，人性既然沒有存身之所，寫作也屬徒勞。即使不是徒勞，寫出來能稱得上優秀者的，也很勉強。

寫於一九九八年十一月十一日

第四輯

怎麼辦？

新舊世紀之交，無論對於中國還是對於世界都是最需要思考的時代。這是一個需要思想家而不是需要軍事家的時代。在西方，人們曾以為，柏林牆一倒，古典資本主義的航船將從此一帆風順，然而，人們很快就發現大西洋東岸的失業者在增加，種族主義在挑戰，事情並不那麼簡單；在東方，龐大的中國從封閉中覺醒，經濟在大步前行，中國人一個多世紀的富強夢正在逼近現實，然而，人們在刮目相看之後又看到：一個民族貧窮時往往純樸，富貴時往往禮讓，而在由窮變富時則不擇手段地巧取豪奪，社會由此而付出驚人的道德代價，於是，中國未來的路也不那麼簡單。更使人類焦慮的是，他們發現這個世紀真是不可思議，人類的智慧發展到極峰並創造了輝煌的科學技術，然而，恰恰是人類自創的科學技術把人自身變成機器的附件和電腦的附件，變成金錢動物和廣告的奴隸。人不僅在迷失，而且在消失——消失人之所以成為人的價值和意義。

在這個時候，我想起「怎麼辦？」三個字和一個巨大的問號，想起俄國傑出作家曼傑斯塔姆提出的問題：上蒼給我這肉體，我該怎麼辦？我確信，這個「怎麼辦」不是個體性問題而是世紀之交人類群體共同的大苦悶。

人類的肉體本是靈魂的居所，然而靈魂正在枯萎、正在麻木、正在瓦解，怎麼辦？

人創造了龐大的物質世界，可是這世界正在變成自己的敵人、自己的暴君、自己的絕對統治者和心靈的殖民者，怎麼辦？人辛苦地建築了摩天的高樓，而高樓的大牆卻把人變成牆上的爬蟲、牆中的磚石、牆下的螞蟻，怎麼辦？

人積蓄了大量的金錢而金錢卻像泥沙堵塞了胸中的肺腑、腹中的熱腸、心中的良知，怎麼辦？人生產出知識而知識卻變成權力向人實行壓迫、實行獨斷、實行心靈專政，怎麼辦？

人為了爭取解放而革命，但是革命激起的仇恨卻燒焦了人性、燒焦了愛、燒焦了千秋一脈的倫理，怎麼辦？

人嚮往自由、追求自由，但自由的誤讀與濫用卻捲走了人的責任、人的品格、人的行為規範，從而導致暴力與性的橫行，怎麼辦？

人面臨重重困境又不能以自殺去敲開天堂之門、宇宙之門和一切解脱之門，怎麼辦？

這些「怎麼辦」，彷彿正是時代的提問。我們，每一讀者、作者與編者，作為人類的一員，都難以迴避。然而，我們恐怕不能再用二十世紀爛熟了的概念，諸如「革命」、「階級鬥爭」、「你死我活」等來回答，恐怕也不能用時行的「語言策略」、「文本策略」、「敍述技巧」來作逃遁之家。說「革命能夠改變一切」和說「敍述就是一切」都是荒謬的。新世紀之門就在面前，我們在跨越這一道偉大門檻的時候，最好是放下這個世紀流行的並帶給我們巨大痛苦的大概念和大思路。

正是敏感到世紀之交人類的深刻困境，正是清晰地聽到時代的提問，我才和我的朋友李澤厚提出「告別革命」的命題，才一再表達一種燃燒的希望：二十一世紀應當是一個否定之否定即重新肯定人的世紀，應當是人的太陽重新升起並發出萬丈光芒的世紀：人將走出機器統治、獨裁統治和語言統治。

文學的基本功能應當是表達希望。在新年新春之際，我以上述文字，既表達憂慮，也表達希望。

原載紐約《明報》一九九八年四月八日創刊號

偉人與敵人的終結

鄧小平去世後，中國的偉人時代結束了。在二十世紀中國，能稱得上政治偉人的大約是孫中山、毛澤東、蔣介石、鄧小平，他們的名字可以作為時代的符號，不管我們喜歡不喜歡他們。

四個偉人都去世了，站在他們身旁的次偉人周恩來、蔣經國等也去世了。他們在世時，中國分裂成兩大戰陣，勢不兩立。緊跟偉人，中國的老百姓也都捲入戰火烽煙，在熱戰與冷戰中視一部份同胞兄弟為不共戴天之仇敵。由於革命的需要，由於階級鬥爭的極端嚴酷，偉人們總是要教導老百姓：分清誰是我們的敵人誰是我們的朋友是最重要的。這一觀念統治中國近一百年，影響到大陸形成一個龐大的敵人系統：外部的帝、修、反，內部的地、富、反、壞以及後來發展的胡風分子、右派分子、右傾機會主義分子、走資派、資產階級反動學術權威、叛徒、內奸、工賊、黑幫分子等等，如果加上意識形態之敵封、資、修，這個系統就更加嚇人。製造這個敵對系統，把佔人口百分之五即數千萬同胞兄弟驅入這個系統大獄之中，是中國人在本世紀中形成的一個最悲慘的包袱。

今天時代變了，我懷着一種對故國和故國同胞最真摯的愛，提出一個問題：隨着「偉人時代」的結束，是否也應結束一個「敵人時代」。對於我自己，我早已沒有敵人。我愛一切人，包括愛敵人，即被命名為黑五類、黑九類的所謂敵人。如果本世紀政治機器生產的敵人包袱不帶入下一個世紀，我將焚香叩謝蒼天大地。

除了中國，我還要問：世界是否也可以拋棄「敵人」這個概念？

世界的冷戰時代結束了。原來被美國視為頭號敵人的蘇聯不存在了，那麼，美國是不是還要再尋找一個或一群敵人呢？這幾年，我在美國一直留心「敵人」這個概念，於是，發現美國領導者已不把「中國」稱為「敵人」，而中國的領導者也不再把「美國」稱為「美帝國主義」。當我發現「敵人」這個牽動世界命運的大概念悄悄消失時，我真有一種不可抑制的喜悅。而在中國，隨着鄧小平提出要拋棄「階級鬥爭為綱」的口號之後，「階級敵人」這一概念的內涵也減去一大半甚至減去百分之九十之上。很奇怪，過去我們都把蔣經國視為敵人，而現在卻說不出口——幾乎看不到有人再把「敵人」的帽子戴到蔣經國的頭上。這也是驚人的變化，海峽兩岸「敵人」的概念慢慢在淡化。我還發現，大陸籠統地使用非法律性的「敵人」概念的文章少了，而使用「犯罪分子」等法律性概念多了。犯罪分子不一定是我們的敵人，他們也是我們的同胞兄弟，我們要為他們的犯罪而惋惜，這種觀念與情感，和「你死我活」的「打倒敵人」的觀念大不相同。當然，無論是中國還是世界，告別「敵人」這一概念還需要一段時間，但我期待，二十一世紀將是一個拋棄偉人們留下的包袱——「敵人」概念的世紀。

寫於一九九七年四月

從懺悔意識說起

魏承思兄和《明報》副刊約請再為「七日心情」專欄撰稿，我為難了一陣。寫專欄文章可以逼着自己寫作和逼着自己面對社會思考，這是對偷懶的一種限制，所以我願意參加。但專欄寫作容易打破連續性的學術思索，顧此失彼，所以我又推辭，推辭應是一種自我保護。雖這麼說，但盛情難卻，只好再寫，寫少一點就是了。

今年上半年我忙於《金庸小說與二十世紀中國文學》學術研討會的籌備，下半年又開始研究「文學與懺悔意識」的課題了。這個題目我所以不願意放棄，除了學術上的興趣之外，還與自己的生命需求有關。出國後九年，我通過《漂流手記》敍述自己的心靈故事。愈是敍述，愈是覺得以往的歲月在我生命中投下的陰影太濃太重，不管怎麼寫、寫甚麼，都難以擺脱過去那些苦難記憶，那些噩夢，那些沒有尊嚴的白天與夜晚。這才明白：歷史，歷史已深深地進入了自己的生命，並化作靈魂和潛意識的一部份，想拽掉是不可能的。所以我決定，既然昨天的歷史已進入生命，今天不如主動讓生命返回歷史和投入歷史，重新觀照過去，記下一點親自目睹的歷史斑痕與血痕。

使我在靜夜中思想時常感到驚訝的，不僅是歷史進入了生命，而且是一個歷史時代的大文化扭曲和腐蝕了自己的生命。自懂事之後，我生命的主要部份便連着故國一段以階級鬥爭為重心的歷史。幾十年泡浸在階級鬥爭狀態中，確實受到這種狀態的潛移默化。這段歷史時期的風氣、語言、習慣、行為方式的確進入自己的骨髓。說出一聲「告別革命」，實際上是因為「革命神聖」、「造反有理」、「溫良恭謙讓要不得」、「誰是敵人誰是朋友乃是首要問題」等觀念浸入骨髓而不得不來個吸髓式的反省。有了這套觀念，就會妄想革命可能改變一切和造就一切（建設倒在其次），覺得只有與革命相關、與政權相關的事才重要，其他的諸如日常關懷、日常溫馨、森林砍伐、沙漠東移、河流變質、洪水滔天都不重要。與此相應，又以為為了一個假設的革命目標，理所當然應當去送死，個人精神價值創造的權利更應當放棄，托爾斯泰式的人道寬恕應當批判，於是，也不覺得列寧對托爾斯泰的論斷是荒謬的。

所謂懺悔意識，就是承認錯誤時代也進入並腐蝕自己的靈魂，而被腐蝕了的靈魂又參與了錯誤時代的製造從而負有一份責任。常常想想這個題目，就不會覺得知識分子天然就是人類靈魂的工程師，而會想到，知識者也常是人類靈魂的毒化師。面具，姿態，詭辯，話語霸權，極端情緒，瞞和騙，哪一樣不在毒化世道人心呢？說到這裏，差一點忘記自己在寫專欄文章，不可細論下去了。

寫於一九九八年十月七日

返回古典

我和李澤厚先生的長篇對話錄《告別革命》，反省本世紀的基本思路和基本選擇，給百年來的中國近現代史提供一種新的認識，難免要引起強烈的反彈。除了遭到海外民主運動活動家們的批評之外，最近幾個月來又遭到胡繩、劉大年、邢賁思等大陸理論家的強烈批評。今年年初，中國社會科學院的黨委書記王忍之（原中宣部部長）在全院一九九七年工作會議上作報告，特別批評院內的科研人員未能與《告別革命》劃清界線，他說：「《告別革命》那一套否定革命歷史、否定馬克思主義的論調，不同程度地影響着一些人。這些問題儘管發生在極少數人身上，但也說明，堅持正確方向的問題在我院並沒有完全解決。」王忍之本以極左著稱，報告之後更是積極組織對《告別革命》的圍剿，以致現任近代史研究所所長張海鵬說出一句駭人聽聞的話，他說：李澤厚、劉再復在美國「做了人家的講座教授、客座教授，當然要為人家的和平演變出點主意」。批判的調門愈來愈高，罪名也愈來愈大。

既然有那麼多罪名和挑戰，我們就不能沉默。因此，我和李澤厚先生決定再寫一本《告別革命》的續篇給予回答。然而，我們不是讓挑戰者牽着鼻子走，而是沿着我們剛剛開闢的思路繼續前行，對二十世紀的中國和世界的人文思潮，作進一步思考。這一思考的主題，我們在《告別革命》的〈後記〉中已作了預告，這就是「告別現代，回歸古典，重新探求和確立人的價值」。

告別現代，回歸古典，當然不是反對中國的現代化，當然不是要求中國回到古代社會中去，而是說我們要重新尋找古典文化中那些肯定「人」的價值體系和未成體系的其他價值資源。用李澤厚的語言來表述，就是二十世紀乃是否定性世紀——機器否定人的世紀，而二十一世紀應當是否定之否定的世紀——重新肯定人的世紀，因此下一世紀應有第二次文藝復興，即第二次人的解放。如果說第一次文藝復興是從中世紀的宗教統治中解放出來，那麼，第二次文藝復興應是從機器的統治中解放出來。而第二次解放將與第一次解放相似，採取「復古」的形式，即採取「回歸古典」的策略。因此，所謂回歸古典，乃是擺脫二十世紀過於發達的科學技術和商品生產對人的異化而回歸對人的本體（情感、尊嚴、價值）的尊重。

然而，「古典」是一個極廣泛的時空概念，我們是選擇哪一「古典」作為坐標呢？第一次文藝復興選擇的坐標是希臘，那麼第二次的坐標該是哪裏？關於這一點，我與李澤厚先生的指向有相同處也有不同處。我的「古典」更側重於西方的古典，具體的說，乃是以康德為代表的古典主體哲學，這一哲學把人視為目的王國的成員，把對人的尊重視為絕對道德律令。李澤厚先生自然也肯定康德，但他更側重回歸到東方的古典，即回到重視人生、重視教育、重視情感、重視人際溫暖的孔子那裏去，回到極端尊重人的內在自然的「禮樂」這一最高的美的境界中。澤厚兄與新儒家的看法完全不同，回歸古典的內核十分堅硬特別，不是我的胃一時可以消化得了的。但我仍如實地記錄下來並欣賞它。

我們的《告別革命》尚在被討伐中，嘯聲未斷，卻又在寫作《回歸古典》，這一定要讓中國的激進革命論者更加生氣，幸而外在的評語對李先生和我已不重要，重要的是我們內在真實而理性的聲音。

原載《中國時報》一九九七年七月二十五日

告別藝術革命

在《告別革命》出版之後，我常想到，除了告別政治革命之外，還應當告別文學革命與藝術革命。「五四」新文化運動中，陳獨秀提出「文學革命論」，功勞很大，它使一種嶄新的文學從古老的母體中脱胎出來，使中國文學從內容到形式都煥然一新。變革是對的，但變革採取「革命」的辦法即採取

「打倒」、「推翻」、「顛覆」的辦法卻值得質疑。文學與科學不同。科學上提出一個新原理必定要否定舊原理，而文學的優秀部份卻帶有永恆性，一種新文學的崛起並不意味着舊文學過時。陳獨秀的文學革命倡導國民文學、社會文學、寫實文學，這很好，但他以打倒貴族文學、山林文學、古典文學為代價卻太激烈。貴族文學等是打不倒的，也不應該去打倒。新文學運動的主將之一周作人在文學革命後幾年就自我檢討説，平民文學與貴族文學都需要，一是求生文學，一是求勝文學。而平民文學恐怕也得經過貴族精神的洗禮才能成為更高質量的文學。周作人當然不是否定自己參與過的文學革命，但他發覺革命辦法的偏頗，悄悄地告別文學革命。

在世界的範圍內，從上一世紀末開始也不斷有文學革命與藝術革命。由於十九世紀中葉中產階級的生活變得越來越庸俗和越來越市儈化，因此文學藝術家們便不滿外在的現實，於是就從外向內轉，轉向內心世界，着意與庸俗的世界相對立，從而產生現代主義。現代主義客觀上具有革命意義，但它並不標榜推翻和打倒先前的文學，而且它的變革既有形式的變動又有內容的變動，這內容就是對包裹着現代文明外殼的庸俗物質世界的反叛。如果説現代主義是革命，那麼這也是有內容有創作實績的革命。而到了後現代主義的文學革命與藝術革命就大不相同了。後現代主義乃是一種以顛覆前代文學藝術（宣告前代文學過時）的不斷革命論。它直接顛覆的是現代主義文學藝術，但現代主義是社會的反叛者，因此後現代主義變成反叛反叛者，而反叛反叛者，便是媚俗。因為喪失反叛的內容，就剩下反形式，而這種反形式只不過是通過形式的顛覆與翻新來刺激消費，這樣做的結果——不斷革命的結果，就使文學藝術愈來愈蒼白，最後只剩下技巧與策略了。畢加索之後，藝術革命的速度之快，簡直像時裝表演，令人眼花繚亂。但是只要冷靜觀察，就會發現在不斷革命中，除了語言和技巧的翻新之外，並沒有建樹，也沒有對社會的質疑。

無論是在大陸還是台灣，文學藝術領域中玩語言、玩技巧的風氣很盛，作家藝術家刻意追逐時髦，以策略與手段代替生命投入的創作，只關心打倒偶像和權威，只重視自己的新姿態，卻缺乏對社會的真誠的關懷，也缺乏堅韌扎實的創造，結果使文學藝術漸漸產生一種貧血症。而一些評論家和評獎人員卻偏偏在鼓勵貧血文學，他們也被時髦的不斷革命論弄糊塗了。

我知道文學藝術家對形式對表述方式天生有一種敏感，也知道語言、技巧、形式對文學藝術是何等重要，但是，我相信，文學藝術創造不等於形式翻新的革命，對於那種只知否定、不知建設的革命，對於那些只知小策略不知大關懷的文學藝術，對於時裝式的前衛表演，我們最好還是對他們說一句：別了，請你們不要和我們一起走進新世紀之門。

原載《中國時報》一九九七年九月二十六日

走出陰影與幻相

香港《南華早報》《打開》雙週刊的朱瓊愛小姐，約請我「展望二十一世紀文化」。在約請函中她說：「許多人都說文學已死。……我們當然不希望如此，但也會想想這是否代表文學走到了另一發展階段。」「文學已死」的說法未免過於武斷。上個世紀初尼采宣佈「上帝已死」，但上帝並沒有死；現在宣佈「文學已死」，文學自然也不會死。不過，死亡本身就是一個巨大的「不可知」。許多宗教家與哲學家都在解說死亡之謎。如果我採用黑格爾《邏輯學》中的死亡界定，那麼，死亡不過是一種已經和存在一起被思想到了的虛無。它既不是一種東西的消失，也不是一個人的消失，而只是一種陰影。如果對死亡做這種形而上的假設，那麼，說世紀末的中國文學籠罩着陰影，則一點也不過份。對二十一世紀的展望，其實正是一個如何走出陰影的問題。

中國的二十世紀文學，特別是下半葉的大陸文學，一直被政治陰影和意識形態陰影覆蓋着，這是一個事實。而現在，它又與西方文學一樣被強大的市場潮流的陰影覆蓋着，這也是一個事實。毫無疑問，只有敢於走出陰影、敢於退出市場的作家，才能贏得二十一世紀。關於這點，我以前已經說過，今天，我卻要揭示另一種陰影，這是文學本身基本寫作方式的陰影。它和二十世紀一樣，已經走到時間的盡頭，彷彿有點「山窮水盡」。

所謂基本寫作方式，一種是傳統現實主義方式，一種是前衛藝術方式。前者流行於本世紀的大部份時間，直至八十年代中期才開始式微；後者則流行於八十年代後期和九十年代。傳統現實主義（社會主義現實主義也屬這一範疇），均以反映論作為哲學基礎和寫作視角，作家的眼光與現實事態的水平是同一的。六、七十年代，大陸的文學「掌門人」過份強調作家的世界觀，結果使現實主義變質成偽現實主義；八十年代的作家擺脱世界觀的牽制，注重現實事態，但眼光往往未能超越對象水平，因此也未能從根本上擺脱譴責、控制、暴露和情緒宣洩等模式。九十年代出現一批新鋭作家，他們重新定義歷史，重新寫作歷史，然而，他們實際上是通過編造故事而逃避禁區和迴避現實的根本，因此也常常顯得無足輕重。到了世紀末，這種寫作方式已陷入難以繼續生長的困境。

前衛藝術方式的產生乃是對現實主義的不滿與反動。中國的前衛藝術（也可稱先鋒藝術）一直不發達，這顯然是中國缺少它生長的土壤。中國的現實太痛苦、太嚴峻，它和西方那種物質過剩而感到無聊的社會環境極不相同，因此，完全迴避現實與完全退入內心時間不太可行。即使可行，也面臨着與西方前衛藝術相似的絕境。西方在畢加索之後，一直進行着藝術革命。這場革命發展到後來便是以「後現代主義」為理論旗幟的智力遊戲。它完全拋開人的主體而走火入魔地玩形式、玩語言、玩策略，他們以工具代替存在，以形式代替精神本體，把語言當成最後的實在即最後的精神的家園，把藝術當作一種程序，一種觀念，一種碎片。結果，我們看到的是只有後現代主義的理論空殼，而無創造實績：誰能舉出一部後現代主義的經典作品呢？到了世紀末，人們終於逐步看到，所謂前衛藝術，只是一種幻相，只是一片虛幻的白茫茫。中國把前衛藝術方式引到文學中來，終究沒有太大出色。

傳統現實主義寫作方式與前衛藝術寫作路子已經走到盡頭，陰影橫在路口與頭頂，怎麼辦？出路總會有，但必須自己去尋找。就在困惑之際，我讀了高行健剛剛完成的長篇小說《一個人的聖經》，讀後為之感到十分振奮。完全出於我的意料，這位在大陸激發現代主義文學思潮、先鋒色彩很濃的朋友，會寫出一部如此貼近現實、如此直接觸及政治的書。他的「貼近」與「觸及」，不是「反映」式地在現實表面滑動，而是踏入歷史深層，觸及現實的根本，把我們這一代人所經歷過的一個大現實時代即中國當代史上最大的災難準確無誤地展示出來，並且把時代中人的脆弱、人的內心恐懼等多重心理活動精緻入微地刻畫出來。所以我從小說中感受到的真實不是一般的真實，而是近乎嚴酷的多重真實。這是注重營造故事情節、典型和注重靜態心理分析的現實主義方法無法達到的。

高行健顯然摒棄傳統的現實主義方法，而把現實描寫推向極致和另一境界。這裏的關鍵是作者進入現實而又從現實中走來，然後對現實進行冷眼靜觀，靜觀時不是用現實人的眼光，是用當代知識分子的眼光，一種完全走出歷史噩夢和意識形態陰影的眼光。這種眼光正是可以穿越現實的哲學態度與現代意識。有這種眼光與態度，高行健就在對現實的觀照中引出一番對世界的新鮮感受和對普通人性的真切認識，並由此激發出無窮的人生思考，從而把現實描寫提高到詩意的境界。這樣，小說就不僅是現實的歷史見證，而且是特定時代人的普遍性命運的悲劇展示。能把一個災難性時代齷齪、殘酷、無聊甚至無恥的現實描寫得如此富有詩意和富有現代哲學意蘊，真可說是一種化腐朽為神奇的功夫。

《一個人的聖經》給了我的啟迪：一個摒棄舊現實主義方式的作家並不意味着他必須迴避現實，相反，他可以更加逼近現實，可以挺進到現實的更深處；而在形式遊戲走向絕境的時候，作家在拒絕形式遊戲的時候也並不意味着放棄形式的探求，他可以找到蘊含着巨大歷史內涵的現代詩意形式。高行健找到的寫作方式也許可以命名為「極端現實主義」方式，但他是一個沒有主義並反對任何主義對他進行規定的自由作家，未必贊成我的命名。

贊成與不贊成，這不重要，重要的是他的這一例子給我們帶來信心：環境與年代（時空）無法決定文學的生死。要緊的是作家保持無窮的原創力，敢於走出二十世紀投下的各種陰影和幻相，踏出自己的新路。二十一世紀中國文學的曙光是對陰影與幻相的超越，新一輪的文學太陽是不會重複二十世紀運行的軌道的。

全世界無產者，請原諒

這一標題，乃是俄國的一群無產者在蘇聯解體前張貼在莫斯科城牆上的一句口號。

一九九二年我到拉脱維亞的時候，一位詩人問我聽説過這句口號沒有時，我以為他在開玩笑。後來，我在以賽亞·貝林和雷敏·亞罕拜格魯（Ramin Jahanbegloo）的對話錄中才發現這是真的。貝林在談話中提醒亞罕拜格魯注意第一個社會主義國家首都的這條標語，並把它完整地引述在書中：「全世界無產者，原諒我們。我們經過七十年的旅途，一無所獲。」

經英國這位傑出思想家的證實，這條標語才在我心中引起震撼。我從小就和自己的同時代人高喊「全世界無產者聯合起來」的口號，現在突然聽到蘇聯無產者請求寬恕的聲音，不能不驚動。

蘇聯無產者們是誠實的，他們老老實實地告訴全世界同一階級的兄弟：他們的革命試驗沒有成功，七十多年的艱苦奮鬥一無所獲。最後他們終於放棄以革命者的鮮血換來的存在方式。

蘇聯失敗的事實和蘇聯無產者這一誠實的告白，説明過去流行在中國的那種觀念——「有了政權就有了一切」，是完全站不住腳的。蘇聯的巨大教訓告訴我們：有了政權也可能「一無所獲」。

革命，建立革命政權，並非目的。只有人才是目的。只有人的生存、溫飽、發展、自由、幸福才是目的。一場巨大的革命，一場千百萬人的流血犧牲，總是為了讓人更好，總得要讓人有所獲。蘇聯無產者也是人，他們追隨列寧推翻沙皇政權不是沒有理由的。他們希望獲得和平、麵包、自由、心靈尊嚴、精神創造。但是，在七十年的時間中，他們從希望走向失望，又從失望走向絕望。革命之初就想解決的麵包問題經過七、八十年的奮鬥仍然沒有解決。列寧早就許諾：麵包會有的。然而麵包常常沒有，常常缺少，常常為了麵包在街頭排長隊。列寧沒有許諾：自由會有的，但無產者不能老是沒有自由老是當啞巴。列寧結束了和德國的戰爭，贏得和平，很好。第二次和德國戰爭，是正義的，也很好。但國內始終沒有和平，斯大林鎮壓異己的另一形式的戰爭，令全世界心驚肉跳。

面對蘇聯的教訓，鄧小平不管「大本本」的愚蠢説教，先解決麵包問題再説。有了麵包，就有所獲，而且是大有所獲。不過，中國無產者最後總不能説：全世界無產者，原諒我們。除了麵包之外，我們一無所獲。

原載《明報》一九九七年四月十一日

魔鬼放出來後怎麼辦？

在這個題目下，我提問的是：在經濟高速發展的中國，目前最大的空缺是甚麼？

十月革命時，列寧知道俄國當時最大的空缺是麵包與和平，所以把力量放在這兩項上。他畢竟是有眼光的革命家。鄧小平成為領袖之後，他看到中國最大的空缺也是麵包，還有現代的科學技術與生產、管理方式。為了解決這一空缺，他做了一件歷史性的大事，這就是打開「潘多拉」魔盒，把魔鬼放出來，即釋放出人的慾望。魔鬼一放出來，中國就變成有動力的國家，錢就到處冒出來，麵包有了，機器有了，電視有了，電腦有了。中國的魔鬼被壓抑得太久，氣悶得慌，一旦釋放便帶上瘋狂。於是，一面是能量特別大而帶來的成效特別大，令全世界的財主們都羨慕都大唱讚歌；一面則是能量特別大而帶來的破壞特別大，令全世界的非財主們都驚嘆道德的瓦解、社會的變質。本想革財主的命的革命家們更是傷心疾首，痛斥紅旗落地、江山變色。

不管怎麼説，中國確實補了「糧食」和「科學技術」的大空缺，也不管怎麼説，魔鬼確實厲害，中國人的心肝確實在被魔鬼所吞食，良知系統在崩潰，中國社會確實在往惡的方向迅速變質。鄧小平在釋放出魔鬼之後並沒有想到（或者説尚未想到）：一個有魔鬼的社會是一定需要有一套制衡魔鬼的形式的，這就是慾望的制衡體系。現在的中國缺少甚麼？當然還缺少很多東西，但最缺少的，最急需補充的就是制衡慾望的政治、經濟、文化體系。

過去中國對付魔鬼的辦法是把魔鬼關閉起來，即消滅慾望和壓抑慾望。所謂「存天理、滅人慾」、「餓死事小，失節事大」就是這種辦法的理念。現在的中國把魔鬼放出來，但對付魔鬼的是土辦法和老辦法。這「土」、「老」辦法也只有兩種，一種是「殺雞儆猴」，即殺一批人關押處理一些官員以示警告；另一種是「堵塞漏洞」，即臨時抱佛腳地制定一些規則、章程乃至「法律」；工廠要破產了，趕緊來個「破產法」；學生要上街了，趕緊來個「遊行法」；女人要懷第二胎，趕緊來個「生育法」；樹木要砍光了，趕緊來個「森林保護法」；這些零碎繁多的「法律」其意思很簡單，這就是人要拉屎了才有擦屁股的「法」。儘管人大常委會忙得很，但是法律愈來愈多而腐敗卻愈來愈嚴重，發生這一現象的根本原因就是缺少一個總法、大法即制衡的法治體系。如果政治上沒有「反對派」的制衡力量也沒有「三權分立」的制衡形式，文化上沒有「自由新聞」的道德制衡系統，經濟上沒有利益調節的稅收體系與福利體系等「大法」，那麼，小法律再多也沒有用。西方發達國家，從「壓抑慾望」的歷史走出來之後便全力解決「駕馭慾望」和「制衡慾望」的問題。中國的魔鬼釋放出來怎麼辦？借鑒一下西方對付魔鬼的歷史經驗、進行政治改革恐怕是絕對必要的。

原載《明報》一九九七年十二月十三日

世紀之咬

百日前在CNN播放香港回歸的要聞之後，另一要聞卻驚動了美國，這就是拳王泰森在鏖戰中無法取勝，最後用牙齒取代拳頭，咬斷了對手的耳朵，從而讓所有的觀眾頓時目瞪口呆。這一「咬」，可不是一般的「咬」，而是人類最有力量的人的「咬」，是在億萬人類炯炯目光下「明目張膽」的「咬」，難怪美國評論界稱它為「世紀之咬」。

稱拳王泰森的行為是「世紀之咬」很有意思。因為這一行為反映二十世紀人類的成功與不幸。泰森是重量級拳擊冠軍，在人們心目中，他就是力的象徵。在本世紀中，「錢」和「力」統治一切。「有錢就有力量」和「有力量就有錢」是並行不悖的「真理」。泰森因為有力量，所以又是美國擁有最高年薪（七千萬美元）的冠軍，比籃球球王麥可．喬丹多了整整一倍。在他身上，充份顯示出二十世紀人類世界的力量和錢量，然而，他的這一「咬」，卻血淋淋地咬出這個世界的一個破綻，即人類在這個世紀中為了取得「大王」（包括政治大王、經濟大王、文化大王）的寶座，為了取得權勢與錢勢，已到了不擇手段的地步。道德確實在敗落，人類的品格確實在瓦解，泰森的一拳一咬，正好給世紀末的人類發出一個危險的信號。

我並不喜歡看拳擊，偶爾看幾個鏡頭就擔心拳擊手可能是「肉人」。去年在阿特蘭大城舉行的奧林匹克運動會讓拳王阿里點燃火炬，據說是他不僅有肉而且有靈，這才讓我放心。而此次泰森的世紀之咬，又使我想起「肉人」。我在《人論二十五種》的「肉人論」中就猜測，這世界恐怕要一天天走向肉人化，沒有靈魂、沒有心肝、沒有道德的肉人恐怕要成為世界的主角，阿姆斯特丹等地的紅燈區恐怕要成為世界最後的歸宿。這回看了力量冠軍的表演，更覺得這個世紀的人類真的在向現代化邁步的時候也正在向肉人化邁步：發達的科技、精緻的食品一面使人的肌肉愈來愈發達，一面又使人的靈魂愈來愈縮小，一旦縮小到等於零，世界便實現肉人化。馬爾庫塞說工業化的結果使人變成「單面人」，果然不錯。我擔心，中國在實現四個現代化之後，第五個現代化也可能是「肉人化」。

看了「世紀之咬」，除了憂慮之外，我個人還有一種別人大約感受不到的暗喜，這就是慶幸自己，已經退出大陸的理論拳擊場。在這一拳擊場中，對手總是用牙齒代替筆桿，辦法也是「咬」。我雖未曾被咬斷耳朵，但多次被咬傷心靈。儘管我的書籍期待着認真的、說理性的學術批判，但得到的總是牙齒的批判。這回目睹世界冠軍的驚人驚心之舉，才明白牙齒的批判乃是本世紀人類歷史的產物，並非中國的特色。

原載《明報》一九九七年十月二十六日

寬容

美國克林頓總統的白宮情愛事件，引起了美國國內的激烈辯論，也鬧得全世界紛紛揚揚。這一事件確實太有戲劇性，私情的男女主角，竊聽者，檢查官，男主角的妻子與女兒，兩大政黨的領袖與辯舌，新聞媒界的主持人，情緒亢奮的民眾、議長、議員和律師，各種角色都很有趣，乍看起來，美國已亂成一團，世紀末是一派狂亂現象，然而奇怪的是，美國社會照樣正常運作，股票上漲，失業率下降，導彈準確無誤地落入伊拉克境內的目標。哲學家照樣冷靜地思索和討論事件中引發出來的哲學問題和文化問題：為甚麼總統出醜民眾支持率反而提高？美國價值觀念發生了甚麼變化？絕對倫理與相對倫理、歷史主義與倫理主義的矛盾如何處理？兩黨都在談論孩子與未來，一黨說，瞧，總統給孩子樹立了甚麼榜樣？還就下去還了得？一黨說，瞧，孩子生養、教育、就學的問題那麼多，現總統如此關懷，你們還要為一件小事把他攆走，這是對孩子負責嗎？面對白宮的危機，各種評論、各種看法都有，有的看到道德的崩潰，有的看到觀念的變化，有的看到民主的麻煩，有的看到生命秩序的混亂，有的甚至看到「女人誤國」。而我則看到美國的寬容：可以這樣自由批評總統，可以這樣自由為總統辯護。我不是看不到事件中暴露的問題和西方文化深刻的矛盾與困境，但我首先看到寬容。有寬容，才有探討危機、矛盾的自由，才能找到擺脱困境的出路。

近日我和芝加哥大學的鄒讜教授討論寬容問題。他說，美國有一個好處，就是你說一百句話，如果說錯了九十九句，但有一句話是對的，它就肯定這一句話的價值。而中國相反，如果九十九句話都說對了，但說了一句錯話，人們就會追究這句話的罪名而忘了你曾說過九十九句正確的話。寬容度可以如此不同。最近幾年，我聽到無數批評克林頓總統的言論和為總統辯護的言論，雙方都有充份表達的自由。我常常先不是思考哪一方的理由是正確的，而是首先欣賞、羨慕這種自由表達的權利和氛圍。我在《告別革命》中說了許多批評美國的話，但今天我倒要為美國說一句好話：它真是一個寬容的國度。

原載《明報》一九九九年二月四日

Amish 部落

元旦前夕，因劍梅通過博士答辯，取得了哥倫比亞大學文學博士學位，心情特別好，就和妻子菲亞和小女兒劉蓮到紐約去祝賀。這之後，我們又帶着劍梅給予的喜興到賓州的史華斯摩學院（Swarthmore College）去探訪兩位至好的朋友：一位是李澤厚，他在這個學校擔任講座教授一年，用英文講授《美的歷程》、《孔子》、《當代中國意識形態史》；另一位是孔海立，他在這個學校擔任助理教授，講授中國現代文學與電影，海立的父親孔羅蓀在世時是中國大陸高級文化幹部，但為人平和忠厚，在文學所陳荒煤的辦公室裏和他見過兩次面，留下的印象是和暖的。到了美國之後，海立正好在我「客座」的科羅拉多大學攻讀博士學位，自然更加親近。他為人特別熱情厚道，誰都喜歡他。這次我們又能見面，自然非常高興。於是，他就帶着他的妻子小東和我們一家到處去玩，特別到了一個名叫「Amish Village」的地方去參觀。

Amish 村落，真是特別。這裏住着一群拒絕現代化的、信仰 Amish 教的居民。所有的居民都戴着黑色帽子和穿着黑色衣服。他們本來是德國人、荷蘭人，移居美國之後一直堅守他們的信仰、信念和習慣，過着非常簡樸的生活。當二十世紀整個世界向高科技向現代化邁進的時候，他們卻認定科學技術會帶來罪惡，因此絕不讓現代技術進入自己的村社，仍然過着祖先的生活方式：不坐飛機、汽車，只乘馬車；不用電燈，只用蠟燭（更不用使用電腦了）。我們來到的這一天，正是新年的前夜，便看到他們的窗口到處是燭光。搖曳的火焰映照着窗花，讓人感到淡淡的朦朧的節日氣氛，偶爾還可以看到幾個穿梭的人影，他們顯然也在過節，也在説笑，只是周圍太寂靜，聽不到汽車的聲響，也聽不到任何電器的音樂。時間在這裏停頓，一兩個世紀前的人間情景在這裏永久地停留下來。

他們不想享受任何現代化成果，也不去為現代化世界盡義務，因此，他們也不去參加軍隊，更不為世界的爭鬥與發展操心。他們的生活方式屬於十七、八世紀，內心時間也是十七、八世紀。美國經歷了南北戰爭，經歷了第二次世界大戰，經歷了戰後飛速般的前行，然而，一切都不影響他們照樣坐馬車、照樣點蠟燭，他們覺得自己生活得很好，用不着改變這種生活方式。個別年輕人感受到現代化的魅力，居住不下去而悄悄遠走他城他鄉，這種事情據説也發生過，但這並不影響 Amish 整個部落、整個社區的生活。美國政府和賓州州政府，尊重他們選擇的生活方式，在高速公路上特別設立了一個牌子，寫着「Amish Village」，告訴人們：這個特殊的村落依然存在，旅遊者可以停下來看看。

因為趕路，我們只能走馬觀花，未能進入村裏房裏仔細和 Amish 人交談，真是遺憾。然而，僅僅看到這一村鎮，僅僅看到這個沒有任何現代化痕跡的地方，就使我非常歡喜：這片大地確實是自由的，人們可以自由地選擇自己的生活方式，只要他們不侵略別人和妨礙別人。政府與大社會也尊重他們的選擇，絕不以自己的存在方式去統一他人的存在方式。允許存在方式的多元共在，才不會有戰爭，也可以少點暴力革命。許多大流血都是因為謀求存在方式的統一而發生的。現代化固然很好，但也不必強行讓人接受，正如有人認為革命很好，但也不要強加於人，非輸出革命不可。人間的寬容其實就在於尊重他人自由表達的權利和他人選擇存在方式的權利，哪怕他們選擇的方式是過時的，在我們眼裏是非常古怪的。

原載《中國時報》一九九八年五月十五日

無家可歸者

戰爭，除了奪走許多鮮活的生命之外，還形成許多多餘的生命。這些多餘的生命和戰死的生命一樣令人悲哀。

這些多餘的生命不是別人，恰恰是在越南戰爭中為美國在前線流血的士兵。他們是美國派往越南前線的五十多萬軍隊的一部份。在越戰中，五萬八千個將士戰死了。而沒有戰死的，也在東方的戰場上流過血。但是回國之後，燃燒着反戰情緒的美國並沒有給他們一個「Welcome」（歡迎）。於是，他們踏上國土就變成雙重的悲劇角色：一重是作為不知道為甚麼而戰偏又在戰場上賣命前驅的戰士，一重是作為執行國家使命又不被國家愛憐的兒子。作為戰士，他們遠離家園，奔馳於迷濛的戰火烽煙中；作為兒子，他們又失去家園而陷入迷茫的歧路裏。

我一直留心這些雙重悲劇者，特殊的無家可歸者。他們的生命首先是被失去意義的戰爭耽誤了。當他們投入戰爭時，美國已進入高科技時代，誰沒有技術，誰就難以生存。可是，這些戰士在該學技術的時候卻只學會拿槍、衝鋒、投彈、殺戮。戰爭結束時，他們除了會開槍開炮之外，甚麼也不會。因此，他們的實用主義的祖國便容納不了這些沒有技術的兒女。他們到處找不到適當的工作，最後只剩下一條出路，就是拿政府的補助金過活。一個在沙場上衝鋒陷陣的強壯生命，在這個時候突然異常恐怖地意識到，他們已變成多餘人。在他們的遼闊的故鄉故國裏，他們其實是一群無家可歸者。他們沒有想到，在前方為國家賣命時沒有死亡也沒有殘廢，倒是在返回家國之後成為類似死亡的廢人。這種幻滅感和絕望感是沒有經歷過戰爭危險的人難以想像的。這種以生命作為代價的付出和比零還慘的收穫是怎樣的反差，也是未在戰場上搏打過的人難以理解的。我恰巧遇到一個這樣的士兵，真正的無家可歸者。他就在芝加哥，在我的客居住所的地下室。他與其他的「多餘人」一樣，沒有家庭，沒有職業。他是一個黑人，身體強壯，高大，常常帶着一個耳機聽廣播。但是，他甚麼都不會做。過去只會拿槍，然而拿槍的時代結束了，他的國家已進入電腦時代，任何公司都不歡迎他這種只會拿槍不會用電腦的人。他走投無路，只好逃在這個地下室，和戰爭中為了逃避轟炸而進入防空洞一樣。有一天，我在後院裏種花，他過來幫我，並對我說：人們只知道戰爭剝奪了死者的生命，不知道也剝奪了我們這些生者的生命，我們甚麼也沒有了。我聽了之後，吃了一驚：這樣有頭腦的人，竟然也被美國社會所拋棄。這才悟到，金碧輝煌的美國腹中還有一個帶着戰爭後遺症的地下室美國。

寫於一九九六年一月

美國文化風情

芝加哥公牛隊籃球球星丹尼斯．羅德曼（Dennis Rodman）上場時把自己的頭髮染成各種顏色，時而紅，時而綠，時而黃，時而紅綠相間，時而藍黃交錯。他還身披輕紗，自己和自己結婚。他一面是打球的英雄，一面是自身的廣告。在美國，人們是廣告的奴隸，英雄也是廣告的奴隸。

有錢可以買到一切，包括女人的肉體和男人的肉體。而賣肉體的男人和女人並不會感到難為情。他（她）們把自己的照片登在性刊物上。在他們的世界裏，也選明星，選英雄，選「勞動模範」，也星光燦爛。我從他們的世界裏看到人類進化的一個重要方面：臉皮愈來愈厚。

＊　＊　＊

美國人對寵物的喜愛愈來愈甚，玩狗玩貓已玩到極致，現在又興起玩豬。電視上常有豬的鏡頭。都是些小豬，憨態可愛。可是豬很貪吃，又長得快，轉眼就會變成大肥豬，而且屎尿特別多，不知道新玩主如何處理，電視節目主持人一直沒有解釋。

＊　＊　＊

美國電視上的「Talk Show」（談話表演），甚麼都搬上舞台，亂倫的、變性的、三角戀、四角戀的，樣樣都有。尤其是那些創世界紀錄的各類冠軍，更加有趣。前些時我看到一個結婚四十多次的老頭，竟忘了幾位妻子的名字。他們在描述自己的故事時一般都非常冷靜，這位當過四十幾任丈夫的冠軍甚至有自豪感。我喜歡美國人的坦白，但他們的故事卻常常使我目瞪口呆。

＊　＊　＊

美國人很聰明。他們輸入各國最優秀的人腦，包括愛因斯坦的大腦。他們發給的「綠卡」（長期居留證），第一優先的乃是傑出人才。輸入人腦，然後製造出電腦去和世界做生意。

金錢——人腦——電腦——金錢，這是美國當代貿易最重要的邏輯。

＊　＊　＊

一年來，我所寓居的 Boulder 城，發生一件轟動美國的事件：一個富家的年僅六歲的小女孩被謀殺了，而且是在家裏被謀殺。經過反覆調查，至今沒有破案。電視上不斷有新聞和小女孩生前的活動照片。我仔細看了之後，除了驚訝竟有人忍心殺害這樣的孩子之外，還驚訝這個小女孩的眼睛竟那麼成熟，幾乎沒有天真。而她的父母還讓她去參加過「選美」，她在舞台上竟然做出各種誘惑性的姿態和動作。她的表演使我驚心動魄，至此，我猛然意識到：過份發展過份競爭的社會已使人類的童年在縮短，美國的整個人類社會在追拿兇手之時，恐怕還應當想一下如何拯救孩子的天真與天籟。

原載《明報》一九九七年十一月二十四日

科羅拉多慘案

這幾天，我寄居的科羅拉多州陷入驚愕與悲傷。Columbine 高中槍殺慘案的硝煙籠罩着每一個人，連丹佛的籃球隊（Nuggets）球員出場比賽時也戴着黑紗。

這一慘案自然也讓我目瞪口呆。一具具年輕的、沉重的屍體就在面前，培育孩子的搖籃成了屠場，最發達的現代文明國家展露着最野蠻的一幕。人是甚麼？人該怎樣定義？人中人與人中獸如何區分？人類製造工具（槍枝）卻被自己製造的工具所消滅的悲劇該如何防範？我的關於人的觀念與信念要不要改變？

想得很多。但想得更多更具體的是美國高中生的文化問題。據報導，兩名年輕殺手不屬於 elite（精英）階層，常被 popular（走紅）的學生排斥。他們除了崇拜希特勒外，還喜歡一種 the gothic scene（歌特亞文化。認同這種文化的青少年，喜歡聽 Marilyn Manson 搖滾音樂。樂聲中，他們打扮得如同鬼魅：穿着黑色衣服，眼睛塗上黑圈，而皮膚卻抹得很白。這兩名兇手除了熱中此種文化，還熱中荷李活的殺人電影，他們一遍一遍地觀賞 *Natural Born Killers*（《天生殺手》），早已有人殺人的藝術準備。

大眾文化、亞文化對青少年影響竟然如此之深！慘案再一次提醒美國人。清醒的美國人應當看到：兩個少年兇手製造的慘案，不能簡單地用「人性惡」去解釋。惡自然有，但他們卻是在某些文化的誘導下去尋求殺人與自殺的快感。他們手持槍支，身帶炸彈，設計一套「行為藝術」。在行為發生發展過程中，他們未必感到自己在「作惡」，而是感到自己在「作戲」——在驚人的遊戲中顯示自己的力量並感到其樂無窮。

是的，美國人應當看到撒旦背後的撒旦。這背後的撒旦是音樂，是電影，是陰魂不散的希特勒和各種殺人文化。

慘案發生在中學。美國的教育結構再一次暴露出它的巨大缺陷。被實用主義所統治的美國學校（不僅是高中），只知專業化，不知其餘，即只知培育甚麼技能，不知培育甚麼樣的人。因此，只有知育、體育而沒有德育。德育既已瓦解，德行怎能不淪喪？這一點，美國實在需要向中國學習。中國道德教育的意識形態內涵需要改革，但「德、智、體」三位一體的結構則是很好的。中國的教育結構有三維，美國的結構只有二維。差一維就會出大悲劇、大慘劇。美國是自由的，但自由的夥伴是責任與品行，如果忘了這一道理，把自由變成自由的濫用，總有一天要毀掉自由並自食毀滅性的惡果。

原載《明報》一九九九年四月二十九日

再談科羅拉多慘案

寫了〈科羅拉多慘案〉之後，連日來面對電視屏幕上的屍首與哭泣，總是無法平靜，總想再說些話，總想再作些呼籲。

先是想到這一慘案雖然發生在科羅拉多州，屬於美國，但它也屬於整個西方，屬於全人類。孩子的集體性浩劫與不幸，天然地屬於全人類。所以我渴望全球知識分子都能關注這一慘案以及這一慘案所說明的文化問題：希特勒已死了五十多年，為甚麼還在影響新一代青少年？科學技術迅速發展而道德隨之迅速瓦解怎麼辦？經濟愈是繁榮、思想卻愈是貧乏、一代少年只知張揚身體力度不知生命價值與意義怎麼辦？荷李活文化工業為了謀利正在充當性與暴力的教唆犯而人們卻無可奈何該怎麼辦？

想到這裏，便想起斯賓格勒。他真了不起，早就預言性、暴力、吸毒這三樣東西將導致西方的沒落和人類的災難。德國人奧斯瓦爾德．斯賓格勒（Oswald Spengler）的曠世之作《西方的沒落》是先知的天才之作，很值得地球上的知識人在此時此刻重讀一遍。知識人不應當為了謀求飯碗和名聲而故作艱深、賣弄學術姿態。而應當像斯賓格勒這樣，面對巨大的時弊思索。

把甚麼問題都歸結為一個語言、話語問題，這種時髦哲學，我不太相信。面對血腥慘案，最好還是直面鮮血和直面人類的良心與前途想一想。七、八年前，我在芝加哥大學校園裏聽取美國當代著名學者 Charles Taylor 的學術報告，留下極深的印象。他的學術思想具有一種對人類前程的憂慮。他警告說，人與野獸最起碼的一種區別——道德淺層本能反應正在退化。他把道德反應分為淺層反應與深層反應兩種。淺層反應是本能的、直覺的反應，比如人會有一種不去殺害別人，攻擊別人的本能，能夠意識到自己應當做某些事情而不應當做某些事情。另一種是高層次道德反應，這就是道德理性判斷。但現代人一面在進步，道德理性的敘述系統愈來愈高深，另一面則是道德在退化，特別是淺層的反應正在退化。退化到一定限度，任意殺害別人的事件就會到處發生。科羅拉多州的 Columbine 高中發生的慘案說明，一部份人類的淺層本能反應正在退化，他們全然不知任意殺害別人是何等嚴重的事件。倘若學校的道德教育系統繼續處於瓦解狀態，那麼，淺層本能反應還會繼續退化，這樣，人與獸的大界限就會最後消失。一旦消失，人類的末日將真的就會到來。

原載《明報》一九九九年五月六日

戰火·義憤·「度」的藝術

美國的導彈炸毀了中國駐南斯拉夫的大使館，激起了中國人民的憤怒。學生走向街頭，抗議活動席捲全國，這很好。應當教訓一下美國的霸道，捍衛一下中華民族的尊嚴。貝爾格萊德的中國使館捱了美國的炸彈，而北京的美國使館嚐點中國學生的雞蛋和石頭，算不了甚麼。美國仗着它的雄厚實力玩暴力遊戲，這回玩過頭了，玩出一個大醜聞，一個悲劇性的大錯誤。在錯誤面前，美國應當向中國請罪。唯有誠懇的請罪，才能證明是「誤炸」，而不是有意的挑釁。

儘管我的心情與自己的同胞相似，儘管我也不平也抗議也譴責美國。但我仍然不希望中國使館這一事件成為中美關係全面破裂的開端，也不要成為埋葬中美和平戰略對話的墳墓，更不要成為新一輪冷戰的起點。如果真成了這樣的新起點，那麼，這場悲劇將會釀成更大的悲劇。二十世紀地球上的大悲劇是兩次世界熱戰和熱戰之後又持續半個世紀的冷戰。人類的許多苦頭，中國知識分子和中國人民的許多苦頭都是從熱戰與冷戰中派生出來的。現在全球性的冷戰已經結束，人類剛剛鬆了一口氣。科索沃的戰爭畢竟是局部的戰爭，人們只希望它不要釀成世界性的熱戰或冷戰。如果沒有巨大的突發事件，釀成世界性的熱戰是不太可能的，然而，釀成新一輪的冷戰則完全可能。在這種情況下，中國與美國能否採取理性態度是個關鍵。一旦冷戰重新開始，實力雄厚的美國不會太在乎，但中國未來的建設環境可能會惡化。

想到本世紀熱戰轉冷戰、冷戰釀熱戰的歷史，便想到正處於高潮中的抗議活動應當有個「度」。近日常聽李澤厚兄講「度」的藝術。他說，度的藝術就是中國的辯證法。許多事情的成功與精彩都是在「適度」中產生，而許多危機與失敗則是在「失度」中發生。此次抗議美國的活動，雖是堂堂的正義行為，但也有個「度」的問題。例如丟幾個雞蛋、石頭是可以理解的，但燒領館則未必妥當，這是老百姓要掌握的度。而政府要掌握的戰略之度就更複雜更難了。此時人們都睜着眼睛看中國，有人想看壯劇，有的想看悲劇，有的想看喜劇，有人想看鬧劇，而我則只是想看故國掌握度的水平，在國際的風浪中理性地為下一世紀的中國尋找一條和平建設之路，不辱尊嚴，又不辱使命。

原載《明報》一九九九年五月十三日

重寫中國近代史的期待（存目）

——簡答胡繩先生

（本文收錄於「劉再復文集」第⑤卷《告別革命》。）

第五輯

西尋故鄉

當作家易，做一個人難

應馬家輝先生的邀請，我答應給《明報》「世紀」副刊的「七日心情」定期撰稿，從而第一次進入專欄。此次進入，並不是想證明自己也可以當專欄作家，而是想藉此證明自己在努力做一個人，說一點人該說的話。

我較早就覺得，在中國大陸，當一個作家乃至當一個「著名作家」容易，但做一個人卻很難。且不說一九五八年那個「全民皆詩人」的胡誇時代，就說現在，中國也是遍地都是作家、評論家。欽定的，官定的，商定的，族定的，哥兒們吹定的，已多了，如果再加上自定的就更是難以計其數。即使是中國作家協會及各級分會的「書記」議定的也是成千上萬。據最新公佈的數字，中國作協會員有五千二百人，各省、市地方會員有二萬八千七百六十九人，這樣，全國作協系統的「作家」就達到三萬三千九百六十九人。相當於歐洲安道爾公國人口的總和，也相當於梵蒂岡人口的三十倍，這數萬作家詩人倘若都穿上軍裝，則相當於擁有幾個師的集團軍了。

更讓人驚嘆的是不僅當作家容易，而且當作家的頭領也很容易。最近一屆文代會、作代會，就有許多莫名其妙、甚麼作品也沒有的官員論客當了「副主席」和「作家委員」，也算是「不着一字，盡得風流」。

當一個作家容易，做一個人就不簡單了。在文革中經歷過地獄般的「牛棚」的作家很多，但是敢於像巴金那樣通過一千多頁的《隨想錄》表明自己乃是一個人的人卻極少。做一個人，可不是要要筆桿玩玩技巧就行，做人必須有人格，有良心，有脊樑，有肝膽；必須說人話，說真話，說直面良知而該說的話。要說這些話，有危險。牛棚、鐐銬、監牢、北大荒，都在等待着，決沒有口述故事、手提桂冠那麼好玩。因為做人難，所以儘管中國作家多得像支集團軍，但像孫冶方、顧準、聶紺弩、馬思聰這種靈魂直立着的人卻只有寥寥幾個。

感悟到做人之難，才又想起德國哲學家息默爾（Simmel）對歌德的評論確實十分精彩。他說：歌德的人生所以給我們以無窮興奮深沉的安慰，就因為他是一個人。他極盡了人性，但卻如此偉大，使我們對人類感到有希望，鼓動我們努力向前做一個人。

原載《明報》一九九七年三月二十四日

努力做一個人

楊澤先生邀請我為《中國時報》「人間」副刊的專欄寫稿，每週一篇。這之前不久，我還開始給香港《明報》的「世紀」專欄撰稿，也是每週一篇。我所以都答應，就因為還有話要說。

在海外漂流的八年間已說了不少話，僅《漂流手記》三集（第二集《遠遊歲月》，第三集《西尋故鄉》），就有三百多篇。然而，還是想說，還是覺得心中淤積的苦難記憶太多太重。有人說，中國作家一旦離開他的故土，創作之源就會枯竭，這一判斷對我並不適用。我不僅不感到枯竭，而且幾乎每天情思洶湧，急於傾吐。這原因也是淤積於心中的苦難記憶太多太重，它總是在我胸中奔突、撞擊、發酵，永遠難以停止，也將永遠讓我說不盡。

我說的苦難記憶，不是我個人的故事，而是本世紀下半葉故國土地上集體性的經驗。不知怎麼回事，這些經驗總是糾纏着我，幾次想把它放下，但總是揮之不去。後來，我才意識到，這些經驗雖不是個人的故事，但真正屬於我，是我親自看到和體驗到的一個歷史時代。這個時代致命的錯誤留給我刻骨銘心的記憶，我有責任把它表述出來。

我兩次到台灣，留心過同齡的作家學者，這才發現，他們具有許多大陸作家學者所沒有的長處，例如，他們的外文水平一般都比較高，國際資訊的掌握都比較豐富，言論舉止都比較平和平實，然而，他們卻有一個共同性的天生不足，這就是缺少苦難記憶，與此相關，也就缺乏大陸作家所普遍經歷到的心靈大震盪、大分裂和大苦痛，於是，也難有大愛大憎大悲傷與大歡樂。想到這裏，便覺得苦難記憶乃是一種精神寶藏，不妨把它挖掘出來。當然，我在專欄裏不會光說苦難，我還要說說自己對人間世界的感受。

除了有話要說之外，還有一個原因，就是我已有了一枝自由之筆。到海外漂流，雖然艱辛，但有兩項好處，一是可以自由表達；二是擁有自由時間。我一再說，自由表達是思想者的全部尊嚴，它具有至高無上的價值。但是，要真正贏得自己表達的權利是很難的，這一點從大陸走出來的人特別容易明白。講真話，這本來是做人的常識，但是，巴金卻不得不用他晚年的全部生命大聲疾呼與大聲懇求，這就因為沒有表達自由而形成的全民性撒謊使他痛感到如不大聲疾呼，中國將成為不道德的中國。在巴金之前，同樣沒有表達自由的蘇聯作家瓦西里·舒克申說過：「道德就是講真話。」舒克申這一道德的定義只有在不能講真話的國度裏生活過的人才知道它是何等深刻。寫過聞名於世的《阿爾巴特街的兒女們》的另一位俄羅斯作家雷巴科夫，特別喜歡舒克申這句話，並把它貫徹到自己的作品中。我與巴金、舒克申、雷巴科夫的看法與心情是相同的，所以要珍惜自由表述的權利，要在自由表述中贏得一次道德的自我完成。這就是我所以願意為專欄寫作的原因。這一意思正如我在《明報》上說明的：我在此寫作，並非證明我也可以當專欄作家，而是要證明我在努力做一個人，說點人該說的話。

原載《中國時報》一九九七年五月三十日

中國的原始智慧

《周易》（亦稱《易經》）的作者和時代的確是個複雜的問題。《辭海》上的《周易》條目把它界定為「儒家的重要經典之一」，也只能說是最後完成於儒家之手，而它的形成則是儒家之前的一段很長的歷史時間。班固《漢書．藝文志》中「《易》道深矣，人更三世，世歷三古」的說法，雖被許多《周易》學者所否定，但八卦的出現和六十四卦的形成是在西周之前的遠古年代，卻是個事實。因此，我把《易經》所表現出來的哲學智慧稱為中國的原始智慧，大約不會過於牽強。

嵇文甫先生在《晚明思想史論》的附錄（〈民族哲學雜說〉）中說，「易」有「變易」的意思。「易經」者，變經也。但「易」除了有「變易」一義之外，還有「簡易」（執簡馭繁）和「不易」（永恆不變）二義（據鄭康成的解釋）。如果放下「簡易」，那麼，《周易》這部變經就是講述宇宙萬物的「變易」和「不易」，即「變」與「常」矛盾關係的道理。因此，《易經》乃是部絕妙的常變論。

從《易經》中可以知道，中國的原始智慧很早就把握住「變」（變易）與「常」（不易）的宇宙運動法則。它告訴人們，世界以「乾」「坤」為本變動不居，六十四卦，三百八十四爻因時因位，不斷變遷。而當其時，當其位者，又各有其「不易」之則，即變中有不變，易中有不易之常。

我近日所以想起中國的原始智慧，乃是感慨我們這些「龍的傳人」雖然愈來愈聰明但也愈來愈怪誕，遠不如我們祖先的思想那麼樸素、實在，而且把握住宇宙萬物最重要的道理。祖先雖沒有我們穿得好吃得好，但也沒有我們這麼多心機，這麼多「主義」。倘若他們當時就有「主義」，也一定會說，既然乾坤變易，主義自然也應有所變動，哪有「堅持主義不動搖」之理？「主義」是人想出來、說出來的，說得對的，就該接受，說得不對的，就該拒絕。人要吃飯，不能吃草和吃老鼠，這是「不易」之理，即常理、常識。如果有一種主義藉着革命（變）的旗號說，「寧要吃社會主義的草，不吃資本主義的苗」、「寧要吃社會主義的老鼠，不吃資本主義的牛肉」，那麼，我們的祖先一定會大吃一驚，實實在在地指着這些高談「主義」的後人說：你們這些瘋癲的子孫！王船山說：「民食芻豢，麋鹿食薦，蝍蛆甘帶，鴟鴉耆鼠。」這是世界變易中的「不易」之理。人間許多常識、常心、常理，都是不可變的道理和態度，例如要尊重人，要尊重父母，要尊重老師，要尊重知識，要尊重德行，要尊重每一個體的尊嚴與價值，這是千秋萬代都不可變易的。這種態度一變，人就不知道怎樣做人，世界就不知道如何維繫自己的存在。本世紀下半葉大陸的歷史性錯誤，就是在革命的名義下，摧毀了維繫社會人生的常識，瓦解了做人的常理，結果形成了隨便虐待人、踐踏人、視人為芻狗的一代風氣，還誕生了數不盡的痞子和騙子，其教訓極為深刻。

我在大陸生活數十年，領教了只知不易而不知變易的機械論和「堅持馬列」的高調，也領教了只知變易而不知「不易」的詭辯論和「寧要吃老鼠」的怪論，所以便緬懷起素樸的祖先和他們的智慧，但願當代的智者們也不忘故土的原始智慧，首先做一個正常的人。

原載《中國時報》一九九七年十月十七日

閱讀垃圾有感

前些時有位朋友寄來一篇發於林默涵先生主編的《中流》雜誌的文章，名為「王蒙其人其事」。題目雖招搖，但我還是放下，沒去理睬它。因為三年前偶然翻閱過這一刊物，覺得其中全是垃圾，便不想再去浪費時間了。

拒絕閱讀文化垃圾，是我較早就形成的脾氣，這大約與我在少年時代一接觸文學就幸運地遇到莎士比亞、歌德等有關。最近讀安德烈·塔可夫斯基的《雕刻時光》，才發現這種脾氣並不古怪。這位被柏格曼稱為「當代最重要的導演」（他自從一九六二年《伊凡的少年時代》榮獲威尼斯影展金獅獎之後，一生所作影片幾乎部部是經典），在書中說：「在我孩提時代，母親第一次建議我閱讀《戰爭與和平》，而且於往後數年中，她常常援引書中的章節片段，向我指出托爾斯泰文章的精巧和細緻。《戰爭與和平》於是成為我的一種藝術學派、一種品味和藝術深度的標準；從此以後，我再也沒辦法閱讀垃圾，它們給我一種強烈的嫌惡感。」塔可夫斯基介紹了自己成功的經驗：在非常有限的人生中，要善於讀精華，拒絕讀垃圾。

拒絕閱讀垃圾的脾氣對於作家藝術家倒是好辦，但對於一個文學批評者和研究者卻是一個問題。因為批評、研究者首先必須甚麼都讀才能比較，才能分清金子與垃圾。由於這一原因，我成了矛盾體，一面拒絕垃圾，一面又不得不硬着頭皮讀一些垃圾。因此，硬讀垃圾時總有一種「我不入地獄誰來入」的悲壯感，覺得寶貴的生命就要犧牲在垃圾之中了，但還得赴湯蹈火。昨天又抱着這種心理讀了擱置多時的攻擊王蒙的文章。

然而，此次十分奇特，雖明知在閱讀垃圾，卻一口氣讀完，而且衷心開懷地大笑了好幾回。王蒙真不愧是出色的作家，好漂亮的幽默，好漂亮鮮活的議論語言，讀後叫你不能不笑。不過，笑完之後我才發現自己完全沉醉於攻擊者所引述的王蒙的文字之中，全然忘記攻擊者義憤填膺的面孔和垃圾似的面具。這次特殊體驗使我想到：拒絕垃圾也有危險，即可能丟掉裏在垃圾中的金子。除了有所悟之外，我立即跑到圖書館去借了《王蒙雜文隨筆自選集》（北京群言出版社），一口氣讀完三百一十五頁，又衷心開懷地大笑了許多回：金子畢竟是金子，垃圾畢竟是垃圾。

原載《明報》一九九七年四月五日

兩棲人

這裏說的兩棲人，是指在兩個國家之間過着兩棲生活的人。

我因為出生在華僑之鄉的福建，所以特別容易理解兩棲人。可以說，我從小就知道有一種人，他們一半生活在故鄉大陸，一半生活在海外，過的是兩棲生活。年輕時，我頑皮地杜撰過一個兩棲人定義，說我們的華僑在國內有一個妻子，到海外又有一個妻子，所以叫做兩妻（棲）人。這個定義以偏概全，而且凌辱了對愛情十分堅貞只有一個妻子的華僑，所以便不敢宣揚。

沒想到，一九八九年之後，自己也成了兩棲人。我的兩棲方式是身在美國，心在中國，身心分裂，痛苦得不得了。除了這種兩棲感受之外，還感到自己兩棲於中國文化與美國文化之間，本來已習慣在黃土地文化的懷抱之中呼吸、取暖、遊思，非常舒服，忽然被拋入藍海洋文化之中，處處受到陌生文化的限制，很不習慣，常有窒息感。這才感到，人要從這一棲生活進入另一棲生活，而且要在另一棲的文化規範中獲得自由很不容易。開始時在心理上難免要傾斜，要激憤，吃苦時難免要困惑，要落淚。

八年過去了，我發現來自中國的兩棲人愈來愈多，形態也愈來愈多樣。他們讀書、生活在美國，但年年回中國。回中國講學，回中國探親，回中國做生意，回中國找對象，樣樣都有。總之是在兩棲之間出入得非常頻繁。在頻繁中便出現一批聰明絕頂的兩棲人，這種兩棲人不是感到在兩種制度兩種文化衝突中生存的困難，而是兩種制度兩種文化的好處（注意：不是長處）他都要。在家庭裏，需要父母幫助資助時，他講的是中國的「仁義」文化；不需要父母甚至排斥父母時，他講的是美國的「獨立」文化。

在社會中，需要享受美國的汽車與自由時，他說的是「資本主義」文化；回國索取榮譽、名聲時，他說的是「社會主義」文化。無論對中國文化還是美國文化，都缺少尊重，缺少分析，缺少評價的理性，一切都只是「利用」而已。今天對我有用，便說「Yes」；明天對我無用，便說「No」；今天甲給好處，便信甲是真理；明天乙給好處，便信乙是真神。兩棲人在如此變來變去中便逐步變質，「兩棲人」變成「兩面人」，完全是一副身軀兩副面孔：一會兒是「博士」面孔，一會兒是「戰士」面孔；一會是「國際主義」面孔，一會是「民族主義」面孔；在美國是一副面孔，在中國又是一副面孔；而在中國時，與民間言歡時是一副面孔，與官方握手時又是一副面孔。面孔的變換因時而定，因地制宜，與兩棲動物在陸上水上都適應得很好十分相似。但畢竟是人，在適應中不僅求得生存，還爭得發展與光榮。

從兩棲動物進化到兩棲人，從兩棲人進化到兩面人，這一線索足以證明人類確實在不斷進化。

原載《中國時報》一九九七年九月五日

世紀荒唐事

長篇歷史小說《曾國藩》（唐浩明著）寫得很好。三年前我就想寫篇評論，但想到評論無處刊登，也就作罷。這兩三年我常想起書中的人物，常想起勤奮、嚴謹、知人、具有戰略眼光但又未免虛偽的曾國藩，也常想起英勇反叛黑暗最後因日暮途窮而自欺欺人的洪秀全。

近日，我又想起洪秀全到了天國的最後歲月只能活在自己編造的神話中。天國內訌之後，洪秀全走向末路，更需靠神的名義來維持，最後他竟捏造「天兄將派十萬天兵下凡輔助天國」的神話來激勵自己的將士。在這之前，他「朱批」聖經，就把自己說得神乎其神。在《創世紀》第十四章末段邊，「又有撒冷王麥基洗德帶着餅和酒出來迎接。他是至高上帝的祭司」句旁，他批註道：「此麥基洗德就是朕。朕前在天上下凡，顯此實績，即今日下凡作主之憑據也。蓋天作事必有引。爺前下凡救以色列出麥西郭，作今日爺下凡作主開天國引子。朕前下凡犒勞亞伯拉，今日朕下凡作主救人善引子。故爺聖旨云：『有憑有據正為多。』欽此。」天國諸臣共同讀完這段「朱批」後，陳玉成更崇拜天王，李秀成悶悶不樂，唯有洪秀全的叔弟、掌管內閣事物的洪仁玕心裏冒出兩個字：荒唐！

想起這個細節，我便浮想聯翩，還想起這個世紀的中國，有些大事，其實只要用「荒唐」二字，就足以說明和估量。

中國已推翻最後一個封建王朝，歷史已進入共和時代，而身為共和國總統的袁世凱卻重新穿起龍袍，宣佈自己當皇帝。荒唐！

科學常識早已普及中國，中國人種田耕地已經數千年，可是在一九五八年，中國的上上下下竟然向世界宣佈：中國的一畝田地生產出十萬斤、二十萬斤、五十萬斤糧食。還說「人有多大膽，地有多大產」。荒唐！

六十年代某日，中國突然宣佈自己的國家元首、革命數十年的國家主席劉少奇乃是「叛徒」，乃是「工賊」，乃是「內奸」，乃是隱藏於革命隊伍中數十年的國家頭號敵人和定時炸彈。荒唐！

與毀滅國家主席同時，林彪和一群黨中央政治局委員竟宣佈毛澤東就是光焰無際的最紅的紅太陽，他的話「句句是真理」，「一句頂一萬句」。毛澤東詩詞中有「無須放屁」一句，難道也是真理，難道也頂一萬句嗎？荒唐！

這個世紀上半葉的荒唐事，可以說；這個世紀下半葉的荒唐事不可以說。以前說的要給戴上「自由化」帽子，開除黨籍；這會兒說的要給戴上「妖魔化」帽子，開除國籍。荒唐！

面對這些荒唐事，如果洪仁玕還在，他可能不僅要冒出「荒唐」二字，而且恐怕還要冒出《紅樓夢》中的七個字：更向荒唐演大荒！

原載《中國時報》一九九七年八月二十二日

二十世紀中國人的兩種大夢

我在今年春季發表的論文〈百年來三大意識的覺醒及今天的課題〉中說，從上個世紀末到這個世紀末，中國知識分子和中國人做了兩個大夢：一個是富強夢，一個是自由夢。無論是以一八九一年康有為寫作《大同書》初稿為標誌還是以一八九五年三月七日嚴復在天津《直報》上發表《原強》為標誌，這兩種夢都做了整整一百年了。

實現兩種夢都很艱辛。經過那麼多人的流血犧牲而建立起來的新中國，直到七十年代末，我和我的同齡人每月僅領五十六元工資，難以餬口，國窮民也窮。幸而出了個鄧小平外加胡耀邦和趙紫陽，才使中國在八十年代恢復了生機，走向富強之路。我這幾年心情所以不壞，就是看到一百多年來中國知識分子夢寐以求的富強夢終於在逼近現實。

中國此時正在走向富強，這是歷史的結果，這是一百年來中國人民苦難歷史和奮鬥歷史的結果。按照天真的知識人的想法，中國可以在二十世紀同時實現兩種夢，所以在「五四」新文化運動中又做了一次很大的個人自由夢。然而，沒幾年，做夢的人便覺得夢醒了卻無路可走，中國太窮，中國的大群落太悲慘，講個人自由太奢侈，因此應當去革命去創造富強的前提，也就是說，為了富強先要付出個人自由夢的代價。

一九四九年新中國成立，中國知識分子再次萌生兩種夢，但給做夢者的回答是一九六零年前後的大饑荒，是一次又一次打擊「自由化」的政治運動。於是，兩種夢都幻滅了。幻滅出思想，中國知識者終於萌生出「告別革命」的觀念，覺得經濟手段比革命手段好，改良比革命好。說改良比革命好，不是不要自由，而是認為自由經濟乃是自由社會的前提，「衣食足」乃是「知自由」的前提，所以還是先做富強夢再做自由夢。

但是，富強不是一切，富強夢不是唯一目的和最後目的，只有人的自由、人的解放、人的幸福才是最後目的。羅馬帝國又富又強，但是，帝國之內，卻是殘暴的奴隸主統治，奴隸們生活在獸口下的鬥技場中。

這種富強意義何在？沒有自由的富強，很容易走上羅馬帝國的道路。所以中國下一世紀還是要同時做兩種夢：不稱王，不稱帝，不稱霸，不搞世界革命，不當世界中心，把注意力放在民族國家內部的自我調整上，讓國家富強，讓人民自由，讓這個世紀沒有實現的兩種夢在下一個世紀同時實現。不要富強的「政治掛帥」，不要自由的「反自由化」，都是極其愚蠢的。下個世紀不能再有了。否則，下個世紀又將是兩種夢的混亂、破滅和潰敗。

原載《明報》一九九七年十月三十一日

知識人的大覺大醒

最近，由上海文學發展基金會、上海紫江集團、上海學林出版社聯合編輯出版了巴金的《隨想錄手稿本》，分《隨想錄第一冊》、《探索集》、《真話集》、《病中集》、《無題集》等五冊影印。《隨想錄》是巴金晚年的作品，寫了整整八年。這八年中他的帕金森氏症等疾病不斷發作，使他常常無法握筆。有許多次，握筆的右手突然停滯，他急得趕快用左手去推。這部作品就是在戰勝衰老、疾病中完成的。巴金所以要在晚年用他尚存的全部心力寫出這部大書，只是為了一點：要說出真話。而大陸的讀者喜愛這部書，現在又鄭重地印出長達五十萬字的手稿本，也只是因為一點，它是一部說真話的書。

要說真話，不說假話，即不要撒謊，不要騙人，這在某些國度中是理所當然的。它是做人的常識，做事的公理，無需論證，也無需呼籲。但是在中國，這卻是巨大的、時代性的問題，它必須呼籲，必須請求、必須爭鬥。巴金正是面對一個撒謊的時代而不得不用全副心力提出這樣的懇求：不要再撒謊，要說真話。他從解剖自己入手，清洗了時代留下的病毒，還了自己也曾說過假話的舊債。《隨想錄》是巴金最素樸的書，但每一字每一行，都有痛切之感。沒有親自經歷過一個謊言時代的煎熬，是寫不出這樣的文字的。黑暗的時代往往會產生出特別明亮的眼睛，專制的時代常常會推出自己的審判者。

《隨想錄》裏所描述的中國，乃是謊言統治一切、覆蓋一切的中國。在這個國度裏，從上到下，人們所作的報告、揭發、批判、檢討全是假的，報刊的文章、口號、誓言、聲明，也全是假的，連被視為最忠誠的毛澤東的戰友和接班人，他的忠誠也是假的。從五十年到七十年代，所有敢說真話的人都已被打成「右派分子」和各種「階級敵人」，剩下的是充塞整個中國大地的冤案、假案和空話、假話、大話。說水稻畝產可以達到十萬斤的謊言不會傷人（以後導致餓死人），但製造某某是「叛徒」、「特務」、「工賊」、「內奸」的謊言卻立即就殺人。在巴金着筆之前的中國，謊言已像空氣瀰漫着中國的每一個角落，它毒害着每一個中國人的神經，以至使整個民族的性格都發生了變化，變成說謊不臉紅的民族。面對這種極為嚴重、極其危險、極為黑暗的現實，一個正直的作家，重要的自然不是玩甚麼語言、技巧，而是不顧外在環境的壓力，如實地把自己對這一時代的感受抒寫、表現出來。能說出被壓抑在胸中一、二十年的真話，就是成功，就是良知的勝利，就是文學的凱旋與文明的凱旋。

文化大革命已經結束二十年了。但是，今天的中國仍然到處是謊言與假面。每個人都經歷過謊言統治的時代，但能像巴金這樣對謊言有個徹底省悟的人卻極少。中國是多麼需要對「撒謊」來個大徹大悟。說到這裏，我想起法國大散文家蒙田的話。他說：「說謊是一個可恥的缺點。一位古人曾深感羞愧地對此描述說，這是蔑視上帝和害怕人類的表現。」「說假話，就是對公眾的背叛。」（南京學林出版社《蒙田隨筆全集》中卷三百四十七頁）蒙田認為說謊是人類各種缺點中最可恥的缺點，它會導致社會的一切歸於毀滅，因此他說，一個有尊嚴的人，當他被譴責「不說真話」的時候，一定會覺得比聽到其他任何譴責都更加嚴重。我不知道，經歷過撒謊時代的中國同胞，甚麼時候會有蒙田這種尊嚴感和對謊言的拒絕力量？我想，中國人要恢復個人與民族的尊嚴，首先得對撒謊有個大覺大醒。

原載《中國時報》一九九七年十二月二十日

中國能否走出循環套

以梁啟超為先鋒的近代史學革命，其關鍵的一點，是以進化史觀取代循環史觀。受其影響，二十世紀的中國知識人，多半便以進化的眼睛看宇宙、看社會、看文化，但也有一些知識人對進化論提出質疑，覺得許多歷史現象，特別是精神價值創造現象（如文學藝術、宗教哲學等）是很難用進化來解釋的。此外，即使認定人類社會的歷史總趨向是進化，也不能不看到，歷史流程中確有許多循環現象，這就是週期性的重複。例如分——合——分——合和亂——治——亂——治——亂就不斷也重複。史學家稱這種現象為「循環套」。

蔣廷黻先生在《中國近代史大綱》（一九三九年出版）中舉了若干「循環套」現象，其中有一種很值得今天的中國注意。他說，在中國歷史上，每朝的開國君主及元勳大部份起自民間，自奉極薄，心目中的奢侈標準是很低的，而且比較能體恤民間的痛苦，辦事比較認真，這是內政昌明吏治澄清的時代。後來慢慢的統治階級的慾望提高，因此官吏的貪污大大的長進。加上有志之士除了做官之外，其他路子均不通暢，便都擁擠到官場裏，使衙門的數目愈來愈多，官吏的隊伍愈來愈龐大，而國家養不起龐大的官僚集團，薪俸不足，於是官吏便貪污得愈來愈厲害。清朝嘉慶有名的貪污權臣和珅，積有的私產高達九億両銀子。官場的腐敗自然引起民憤。老百姓的日子本就不好過，看到官場如此黑暗，便抗議、反叛、揭竿而起，於是革命，於是滅亡。這就是新政——腐敗——革命的循環套。

在中國數千年的歷史中，沒有一個朝代能走出這個符咒似的循環套。社會主義新中國能否走出這一套子，是世界的眼睛所關注的。一九四九年之後，毛澤東似乎看到這一歷史魔圈，因此他一再警告勝利者注意「糖衣炮彈」，並通過不斷革命的策略來杜絕腐敗，力圖走出可怕的循環套。可惜他的革命用力太重太猛，傷害太多人不說，還窒息了社會自生長自組織的活力，結果走向失敗。鄧小平終止階級鬥爭，打開久鎖的大門，這給中國帶來生機，但也帶來貪污「腐敗」這一副產品。有這副產品並不奇怪，令人關心的是中國在副產品產生之後能否走出惡性的循環套，避免暴力革命。我不是歷史宿命論者，因此覺得中國仍然有走出循環套的可能。但要實現這種可能性，光有經濟改革是不夠的，還必須有政治改革和社會改革，要建設一套制約腐敗的機制，包括自由新聞系統這強大的監督機制。陳希同——王寶森集團的貪污案已敲下警鐘：中國正是走向腐敗的循環套，但尚未走到循環套的最低點（臨界點），如果政治體制、文化體制不加改革，這個臨界點就會到來，中國歷史就要出現一次新的輪迴。

原載《明報》一九九七年八月三十日

新亞校歌：珍重珍重

一九九五年十一月間我在中文大學訪問時也到新亞書院去看看。這才知道創辦新亞書院的錢穆先生親自為書院寫過校歌。這歌詞很有意思：

山巖巖，海深深，地博厚，天高明，
人之尊，心之靈，廣大出胸襟，悠久見生成。
珍重，珍重，這是我新亞精神。
十萬里，上下四方，俯仰錦繡。
五千載今來古往，一片光明，
十萬萬神明子孫。東海西海南海北海有聖人。
珍重，珍重，這是我新亞精神。
手空空，無一物，路遙遙，無止境。
亂離中，流浪裏，餓我體膚勞我精。
艱險我奮進，困乏我多情。
千斤擔子兩肩挑，趁青春，結隊向前行。
珍重，珍重，這是我新亞精神。

在本世紀中國，錢穆先生是研究實績最為豐厚的卓越史學大師，畢生著書七十餘種，共約一千四百萬字。在我心目中，他一直是一個孔子似的巨儒形象：論語滔滔，長鬚拂拂。沒想到他卻能寫出這種溢滿青春氣息的歌詞。而且，這歌詞正是錢穆精神的象徵：對古往今來五千載的故國歷史充滿「溫情與敬意」，對宇宙萬物中最寶貴的人和他們的生命充滿尊重與愛意，對注定是艱辛與艱險的人生道路和學術道路充滿信心與信念。

錢穆精神是一種對人對歷史對生命的愛，是一種兼備史識史才史心史德的博大文化情懷，是一種在胸襟中揚棄霸氣匪氣酸氣冷氣的美麗人格。只要一九五零到一九六七的錢穆先生名字在，就不能說香港是文化沙漠，只要一八九五到一九九零的錢穆先生名字在，中國就不會失去道德的最後依據。儘管我並不能接受錢穆先生的全部文化觀念，但我對他懷着最高的敬意，我知道現在的中國缺少的正是錢穆先生這種風範、學識、人格、襟懷、熱情和道德精神。

在香港回歸之日，我想到錢穆先生的名字和他的「珍重，珍重」的期待，想到一九五零年從大陸流亡到香港的漂泊者唱着這首創學創業的歌，想到這首校歌的心聲其實也是香港文化的心聲。正在經歷滄桑的香港此時是應當「珍重，珍重」的：珍惜自己艱難奮鬥的歷史成果，珍惜讓世界仰慕的大繁榮，珍惜讓大陸知識者羨慕的思想自由，珍惜已經逃出殖民牢籠和極左牢籠的「人之尊，心之靈」。

原載《明報》一九九七年七月二日

八十年代頌

完成了《漂流手記》第三集《西尋故鄉》之後，我又寫作第四集《獨語天涯》。在新的集子中，有一小節歌頌了大陸的八十年代：

我喜歡正在被貶抑的中國的八十年代。在這一年代裏，沉睡在中國人心裏的某種東西醒來了。唯有「醒」字能說明這一動盪的歲月。人是人人非奴人是人人非畜人是人人非獸人是人人非牛鬼蛇神人是人人非魑魅魍魎人是人人非黑幫人非黑四類黑五類黑九類人是人人非非人類，這一簡單的被時代壓扁的公式醒來了，這一被如簧巧舌詛咒得幾乎死滅的常識醒來了。從苔痕斑斑的心中醒來之後，便是不安便是洶湧便是奔突便是吶喊便是暴發便是死魂靈的復活與再生便是黃土地的復甦與再造便是百花怒放百鳥爭啼啼得叫權勢者用拳頭來打碎，於是沒有聲音於是沒有魂魄於是假聲音嘲弄着真聲音於是九十年代總是在討伐八十年代，從愚蠢的政治人到聰明的讀書人。

出國之後，我讀了不少反省和批評八十年代大陸文化思潮的文字。批評者有的用「原教旨馬列」的視角，有的用「國粹家」的視角，有的用「後現代」的視角，有的用「破落戶」的視角，有的用「暴發戶」的視角。不管用甚麼視角，他們一起搖頭的是八十年代太熱太浮躁太粗糙，因此主張要回到乾嘉回到國學回到他們手造的錢鍾書，也因此他們便覺得當務之急是要表現出學問的姿態，姿態大於一切，姿態高於一切，有了姿態就有了一切。

儘管九十年代的批評家在搖頭，我還是喜歡八十年代。這不為別的，只是覺得八十年代有生命：有生命的覺醒，有生命的歌哭，有生命的追索，有生命的困惑，有面對生命大困惑的叩問。你說它浮躁，它偏深入民族生命的內核；你說它粗糙，它偏具有生命的濃度；你說它太熱，它偏誕生出具有原創性的文學作品和思想激流。十年、十幾年過去了，至今我還記得自己怎麼被傷痕文學的哭泣所打動，怎麼被尋根文學的追索所啟迪，怎麼被「我是誰」的大提問所震撼。我喜歡八十年代的中國文學，它是真正的自由生命飛揚的形式；我喜歡八十年代的學術，它開始了對生命困惑和命運之謎的思索。

九十年代大陸的學術與文學，有一部份還沸騰着八十年代的餘熱，而另一部份（甚至是大部份）則喪失了最重要的東西，這就是生命，這就是生命的覺醒、歌哭、追索、困惑和叩問。學問的姿態和包裝掩蓋不了這種根本的喪失。因為喪失了最重要的東西，因此，九十年代的學術與文學，雖然細緻一些，但顯得蒼白。我寧願要粗糙而生命蓬勃的年代，而不要細緻而蒼白的年代；我寧要哭泣但渾身蒸發着血性的歲月，而不要充滿包裝充滿賣弄卻鬧着貧血症的歲月。

原載《明報》一九九七年十一月八日

寧為雞口，不作牛後

一九八九年悲劇發生之後，大陸一些知識分子流亡海外，對此，國內一些知名作家學者評價不同。據我知道，艾青就說，走了好。而另一位同樣也負有盛名的學者則說：「寧為暴臣，不為逋客。」後者所說的這八個字在北京流傳了一陣，有兩位好友引用它來勸我回去。因為我對這位老先生特別敬重，所以想了好久。

想來想去，我還是沒有回國。原因是覺得「暴臣」難當。說「難當」，是指我自己和類似我這樣具有自由心態的人難當「暴臣」。一有自由心態，就不規矩不馴服，該說的話就說，不該說的話就不說，這就難免要觸「暴」並為「暴」所不容。如果沒有自由心態，當暴臣倒是不難而且很舒服，除了可以吃飽喝足之外，還可以有名有利有地位，甚至可以「無災無禍到公卿」。當然，這是指平常時期，如果是在文化大革命這種非常時期，要當好暴臣就很不容易。一般都要變成「暴獸」或「暴畜」，像張春橋、姚文元、戚本禹等就屬「暴獸」，而眾多在牛棚裏的呻吟者則屬「暴畜」。我不能接受上述八個字，除了覺得暴臣難當之外，還覺得當逋客即漂流客乃是不得已，即漂流乃是為暴所逼。杜甫他晚年到處流亡，乃事出有因。他說：「奈何黠吏徒，漁奪成逋逃。」（《遣遇》）杜老先生告訴我們，他到處漂流實在是無可奈何，陰險狡黠的酷吏鷹犬時時想吞食他吃掉他，所以只好逃命了。

雖有兩條理由，還是不放心，所以就請教好友李澤厚。他才思敏捷，立即說，可給這八個字對上一聯，叫做：「寧為雞口，不作牛後。」這一對聯說中我的心思，真使我太高興了。真的，我當「逋客」，正是為了像報曉的「雞口」那樣可以自由啼唱、自由表達，只有在自由表達中我才能感受到一個人一個思想者的全部尊嚴。沒有比自由表達具有更高的價值了。而當暴臣，雖然擁有峨冠博帶和一切人間榮耀，卻往往少了一種做人的尊嚴，何況，當「暴臣」還有一種危險，這就是可能變成「牛後」，即變成毫無價值的糞土。

近日想到李澤厚這對聯，心情很好，覺得當年選擇「逋客」之路並沒有錯。將來有一天我回祖國，結束「逋客」生活，也不會去當「暴臣」或「牛後」，只願意繼續當一「雞口」：不一定司晨報曉，只要能自由啼唱就行。

原載《明報》一九九七年四月三十日

教育總統

對於美國總統克林頓，不僅美國人看法不同，就是中國人也常有不同的評價，但是，不管怎樣，有一點是值得欣賞的，就是他十分重視教育，甚至敢於聲稱自己乃是「教育總統」。這種聲稱，不能說只是為了選票，應當說，它還包含着一種眼光，一種對未來的把握。

當今世界的政治家大約都看到，世界已經從冷戰時代進入貿易戰時代。下個世紀，人類大約會盡量避免戰爭，但避免不了經濟上的競爭，而且隨着資源的減少和人口的增加，競爭將會愈來愈劇烈。在新的競爭世紀裏，各個國家將會愈來愈意識到人才的重要和一個民族基本素質的重要，也將意識到人才的投資是最長遠也是最有實效的投資。誰先意識到這一點，誰將擁有未來。克林頓在這個世紀末特別關注教育，可說是抓住國家之本。

談起「教育總統」，我便想到這個世紀的中國屢經滄桑，「城頭」不斷變幻大王旗，「偉大旗幟」不斷翻新，但沒有一個大王敢稱自己是「教育大王」。既沒有人敢稱自己是「教育主席」、「教育總統」、「教育總理」、「教育書記」等，也沒有一個大王敢於獨樹教育大旗。也許不是不敢，而是根本想不到，根本就沒有這種眼光，根本就沒有博大的責任感。

中國本是「尊師重道」的國家即重視教育的國家，但現在的教育卻大成問題，作弊、賣文憑等等荒謬現象先不說，最要命的是保證社會維持優良素質的中、小學教育愈來愈差。中、小學教師的待遇極低，實在難以餬口。前些時，一位暑假回國探親歸來的朋友告訴我，他親眼看到鄉村中學老師蒸饅頭賣給學生（學生又非買不可），以圖增加一點收入，聽到這種消息，心裏不能不難過。可是教師的困境並沒有得到政府的真正關切和幫助，因為中國考核官員的標準，均是「立場」、「政治表現」、「經濟建設成就」等等，從未把教育成就作為最重要的考核標準，因此從未有官員宣稱自己是「教育市長」、「教育省長」，真正用心於教育事業。今天中國的領導層，從上到下都相當急功近利，而天天需要循序漸進的教育恰恰需要時間，因此，教育總是未能進入中國官員們的心靈。如果有一天，中國官員把教育大業看得比烏紗帽重要，中國就有希望。

現在中國領導層正在更換班子，新的班子是屬於具有長遠眼光者還是屬於短視者，只要看看他們對待教育的態度就清楚了。聽説朱鎔基可能當新一任的總理，這很好，他有能力也敢決斷，但願他能成為有眼光的總理，敢於說自己是「教育總理」，而且敢於正視「偉大旗幟」下那些正在蒸着饅頭賣給學生的可憐老師們。

原載《明報》一九九七年十月四日

救救黃河

這幾天，我的心情不好，老是想到黃河。

從《明報》上讀到兩則消息都使我不安，一是山東境內的黃河斷流；二是黃河可能淪為「黑河」。後者說，黃河的污染程度已居大陸七大河流的第二名，每年承載超過四十億噸污染物，佔黃河幹流全長四分之三的河段，已污染到人體不宜直接接觸，若問題繼續惡化，有可能淪為「黑河」。這一則報導還轉引大陸《經濟日報》的消息說，黃河全長只剩百分之二十六的區段，水質達到在處理後可作民生之用，其他的百分之七十四已不適合作為民生用途的水源。

我出生在南方，少年時代讀「黃河之水天上來」，對黃河充滿想像的偉美，以後又常聽《黃河大合唱》，把黃河視為中華民族的象徵，直到六十年代到山東勞動鍛煉和七十年代到河南「五七幹校」，才看到實實在在的一點浪漫氣息也沒有的黃河。河中是翻捲不息的濁浪，河邊是難以置信的貧窮。社會科學院的「五七幹校」在淮河邊上的息縣，我和已故的朋友廖發章從息縣出發到黃河邊的開封市和蘭考諸縣「漫遊」，親眼目睹那裏大片乾旱的土地和被氾濫的河水打擊後的殘敗的遺蹟。面對黃河的那一刻，在我心裏滾動的不是「救救孩子」的吶喊，而是「救救母親」的呼聲。也是在那一刻，我感謝毛澤東竟能想到「根治黃河」……

然而，黃河不僅沒有得到根治，反而不斷受到破壞。這種破壞，就是每年數十億噸的泥沙和工業廢料往它身上傾瀉，而且隨着現代化的高速發展，這種「傾瀉」愈來愈無情，愈來愈嚴重，以致嚴重到將由黃變黑。

當我讀到黃河不幸的消息時，一位剛從北京歸來的朋友告訴我，他說他此次回國乘着火車從南到北仔細地看了看故土，固然看到經濟的發展，但也看到鐵路線兩邊扔滿廢紙、飯盒和牛奶塑料瓶子，千里鐵路線簡直成了千里垃圾線。這一信息加上黃河的信息，使我猛地想到一個問題，這就是現代化的代價問題。不錯，現代化是必須的，改革、開放、發展是必須的，但是，現代化的實現難道應當以毀滅「黃河母親」為代價嗎？難道應當以糟蹋中華民族過去、現在、未來賴以生存的生態環境為代價嗎？我一直衷心地支持改革，並覺得八、九十年代中國人民的生活比以前確實「好一點」，但是，如果這「好一點」的代價是丟失黃河、丟失長江和故土的無價之美，那麼，這「好一點」對於五十年後一百年後的後代子孫又意味着甚麼呢？請當今的領導人把眼光放遠五十年、一百年而想一想！

原載《明報》一九九七年九月三日

從英雄時代到官僚時代

李澤厚先生和我在《告別革命》中，生發黑格爾的觀念說，中國進入現代化社會後，也將從史詩時代進入散文時代。在散文時代中，「英雄」、「激情」、「理想」、「奇蹟」這些史詩時代的基本符號將會消失。這些話是站在美學的層面上說的。如果是站在現實的政治的層面上說，中國進入現代社會，將是從英雄時代進入官僚時代（治層）和公民時代（被治層）。

鄧小平是中國英雄時代最後一個符號，也是官僚時代的第一個信號，他的去世，標誌着英雄時代的終結。無論是鄧小平還是毛澤東，無論歷史對他們的功過如何估量，但他們均是富有原創力的英雄而非只能維持局面的官僚，這一點應當是肯定的。我不太喜歡後期的毛澤東，他製造的政治浩劫傷害了我的億萬中國兄弟，使中國的和平時期又處於戰爭似的互相廝殺的災難之中，但是，毛澤東時代並不乏味，這個時代充滿大激情、大震盪、大理想，社會上年年月月都有「轟動效應」，使人時時生活在浪漫氣息之中。一九六零年前後，儘管我們從大激情（大躍進）進入大飢餓，儘管我們從大食堂的共產主義進入浮腫病的共產主義，但我們仍然很樂觀，仍然空着肚子學雷鋒學焦裕祿，就是因為有英雄時代的氛圍支撐着。如果與英雄時代相比，我們就會覺得中國眼下這個時代很乏味，領導階層沒有激情也沒有自己的哲學與美學，甚至沒有屬於自己的語言。數年之中，我們簡直聽不到任何一個領導者有任何一篇富有個性的演說。連宣傳部長也很神秘。他們幾乎是一部機器，每天都按照政治馬達應有的節奏處理國家大事，忙完外訪忙內事，忙完政務忙防務，忙完堵塞洪水氾濫又忙杜絕自由化，但是，整個時代沒有大故事，沒有大新聞。這是上層。而下層也很乏味，人們都忙於過日子，忙於多收入，忙於經營自己的小窩和溫柔之鄉，吃、喝、玩、樂成為生活的中心。這裏小故事、小新聞不少，但都沒有詩意。

這樣說來，是不是官僚時代就不好。不見得。沒有大激情就比較講「實際」、講「實用」；沒有轟動效應，日子就比較平穩；沒有英雄的「振臂一呼，應者雲集」，就少些「朝令夕改」，使老百姓少些緊跟不上的痛苦。機器雖然缺乏思想，但其操作能力卻是英雄望塵莫及的。所以，我說從英雄時代到官僚時代，並非說時代在走下坡路，但我要說，官僚時代畢竟太乏味，坐在這個時代的中心人物應當動動腦筋，怎樣使這個時代豐富一點，多彩一點。沒有大英雄，可以有大球星大歌星；沒有大激情，可以有大思想大教育；沒有奇蹟，可以有活潑的爭論、精彩的篇章和永無止境的美麗心靈的塑造。倘若不動腦筋，只知權力意志，只知嚴格控制，只知反自由化，中國真的要變成乏味的中國。

原載《明報》一九九七年九月六日

共產黨人和共產黨奴

我是在一九七八年加入中國共產黨的。那時，我因為「四人幫」垮台而產生的喜悅還熱烈地滾盪在心裏。自從我懂事以來，還未曾為國家的一件大事高興得這麼熱烈這麼久。

就在那種心境下我要求入黨。當黨支部通過我的申請之後，按照凡例，第二年轉正時黨委派了代表和我談話，這位代表是曾任《中國青年報》和《工人日報》的總編輯的邢方群，他為人和藹，在談了他的期待之後問我對黨有甚麼要求。我便說：「我只有一個要求，就是入黨之後仍然讓我和人民站在一起。我不是混入黨內的，我入黨是真誠地忠實於共產黨的初衷，這一初衷就是為中國人民謀幸福。如果我們的黨違背這一初衷，那麼人民就會起來批評和反抗，這個時候，我就會站在人民的一邊。」邢方群聽了我的話之後微笑地說：胡耀邦同志也說我們應當永遠和人民站在一起。

我入黨時確實抱定要當一個有自己的心靈而且這一心靈又和人民的心靈相通的共產黨人，我當時覺得能夠入黨是光榮的。共產黨使中國人民從帝國主義和官僚資本的壓迫下站立起來，這一功勞是不可磨滅的。而它在文化大革命中製造新的壓迫，這種致命的錯誤幾乎讓共產黨自我毀滅，可是，它終於正視自己的錯誤，氣魄非凡地逮捕了當時的黨中央副主席王洪文和政治局委員張春橋、江青、姚文元等。能夠修正自己錯誤的黨，就是嚴肅的黨。我正是在共產黨糾正歷史錯誤的時候，看到大地上的曙光。

共產黨的成功和錯誤，尤其是文化大革命的致命錯誤教育了我，使我知道加入共產黨只能當共產黨人，而不能當共產黨奴。在六、七十年代，如果當黨奴，就注定要跟四人幫這群喝血的豺狼跑。但是，要當一個真正的共產黨人難，而要當一名黨奴卻很容易。因為當時所有的輿論，從電台到講台，從報刊到學校，從領導人的「號召」到平民百姓的表態，都是要學雷鋒，要當螺絲釘，要做老黃牛。可是，螺絲釘，老黃牛是沒有頭腦沒有思想的，而雷鋒，經過林彪等人的闡釋，也只是個會「聽毛主席的話」的傀儡。當然，做黨奴也不能光是怪領導者和輿論，還得怪自己。做黨奴的確有好處，馴馴服服地聽話便可舒舒服服地把黨當作敲門磚，然後便是一步一步地步入權力的天堂。

不幸而言中，在一九八九年春夏之間我果然和人民站在一起，沒有成為「黨奴」。雖然從此不能再當共產黨員，但從雙手到良心都保持了乾淨，這是值得欣慰的。

原載《明報》一九九七年九月二十七日

家治‧人治‧法治

二十世紀的中國，如果說有甚麼進步的話，那麼，其中有一項是治理國家的方式已從家治轉向人治，還有一部份地區，已從人治走向法治（如台灣、香港）。

家治的權威是「聖旨」，人治的權威是「批示」，法治的權威是「憲法」。我的祖父輩生活在慈禧太后的「懿旨」之下，而我則完全生活在「批示」之下。「最高指示」或最高批示可以改變憲法。最高指示說，可以大鳴大放寫大字報，憲法便補上大鳴大放大字報；最高批示說，不可以大鳴大放大字報，憲法便去掉大鳴大放大字報。人治的國家隨着人的意志而變幻無窮，旁觀者一定會覺得很有趣。例如，最高指示說，「中宣部是個閻王殿」；話音一落，原先正在教導平民百姓的部長司長們，立即變成閻王判官、兇神惡煞並被戴上高帽遊街。人治時代是戲劇性很強的時代，非常有趣，可惜常常出現殘酷的戲劇和瘋狂的故事，億萬人的生命全維繫在一個人的靈感之上，這未免太危險。所以我還是很喜歡法治。

但是，人治比起家治來還是個進步。所謂家治，乃是帝王家一姓一族的統治。一家一族內要找個英明的「接班人」很難，選擇的範圍不是社會而是家族，局限性很大。清朝末年咸豐皇帝一死便發生「斷後」的危機，找不到繼續「家治」的理想君主，雖然找了個同治，但最高權威已落到家長慈禧手裏。慈禧掌握國家實權時，其實才是一個年僅二十六歲的小寡婦，而且文化水平很低。歷史學家袁偉時先生查了當年慈禧手書硃諭影印件，發現同治四年三月她手書一篇革去奕訢一切差使的「硃諭」，全文二百三十字，錯別字及文理不通者竟在二十處以上。可是這個小寡婦竟操縱國家五十年，所有的國家大事全靠她的佈滿錯別字的「懿旨」定奪。

比起慈禧，毛澤東的「批示」簡直精彩極了。毛澤東之後的諸位接班人，雖略輸文采，但也比慈禧的文化水平強十倍百倍。「人治」可以超越家庭到社會中選取接班人，可選擇的範圍從一家到一黨，優質選擇的可能性畢竟大得多。如果選擇的「人」好而且「治」得好，那麼國家就有幸，如果選擇的「人」不好或「人」好「治」不好，那麼國家就會遭殃。歷史偶然性在人治國家中展示得特別明顯，讓人感到人治靠不住。

法治的長處是不把希望押在人的好、壞之上，而是把法律特別是憲法置於最高權威地位，一切行為以法為準繩。國家當然還需要人去治，但這些人是依照法律民主選舉產生的，而且本身又受到法律的嚴格制衡，這種法治比較可靠比較文明。中國的下一個世紀恐怕只有法治一路可走了，小寡婦和大偉人的戲劇不應當再重演。

原載《明報》一九九八年一月十日

目標不再神聖

中國共產黨十五大繼續討論上一屆黨代會關於「社會主義初級階段」的提法，也就是說，目標只是在建設初級階段的社會主義。為此，我感到高興。只是由此我又想起趙紫陽和鮑彤，尤其是鮑彤，他無疑屬於「初級階段」理論的第一群作者，但他卻被囚禁、被監視。

由於我經歷過浮腫病共產主義和「瓜菜代」共產主義，所以對高標準、高理想一直保持警覺。我在馬克思主義的經典中泡大，覺得共產主義的原始學說確實具有道德感，但是當共產主義不適時地成為一種社會目標時則有危險，它太高，難以企及，因此急於企及者便不擇手段，甚至不惜使用奴隸社會中那種最野蠻的手段。因為有過切膚之痛，所以我不喜歡假「大同」的高調，倒喜歡真「小康」的低調。記得在學習上一屆黨代會文件時我說了一句話：這一回，我們終於從烏托邦的上空降落到現實的地面，在地面上老老實實走路才不會摔得粉碎。

說到這裏，我又想起林語堂說的一句話：「神聖的目標向來是最危險的。一旦目標神聖化，實行的手段必然日漸卑鄙。」這話出自《蘇東坡傳》第一章。在林語堂的三十多卷文集中，我最喜歡的是他的《蘇東坡傳》，一想起《蘇東坡傳》，就想起這句話。宋代王安石變法，目標神聖而高超（目標相當於國家資本主義），也因為神聖而高超，王安石便覺得任何手段都沒有錯，甚至不惜迫害學者，清除異己，連蘇東坡這位最優秀的大詩人也給予放逐。林語堂作《蘇東坡傳》，正是為了提示今人：對國家命運來說，最危險的莫過於一個思想錯誤卻固執己見的理想家。可惜王安石留下的教訓，我們卻沒有記取。

一千年前的歷史教訓應當記取，二十年前的現實教訓更應當記取。在文化大革命中，共產主義的目標神聖化到極點，但是為這一目標而實行的全面專政的手段也推向極點。為了共產主義的最後勝利，為了這一未來的天堂，現在必須掃清道路，必須繼續革命，必須實行包括心靈專政在內的全面專政。於是，人間變成牛棚，報刊變成精神審判所，國家變成壓迫學者、作家的機器，連國家元首劉少奇也變成「叛徒」、「工賊」、「內奸」而被這一機器所輾碎。古今中外一切最野蠻的暴虐和恥辱都在我們故國的土地上發生而且都變成合法化，這就因為，所發生的一切都是在神聖的名義下進行的。

因為有過體驗，所以就知道高理想會騙人，高目標會殺人，「萬言書」一類的高調子會吃人，所以也就知道「低級階段」的低調子、低目標反而近人情近人理而不愚弄人。

原載《明報》一九九七年九月二十二日

責之太嚴則偽

我和林崗合著的《傳統與中國人》在八十年代末分別由北京三聯、香港三聯、台灣人間三家出版，現在書已售完。近日有位索書的朋友問我：這部書對傳統文化立足於批判，而且批判得相當強烈，如果此時你再作這個題目，是否會改變這一態度？我回答：措辭一定會溫和些，但批判的基本點不會變。

我和林崗所以會對傳統文化採取批判的基本點，不是簡單地沿用「五四」新文化先驅者的立場，也不是為了藉傳統批判而完成政治批判，而是我們對傳統文化有一共同的理解，這一理解可用嚴密的邏輯闡述，也可非常平實地用一句很簡單的話來表述，這就是：傳統文化對人要求太多。

對於如何做人是需要有要求的，但要求太多就成問題。要求人要有「禮」，無可非議，但要求人「非禮勿視，非禮勿聽，非禮勿言，非禮勿動」。（《論語．顏淵》）就太多太嚴了。要求人盡「孝」道本也是對的，但孝道發展到後來，要求人們要像曹娥那樣去投江，要像郭巨那樣去埋兒就太過份了。

太多太過，產生一個結果，就是做不到。看見一個漂亮的女子，眼珠可能轉過去，這就違反「非禮勿視」，然而，要禁止一個年青小伙子眼珠絕對不能轉過去，恐怕做不到。做不到又想做，就派生出一種最可厭惡的性格，這就是虛偽。而虛偽是對人性腐蝕得最厲害的一種壞性格。它使人由真變假由純變詐，使人個個戴上假面具。與此相應，人生變成做戲，人群集團變成「做戲的虛無黨」。「五四」運動中，文化改革者說舊道德即虛偽道德，是事出有因的。要求太多太嚴，本可以改革，改革便是放寬一點，放鬆一點，可惜「五四」的革命態度是徹底決裂，不是維持傳統文化一些必要的做人的準則，而是全盤把這準則推翻，弄得現在中國人不知如何做人，做任何壞事，都屬天經地義。

我在大陸生活近五十年，算是生活在馬克思主義新文化之下，可是很奇怪，這一文化給我的直接感受也是對人要求太多。我在一次文學討論會上說，現在對作家要求太多，不僅要作家寫好作品，還要求作家成為黨的好黨員、毛主席的好學生、革命機器上的好螺絲釘，甚至還要求作家當國中的好幹部、家中的好爸爸好媽媽等等，就是不能當人道主義者。這一發言惹得林默涵先生大發脾氣。他在《光明日報》發文章給我扣了幾頂帽子。林默涵先生不知道這樣一個道理：因為對人要求太多太嚴，到了六七十年代，已經導致人人戴假面具，連文學作品中的英雄，也全戴上假面具，好端端的中國變成了撒謊的中國。

原載《明報》一九九七年八月二十日

冷戰意識形態

本世紀的九十年代，世界發生最大的變化，就是從冷戰時代過渡到貿易戰時代。冷戰是熱戰的前奏，它使世界總是籠罩着戰爭的陰影，這不好。貿易戰，不是戰爭，而是和平競爭，這很好。但是這種競爭也很劇烈，有些國家可能在競爭中富強，有些國家可能在競爭中敗落。美國是一個非常敏感的國家，它的電腦化的鼻子和眼睛早已敏銳地嗅到時代風氣的大變遷，同時它在世紀末已逐步完成進入貿易戰的結構性準備。中國能否真正把握時代的脈搏，以在未來的時間中走向富強，這是我常常想到的事。

在時代發生結構性的大變化時，中國的經濟系統也正在發生結構性的大變化，這一變化是與時代變遷的基本路向相適應的，所以我很贊成。李澤厚先生和我的《告別革命》，充份地肯定這一點，其實也是源於對時代的認識。「吃飯哲學」只是一種通俗的表述，在通俗表述背後，是對時代理性的認識和對鬥爭哲學的尖銳的反叛。

我們在《告別革命》中對鬥爭哲學進行了批判。這種哲學，是戰爭時代的哲學。它既是熱戰時代的意識形態，也是冷戰時代的意識形態。甚麼都兩極對立，甚麼都是你死我活，甚麼都是一個吃掉一個，這種冷戰意識形態不僅瀰漫中國，也瀰漫本世紀下半葉的地球。

現在冷戰時代已經終結，這種意識形態也應當終結。我在〈從意識形態的時代到數字的時代〉一文中曾說，一個國家在經濟上發生結構性變化之後，一定需要在文化上也有一個結構性的變化。今天更具體地說，就是在貿易戰時代，在經濟發展的時代，就不能再死抱着冷戰時代的意識形態，而應當有新的眼光、新的觀念。

邢賁思先生提出「堅持馬克思主義不動搖」的口號，並說《告別革命》是「否定馬克思主義」、「攻擊社會主義」，這太簡單化了。時代既然發生大轉變，就不能老是堅持某種「主義」而「不動搖」，對於馬克思主義也是如此。我們提出要「改革馬克思主義」，要「修正馬克思主義」，要吸收其歷史唯物論的合理硬核（衣食住行第一），但又要告別其過時的，把階級鬥爭、暴力革命神聖化的意識形態。如果像邢賁思那樣光會說冷戰時代的漂亮話和誓辭，只知「不動」，不知「變動」；只知「堅持」，不知「發展」；那麼，中國現今所做的一切，即大改革大轉型的一切便都是荒謬的。邢賁思先生雖為高級黨校副校長，但頭腦中充塞的全是老掉牙的冷戰意識形態，他似有「主義」，實無「主意」。與邢氏相比，那種雄糾糾地宣佈要對美國說「不」，更是一種低級幼稚的冷戰情緒，連意識形態都說不上，這完全無助於中國跟上時代的步調。

原載《明報》一九九七年八月二十五日

腐敗的兩種信號

也許是了解歷史前進不能不付出一些道德代價，也許是知道形成腐敗的複雜原因（並非僅是開放市場），所以我對大陸的腐敗總是採取比較寬容的態度。但最近到大陸度假後返回美國的朋友紛紛告訴我：

腐敗得太厲害了，快突破李澤厚先生和你說的臨界點了。

我雖不相信已腐敗到即將突破臨界點（崩潰），但他們說的兩種腐敗現象使我大為驚訝：一是司法執法部門的腐敗，有錢可以買通法院即有錢可以讓死犯「起死回生」和「出死入生」；二是考試場上的集體作弊。後者是為了追求高考率，監考教師縱容學生作弊，而作弊的大膽和普遍，竟使「教育局」頻頻調換考官也無辦法。這兩件事，使我想到大陸的腐敗正在發展成兩種可怕的特色：

一、不僅政府腐敗，人民也腐敗，這叫做自上而下的腐敗的普遍化；

二、把腐敗視為平常事，即做任何壞事和違法的事都視為「天經地義」。

腐敗現象在許多國家都有，但中國腐敗的這兩個特色則令人目瞪口呆。第一個特色說明，中國社會正在迅速變質，即迅速地「惡質化」。金錢是非常強大的東西，它確實能腐蝕人，從官員一直腐蝕到每一個普通的老百姓。社會成了一部金錢開動的機器之後，必須依靠法來治理，然而，人們只知法可治人，不知人可蝕法。大陸才改革十幾年，但人對法的腐蝕已經非常嚴重。法一旦被腐蝕，社會自然就胡作非為。因此，如果不能建立有效的監督機制和進行政治改革（如建立民間道德監督體系；建立慾望制衡形式；司法獨立等），那麼，「錢腐蝕人——人腐蝕法——法縱容政府和社會變質」的惡性線路就不能得到改變。

如果說，腐敗的普遍化是社會變質的話，那麼，把腐敗和做壞事視為「天經地義」則是人心變質。人心變質，就是社會主體（人）越過道德的邊界，失去起碼的是非感、羞恥感、榮辱感、罪惡感，把為非作歹視為平常事而變成「集體無意識」。如考試是不能作弊的，這不僅是一種法規，而且是一種「天理」。即使是清朝末年十分腐敗的時候，魯迅先生的祖父作弊還得判處「秋斬」，是非還是清楚的。如果連這一準繩也守不住，覺得作弊也沒甚麼，也屬天經地義，那麼，中華民族的心靈將會隨着社會腐敗而腐爛。所以，我將法場與考場的腐敗視為危險的信號，特提示出來，讓陶醉於「繁榮昌盛」的人們警覺。但我要補充說：可不要把市場制度當作腐敗的替罪羊。

原載《明報》一九九七年九月十二日

多研究些問題，少談些主義

近幾年我老是想到胡適的兩句話，一句是「一點一滴改良」，另一句是「多研究些問題，少談些主義」，覺得二十世紀中國老是批判這兩句話，實在是很大的錯誤。

以往大陸認為胡適「反動」，舉國共討之，全民共誅之。但胡適還是胡適，他畢竟是個巨大的文化存在；現在台灣有些論者認為胡適「膚淺」，但這只是一種自我拔高的看法。胡適還是胡適，對於他的異常豐富的思想給予一個本質化的界定，未免過於簡單。本質化其實就是簡單化。

最近我又老想到「多研究些問題，少談些主義」。大陸經濟結構正在經歷大轉型，中國社會又在發生一次大變動。在變動中，中國的問題可說是如山似海，不用說去解決，光是想想就頭疼，可是一些習慣講空話講大話的官僚和知識者還老是在討論「姓資還是姓社」，「姓馬還是反馬」，明明在注入資本主義方式，明明是允許僱工、允許剝削，明明在改革馬克思學說的內涵，卻虛偽地聲明「堅持馬克思主義不動搖」，還給實事求是地探討問題扣上「反馬克思主義」、「反社會主義」的大帽子，這些甚麼時候都是「百分百馬列」的意識形態英雄，其實都是一些眼高手低的論客，他們光會講「主義」的漂亮話，腦子卻從來進入不了中國具體而複雜的問題。中國進入市場制度之後原先國營企業陷入絕境怎麼辦？這些企業的工人沒有飯吃怎麼辦？這些企業實行股份制後國有股一上市就瀑布似地下跌怎麼辦？一部份人「先富」了起來而且富成大資產階級，而另一部份人總是「後富」不起來而且還一直窮下去甚至下崗下地獄怎麼辦？過去窮而有志、可以「窮過渡」，現在窮而無志窮時甚麼都撈甚麼都貪甚麼都拍賣由此社會迅速變質怎麼辦？社會變成一部金錢開動的坦克，為了發財的前線，正在無情輾碎森林、山谷、草原、河流，也同時在無情地輾碎良心、道德、公平、理想等，怎麼辦？發財的前線高奏勝利凱歌，高樓飯店相競疊起，中國土地上奇蹟般地冒出金錢，但是這些錢從哪裏來？到哪裏去？為甚麼流不進國庫為甚麼滋養不了乾旱得要命的教育地帶？怎麼辦？問題成千上萬，需要踏踏實實研究，認認真真思考，每個問題，都需要艱辛的汗水。七、八十年前，在著名的「問題與主義」的論爭中，李大釗認為，中國只有靠「主義」給中國問題來個「根本解決」，即在制度上來個革命，其他問題就可迎刃而解，現在看來，想得太簡單了。此時中國的問題比李大釗、胡適爭論的時代更為複雜，更不可能靠堅持某種主義或變換某種主義可以解決的。以為引入社會主義就可解決中國問題，是種幼稚病，同樣，以為引入資本主義或自由主義便可解決中國問題，也是幼稚病。

想想這個世紀走過的路，想想「百分百」馬克思主義者在治理中國時眼高手低的缺陷，我覺得今天更換一種態度是必要的，這一態度就是應當：多研究一些問題，少談些主義。

原載《明報》一九九七年十月八日

從「國有化」到「化國有」

剛給《明報》的「世紀」副刊專欄寫了一篇〈多研究些問題，少談些主義〉的文章。在這篇短文中，我表達了這麼一個意思：中國龐大而特殊的問題不是眼高手低的論客堅持某種主義或更換一個主義解決得了的，它需要面對一個一個麻煩的問題去思考、去研究、去付出汗水，而且還需要重新認識胡適七、八十年前「多研究些問題，少談些主義」的提醒，從而把心思用在解決中國的宏觀和微觀的各種出路上。

在七、八十年前那場「主義與問題」的論辯中，李大釗主張，中國只有仰仗「主義」來個「根本解決」，即推翻舊的所有制（私有制）才能得救。許多知識者都接受他的意見，最後終於在一九四九年完成了所有制的革命，也就是「國有化」的革命。為了這一制度的轉換，中國人民相互廝殺，流血犧牲，付出驚人的代價。原以為，一旦「國有化」（制度「根本解決」了），其他問題均可迎刃而解，後來才知道，事情並非如此簡單。所有制解決後，還有效率問題、分配問題、人口問題、生態問題、人權問題、老百姓日子過不下去的問題等等。蘇聯和東歐的紅色政權就因為老百姓日子過不下去而垮台。這一崩潰才驚醒中國共產黨人：不能再迷信「國有化」制度了，要改革，要搞市場經濟，要允許一部份人先發財先成為資產階級甚至大資產階級。

歷史的嚴酷教訓和現實的嚴酷事實逼着中國共產黨人從「國有化」革命的路上往後退，退到今天，公然宣稱要在國營企業實行股份制。所謂股份制，就是把全民所有制變成私人股份制，也就是把「國有」變成「私有」。儘管開始實行時還保留着一部份國有股（另一部份是公眾股），但是國有股如果情況不妙，也會變成私有股。總之，實行股份制乃是一次「化國有」的經濟大變革。

對於中國的「化國有」大變革，也許有些人會痛心疾首，痛哭流涕，哀嘆用鮮血換來的國有制毀於一旦。而我倒是支持這種變革，因為我知道，倘若不接受這一變革的陣痛，國營企業總有一天會破產，跟着國營企業的全面破產，中國恐怕也要破產。但是，這場「化國有」的變革是否能夠成功，還得時間來證明。我和許多人一樣，心裏難免有疑慮。

「國有化」革命是場制度大變革，「化國有」也是一場制度大變革。前者的失敗已說明，制度改變之後並非等於甚麼問題都解決，那麼，後者是否就能顯示「神蹟」，化解一切矛盾呢？恐怕未必。「國有化」其實比較簡單，它通過暴力手段剝奪私有財產，第一階段的革命倒是乾脆利落的。而「化國有」可就複雜得很，小型企業還好「化」，中型企業就難「化」，大型企業更難「化」。擁有數億、數十億資產的大企業股份誰估價？誰認購？誰控股？誰保證控股者不把權力化為他們的個人財富？國營企業原是全民血汗、全民所有，一化難道就化為烏有？倘若不化為烏有，那麼，又是誰保證股份化後的企業償還全民的損失？等等，等等，都是問題，都需要下功夫研究，絕不是意識形態「主義」漂亮話可以解決的。我所以愈來愈瞧不起那些只會高喊「堅持馬克思主義不動搖」的論客，其原因就在於面對中國的巨大變化，任何高調都無濟於事，唯有實實在在的研究，才是這個時代的需要。

從「國有化」革命到「化國有」大變動，中間只隔了四、五十年，歷史滄桑如此迅猛無情，真讓人感慨不已。

寫於一九九七年十月十二日

被遺忘的「底層」

三、四年前，我到台北參加《聯合報》召開的《四十年來的中國文學》學術討論會。會下，陳映真先生告訴我，他主持的《人間》雜誌辦不下去了，現在無論是政治領導者還是知識分子，其實都不關心社會底層。映真兄的那一席話一直在我心中迴蕩。我讀過幾期《人間》雜誌，這一刊物有許多照片，展示的都是社會底層的疾苦，然而，這種關懷民間疾苦的刊物本身得不到社會關懷，於是只好停刊。這一刊物停辦之後，我舉目環顧四方，才發現廣大的中文世界裏，根本就沒有關注底層的刊物。

九五年冬季我到香港較久，走訪了幾位窮朋友窮親戚家，才知道這一繁榮的世界中包裹着一個「悲苦世界」，社會底層的居住條件惡劣到令人難以置信。據說，處於香港底層的窮苦人高達八十五萬，而且每年以百分之十左右的速度在增加。有位朋友批評說，共產黨在香港的路線是依靠大資產階級、團結中產階級、排斥無產階級。我聽了很驚訝，但想到是特區，於是緩和一下朋友的口氣說：排斥無產階級還不至於，但遺忘底層、遺忘無產階級倒是可能。

說可能遺忘底層，是從大陸的情況看出來的。大陸的底層是一個龐大的悲苦世界。能夠了解這一世界，真要感謝「五七幹校」。我在河南息縣看到的貧窮不是一般的貧窮，乃是「奇窮」。那裏的人民住的是抹了一層泥土的草屋，所有的「家具」都是泥做的，床、桌子、椅子是泥土做的且不說，連水缸也是泥土抹成的。至於吃的，我只覺得像是「豬食」。現在改革了，但改革畢竟不是魔術，窮地方還是很窮。近日福建的朋友告訴我：從河南、安徽、四川這些窮地方到我們家鄉來當長工、短工的人很多，一個強壯得像牛一樣的小伙子工錢一個月只要三百塊人民幣，女工童工的工資更低。還有許多來賣身的，不是當妓女，而是想當兒子和當媳婦，價格也低得出奇。聽了這些消息，我便知道中國廣大的底層還是窮，悲苦世界尚未變成黃金世界。許多國家的膚淺的政客和商人，他們到中國只是在上海、北京、廣州一帶走馬觀花，看到的是浮華的中國，另一個底層的中國看不見。

中國還有一個新形成的城市底層世界，這是國營企業下崗工人構成的。這些失業工人每個月只拿到二百元津貼和補助，不知道日子怎麼過。這支失業大軍隨着國營企業的股份化正在迅速膨脹，而膨脹的結果又意味着一個新的真正的無產階級將會形成，這一特殊的底層，是無產階級專政國家的異化體，它不能不引起人們的注目。那些只知鶯歌燕舞的論客，不知道有沒有聽見他們的呻吟？

除了上述的底層世界之外，中國還有由小學、中學教員構成的社會知識底層，他們的日子並不比下崗的工人好多少。現在很少有踏實的社會學家踏進這個領域去做調查，而像蘇曉康那種敢於正視底層社會的正直的報告文學家，則早已被視為「異端」並被流放到異國他鄉了。

原載《明報》一九九七年十二月三日

問題先於框架

寫了〈多研究些問題，少談些主義〉之後，又想起九十年代的大陸一批新的「主義」正在興起和流行，後現代主義、後結構主義、後殖民主義、女權主義、解構主義、自由主義等充塞各種書刊和論壇。這些主義多數是來自西方，有些論者以為，談論這些主義便是趕上世界文化潮流，便是置身國際學術界，還有些論者，用這些主義解釋中國現狀，結果發現中國此時應挺身而出，反對帝國主義話語霸權反對西方啟蒙理性反對妖魔化。我仔細地讀了他們的文章之後，覺得他們只搬用理論語言，但未注意理論語境，所說的話，雖豪壯但都不太切合實際。例如中國的今天，實在是太缺少理性，尤其是工具理性和它派生出來的各種制衡形式。中國在放出「慾望」這一魔鬼之後，現在最急需的是建立一套相應的駕馭慾望、制衡慾望的法制系統，而這一套制衡系統，在西方已經建設了一兩百年，而中國則還沒有開始。在這個時候，提出要抵制西方的啟蒙理性、科學理性和工具理性，甚至把這些理性也視為帝國主義的話語，這怎能說得通？

由此，我想到在民族文化與國際文化的交往中，關注的重心是甚麼？讓西方當代最新的思維成果，把握住他們的思想內涵和理論框架，這自然是個前提，但是，西方學者的理論框架是他們面對自身的生存困境和整個人類生存的大困惑（問題）和為了解釋這些困惑而形成的。他們的思路並非是從理論框架出發來解釋問題，而是從問題出發去建構理論框架。這裏有個先後問題。今天，中國學者掌握了這些理論框架，可以有利於開拓自己的視野，甚至有利於建立新的視角，但是，這些框架不應成為研究的出發點。中國學者研究的出發點同樣應當是面對自身生存的大困惑，即屬於自己的特殊問題。面對問題，我們可以參照西方的理論，而參照之後所形成的是中國學者對自身問題的理論解釋和理論架構。這一思維路向，我們可以稱作「先有問題，後有框架」的路向。無論是西方還是東方，成功的思想理論家遵循的應是這一路向。

如果承認這一路向是可取的，那麼，中國思想者大約就會把關注的重心放在本民族的問題上，立足於審視本民族生存和發展的各種大困惑，然後從自己的角度去叩問各種文化，既叩問本國文化，也叩問西方文化和其他文化。

錢穆先生曾說，歷史乃是生命。其實，理論也應有生命。人類因為有生命困惑，才需要思索，才需要理論。理論乃是對生命困惑的詰問和解釋。困惑——問題才是理論之母，才是學術框架的第一原動力。因為看到大陸的許多文章的思想路向是先有框架、後有問題，面對這一顛倒，我今天不得不用明快的文字提出一個思維公式：

問題先於框架。

原載《中國時報》一九九七年十二月五日

如此滄桑

毛澤東的著作一共出版了多少？我說不清，但有兩個年頭的確鑿數字，我是記得的。一是一九六七年十二月二十五日，新華社報導：《毛澤東選集》今年出版了八千六百四十多萬部，《毛主席語錄》出版了三億五千萬冊，《毛澤東著作選讀》出版了四千七百五十多萬冊，《毛主席詩詞》出版了五千七百多萬冊。毛澤東的著作已發行到全世界一百四十八個國家和地區。二是一九六九年二、三月間，北京召開全國計劃工作會議，並發佈《一九六九年計劃的主要計劃綱要》，第一項該年主要生產任務是高質量地全力保證毛澤東著作的出版，要求年內出版《毛澤東選集》一至四卷二千萬部，即八千萬冊，《毛主席語錄》三億冊。

僅一九六七年和一九六九年，《毛澤東選集》就出版了一億多部，《毛主席語錄》就出版了六億多冊。這個數字是很驚人的。但是，另一沒有數字的事實也很驚人，這就是在今日中國的老百姓家裏（不是圖書館裏），很難找到毛澤東著作，甚至在知識分子的家裏，也不易找到。這是一個近乎等於零的數字。我的發現後一數字是在一九八七年寫作一篇論文的時候。那時，我在文章中引了毛澤東的一句話，要核對原文時，才發現自己的《毛澤東選集》不知塞到哪裏去了。於是，我找了附近的幾位朋友借閱，他們也找不出來。因為要立即發稿，便急了起來，滿樓敲鄰居的門，他們有的是編輯，有的是研究人員，有的是醫生，還有火箭部隊的退伍軍官，竟然沒有一家存有「最高指示」。

這件事暗暗使我驚動：歷史的步伐何以走得如此匆忙，曾幾何時，毛澤東著作塞滿每一個家庭，每一個空間與時間，「紅寶書」堆積得如山如海，現在竟像山海中曾經出現過的夢幻。曾是「最紅最紅的太陽」消失得這麼快，令人難以置信。二十年前它還在橫掃一切，轉眼間，自己也像敗葉似地被掃去原先的輝煌。這一現象真讓我驚嘆歷史滄桑的絕對無情。這一刻，我想到蘇東坡的灰飛煙滅的詩句。

出國後，心裏時常想着這一滄桑，一想起就覺得世事的飄忽無定，就感慨自己崇拜過的偶像也很脆弱。他被崇拜得很猛，但也被拋棄得很猛，「萬歲」的呼喊是沒有意義的，時間很快證明這種呼喊的空洞。人對人的敬與愛，畢竟是在心裏而不是在口上。毛澤東的著作印發了數億冊，可惜，這麼龐大的數字，並沒有真正把他留在中國人民的心裏。想到當年的繁榮和今日的蕭條，我對於歷史的選擇，又有了新的認識：歷史固然常常荒謬、笨拙、不公平，但又常常清醒、聰明與公平，它不在乎人為的大規模的造神運動和造鬼運動（如批判胡適），只固執地篩選着，淘汰着，於篩選與淘汰中，它也顯示着自己不屈的良心。

原載《中國時報》一九九七年十二月二十八日

世紀末心態素描

明天太陽就要消失，今宵怎能不及時行樂，且玩個天翻地覆，吃個天昏地黑，喝個天崩地裂，賭個天寒地凍。不玩白不玩，問甚麼生命鳥意義，玩的就是心跳！

抓緊時機，享受最後一個黑夜，伴夜娘誰都行，不分階級，不辨種族，不論美醜，不講資歷，在黑夜面前人人平等。

一切都可以拍賣，有天賣天，有地賣地，有肉賣肉，有靈賣靈，有爹賣爹，有娘賣娘，有朋友賣朋友，甚麼都沒有的，賣嘴巴，喊口號：反自由化！反資本化！反妖魔化！反和平演變！

在各種錯綜複雜的矛盾中要抓住「發財」這一主要矛盾。有了錢就有了一切，有了錢就可以買一等艙、二奶奶、三級片，就可以買「博士」、「碩士」、「大學士」，還可買到政協委員，至少買它個縣級委員當當。

等會兒就要同歸於盡，還分甚麼爸爸和兒子，別來這一套。兒子對爸爸說：我是你爸爸；爸爸對兒子說：我是你孫子。不管白貓黑貓，能抓到老鼠就是好貓。不管孔子孟子，痞子騙子，誰掙到錢就是好孫子！

破落戶說：此時此刻的景象氣煞人，紅包上天，紅旗落地，人人打着紅包反紅旗。暴發戶說：此時此刻的景象真迷人，天不怕，地不怕，揹着紅包走天下，一個紅包頂一打紅旗，一個紅包可以買一打馬路天使。有了天使還管甚麼紅旗落地還是洪水朝天？國事管他娘！

當年幹文化大革命，拉起的是「兵團」，今天幹經濟大革命，拉起的是「財團」，不管是兵團還是財團，都要敢字當頭，敢想、敢做、敢瞞、敢騙、敢吹。只要有權可奪，有錢可撈，有利可圖，有機可投，甚麼都幹，不論是神道鬼道，還是白道黑道。

火山可能會爆發，岩漿可能會射向咱哥兒們。趁地火尚未衝到地面，趕緊撈一把。撈一把就走。要多，要快。好和省以後再説。鼓足幹勁，力爭上游，解放思想，大幹快上，下定決心，不怕犧牲，排除萬難，去爭取發財的勝利。

世界已如將死的大象，趕快去搶一塊肉，分一杯羹，最好是搶到象牙。如果大象已經腐爛，肉不好吃，就搶一層皮。同志們，哥兒們，總裁們，經理們，快投入剝皮的戰鬥！

渾身懶洋洋，渾身不舒服，渾身沒勁，連眼皮都懶着動，嘴皮都懶着磨，香蕉皮都懶着剝。突然鑼鼓一聲響，天降大任，股票上市，立即渾身是勁，眼皮隨即改革開放，剎那間鼓起光閃閃、亮晶晶、甜蜜蜜的大眼睛。

歷史的經驗值得注意。西方的大資本家開始幾乎都是流氓、地痞和強盜。為了先富起來，我們不妨也先搶一搶，痞一痞，要它十年流氓，放它二十年臭氣，發了財之後再當菩薩和慈善家：辦學校，救非洲，關心盧旺達和愛滋病。

籃球教練對球員們說：球場就要陷落，還講甚麼規則。只要能讓球鑽進籃裏，拳打也行，腳踢也行，口咬也行，用肚子或屁股頂進去也行。

老太爺們就要斷氣。死後家產如何處理是個大問題。乘他們昏迷不醒，趕緊瓜分財產，抓緊私有化，抓緊私房化，抓緊腰包化。

大船即將沉淪，唯一要緊的是搶到救生圈，笨蛋才去操心別人是死是活，傻瓜才去操心天安門流血。當年大海航行靠舵手，今日舵手死了，全靠自己的手。雙手抓住港幣、台幣、人民幣這些救生圈，就不怕甚麼洪湖水浪打浪還是渾海水浪打浪。

炒了冷飯炒熱飯，炒了郵票炒股票，炒了房子炒車子，炒了車子炒妻子。郵票愈老愈好，妻子愈新愈好。

當了碩士想博士，當了博士想博導，當了博導想院士。上書給中央，社會科學也要設院士。有「士」就有勢。勢中自有黃金屋，勢中自有顏如玉。有山不登白不登，有牆不爬白不爬。最高指示說得對：好好學習，天天向上。毛主席的話一句頂一萬句。

道德淪喪，人心不古，禮崩樂壞，別人發財我發不了財，別人升官我升不了官，別人坐汽車我踩腳踏車……一切一切，全怪美帝國主義，戰友們，奴隸們，起來，對美帝國主義說一聲「不」！

丈夫對着正在打扮的妻子說：都快沒命了，還要那張臉皮幹甚麼？千條萬條，造反有理；千理萬理，錢是真理。有了錢臉皮就能生輝，有了錢生命就有光彩。行動起來，厚着臉皮去翻身，去革命，革命，革革命，革革革命。

原載《明報》一九九七年十一月九日、十六日

盧布說與美元說

天地圖書公司近日通知我，《告別革命》第二版即將售完，他們立即要印刷第三版，問我要不要收入新發表的有關文字和要不要寫個「後記」。我回答說「要」，因為我想藉此談談盧布和美元。

《告別革命》出版之後引起兩極性的強烈批評，本來也在意料之中，然而，卻有三件意外的事沒有想到：一是李澤厚因此被剝奪了在國內報刊發表文章的權利；二是連累了社會科學院的一些朋友，他們再次被視為異端性的「極少數人」。今年年初院黨委書記王忍之在全院工作會議的報告中說，「《告別革命》那一套否定革命歷史、否定馬克思主義的論調，不同程度地影響着一些人，這些問題儘管發生在極少數人身上，但也說明，堅持正確方向的問題在我院並沒有完全解決」；三是我和李澤厚由此共同蒙受一個「拿了美元自然要為美國出主意」的可怕罪名。這一罪名比邢賁思說我們「攻擊中國共產黨，攻擊社會主義制度」還厲害（參見邢氏發於《求是》一九九六年第十六期的長達近兩萬字的〈馬克思主義哲學還是主體性哲學〉）。送給我們這個罪名的現任社科院近代史研究所所長張海鵬，他的〈《告別革命》說錯在哪裏？〉一文（發於《中國當代史研究》九六年第六期）最後下結論說：「既然做了人家的講座教授、客座教授，總要為人家『分化』、『西化』出點主意，為人家的和平演變出點主意。」

經張海鵬先生指點，我才明白《告別革命》原來錯在我們在美國當了教授拿了美元所以替美國出主意。天啊，這是一個科學院的研究所所長說的話嗎？不過，這倒是一個好辦法，即使你寫一百部類似《告別革命》的著作，我這麼一個「美元說」就把你全壓入地獄了。這使我立即想起二三十年代魯迅一再痛斥的「盧布說」。一九二六年三月段祺瑞政府槍殺學生，《晨報》卻說學生是為了幾個盧布去送命；一九三零年魯迅參加自由大同盟，《革命日報》又說魯迅為「金光燦爛的盧布所買收」；一九三一年魯迅加入「左聯」，上海的無聊報紙又攻擊魯迅「加盟的動機」是「為了盧布」。對於這種無聊的誣衊和糾纏，魯迅無法沉默。他從一九二六年至一九三五年先後在〈十四年的「讀經」〉、〈新的薔薇〉、〈三閒集．序言〉、〈「喪家的」「資本家的乏走狗」〉、〈祝中俄文字之交〉、〈論「赴難」和「逃難」〉、〈病後雜談之餘〉、〈論俗人應避雅人〉等文章中揭露這種「盧布說」。他指出盧布說乃是一種黑暗的「陰面的」戰法，其用意在於幫助「主子嗅出匪類」即嗅出對手乃是赤色帝國主義分子，以撲滅聲音又置論敵於「該殺」的死地，因此，這手段「比起『劊子手』來，也就更下賤了」。

我雖崇敬魯迅，但一直避免使用魯迅的尖銳語言，即使此時對着智力低下的張海鵬，我也不願意用「下賤」二字來形容他。然而，我要藉此機會勸說張海鵬與王忍之等，對於社會科學研究，應當形成一種「進入問題」的思維方式，即面對問題、討論問題的方式，而不是在問題之外上綱上線以至上到帝國主義的黑榜，倘若只懂上綱和上榜，社會科學院將會變成讓人瞧不起的社會瘋人院或社會佞人院。

原載《明報》一九九七年七月十三日

北京名利場

北京有許多名利場，對人很有吸引力和誘惑力，其中有一個就是全國政治協商會議。當上全國政協委員，便會帶來名利，因此，有一些知識者、小商人和小官員相當嚮往。

政協是共產黨執政後創造的一種政治形式。它的初衷在於吸收不同政治派別的人士共商國是，它既是「統一戰線」的一種具體建構，又是共產黨聽取批評的場合，這一設計是很不錯的。千家駒先生是第一屆全國政協的籌委會委員，他一定很理解政協建立的初衷，所以敢於直言、敢於批評，但是，這種批評的代價是他分別在一九五七年和一九八九年兩次被開除出政協。把敢於直言敢於批評的千家駒先生開除出政協，說明政協在變質，至少說明現在的政協已違背草創時的初衷。我曾說過，不是千家駒先生需要政協，而是政協需要千家駒先生。一個擁有十二億人的大國，一個執政黨內沒有反對派、執政黨外沒有反對黨的大國，一個中央擁有二千委員、地方擁有數萬委員的政協，能像千家駒先生這樣敢於無私地說真話的人幾乎沒有，或者說，只有可數的幾個。政協多麼需要千家駒先生啊，可是政協卻把千家駒先生開除了，開除了不同的聲音自然就清靜得多，可惜，這是死水般的清靜，是掩蓋着問題與矛盾的清靜。連個人的不同聲音都害怕，更何況反對派、反對黨的聲音？執政者不知道，異端對於社會的健康是絕對必要的，不同的聲音、批評性的聲音對於中國政府的健康和中國社會的健康是絕對必要的，當然，對於政協本身贏得存在的意義和擁有起碼的活力，更是必要的。

有批評，有敢於對國家領導人說真話的批評，政協才有「質」，才有生命，才有制衡力。如果政協不能容納批評的聲音，那麼，進入政協當上了政協委員有甚麼意義呢？難道千里迢迢到北京就去當喜鵲？難道僅僅為了戴上一頂桂冠顯耀於朝、方便於市、滿足一下虛榮心？十五年前，我第一次當上全國政協委員，一方面因為聽到千家駒、吳祖光、費孝通（以後不知道他為甚麼沒有聲音了？）等人的發言而興奮，一方面則對許多政協委員和人民代表只唱頌歌不敢批評的庸俗作風感到非常失望，特別是一九八七年初反自由化之後，政協顯得更沒有生氣，許多老政協委員簡直馴服得像幼兒園的小孩，他們只有感激心態，沒有憂患意識（或許有，但也不敢表達），只敢批評人民，不敢批評政府。這種委員只能「充其量」，絕對不能提高政協的質。我在政協開會時常常逃會，原因之一就是聽不到負責的、有質量的批評；原因之二是我所在的文學研究所有八名全國政協委員和一名人大常委，即使逃會，也能知道會上會下的花絮故事。

寫於一九九八年二月

歷史壯劇與悲劇的創造者

今天我一連接到十幾個電話，全是告訴我鄧小平去世的消息。儘管明知鄧小平辭世是早晚的事，但人們還是強烈地關注着他的死亡。這也說明，鄧小平的名字確實連結着中國一段重要的歷史並連結着億萬中國人的切身利益。

鄧小平的出現，影響了大陸人民的命運，也影響了我個人的命運。如果不是鄧小平，我大約沒有機會在中年時代結束一場噩夢並開始了一個精神創造的時期；同樣，如果不是鄧小平，我大約也不會漂流海外而開始另一人生。在大陸，至今我的名字仍被編入另冊，我的書籍仍被禁行，這些都與鄧小平相關。然而，我面對小平的死，想到的不是個人的恩恩怨怨，而是思索着鄧小平和他的時代以及我自己應作怎樣的評述。

其實，對於鄧小平，我和李澤厚在《告別革命》中已有了一個比較成熟的看法。這種看法我們在去年夏天又一次鄭重地表述。（七月三十一日香港《明報》）當時李澤厚說：「對鄧小平的貢獻，決不可低估。當然鄧也有嚴重錯誤，其改革開放也有許多弊病和問題，但瑕不掩瑜，功大於過。」我接着也說：「鄧小平有嚴重錯誤，特別是『六四』，他負有重大責任。但他打開中國大門，實行改革，結束一個崇拜階級鬥爭的錯誤時代，把中國從毛澤東的絕路上拖救出來，並把它推向與世界連接的發展之路，功勞很大。在二十世紀下半葉，推動中國進步的兩個最重要的歷史人物，恐怕一個是鄧小平，一個是蔣經國。」今天，在鄧小平去世的日子裏，我重溫這些評價，覺得我們的看法是理性的。鄧小平在世時最喜歡講的辭彙是「實事求是」，我們也應還給他一個符合實際的評價。

在二十世紀下半葉，鄧小平的名字確實是一個時代性符號，也可以說，他是一個起過「時代楨桿」作用的偉大歷史人物。因此，他的死，便意味着一個時代的終結。在他之前，以毛澤東的名字為符號的時代，是一個以階級鬥爭為全部生活綱領的時代，這是一個以牛棚為圖騰的、億萬人民陷入飢餓和互相廝殺的悲慘時代。毛澤東死後，並不意味着這個時代的結束。當時完全有繼續這一錯誤時代的可能性，但是，恰恰在這個時候，出現了鄧小平。這個個子低矮而眼光高遠的共產黨人，以令人震驚的氣魄，完全改變了中國航船的軌道。他衝破封閉的堅冰，打開大陸的門戶，把資本主義的活力重新注入中國，使幾乎被計劃經濟拖垮的古老大地再次出現生機。不要忘記，正是這個鄧小平，在六、七十年代曾作為最大的走資本主義道路的當權派之一被推上革命審判台，但他不顧這個可怕的罪名仍然把中國推上以市場經濟為動力的改革開放之路，這種「我不入地獄誰來入」的精神，畢竟是值得敬佩的。有人以為，中國的經濟改革乃是客觀形勢所逼，沒有鄧小平，別人也會這樣做。其實未必，歷史並非如此「必然」。歷史是活的，因為它是人創造的。如果沒有彼得大帝，就不會有十八、十九世紀俄國的燦爛。如果沒有希特勒，就可能不會有第二次世界大戰；如果沒有列寧，就可能不會有十月革命的勝利和以後的蘇聯；如果沒有毛澤東，就不會有文化大革命。同樣，假如沒有鄧小平，就不可能有中國的改革開放。我們可以做個假設，如果周恩來不是死於毛澤東之前而是在毛死後成為中國的領導人，那麼，中國就可能沿着毛澤東的路子走下去，中國就不可能是現在這個樣子。在歷史發展的十字路口上，歷史人物的巨大作用，使得歷史充滿偶然。二十世紀下半葉出現鄧小平，也完全是偶然的。

當我給鄧小平以高度評價的時候，我並沒有忘記他的錯誤。在一九八九年「六四」這場悲劇性事件中，鄧小平是最後的決策者，他當然負有重大責任。我常想，「六四」悲劇不僅是中國人民的不幸，也是鄧小平的不幸。我甚至以為，這一不幸與他過份自信過份固執的性格有關。如果他採取某些妥協性的辦法，也許不會弄得這麼慘。我一直以為，「六四」中沒有勝利者，學生、政府、知識分子都在不同層面上遭到失敗，而鄧小平也是一個失敗者，他鑄造了自己一生中最不幸的一個大錯誤。除了錯誤之外，鄧小平在他生命的最後時刻應當也有遺憾，因為他只開闢了中國經濟改革的道路，還沒有來得及開闢中國政治改革的道路。他的人生是個完成，又是一個未完成。大陸的知識分子曾經對他寄以厚望，希望他在臨終前也能像蔣經國那樣，打開黨禁報禁，至少打開報禁，廣開言路，給中國的政治改革投一基石，但他未能這樣做。也因此，他死後將會給歷史留下更多的爭論。可以預料，鄧小平死後將不會寂寞，圍繞着他的名字，將會有大聲的爭吵，他的「不爭論」的原則，將被擱置於歷史的角落。但是，人們在爭吵之後冷靜下來，又將會以複雜的心情緬懷這個人物，這個在二十世紀最後的歲月裏創造過歷史壯劇也創造過歷史悲劇但畢竟把中國推向前進的偉大人物。

原載《中國時報》一九九七年二月二十一日

小平，你好

鄧小平去世後我一直想念着他，與毛澤東去世後「心中竊喜」的心情完全不同。近日朋友來訪，又總是談論起他。

我對朋友們說，一九八九年我的心靈中了子彈，其實和鄧小平相關。在那場悲劇中，他作為領袖人物，自然負有重任。但是，在發生如此重大悲劇之後，我卻仍然對他懷着深深的敬意。因為我把他放在更寬廣的歷史大場合中，覺得他真的把中國推向前進了。正是他，打開了中國緊閉的大門，創造了一個比悲劇更為重要的改革開放的歷史壯劇。除了歷史功勳之外，鄧小平個人的兩種特殊品格也使我敬佩。

第一種品格是他把老百姓的溫飽看得比個人的功業重要。在他的前前後後，毛澤東和許多領導者，口頭上雖也念着老百姓，實際上卻把意識形態目標和個人的「千秋萬歲」看得比甚麼都重要，所以才會出現「寧要社會主義的草，不要資本主義的苗」的荒謬時代。只有鄧小平真的把老百姓的溫飽放在心上並表現在自己的全部行為中。他「三起三落」，每次落下來，至少是我親眼看到的最後兩次的落下來，全是為了中國老百姓能把日子過下去。一個國家領導人，不顧個人「崇高地位」的丟失，敢為老百姓請命，敢說該說的話，這就不簡單。這種品格與那種身居高位卻膽小如鼠，一心只會自私地力保烏紗帽的官僚政客們相比，完全是另一境界。

第二種品格是講真話的「求實」精神。在全黨全民都在撒謊的時候，在全黨全民都在緊跟最高指示「政治掛帥」、「以階級鬥爭為綱」的時候，幸而有他出來大叫一聲：「這是不對的！」在人們糊裏糊塗、風風火火地爭論「姓資姓社」、「反對『和平演變』」的時候，幸而有他出來說一句大實話：「不管是白貓黑貓……」在革命家們用「馬克思主義」把人們的頭顱壓到地上的時候，幸而又是他出來說：「馬克思主義的真髓就是實事求是。」在毛澤東巨大陰影籠罩的中國，在極左勢力極為猖獗的中國，講這些宏觀性的大真話不容易，然而，正是這些大真話救活了中國。

想到鄧小平這兩點品格，我就想對着他的靈魂再一次說：小平，你好！

原載《明報》一九九七年三月二十日

皺着眉頭的朱鎔基

近日，讀了朱鎔基在《二十一世紀中國經濟發展高級研討會》上所作的《中國經濟形勢和發展》的講話，印象很好。

這個講話所以好，是因為他面對問題。他講的是問題，面對的是問題，討論的是問題：「最發愁的問題是中國人太多了……如果中國的人口跟法國一樣……Any problem is no problem。」跟這個問題相關的還有國營企業的問題、教育問題、科技發展問題等等。中國最令人發愁的是不是人口太多的問題，尚可以討論，政治制衡體系和經濟制衡體系的建設是不是更令人發愁，這個問題大約會有許多人要提出。但是，這不要緊，我們並不要求朱鎔基講話「句句是真理」，只要求他講話要誠懇、實在。實在，就是尊重聽者和尊重社會。朱鎔基此次講話的可貴之處就是實實在在地討論問題，進入問題。我在遙遠的洛磯山下，彷彿看到朱鎔基的眉頭是皺着的。儘管他講話有點幽默，但眉頭分明是皺着的。皺着眉頭想問題談問題，這就很好。這比那種揚起雙眉大講主義大講大好形勢大講空話套話的高官們實在好得很多。每次聽到大話空話套話謊話，我就覺得心靈在受褻瀆，受不了。但聽了朱鎔基的講話，感覺完全不同。

由於朱鎔基的講話，我想到一個政治上的俗氣問題，中國的政治場，可說是從上到下都瀰漫着俗氣。紅包頻送且不說，下級對上級、上級對中央的「媚上」語言與「媚上」作風之嚴重，我早在十年前參加全國政協會議時就感覺到了。那時，我聽到人民代表和政協委員的發言是一片頌揚之聲，很少有面對問題的警告之聲和肺腑之言。即使有些批評，也往往是指責城市民眾「搶購」和鄉村民眾的「盲流」等等。我曾提出意見：人民代表和政協委員是代表人民利益的，發言應批評政府，而不應當批評人民。政協和人大的媚俗媚上作風在此次黨代會上（十五大）又在重複。這麼隆重的會，我幾乎聽不到一句有份量的批評的話，也沒有人敢提出甚麼問題，任仲夷說了一句要特別警惕左傾的話，成了空谷足音，竟激動了好些聽膩了套話的記者。中國的問題那麼多，僅腐敗一項就如滔天洪水，但執政黨的最高級會議上卻滿堂頌聲，這就是政治俗氣，這就是使一個黨一個國家失去嚴肅性的俗氣。

我真希望朱鎔基的講話是一個開端——一個結束的開端，一個結束俗氣政治的開端。從此之後，那種「只講成就、不講問題」、「只唱鶯歌燕舞，不說積重思返」的作風能夠有所改變。而在知識分子群中，那種空談主義、不研究問題的習慣，也應當考慮畫個句號。

原載《明報》一九九七年十月十七日

沒有意識形態的政府報告

十年前在人大會堂聽了幾回政府工作報告，也打了幾回瞌睡。聽冗長的報告，倘若這報告又有許多空話、套話、大話，那真是受折磨。有一回我睡得正香，有人把我碰醒了，一看，是陶駟駒，那時他還不是公安部長（是副職）。因為在文化大革命中「公檢法」被解散時他到社科院（原來叫學部）工作而和我混熟了，我就問：你怎麼在這裏？他笑着說：我來保衛你們呀。十年過去了，大報告的乏味印象仍然難以磨滅。

這回在海外讀朱鎔基總理的政府工作報告，感受完全不一樣。讀了第一部份之後還想讀下去，而且一口氣讀完。我相信，倘若我坐着聽他的報告，肯定不會打瞌睡，這個報告，可用「平實」二字來概括。平實，就是沒有虛言和妄言，面對的是問題，談論的是實際，焦慮的是國計民生。他對政府的大小官員們說：「要敢於堅持原則，敢於碰硬，不能迴避矛盾，更不能隨波逐流；要深入實際，體察民情，為群眾辦實事，力戒空話套話；求真務實，嚴禁虛報浮誇，欺上瞞下；切實改變文山會海，繁文縟節，克服形式主義、官僚主義，把精力真正集中到研究實際問題上來。」這些話說得很好，神州上下的官員們實在應當好好學習。

「報告」的另一個特點，也可說是平實的另一表現是沒有意識形態語言，這是一九四九年建國以來第一個沒有意識形態語言的政府工作報告。這一點可說是破天荒之舉，它本身就是大改革，大進步。本世紀下半葉，意識形態籠罩一切、統治一切。文學藝術的意識形態化使文學成為意識形態的轉達形式，導致文學的枯萎；教育的意識形態化則使學生不知甚麼是愛，甚麼是善良，甚麼是同情心。最慘的是國計民生的意識形態化即吃飯穿衣的意識形態化，甚麼事都要來個「姓資還是姓社」的嚇人提問，最後的結果是「寧吃社會主義的草，不吃資本主義的苗」，連養雞養鴨也是「資本主義的尾巴」。意識形態就像魔圈，國計民生一落入魔圈便不知所措，大小官員一進入魔圈則如霧中人，在空中飄飄蕩蕩，不知幹甚麼好，只知報告「形勢大好」。意識形態當然要研究，可是一旦絕對「化」了便成為中國的大包袱。能放下這個包袱真不簡單。朱鎔基的報告沒有「堅持馬克思主義不動搖」的豪言壯語，卻很有力量。平實就是力量，能放下意識形態的裝飾就是力量，能擱置「二十一世紀是中國的世紀」一類幻想就是力量，能實實在在的進行民族的自我調整、自我改革、自我建設就是力量。

原載《明報》一九九九年三月二十五日

朱鎔基到丹佛

朱鎔基總理的訪美之行，第三站便是到我寄寓的科羅拉多州。他除了在首府丹佛市參觀之外，還走訪小城 Louisville 的 StorageTek。這個公司離我家只有十分鐘的路程。那天晚上，小女兒告訴我，她的同學趙暉就在 StorageTek 工作，老闆為了歡迎朱總理，空前大方，竟送了一台最先進的、可存放十二萬五千張X光照片的電腦儲存器。

朱鎔基在丹佛所受的歡迎是少見的。五月十日晚上州長舉行的五百人宴會，絕對是這個高原之州的盛舉。科州的兩家最大報刊 *The Denver Post* 和 *Rocky Mountain News* 都用頭版整版的篇幅刊登歡迎照片。照片之大，只有科州的橄欖球明星John Elway可與之相比。月初，丹佛《洛磯山新聞》要來採訪，我沒有接受，因為我要看看訪問後的情況再說。今天，我可以說：朱鎔基訪問成功了。來訪之前，國內面對困難狀況猶豫了好一陣，鬧雜可以說，來比不來好，而且是好得多。

由於朱鎔基的訪問，我才看到美國對待中國態度真有兩極，一極友好，很熱烈；一極不友好，很激烈。最近一段時間，似乎是後者正在發展。倘若後者佔上風，中國就要取代前蘇聯成為美國戰略上的最大敵人，「黃禍」與「撒旦」這兩個概念就要在北美大地上蔓延，這可不是好事。老是讓美國的雷達、導彈緊盯着，二十一世紀中國怎能安寧？至少心理上難以安寧。朱鎔基此次訪問，不能說已經扭轉了「不友好」一極的敵對情緒，但可以說，在很大的程度上緩解了這種情緒。這種情緒首先在丹佛市受到衝擊，友好絕對壓倒不友好，接着，芝加哥緊跟丹佛，又是非常友好。丹佛、芝加哥的氣氛似乎感動了紐約。原是不太友好的紐約州長也歡迎朱鎔基，而CNN電視台則用黃金時間獨家採訪朱鎔基，更有意思的是，美國參議院在聽證會上一邊倒地肯定朱鎔基的來訪，有些議員還怪克林頓沒有抓好時機及時和中國簽約（讓中國加入世貿組織）。

因為朱鎔基的到來，丹佛市和整個科羅拉多州興奮了好幾天。美國人很高興，他們的小麥、牛肉、家禽找到了中國大市場，而中國人更高興，五百多位中國人冒着高原寒風到機場熱烈歡迎朱鎔基，他們希望中美友好，希望中國進入世界經濟大結構，他們知道這意味着甚麼。在美國有些知識朋友和我看法不同，他們覺得中國作了太多讓步。可我說：別忘了，這正符合列寧老先生「退一步，進兩步」的教導，世紀末讓一步，將給下個世紀的中國展示安寧而平坦的道路。

原載《明報》一九九九年四月二十二日

第六輯

死亡教育

常對朋友說：我的老師給我兩種教育，一是知識教育；二是死亡教育。後者是我個人和許多在大陸的同齡人的特殊經驗，它給我的思想以最深刻的影響。

我曾想以「死亡教育」為題目，寫一本我的一些小學、中學、大學老師如何死亡的書，藉此可較詳細地講述他們如何在大陸的政治運動中悲慘的故事。但是，一想起這個題目，那些曾經愛過我的死者的屍首就沉重地壓進我的心頭，使我喘不過氣。幾年前，有些朋友就勸我不要太多憂患意識，以免損害身體的健康。我自己也覺得，胸中已積壓了許多屍體，如果再讓這些死者重現其音容笑貌，讓他們再一次呻吟、抽泣、哭訴，我可能受不了。「死亡教育」畢竟不像福樓拜的「情感教育」那麼富有詩意，它的每個故事都帶着權力的兇殘、群眾的勢利、人生的慘苦、鮮血的淋漓。是的，我不能再犯傻了，老師給我知識的積澱就夠了，至於他們還要給我「屍首的積澱」，我是可以逃避的。那麼多同窗和朋友，他們早已逃遁、遺忘、瀟灑，為甚麼你要獨自牽掛、徬徨、神傷呢？

我終於把寫書的念頭放下，那些殺戮者和那個殺戮時代的賢君賢臣可以放心了，他們可以逍遙在我的書外，可以讓自己的名字繼續橫行，繼續欺騙良知麻木的人群。我沒有殺戮者的幸運，雖然把寫書的念頭放下了，但無法逍遙，老師的形象與故事仍然緊緊地尾隨着我。此時，我又想起讀初中時教我英語的陳三純老師，他因為「歷史問題」（和國民黨有過瓜葛）而被開除公職，然後就被遣送回家，就被管制，就捱餓，餓得不能忍受，就在路上撿死蛇吃，死蛇畢竟不多，於是就餓死。從中學想到大學，又想起林鶯老師，我讀書時的廈門大學中文系主任，古典文論教授。他竟然被一群「革命師生」抓住雙手和雙腳，然後抬起來，把他的頭朝着牆壁上撞；撞破了，沒有死，又扔進糞坑；還是沒有死，又扔進井裏；然後說他「畏罪自殺」。死前他曾到北京看過我，還是那樣謙卑、和藹、關懷學生，但很快就被「大革命」所吞沒，他教給我的《滄浪詩話》、《文心雕龍》等等，自然充實了我頭腦的一角，然而，他的死亡卻震動我的整個靈魂。他的死和許多老師的死，還有社會中鄧拓、吳晗、老舍、傅雷等無數無辜者的死，構成一個驚心動魄的死亡學校，給我一個爆炸性的死亡教育。這一教育使我的許多重大的觀念變了，關於人的觀念變了，關於革命的觀念變了，關於階級鬥爭的觀念變了，關於一個階級對一個階級實行專政的觀念變了。死亡教育的力量真大。由於一個一個死者守在良知邊上，我再也不敢講出一句假話，也不敢再輕浮地吟誦「鶯歌燕舞」一類美麗的謊言。我徹悟到：中國未來的生路，是必須面對過去的死亡的。二十世紀中國的許多慘烈的死亡，都不是自然死，而是人為死，即在一種神聖的名義下對人的生命所進行的大規模的殺戮。儘管我放下寫書的念頭，但沒有權利忘記這些死亡的老師們給我的死亡教育。當代世界，似乎沒有一個國家的教師，能把自己生命的鮮血與慘劇，作為學生必修的課程，唯有中國特別，我是應當珍惜的。

寫於一九九七年五月

死亡深淵

一九九六年五、六月間，海外報刊發表了一些紀念文化大革命三十週年的文章，我也寫了一篇〈傑弗遜誓辭〉，發表在《聯合報》上。那時還想寫一篇〈死亡深淵〉，但不知道還有甚麼地方可刊登這類文章，也就放下了。今年春節前因為寫了〈死亡教育〉和〈慘死的大元帥〉，又想起了這個題目。

一想起文化大革命，就會浮起兩個意象，一個是「噩夢」；一個是「深淵」。我所以要寫這個時代，就因為十年噩夢總是像蛇一樣咬住我，使我不能不通過文字把它存放到另一個地方。而「深淵」的意象同樣很奇怪地糾纏着我，它彷彿就在我的額角上，向我放射出一種奇異的光波。這種經驗，很像法國的數學家和哲學家巴斯加（Blaise Pascal，一六二三——一六六二）所發生過的那樣。他在經歷了一次車禍之後，常常看到有一個深淵在他左邊張着大口。後來波德萊爾從這裏得到靈感，寫了《深淵》一詩和許多有關深淵的詩句，其中讓我難忘的是《聲音》中的一段：

> 從此，唉！就開始了那種可以被看成我的創傷和惡運。在無邊際的人生舞台的後面，在最黑暗的深淵之底，我終於清清楚楚看透奇怪的人世，我成為我那入了迷的慧眼的犧牲，拖着咬住我鞋子的蛇走我的路程。

每次低吟這詩句，就想起文化大革命的歲月，那真是「最黑暗的深淵之底」。這一最黑暗的深淵，是一種死亡的深淵。從深淵的表層看，是人死了，血匯成黑色的水流；而從「深淵之底」看，則發現所有美好的東西全都死亡了：文化、道義、美德、人格、人性、愛心、同情心、責任心等等。再細看下去，僅美德一項，就可看到善良、和藹、正直、誠實、謙卑、禮讓、寬容、仁慈、文雅等等全都化作深淵之底的骸骨。每一種美德都被壓倒一切的「政治立場」、「階級立場」所批判、所撕毀，善良被説成是「軟弱」，謙卑被説成是「虛偽」，「誠實」被説成是「曖昧」，同情心被説成是「敵我不分」。各種美德都有罪名，都沒有存在的理由。於是，在深淵之中，不僅有知識分子的屍體，有元帥、將軍、革命家的屍體，還有一個人們的眼睛常常看不見的巨大屍體，這就是中國良心的屍體。中國的良知系統死滅了，中國最深層次的結構死滅了，這一系統之下的各種美德死滅了，深淵之底，到處是良知的灰燼和血痕。Pascal 清清楚楚看到的奇怪的人世，對於我來説，便是看到良知系統被葬入死亡深淵後的人世，由於這種最深重的死亡，世間的一切，突然變得奇怪、荒誕、兇殘、畸形和佈滿病態，讓人對自己的國家感到陌生。

在深淵中的死人與死物，後來被作了一番處理。死人的屍體被打撈起來了，讓他們重見天光，恢復名譽，安慰了一下生者的悲哀；而一些死物，如被判定為「封、資、修」的書籍，也讓它重見天光，恢復活力，重新化為生者的嚮往和追求。知識與人事結構的缺陷很快就補上了，唯有死了的良知系統很難復活，至今仍躺臥在深淵的幽暗中。這一巨大的死魂靈大約需要幾代知識分子的知識活動和中國幾代人的努力才能重新使它的心臟健康地跳動。倘若良知系統未能重建，那麼中國即使富了起來，恐怕死亡的深淵，還會在人們的額角上張開它的大口，再次讓人「感到恐怖之風，吹過我全身豎起的寒毛。」（波德萊爾《深淵》中的詩句）

原載《中國時報》一九九八年二月二十七日

玉碎

日本作家開高健先生，以老舍之死為題材寫作的名叫《玉碎》的小說，榮獲了一九七九年度的川端康成獎。我知道此事後，每次想起死難的作家藝術家，如傅雷、陳翔鶴、嚴鳳英等，就浮起「玉碎」這一意象。一個中國作家的死亡，給日本作家留下玉碎之感，而我，一個中國思想者，怎能麻木不仁呢？當然，文學藝術之玉，並非僅僅屬於它的故國，它還屬於整個人類。當權勢者掄起斧頭摧毀產生於自己土地上的寶玉時，他們能否想到，這一錘子打下去，擊碎的是海內外所有善良的心呢？

老舍、傅雷、陳翔鶴、嚴鳳英等都是自殺而死的。然而，玉碎並非是他們自己搗碎的。他們是一個個已被折磨、污辱到身心俱裂之後才選擇死亡的。作為生命之玉，他們早已被時代的斧頭打成碎片，然而，即使化作碎片，他們也還記得自身的尊嚴，以死對摧殘者作出最後一次抗議。

當玉碎這一意象浮起時，我有時只是想到個例性的死亡，因為是個例，所以想起來還有平靜，而想起六、七十年代的群體性死亡，我就感到生命的震撼；怎麼會有一種宇宙運動，突然降臨到中國這個地點，然後以駭人聽聞的力量，大規模地粉碎國土上的玉石，剿滅不知多少年代才形成的精英？這一宇宙運動是怎麼形成的？這個運動的落腳點和方式是怎麼選擇的？中國的文化自然是不是已經進入末日期所以需要這樣一次大爆炸？想來想去就想呆想亂了。文化大革命結束的時候，我才三十五歲，然而，我的整個心胸已積滿了玉石的碎片，這些碎片時時刺痛着，時時讓我感到一種難以承受的困惑與悲哀。

到海外之後，我不僅和「玉碎」的噩夢拉開了時間距離而且拉開了空間距離，於是，我不再去尋找打碎寶玉的兇手了。兇手是有的，但抓住了幾個兇手沒有用，兇手之外的兇手還在逍遙還在繁殖還在準備新的運動。玉碎的時代是共同造成的，包括我自己。我也參與了創造玉碎的悲慘時代。如果在五十年代初期，當人們在打擊一塊名叫「胡適」的玉石時，我們就加以拒絕就抬起頭來質疑這個時代，那麼，六、七十年代的集體性玉碎就不會發生。巴金說，「老舍的死，我也有一份責任」。巴金意識到六十年代的大爆炸，是在這之前大家無意識地共同投下過火藥的。在批判胡適、俞平伯、胡風、「右派」時就投下過火藥。謳歌也是火藥。謳歌反人性的運動，就是罪孽。世界上的萬物萬有，陳陳相因，天天講階級鬥爭，最後就會有一天化為一種合力，在一個時間與空間點上，產生一種粉碎精華碧玉的大浩劫。

我喜愛《紅樓夢》，也與「玉碎」的意象有關。《紅樓夢》正是一部「悲金悼玉」的巨著。黛玉，妙玉，晴雯之玉，鴛鴦之玉，秦可卿之玉，尤氏姊妹之玉，一顆一顆地被社會壓碎了。玉的碎片在二百年中刺痛無數有情人的心，直到今天我們還感到碎片在自己身上留下傷痕。我敬佩王國維先生在八、九十年前深深地領悟到《紅樓夢》玉碎的大悲哀，而且悟到造成大悲劇的不是幾個「蛇蠍之人」，而是整個社會關係的結果，也就是說，是一個看不見的、但又絕對無情的「結構」把她們輾碎的。最可悲哀的是，連那些最愛黛玉們的人，如賈寶玉和賈母，也在結構之中。這正是人們難以意識到的「共犯結構」。大陸一、兩代人的玉碎悲劇，也是一種結構性悲劇。因此，我在為玉碎而悲哀的時候，也為造成玉碎而逃避責任的同胞悲哀。許多人早已忘掉玉碎的悲劇，因為在他們看來，「兇手」已經處置，玉碎與他們無關。然而，正是這種遺忘與瀟灑，使得中國玉碎的悲劇總是不斷重複。

原載《中國時報》一九九八年四月十日

慘死的大元帥

在中國共產黨的革命元勳中，有沒有你敬愛的人？倘若有，你最敬愛的是誰？

如果有人這樣問？我將回答：

有。我最敬愛的革命英雄是彭德懷元帥。

我對人的敬愛，不論成敗，也不重功過，只關注人格。

彭德懷既是勝利的英雄，也是失敗的英雄，但是，估量他的人生有幾分勝利，幾分失敗，或估量他有幾分功勞，幾分過錯，都沒有意義。

最重要的是，他用自己的勝利也用自己的失敗最後又用自己的生命，為中國留下一種敢於為民請命的精神。在中國共產黨高層領導人之中，這種精神極其稀有，在二十世紀下半葉，彭德懷不能說是唯一的擁有者（還有張聞天、鄧子恢、胡耀邦等），但可以說，他是大陸為民請命的第一個英雄和最偉大的代表。

一九五八年，中國在毛澤東的帶領下，進入所謂「大躍進」的瘋狂，舉國都在大煉鋼鐵和大講謊言。一九五九年，大躍進的後果呈現：田野開始荒疏，大災難的慘劇揭開序幕。可是，這個時候從上到下仍然是一片頌聲，唯有彭德懷坦率地表達他的焦慮。這位大將軍在回到故鄉湖南湘潭時發現災禍正在醞釀時竟用詩句表達他的憂慮：

穀撒地，薯葉枯。
青壯煉鐵去，收禾童與姑。
來年日子怎麼過，我為人民鼓與呼！

這一年七月，中國共產黨在廬山召開會議。彭德懷果然挺身而出，果然「為人民鼓與呼」，果然上書毛澤東為民請命。他用中國共產黨高層幹部未曾使用過的最坦率的語言批評「黨」和毛澤東：

一九五七年整風反右以來，政治經濟一連串的勝利，黨的威信提高了，腦子發熱，得意忘形了。無產階級專政後容易犯官僚主義，因為黨的威信提高了，群眾信任，因此行政命令多。吃飯不要錢，那麼大的事，沒有經過試驗。總之，大勝利後容易熱就是熟悉的經驗也容易忘記。要找經驗教訓，不要埋怨，不要追究責任。人人有責任，人人有份，包括毛澤東同志在內。

了解中國國情的人都會知道，彭德懷發出這一封信是何等勇敢！當時毛澤東擁有無上的權威，而黨內的高級幹部又都緊跟毛澤東，即使明知彭德懷說的是實話，但為了保住桂冠也會絕對維護毛澤東。彭德懷深知政治環境的險惡，但為了人民的利益，他把自己的安危榮辱完全置之度外，硬說出別人不敢說的話，並為說出這些話付出巨大的代價：他激怒了毛澤東，被定為「反黨集團」的頭子，被撤職罷官，被送到北京西郊掛甲屯田。一個開國的元勳，一個戰功赫赫的元帥，一個在朝鮮戰爭中名滿天下的最高統帥，就因為替老百姓說幾句話而被剝奪了一切榮譽地位，這對一個心存虛榮的人該會多麼難過，可是彭德懷不然，他對丟失的一切滿不在乎，在到京郊之前，他毅然地把元帥服、勳章、狐皮大衣、地毯、名人字畫、獵槍、「吉斯」轎車全部上交。「凡是當老百姓用不着的，我都不要。」他說。

然而，被罷官只是人格的第一次考驗，更嚴峻的考驗是在文化大革命。一九六六年十二月二十一日，毛澤東再次批判彭德懷，說「嘉靖罷了海瑞的官，一九五九年我們罷了彭德懷的官，彭德懷也是海瑞。」這之後的第四天，紅衛兵強行綁架彭德懷，之後，中央文革的戚本禹訓示彭德懷專案組說：「毒蛇僵了，但沒有死，紙老虎彭德懷殺人不眨眼，他是軍閥，不要看他裝可憐相，如壁虎一樣，裝死，實際上沒有死，要打翻在地，踏上幾隻腳。」在戚本禹的鼓動下，北京航空學院首先批鬥彭德懷，紅衛兵首領韓愛晶走到彭德懷面前，當胸就是一拳，接着其他人便蜂擁而上，摁着彭德懷的頭往牆上撞，並七次打翻在地，除了前額打破、肺部內傷之外，胸部左右兩側第五根和第十根肋骨也被打斷。這之後，北京各派革命群眾組織，又揪鬥彭德懷一百多場，「革命群眾」竟然對他扔西紅柿和吐口水。一九七零年九月，已經被摧殘得遍體鱗傷的彭德懷又被「中央」宣佈「永遠開除黨籍，判處無期徒刑，終生剝奪公民權利」。一九七四年他終於死於絕望之中。死後遺體被秘密火化，運到四川，編號三二七，「賜」名王川，成都市人，三十二歲，遺體火化費用由死者在獄中的生活費中扣除。

彭德懷為了替老百姓請命，不僅付出戰爭時期得來的榮譽、地位等勝利品，而且受盡人間一切可能有的侮辱和折磨。但是，所有記載彭德懷的文字，都證明彭德懷在經受毒打、毒刑及最後判決時未曾低下過他的剛勇的頭顱。於是，他的為民請命，便構成一個完整的令人傷心怵目又令人肅然起敬的故事。

原載《中國時報》一九九八年一月二十三日

生死兩茫茫

在中國共產黨歷史上擔任過領導者（總書記或相當於總書記）的革命家中，有三位是作家、文化人出身但最後都以悲劇終了。這三個人是陳獨秀、瞿秋白、張聞天。

我對這三個人都有好感。儘管他們捲入政治激流的最前峰，都有缺陷，但他們始終保留着一種書卷氣。險惡的鬥爭風浪並沒有把他們人性最底層的誠實和其他一些美好品格捲走。然而，正因為他們保留了人性和書卷氣，因此，他們既不容於敵對者也不容於自己的隊伍，最後都死得很孤寂很悲慘。

陳獨秀死前窮得只剩下一堆充飢的馬鈴薯，他最後寫的是準備換米糧用的《小學識字課本》。他正如魯迅先生所說的，「默默地死在周邊毫無社會生氣的石牆院冰涼的竹蓆板床上」，陳獨秀死後很不安寧，特別是他草創的中國共產黨執政之後，他一直作為「右傾機會主義的頭目」被批判、被詛咒、被精神「鞭屍」。直到一九八一年，中共中央才批准再造陳獨秀墓。墓碑上寫着「陳獨秀之墓」，既不稱「先生」，也不稱「同志」。

一九二七年接替陳獨秀擔任共產黨最高領導職務的是瞿秋白。如果說陳獨秀只寫過「文學革命論」，並非真正的文學家，那麼，瞿秋白可真的是作家，渾身都是文人氣質。臨終前他作《多餘的話》，就說自己捲入政治完全是「歷史的誤會」，從事政治對於他來說就像「捉住老鴉在樹上做巢」，完全不相宜。《多餘的話》每一句都很誠懇，很實在，我好幾次讀後為之流淚。《多餘的話》寫完後他先是被國民黨槍斃，後又被共產黨視為「叛徒」，在文化大革命中被「精神槍斃」了無數回，當時有個「革命組織」，辦了份《討瞿戰報》，出版了幾十期，每一期都聲討他和咒罵他。我每期都買，後來裝訂成一大本，出國前我每次翻閱都感到毛骨悚然：對一個已經犧牲已經獻身的年輕革命領導者（死時三十六歲）如此仇恨、如此污辱、如此「鞭屍」，究竟是為了甚麼？

瞿秋白的遭遇使我恐懼，但畢竟沒有見過他，而張聞天的遭遇則是我親眼耳聞目睹，因此也給我留下更大的困惑與悲哀。一九六六年八月的一天，我所在的社會科學院造反派揪鬥張聞天（他因為在一九五九年的盧山會議支持彭德懷被定為「反黨集團」的成員和被罷免一切職務而被下放到社科院經濟研究所擔任特約研究員），他已經在經濟所被揪鬥過許多次，這一次是到社科院院部大席棚裏來接受批判。因為張聞天名聲特別大，整個席棚擠得滿滿。我左衝右撞之後才搶到一個位置。坐在長條木頭上，我仔細地看了看這位在一九三三年就擔任中央民主政府主席，在一九三五年遵義會議上起草會議決議、會後主持中央工作的老革命家：臉色蒼白、浮腫、鬍子又長又亂，高帽下的眼睛佈滿倦意，但仍然閃爍着微弱的良善的光波。我從這眼光裏立即想到他本是一個文學家，十七歲就開始發表文學作品，二十二歲到舊金山勤工儉學時就翻譯多部外國戲劇和小說，二十四歲回國後就發表長篇小說《旅途》和劇本《青春的夢》。為了實現青春的夢，他投身革命並成了革命的領導人之一，可是革命成功之後的今天，他卻掛着「反革命機會主義分子」的牌子站在革命的審判台上。革命造反派把他的頭按到地上，要他承認「一貫反對毛主席」、「在盧山會議上企圖篡黨奪權」，而他卻滿口書生氣地回答：我在盧山會議上反對過胡誇冒進，沒有反對毛主席……造反派再次把他的頭按到地上，然後又拷問他為甚麼要替劉少奇承擔「六十一個叛徒出獄」的「滔天罪行」，而他又書生氣十足地回答，「是我批准的」……

張聞天在一九六七年裏，被審訊和被迫寫交代材料共二百一十九次。一九六九年五月十六日他和他的夫人被宣佈「隔離監護」即關押，同年十月二十日，他被勒令停止使用名字，化名「張普」遣送廣東肇慶；六年後，他被轉送到無錫，一九七六年七月一日心絞痛發作而死。死後第九天，中央派人到無錫宣佈四條決定：就地火化；繼續保密；不許開追悼會；骨灰存放無錫公墓。張聞天死得這樣淒涼和悲慘，全怪他的「書生意氣」：在廬山會議上，他為民請命並宣告：「我是共產黨員，應該講真話！」

可是，講真話的代價太大了：生時要受折磨，死後還要被淩辱。陳獨秀、瞿秋白、張聞天的生死故事告訴我：想講真話，就得準備雙重受難。

原載《中國時報》一九八八年二月六日

心結難解

很奇怪，有些人與我並沒有私交，但他們的死亡，卻留給我永遠難解的心結。文化大革命結束二十年了，這些死者離開人間三十年了，而我已經遠遠地離開埋葬死者的那一片土地了，但心中還是老惦念着他們的名字，這才知道，他們的名字已成了我心靈的一脈神經。

在我的青年時代，這些死者的名字常常伴隨着我和我的同時代人。他們的名字其實屬於整個中國，我一直把他們視為中國人的一種共名。例如，我就把第一個贏得世界乒乓球冠軍的容國團視為中國傑出運動員的共名，把在黃梅戲中扮演七仙女的嚴鳳英視為中國戲曲演員的共名，把掏大糞的著名工人時傳祥視為中國非產業工人的共名。在大陸人還過着正常日子而我充滿青春期待的時候，他們一出現在報紙上，我就會滿心喜悅。容國團，使我想到勇敢、謙遜、為國爭取光榮；嚴鳳英，使我看到美麗、活潑、神界人界都有純真在；時傳祥，使我看到勤勞、忠厚，世界的乾淨全靠不怕髒的老實人支撐着。然而，在那場大革命中，他們都被整死了，死得很慘。他們死了之後，身軀不知道埋葬在哪裏？但名字的一角，肯定埋在我的心裏。

記得一九五九年容國團獲得第二十五屆世界錦標賽男子單打冠軍的時候，我和我的同學興奮得互相擁抱，連平常總是羞答答的女同學也不例外。當時我是多麼欽佩容國團啊。他才比我大四歲，可他就為祖國爭得這麼大的光榮了。也許因為特別欽佩的緣故，因此，當一九六六年聽說他被誣衊為「特務」而悲憤至極吊死在龍潭湖邊的槐樹上時，我真的感到心碎了。龍潭湖就在社會科學院附近，我好幾次去尋找那棵槐樹，但是找不到。在龍潭湖邊，我多次想起容國團的名字：這樣的一個愛國者，這樣一個為國爭得光榮的兄弟，怎麼容不下他呀！

認識嚴鳳英則是在一九五六年，那時她作為主角（七仙女）的電影《天仙配》到處放映。她在和她的「董郎」分離時哭得天搖地動，我們這些中學生也跟着哭。「這麼美麗的仙女要是能長住人間該多好！」當時我想：仙女大概就是這個樣了，這麼美麗，又這麼愛窮苦人。沒想到，十年之後，鋪天蓋地進行人身攻擊的大字報糊到這位仙女的門口，「劉少奇的文藝黑線人物」、「周揚的黑幹將」等帽子還不足懼，可怕的是大字報造她的謠言說：因為嚴鳳英經常出省演出，積累了全國糧票，準備叛國投敵。還說嚴鳳英是「九大特務」之一，這些特務包括王光美、郭德潔、白楊等。嚴鳳英的鈕扣，一顆是發報機，一顆是照相機。他們已截獲台灣發給嚴鳳英的密電，只是嚴鳳英尚未回電。這種恐怖的謠言發出後，劇團裏就成立了「專打嚴鳳英戰鬥隊」，開始對她進行無休止的批鬥，最後把她逼上死路：一九六八年四月八日服毒自盡。死時被剖腹檢查，要看看她腹中是否藏有特務的發報機。當時監督剖屍的軍代表講了一句話：「我沒有看過嚴鳳英的戲，也沒有看過嚴鳳英的電影，這一下我看到嚴鳳英的『原形』了。」我心目中的「仙女」，就這樣被折磨成鬼，折磨到死後的五臟六腑。

從此之後，嚴鳳英的名字便成了我的一個心結：這樣美麗單純的姊妹，為甚麼一定要把她置於死地？置於死地後為甚麼還要這樣污辱她？為甚麼要在她身上發洩這麼大的仇恨？仇恨的理由是甚麼？嚴鳳英的悲慘故事一直讓我困惑到現在。

如果說嚴鳳英曾經活在天上，那麼時傳祥則是活在人間社會的最底層。他從事的是掏大糞這種最艱苦、最低微的職業。照理，在工人階級專政的國家中，他受到尊重是理所當然的。也許因為自己天生害怕大糞，所以就格外敬佩敢於以掏大糞為職業並為此感到光榮的人。可是，沒想到，在文化大革命中他也因被劉少奇接見過而遭殃。江青不放過他，她不僅給他扣上「工賊」的帽子，還給他扣上一頂「糞霸」的帽子。掏糞也成了「霸」，我至今想不通。江青講話後，時傳祥被揪鬥遊街達五百多次，最後終於支撐不住而死。他十五歲時就因家境貧窮而從山東沿路討乞到北京，做了掏糞工人。在勢利的眼睛裏，這是「臭屎殼郎」。革命，使「臭屎殼郎」變成勞動模範，所以我擁護革命；然而，繼續革命卻把勞動模範變成「工賊」、「糞霸」，所以我懷疑革命。一個本來就在最臭的地方謀生的人，為甚麼還要發動革命把他批倒批臭批死呢？如果不是時傳祥在掏大糞，江青們的好社會能夠乾淨輝煌嗎？連一個掏糞工人都容不得、放不過，這種人間還算人間嗎？人們一定沒想到，時傳祥也成了我的一個心結，可是，他的名字確確實實地懸掛在我心頭。我在他的名字中讀到人世間的不公平和絕對荒謬。

還有許多類似容國團、嚴鳳英、時傳祥的名字，也成了我的心結。我無法一一把它解開，他們的名字是我的天問與地問。這些名字雖然使我活得難以輕鬆，但也使我不敢輕浮。我當然不會讓自己的生活陷入他們的名字之中，我年年都在閱讀從荷馬、柏拉圖到博爾赫斯的著作，然而，他們的名字使我記住中國知識者特殊的使命，而且記住：任何賣弄與顯耀，都對不起歷史，都會使荒謬的人間更加荒謬。

原載《中國時報》一九九八年三月二十日

於心不忍

大約已經有十年了，我一直思考着「文學與懺悔意識」，這一課題自然得講良知。一講良知便牽涉到憐憫之心，不忍之心等，而提起不忍之心總是浮想聯翩，雖然有些事情過去很久了，但一想起還是折磨着自己。

一九六五年我到江西參加「四清」運動，並主持一個生產隊的四清工作。一天晚上，我召開「四類分子」會議，呆坐到八點多，見到會場只有兩個婦女和幾個十二、十三歲的小青年，便問身邊的「貧協主席」：怎麼四類分子還不來？貧協主席指着這些女子和少年說：他們就是。開始時我愣了一下，但很快就明白：老地主死了，他們的兒女接替了父輩的位置，也被當作四類分子一樣的賤民。那時我剛大學畢業不久，政治立場非常重要，不敢多說話，但心裏總是不忍：這些女子和孩子是沒有罪的，父輩「剝削」過人，可是他們自己並沒有參與「剝削」。現在他們一個一個像被挨打過的牲口，眼裏全是怯生生的光，頭埋得那麼低。十二、三歲的少年，人生還沒有開始，社會就剝奪了他們做人的權利。

中國的「株連」是非常可怕的，許多硬漢子最後不得不低下自己的頭，不是因為自己怕死，而是因為愛，因為愛自己的妻子、愛自己的父親、母親和九族，特別是愛那些還沒有享受過人生的孩子。歷史上株連九族的故事，每一個都讓我心驚膽戰。我曾以為，「株連」的野蠻早已消失，現代文明社會應該不會再重複這種野蠻，然而，當我踏進社會之後，卻看見到處是這種野蠻，在文化大革命中，無數株連的故事使我害怕，然後又久久地折磨母親給與我的無法硬化的不忍之心。

文化大革命的序幕是從批判歷史學家吳晗的《海瑞罷官》開始的。批了《海瑞罷官》，吳晗又作為反革命「三家村」的成員被「揪」出來。在全國全民的聲討之下，「三家村」的另一成員鄧拓毅然自盡（一九六六年五月十七日）。「莫謂書生空議論，頭顱擲處血斑斑。」他生前的詩句在自己的身上應驗了。而未能及時了斷的吳晗，則從一九六六年至一九六九年，受盡人間罕見的折磨：被押到區、縣、市、工廠、農村、機關、學校輪番批鬥；被綁在烈日的枯樹下示眾；被拖到馬路上然後跪在粗沙粒上請罪；被皮鞭抽打得遍體鱗傷；被公安部長下令逮捕送上囚車送上牢獄；被扣上「蘇修特務」的帽子無處申說；最後被剝奪了生命、被剝奪了一切，連骨灰都不知下落，留給世界的只剩下一條血跡斑斑的褲子。

吳晗這種遭遇已經使我不忍心細說，可是，他妻子和女兒受他的牽連而慘死更使我於心不忍。他的妻子袁震本來就體弱多病，一直病休在家，連大熱天都還穿着棉袍子。吳晗出事後她因難以和吳晗劃清界線而被打成「右派」，送進「勞改隊」，在又潮又濕的舊浴池裏幹活，結果雙腿癱瘓，比吳晗還先死半年。死前吳晗的兩個孩子曾把媽媽送到醫院，但醫務人員知道她是吳晗的妻子後，不敢搶救，眼睜睜地看着她死。最使我難過的是吳晗的女兒小彥和兒子小彰，父母死時一個十五歲，一個十一歲。如果說，吳晗是「有罪」的，那麼，這兩個未成年的孩子應當是無辜的，然而，他們作為反革命家屬，不僅沒有人給與關懷，而且常被拳打腳踢。吳晗死後四年，吳小彥終於支撐不住而精神失常，可是，深入骨髓的記憶卻驅使她顛簸到北京市革命委員會去討取父親的骨灰。沒想到，「革委會」卻以「影響首長安全」為罪名把她戴上鐐銬、逮捕入獄。這一天她正得了闌尾炎，本該到醫院動手術，卻硬被送入牢房。哀痛、疾病，加上在牢中不斷被拷打（門牙被打掉，額頭被打開口子），她終於在一九七六年九月二十三日慘死獄中，死時僅二十三歲。如果不是劫難的來臨，她該是帶着活潑、美和天真走出大學校門了。吳晗在寫作《海瑞罷官》時絕對想不到他這一着筆，會導致家破人亡，不僅帶給自己不幸，還帶給妻子、女兒這麼大的痛苦和死亡慘劇。他在《朱元璋傳》中曾描述過朱氏王朝專制下文化人的遭殃：「網羅佈置好了，包圍圈逐漸縮小了。蒼鷹在天上盤旋，獵犬在追逐，一片號角聲，吶喊聲，呼鷹喚狗聲，已入網的文人一個個斷腿破胸，呻吟在血泊中。在網外圍外的在戰顫，在恐懼，在逃避，在偽裝。」從這段描寫中，說明吳晗深知中國專制對正直敢言的文化人絕不留情，但他沒想到，委任他當了北京市副市長的現代文明國家，也會對他絕不留情，並使他的妻子女兒也斷腿破胸，慘死於血泊冤獄之中。

吳晗的遭遇在大陸家喻戶曉，但他的妻子和女兒的故事恐怕還有很多人不知道。我因為知道了，總是於心不忍。時間雖然過去二十多年了，但這些故事仍然常常刺痛我的良心。我和吳晗一家雖然素不相識，但故事畢竟發生在我們的國土，傷心之劇畢竟發生在同胞兄弟姊妹身上。我今天寫着這些文字，已經不能安慰死者了。但是，我想藉此期待：下個世紀的中華，也許還有政治爭戰，但願爭戰的英雄們，能憐憫像吳小彥這類無辜、無助的孩子！

原載《中國時報》一九九八年二月二十日

紅與黑的混亂

做人難，到處都一樣。但在大陸做人尤其難，這是因為常常找不到做人的邏輯。比方說，我和許多朋友在文化大革命初，確實緊跟「毛主席革命路線」，但是不管怎樣緊跟，如何表態，最後還是被判定為走上「資產階級反動路線」。原因是你對「本單位領導人」（後來被命名為「走資派」）沒有及時造反。可是，一九五七年，一些響應號召的傻知識分子就因批評了「本單位領導人」而當了「右派分子」，罪名是反黨反社會主義。

那麼，到底是五七年的「反」不對，還是六六年的「不反」不對，總得有個理可講，有個邏輯可循，但我一直找不到正常的理和邏輯。

這種邏輯之亂在大陸到處都是，我常被迷亂的邏輯弄得非常迷惘，在年輕的時候就陷入精神的絕境。記得一九六七年的一天，一位朋友告訴我，賀龍元帥被整死了，中央說他是「大軍閥」、「大土匪」。聽了這消息，我幾乎蹦跳起來，衝着朋友叫：賀龍是共產黨的大將軍大元帥，國民黨說他是「大土匪」還符合邏輯，共產黨怎麼也說他是「大土匪」？朋友見我發怒，就反駁說：毛主席說，革命不是繪畫繡花、請客吃飯，還講甚麼邏輯？可我還是不服，二三十年過去了，想起賀龍，我還是會嘮叨着：蔣介石先生們罵他是「土匪」還可理解，毛澤東先生和林彪先生們罵他是「土匪」，我想不清。

因為從事寫作，文學界的邏輯迷亂更是讓我困惑：周揚、夏衍、田漢、陽翰笙等四條漢子在三十年代明明是共產黨的文化紅線，怎麼偏說他們是反革命黑線？鄧拓明明是《人民日報》總編輯，吳晗明明是北京副市長兼歷史學家，老舍、巴金明明寫了一個又一個劇本歌頌共產黨，他們明明是紅色文化人，怎麼偏說他們是「黑幫分子」、「反共老手」。更使我想不通的是連延安文學、工農兵文學的代表作家趙樹理也被視為「黑幫」。只要有一點中國現代文學常識的人，都會知道這個寫過《小二黑結婚》、《李有才板話》的小說家，從頭到腳、從作品的政治傾向到語言形式都是工農化即紅通通赤條條的，除了作品主角名字「小二黑」沾上黑字，絕對與「黑」無關。可是一九六六年八月山西省委宣傳部的革命派在揪鬥他的時候，偏偏給他戴上深黑色的高帽，身上掛着的牌子寫的偏偏是「黑幫分子趙樹理」，而且鬥爭會一開始就是一場關於「紅與黑」的論辯。革命派首領問：「趙樹理，造反派說你是黑幫，你膽敢反抗，這是反革命行為！罪該萬死！我問你，你是不是黑幫？」趙樹理回答說：「你們說我是黑幫，我不敢當。我這個人長得黑，這是事實，可是心不黑，也沒幫沒派。」趙樹理不承認「黑」之後，更大的災難便跟着降臨。一九六七年一月八日，《光明日報》發表文章，題目叫做〈趙樹理是反革命修正主義文藝路線的標兵〉，第二天，《解放軍報》又用整版的版面發了三篇批判文章。這之後，趙樹理便從隔離反省變成遊街示眾，連續批鬥。革命派把他打翻在地，再踩上一隻腳，真打真踩，直至折斷他的兩根肋骨。折斷的骨刺又戳破了左肺葉，致使他走路只能用兩手捂着胸脯，歪斜着身往前顛，走一步，咳一聲。已經到了這個地步，革命派還揪住他到全省各地遊鬥。在晉城鬥爭時，還特意把他放在用三張桌子疊起來的高台上，讓趙樹理跪在上面，然後對趙說：你不是寫過〈三關排宴〉嗎？這回就讓你來個真正的「三關排宴」吧！說完就照着他的後背一推，把趙樹理摔得昏倒在地並又折斷了髖骨。這之後山西省高級人民法院竟奉命成立「趙樹理專案組」，把他囚禁起來。囚禁期間，還繼續召開大規模的「批趙大會」，但趙樹理已經無法站立，只能用雙肘撐在桌面上，胸部抵住桌沿。會後的第五天，即一九七零年九月二十三日，趙樹理終於口吐白沫，死於囚室中。

我寫過幾篇談論趙樹理小說的文章，對他有禮讚也有批評，但對作家本人，我始終懷着敬意，並覺得他創造出道道地地的中國農民文學。對他的小說，該作怎樣的評價，可以爭論，但這位作家有熱的血、有紅的血，有對中國貧窮鄉村土地赤誠的愛與同情，卻是無可懷疑的。對於這樣一個作家，紅色政權只有衷心護愛才符合邏輯，可是，他卻死得這麼慘，被摧殘得這樣讓人心驚肉跳。每次想起趙樹理，我就迷惘，就覺得中國的革命人很有問題，心頭就佈滿撕裂神經的問號，所有的革命邏輯就亂成一團，以至我不得不提醒自己：小心，別讓自己的心靈邏輯也發生分裂。

原載《中國時報》一九九八年三月二十七日

龍齒現象

中國常以龍作為民族的象徵，中國人也喜歡把自己視為龍的傳人，但卻不太留心古希臘神話中所說的「龍齒」現象。

希臘神話說，底比斯城邦的始祖卡德瑪斯建邦時曾殺死過一條大龍，並將其齒種入地下。隨即，龍齒竟像種子長出生物，這些生物是一群群好鬥嗜殺的武士。於是，他們便互相殘殺，最後只剩下五個人，成為底比斯的祖先。

一九七六年秋天，北京宣佈逮捕「四人幫」時，我想起了這個神話故事。覺得江青、張春橋、王洪文、姚文元這四個人加上康生，就是「龍齒」長出來的最後五個嗜鬥嗜殺的「武士」，他們是中國當代極端左傾王國的祖先，以後中國的激進分子倘若要尋找家譜、族譜、國譜，一定會找到他們。

中國大陸的當代政治，是一種替罪羊的政治。「四人幫」本身有罪，但又是替罪羊。文化大革命這場巨大的歷史浩劫，單憑他們四個和康生，是發動不起來的。如果沒有毛澤東，不可能有這場運動。因此，倘若「尋根」，就會尋到毛澤東。這就是說，毛澤東才是真正的「龍齒」。毛澤東權力之大，是歷代中國皇帝難以比擬的，把毛澤東比作「龍」，他應當是很高興的。然而，當他在中國執政的時候，播下的「龍齒」卻大有問題。這些龍齒就是他的思想。

「鬥爭哲學」、「全面專政」、「繼續革命」這樣一些觀念全是龍齒。這些龍齒在本世紀下半葉經歷了一個長達數十年的播種季節，不僅遍及山河大地，而且真的種入人們的心中血中。誰都沒有想到，東方的龍齒種植下去後會產生那麼激進的「武士」，文化大革命會變成武化大革命，文明史漫長的中國會變成武士的鬥技場，殺到最後，大群開國元老、將軍元帥、詩人學者都被横掃乾淨，革命王國的頂尖上只剩下「四人幫」等自稱「百分百馬列」的極其兇惡的武士。

因為種下的是龍齒，所以收獲的武士也都長着特別犀利的牙齒。我在國內的時候，曾經呼籲彼此都應當用腦子而不應當用牙齒，就因為感受到的並非理性批判，而是龍齒的批判。到了本世紀的後期，中國的文章火藥味很濃，棍子和帽子佈滿字裏行間，論爭時不是說理而是人身攻擊，完全拋棄「溫柔敦厚」，這正是「龍齒」在起作用。

「四人幫」武士集團垮了之後，種入中國的龍齒並沒有消失。因為意識到這一點，我便講懺悔意識，以說明中國大面積、大規模地播種了龍齒，我們每個經歷過龍齒時代的人，不管有意無意，都在自己身上留下了龍齒的顆粒，都帶上了一點好鬥嗜殺的武士壞脾氣。儘管同胞們不喜歡「武士」這一概念，而喜歡「戰士」這一概念，但脾氣古怪好鬥是毫無疑問的了，所以清除龍齒的遺風可說是人人有責。我這麼一說，一些作家詩人都義憤起來，硬說他們與龍齒絕對無關，宣佈「永不懺悔」，然而，只要仔細看看他們義憤的文字，就可知道他們身上也有龍齒，至少有些龍齒的碎片。其實，提起「龍齒」是不必着急的，這可以讓我們在爭當龍的傳人時，避免充當龍齒的傳人，也可以避免充當「底比斯」激進王國的公民。

原載《中國時報》一九九八年三月十三日

謠言恐怖

謠言的恐怖，留給我的印象太深刻了。從一九六六年開始的文化大革命，其基本武器，可以說就是謠言。所有被「揪」出來的知識分子、幹部、元帥、將軍，直至像時傳祥那樣的掏糞工人，無一不受到謠言的攻擊。謠言一旦降臨，他們立即陷入絕境：蒙受譭謗誣衊，但伸冤無地，哭訴無門，而且跟着謠言而來的是無休止的逼供和苦刑。六、七十年代的中國，整個掉入謠言的黑暗深淵之中。

一九七一年，我還在河南「五七幹校」時，聽說林彪已經乘着飛機逃往蒙古並且已經機毀人亡，絕對不敢相信。因為到了七十年代，我的神經已經被謠言弄得很麻木了，再也不敢相信甚麼「重大消息」。

當時為了整死一個人，總是先放出謠言。一九六七年春，北京盛傳一個駭人聽聞的消息，說中央發生了「二月兵變」，事變中涉及到一批將帥。這之後大約半年，才知道這是謠言，然而賀龍元帥已在謠言中一步一步被折磨死了。為了整治朱德，江青在接見紅衛兵時公開造一個謠，說朱德原來的秘書、中國人民大學副校長孫泱是三重特務：日本特務、蘇聯特務、國民黨特務。隨即，孫泱就被整死。為了抄傅雷的家，也先造一個謠言，說傅家地下埋着一本「變天賬」；為了整治王光美等，就造出中國「九大特務」的大謊言；為了說明時傳祥變質，就造出他和王光美跳過舞的「情節」。當造反派抽打時傳祥逼他交代與王光美跳舞的「罪行」時，這位誠實的老工人迷惘地說：「我從來沒有見過她……」那個年月，所有的人都害怕黑色的謠言突然降落到自己的身上。

六、七十年代，謠言威脅着每一個人，除了毛澤東和江青之外，誰都沒有安全感。但是，這場大革命的領導人，對謠言聽之任之，在他們看來，沒有謠言恐怖，就不足以摧毀「資產階級司令部」。這種態度與法國大革命時期的激進派很相似。當時的極端派領袖羅伯斯庇爾就認為：「沒有道德的恐怖是有害的，沒有恐怖的道德是無力的。」因此，他一再運用「恐怖式的謠言」來剷除異己。他和聖茹斯特等人一起造吉倫特派的謠說：他們已同宮廷勾結，而且正在各省組織「聯邦主義」的叛亂。這一謠言立即生效，造成了一些吉倫特派的領袖被處決。之後，為了剷除忿激派領袖雅克·盧，又造出聳人聽聞的謠言，說他是「奧地利的間諜」，然後把他投入監獄，致使他含憤自殺。由於謠言的武器迅速奏效，羅伯斯庇爾最後發展到信口開河地對原先的「同志」進行肆無忌憚的譭謗和中傷。可是，善於製造謠言的羅伯斯庇爾，自己恰恰又葬送在謠言之中。政變者在逮捕他的同時，迅速放出謠言，說他是披着革命外衣的王黨分子，並已同路易十六的女兒秘密結婚，正在伺機僭取王位，甚至已經準備了一枚帶有百合花圖案（即波旁王朝標誌）的御璽。謠言編造得有聲有色，讓那些本想去救援他的起義戰士頓然軍心渙散，整支部隊瓦解於頃刻之間。而羅伯斯庇爾終於在一片唾罵聲中被砍去了腦袋。這可以說是歷史的報應。

江青的遭遇和羅伯斯庇爾很像。她用謊言把許多革命元老和知識分子置於死地，可是她自己在未被審判之前就已身敗名裂。同為憎惡她的人們，在那個無理可講的時代裏，也只好以牙還牙，使用謠言這一不道德的武器。在謠言故事中，江青竟擁有一群「面首」，這些面首，有的竟是比她年輕幾十歲的運動員。她簡直是個色情狂。一些知識分子明知這是編造出來的傳聞，但也不予否認。江青本來就罪惡昭彰，再加上「面首」傳聞，更是臭不可聞。

最後，她被判處死刑（緩期執行），下場非常慘，但幾乎沒有人同情她。文化大革命初期，她造劉少奇等人的謠說：這些人是安放在毛主席身邊的「定時炸彈」，而她被送上審判台時，人們也說她是毛澤東身邊的「定時炸彈」。反正在「革命」的名義下，怎麼說都可以。

原載《中國時報》一九九八年四月二十四日

徹底之後

經歷了文化大革命之後，我一聽到幾個口號似的概念，就會產生一種生理上的顫慄，其中有兩個概念尤其使我害怕：一個是「全面專政」，一個是「徹底革命」。

關於「全面專政」，我已寫過不少文字了。而「徹底革命」，至今還在折磨我。如果不是經歷過一次災難性的歷史運動，我真不知道「徹底革命」是怎麼回事。倘若要用學術著作論述甚麼是「徹底革命」，那是非常麻煩的事，但我看到「徹底革命」卻很具體簡單，這就是把革命對象徹底消滅，消滅到沒有一點痕跡，消滅到其生命只剩下一個誰也不知道的阿拉伯數字。「除惡務盡」，這也是中國的一項傳統特色，講的也是「徹底」，所以要把九族都除盡。文化大革命「除惡」除到開國元帥和幾乎所有的知名學者作家，連中小學教師也不放過，可說是徹底到史無前例的廣度了。而「徹底」的深度，除了深到挖出思想中的「一閃念」之外，還涉及到身軀骨架的徹底燒毀。「徹底革命」四個字使我感到恐怖，就因為它老是讓我想到革命對象的最後時刻，那個人性、人道、人心蕩然無存的時刻。

曾任國家元首的劉少奇是頭號革命對象，他的最後時刻是這樣的：幽黑的地下室；緊鎖的鐵門；蓋着白床單的屍首；一尺多長的白髮；變形的嘴和鼻子；淤血的下頜；此外，火化場還得到通知，這是一個烈性傳染病患者；火化人員往屍體上噴灑消毒劑；火化場外二十多名軍人執行戒嚴令；屍體化為灰燼，死者的一切一切只剩下一張骨灰寄存證；死亡人姓名：劉衛黃；年齡：七十一；性別：男；職業：無業；死因：病死；骨灰編號：123。

曾任中共中央政治局委員、國務院副總理、中宣部部長、廣東省委第一書記的陶鑄，他的最後時刻是這樣的；被命名為劉少奇、鄧小平之後的第三號最大走資派；監禁；在患膽囊癌後送進牢籠式的病房；窗戶用木條釘死；玻璃用紙糊上；四個警員輪流監視着；從北京的301醫院移到安徽合肥某病院；被折磨得全身是病；腸子黏連，完全性腸梗阻，淋巴結廣泛轉移，癌組織佈滿腹部、血管焦脆，大量出血，不許親人友人看望照顧；被煎熬致死後中央派專員到合肥對陶鑄遺體進行「熱處理」；火化場得到通知：死者是烈性傳染病人，名叫「王河」。

我還想到彭德懷、張聞天、劉仁等許多革命家最後的時刻。他們生前的故事，各不相同，但死時的情狀都是一樣的：被剝奪得乾乾淨淨，徹徹底底，被剝奪了職務，被剝奪了生命，被剝奪人的全部權利，被剝奪了名字，被剝奪了和親人最後的告別，最後只剩下一個零：沒有名字。或者不僅是零，是個負數：烈性傳染病人，代號數字××××。

以往我只知道「徹底革命」口號的悲壯，但不知道徹底之後如此悲慘。當然，我知道革命不是請客吃飯，繪畫繡花，它是一個階級推翻另一個階級的暴烈行動。但是，我始終困惑，對於自己的一群戰友，對於自己的同胞兄弟，對於自己國家中的知識分子，是否需要進行如此徹底暴烈的革命，而革命的徹底性是否意味着把人剝奪到比豬狗還不如。

本世紀的中國革命，一場比一場徹底，最後是徹底到把一些革命先驅者和革命伙伴也變成零和負數。這一事實使我想到知識分子反省內涵的偏差和錯誤。魯迅在〈論費爾潑賴應當緩行〉一文中總結辛亥革命失敗的原因，乃是沒有「痛打落水狗」，即革命不徹底。他沒有看到辛亥革命後的帝制復辟、軍閥混戰乃是革命的後遺症，即暴力革命本身帶來的問題（突發性的革命造成政治真空無法填補）。魯迅之後，一代又一代的知識分子在反省中國的問題時，總是不反省革命本身，而是把問題歸結於革命不徹底。各種反省導致革命愈來愈激烈，人們的心態和行為愈來愈激進，到了六、七十年代便造成「橫掃一切」的大慘劇。世紀末來臨之際，我反省的「革命」，不是「不徹底」，而是「太徹底」。但願下世紀多點中庸、寬容與妥協，倘若有革命，也不要太徹底。

原載《中國時報》一九九七年五月八日

死亡記憶

從一九六六年到一九七六年，也就是從二十五歲到三十五歲期間，正是我的記憶最好的時間，可是，這一期間，我卻偏偏碰到一場名為文化實際上是反文化的大革命，偏偏看到一個一個人造的死亡。僅僅我所寄寓的社會科學院，自殺的，被殺的，就有二、三十名。活生生的一個個有血有肉有說有笑的同事，在大院裏相見時總是對着我微笑一下的同事，過些時候卻聽到消息：他在煤氣管道上吊死了；他撞火車死了；他割脈管死了；死者雖不是熟悉的朋友，但他們畢竟是自己的同胞兄弟。還有院外的死亡故事，從北京一直到家鄉福建的死亡故事也一個一個傳來，也是有血有肉有說有笑的人，也是有名有姓有歌有哭的同胞父老。文化大革命十年，妻子在南方，我變成單身漢，整天像遊魂似地在大街小巷上穿梭。本來酷愛讀書，時代偏不給書讀，於是就到處讀小報，張貼在電線杆上的聲明書、控訴書、抗議書、嗚冤書，呼籲書，讀得入迷，讀得毛骨悚然。除了讀，就是聽，那時到北京來串聯的革命群眾帶來各地的故事也讓我毛骨悚然。有個來自浙江的還戴着軍帽的小女演員告訴我，她親自看到京劇著名演員蓋叫天的手臂被群眾扭折，還看到那些人用壓槓子把他的腿壓斷，看到造反派把他的長鬍子連皮帶肉血淋淋地一塊塊扯下來。蓋叫天演了一輩子「武松」並被稱為「江南活武松」，真有好身手。可是這個打虎的活武松到了八十歲高齡時卻被自己的革命同胞折磨死。這類故事有時一天可以聽到好幾個。好些朋友聽了就算了，可我老是忘不了，老是耿耿於懷。有天，一位好朋友見我又在不平，他便一本正經地對我說：我們的腦子又不是墳場、萬人坑，能受得了那麼多人的屍體嗎？他的這句話雖然對我有所啟發，可是我的記憶卻緊緊地黏住那些故事，堆積的屍體總是放不下來。記憶，確實導致我沉重。

幸而文化大革命結束了，幸而傷痕文學和其他哭訴的文學誕生了，幸而審判「四人幫」的法庭揭幕了。那個時期我真的太高興了，我悄悄告訴自己：從今之後，我應當用文字架起台階，讓沉重的死者一個一個走下，走到他們可以自由呻吟、自由歌哭的地方。此去的人生，沒有甚麼比記憶中的屍體更重的了。個人的名，個人的利，個人的浮浮沉沉，比起同胞的屍體來，真是太輕太輕了。這是七十年代末我在死者的幫助下所完成的一次徹悟，因為這一徹悟，我找到文字的路向：表達，表達，表達生命的尊嚴，表達無條件地尊重人的尊嚴和人的權利。因此，從七十年代末到整個八十年代，無論是學術文字還是散文文字，我都在向歷史的群山與滄海呼喚：我的中華，我的兄弟，不要再人為地製造屍首，不要忘記我們的同胞雖然有十幾億之多，但每一個個體都天然地擁有人的價值與人的尊嚴。

想想這段心路，此時覺得，記憶一面固然使我沉重——屍體老是壓着；一面也使我輕鬆：曾經被認為是重要的東西放下了，只知道為生者也為死者而自由表達與呼喚。

原載《中國時報》一九八八年二月十三日

密集刑罰

章太炎先生的〈俱分進化論〉向人們説明，文明的進步未必帶來幸福、快樂與道德，因為樂進苦亦進，善進惡也進！「若以道德言，則善亦進化，惡亦進化。若以生計言，則樂亦進化，苦亦進化。」（見〈俱分進化論〉）他論證説，虎豹雖吃人，但不自殘其同類。而人類進化之後發明了武器，則一戰而伏屍百萬，喋血千里，其獸性遠超於禽獸。

章先生是倫理主義者，他常以道德的尺度來否定人類的物質進步，這顯然有些偏頗。但是他講物質文明的進步，往往帶來道德的退化卻是真的。此外，他説文明的進步並非善的單軌前行，在歷史道路的另一軌上，惡也在進化，似乎也很有道理。

就我目睹的各種社會現象來説，真覺得惡愈來愈精明。以刑罰來説，中國早就形成完整的刑罰體系。法定的五刑，在隋唐之前有墨、劓、剕、宮、大辟（死）；隋唐之後則是笞、杖、徒、流、死。而死的刑法又有斬、絞、腰斬、梟首、棄市、車裂、磔、戮、焚、凌遲等。這些死法每項之下又有區別，以第一項「斬」來説，據説宋代的包拯就製有龍頭、虎頭、狗頭三種鍘刀，按罪犯的不同身份分別使用。如果不用鍘刀而用大刀，則大刀又有利鈍之分，下手也有捷緩之別。慈禧太后斬譚嗣同等六君子時用的就是鈍刀，以延長死者的痛苦。和古代的死刑法相比，現代社會所用的槍斃法，死得快，死得乾脆，顯然文明得多。魯迅筆下的阿Q，執行死刑時用的也是槍斃法，所以圍觀的中國人感到很失望，覺得沒有「殺頭」那麼有趣。從斬首、車裂、凌遲到槍斃，這倒是文明的進化，章先生似乎忽視這一點，但他看到這進步中有惡的發展卻是對的，我所說的惡也愈來愈精明，就是進步背後的東西。

以文化大革命時期的中國來說，當時的政策是「一個不殺，大部不抓」，表面上看不到斬首和槍斃，但是，當時卻有一種遍佈神州大地的刑罰，這就是體罰加上心罰的揪鬥與批鬥。被揪出來的無辜知識分子，頭戴紙糊的尖頂高帽，身戴侮辱性的牌子或黑板。孫冶方脖子上掛着的黑板竟有七、八斤重。倘若站在台上批鬥還好，但孫冶方還要和經濟研究所的張聞天（曾任共產黨的總書記）、顧準、駱耕漠等一起掛着小黑板從三里河沿街示眾到天安門，來回得徒步十里。而周揚的夫人蘇靈揚僅僅因為她是「周揚的老婆」，就被中國音樂學院的造反派從天津揪到北京。「造反派把她按倒在地……一到學院門口，就被進行密集刑罰，用剪刀剪去她的頭髮，然後強迫她從人工製造的泥塘裏爬過去，再把她架在桌子上讓她跪下，鐵絲捆着石頭吊在她的脖子上，皮帶抽、木棍打，再用從骯髒的下水道裏取出的一桶惡鼻髒水從她頭頂澆下來，只有一天的時間，她被打得遍體鱗傷，折磨得不像人樣了。」（引自露菲：〈周揚：文壇風雨任評說〉）周揚的秘書露菲所記錄的這種密集刑罰，實在是我們古代的祖先望塵莫及的。古人的刑罰雖然殘酷，但往往忽視「心罰」，而現代人畢竟有知識畢竟更聰明，他不要「殺人」的惡名讓人活着，但把人從生理到心理進行全面摧殘，把臉面、體膚、筋骨和心靈一起輾成碎片。這種密集刑罰與全面摧殘，就是惡的精明，惡的進化。

我在〈周揚的傷感〉一文中提到蘇靈揚晚年頭腦格外清醒，這大約與她親身體驗到現代惡的進化有關。「道高一尺，魔高一丈」，這一意思她一定有所徹悟。

原載《中國時報》一九九七年七月十一日

牛馬的解放

在一篇文章中我曾說，近現代中國婦女的解放帶有「奴隸解放」的特徵。廢除裹小腳制度如同奴隸解放的第一步：卸下手鐐腳銬；允許婦女同男子一樣上學讀書，如同奴隸解放的第二步，可以作為人進入社會。而我和自己的同胞在一九七六年「四人幫」倒台之後，也經歷一次解放，這次解放除了也有「奴隸解放」的特點之外，還帶有「牛馬解放」的特點。牛馬自然是比奴隸更低一等，所以解放時也更激動人心。當時從上到下、從開國元老到平民百姓都一致認為這是中國的「第二次解放」。但想一想這是從哪裏解放出來，便會明白是從「牛棚」裏解放出來。在牛棚以及牛棚所象徵的處所裏當了十年低首彎腰打掃廁所的牛馬，突然被宣佈「平反」，接着又被宣佈不僅是人，而且還是「革命作家」、「革命詩人」、「革命幹部」甚至是「無產階級革命家」，怎能不激動人心？怎麼不激動黨心軍心國心？我真的非常激動，並親眼看到幾位老師走出牛棚時彎着腰駝着背喘着氣，性情也變得非常馴良，完全像一頭老牛。

說類似「牛馬解放」，只是把「牛馬」作為家畜的代表，因此，「牛馬解放」還包括從其他畜類群中解放出來的意思。中國人很聰明，他們知道把人當成牛馬還不足以虐待人，應當把人當作狗才過癮。因此，在文化大革命中，強制被「揪」出來的幹部和知識分子鑽狗洞和當狗爬的就多得難以計其數。我不忍把我尊敬的人和「狗」聯繫起來，這裏只是為了說明問題，不得不舉出中央高級黨校校長楊獻珍作為例證。非常湊巧，文化大革命初期，被革除黨校校長職務而來到哲學研究所的楊獻珍，一家人（包括他的妻子和另一位老太太）就住在我隔壁的一間只有十二平方米的集體宿舍裏。我們所住的樓房，是中國社會科學院有名的集中營式的八號樓，然而，楊獻珍並不能在這裏「安居」。一九六七年五月十八日，他就被造反派揪回黨校批鬥，那時他已七十一歲，但還是讓他先坐「噴氣式飛機」，然後強令他下跪，最後又強制他在地上學狗爬。當時在背後當指揮的是康生的妻子曹軼歐，她一面假惺惺地說：「這是誰幹的？七十多歲的老人了，怎麼讓人家當狗爬？」但另一方面又策劃着更兇殘的一局，把楊獻珍送進鐵牢，而且一關押就是七年。

在文化大革命中，對於許多人來說並沒有人生。他們在進牛棚當了豬狗在地上爬行之後，整整十年，其實再也沒有抬起過頭和直立起來走過路。這是我在青年時代目睹的人變為畜的歷史情景。正是由於這一情景深深烙在心上，所以我對「人的解放」才揚棄許多浪漫氣息，總是着眼於最低最起碼的層面，即只要求人必須與畜分開，不能讓人過着畜一樣的生活，人的解放首先應當從如牛如馬如犬的爬行中解放出來，也就是說，必須讓人作為人在地上直立起來。總之，人的解放的第一步是牛馬似的解放。如果這一步做不好，如果我們的同胞還有重進牛棚的恐懼和緊張，那麼「解放全人類」的理想恐怕就不會有人相信。過去大陸天天學《毛澤東選集》，天天背誦「毛選」開篇的第一句話：「誰是我們的敵人，誰是我們的朋友，這是革命的首要問題。」因此，人們把分清敵和我作為中國進步的第一原理。而我則固執地認為，中國進步的第一原理應是分清人與畜（包括人與獸）的問題，即首先是一個把人當作人的問題。

原載《中國時報》一九九七年七月四日

美的剝奪

愛美，這是人的天性。尤其是女子，更是天然地護衛着自己的美。我相信，唯有美的人性神性物性才具有永恆的生命。

作家詩人天生對美特別敏感，他們的審美理想很難與現實妥協。僅是對於筆下女子的頭髮，作家也要堅持他們的審美要求。林語堂先生發現曹雪芹最喜歡晴雯的頭髮，因為它是最自然的，對於過份雕琢的頭髮，曹雪芹一定難以接受。海明威筆下心愛的女子都留長頭髮。《戰地春夢》中的凱瑟琳，其女性的柔美就在她的長髮上。小説描寫亨利首先就是醉心於她的長長的柔軟的頭髮。他「喜歡把她的長髮鬆散開」，然後靜靜地加以欣賞：「我把髮針都取下來，放在床單上。頭髮開始鬆開，她靜靜地坐在那裏，我凝視着她，然後取下最後的兩枚針，頭髮全散開了。他低下頭，我們兩個被籠罩在一個帳篷裏，又好像在一個瀑布的後面。」海明威把長髮視為女性美的象徵。因此，他不喜歡剪得太短的頭髮，認為這是不正常的。他的第一部長篇小説《旭日東升》裏的勃萊特·阿適麗，是他不喜歡的女子。她不僅精神空虛，且老是穿着男人衣服，頭髮總是剪得短短的，還戴着呢帽，丢失了女子的溫馨模樣。海明威的審美觀是否有偏見，暫且不論，但女子的頭髮確實是女性美的重要部份，這恐怕是無可爭議的。

其實，知道頭髮美的重要不只是詩人作家，也不只是心地向善的人，在六十年代文化大革命中，我才知道一些心思很壞的人也懂得這一點，因此，革命一開始，他們就給「揪出來」的女性革命對象即女教師女學者女作家們剃「陰陽頭」，剝奪其頭髮。這一着，真是高明，一擊就擊中要害，一打就打到人的天性。被打擊的女子，在突然的一個瞬間頓時喪失了美，斯文掃地，不能不感到揪心的疼痛，而打人者則只是緩緩地使用小小的刀片，並非舞槍弄棒，也很文明。如果不是深知人類確有愛美的天性，他們怎能想到這種既讓人心碎膽寒又很文明的刑法？中國同胞的聰明，尤其是革命同胞的聰明，這又是一個例證。

我在文化大革命初期曾好奇去觀看一所中學的批鬥會，才看清所謂「陰陽頭」並非和尚頭，而是一陰一陽，一黑一白的斑駁頭，一見就有醜感。文化大革命中被剃陰陽頭的女子無數，但多數也是沒有勇氣「再現」出來，唯有錢鍾書先生的夫人，老作家楊絳在她的散文〈丙午丁未紀事〉中作了記載：

那個用楊柳枝鞭我的姑娘拿着一把鋒利的剃髮推子，把兩名陪鬥的老太太和我都剃去半邊頭髮，剃成「陰陽頭」。有一位家庭婦女不知甚麼罪名，也在我們隊裏。她含淚合掌，向那姑娘拜佛似的拜着求告，總算幸免剃頭。我不願長他人志氣，求那姑娘開恩，我由她剃光了半個頭。

那是八月二十七日晚上。

那位「家庭婦女」在面臨喪失頭髮的恐懼中竟以投降拜倒獲救，而不願拜倒的楊先生則吃盡苦頭。和她一起剃了「陰陽頭」的，一個退休幹部，她可以躲在家裏；另一個是中學校長，向來穿幹部服、戴幹部帽，她可以戴着帽子上班；而她沒有帽子，大暑天也不能包頭巾，卻又不能躲在家裏。到了此時，連錢鍾書先生也急着直說「怎麼辦？」後來還是想出了辦法：楊先生把幾年前女兒剪下的兩條大辮子找出來，又找出一隻掉了耳朵的小鍋做楦子，再用錢先生的壓髮帽做底，然後解開辮子，把頭髮一小股一小股縫上去，終於做了一頂假髮。第二天她戴着假髮上班，上公共汽車時，售票員竟一眼識破她的假髮，對她大喝一聲：「哼！你這黑幫！你也上車？」

以後的故事請讀者去尋找，我說到這裏，不能不讚嘆，當代的革命家們真的非常聰明，他們知道，要剝奪人的權利，只要剝奪人的一半頭髮就夠了。

原載《中國時報》一九九七年八月十五日

詩人與凍死的小豬

艾青去世之後，我已寫了〈莎士比亞橡樹〉一文悼念他。一年多來，我常想起他的詩，他的人生，其中有一件事常常折磨着我，就是他被流放到新疆時，因為飢苦，竟撿回一隻凍死的小豬作為一次美餐。此事我在北京時就聽説過，前三年又在田文俊所作的報告文學作品《艾青：桂冠詩人蒙冤新疆記》中看到。這篇文章寫道：

艾青在連隊勞動改造，工資卻由農八師管理科發放，每月只發給四十五元生活費維持一家五口人生活，一日三餐吃玉米麵，沒有錢買香煙，沒有錢給孩子們買肉吃。別人扔掉一隻凍死的小豬，高瑛把牠撿回來，洗得乾乾淨淨，做得美味可口。

此文收入北京團結出版社《當代中國大紀實叢書．風起雨落幾鴻儒》中。這篇文章還記載，艾青在文化大革命開始後，一家被送入地窩子裏住，窩子裏沒有燈光，而且過於低矮，艾青因個子高連腰也直不起來，就向「領導」要求：「起碼得讓我直起身子。」一些老職工不忍心，幫他往地下挖深五十公分，才勉強讓艾青能伸伸腰。住在地窩子後，開始幹的活是剪樹枝，但造反派覺得這樣便宜了「老右派」，就對艾青說：「不能讓你這樣的人幹這樣輕鬆的工作，從明天起打掃廁所。」就這樣，艾青每天清掃十幾個露天廁所，冬天糞便結成硬塊，他用一根鋼鑱去搗開，夏天糞便化了，他用大馬勺把糞水舀出倒進積肥坑裏……

每次一想到艾青，就想起凍死的小豬、地窩子和搗糞的鋼鑱。他是中國現代詩史上一枝卓越的詩筆，但他拿着搗糞的鋼鑱；他是一位高傲的詩人，但他卻在地窩子的黑暗中直不起腰；他暢飲了大堰河的乳汁而詩情磅礴，而邊陲的流放地卻幾乎吸乾了他的全部才華，只留給他一隻凍死的小豬。這就是中國一代歌王的命運。

我一想到這些故事時，總是想到艾青的請求：「起碼得讓我直起身子！」這是一個詩人的請求，也是所有願意成為人的人的請求。這一請求在任何時間、任何地點、任何國度裏都不過份。做人，最起碼的權利應當擁有區別於動物的直起身子行走的權利，要求一個政權給予這點權利是天經地義的。然而，要求這點權利是何等艱難啊。權勢者只要求你夾着尾巴做人，只要求你當匍匐在地的老黃牛，只要求你當螺絲釘與馴服工具，並沒想起人首先是要直起身子的。艾青就因為不知道權勢者的心理，所以一到延安就要求直起身子，寫了〈了解作家，尊重作家〉的文章，結果從此種下禍根，直到一九五七年，這篇文章還再次被批判。

中國人是很健忘的。十幾年前雖有傷痕文學，但也僅僅是傷痕而已，幾陣輕風撫慰，也就癒合了。何況現在流行的是玩技巧、玩語言，倘若再說苦難，聰明人就要竊笑。然而，我卻總是記住昨天，人們把凍死的小豬忘了，我卻忘不了。我想，昨天留給我的不是傷痕，而是化作我的血液、脈搏、靈魂的憂傷，是連天才的詩人都直不起腰的怪誕時代留給我的大苦悶與大困惑。今天我必須把堵在胸口上的凍死的小豬吐出來，好讓自己輕鬆一些，好讓自己也有心思去玩玩敍述的技巧和話語的策略。

原載《中國時報》一九九七年六月二十日

東方虐待狂

我曾説過，在文化大革命中，中國只剩下兩種人：一種是虐待狂，一種是被虐待狂。虐待狂拚命地攻擊別人侮辱別人折磨別人，被虐待狂則拚命地自我檢查自我交代自我咒罵自我折磨。在病態的時代裏，能超越這兩種生存狀態而做正常人，那是一種幸運，但有這種幸運的人很少。

六、七十年代的中國，是一個虐待狂統治一切的時代，也是中國的虐待技巧、虐待手段、虐待語言發揮到極致的時代。我的一些老師，有的被吊打，有的被剝光衣服在酷日下的柏油路上烤，有的被強制跪在玻璃碎片上批鬥，這已經夠慘的了。但讀了張紫葛先生的《心香淚灑祭吳宓》，才知道我的老師比起吳宓先生來算幸運。吳宓先生所受的虐待與折磨實在超乎我的想像力。

文化大革命開始後，吳宓便被揪鬥，被毆打辱罵，並很快地當作「最大的現行反革命」關進一間黑房子。因為房子髒濕又不能洗澡，他全身皮膚乾燥奇癢，極為難受，便請求看守的紅衛兵給他一個洗澡的機會。對於這個請求的回答是：「好！」「你等着，老反革命分子，我就來侍候你！」接着這個紅衛兵便和另一個紅衛兵抬了一桶冰冷的水來，然後命令說：「下來，扒光衣服！我們來刷洗你這個豺狼！」於是，他們不由分說地把吳宓先生的衣服扒光，讓他立在泥水地裏，然後一個紅衛兵就用搪瓷飯盆朝吳宓潑水，那時正是初春季節，沁涼的冷水把吳先生潑得直叫：「饒了我，饒了我，我受不了！冷，痛！」而另一個紅衛兵則揮動刷大字報的棕毛大漿刷就着水勢在吳先生身上猛刷猛刺，疼得讓吳先生直呼救命。

這一着我在北京沒有見過，可能屬於大西南的地方特色。

除了驚訝西南高等學府的這一發明之外，我還驚訝在虐待吳先生的過程中，西南紅衛兵們的自豪感。他們無論做甚麼事均引為自豪。當吳先生喊着救命時，他們自豪地大笑，說「我們就是要沖掉你的反革命氣焰」，還引用毛澤東的話說，「與人奮鬥，其樂無窮」。我對中國虐待狂早有這麼一種認識，即令人困惑的還不在於虐待行為本身，而是在進行野蠻虐待時毫無心理障礙。這一點，固然使我看到東方虐待狂的特色，但也使我感到大悲哀。近日我常對友人嘮叨：中國的革命家們如果能在虐待他人打殺他人之後感到一點心理不安就好了。

原載《明報》一九九七年八月十一日

黥刺

在古代的刑罰中，我對「黥刺」、「黥劓」等辦法特別反感，這等於毀容。所謂「黥」，就是在臉上刺刻塗墨；所謂劓，就是割去鼻子。與這種刑法相比，我覺得砍頭還是比較「人道」的，頭一斷，甚麼都不知道，而黥劓則是被毀了容之後還要活着繼續受折磨。中國人確實聰明，但聰明一旦放入殘忍，那麼生產出來的整人殺人手段就非常可怕。明代的皇帝朱元璋已是出名的暴君了，但他還殘存一點不忍之心，不喜歡「黥刺」。沈德符在《野獲編補遺．兵部．刺軍》中說：「本朝極重黥刺，太祖厲禁不許，嗣聖濫用，乃有極可笑者。」沈德符批評的是朱元璋之後的皇帝。

比起古代中國，當代中國的黥刑是比較文明了。在我生活的年月裏，還未見過割去鼻子的行為，但在臉面上塗墨，人格上抹黑，卻看得很多。一九六六年文化大革命開始後，舉國盛行「抹黑術」，這種「術」就是編造一些謠言，捏造一些歷史把人搞臭（所謂「批倒批臭」）。說你是「特嫌」、「叛徒」，雖只是嫌疑，但一個概念就把你變成洗不清的「黑鬼」，揹上一個大黑鍋。等到十年八年之後，權勢者宣佈查無實據，給予平反，但蒙冤者的生命已消失了一大截，抹黑意圖已經達到了。這種抹黑術，不是黥面，而是黥心，非常有效，它使許多知識分子白白地被羞辱。我曾對友人說：不怕砍頭，就怕抹黑。文化大革命發明了許多整人辦法，而這種人格黥刺術是很常用的一種。

這種黥心術雖可怕，但肉眼看不見，有些革命分子便感到不滿足，於是，在黥心的同時他們還施行黥臉。許多黥臉的事，我現在還記得，只是說起來，就會感到心理上和生理上的雙重戰慄。

一九六六年老舍自殺前曾被批鬥，不僅被剃成陰陽頭，而且頭上還被澆上了墨汁，滿頭烏黑。這一點人們常忽視。墨汁，本來是老舍用來抒寫人生和表達希望的，然而，此時變成把他塗抹成鬼頭鬼臉的武器。這之後，造反派還強制他和蕭軍、駱賓基等作家一起跪在火堆旁，接受「革命之火」的洗煉，同時用道具和帶銅頭的皮帶抽打他們。結果是，老舍的頭臉不僅被墨汁塗黑還被鮮血染紅。二十多年來，每次讀老舍的作品和看他的戲，就浮起老舍被黔刺的心和被黔抹的臉。閱讀時常走神。

還有一個被黔臉的事，也使我常常嘆氣。一九六七年初，東海艦隊司令員陶勇突然死在司令部招待所花園的一口小井裏，這口小井寬不到一米，深一米多。有人説他是畏罪自殺，有人説是別人謀殺。我自然搞不清是怎麼死的，然而，他死後屍體上的慘狀卻使我怎樣也忘不了：屍體上的衣服被扒光，臉被打了黑叉，澆上墨汁，頭上還戴着高帽。他的遺體被拍成照片，在北京海軍大院內外張貼示眾。我雖和陶勇將軍毫無瓜葛，但是，他是中華之子與人類之子，我不能忍受在他身上作這樣的污辱。陶勇將軍並非名將，他的慘劇不像老舍的故事流傳得那麼廣，然而，我偏知道這可怖的一幕，並且總是在記憶中抹不掉他臉上的黑叉與墨汁。

到美國八、九年，聽到看到美國許多兇殺事件，其暴烈也讓我驚訝，但我未曾聽説美國人有黔刺和抹黑，電視屏幕上展示的屍首也未有打上黑叉的。這才使我想到：從黔刺到抹黑，可能又是中國文化的一種特色。黔刺、黔抹，與所謂「快刀斬亂麻」的辦法不同，它是一種折磨，一種醜化，一種人格踐踏，一種仇恨宣洩，倘若不是有深心的民族，恐怕不會想到這一着：它既可以摧殘人的肉體，又可摧毀人的精神與尊嚴。

原載《中國時報》一九九八年四月三日

刻骨之痛與銘心之悟

「刻骨銘心」，這一成語實在是我們祖先天才的創造。它把由深刻的體驗而導致深刻的心驗這一意思表現得極為精確。我喜歡使用這個成語，因為它能比較充份地反映我的一種內在狀態。

常對朋友說，最可靠的還是自己的體驗，尤其是身體承受過折磨的體驗。一個人對社會人生最深刻最關鍵的認識，往往不是來自書本，也不可能只通過遊歷、傳授、格物、禪悟等，它必須通過「體驗」。

讀書、遊歷、格物、坐禪等，可以形成「心驗」，但它不是體驗。心驗與體驗是很不相同的。心驗是一種心理感受過程，而體驗則是生理感受。孟子所說的「餓其體膚，勞其筋骨」就屬生理性質的體驗。後來王陽明發展的心學，卻忽略了體驗，只講心驗。他以良知為本體，無論講「知」還是講「行」，均忽視良知派生出來的心驗。在大陸當代的思想者中，我是一個喜歡講「良知責任」和「懺悔意識」等心驗的人，但我同時又認定，只有深刻的體驗才可能有深刻的良知覺醒和永遠難忘的心驗。「刻骨銘心」這個成語所以精確精彩，就因為它蘊含着「只有刻骨的體驗才有銘心的感悟」這一道理。經歷了大陸多次的政治運動之後，我完全相信，只有「刻骨之痛」，才有「銘心之悟」。

了解大陸的人都知道，從一九四九年至今還不到五十年的時間中，大陸多數知識分子的心靈方向和社會觀念已發生巨大的變化。在七十年代末和八十年代期間，中國知識分子經歷了一次「大徹大悟」，這是一次時代性的銘心之悟。這次銘心之悟的核心內容就是意識到過去二、三十年的民族生活方向——以階級鬥爭、革命為重心的民族生活方向完全錯了。

李澤厚先生和我的《告別革命》，便是這種銘心之悟的一種表徵，它是對時代性錯誤的一種嚴肅而痛苦的告別。這種徹悟與告別，不是來自書本（那種通過對「革命」概念咬文嚼字的考證沒有太大的意義），也不是來自西方的影響，而是來自本世紀下半葉中國知識分子和中國人民集體性的痛徹肌膚的大體驗。其中最痛苦的是比一九六零年前後的大飢餓還要嚴酷的政治運動，特別是整整十年的文化大革命。這場大革命，是一次真正的災難。在災難的年月中，無數知識者被揪打、被咒罵、被罰跪、被剃頭、被送入牛棚、幹校和監牢，這才切實「體驗」到——從生理上真切地感受到牛棚的沉重，政治打擊的沉重，勞動懲罰的沉重。在此之後，也才「心驗」到——從心理上徹悟到革命名義的沉重，「以階級鬥爭為綱」觀念的虛偽、殘暴和暗無天日。總之，如果沒有經歷過戴高帽、掛牌子、坐牛棚、下幹校等大體驗，就不可能有「告別階級鬥爭」、「告別革命」等大心驗。

越王勾踐的臥薪嘗膽，是生理性體驗。有這苦楚的體驗，更難失去失敗的記憶。中國知識分子有了數十年政治運動的切膚之痛，終於在世紀末對「革命神聖」、「政治掛帥」、「鬥爭哲學」等觀念作了一次銘心的告別，這是值得慶幸的。

原載《中國時報》一九九七年八月二十九日

寬容精神的毀滅

翻閱大陸本世紀下半葉的歷史，便會發現這段政治史與文化史，缺少一樣最重要的東西，這就是「寬容」。不僅政府缺少「寬容」，知識分子之間也缺少「寬容」。我常對朋友說：二十世紀中國所產生的最寶貴、最難得、最感人的文化性格，是蔡元培先生的「兼容並包」的性格，即寬容博大的文化情懷。

大陸的「寬容」精神，不是到了文化大革命才毀滅，早在五十年代初即在大規模的批判胡適的運動中就毀滅了。這場批判運動從一九四九年十月二十五日《光明日報》發表〈清算文化劊子手胡適〉起到七十年代末一直不斷，而高潮是在五十年代前五年。這是一次全社會總動員的批判。在政府的號召之下，不僅整個知識分子階層（特別是上層知識分子）投入，而且社會其他階層也都在不同的程度上參與，連胡適的兒子胡思杜也積極參與。他於一九五零年九月十六日在《文匯報》上發表〈對我父親——胡適的批判〉，說胡適反人民的罪惡和他有限的（動機在於在中國開闢資本主義道路的）反封建的進步作用相比，後者是微不足道的。從一九五零年至一九五五年，大陸各種報刊發表了數以千計的聲討胡適的文章，這些文章不僅從各個領域全盤否定胡適的成就，而且把胡適視為帝國主義文化和一切反動文化的人格化身和罪惡代表，給他扣上最可怕的諸如「帝國主義狂熱的幫兇」、「帝國主義忠實的奴才」、「美帝國主義奴才」、「文化買辦」、「真理的敵人」、「政治陰謀家」、「反革命」、「反科學」、「最陳腐、最反動的主觀唯心論」等數不清的帽子。一九五五年至一九五六年，北京三聯書店編輯出版了八輯《胡適思想批判》集，收入具有代表性的批判文章就有一百多篇，按照這些文章的說法，胡適的滔天罪惡簡直十輩子也洗不清，死一百回也不得超脱。

在批判胡適的熱潮中，我還處於少年時代，正在讀初中，那時我從報刊上感覺到中國正在打另一場戰爭，語言的子彈、刀槍、大炮、炸彈都在投向一個名字叫做胡適的人，從此，胡適二字便深深刻在我的心裏。二十年之後，大約是八零年初，我才開始認真、系統地讀胡適的書（唸大學時只讀一小部份），讀後便欽佩不已。胡適涉足這麼多領域，開創這麼多領域，完成那麼多發現，留下那麼多的精神財富，要全面把握它是多麼難啊。無論如何，這是這個二十世紀所誕生的巨大文化存在，這一存在的生命將沒有時間的邊界和空間的邊界。對這一存在尚未把握就討伐、就咒罵、就中傷、就摧毀，這絕不是正常的文化作風。在八十年代裏，我和我的同一代人，終於覺悟到，五十年代那場圍剿胡適的運動完全是荒唐的，數以千計的批判文章已成為歷史的廢品，但胡適的著作卻依然像沉默的大山屹立着，人為的消滅文化業績的運動是徒勞的。

我並不能接受胡適的全部政治觀點和文化觀點，也知道有些朋友從思想史的角度批評胡適的思想不夠「深刻」，然而，胡適是一個極為豐富的文化大自在。他不僅只有「思想」，他還有考證，還有學術，還有詩文，還有發現，還有開創，還有情懷，總之，他擁有一個許多當代中國知識分子難以比擬的豐富的「總和」，這個總和的份量很重。對這個「總和」，對胡適在各個領域中所提出觀念，包括對胡適在本世紀上半葉複雜的歷史環境中所採取的政治取向當然也可以批評，然而，不管是爭論還是批評，首先恐怕得尊重這個文化存在，即使把它視為異端，不同意異端的內涵，也應當尊重其異端的權利，採取「寬容」的態度，而不能像五十年代那樣，通過大規模的剿殺以求消滅異端和剷除一個極有價值的文化存在。這種人造的剿滅運動，剿滅不了胡適，反而毀滅了中國文化的寬容精神。這一運動在大陸知識分子中產生了巨大的消極的心理影響，它製造這樣一種開端：用語言的暴力去摧毀精神對手，而掃除對手的結果是使自己成為毫無希望的教條。

數十年來，大陸知識分子一直享受不到一個社會應有的寬容與溫馨，心裏總是缺乏安全感和寬鬆感，這與清算胡適的運動所投下的陰影有很大的關係。我今天重提此事，也是為了在自己的心靈中抹掉這種陰影。

原載《中國時報》一九九七年一月十四日

重鬼輕人

前些時候馬思聰先生的夫人王慕理老伯母在電話中告訴我，大陸現在已有馬思聰基金會，還將會有馬思聰音樂廳和馬思聰的塑像。但她並不在乎這一切，她在乎的是活人，是活人血脈裏流出的歌聲。然而，活人已經死了，歌聲已經斷裂。

這又使我想到古希臘的荷馬，在他死後，人們塑了雕像和建立禮堂來紀念他，七個大城市為了得到作為他的故鄉的榮譽而發生爭執。但是，在生前，他只能在這七個城市中乞求施捨，在貧困與受鄙視中創作他的史詩《伊利亞特》與《奧德賽》。

馬思聰丟失了故鄉和祖國，而盲詩人荷馬根本不知道故鄉和祖國在哪裏！我和他們的傑出靈魂對話時，告訴他們說：不要悲傷，你的故鄉就是你手中的七弦琴與小提琴。

想起荷馬與馬思聰的命運，我就想起人性的弱點。在《告別革命》序言中，我曾談到人類「貴遠賤近」的弱點，「侍僕眼裏無英雄」，中外皆然。而這兩位歌者卻讓我想到人類的另一弱點，這就是「重鬼輕人」。人一死，變成了鬼，甚麼也沒有了，然而人們卻為它樹碑石，造廟堂，尊之為神明，祭之以重典。我在北京八寶山參加過胡風、馮雪峰、聶紺弩等死者的追悼會，一次次都是對死者的頌揚，包括官方代表的頌揚，但是，他們生前卻受盡了蹂躪，耳中灌滿了討伐與污辱之聲。在悼念與哀思中，我想過，要是死者在生前就得到社會如此尊重，他們的意見社會能夠傾聽，這個社會該會好得多，可惜，社會總是在他們化為鬼之後，才給他們戴上桂冠，才想起他們說過的人話。

這也難怪。人類社會至今還是幼稚的，世界的眼睛還是勢利的，人性底層也還積澱着「自私」。人活着時，在勞作，在創作，在奮鬥，最需要扶持與支持，然而，勞作、創作、奮鬥又對人們構成「威脅」，因此，人們又盡可能貶抑他，輕蔑他，甚至作賤他，一旦他化為鬼遠走縹緲的他鄉，有了無窮盡的距離，便感不到他的威脅，自然也就可以放下心來回憶他的種種好處，進而還給他樹碑立傳，可惜，此時死者即使是被作為旗幟，也只不過是個傀儡而已。可見人的悲哀不僅是生前被踐踏，而且是身後被利用。

王慕理老伯母說得很好，最重要的是活人。是活生生思想着、歌哭着的人，活着的人才是歷史的實在與現實的實在。不懂得尊重活人的權利，卻善於利用死人的名字，這種社會作風，大約可用「奸猾」二字來形容它。

原載《明報》一九九七年十一月三日

讀《心香淚酒祭吳宓》

張紫葛先生的《心香淚酒祭吳宓》，是吳宓先生的靈魂史和苦難史，是一個人又是一代知識分子摧人心肺的悲歌。它記錄了一個無處逃遁的書生，一個無處哭訴的心靈，一個無地徬徨的時代。

我從未見過張紫葛先生，但是讀了他的長達四百六十一頁的《祭吳宓》之後，便對他充滿敬意和感激。他原是西南師範學院外文系最年輕的教授（後調到西南政治學院），但現在該也有七十歲了。一九五七年他被政法學院黨委書記勸說去「鳴放」，他沒有話說，只說了「我認為黨群之間沒有鴻溝」，而記錄者卻按黨委書記的指示把它改為「大有鴻溝」；於是，他成了「口蜜腹劍的大右派」。他不服，去找黨委書記，這位書記說：「我有甚麼辦法？我是黨的馴服工具。那會兒叫我動員鳴放，我就動員你鳴放；這會兒叫我劃右派，我就劃右派。……你不當右派我當？」於是，張紫葛先生不僅定為右派分子，而且被逮捕關押了十五年之久，在坐牢之前，他就被嚴刑拷打，最後竟被打瞎了眼睛（先是打瞎了右眼，打傷了左眼，後來自己跌倒後才雙目失明）。

張紫葛先生就在雙目失明的情況下，如同《鋼鐵是怎樣煉成的》作者奧斯特洛夫斯基那樣，用手撫摸金屬空格寫字板，一個字一個字地寫成《祭吳宓》這部三十二萬字的長篇傳記。他在封面上寫道：「我乃以心香之誠，淚酒之悲，紀其實而存其真。」

張紫葛先生雖然經歷了九死一生的苦難，承受了種種非人的折磨，最後甚麼也看不見，但他卻給自己保留着一副鋼鐵般的不屈的意志，一顆永遠站着的靈魂，還有一雙更明亮的看清昨天也看清明天的眼睛。這雙內在眼睛盛滿眼淚盛滿深情盛滿二十世紀的苦汁。於是，他在黑暗中摸着方格獨自前行，既沒有辜負他的苦難朋友，也沒有辜負苦難時代。他把吳宓這個正直的、富有個性的中國現代知識分子的人生特別是他晚年的苦難史逼真地記錄下來，這是一個慘絕人寰的故事，是一個學人變成非人的故事。

吳宓先生生前說，他已被折磨得「心膽俱裂」。這位哈佛大學的學子、學衡派的代表人物「心膽俱裂」的結局，不僅給我感到揪心的悲哀，而且也給我勇氣：是的，我應當有勇氣面對冷酷的人間，熱紅的鮮血。張紫葛先生雙目失明還正視着，難道我能睜着眼睛卻裝着甚麼也看不見嗎？

原載《明報》一九九七年八月六日

心膽俱裂的瞬間

近日讀了張紫葛先生的《心香淚酒祭吳宓》（廣州出版社，共四百六十一頁）之後，心裏非常難受。儘管自己親歷過文化大革命，看過慘絕人寰的慘劇，但還是想不到吳宓先生會有如此遭遇。這遭遇再次使我感到：中國大陸知識分子在很長的一段歲月中，並非活在人間。

《祭吳宓》的作者張紫葛先生曾是吳宓先生在西南師範學院任教時的同事，一九五七年被打成右派並被關押十五年，在批鬥中，他的眼睛被打瞎了，但是，在雙目失明的黑暗中，他竟以鋼鐵般的決心，用手捫摸着金屬方格，一個字一個字地寫下這部三十多萬字的吳宓先生苦難的歷史。這是一部血淚之書，一部用倖存的生命記錄一個罪惡時代的血肉之書。因為我的良心尚存，所以讀後非常難受，無論如何排遣，還是難受。幸而我有發表文字的處所，唯有文字可以排遣我的氣憤與悲哀。我無力放下吳宓先生的歷史，但想放下使吳宓先生感到極度恐懼的瞬間，這一瞬間此刻也在折磨我，我必須把它放下。

早在五十年代的思想改造運動中，吳宓就因為他是《學衡》的創始人和主編而被批判為「新民主主義革命的死敵」、「蔣匪幫的鷹犬」，受盡污辱，所以在文化大革命中他比其他知識分子更有心理承受力。面對革命狂潮，他告訴自己：人為刀俎，我為魚肉，俎上之魚，怎麼看也得捱刀。無論怎麼交代，反正少不了揪、打、踢、罵，不如橫下一條心由他辱罵毆打。因為他有心準備，所以抄家、辱罵、搧他的耳光，他都默默忍受了。可是，他無法承受一個瞬間，那就是群眾喊着震天動地的口號把他揪出來的瞬間，這個瞬間，如此突然，如此恐怖，如此瘋狂，如此無情，它就像一道雷鳴閃電把他撕得心肝俱裂。吳宓這位內心十分堅韌的學人，不能不向自己的朋友承認，他害怕，他害怕這一瞬間。他說：「辱罵吼叫我已司空見慣，揪扯踢打雖然痛切肌膚，久了也就多少習慣了些，噴氣式確實極乏極累，咬咬牙也還能死命支撐過去。我最驚恐者莫過於開會之初，先將我置於會場附近的角落，然後聽到會場震天動地的雷鳴怒吼：『把吳宓揪出來！』迎面有兩個壯漢奔來，各舒一手，抓起我的左右臂，風馳電掣奔向會場，待我腳不點地，運足不及之際，他們『刷』地甩開手，我就猝不及防，仆倒在地，衝力大，跌得重，腦轟，軀裂，四肢散架，其痛苦殊難言語形容；還不待我呻吟，他們又以無比之大力，如抓雞拎鴨，拎起我飛進會場；所以每聞那聲『把吳宓揪出來！』我就心膽俱裂。看，我這腿，就是這樣摔斷的。」

讀了這段話，我立即明白，這是一個真正殘酷的瞬間，是一個人從生理到心理受到全面摧殘的瞬間，是一個視覺、聽覺、觸覺等人的全部感覺受到全面踐踏的瞬間。這個瞬間，不是走向法庭或走向刑場那種可以由你選擇姿態的瞬間，而是野蠻的群眾暴力左右一切並不容分說把你推向無底深淵的瞬間。人類歷史上罕見的全面專政與群眾專政，在這一瞬間中表現得最壯烈，但也最殘忍。難怪吳宓先生要心膽俱裂。

我所以要感謝張紫葛先生，就因為他如實地記錄這一瞬間，讓這一瞬間永恆地留在苦難中華的記憶史上。有這記錄與記憶，未來的中國也許可以避免再次遭逢這種瞬間。

原載《中國時報》一九九七年八月一日

帽子的壓迫

在二十世紀中國的各種社會現象中，有一種現象使大陸的知識分子耿耿於懷，至今心有餘悸，這就是帽子的壓迫。

一九六六年之前，一部份知識分子被戴上「胡風分子」、「反革命分子」、「右派分子」等帽子時，知識分子階層雖已開始感到帽子的壓迫，但還有點麻木；到了六六年文化大革命之後，包括知識分子階層在內的整個社會才被政治帽子所震驚，才感到帽子壓迫的嚴重與恐怖，當時的中國大陸，每天都是帽子轟炸，置人死地的帽子，像洪水、像猛獸、像霹靂，黑壓壓地籠罩着大地和大地中不知所措的心靈。「走資派」、「反動學術權威」、「歷史反革命」、「現行反革命」、「叛徒」、「內奸」、「工賊」、

「漏網右派」、「美蔣特務」、「反共老手」、「黑幫分子」、「叛國分子」等等，每個帽子都是炸彈，不知道哪一顆會突然降落在自己的頭上。這就是我在二十五歲至三十五歲之間親自目睹和感受到的帽子壓迫的現象。

我的天性脆弱，連一個帽子都承受不起。國內的報刊送我一個「自由化」帽子，我就一再把它撕碎，儘管「自由」乃是非常美好的字眼。然而，即使天性堅韌，要承受一個沉重的帽子甚至一系列沉重的帽子也不容易。劉少奇，一個堂堂的國家元首，要承受「叛徒」、「內奸」、「工賊」三頂帽子，容易嗎？孫冶方，一個堂堂的經濟學者，要承受一個「蘇修特務」的帽子，容易嗎？巴金和老舍，堂堂的現代作家，要承受一個「反共老手」的帽子，容易嗎？

「一個」不容易，「一系列」就更難。但是，當時被揪鬥的作家、學者、幹部幾乎沒有「僅此一個帽子」的幸運，多數是一系列。當時的革命民眾都講究革命氣勢，有系列才有氣勢。張紫葛先生的《祭吳宓》，認真地記下革命民眾扣給吳宓先生的帽子，這些帽子排列如下：

反動學術權威
買辦文人
封建主義的污泥濁水
蔣介石的文化打手
美帝國主義忠實走狗
封建堡壘
雜種
最大的現行反革命

留學美國，與美帝勾結

老反革命分子

豺狼

上述帽子是在一九六六年給定的，這之前的一九五七年他曾被扣上的帽子有：

樹起學衡大旗，反對五四運動

拚死命反對魯迅

新民主主義革命的死敵

無產階級革命的死敵

捍衛封建主義

推崇資本主義

鼓吹法西斯主義

蔣匪幫反動政權的吹鼓手、衛道士

蔣匪幫的鷹犬

封建買辦的糟粕加資產階級的洋破爛

這些帽子記載於《心香淚酒祭吳宓》一書中的第二十一節和第三十一節。吳宓先生於一九七八年一月十七日去世，我不明白這樣一位正直的滿腹經綸的學者，是怎樣熬過那些兇惡的歲月的？請吳宓先生原諒，我羅列這些骯髒的帽子只是為了讓後人知道甚麼叫做語言的暴力，甚麼叫做心靈的專政，甚麼叫做人變畜人變獸的時代。

原載《中國時報》一九九七年八月八日

人間第一罪惡

前些時國內紀念劉少奇誕辰一百週年，我曾想，劉少奇事案，既是當時領袖集團的罪責，又是整個國家的一次共同犯罪，倘若紀念，應當從這一巨大慘重代價中學習一點東西。可惜，沒有人敢於正視事案的根本，也沒有人敢說出其歷史教訓的所在。

我的短文也難以敍述自己的全部認識。但是，我想要說，從這一事件中，應當明白我們的國家在六、七十年代犯了人間的第一罪惡，這就是殘忍罪。今天我能意識到「殘忍」罪的極其嚴重，還是得益於錢鍾書先生的指點。錢先生在〈談教訓〉一文中說：「沒有比殘忍更大的罪惡了。」他把「殘忍」視為人間第一罪。錢先生在這篇文章中除了提示第一罪是甚麼之外，還告訴我們：世上的大罪惡、大殘忍都是在「道德理想」的名義下進行的。劉少奇的事案完全證實他的話。

不必說劉少奇是國家主席，只說他是一個普通人，也不能就以一種路線分歧的莫須有原因給他戴上「叛徒」、「內奸」、「工賊」的巨大罪名，更不應該在戴上罪名之後對他施加人間罕見的最殘忍的折磨。一九六六年五月十三日劉少奇被趕出中南海之後就開始對他毒打，並打傷他的右腿，使他到食堂吃飯時雖只有三十米距離卻要走五十分鐘。他身體虛弱，手顫抖得不能把飯送到口裏，米粒噴得滿身，但個個看着他受罪。宣佈把他「永遠開除出黨」之後，他的血壓陡然升高到 260/130 毫米汞柱，體溫達攝氏四十，已經接近死亡，但還是根據「一號手令」用飛機強行把他送往河南開封。送走時，他躺在擔架上，竟然讓他光着身子，把他當作屍首一樣只裹上一條被子，再蒙上一條白床單。第二個月，他死在地下室時身上也只有一條白床單，還有一頭一尺多長的白髮，嘴和鼻子已經變形，下頷一片瘀血。如此淒慘，工作人員還得到上級通知，要把他當作一個「烈性傳染病患者」給屍體噴消毒劑，火化後只留下一張骨灰寄存證：編號123。名字劉衛黃。無業。

從描寫劉少奇最後日子的回憶報告中，我讀到了當代中國社會與中國文化，特別是讀到了「殘忍」二字。我不明白，一個著寫過《論共產黨員修養》的作者，一個勸人們要寬容、要忍耐、要有老人心腸的人怎麼會引起如此巨大的仇恨和如此慘絕人寰的折磨和淩辱。而我的同胞在製造這種殘忍的慘劇之後二、三十年來，又難得有人站出來說「我有罪」，倒是常常聽到「永不懺悔」的宣言。犯了人間第一罪，尚且如此理直氣壯，更何況其他罪，難怪現今做甚麼壞事都是天經地義。

原載《明報》一九九九年二月十八日

再談人間第一罪

寫作〈人間第一罪惡〉後，覺得只說了十分之一的話，遠未盡興。至少我還必須說，「殘忍」的表現方式極多，除了用在劉少奇身上的折磨之外，在中國古今流行的還有剝皮、油炸、五馬分屍、株連九族等。這些手段所以殘忍，往往還是與折磨有關，讓死者在死的過程中備受痛苦的磨難，讓他們哀嚎慘叫，讓他們身心俱裂，內外焚燒，以消解一下心中的仇恨和享受一下勝利的快樂。殘忍之心，不是表現在殺人的片刻，而是在施行折磨、鑒賞折磨的過程。同樣，受刑者最怕也不是掉頭的那一刹那，而是被殺之前的無盡苦刑。所以仁慈一點的殺人者總是「快刀斬亂麻」，給被殺者一個痛快，也可說是一個「皇恩浩蕩」，而像慈禧太后殺譚嗣同等六君子時用鈍刀，又砍又割又剁，便是既專橫又殘忍了。

說起這一意思，我便想到卡夫卡所說的話：「我能經歷死亡，不能忍受痛苦。」「我能順從死亡，不能順從受難。」與這一意思相似，薩特也說過：不怕戰爭，只怕佔領。二次世界大戰期間，希特勒並未炸平巴黎，而是佔領巴黎，於是，法國人在德國人的刺刀和皮鞭之下過着亡國奴的生活，其內心的痛苦可想而知。這兩位大思想者都深知，最難消受的不是死亡，而是折磨。殘忍之深意，全在折磨過程之中。

鑒於此，我為人間的權勢者着想，如果他們要除掉政治異端而又免於陷入人間最大的罪惡中，完全可以表現得「文明」一些。例如要打倒劉少奇，就乾脆打倒，光明磊落地送上斷頭台或絞刑架，而不要在黑暗處私設那麼多刑罰。同樣，要懲處一個人，還是用古代那種「廷杖」或「打五十大板」的辦法好，乾脆利落，這比戴政治帽子、剃陰陽頭、掛牌子遊街和無休止的交心、批鬥、勞改、寫交代材料等長期折磨要「文明」得多。倘若該受罰，我寧可選擇前者，儘管被打得皮破血流，卻可免於無休止的心靈折磨。

原載《明報》一九九九年三月十一日

三談人間第一罪

在〈再談人間第一罪〉中，我說明：殘忍罪也可說是折磨罪。這種罪孽的特點不是「快」，而是「慢」——慢慢折騰，叫受罪人飽嚐無盡之苦。我在《人論二十五種》中描寫了「忍人」，還舉了漢代呂后殺戚夫人的例子。如果呂后作一指示乾脆利落地把戚夫人殺了，其中雖有是非黑白，但未必能算上殘忍，但她卻先砍斷戚夫人的腳，然後再挖掉她的眼，再而薰灼她的耳朵，最後又把她扔入廁所裏，稱為「人彘」，相當於今人鬥打知識分子之後又稱之為「牛鬼蛇神」。呂后這樣做，一步一步淩辱，就可稱上殘忍了。

慢折磨可用於肉體，但最適合於用在精神上。精神折磨沒有窮期，實在是最痛苦的。大陸知識者一聽到政治運動就害怕，真如「談虎色變」，政治運動其實就是無休止的肉體與精神雙重慢折磨。以往我只看到折磨時的殘忍，現在才看到折磨的後果也是殘忍的——它毀掉人性底層最後的一點良善與正直。前蘇聯教育家蘇霍姆林斯基曾說：「我們可以做到使一個人習慣於生活在恐懼和威懾之下，但是養成這種卑劣的習慣後，會使人在道德上敗壞，變得卑鄙、偽善和阿諛奉承，出於恐懼、害怕而俯首聽命，還會使人變成一種殘酷的、沒有心肝的生物。」（《和青年校長的談話》第一一四頁，上海教育出版社，一九八五年）蘇聯已經瓦解，但這位教育家從自己的國家恐怖專政的教訓中獲得這種認識卻很難得。他看到殘忍會產生殘忍，無休止的殘酷的精神恐怖與威懾會迫使人變成一種殘酷的、卑鄙的、沒有心肝的生物。十年多來，我多次想到這一現象。

在對這一現象的思考中，我想到一個意象，這就是「慢燉鍋」。無休止的政治運動與思想改造運動正像慢燉鍋。把一個人放在運動中十年、八年甚至數十年地洗心革面就像放入慢燉鍋裏燒煮。慢燉鍋煮法不僅可以把肉煮爛，還可以把骨頭煮爛。這一着真厲害。許多中國知識分子的骨頭就這樣被煮爛了，變成一種面對殘忍而不會有所不安、有所抗爭的沒有心肝的生物。當然不是知識分子的全部，但有相當一大部份確實被政治運動的慢燉鍋燉掉了肝膽，燉掉了尊嚴，燉掉了人格與脊樑。現在敢說真話的知識者很少，在危險時敢說真話的人更少，就因為肝膽已被煮掉。中國二十世紀政治慢燉鍋的效應，不是學院裏的高頭講章能說清楚的，但它是一個巨大的事實，必須有勇氣去面對，去研究。

原載《明報》一九九九年四月一日

被開除人籍之後

季羨林先生在《牛棚雜憶》中兩次說到「被開除人籍」，在「勞改的初級階段」一節中，他說：「我已經被開除『人籍』，人道主義與我無干了。」在「牛棚生活（一）」中又說：「我們此時已經被剝奪了『人』籍，我們是『罪犯』。讓我們在任何地方住，都是天恩高厚」。從大陸書面文件上我們可以找到「開除黨籍」、「開除學籍」等概念，但找不到「開除人籍」的字眼。但季先生用此概念，卻概括了一種大事實，大現象。

把人變成非人，把人定義為敵我矛盾送入牛棚，便意味着開除人籍。一個人一旦不再屬於「人民內部」，便失去人籍，那麼對他的態度便是「殘酷鬥爭，無情打擊」，對他的任何折磨、污辱、摧殘便是革命性的表現。一旦被開除人籍，便失去一切人的權利，包括戰爭中俘虜應當享受的不被虐待、有病有傷應當給予療治的權利。

季先生在書中講到他失去醫治權利的一個情節，那是在他被「大批鬥」之後被「解押」到太平莊勞改的時日。當時天氣酷熱，又經長途跋涉，渴得難以忍受，加上精神上的打擊，勞動的疲勞，身心完全垮了，更不幸的是睾丸忽然腫了起來而且來勢迅猛，直腫得小皮球那樣大，兩腿不能併攏起來，連站都困難，更不用說走路。解押人員看他實在難熬，便命令他到幾里外的「二百號」去找大夫，那裏有駐軍，部隊裏有醫生，但是警告他說：到了那裏一定要聲明自己是黑幫。季先生遵從命令，裂開兩腿，蝸牛一般地爬了兩個小時才爬到「二百號」，那裏有一個部隊的診所，一位醫生見有人來了立即來攙扶，可是當他說出「報告，我是黑幫」之後，這位醫生立即把他視為「愛滋病」人一樣，連碰都不敢碰，並連聲喝叫把他趕走。結果，他連一點止痛藥都拿不到又爬上艱難的回程。

現在看來，這位醫生未免太不人道，可是他的思想邏輯在當時是很普通很普遍的：你是黑幫，是敵我矛盾，已不是人，我不能對你講人道。季先生這一遭遇使我想得很多，其中特別想到人類的絕對倫理與相對倫理問題。每個國家都有自己的法律，這是他們認為應當遵守的最起碼的社會道德，這是社會性倫理，也可稱為相對倫理；而人類還有另一種宗教性、良知性的絕對倫理，這是超越任何種族任何國界的維繫人類社會的絕對倫理，例如，不能隨便殺人，不能撒謊，不能見死不救等。一個醫生，見到一個痛苦與掙扎的病人，是沒有任何理由拒絕給予關懷的。可是，在中國，醫生卻可以這樣做，而且理直氣壯。「開除人籍」造成的殘忍故事許多，但這一故事所引起的倫理問題是不是可以特別注意一下。

原載《明報》一九九九年四月八日

牛棚時代

季羨林先生的《牛棚雜憶》，把他被抄家、被批鬥和牛棚生活一節一節地描寫出來，讀了讓人傷心慘目。二百多頁的書，我分幾次讀，好不容易才讀完。出國後我似乎變得太脆弱，難以承受那些慘無人道的行為，不能忍心看到一個知識分子受到如此踐踏與折磨，這是身體、心靈、家庭的全面踐踏。僅僅在牛棚裏被毒打的一段，就使我此刻着筆時手發顫。不妨把這一段抄錄如下：

第二天晚上，也是在息燈鈴響了以後，我正準備睡覺，忽然像晴空霹靂一般，聽到了一聲「季羨林」……我知道事情有點不妙。還沒有等我再想下去，我臉上，頭上驀地一熱，一陣用膠皮裹着自行車鏈條作武器打下來的暴風驟雨，鋪天蓋地地落到我的身上，不是下半身，而是最關要害的頭部。我腦袋裏嗡嗡地響，眼前直冒金星。但是，我不敢躲閃，筆直地站在那裏。最初還有痛的感覺，後來逐漸麻木起來，只覺得頭頂上，眼睛上，鼻子上，嘴上，耳朵上，一陣陣火辣辣的滋味，……知覺一恢復，渾身上下立即痛了起來。……，臉上，鼻子裏，嘴裏，耳朵上都流着血。

人間兇殘的獸性和它造成的流血，不僅會引起心理上的難受，而且會引起生理上的難受，我不能再更多地引述類似的細節，否則手就顫動得無法寫下去。文化大革命中的這種殘忍現象，我在社會科學院也看過好幾回，但是，讀了季先生的《牛棚雜憶》才知道當代中國人對自己同胞踐踏、污辱的辦法如此之多，而且變化無窮。「文革」司令部號召人們不要「心慈手軟」，到處響應，果然都不心慈手軟。但社會科學院的牛棚掌管者似乎就比北京大學的掌管者「仁慈」些。我看到社科院（學部）的牛棚都設在樓房裏，儘管擁擠、昏暗、過着家畜牲口一樣的生活，但不像北大所設的「牛棚」那樣「名副其實」。季先生用「自己親自搭起牛棚」，「牛棚生活（一）、（二）、（三）」，「牛棚轉移」等五節完整地描寫北大的牛棚。「牛棚」要牛馬們親自搭，北大選擇在兩座樓房之間的空闊地，讓「牛」們用葦蓆搭成牆壁，圍成大門，築成棚帳。除了地上蒙老佛爺之恩而准許鋪上木板，「男女分居」（每屋二十名左右）等「文明」痕跡之外，其他和「馬廄」、「豬圈」、「牛棚」完全一樣。季先生說，他們完全被剝奪了「人籍」，要是「人籍」沒有了之後，真的只當牛馬，倒也舒心，可是，權勢者偏又把他們當作牛馬加「罪犯」，所以牛棚裏還有「勞改罪犯守則」，這是社科院疏忽的。季先生說，這「就等於有了憲法」。還有一層是雖也給「食」，食堂裏也有桌有櫈，但那是為「人」準備，他們沒份，社科院就沒想到這麼周全：牛馬只能「食槽」，豈可坐下吃飯。

「牛棚」是一個時代的圖騰。儘管千百萬人坐過牛棚，但為了保存當今的面子與尊嚴，只有幾個人願意真實地展示自己的牛馬生活，所以我們要感謝季先生的單純和誠實，他不僅記錄了牛棚生活，而且記錄了一個牛棚時代。

寫於一九九九年二月

赤子的悲劇

讀了韋君宜的《思痛集》，心裏又不好受。書的編者在扉頁上介紹說：本書是老共產黨員韋君宜晚年的回憶錄，是繼巴金《真話集》之後又一本真話書。她在病榻上完成的這本書不是一般的痛定思痛，而是大徹大悟。韋君宜早年畢業於清華大學，她是那個時代中最有理想的激進青年，為了民族救亡，她放棄了出國深造的機會，去了延安。半個世紀的風雨，一次又一次的運動，使她忍不住拿起筆，用知識分子的良知來記述她所經歷的時代。

書中最使我難忘的人有兩位：一位是田漢，一位是楊述。前者僅有這麼一段實寫：「田漢的兒子田大畏給父親貼大字報，開口是『狗』，閉口是『叛徒』。田漢到食堂吃飯，有一根肉骨頭實在咬不動，他吐了，被『革命群眾』當場斥罵之後，喝令他把吐的東西全部重新嚥下去。」我所以耿耿於懷，除了田漢是我喜愛的作家之外，還有一點困惑，就是兒子咒罵父親是狗，自己豈不是真的成了「狗崽子」嗎？還有，田漢寫了《關漢卿》，想做關漢卿似的「一顆響噹噹的銅豌豆」，可是當革命群眾喝令他重新嚥下吐出來的骨頭，他也毫無辦法？這個時代和這個時代的人，怎麼這麼古怪？

楊述則是韋君宜的丈夫，我的老上司。我到北京工作不久，他就到哲學社會科學部當副主任。他在全院會上對黨一片赤誠的講話，一直給我留下極深的印象。讀了《思痛錄》才知道他真是共產黨的赤子，一家都是赤子。他的家庭本是江蘇淮南的商人兼地主，父親去世後，他受革命文學的影響，不僅自己革命，還影響母親、大哥、弟弟、妹妹也革命。母親聽信他的話，把土地、房屋、商店等全部財產都丟棄，率領全家走進革命隊伍，把一切獻給黨（母親、兄嫂全入了黨，哥哥還被國民黨活埋）。楊述「對黨可真是一個心眼。不留一丁點後路」。四九年之後，他仍然是一個心眼。黨反右派、反右傾，黨弄得人民沒飯吃，他也為黨說話，「黨不可能有錯。」可就是這樣一個老實迂呆的最真誠的共產黨人，文化大革命一開始便成為哲學社會科學部的第一個黑幫分子，轉眼間變成沒有任何政治權利的階級敵人。直到他崇敬的毛澤東去世時，他仍然沒有「瞻仰」遺容的權利。悼念毛澤東的規模那麼大，由他帶進革命隊伍的弟弟、弟婦、妹妹、女兒、女婿都可以去「瞻仰」，但他不能去，只有到了這時候，「石頭才說話」：「我革命幾十年究竟犯了甚麼罪？我已經成了賤民了嗎？」他不服，寫信申訴，但被拒絕了，直到一九七八年底，他被折磨了整整十二年的生活才告結束。可是，當他終結了「敵我矛盾」的日子之後，已渾身是病，不久也就去世了。韋君宜用〈當代人的悲劇〉為題目寫了楊述，寫到最後，她痛哭，「我哭，比年輕人失去愛人哭得更厲害，因為這不只是失去一個親人的悲痛，更可傷痛的是他這一生的經歷」。「這個老實人的一生——一個真正的悲劇」！

這一從情感深處發出的痛哭，此時在我的心中震盪着。我想，韋君宜稱楊述的悲劇是「真正的悲劇」，確有道理，因為楊述貢獻出一切，卻被剝奪了一切。

寫於一九九九年二月

人民也腐敗

六、七十年代讓我感到最惶惑的是政府實行專政，人民大眾也實行專政，即所謂「群眾專政」。這種專政把監視網絡撒向每一個車間，每一條胡同和每一個村莊。北京街道委員會的退休老太太們也因此個個都成了義務警察。老太太專政的特點是特別細，特別苛，「十年媳婦熬成婆，無婆不苛」，「苛」雖可理解，但「右派」、「走資派」、「反動學術權威」們在她們的細緻監督下，便無處喘氣，任何權利都被剝奪得一乾二淨。這種群眾專政實際上是把人民間諜化，把獄外空間變成與獄內牢籠一樣，非常黑暗。

九十年代讓我感到驚心動魄的則是政府官員腐敗，人民也腐敗。近日讀何清漣的《現代化的陷阱》，看到大陸的腐敗現象不僅荒謬到出奇的地步，而且普遍化。上層腐敗，下層腐敗，人民也腐敗。書中舉了許多讓人目瞪口呆的例子。例如基層的選舉，這本是好事，然而，選舉卻常常變質。原因是「人民群眾」中誰有錢而且正想找個小官當當，他就可出錢買通人民中的選民，而選民一旦被買通便投錢不投人，誰給錢就投誰。作家李銳有篇小說名叫《選賊》，如果把上述情況套用小說語言來表述，便是即使賊給錢也把票投給賊。這樣，本是給官員送紅包的百姓這會兒也成了收紅包的非官員。以前紅旗打天下，靠的是人民支持，如今紅包打天下，靠的也是人民的支持。醫生、教師、編輯、記者等也是人民，但這一部份人民在給另一部份人民開刀、開課、開闢版面時也往往與紅包有關。當今某些學士、碩士、博士的文憑，並非產生於讀書功夫而是產生於後門功夫。成為報告文學的主角，也往往並非真有甚麼事蹟，而是有錢。近日看中國新聞，才知道雲南路崩、重慶橋塌，都與人民的腐敗有關。這些事故完全是因為工程質量極為低劣，而造成低劣的原因是在工程招標，招標和建造的過程中，官員們與人民代表（包工頭等）一起在後門進行來來去去的無質量確證的交易，許多人民築路隊其實是不顧人民的死活的。

我早已知道中國的腐敗是結構性的腐敗，但結構中也包括人民，這是近年來認識到的一種現象。這一現象使我想到中國的腐敗也與中國國民性相關。儘管腐敗現象要從制衡制度上去尋求解決，腐敗（包括人民的腐敗）應由政府負責，但國民性的弱點恐怕也不能不注意。看來，「五四」運動時的文化先驅者們對國民劣根性的批判與提醒，今天仍有它的意義。

原載《明報》一九九九年三月四日

血的陰影

儘管此時我就坐在明媚的陽光下，儘管綠盈盈的春草春樹散發着勻勻淡淡的清香，但我的心情不好，因為血的陰影又一次浮在眼前。每年「六四」前後，這種血的陰影總要浮起，想抹掉也是徒勞。五十歲之後，我的記性明顯衰退，但是這血的記憶偏偏不衰不退。不知道何時是血影的消散和終了。

八年來這種週期性的體驗，使我明白，人類自己投下的各種陰影中最沉重最頑強的還是血的陰影。

它可不像烏雲，幾陣強風吹拂就可消散。它固執地壓着人們的心，頑強地低迴於歲月的頭頂。這一現象又使我明白，可不能輕意地製造血的遊戲。

血的遊戲的壞處是它總是要引起血的循環——欠債與索債的循環。流血，便欠下血債，流血者就要求償還，而欠債者總是拒絕，這就可能引起再流血。倘若血債拖欠得太久，血淤積愈來愈多，就可能引起革命。一革命便是大流血，而大流血之後一定又是血的不斷流淌。這道理在「三一八」慘案後魯迅曾一再說明。他的說明有幾點留給我極深的印象：

一、這不是一件事的結束，是一件事的開頭。

二、屠殺者也決不是勝利者。

三、血債必須用同物償還。拖欠得愈久，就要付更大的利息。（引自〈無花的薔薇之二〉）

一九二六年三月十八日，段祺瑞政府派衛兵用步槍大刀虐殺在天安門集會而後結隊赴國務院請願的學生，共殺死四十七人，傷一百五十餘人，造成驚動中國內外的流血大慘案。慘案發生後，魯迅悲憤到極點，寫下〈紀念劉和珍君〉、〈無花的薔薇之二〉、〈死地〉、〈可慘與可笑〉、〈空談〉等文章，譴責段祺瑞政府的屠殺，並預見殺完青年並非事情的完了，因為屠殺者從此欠了血債，而血債不可能不還，索債的歷史剛剛開始。七十年過去了，重溫魯迅的話還覺得它的真切。我在八九年之後一直覺得血的陰影在心頭徘徊，也證明「一件事」並未結束。我相信血的陰影一定也會在某些有良心的當局者心中徘徊。倘若真有徘徊，我勸當局者不要把血的陰影帶入下一世紀，讓大家都輕鬆一些，也讓共和國輕鬆一些。魯迅在〈死地〉中特別提到羅曼．羅蘭描述法國流血革命的劇本《愛與死的搏鬥》，並引用一位主張手下留情的革命家的話說：「因為共和國不喜歡在臂膊上抱着他的死屍，因為這過於沉重。」

原載《明報》一九九七年六月四日

堅韌的血痕

到海外這幾年，每逢六月四日總是要想到莎士比亞的悲劇《麥克白》，總是要想到主角——蘇格蘭將軍麥克白那雙沾滿國王鄧肯鮮血的手。這隻手自從沾上鮮血之後，就拚命洗滌，但是無論怎樣洗，也洗不乾淨。這是一個永恆的象徵：任何屠殺無辜而沾滿鮮血的雙手是歲月的流水永遠沖洗不掉的，它必定要在屠殺者與人類的心裏留下血痕。

莎士比亞作為人類史上最偉大的作家之一，他並沒有把麥克白簡單化。他筆下這位弒君的將軍，其內心充滿着野心與良心的搏鬥，雖然最後野心完全壓倒良心，但殘存的良心仍然在掙扎、在拷問。手上不斷泛起的血痕，就是他的良心記憶，這點記憶使他終於神經斷裂、發瘋自盡。如果他完全沒有記憶完全沒有良心的折磨，那就只是一頭猛獸，構不成悲劇。

對我來說，「六四」死去的孩子，正是我的國王，我的心靈中至高無上的君主。我因為喜歡思考中國近現代史，所以接受了梁啟超與魯迅的兩種觀念。梁啟超以為，愛國不是愛朝廷，而是愛國家的主體——人民；而魯迅以為，在現代社會中，應以幼者為本位，而不應以長者為本位。這兩個觀念使幼者成為國家寶塔上的尖頂，也成了我心中的國王。八十年代中期，李澤厚在一次學術講演中說：我正在「為王前驅」，這個王就是年輕的朋友。他真的為大陸的年輕學術朋友披荊斬棘，努力開闢道路。在李澤厚的心目中，幼者也是王者。正因為這樣，「六四」的悲劇，對我來說，也是一種弒君行為，所以我總是想到麥克白，想到他的沾滿國王鮮血的手。

一九八九年的悲劇發生之後，北京的弒君者也像麥克白一樣，趕緊去洗手。一些機靈的巧人也趕緊幫忙殺戮者刷洗血污，於是有慶功會的鮮花焰火，於是有一級演員的曼舞輕歌，於是有劉炳森先生的勞軍書法展，於是有李希凡等先生對「秋後算賬」的禮讚，於是有各類論客說明「開槍有理」的文章與報告……這一切儘管像滔滔流水，但還是抹不掉血痕。不僅抹不掉，而且還加劇了哀傷加濃了黑暗，使人們看到真的有比刀槍更令人驚心動魄的東西在歷史的舞台上演出。

如果不是自己的親身體驗，也想不到血痕如此難以抹掉。我其實只是一個旁觀者，只是讓鮮血濺到自己的心上，但這點血跡就讓我時時不安，八年的時光竟無法把它淡化。這才又想起魯迅〈紀念劉和珍君〉那段話：「既然有了血痕了，當然不覺要擴大。至少，也當浸漬了親族；師友，愛人的心，縱使時光流駛，洗成緋紅，也會在微漠的悲哀中永存微笑的和藹的舊影。」很奇怪，血痕竟會如此堅韌，屠殺者洗不掉，反叛屠殺者的親族師友也洗不掉，頂多也只能把鮮紅洗成緋紅，可見，血的遊戲是不可輕易製造的。既然製造了，那就該正視淋漓的鮮血，撫慰那些流血的靈魂，以免使中國的良心年年在春夏之間顫慄。

原載《中國時報》一九九七年六月六日

當了八年祥林嫂

《漂流手記》第二集《遠遊歲月》出版之後，黃子平兄發了一篇題為〈伴我遠遊的早晨〉的評論，在評論中他把我比作祥林嫂。他寫道：

> 這是一個致力於遺忘苦難的時代。遺忘的方法因現代媒介之助而不斷進化：不單有水龍的沖洗和鮮花焰火的裝飾，更用新災難的光影來驅散舊災難的光影。試問在波西尼亞和盧旺達之後，還有誰會像再復初到彼岸那樣，一聽說你是中國人就失聲驚叫：Tiananmen Square！再復的散文，會不會像魯迅小說《祝福》中被狼叼走了小兒子的祥林嫂，重複說「真的，我真傻」而令鎮上的眾人厭煩？在這本書中，你讀不到民主鬥士的驚心動魄戲劇性回憶，也讀不到自詡獨具（第n？）隻眼的冷血政治觀察家的形勢分析。你讀到的只是，一個在三千學生快餓斃時，說了句「救救孩子」的讀書人的良心話。

子平不愧是出色的文學論者，一個比喻就說中我的心思。我的散文的確像祥林嫂，七、八年來只是念着天安門廣場上被狼叼走的孩子。數百孩子的屍首，過於沉重，它層層疊疊地壓在我的胸口，使我難於呼吸。本想時間的激流可以沖走年輕的屍體，讓苟活者少些噩夢，但是徒勞，屍首依舊沉重，血跡依舊鮮紅，噩夢依舊纏住漂向異邦的靈魂。「長歌當哭，是必須在痛定之後的。」魯迅說得很準確，在痛定之後我無法抑制住自己的歌哭，於是充當祥林嫂，向健忘的人間訴說非人間的悲涼與悲哀。

在我的文字裏沒有對狼的控訴，我早已揚棄仇恨。然而我必須正視自己的缺陷與責任。「我真傻」，這是必須承認的。狼的陰毒與兇殘，孩子們不了解，而我也糊裏糊塗。好些孩子在廣場上拉起汗衫讓我簽字，而我卻忘記告訴他們，要多點理性，少點情緒，不要虛擲生命，不要企圖「以血的洪流淹死一個敵人，以同胞的屍體填滿一個缺陷」（魯迅語）。我真傻，我參與創造了一個流血的悲劇，我沒有護衛住孩子們的至寶至貴的生命。

大陸有一位也是從事評論的朋友，寫了一篇與子平兄意見相反的文章，勸我不要再傻下去，勸我不要重複「救救孩子」的老調而徘徊不前。我很羡慕他，但總是學不會他的機靈、機敏和機智，總是覺得狼不僅叼走了孩子的生命而且叼走了護衛生命的人性人道原則，沒有這一原則，總覺得自己活得不像人樣。

原載《明報》一九九七年六月十五日

我請求

〈人間〉副刊劉克襄先生告知我：再寫一篇稿子，一年的專欄寫作就可結束了。這訊息使我感到一陣輕鬆：可以放下那些苦味的記憶和記憶中的不仁的時代了，可以想想別的事了。這一年，「人間」二字總是在心中輾轉，並使我覺得人間常常並非人間。人間中的一些中國人只是中國牛與中國馬，而另一些中國人則是中國狼。現在能放下「人間」，回到書本與山川之中，的確是應當感到輕鬆的。

趁着無須投稿，還可說兩句話的機會，我要向北京的國家領導人請求一件事：釋放一名青年，一名因涉足「六四」學潮而被判刑十八年的青年，一名已經坐了九年監獄的青年。

這位青年人的名字叫做陳蘭濤，一九八五年畢業於青島海洋學院，一九八八年獲得該校的海洋生物學碩士學位，在學校讀書時，每年都是三好優秀學生。一九八九年春夏之交，他被捲入學潮，和當時在北京街頭上遊行的千萬個學生一樣，他只是大潮中的一滴水。然而，他被捕了，而且被判處了十八年監禁的重刑。那時，他的年輕妻子剛剛生下了小嬰兒，可是，他被剝奪了和嬰兒見面的權利，今天，嬰兒已經九歲，該是三年級的小學生了，可是他的父親還在鐵牢裏。父親是誰？孩子知道嗎？父親在哪裏？孩子知道嗎？孩子是無辜的，其實孩子的父親，也是無辜的。這個孩子的名字叫做陳卓，他丟失了父愛已經九年了，是不是還要繼續生活在沒有父愛的另一個九年中呢？而他的母親，一名年輕的弱女子，也已經丟失了丈夫九年了。九年中，為了養活小陳卓，她茹苦含辛，甚麼沉重的工作都做，甚麼沉重的打擊都忍受着。是不是還要她再忍受另一個九年呢？還有小陳卓的爺爺奶奶，自從兒子入獄之後，他們就生活在精神忐忑之中，他們是老實人，真誠的愛着自己的國家與兒子，然而，他們只有心的顫慄。已經顫慄了九年了，還要讓他們顫慄另一個九年嗎？

我和陳蘭濤素不相識，也沒見過他的孩子、妻子和父母。但是，我有兩位朋友是青島海洋學院的校友，他們對陳蘭濤印象極好，常常牽掛着他。他們告訴我，蘭濤這個人很忠厚，很樸實，又很熱心，誰有困難他就幫助誰。可是，他坐牢之後，誰也幫不上他，眼睜睜地看着他在鐵窗下一天天坐下去。我聽了之後，多次想向北京的領導人呼籲，但因為害怕幫倒忙而終於沉默。今天，我擔心以後再也沒有報刊敢於登載我的呼籲和請求，只好直說了。倘若天地不仁，我的請求將會使蘭濤在黑暗中繼續下去；倘若天地有仁，我希望蘭濤能走出牢門，到陽光下去擁抱他久別的孩子、妻子和年邁的雙親。我請求我曾服務過和熱愛過的無產階級政權，能給蘭濤一個公道，能給他的家庭一個人道。

我知道在一九八九年趕熱鬧、趕時髦、趕民主潮流的中國人和世界人有幾百萬、幾千萬、幾億，但能為蘭濤說話的人只有幾個。我應當是這幾個中的一個。如果人間真的是人間，那它該不會不理幾個請求的聲音吧！

原載《中國時報》一九九八年五月二十二日

祝好人一路平安

祝好人一路平安！這是大陸電視劇《渴望》的主題歌。一九九二年我的小女兒劉蓮出國後告訴我，她離開北京的前夕，年近八十的李老伯伯（社會科學院研究員）特別為她和為我唱了這首歌。第一次聽到這句歌詞加上這一消息，使我非常感動，突然間，我感到這才是祖國，這才是祖國情感深處對我的祝福。

最近，我因為被斯蒂芬·茨威格的傳記《昨日的世界》所激動，又一再想到這句歌詞，覺得它應成為我對明天世界的祝福。創作過《一個陌生女人的來信》、《人類群星閃耀時》、《異端的權利》等精彩作品的茨威格是一個出生於奧地利的猶太人，天才的德語作家。他是一個和平主義者與世界主義者，選擇歐洲作為自己的故鄉。他期待這一大陸能夠和諧平靜，生活在這裏的人們能一路平安。然而，恰恰相反，從一八八一年他出生後至一九四二年絕望自盡的六十年中，很少時間真正安寧過，特別是在希特勒崛起後，他和整個猶太人群體，便陷入被驅逐、被追趕的境地，完全是一路恐慌一路悲傷。茨威格說：「我們這一代人最大限度地飽嚐了以往歷史有節制地分落到一個國家、一個世紀的一切。以往充其量是這一代人經歷了革命，下一代人遇到了暴亂，第三代人碰到了戰爭，第四代人嚐到了饑饉，第五代人遭到國家經濟的崩潰……而我們今天六十歲的這一代人和比我們略微年長一些的一代人，甚麼事情沒有見過？甚麼事情沒有遭受過？甚麼事情沒有經歷過？凡是能想像得出的一切災難，我們都從頭至尾一一飽嚐過。」茨威格這一代人從來沒有一路平安過。

很巧，茨威格去世時我剛剛出生（一九四二），而且，再過三、四年我也將擁有六十年人生經歷。如果說，茨威格的六十年一路動盪，那麼，我們這一代人的六十年除了童年時經受過一些戰亂之外應當是一路平安的。尤其是一九四九年之後更應如此。然而，沒想到，四九年之後我們除了經歷了一九六零年前後的大饑饉之外，卻還經歷了長達二十多年的另一形式的戰爭，另一形式的革命，另一形式的瘟疫，這就是席捲整個中國的政治運動和文化大革命。政治運動，是沒有硝煙卻殘酷地互相廝殺的戰爭，是沒有武裝起義卻橫掃一切的充滿暴力的革命，是沒有細菌卻毒液到處氾濫的瘟疫。以「反胡適」、「反胡風」、「反右派」、「反走資派」為路標，中國知識分子走過來的道路並沒有平安。

以四十年代初為軸點，茨威格是前六十年的歷史見證人，而我則是後六十年的歷史見證人。見證之後，集萬千感慨卻只有一聲祝福：

祝好人一路平安！

原載《明報》一九九七年七月二十二日

也談中國的吃人現象

一九八六年的一天，鄭義到中國社會科學院的大樓上找我，說他到廣西進行實地考察，發現那裏在文化大革命中有許多可怕的吃人的現象。我聽了之後，並不感到特別驚訝，而且相信他說的並非捏造。今年他出國後，把當時調查到的慘象，訴諸文字發表出來，我又讀了一遍。讀了他這些文章，我感到他寫得較為匆促，但說的是真話。

（一）

我所以相信中國部份地區在一個特殊的年代裏還可能發生吃人的現象，有一個原因，就是在中國數千年歷史上，吃人現象太多太嚴重了，以至在本世紀二十年代，中國先進的知識分子不得不發動一場「反吃人」的運動，這就是著名的「五四」新文化運動。出自偉大作家魯迅之手的第一篇中國現代白話小說

《狂人日記》，最後寫的就是這麼一句話：「我翻開歷史一查，這歷史沒有年代，歪歪斜斜的每頁上都寫着『仁義道德』幾個字。我橫豎睡不着，仔細看了半夜，才從字縫裏看出來，滿本上都寫着兩個字『吃人』！」魯迅這樣寫，這樣說，不是出於一時的激憤，而是他對中國歷史進行深刻研究的結果。這篇小說發表後不久，他寫信給自己的朋友許壽裳先生說：「後以偶閱《通鑒》，乃悟中國人尚是食人民族，因此成篇。此種發現，關係亦甚大，而知者尚寥寥也。」

魯迅道破「中國人尚是食人民族」後，雖然知者不多，但有一個被胡適稱為「中國思想界的清道夫」（《吳虞文錄》序）名叫吳虞的知識分子，立即寫出一篇很重要的響應文章，叫做〈吃人與禮教〉，發表在陳獨秀主編的《新青年》第六卷第六號上（一九一九年十一月一日出版）。吳虞在這篇文章中不僅支持魯迅的觀點，而且列舉出許多中國史書上記載着的確鑿無疑的吃人事實。他舉了這麼幾個例子：

（1）漢代開國皇帝漢高祖和他的諸侯吃叛將肉：據《史記》的《黥布列傳》記載：「漢誅梁王彭越，醢之。盛其醢，遍賜諸侯。」漢王不僅自己吃梁王彭越的肉，而且還讓自己的屬下諸侯王也嚐嚐人肉的滋味。

吳虞所說的這種把人剁成肉醬然後賜給諸侯共嚐，其實始於商代的紂王。《史記》的《殷本紀第三》記載：「九侯有好女，入之紂。九侯女不憙淫，紂怒，殺之，而醢九侯。」

（2）漢將臧洪讓兵士吃自己妻子肉。據《後漢書》的《臧洪傳》記載：三國時期，本是雍丘城太守張超的功曹臧洪，因為袁紹在曹操圍攻雍丘城時見死不救，便與袁紹結冤。於是，「紹兵圍洪，城中糧盡，洪殺愛妾，以食兵將，兵將咸流涕，無能仰視。」

（3）和臧洪一樣的還有唐朝的張巡。唐代安祿山造反後，派大軍圍困山西省睢陽城。當時守城將領張巡，為了效忠唐皇帝，誓死守城，以至發生殺妾的著名故事和吃人二、三萬的慘烈現象。據《新唐書》的《忠義傳》記載，張巡守睢陽城，「尹子奇攻圍既久，城中糧盡，易子而食。」正當危急之際，「巡出愛妾曰：『諸君經年乏食，而忠義不少衰，吾恨不割肌以啖眾，寧惜一妾而坐視士飢？』乃殺以大饗，坐者皆泣。」

被張巡的行為所感染，加上極端飢餓，睢陽城便發生更大規模的吃人現象。《新唐書》載：「被圍久，初殺馬食，既盡，而及婦人老弱凡食三萬口。」

吳虞先生所列舉的中國吃人的事實只是一部份。中國歷史很長，這種事實舉不勝舉。就以吳虞先生在文章中順便提到了中國農民起義過程中吃人的事來說，就足以寫出一本厚書。吳虞引《曾國藩日記》中的記載：「洪（洪秀全）楊（楊秀清）之亂，江蘇人肉賣九十文錢一斤，漲到一百三十文錢一斤。」

太平天國革命時，到處饑荒，人肉已不是私下吃，而是公開進入市場賣，且饑荒愈厲害，價格就愈高。這種賣人肉的事，在小說《水滸》中也有反映。中國農民的處境實在太苦，常常走投無路，人肉交易乃是中國畸形的貧窮環境中產生出來的畸形生意。曾國藩見到的賣人肉發生在清代，《水滸》寫的是宋代，再往前推，就是一千年前唐代王仙芝、黃巢領導的農民起義，當時也是大吃人肉。據《舊唐書》的《黃巢傳》記載：「賊（指黃巢軍）圍陳郡百日，關東仍歲無耕稼，人餓倚牆壁間，賊俘人而食，日殺數千。賊有舂磨砦，為巨碓數百，生納人於臼碎之，合骨而食，其流毒若是。」

黃巢起義軍吃人還使用「舂磨砦」這種巨型的工具，以「合骨而食」，吃得氣魄更大。史書作者雖站在反對農民起義的立場，但很難杜撰出這樣一套吃人辦法。在農民起義的年月裏，人吃人的原因主要是因為貧窮與飢餓。環境的極端殘酷，造成人性的極端殘忍。人到活不下去，甚麼事都可以做出來。而在另一些年月裏，中國的吃人則是愚昧，以為人肉與人血可以治病。魯迅先生的小說《藥》中所寫的華老栓，就相信「人血饅頭」可以治好兒子的肺病，因此買了劊子手的人血饅頭。大約是因為魯迅讀中國的史書太多，對中國的歷史太了解，所以他才有「中國尚是食人民族」的感慨，才說出這樣的話：「所謂中國的文明者，其實不過是安排給闊人享用的人肉的筵宴。所謂中國者，其實不過是安排這人肉的筵宴的廚房。」

（二）

「五四」運動的先覺者們，他們在揭露批判「吃人」的時候，有兩種含義：一是批判小傳統，即指古代中國在某些時代某些地區的殘酷而野蠻的習俗；二是批判大傳統，即指古代中國宗法制度對人的尊嚴和人的價值的扼殺。前者是實指，不帶象徵意義；後者是泛指，帶有象徵性。魯迅所揭露批判的「吃人」，屬於後者，即主要是象徵意義。而吳虞的揭露和批判則兩種含義都有，既有泛指，也有實指，既批判中國大傳統扼殺人的精神、靈魂、個性，也實指中國歷史上確確實實有吃人肉的野蠻現象。吳虞的揭露不僅有象徵意義，而且給歷史學家、社會學家提供了一些不應當迴避的嚴重事實。

吳虞所列舉的《新唐書》所記載的張巡殺妾和曾國藩日記中所記載的賣人肉的事實，我不懷疑，而且我相信許多中國學者也不會懷疑。因為這是一種「基本事實」。用中國話來說，這是「有目共睹」的事實。這種事實，就像在第二次世界大戰中，日本軍隊在南京殺了許多中國人和希特勒的軍隊殺了許多猶太人一樣，是一種人們都看見的、不容置辯的、也無需考古學者證明的基本事實。如果有人提出問題，說他沒有親自看見希特勒軍隊殺猶太人，請拿出所殺害者的骷髏來考證一下再說，就會使人感到很怪誕。中國人所以不懷疑曾國藩日記中所記載的賣人肉吃人肉的現象，就是因為太平天國革命時期這種現象大量發生。正因為飢寒交迫，人無法活下去，才會有革命。所以我們決不會去責問曾國藩：「你說當時賣人肉和吃人肉，那只是你和你的將士見到，我沒有見到，也尚未做人類學方式的考證，所以我不能相信。」如果這樣責問，也屬怪誕。

張巡殺妾和睢陽城的吃人現象，也是唐代守城的所有將士「有目共睹」的慘烈事實。唐皇帝的軍隊平定安祿山造反之後，具有數萬人口的睢陽城只剩下四百人。唐皇帝和大臣們決不會懷疑張巡所作的非常行為，包括殺妾以激發將士的鬥志。所以，在張巡戰死後，唐肅宗皇帝下了詔書，追封張巡為「揚州大都督」，張巡的兒子張亞夫也被封為「金吾大將軍」，而且特別為張巡「立廟」，讓人們「歲月致祭」。

對張巡殺妾一事，在中國爭論的不是有沒有這一事實，而是爭論對這件事應當怎樣評價。也就是為了守城，應當不應當這樣殺妾吃人？《新唐書》的作者把張巡傳列為「忠義傳」之一，自然是認為他的行為是「忠義」行為，當時皇帝為張巡「立廟」也自然是認為他的行為是卓絕千古的大忠大義。而吳虞的看法則相反，認為張巡不應當在忠義的名義下如此殘忍和野蠻。

【三】

無論是在象徵意義上，還是在歷史（事實）意義上，「吃人」都是野蠻的事，極不光彩的事。那麼，為甚麼到了「五四」運動時期，恰恰是中國的一批非常偉大或非常優秀的愛國者和學者作家要站出來揭發自己的父輩祖輩傳統中吃人的現象呢？

這是因為，在上一個世紀，中國在鴉片戰爭和甲午海戰失敗後，中國知識分子和中國人做了深刻的反省，並對「如何愛國」作了深刻的檢討。那時，「愛國者」的內涵、觀念有很大的變化。最重要的一點變化，就是說，我們今天要愛國，再也不能像以前那樣光說自己怎麼「地大物博」，再也不能沉醉於

「東方文明」之中，而應當正視自己的缺陷，正視自己的「落後」和傳統中一切不文明、不光彩的現象，要為自己的落後和不文明而憂慮，只有這種誠實的、正視自己缺陷的「愛國者」，才是真正的愛國者。梁啟超最先明確地指出這一點。他把愛國者分成為傳統意義上的「愛國者」（「言國民之所長」）和現代意義的愛國者，即「言國民之所短」的「憂國者」。並認為，「憂國之言，使人作憤激之氣」。

到了「五四」運動時期，魯迅等文化先驅者更加激烈，批評那些不正視自己民族性弱點的「國粹主義者」，決不是「愛國者」，而是「愛亡國者」。而且批評國外的一些希望中國不要改革的人，說他們只想中國永遠只是供他們鑒賞的沒有活氣的老古董。而中國一群正直的學者，正視和批評一個畸形年代裏所發生的悲劇現象，正是為了使這種悲劇不再發生。飽受苦難的中國人已經受不了這種歷史悲劇的重演。

寫於一九九二年秋季

地獄的層次

這幾天老想到大陸天地人三界，特別是老想到地獄。

地獄是分層次的，即處於地獄中的鬼魂人魂也是被區別對待的。這一點似乎是舉世皆然。中國早已認定有「十八層地獄」，而西方的但丁，則把十八層一分為二，九層是地獄，九層是煉獄。煉獄實際上乃是只須贖罪而無須承受酷刑的社會淨界，因此，地獄只有九層。但丁看到地獄的門上寫着一句話：「你們走進來的，把一切希望拋在後頭吧！」走進地獄都面臨着沒有希望的絕望和沒有天光的大黑暗，但在絕望與黑暗中卻有不同待遇，受折磨的程度大有區別。

文化大革命中幾乎所有的作家、學者和老教師都進人「牛棚」，這牛棚，實際上就是一種現實的地獄。但是，處於此種地獄中的「牛鬼蛇神」的待遇是很不一樣的。僅以生活費而言（工資和銀行存款已凍結），中國社會科學院（前身）的牛棚，每人每月有二十元。而北京大學的牛棚，據馮友蘭先生的《三松堂自序》記載，僅有十二元。差八塊錢，在當時就是差一大級。可見，科學院的地獄主管比北大的地獄主管人道寬厚得多。然而，如果與全國各地的牛棚相比，北大的地獄主管也不能說不仁慈。例如處於新疆牛棚的艾青，他們一家五口人的生活費僅有四十五元，而且住的是地窩子。除了受到精神的折磨外，還要受到飢餓的折磨。有一回，別人扔掉了一隻凍死的小豬，他的夫人高瑛把牠撿回來，他們立即就吃掉。而艾青所處的地獄絕非最底層，當時許多大學、中學教師被遣送回老家鄉村牛棚，就被剝奪掉一切生活費。我的幾位中學老師，就慘得一分錢也沒有，其中有一位竟在路上撿死蛇吃。死蛇可沒有死豬肉好吃。

牛棚雖苦，畢竟不是囚牢，而一旦被送進監獄，如孫治方、聶紺弩等，則進入地獄更低的層次。孫冶方的待遇是一天六両窩頭加上幾根鹹蘿蔔，可他的監獄是秦城監獄，專門關押「老革命」和名人，享受的算是高等犯人待遇。還有許多非老革命和非名人則進入條件惡劣得多的地獄。可見，地獄的層次是很多的。難怪許多進了牛棚的人出來之後不但「毫無怨言」，還很感激很自豪。他們發現自己被區別對待，即使在地獄世界中，也優居上層，屬高等牛鬼蛇神。於是又得了一次精神凱旋，又遺忘剛經歷過的浩劫，於是又在鬧左傾又在唱高調又在整他人。中國的奴隸有時讓人覺得「萬劫不復」，似乎與地獄的層次有關。閻王能把地獄分層，實在很聰明，它使地獄永生永在，威鎮千秋。

原載《明報》一九九七年四月二十四日

走出陰影

從一九八九年開始的西行，我真的覺得愈走愈遠了。所謂「遠」，不是遠離那片締造我的孩提王國的黃土地，而是遠離後來投入我生命中的那片陰影。

剛剛出國時，我就意識到自己的心中籠罩着一片陰影，應當把它抹掉。這陰影，有剛剛投下的血的陰影，有早已聚集的政治權力和它所派生的各種死亡的陰影和恐懼的陰影。有陰影在，提筆時就有顧忌，走筆時就不能流暢，該說的話就會突然減下幾分，這才明白，文章的力度與陰影相關。一旦受了陰影的牽制，再有文采與技巧，也掩蓋不住行文中的怯懦。

抹掉陰影才有新生。生命的再次日出，是需要驅逐烏雲的。我對自己提示着。

八年過去了，才知道抹掉陰影並不容易。可以說，這些年所寫的數百篇散文，每一篇都在驅逐陰影，但陰影還是殘存着。許多想說的話，下筆時卻猶豫起來。這猶豫的背後，是潛在的陰影作祟。在國內時，如果不是陰影的影響，我對那套從蘇聯搬來的反映論，一定會批評得更透徹；在國外，如果不是還有陰影在思想深處徘徊，我一定不會常有徬徨。我的寫作不是敷衍、媚俗，也不是求榮、賣笑，當然也不是描摹性愛畫廊，而是面對歷史的大變動與大悲歡作出思考與評論，這種工作是不能讓陰影遮住眼睛和牽制着手臂的。一旦被陰影牽制，思想就難以高飛。高飛不是高調；高飛是在高遠的精神天地中自由馳騁，毫無隱諱地表達自己的所思所想，敢於寫出無愧於大生命的聲響：該禮讚就禮讚，該譴責就譴責，該挑戰就挑戰。挑戰，對於思想者來説，是絕對必須的；挑戰不是謾罵與控訴，而是理性的質疑與叩問。前兩個月，我讀了單德興先生所譯的《知識分子論》之後，老是想到薩依德的知識分子定義。他説：知識分子就是敢於面對強權説真話的人。這個定義很好，但知識分子要符合這種定義很難。文化大革命結束後，巴金一再提倡説真話，而且寫了一千多頁的真話《隨想錄》，這很了不起，但是，當一九八九年天安門流血事件發生後，他並未面對這一大事件講些該説的真話，其他著名的知識分子也講不出來（只有楊憲益先生講了，但被開除黨籍）。我不是苛求巴老，只是説，在強權高壓的狀況下講真話很不容易，徹底抹掉恐懼的陰影很不容易。

薩依德的定義雖好，但我仍然覺得有缺陷。這也許是從我自身的經驗中想到的。我覺得知識分子除了敢於面對強權説真話，還應當敢於面對非強權、非官方的各種社會運動説真話。反權力、反政府的思潮各種各樣，不一定每一種思潮都是對的。但反政府的思潮總是擁有道義名義，因此，要批評它的缺點，就可能被扣上反道義、反民主的「御用文人」的帽子。總之，對政府講真話不容易，對人民講真話也不容易。擺脱強權的陰影説該説的話很難，擺脱各種神聖名義的陰影説該説的話也很難。然而，真要獲得心靈自由，是不能遷就任何一種形式的陰影的。知識分子只能面對真理，而不是面對各種名義。

此時，我的心情很好。因為我知道自己未來的路上將是陰影愈來愈少。此刻，我舒心地書寫着，窗外是娉娉的青山，窗內是靜靜的書桌，權力的鞭子在遙遠的彼岸，它的權威已在我心中完全瓦解，外部的評語對我也已不再重要，無論是歌吟還是攻擊，都不會再改變我的文字。這是何等難得的時光？我應該珍惜，應該趕快做。一百多年來中國知識分子的所夢所求，不就是我此時此刻的情景與狀態嗎？不就是爭取一個沒有陰影籠罩的思索自由與表達自由的權利嗎！一個時代和一個社會階層的理想首先在我這張平靜的、陽光照亮的書桌上實現了。我感受到蒼天、大地、人間的全部厚愛都凝聚在眼前，凝聚在這一沒有陰影的書桌上。我要在青草般翠綠的稿子上寫下：謝謝你們，謝謝在故國土地上和異邦土地上支持我漂流和幫助我走出陰影的朋友們。

原載《中國時報》一九九八年五月一日

第七輯

香港：沒有敵人的文化

春節前，耀明兄來電話說：「我想下一期發一組《我看香港》的文章，你到過香港幾回，也來一篇吧。」我答應了，因為只需「看香港」，毋需「論香港」。出國後，我喜歡輕鬆，閒散，到處看看。歌德說，人生下來，就是為了用眼睛看世界。「看」實在是比「論」有趣得多。過去自己雖然也生產過不少「論」，但那是為了以論攻論，特別是為了告別「革命到底」、「改造到死」、「堅持馬克思主義不動搖」一類的酸論。叔本華說，人的一大缺陷是耳朵只能開不能關，如果耳朵可以關閉，誰去聽這些酸論，活遭罪！

答應寫「看香港」的文章，還因為自己不僅遠看了香港，還四次跨洋過海去近看過香港。香港只有油條沒有油餅，香港的賽馬原來是賭博，香港街上沒有狗，香港的儒者見到外來的學人先攻擊一頓以示自己乃是大儒而非小儒等等，都是近看才看清楚的。但是這種發現和阿Q到城裏後不滿城裏人將長櫈稱為條櫈、煎魚用蔥絲、女人走路扭得不太好等差不多，不宜細說。我的遠看與近看都有別於阿Q先生。

遠看香港兩次，一次在北京，一次在美國。每一次都用了十年八年。遠看，也就是宏觀。一宏觀，一有所謂參照物，就發現香港文化特別是香港自由新聞文化，有一種精神本體，這就是包括政治批評在內的社會批評與文化批評。大陸的報紙只有政策闡釋和黨的意志闡釋，沒有批評。香港報刊的批評鋒芒，可說是無所顧忌：宮廷權貴、市井無賴、奸商政客、軍閥黨棍、貪官污吏、學霸文痞、土豪劣紳、狡男猾女以及政府敗績、制度弊端、社會惡習等等，全在批評之列。但只是批評對象，並非不共戴天之敵。只要這一精神本體不衰不滅不死不亡，香港就擁有自己的聲音和文化特色。然而，我也擔心：這一精神本體會逐漸式微，悄悄退化，社會批評將要被社會新聞（尤其是獵奇性新聞）所取代，批評家們的眼睛說不定會從面對歷史時代轉向面對他人的眼色。

遠看還看出香港除了「文化批評」之外還有另一項長處，就是沒有敵人。內部沒有地、富、反、壞、右，外部沒有帝、修、反。蘇聯老大哥還健在的時候，香港人並不把它視為「蘇修」；美國在充當大陸頭號敵人時，香港仍然和「美帝國主義」滿親熱。在北京時，我就和北上的香港朋友開過玩笑說：「大陸是太革命，台灣是『反革命』，香港是不革命。」現在我告別了革命，才覺得香港的不革命實在好。不革命就不激烈，就沒有火藥味，就沒有「推翻」、「打倒」的目標，就不必「你死我活」拚老命，就可以溫良恭謙讓，就可以繪畫繡花、請客吃飯。香港的稀粥和龍蝦真香！

不革命就寬容，四海之內皆兄弟，「帝修反」全可以來做生意，共產黨、國民黨都可以來賺錢。當大陸在劃分黑五類、黑九類時，香港早已「有教無類」、「賺錢面向全人類」！

在香港的大文化辭典中，只有「罪人」，沒有「敵人」。犯法的罪人只要認罪與懺悔，還是自己的弟兄。總之，香港很像瑞士，嚴守中性價值，對任何人任何國家都沒有敵意，天然地成為多元文化的共生體。香港人身在廬山之中，未必能充份了解自己這一大善大良而又大幸大福的文化真面目。

香港沒有經歷過政治革命，只經歷過「經濟革命」。因此，香港沒有產生過大政治家和大革命家，但也沒有產生特別古怪的政治大眼睛：看甚麼都是陰謀，背後一定有人搗鬼！然而，香港產生了大財閥，這些財閥沒有政治手段，但做生意的狡黠還是有的，不過，他們完全可以好好睡覺，因為他們很幸運地生活在中國唯一沒有敵人沒有敵我心態的大文化土壤中。如果他們生活在大陸的人文環境中就大不一樣，那裏多數人仍有一副革命心態：誰不想「吃大戶」？誰不想玩玩「剝削」概念造點反謀點利？「分田分地真忙」過後總得再忙於分點甚麼。可是香港人沒有這種心態。他們雖然也有不滿，但不想造反；

他們雖然有許多「假想敵」，但沒有真正的敵人，更沒有「階級敵人」這種確定不移的大概念，所以說，香港文化乃是沒有敵人的文化。

許多大陸人喜歡到香港定居，並非都是想去發財，好些人乃是為了生活在不革命的文化氛圍中。在這種空氣中，人不必在左、中、右的政治熱鍋裏被炒來炒去，也不必害怕有朝一日掉入佔全國人口的百分之五的「一小撮」中去，心中可以放下一根弦，日子要好過得多。

遠遠地看到香港文化的長處之後便想近看。一近看，發現不革命也有問題。革命雖然暴烈，但革命過的地方一般都比較平等，等級不那麼森嚴。未經革命的香港，等級是絕對分明的。老闆和夥計，上司與僱員，絕對不能平起平坐。在北京時，我也當過「小上司」，但無論誰來，哪怕是最底層的司機，我都會端一杯茶相敬；但是，在香港，老闆似乎高高在上，最大的財主也就是最大的精神帝王。一九九五年秋天，我很近地看了看香港，才看出香港根深蒂固的僱傭關係，從資本主義原始積累時期就積澱下來的上下有別的人際關係。如果說，大陸的敵我界線過於分明而形成了病態的敵我心態，那麼，香港則是主僱界線過於分明而形成的、幾乎也是病態的僱傭心態。日本、南朝鮮的公司也有主僱關係，但主人似乎比較有熱氣，僱員對自己的公司似乎也有較多的歸宿感和家園感，不像香港的主僱關係這麼冷。一感受到這種冷，我便心煩，便又想到革命的好處，想到有了政權就可以打倒百萬富翁千萬富翁億萬富翁，差些不想「告別革命」了。

原載《明報月刊》一九九八年三月號

香港社會文化批評的命運

一九九五年秋冬之間我到香港後曾多次對報刊發表談話，預言一九九七年香港回歸之後將在三個方面面臨考驗：（1）是否能夠保持廉政？（2）是否能夠保持高度繁榮？（3）是否能夠保持民間道德監督系統——自由新聞系統（包括其他自由言論系統）。香港被視為「奇蹟」並被世界所欽佩，正是它在上述三個方面均可引為驕傲。許多國家與地區，一繁榮就腐敗，一控制就無聲，一自由就失序，往往只能具備三項中的一項或兩項。而香港恰恰三項兼得，既有錢，又有序，又有聲，這是很了不起的。

曾和一些朋友討論「香港的意義」。討論時我就發表了這樣的意見：香港的意義（對於中國和世界）是多重的，而多重中有一種特殊的意義就在於它提供了一個廉政、高度繁榮、言論自由三者和諧統一的成功範例。這一範例說明在一個社會實體中同時實現經濟發展、社會健康、表達自由的可能性，即腐敗與思想禁錮並非繁榮社會的宿命。

香港為甚麼能夠匯集三種品格於一身？為甚麼能夠在一塊彈丸之地上創造出如此奇特的文明？這有其歷史原因（歷史機遇）、地理原因（亞洲心臟）、文化原因（中西文化匯流）和制度上的原因（英國管理制度）等等，而其中最關鍵的則是它有一個不受政府、黨派、意識形態所左右的獨立司法系統和一個同樣獨立於政府黨派和意識形態之外的文化批評與社會批評系統（包括政治批評）。也就是說，香港的驕傲有兩個最重要的支撐點，一是它的法治本體；一是它的精神本體。

本體，即事物的根本。香港文化的根本，乃是它的自由而有效的政治批評、社會批評與文化批評，這種批評的載體包括學校、社會團體講台、文學藝術等，而主要的載體乃是報紙、雜誌、電台、電視台所組合的自由新聞系統。近幾年來，常看到一些討論香港文化的文章，可惜多數文章都在討論香港文化的高低、深淺，是否屬於沙漠狀態、邊緣狀態等，言及的常常是一些並非十分重要的文學藝術作品，而對香港精神本體——社會批評與文化批評的特殊價值、特殊功能和未來的命運，卻缺少關注以至把它排除在討論的中心位置之外。

我到海外之後，常常留心觀察香港文化，這才發現香港的主要報刊（除少數官辦或半官辦報刊外），無論其思想傾向如何，都有包括着政治批評在內的社會批評與文化批評。儘管其中有一些批評是瑣碎的，但多數是對政治、社會和文化的熱情關懷，態度嚴肅而坦率。這種批評的寶貴，從大陸走出來的知識分子看得最清楚。可以說，大陸報刊最致命的弱點便是缺少真正的政治批評、社會批評與文化批評。由於大陸報刊的性質乃是黨政系統的宣傳工具和輿論工具，因此，它的總功能便是傳達和闡釋黨及政府的決策、政策和意圖，而不是對這些決策政策意圖進行質疑和批評。在這一總功能之下，大陸報刊也有社會反映與文化反映，但這些反映的基調又是謳歌性的，也幾乎沒有質疑與批評，如果有一點，也是局限在官方宣傳機構允許的範圍內，它不可能對政府的決策及其政治運作起真正的監督和制衡作用，也不可能對政府的腐敗和社會的惡質化起真正的遏制作用。因此，大陸報刊的精神本體乃是長官意志和法定政治意識形態，而不是起着民間道德監督作用的社會批評與文化批評。

與大陸報刊的性質、功能不同，香港報刊所負載的社會批評與文化批評卻是真的。它的批評性輿論獨立而尖銳，它的鋒芒直逼香港政府和與香港相關的大陸、台灣政治體系。在批評中，影響它的行為的不是政府的指令，而是文化主體（記者、編者、作者）不可扭曲的絕對道德律令，這種律令使他們只能面對事實與自己的良心。因此，它便形成一種具有獨立力量的精神本體。

香港文化因為具有這種精神本體，所以體現這種本體的報刊如《信報》、《明報》、《明報月刊》等便在香港的公眾中擁有很高的威信並深刻地影響着社會生活。它們既是公眾的眼睛、耳朵與喉舌，又是政府的鏡子、警鐘和負責任的反對派，因此，它們便對社會起着一種民間性的道德監督作用。這種監督，乃是使社會生態獲得平衡的一種巨大調節力量。近年來，海外中國知識分子熱烈討論的「公眾空間」，在香港就很具體地表現在這些報刊上。我在〈香港漫筆〉的短文中，列舉了幾種最能體現香港文化精神的項目，其中名列首位的便是查良鏞、林行止的政治批評與社會批評，除了這兩位之外，活躍於香港的著名報刊主編和作者，如側重政治批評的李怡、羅孚、陸鏗等，側重社會批評與文化批評的戴天、胡菊人、董橋、潘耀明、也斯、陶傑等，也構成香港文化本體很有代表性的部份。此外，一些在西方的著名教授，如余英時、劉紹銘、李歐梵、鄭樹森等，也積極參與香港的社會批評與文化批評，他們的思想與文字也化入香港的文化精神本體之中，這可能是他們始所未曾料及的。

一九九七年香港回歸之後，香港的精神本體是否還能活下去並對香港的面貌繼續產生影響？這是香港內外的中國知識分子最為關注的問題。

有些朋友認為，一九九七年之後，香港的自由新聞系統即將瓦解，社會批評與文化批評即將消亡。我則認為「未必」。中國的領導者雖然很難接受香港的社會批評與文化批評（如果能接受，他們就會允許香港報刊進入大陸），但是他們也知道，要保持香港的廉政與高繁榮，沒有民間道德監督系統的調節是不可能的。因此，允許香港新聞系統保持一定的自由度，乃是保持香港現狀所必須的。何況，自由新聞系統的不變，乃是香港「五十年不變」的一面鏡子，他們還不至於很快就拋棄自己的諾言。正因為這樣，在本世紀末和下個世紀前期的一段歷史時間中，香港的精神本體還不至於完全消亡。也因此，在這一段歷史時間中，中國政府還是不能允許香港的主要報刊自由地進入大陸。如果允許進入大陸，那只有兩種情況，一是香港的社會批評與文化批評變質，被大陸意識形態所同化；二是大陸政策發生根本性變化，開放言論，歡迎包括政治批評在內的社會批評與文化批評。

存在並不等於發展。可以預料，一九九七年之後香港的精神本體將逐步削弱。這種削弱，不一定是因為中央政府可能發出種種限制的禁令，而是因為它畢竟生活在新的政權條件下和新的意識形態的「陰影」下。在新的條件與「陰影」下，且不說政治影響，僅僅心理影響就會使許多報刊的筆調發生微妙的轉換。原有的鋒芒與豪氣，特別是敢於批評中國政府的鋒芒與豪氣，將會逐步軟化。

即使中央政府對香港的新聞系統和它負載的社會批評與文化批評不作任何干預，香港精神本體逐步走向式微也是不可避免。這是因為香港的自由新聞系統固然表現出相當正直的文化力量，但它的基礎畢竟是脆弱的。它們都不能不立足在「經濟價值規律」的基石上，也就是說，他們一方面要依據道義原則辦報，另一方面又要依據利益原則（市場原則）辦報。報刊的中、下層編輯記者可以不顧丟失飯碗而忠實於自己的良心，而報刊的上層特別是「養活」報紙的「資本家」則不能不考慮到資本的盈虧和報業的「破產」問題，而經濟利益的考慮又不能不影響到政治傾向的選擇。一九九七年之後，任何一個準備在香港長期立足的「資本家」，都不能不考慮他背後的一個龐大的市場和掌握這一市場的強大的政府。在他名下的報刊上，任何對這一政府過於坦率而尖銳的批評，都會影響到他的「生意」，這種心態就不能不影響到報刊批評的聲音。務必請「自律」、「自重」，這首先是資本家們對編者、記者的哀求：別太過火，以免破產！可是，這種「自律」之聲卻發出一個重要信號：讓香港引為驕傲的精神本體的黃金時代已經結束，一九九七年之後，它將進入雖還存在但將逐步式微的白銀時代。

原載《二十一世紀》一九九七年第四期

擔憂：無形的潛移默化

耀明兄組織「海外文化人看香港明天」專題的筆談，讓我也寫一篇。明天香港的政治、經濟會怎樣？我是外行，不宜多說。但從一個人文科學學人所具的常識來看，我對香港的明天還是樂觀的。

香港不可能成為一九四九年後的上海，即政權一旦更替便一落千丈、一蹶不振，經歷了將近四十年的蕭條。儘管現在香港正處於「秋風秋雨愁煞人」的經濟困境之中，但只要港人信心不崩潰，香港繁榮的春天還會重新到來。我這樣說，不是安慰我所熱愛的香港人民，而是在作理性判斷。判斷時擁有兩大理由：一、香港的合乎理性的經濟、政治、文化制度在，這套以獨立的司法系統為基石的成熟制度，具有把危機轉化為生機的機制與功能；二、香港的人才在。香港具有中國第一流的各種管理人才、技術人才和其他各種專業人才，香港經濟人才的密集度與能力總和，恐怕是中國第一。只要這些人才不跑掉、不洩氣、不屈服（不屈服於挫折的打擊），香港的明天就不會太壞。香港經濟結構有泡沫性缺陷，但缺少大工業、大農業、大壟斷集團，則有容易轉彎的好處。香港聰明的人才們只要揚長避短，也許會在亞洲經濟環境惡化的情況下，找到一條重振雄風之路。

既然制度比較成熟，那就不必變。鄧小平說五十年、一百年不變，這個主意確實好。不變就是不要改革，至少是不要作大的改革。大陸需要改革，而且正在大力改革，但香港情況不同，它不需要大改革。有些事物不改比改好，改了反而不好，例如京劇，就不必改。香港也不必改。特區政府想有作為想改革，於是就強化政府功能、增學母語、蓋八萬五千套低價房等，這樣做，心是好的，但要慢慢來，一急就會事與願違。過於急切的好心往往是通向墳墓的鋪路石，倫理主義往往會把歷史帶向衰落的絕境。回歸後一年，中央政府意識到不變不改好，所以確實沒干預。

雖然政權沒有干預，但香港有些部份正在變，而且正在往不好的方向變，這是最令人擔心的。有幾位朋友告訴我，過去香港居民最守交通規則，真的視紅綠燈為權威，但現在闖紅燈的現象不斷發生而且正在迅速蔓延。此外，過去乘巴士乘地鐵時上車下車條條有序，現在擠車搶車的現象卻經常發生而且也正在發展。闖紅燈、搶巴士是大陸的惡習，也是大陸大文化的負面的一部份。這一部份文化正在被大陸人帶入香港，並對香港產生潛移默化的影響。大陸的體積很大，香港的體積很小。幾十萬人在大陸不算甚麼，但幾十萬人一旦遊進香港，就會對香港造成大影響。隨着香港的回歸，到香港辦事、做生意和旅遊的人愈來愈多，這種影響將不斷擴大。

我說的大陸大文化，是指大陸近幾十年所形成的心理、習慣、作風、語言方式、行為方式、交往方式等等，闖紅燈、搶座位只是其中負面的一種。我常譴責的講假話、講大話、講空話、不守規則、不講信用、玩弄話語霸權、玩弄學術姿態、玩弄小聰明、小權術等也是其中的一部份。近幾十年來，由於大陸民族生活的重心一直處於階級鬥爭之中，生存環境變得格外惡劣，這種惡劣環境便扭曲人的正常性格，滋生社會的痞子氣、犬儒氣，迫使人們越過基本道德的邊界，看破所謂原則、準則、規則、法則等。連戰功赫赫的彭德懷大元帥替老百姓講了一句真話，都被摧殘得頭破血流、死無葬身之地，還有甚麼準則、原則？連劉少奇勸導共產黨員要講點「修養」，都被說成是「反對無產階級專政」，還有甚麼規則、法則？

重大歷史事件對世道人心的影響，是極其深刻深遠的。近五十年來，大陸歷次政治運動和歷史事件，已造成大陸一種新的大文化性格，這就是上述的講假話、不守信用等性格。我所寫的《人論二十五種》

就是對這種病態性格的描述。帶有病態的大文化性格一旦作用於社會，就會腐蝕社會的有機體及其有序狀態，而給社會帶來無序狀態。大陸改革開放，釋放人們的慾望，把社會變成有動力的社會，但仍然不能說是有序的社會，這除了法治系統尚未完善之外，還有一個原因，就是對現有的規則的腐蝕與歪曲。

香港回歸，大陸與香港的交流日益頻繁，大陸踏入香港的人群日益增多，這些大陸同胞有意無意地帶着大陸的大文化性格去闖蕩江湖、享受殖民地遺產。「港人是殖民地順民，當然守規矩，我們這些老革命老人民，也要守規矩嗎？」這種潛在的心態，就導致他們作出闖紅燈、搶座位的作為。我曾寫過〈帶菌者〉的一篇雜文，講的就是大陸的一些人，身上不知不覺地帶上歷次政治運動傳染上的細菌，即新的文化性格細菌，在國界之外腐蝕各種維繫人類社會的基本準則。現在，我擔心，這種帶菌者也會悄悄地蠶食香港。這種蠶食，就是大文化的潛移默化。它是一種無形的潛流，一種巨大的瓦解力量。儘管政權沒有干預，但是這種潛移默化的力量可以將一切都變形、變質、變態。先是使最表層的交通規則、交往規則變形變質，後是使經濟場中生命攸關的信用原則、契約原則變形變質，最後也將使香港的驕傲——獨立的司法系統、自由新聞系統等變形變質。這樣，支撐香港的成熟制度就會名存實亡。如果真是這樣，那麼雖說不變，其實已經變了。倘若香港管理主體不充份意識到這個問題，學術文化界又對此沒有真切的觀察與關懷，那麼，香港的制度框架即使真的五十年、一百年不變，但內裏用不着二十年，就會變得滿腹敗絮，面目全非，香港不復再是香港。

香港成為舉世公認的建設成功的國際大都市，這是結構性的勝利，即經濟、行政、法制、文化形成完整有機體並有效作業的勝利，缺少哪一環節都不行。我是文化人，特別注重大文化的影響，因此，不得不從愛香港出發講一句不中聽的話：香港的未來，不怕干預，只怕潛移默化。

原載《明報月刊》一九九八年十一月號

從意識形態時代到數字時代

七十年代末期，中國便進入改革開放的新時期。這個時期，愈來愈表現出它的大轉型的特點。其轉型的內涵，許多學人已作過描述。但我覺得，用黃仁宇先生歷史學的語言來表達則極為準確，這就是從意識形態主宰的時代向數字管理時代的轉變。

黃仁宇先生去年在香港出版的《近代中國的出路》（中華書局，一九九五年四月）一書以中國為本位考慮它在下一個世紀的出路。他通過對人類歷史上生產和經營方式演變過程的考察得出結論，認為近代中國的出路，即二十一世紀中國的出路，就是要從意識形態走向數字管理之路。他說：「中國一百多年來長期革命旨在從舊式農業之體制進入新型的商業體制，使整個國家可以在數字上管理。至於稱之為資本主義或社會主義已無關宏旨。」「中國目前已具備數字管理的條件」，「可以走上數字管理之路」（《近代中國的出路》第一五零、一五二頁）。

黃仁宇先生這一觀念在幾年前就正式發表。一九九一年七月余英時先生在為他的《資本主義與二十一世紀》所作的序中就對此觀念極為欣賞，並給該書以很高的評價。他說：「黃仁宇先生近幾年來發奮研究資本主義在西方各國發展的歷史，寫成了這部《資本主義與二十一世紀》的巨著。這是最值得史學界重視的一件大事。」又說：「作者一向持有一個特殊的觀念，即中國傳統的社會體制是不能以嚴格的數字管理的。而資本主義在他看來則恰恰提供了以數字管理的可能。能不能以數字管理，似乎是作者劃分『傳統』與『現代』的一項最重要的標準。」（《中國文化與現代變遷》第一一五——一一六頁，台北，三民出版社，一九九二年）確實如此，黃仁宇先生把數字管理視為區別傳統社會和現代社會的根本尺度。這種區分與界定，既獨到又透徹。此區分下的傳統社會，包括遠傳統的農業社會和近傳統的意識形態社會。

所謂數字管理，按照黃先生的解釋，就是通過經營的方式，也可以說通過金錢、金融的方式來管理。在一些社會中，彼此的關係不能以金錢、資金等數字化概念來描述，這就是不能用數字管理的社會，如中國明末的社會，印度的農村社會都是如此。印度的農村社會至今仍然不是金錢交易關係而是按照族姓制度、以族姓分工來授理的社會。至於中國在本世紀下半葉是不是數字管理的社會，黃仁宇先生沒有回答，但筆者可以說，那也不是通過經營數字來管理的社會，而是通過政治權力和意識形態來左右一切的社會。原東歐、蘇聯也是這種性質的社會。東歐、蘇聯瓦解的教訓說明，用意識形態來駕馭一切的近傳統社會方式沒有獲得成功。中國吸取他們的教訓，向數字管理的社會轉變，無疑是個正確的歷史選擇。

從意識形態到數字管理的社會轉型，不是一般性的轉型，而是社會基本存在方式發生重大變化的結構性轉型。因此，在經營方式發生根本性變化的時候，就必定要求作為廣泛意義系統的文化觀念發生根本性變化，即在法制體系、價值觀念、思維方式、行為原則、關係方式等方面發生變化。

數字管理的原則，是一種利益原則而不是道德原則；相應的，它依據的是一種生產力標準，而不是意識形態標準。因此，它考慮問題便把歷史主義放在優先地位而不是把倫理主義和黨派立場放在優先地位。這樣，數字管理的社會就與近傳統社會表現出兩個極為不同的特點：（一）它不以意識形態作為價值取向，而是以生產力的發展為價值取向；（二）它不以當政者的意志即行政運作來解決問題，而是以現代的經營管理方式來解決問題。這樣，支持和維繫現代經營管理所需要的新規範就取代維繫近傳統社會的意識形態規範，在近傳統社會中作為最重要的意識形態的嚴格疆界，如社會主義與資本主義的界限就變成無關緊要。黃仁宇先生認為，社會主義與資本主義的區別僅僅在於一者以私人資本為主體，一者以公眾資本為主體，但從技術層面上看，並無區別，兩者都要廣泛地展開信用活動，使經理與所有權分離。因此，當一個國家進入以數字管理為特徵的現代社會，再計較姓資姓社就沒有意義。而有意義的倒是用帶有超越性質（超越國界與超越意識形態）的技術性品格去建構社會。這種品格包括：①資金的廣泛流通；②超越個人關係的經營方式；③技術上的支持因素的通盤使用。

正在進入數字管理時代的中國，逐步放下意識形態規範，這一點，可說是無可奈何但也別無選擇。但是，在放下傳統的意識形態規範之後，現代社會又要求另外有一套支持數字管理的新的規範。這套規範，就是由工具理性所派生出來的法律系統、經營制度、管理規則和一整套帶有結構性的文化意識，如契約意識、信用意識、納稅意識、時間意識、賠償意識等等。中國近十幾年來的開放改革，可以說是匆匆捕住歷史時機，匆匆上馬，對於經濟的迅猛發展缺少規則上的準備，基本上是先打籃球再定遊戲規則的倒置狀況，因此漏洞極多，腐敗現象極為嚴重而且普遍化。除了規範系統之外，文化意識系統上也缺少充份的準備。在開始階段，一面是經濟上的快速發展，一面則是意識形態上的硬頂和牽制。鄧小平南巡講話後，這種情況才得到緩和，但仍然缺少與經濟結構性變動相適應的文化結構性變動，因此，數字管理時代所需要的規範權威與契約權威至今仍然沒有建立起來，隨意撕毀契約的失範現象到處發生。這種失範，將是經濟長期健康發展的最危險的自我消解因素。而要排除這種因素，就應當坦率地學習早已進入數字管理時代的西方國家的經驗，吸取其數百年來的工具理性及其所派生出來的各種成果，特別是經營管理上的各種規範與制衡形式，而不是不顧時代差別，在「反對帝國主義話語霸權」的漂亮口號下拒絕吸取這些歷史成果。

從意識形態的時代進入數字管理的時代，就是告別迷信意識形態的時代而進入以經濟為本的時代。但是，這並非意味着數字就是一切，也不意味着數字管理的萬能。社會是一個政治、經濟、文化相互聯繫、相互作用的大整體，它有一些部份是數字難以管理也難以盈利但又極為重要的部份，例如道德、宗教、教育、藝術等屬於大文化範圍裏的部份。還有人的素質、人的精神、人的情感、人的道德品行等，更是數字管理所無能為力的。但這一部份也是社會的有機體，它不僅是經濟健康發展的條件，而且是整個社會健康存在的內部精神紐帶和精神基石。沒有人的條件，沒有道德、思想文化這一精神紐帶，社會就會被金錢所腐蝕而惡質化。

這一方面西方世界的發展有其十分豐富的經驗教訓。本世紀中，西方的社會科學強調「凡不能以數量來表示都不是科學」，這種觀念使他們的各種學科都特別注意定量分析，減少了很多人為性的錯誤。但是，他們忽視了許多不能以數量來表示的特別是人的思維、人的素質、人的道德品格等部份。而就整個社會的發展狀況來看，西方用金錢的方式主宰一切又導致社會去追逐短期的牟利目標，忽視對人的建樹與培養。美國的普及教育，受杜威實用主義的影響極大，只注意學生走出校門之後謀生的需要，完全忽視學生的道德教育和人格塑造。現在的美國一面是經濟的高度發展，一面卻是人的嚴重異化。大群身體強壯的白人、黑人和黃種人正在變成沒有靈魂的肉人和機器人。許多年青人精神崩潰，不知怎樣做人。美國的社會問題已嚴重到驚人的程度。李澤厚在和我對話中提出一個觀點，他認為，在現今的世界上，唯有中國存在着走出一條獨特發展道路的現實可能性，即通過自身選擇的方式走進第一世界但又區別現有第一世界的現實可能性。中國要走自己的路，即走一條吸收西方國家的長處而避免其教訓的路，就應當特別注意非數字性部份的建設。

關於這點，用大陸習慣性的語言來表述，就是在確立生產力發展是衡量工作的標準時，不應把它視為唯一標準，而應當把社會培養怎樣的人也視為同樣重要的標準。生產力容易用數字表示和管理，而培養人則在許多層面上難以用數字表示。例如文盲的人數、學生與教師的人數、教育投資等可以用數字來表示和管理，但塑造怎樣的精神人格、建立怎樣的良知系統卻是數字無能為力的。

現在中國大陸為了經濟的迅速發展，正在無限制地使用廉價的人力與自然力，特別是鄉村未成年的少男少女的人力。這種使用，確實可以造成暫時的經濟繁榮，使經濟數字向前突進，但是，它對一個社會的健康和長期發展的破壞卻是數字難以計量的。因此，在數字管理時代裏，如何用生態平衡的世界觀去把握和建設非數字可以管理的部份，是極為重要的。

除了人的培養之外，還有一些不是經營手段能夠奏效卻能保證數字管理社會健全發展的領域需要建設，例如民間道德監督系統（自由新聞系統），獨立的司法系統，廢除特權的民主政治系統，與國際社會相通的關係系統等等，都需要建設。從大文化的概念來表述，就是不僅要在物質文化層面上去創造新的時代，而且還應從制度文化的層面和精神文化的層面去創造新的時代，從而形成一個數字管理時代的整體建設工程。這一工程既要虛心地借鑒西方發達資本主義國家的管理經驗和其他理性成果，又要吸收可補充資本主義之不足的某些社會主義原則，還要加上中國自身的發明和獨特建構。這樣，百年中國所尋求的出路，將會是有前程有希望的路。

如果從「意識形態——數字管理」的時代觀來觀察香港，就會發現，香港比大陸更早地進入數字管理的現代社會，而且在一九九七年之後，自然也不必用意識形態時代的面貌來重新塑造香港，即不必把九十年代的香港拉回大陸的六、七十年代。歷史大約不會這樣愚蠢地讓時間倒轉。因此，香港的出路就是在原來的路上繼續走下去，也就是說，它與近代中國的出路是一樣的，就是繼續走數字管理之路，五十年不變地走，一百年不變地走。從大歷史的眼光看，大約沒有人可改變這條路，因此，香港人對於香港也不必過於悲觀。

一九九六年一月十六日於科羅拉多大學

必要的更正

剛剛打開一九九六年一月號的《文藝報》（香港）便吃了一驚。其中竟有我的一篇長達五頁的文章，這是我在天地圖書公司舉辦的文學座談會上的發言。此次發言，我沒有講稿，只是即興而談。《文藝報》編者根據錄音整理發表出來，其熱情是很寶貴的，我應當感謝編者的工作與心意。但是，我不能不說明：整理出來的講稿未經我校閱，錯處實在太多，我為此深感不安與惶恐。這些錯處，一些可能是由於我的福建口音而造成的。如我說高行健的「冷文學」與莫言的「熱文學」，整理者便把熱文學誤聽為「社文學」。我說斯特林堡文集已出版的五十多卷，新編將達六十多卷，整理者誤聽為「六十多件」。我說中國現代文學缺少「叩問人類存在自身的意義」、「叩問超驗世界」等維度，整理者便把「叩問」聽成「過問」。一字之差，變得很古怪。還有一個原因，是整理者在聽不清我的話之後便根據自己的猜測和判斷，人工地進行「剪接」與「改造」。這種剪接與改造便造成許多謬誤，例如我說要反省二十世紀流行的一些偽命題時，提到「社會主義現實主義」命題。但經整理，變成「社會主義命題」，這就造成原則性的誤差。還有，我說「階級矛盾，階級差別到處都存在」，但出現於刊物之上的卻是「中產階級矛盾階級差別到處存在。」（此處被硬接上「中產」）這就完全不通。這些「剪接」與「改造」造成的謬誤幾乎貫穿於每一個段落，以致使我不知如何一一糾正。作為一個嚴肅的學人，處於這種不知所措的困境，實在是很苦惱的。然而，為了使誤處不再流傳，也為了保護我自己的學術觀念，我不能不把幾個被「改造」得意思誤差太大甚至完全相反的觀念鄭重澄清一下。

（一）關於所謂「從主體性走向神性」的問題：我在講演中描述了我自己十幾年來的思想過程。這一過程首先是走出「第一框架」，即走出「辯證唯物論」框架。這一框架表現在文學上便是扼殺作家創造精神的反映論。走出第一框架後我進入了第二框架，這就是肯定人是目的和尋找作家心靈自由的主體論框架。創作自由、思想自由就是我的全部尊嚴。因此，我至今仍然堅守在第二框架之中。有些朋友批評說，你的第二框架是人本、人性、人道主義的「落後」框架，應當走出來，進入第三框架。我思考過，這第三框架是甚麼？也許是神本主義框架，也許是德里達的解構主義框架，也許是福柯的知識——權力結構的框架，這幾年我一直在思考與徘徊，但終於沒有走出第二框架。仍然覺得人的存在、人的命運、人的意義是哲學的基本命題，為人的自由和人性的解放而思索仍然是我最重要的學術使命。我並沒有說過我已從主體性走向神性。而且堅定地認為，下一個世紀將是重新提倡人的尊嚴、人的價值的世紀。（整理者以「從主體性走向神性」作為小標題概括我的思想，完全不是我的意思。）

（二）關於「走出語言」的問題：根據上述這一基本學術立場，我在與李澤厚先生的對話中，便特別欣賞他的一個觀點：這個世紀是否定的世紀，即用語言否定意義否定人的主體價值的世紀，因此，這一個世紀也可以說是語言學的世紀，而下一個世紀將會是否定之否定、「走出語言」的世紀。新世紀將重新肯定人的價值和人的意義，從機器統治中走出來，因此，將是教育學的世紀。我在這次講演中說到維德根斯坦，認為他是把這個世紀變成語言學世紀的關鍵性哲學家，但我們不一定要沿襲他的思路，也不必沿襲現在特別時髦的把語言視為一切的拉康、德里達等哲學家的思路，反而應當「走出語言」，對「人」作出中國作家獨有的思考。我與李澤厚先生在完成《告別革命》之後，正在就「走出語言」這一重要思想進一步探討。而《文藝報》所刊登出來的談話，完全把我的意思顛倒了，寫成「下個世紀可能又要重新肯定人的價值，而不是要走出語言」（前一句是對的，後一句完全錯了）。我說的是「要走出語言」，而整理者誤認為「不是要走出語言」，如果我不在此更正，以後的思路就全被堵死了。

（三）關於唯物文化與尤物文化：我在談到當代富有創造性的作家莫言、李銳、賈平凹、蘇童時，曾談到他們思路上的變化。說過去的小說寫歷史，把階級鬥爭視為動力，是一種唯物文化；而現在卻把性視為歷史的槓桿，突出女子特別是突出尤物的作用，變成了「尤物文化」。關於這種轉變，我在〈大陸小說文本中文化觀念的變遷〉的論文裏曾作過論證。此次談話，我提及了一下，但整理發表出來的文字卻變成「唯優文化」。這一概念完全不通。我不會杜撰這樣一個古怪的概念。

（四）關於懺悔意識：多年來我在許多文字與訪談中都談到懺悔意識。在此次座談中，我根據座談會主題的要求談到，小說要有新思路，常常必須變換視角，例如把世俗視角變換為超越視角，就會產生不同的文學境界。《紅樓夢》就是超越它之前的中國小說那種因果報應的世俗視角，不再追究「誰是兇手」，「誰是罪人」等世俗問題。而是以懺悔意識開闢超越視角，把悲劇視為「共同犯罪」的悲劇，即人物關係共同作用的結果（不僅是惡的結果，而且是善的結果）。林黛玉之死，不是幾個「蛇蠍之人」造成的，不是《紅樓夢》庸俗研究中所說的賈政、王熙鳳等「封建主義者」造成的，而是共同造成的，包括最愛林黛玉的賈寶玉也有一份責任。賈寶玉也處於「共犯結構」之中。王國維的《紅樓夢評論》很了不起，他早就發現《紅樓夢》悲劇的深刻之處正是在這裏。王國維之後，沒有一個紅學家在美學深度上能與他相比。我講文學上的懺悔意識，不是現實意義上的「自我檢查」，而是一種超越好壞、善惡兩極劃分的大悲憫意識。但《文藝報》整理發表出來的文章中錯置了賈寶玉，把我意思變得很混亂。在談《紅樓夢》時，我還講到《紅樓夢》與《金瓶梅》相比，說《紅樓夢》多了一個超驗世界的維度，即叩問宗教的維度。如果《紅樓夢》裏沒有警幻仙境，沒有禪道，沒有佛釋，就大不同。但我沒有說過「沒有符」，這也是整理者的誤植。

除了上述基本意思的倒置之外，還有一些錯字錯句，我不再一一更正。我只希望讀者原諒，並不要引用這篇尚未修正的講話稿。

寫於一九九六年三月

香港淨界

一九四九年夏天，我的老師、錢鍾書先生的摯友與研究家鄭朝宗先生在赴英國劍橋大學深造的途中路過香港，並寫下〈西行途中〉的一組散文。其中「走筆話香江」一節中說：「香港的居民，按照但丁的分類法，可分為三等，即住在天堂裏的，住在淨界裏的，和住在地獄裏的。『地獄』我沒去過，不知糟到甚麼地步，只聽說住在那裏的人經年累月不見陽光，大晴天還得開着電燈。『天堂』我去過一次，那是在山上，一條光可鑒人的柏油路，直從平地盤旋到高達一千八百零五呎的維多利亞峰，散佈在山中各處的花園別墅，一層壓着一層，遠遠看去，真像瓊樓玉宇，『天堂』之稱，名不虛傳。」鄭老師認為香港的天堂真像天堂，地獄真像地獄，唯獨淨界不太像淨界。多數香港人並不是生活在天堂地獄之中而是生活在人間社會的「淨界」之中，而香港淨界除了蚊子蒼蠅甚少有點名副其實之外，其他方面的擁擠、喧囂、燥熱，卻可以和但丁筆下的地獄堪以比擬。

鄭老師講的是四十多年前的香港印象。四十年後的香港雖然三界仍然分明，地獄仍然存在，但已有很大變化，尤其是中下級職員構成的淨界部份更有很大進步。只是儘管進步，地盤畢竟太小，淨界仍然緊張、擁擠、喧鬧、燥熱，居所仍然伸不直腰，舒不暢氣，掛不下像樣的藝術品，並且隨時都有滑入地獄的可能，安全度很低，生存環境可以說是相當惡劣。

我重提「三界」之別，並非鼓動革命，並非提醒處於地獄中的無產兄弟去奪取天堂獲取天下，乃是擔心淨界真有滑入地獄的危險。

香港只是個彈丸之地，卻有六百多萬人口，這已是個超負載，而淨界的樓價也已高到極點，倘若再高上去，日子就過不下去了。在此飽和狀態，偏有大陸無數同胞，以為香港乃是巨大的糖塊，寧作螞蟻也要爬到它身上分享它的一點甜蜜，於是紛紛通過各種理由大量進入，對此如不留心，香港淨界的擁擠勢必更加擁擠，勢必更加燥熱，勢必更加緊張。這樣，到了某一天，負載與飽和就會越過臨界點，淨界就會變成地獄。

基於這種觀察，所以我還是希望七月一日香港回歸後人們不要過於浪漫。特別是大陸同胞更不要急於跑到香港去親吻甜蜜的糖塊，千百萬雙腳是足以把小島上的淨界踩壞的：糖塊完全可以變成土疙瘩。

原載《明報》一九九七年四月十八日

香港模式：天變，道不變

在香港回歸的日子裏，我想到的竟是「天變，道不變」這五個字和一個標點。

文化大革命中一再批判董仲舒的「天不變，道亦不變」。董氏按照他的天人相類、天人相通的觀念，認為天乃是世界第一原理，道之大原出於天，天既然永恆不變，道亦永遠不可改變。革命者當然不能同意這種觀念。革命就是要變，要變天變地，「天若有情天亦老，人間正道是滄桑」，只有變只有滄桑才是正道。所以一定不能容忍董仲舒。

香港要收回，殖民主義歷史要結束，這就是天要變，完全符合革命哲學。而收回之後「五十年不變」，則是「道不變」，這並不符合革命原則，倒符合董仲舒原則。鄧小平的了不起，就是他不管革命條條也不管非革命條條，從實際出發，創造了香港「天變，道不變」的新模式。

天變，指的是香港主權回歸中國，飄揚在天空中的「米」字旗換成五星紅旗，這是毫無疑義的。在此，請哲學家先別討論這「天」是指「萬物之主」的天，或是「宇宙大化」的天，還是「宮廷皇帝」的天。那麼，道不變即所謂「五十年不變」是指甚麼呢？這其實也是明確的，指的是「一國兩制」即香港的資本主義制度不變。倘若真的不變，倒確實對香港對大陸對世界都有好處。

但是，儘管北京一再聲明道不變，許多香港人還是不安還是逃離還是忙於到加拿大、澳大利亞等處找個避難所。香港人所以不安所以會走，大約有兩個原因，一是認為「天變，道一定也會變」，不相信「不變」的許諾；二是覺得道（制度）太複雜，此道不變彼道也會變，大道不變中道小道也會變。中國古代哲學史上對「道」的涵義討論不休，馮友蘭就概括出最關鍵的六義（路、真理、元氣、理、天道等）。以後五十年中，香港怎樣才算「道不變」，肯定還會爭論不休。還有，香港的民間道德監督系統即自由新聞系統乃是一項「大道」，而它所負載的政治批評、社會批評與文化批評更是道中之道，屬於香港的精神本體（即道心），能否不變，更令人關注。中國領導人的老虎屁股可以摸，中國領導層的阿Q瘡疤可以揭，這原是香港新聞界的一條坦坦蕩蕩的「天道」，這回天變了，是否這一天道可以不變？這樣想來，「天變，道不變」並不簡單，鄧小平的模式正在面臨歷史的考核。

原載《明報》一九九七年六月二十六日

香港百年孤獨否？

近百年前，香港從中國母體中分離出去，照說是要經歷一個「百年孤獨」的時期。可是很奇怪，香港作為殖民地的百年生涯並不孤獨，尤其是在最近五十年，它取代了上海的闊綽地位，成為亞洲的中心和國際性的大都市，更是熱鬧得很。如果不是它的大門守得較緊，早就熱鬧得被人踩破了。

香港所以百年不孤獨，首先自然是因為它未被排除在世界經濟結構之外。在結構之內，四面八方發達的經濟嘴唇就來親暱她，使她青春勃發。相比之下，上海從五十年代到七十年代整整三十年是孤獨的，她像失去巨大榮耀的破落貴族，完全被排除在繁華的世界之外。可是就在上海成為破落戶的時候，香港卻突然闊起來，一躍成為暴發戶。暴發戶總是忙得很，怎能還有孤獨？本世紀下半葉香港與上海的「雙城記」，乃是一個破落戶和一個暴發戶各奔前程而在世紀末又擁抱一起共同暴發的歷史。

從表面上看，香港不孤獨是因為它「有錢」；得從深層上看，它不孤獨其實是因為它「有聲」。香港強大的自由新聞系統每天都在發出密集的聲音，每天都在和世界對話。香港雖小，但報刊電訊負載的信息量不知要超過大陸的新聞系統多少倍。大量的信息，使香港真實地活在世界之中。也因為擁有自由新聞系統，香港才贏得一種精神本體，這就是大陸所沒有的坦率的政治批評、社會批評與文化批評。批評是對中國社會和整個人類社會積極的參與，又是對社會壓迫社會變質和人類異化的反抗。有參與和反抗，才有密切，才不孤獨。因此，如果去掉自由新聞系統，香港將陷入有錢無聲的可怕的孤獨境地之中。

這種孤獨就是它在擁擠到已經飽和的小島上，過着人類世界少見的緊張生活，但每天面對的卻只是高牆、峭壁、電車、股票和破產失業的危險，即每天面對的只是金錢，全部心靈都去追逐金錢並被金錢緊緊抓住，於是，除了對金錢的感覺之外其他感覺都將麻木。在麻木之中，便與生命的本體意義產生巨大的疏離，此時，如果有所感悟，就會覺得自己完全被拋棄在生命歡樂與社會參與之外，完全失去情感、關懷、精神創造、心靈尊嚴等等生命最後的實在，以致感到自己乃是陽光下廣闊天地的局外人從而感到深刻的孤獨。所以，香港在進入另一個百年的時候，倘若還想不孤獨，不麻木，至少得保持生命呼吸的窗戶——自由新聞系統。

原載《明報》一九九七年五月四日

香港心態

有沒有人身自由？有沒有多種聲音？有沒有發達的經濟？有沒有廉潔的政府？有沒有和諧的秩序？有沒有社會的公平？等等。這些都是衡量一個社會優劣的價值尺度。除了這些尺度之外，還有一個重要尺度，就是「社會心態」的尺度，也可以稱作「文化心態」的尺度。

這一觀點我在以前的文章談話中曾提出過，而在今天香港滄桑之際，我又想起這一尺度，並隔海觀察着香港的社會心態。

我國古代的唐、宋之別，最重要的並非制度之別，而是社會文化心態的區別。後人稱頌的「漢唐氣魄」，其實就是一種充滿自信心、敢於吸收容納各種文化各種聲音的博大情懷和社會心態。香港雖小，卻也有「漢唐氣魄」，東西百家，南北諸黨，三教九流，都能兼容並蓄。這一點和大陸相比，就使大陸顯得小氣：一個龐大的國度，卻常常容不下一點批評的聲音，意識形態始終脆弱得很。這種脆弱心態，不像唐代，倒似宋代。宋代的社會心態不好，它老是緊繃一根弦，缺少自信心，見到異質文化和聽到不同聲音就驚慌失措，趕緊說「不」，如臨深淵，如履薄冰。六、七十年代，大陸的心態就是一種宋代心態。這種封閉的神經兮兮的心態在鄧小平重新崛起後獲得很大的改變。到了八十年代中期，當時的中宣部部長朱厚澤竟然倡導「三寬」政策（寬鬆、寬容、寬厚），激勵知識分子百家爭鳴，暢所欲言，使大陸的社會心態好到令人難以置信。這種「三寬」的社會心態標誌着大陸社會的進步和文明程度的切實提高。可惜九十年代之後，大陸的經濟雖有所發展，但寬鬆政策卻拋到九霄雲外，取而代之的又是新一輪的意識形態的嚴密控制。而這種控制的結果是使社會心態又變得緊張、冷漠、麻木僵硬和神經兮兮的。

香港回歸祖國，這是中華民族之幸，我自然非常高興。但是，如果香港因此而喪失「漢唐氣魄」，變漢唐心態為宋代心態，那就會連帶着不幸。因此，在人們談論「五十年不變」的時候，我期待的是香港首先應當是心態不變，依然對自己的今天與明天充滿信心，依然敢說敢為敢於批評敢於自由表達，依然敢於創造世界第一流的繁榮，依然具有容納各種聲音各種政治文化流派的漢唐氣魄。可別剛剛說五十年不變，心態就先變得面目全非，又來一個緊張、冷漠、麻木、僵硬和神經兮兮的。

原載《明報》一九九七年五月二十八日

香港的雙肩

過幾天，香港就要回歸故國，結束它的一段特殊的歷史，開始新的生涯。這是一次巨大的滄桑，全世界都關注着它，作為中國人，自然更加關注。

鄧小平在他生前就設計了此次滄桑的模式，這一模式我用五個字給與表述，那就是「天變，道不變」。所謂天變，就是主權收回；所謂「道不變」，就是現存的香港資本主義制度「五十年不變」。鄧小平是一個崇尚實用理性的人，他的這一宏觀設計，也很理性。

儘管模式不錯，但實行起來卻不容易。我多次説過，香港回歸之後面臨着三項最重要的檢驗：（1）是否能保持廉政？（2）是否能保持言論自由？（3）是否能保持高度繁榮。這三項均是香港的驕傲，它使香港有錢、有聲、有序，而香港所以能三者兼有，就是得益於「道」。香港的「道」，除了資本主義的經營方式與管理方式之外，還有兩種獨立的東西，一是獨立的司法系統，一是獨立的民間道德監督系統——自由新聞系統。這兩件東西，是極重要的「道」，是支撐住香港的雙肩。香港本來只是一個蕞爾小島，它所以能夠雄赳赳氣昂昂地立於天地之間，就靠這雙肩：一是法治本體；一是精神本體。

大陸本身也在發展資本主義，所以香港的經營之道不會變，這是人們相信的。而香港的法治之道和精神之道不會變，則是人們懷疑的。

就以精神之道來説，香港的報刊最寶貴的是它擁有一種坦率而負責任的政治批評、社會批評與文化批評，這種批評是知識分子對社會生活的參與，是民間對政府的監督。數十年來，香港這一批評系統一直不避鋒芒，不講假話，不畏權威，一直生氣勃勃地發出體現社會道義與社會良心的聲音。在這一系統中站立着的代表人物如查良鏞、林行止、胡菊人、董橋、李怡、戴天等，都敢於直言不諱、敢於摸中國領導人的老虎屁股和揭中國領導層的阿Q瘡疤。他們沒有組織，但通過報刊卻發出一種調節社會的強大而獨立的聲音。這聲音，其實乃是道中之道，屬於香港的「道心」。香港回歸之後「道心」能否還跳動下去，這是人們最為關心的。

對於大陸的領導人來説，要保持、適應甚至鼓勵香港的政治、社會、文化批評不是件容易的事。大陸的報刊均屬「黨報黨刊」，它體現的是「黨心」，而不是社會良心；它對黨和政府的言論基調是謳歌性的，而不是批評性的；即使偶有批評，也只能摸老鼠的尾巴而不能摸老虎的屁股。大陸領導人習慣聽讚歌，自然喜歡這種報刊模式。

現在香港回歸了，他們能否允許香港繼續自由地唱着不中聽的刺耳的調子，是個問題。即使他們允許，但香港報刊的老闆為了自己的生計和生意，也不能不要求編輯記者們「自律」，而一旦過於「自律」，這自由新聞之「道」還有沒有鋒芒？其道義生命還有沒有力量？這又是一個問題。

總之，「天變，道不變」的模式將面臨嚴峻的考驗，它絕不如紙上談兵那麼簡單。

原載《中國時報》一九九七年六月二十七日

香港報刊的道義生命

在劃分人生階段的各種說法中，我除了喜歡尼采所說的「駱駝階段→獅子階段→嬰兒階段」之外，還喜歡錢穆先生所劃分的「藝術人生→文學人生→道義人生」。

錢穆先生對人生作了歷時性分析，認為人是從物質人生到心靈人生的逐步發展。開始階段側重於物，側重於衣食。藝術（主要是指中國古代繪畫）對象主要是物，所以這一階段可稱為藝術人生；從藝術人生走向文學人生乃是人生的重心從物走向人，正如文學以人為主要描述對象，關注人的命運；而從文學人生走向道義人生則是從對人的關注轉向對心的關注，即對靈魂性質、靈魂傾向的關注。任何比喻都有缺陷，如果我們不去苛求比喻的嚴密，就會感悟錢穆先生的啟迪：人生的最高階段應是把心、靈魂、道義放在第一位置的階段。按錢先生的說法，在心稱為仁，發於外稱為道，故道義的對象是在心與心之間，由己心及他心，最終渾然合為一心，這就是說，道義乃是不顧自身的得失而承擔對他人他心（社會）的良知責任，即不僅去表現人，而且去支持人，不僅支持人的「身生命」，而且支持人的「心生命」。

錢穆先生的說法不僅對我很有教益，還使我想到報刊應當也有藝術生命、文學生命、道義生命，而且也應以三生命合為一體而以道義生命為重才是美麗的境界。報刊自然需要有花邊有廣告有歌星影星的彩照，之後自然應當有人的活動、人的作為、人的歷史與現實，但最重要的則應當有一種看不見的、搏動於報刊文字之中的大靈魂，這就是報刊的主持公道、主持正義、陶冶世道人心的道義生命。這種道義生命，才是報刊之本，才是報刊作為商品價值之外的意義。

未來香港報刊的興衰也將取決於保持道義生命。我在海外多年，就感受這一道義生命的保護。按照大陸報刊的批判，我闡釋「人＝人」的生命公式簡直「罪該萬死」，我的北京寓所被劫簡直是天經地義，但香港報刊的道義心靈發出與此完全不同的聲音。在大陸討伐我的主體論時，前任《明報月刊》總編輯潘耀明偏偏請我當「十方談」的作者並連載我的《人論二十五種》；在我的北京寓所被劫時，前任《明報》總編輯董橋允許我發表兩次聲明；而陳若曦、李歐梵、羅孚、胡菊人、南方朔等作家則發表支持我的文章。這就是道義，這就是人世間永遠溫暖着人心安慰着人心的道義，這就是使我和無數思想者對人類抱有信念的道義。石在，火種是不會滅的；有道義生命在，香港的報刊是不會死滅的。

原載《明報》一九九七年七月十九日

第一次考驗

今年七月一日前後，全世界的雷達都對準香港。現在，這些雷達再次對準香港，人們的眼睛又在注視着股災後的香港是否能夠度過難關，恢復昨天的繁榮。

香港正在面臨「九七」回歸之後第一次嚴峻的考驗。

這次考驗彷彿只是經濟問題，實際上不只是經濟問題，它還牽涉到對香港的信心、信念問題。也就是說，它不僅在考驗香港經濟的力度——物力，而且也在考驗香港人對自己的明天的信心的力度——心力。

在金融風暴和股災的打擊下，香港的經濟發生逆轉，這不僅使香港的經濟出現了人們意料不到的危機，也使香港人的信心第一次發生巨大的危機。因此，香港在多長的時間裏能擺脱不景氣、擺脱危機感，即在多長的時間內能恢復經濟的元氣與信念的元氣，便成了檢驗香港物力與心力最具體的尺度。

這幾個月，我因寫作專欄文章的需要，訂閱了紐約《明報》，因此對香港在歷史變遷中的足跡也格外關注。不過，我關注的不是香港的物質力度，而是它的心理力度。在關注中，我朦朧地感到香港的心力不足，很容易受外界的影響，特別是受大陸的影響。可以說，香港每天都在琢磨大陸的經濟發展情況，但估計總是過於樂觀，缺乏質疑的能力。大陸經濟發展中兩個巨大問題，一個國營企業轉型過程中所形成的千百萬失業大軍和轉型操作中的巨大困難；二是城鄉差異擴大之後所形成的人數在一億以上的進入城市的龐大盲流。這兩個問題，中國知識分子從社會關懷的角度早已提出問題，但是沒有引起香港的關注，特別是未能從研究的角度即影響經濟命運的角度進行關注。

香港領導層的談話常常只是抽象的愛國情懷的表述，沒有提醒香港人應當護衛住自己的叩問能力與質疑能力，從而陷入盲目的樂觀狀態與麻痺狀態。實際上，只要把意識形態的空談放下，冷靜地分析強烈影響香港心理的中國經濟與美國經濟，就會發現美國的經濟的優點關鍵不在於「強」，而在於「健康」。而中國大陸的經濟雖然迅速增長，但不太健康，而且要解決的這個「不健康」問題又是一個龐大而複雜的問題，是一個需要學習、需要反省、需要虛心聽取批評和接受人類優秀思維成果的問題，可是，我們在大陸的報刊上和香港領導人的口中只聽到一片頌聲，而聽不到警告與批評之聲。警誡、批評、質疑、叩問是一種參與社會的熱情，是一種心力強大的表現，決不能庸俗地理解為「不愛國」。

歷來最寶貴的愛國者都是清醒的愛國者而不是幼稚的愛國者更不是庸俗的愛國者。獻媚者沒有原則，他們的私心無助於社會的健康與進步。心理脆弱的人更是喜歡謳歌而害怕批評。我今天作此批評，也只是希望香港在物與心兩個方面都表現出力度，以經受住歷史的考驗。但願香港是真老虎，真小龍，而不是紙老虎、紙小龍。

原載《明報》一九九七年十二月二十七日

洗了外恥，別忘內恥

這個星期，大陸的朋友藉着香港回歸的喜慶休假了幾天，我受感染，也自我放假，到洛磯山中去看看森林與湖泊。坐在湖邊的岩石上，對着青波綠影，忽然想到：香港回歸了，那麼，我的書籍甚麼時候可以「回歸」？

「六四」悲劇發生之後，我的書便被查禁。至今，我的文章仍然不能在大陸發表和出版。在海外出版的書籍，也只可批判，不能介紹與發行。一九九三年北京《讀書》雜誌第一期破例地刊登了一篇介紹《人論二十五種》的六百字文訊，之後，雲南人民廣播電台的文學編輯楊正秋先生就在他主辦的節目裏播出，結果立即被懲處：扣發了他的一百元工資和當月他簽發的稿件。大陸文網到了九十年代還如此嚴密，真想不到。

因為大陸的禁錮，這幾年我的書都只能在香港出版（只有兩種在台灣重印）。幸而有多元文化情懷的香港在，否則我的書該要被滅絕，我的心靈該無處可以存放。所以我一直感謝能夠容納不同聲音的香港，感謝香港那些尊重我的心靈和讓我心靈得以存放的報刊與朋友。

然而，我畢竟是生於大陸長於大陸，我的多數讀者畢竟在大陸那一片土地，因此，當香港回歸時，我便自然想到我的書籍何時可以回歸。我的「回歸」不涉及「主權」，但涉及「心權」，即涉及天賦的心靈自由的神聖權利。具體地說，「回歸」應當是解開書禁，讓我的書籍可以回到我的祖國，可以在我的祖國土地上出版和發行。

在香港回歸的日子裏，我聽到刷洗歷史恥辱的歡呼聲震天動地。不錯，外強留下的恥辱是應當刷洗的。但不要忘記，一百多年來除了外強造成的恥辱之外，還有另一種恥辱，這就是類似禁絕我的書籍的無理專制的恥辱，就是文化大革命那種把中國大地變成「牛棚」、把自己的同胞兄弟變成家畜變成牛馬變成啞巴的恥辱。「四人幫」這群專制的「內強」給知識分子戴上各種帽子然後踐踏他們的心靈剝奪他們的聲音，這一歷史教訓和恥辱是不能忘記的。在臨近新世紀的今天，一個龐大的擁有數千年文明史和擁有十二億人的國家，如果容不得一點不同的聲音，如果聽到一點不同的聲音就恐懼就批判就查禁，這難道不是一種恥辱嗎？因此，我希望在刷洗「外強」恥辱的時候也應刷洗「內強」的恥辱；以使共和國在新的世紀中能生活在既無外恥又無內恥的光榮之中。

原載《明報》一九九七年七月八日

第八輯

林崗《邊緣解讀》序

一九八八年，中國社會科學院破格提拔一批年青的副研究員，文學所選中了兩個人，一個就是本書的作者林崗，當時三十一歲。錢鍾書先生得知消息後立即打電話給我，說「林崗提得對」。能得到錢先生如此關切和肯定，很值得高興，然而，當我把這一訊息告訴林崗時，他只覺得不好意思。當時林崗和我合著的《傳統與中國人》已經出版，他的思想者特色已經顯露出來，但他只覺得甚麼事也沒做。

八十年代是中國思想界從死寂中醒來的年代，處於這一年代的北京，到處都有年青思想者的部落。甘陽主持的「學術文庫」（三聯書店）編委會，就是一個大部落，林崗也是這一部落的成員。我天生喜歡獨立的思想者。在〈思想者種族〉（收入《西尋故鄉》）一文中，我說我在巴黎第一次看到羅丹的《思想者》原作時，激動得眼淚簌簌流下，這是真的。人類社會的思想者種族，沒有國界，沒有偏見，他們天生一個愛質疑愛提問的腦袋，喜歡面對人類的生存困境沉思。我喜歡一切思想者，特別是被稱作「異端」的思想者，即使我不同意異端的內涵，也絕對尊重異端的權利。我一直認為，只有歡迎異端部落的存在，我們這個星球的身體和靈魂才能贏得健康。因此，「讓思想者思想」，一直是我內心最熾烈最重要的口號。

我特別喜歡林崗，正是因為他很有思想，完全是一個獨立的思想者。他天生有一種品格，就是思索的冷靜和中肯。他雖出身高級幹部家庭，但樸實得像個小農民。他的才氣和貴族氣深藏於內心，不喜歡外露，更不喜歡自售。熟悉他的人都知道，他屬於孔夫子所說的那種大智若愚的「剛毅木訥」者，天然地和那些「巧言令色顯於人」（孔子原句「巧言令色鮮矣仁」）者劃清了界線。在北京時，我身處學術界的中心地帶，痛切地感到「爭名於朝、爭利於市」的風氣太盛，刻意表現學問姿態的人太多，而深沉關懷中國和人類社會的人太少，這正如李澤厚兄所說的，年青一代學人「聰明有餘，誠實不足」。看清新一代學人的弱點，便覺得林崗的氣質真如「鳳毛麟角」，實在難得。林崗生活在文學研究所的「文人」包圍之中，卻與一般的文人不同。「文人」執着於自己認為是至高無上的文學評議事業，這是可以理解的，但文人也有致命的弱點，這就是無論甚麼時候都需要有人欣賞，而且為了顯示清高而常常刻意地迴避社會政治，因此便不免帶上一身酸氣。而林崗則完全沒有酸氣。他一面執着於近代文學史的專業研究，一面又把眼光放到文學專業之外的歷史學、哲學、社會學和中西文化糾葛，此外，他對一百多年來中國的歷史道路又真的下功夫進行認真的思考。當我第一次與他接觸的時候，我便被他的思想視野所吸引。正是他告訴我（也是我第一次聽到的勸告），我們處於世紀的末期，正好可以對本世紀在社會上流行過的而且也是被我們的心靈接受過的基本觀念進行一些反省與思考。我們可以而且應該對歷史重新理解，尤其是那些對我們的命運影響至深至巨而被我們視為理所當然的基本觀點，很可能不過是些「先入之見」，更應當重新理解。人文學術的推進，其實就是在這種「重新讀解」中獲得的。世紀的末期，既是一段歷史的終結，也是時代給予思想者的契機，更是冥冥之中賦予思想者的責任。他的這一想法與我的心思完全相通。當時我很奇怪，這個沉默寡言的「小農民」竟會想得如此之深，所思所言實在不同凡響。林崗的這些想法，後來表現在他的〈激進主義在中國〉、〈日本朝幕制與中國帝制——近代激進政治革命的制度根源〉、〈民族主義、個人主義與五四運動〉、〈社會轉型時期的倫理、意識形態的衝突〉等論文中，這些論文我每篇都讀，可以說，每篇每段都很有思想。林崗敍述這些思想時，非常平實非常質樸，但卻包含着很有說服力的見解，先不說他對激進主義思潮的反省和對近代激進政治革命制度根源的揭示，僅是〈社會轉型時期的倫理、意識形態的衝突〉一文，就使我讀後感慨不已。我覺得，在澤厚兄的思想理論中，他所揭示的歷史主義與倫理主義的二律背反是最為深刻的，可惜認真探討這對悖論的人很少，也感到在揭示這一悖論之後如何處理這一悖論是一個很大的難題，而林崗這篇論文卻給我一種啟迪，即解決這一悖論重點的是正視深藏於歷史舞台幕後的那個導演——慾望，然後從消極的「壓抑慾望」走向積極的「駕馭慾望」與「制衡慾望」，在市場導向型的大改革中突破倫理格局，建設出具有嚴格疆界的制衡形式。

我比林崗年長十六歲，但在思想對話的層面上，我和他總是站在同一地平線上，並不覺得自己是思想者分部落的首領。也因此我和他進行了兩次學術上的合作，第一次是從一九八六年至一九八七年合著《傳統與中國人》；第二次是一九八八年之後的「文學與懺悔意識」。前者已經完成，後者因為滄海之隔的限制，只完成了一半。一九八六年前後，是我最繁忙的年月，儘管努力讀書思考，但生命畢竟被行政事務所割切，因此，《傳統與中國人》只能由林崗擔任主要執筆者的角色。當時我們對於「傳統」採取「批判」的基本點，這是因為我們在討論中共同達到一種很堅定的認識，這一認識用一句素樸的話來表述，就是傳統文化對人要求太多，而求之太多的結果是做不到（喪失主體），做不到還要做（強作主體），便形成對人性腐蝕得最厲害的虛偽性格。書中對主——奴根性的批判和對阿Q性格的批判，都與我們對傳統的這一認識有關。在合作的過程中，我深感到林崗對中國古代文化的熟悉和他的不入俗套的見解。第二次合作是文學問題的合作。一九八八年，林崗和我對中國現代文學問題的宏觀思考已經基本成熟。這些思考的內涵甚繁，但大體上是我們覺得，中國現代文學只有「世俗視角」，而缺少「超越視角」，因此現代文學的敍事結構往往是追究「誰是兇手」、「誰是歷史罪人」的問題結構，在此種結構之下，作家缺少的是對「無罪之罪」的領悟。因此，現代文學便缺乏形而上的品格。基於這一看法，我們認為有必要借用「懺悔意識」這一概念，通過這一概念，我們希望中國作家能對「無罪之罪」即「共犯結構」有所領悟，然後擺脱本世紀文學意識形態化和過於現實化、政治化的傾向。這些認識，林崗一方面在〈二十世紀「現實傾向」文學的歷史回顧〉、〈私情與革命文學〉等論文中單獨地作了表述，另一方面在與我合作的〈中國現代文學中的政治式寫作〉等論文中也作了闡發，我們將會共同把這一課題繼續進行下去。

從一九八七年完成《傳統與中國人》到本書《邊緣解讀》的出版，整整過了十年。這十年中，林崗在海內外繼續深造，眼界已進一步打開。有心人如果能通讀本書的全部文字，一定會看出這位不事宣揚的思想者其內心世界是何等豐富，而且也會對於大陸學術界深層的活力有所認識，並從而獲得對未來的信念。

一九九七年九月於美國科羅拉多大學

《哲理智慧與書法風流》序

到了海外，我對「美」更加敏感，並確信大千萬物中，唯有美的東西才能像星辰起落一樣久長。自由有限，人在天地間其實無處可以逃遁，也唯有美的境地是可靠的精神家園。因為這麼想，所以我總是特別留心美的東西。因此，當我第一次看到屠新時先生的書法時，就有一種發現美的感覺。人的第一感覺沒有雜念，我相信自己所獲得的美感沒有錯。

我和新時算是有緣。歷史把我們拋入中國之後又同時把我們拋入美國的洛磯山下，同住科羅拉多州。這一陽光充沛的高原之州，是美國著名的好地方。五十年前，梁實秋和聞一多到這裏來深造的時候就為這個地方的山川之美而激動不已。我到這裏後也傾心沉醉，只是遺憾這裏太少人文景觀和電影電視之外的藝術。在美的空缺感中，遇到新時的書藝，自然就特別高興。新時的書法多彩多姿，真、行、草、篆、隸全能，但我特別喜歡他的行書草書與行草之間別具一格的翰墨之美。

也許因為自己的審美理想特殊，我一直固執認為，所謂美，就是生命。或者說，唯有蘊含和放射出自由生命的藝術，才是美的。我愛讀文學作品，但那些與生命無關的文字，我總是讀不下去，只是為了研究才硬讀。我欣賞書法，其實也是在欣賞生命，欣賞心跡，欣賞中國特有的線條所展示的豐富的生命和線條中的激情和柔情。如果說，書法是最典型的「有意味的形式」，那麼，我想說，所謂意味，乃是生命的意味。好的書法，每一幅，都是一曲含蓄的生命之歌與精神之舞。當然，生命中蘊積着書者對時代的感受。一代名書法家沈尹默先生說，書法藝術「無色而具有圖畫之燦爛，無聲而具有音樂之美感」，所言極是。我喜歡新時的書法，特別喜歡他的行、草，就是覺得那裏有生命的形美、音美，有書寫者的脈搏跳動和生命嚮往。看到「怒髮衝冠」，我彷彿聽到一代英雄仰天長嘯的悲歌；看到「桃花潭水深千尺」，我彷彿聽到詩人惜別友人時的沉吟與低訴；看到「正是江南好風景，落花時節又逢君」，我則不僅聽到歡欣跳躍的友情之曲，而且覺得眼前一片鮮花盛開，大地佈滿春天的氣息。

新時比我年少十歲，但他的經歷也非常豐富，他從少年時代開始練字，而後又深知，寫字不是一種重複性的匠活，必須領略天地萬物之美、宇宙自然之道和社會人生之理，並把這一切藏於心，成於情，貫注於筆底，才能使筆下生花，從俗流中脫出。因此，他積極擁抱社會，闖蕩人生，在八十年代就擔任發行量達五百萬份的《青年一代》刊物的副主編，之後又越海赴美深造社會學，拓展自己的心胸眼界。多年來在美國科羅拉多州創辦發展《中美郵報》。這回他想到以書法為載體，融思想、詩與書法為一爐，也與他擴大了的眼界有關。中國從古代的老子、孔子、屈原、曹操到近現代的孫中山等，各種精英人物，為我們留下了難以計數、極為寶貴的名言、格言，新時從中選了一百零八條。這可以說只是滄海之一粟，但是，僅這一百多條，也能看到中國的傑出人物確有許多寶貴的人生心得，他們的那些不會被歷史巨浪沖掉的名言，確實包含着人生某個瞬間的大徹大悟。如《禮記》中所說的「欲不可縱，志不可滿，樂不可極」；《漢書》所說的「正其誼，不謀其利；明其道，不計其功」；林則徐的「苟利國家生死以，豈因禍福避趨之」；諸葛亮的「非淡泊無以明志，非寧靜無以致遠」；至今讀來還十分親切，受其啟迪。至於近人巴金的「講真話」三個字，只要與巴金活在同一歷史場合，都會覺得它如鐘鳴大地，揭示人們永遠記住一個時代的教訓和一個人應當守住的良知邊界。這些格言名句，本就有意美、思美、悟之美，而新時按其不同的哲理內涵選擇不同的書法加以表現，賦予相宜的形美，便使這一書法集具有雙重美的品格。這種把哲人、詩人的智慧寓予書法的韻味風流之中的形式，倒真的是思想、生命、詩、書的契合。黑格爾曾說：「中國是特殊的東方，中國書法最鮮明地體現了中國文化的精神。」而新時恰恰又用書法負載中國傑出人物的思想精華，這就更使我們具體地感受到一種活的中國文化的精神軌跡了。

書法是每個人都可參與的自由遊戲的藝術，成似容易，實則艱辛。儘管新時從小練筆至今仍常為藝術創作寫到子夜之後，但還是不能説已達到盡善盡美的境界。不過，從他崇尚的這些哲理名言中可看到對自己未來的路是清楚的。他對艱辛以求做了充份的準備，這種準備又預示着他更大的成功。

一九九六年九月五日寫於美國科羅拉多大學校園

《逆風的向陽花》序

秦林兄：

現遵囑把書名題字呈上。

您和何乃健先生的散文集即將出版，這是值得慶賀的。我和乃健先生雖未曾見面，但讀過他的散文集《稻花香裏說豐年》和《那年的草色》以及《南洋商報》上的專欄文章。讀他的充滿稻禾氣息的散文和讀您的詩文一樣，感到格外親切。覺得你們的作品就是我的兄弟之歌，渴望美、渴望光明、渴望大地免於荒蕪、渴望人間免於野蠻的歌，和我同一心性同一靈魂的歌。

在文學的各種門類中，散文是最難掩蓋作者的人格的。它真正是作家人格的外化。我常溫習着歌德的話：「人類孩兒最高的幸福，就是他的人格。」而您和乃健先生的散文所表現出來的正直、真純、憨厚、崇尚真理的人格是富有光彩的。因此，儘管人間的不平和社會低層的苦難一直煎熬着你們，但你們是幸福的。

逆風的向陽花，這一書名也是你們的人格意象。這一意象使我想起本世紀最傑出的作家之一加繆的三項心靈原則，即反抗、自由與激情。加繆的反抗，是召喚人們從荒誕中覺醒過來並勇敢地挑戰悲劇性的命運，而你們的「逆風」，也是對人間的專制、奴役、野蠻的抗爭。加繆的自由與激情，似乎正是你們的向陽花。儘管經歷過黑暗，儘管看到世界到處都在發生異化，但你們仍然沒有失去對太陽的信念，心中仍守着燃燒的火焰。人生雖短，但要長久地守住這一火焰，其實是很難的。唯其難，所以它才寶貴。

劉再復

一九九七年一月五日美國科羅拉多大學

《性格組合論》安徽文藝版再版後記

安徽文藝出版社決定重新出版《性格組合論》，這使我非常高興。自從一九八六年上海文藝出版社出版此書，至今已整整十二年了。十二年過去，出版家們仍然沒有把它遺忘，這說明故國的文化心靈還健在。我不在乎人們刻意掩埋我的書籍，因為我相信，書籍一旦問世，就是一種存在，就沒有時間的邊界。我在美國、瑞典、日本等處進行學術講演時，遇到許多年輕的學子捧着《性格組合論》讓我簽字，在那一瞬間，我更確信存在的生命力。我也不太在乎能否暢銷，當年上海文藝出版社一年內連印六次、印數達三十多萬冊之後，我倒是有點心慌。和錢鍾書先生提起此事時，他說：顯學很容易變成俗學，你得小心。聽了他這句話，我立即寫信給郝銘鑒兄，請出版社不要再印。最近九年，我在孤獨與寧靜中陶醉於和今後無數年代的知音訴說讀書心得，更是退出市場。我今天所以高興，全在於發覺故國還有不趕熱潮的有心人，偏在被遺忘的角落裏找出《性格組合論》，讓它重見天光。這分明是一種學術真誠。

在西方九年，我一直幸運地生活在大學的校園裏。偌大的美國，對於別人也許是個發跡之地，但對我來說，它的意義只是一張平靜的書桌。在這書桌上，我讀各種書，也偶爾翻翻自己過去寫的書，包括《性格組合論》。翻閱時，便想起八十年代。《性格組合論》明顯地帶着這一年代的學術特點：面對精神大困惑提出問題，進入問題。反映論、典型論，這套從蘇聯移植過來的理論造成中國文學的困境已經太久了，必須提出質疑，必須建構中國自己的學說。理論學說，可以用於統治，也可以用於解放，我的論著並不能解決全部問題，但確實着眼於作家心靈的解放。儘管九十年代的批評家常在搖頭與挑剔，但我還是喜歡八十年代，因為這一年代乃是心靈解放的年代，是面對生命的困惑提出各種叩問的年代，《性格組合論》屬於這一年代。

在寂靜無聲的書桌上，我有時也在《性格組合論》的一些書頁上打問號。例如在第四節「常態的二重性與病態的二重性」之上，我就打了個「?」。儘管全書都在談論性格的二律背反，説明性格中對立兩面均符合充份理由律，但還是不願意放下「雜多歸一」的觀念。這種觀念使我不能給陀斯妥耶夫斯基以更高的評價。在海外的日子裏，我重新閱讀《卡拉瑪佐夫兄弟》和陀斯妥耶夫斯基的其他著作，才對性格的豐富世界，有着更深的領悟。性格組合，講了對立，是否還要講整合?講了多元，是否還要講「歸一」?黑格爾講「一」，康德講「二」，現代哲學家講「多」，這三者在性格組合中該有怎樣的位置?這些問題可説的話很多，我的著作可質疑的地方也很多，但是，此次出版，我不作修改。保持原來的樣子，討論起來反而有意思。

臨末，我要感謝江奇勇先生和安徽文藝出版社的其他朋友，由於他們的努力，我也許可以重新參與祖國的文化思索。

一九九八年十二月二十五日寫於美國科羅拉多大學校園

《傳統與中國人》再版後記（存目）

（本文收錄於「劉再復文集」第⑥卷《傳統與中國人》。）

後記

編完《漫步高原》，才驚覺到：《漂流手記》竟寫了整整五卷，漂流海外也將整整十年。五本散文集也許可以留給將來，然而，十年歲月卻已消失於過去。儘管可以安慰自己：歲月已凝結在文字裏，你並沒有虛度。然而，我還是固執地認定，十年生命無可挽回地消失了。生命畢竟是最可寶貴的，它在過去的十年雖然創造過意義，但它本身只有一次性的強健、活潑與活力，卻永遠不會再回來了。

除了驚覺到生命的消失之外，還驚覺到：十年追求自由之輕，到頭來，竟然放不下責任之重。這一集子共收入近三年來所寫的一百六十篇短文，而每一篇都在證明我雖平靜但無法清閒，雖飄逸但無法放下人間關懷。一百六十篇中大約有一百篇是給香港《明報》和台北《中國時報》寫的專欄文章。在報紙的專欄裏說話，當然不宜遠離人間煙火，但報社並沒有要求我去盡社會責任，我完全可以玩玩「花邊文學」，做些語言小體操和談些身邊的小悲歡。可是，一鋪開稿紙，便聽到召喚，便要去擁抱那些苦難的靈魂，從赫赫有名的大元帥到默默無聞的無名氏。我真的被苦難抓住了筆頭，心底總有抹不掉的憂傷。在編選這本集子時，我甚至想給集子命名為「死亡教育」，以告訴朋友，給我的人生以最深刻的影響的，畢竟是一份死亡的名單，是這些死者教育了我，並把我推向精神的深層，無法生活得太輕，每一方格都要把生命放進去燃燒。

此時我說的責任之重與十年前所說的責任之重有點不同，是此時並不要別人也和我一樣想、一樣寫。作家有迴避沉重的自由，有為藝術而藝術的自由。但我個人不想迴避，因為我經歷的沉重是我生命歷程中最重要的部份，這部份生活在我身上形成陰影，形成噩夢，形成世界觀。我必須去面對，去思索，去抒寫，以走出陰影和走出噩夢。我要獲得自由之輕必須承擔責任之重和穿越責任之重，這是我的一種宿命。此刻讀讀自己寫下的文字，有一點感到還滿意的，是生活在玩語言玩形式的時代，但我沒有跟着時代跑，還是緊緊抓住生命中最真實的部份。而且也沒有把自己裝扮成拯救者，責任之重只是存放於平常之心。關懷只是個人的性格性情，抒寫苦難時代，也只是性情所至，並非煽動與控訴，更不是想去普渡眾生，所以也沒有以往談責任時的激昂與火氣。

寫《漂流手記》花了不少時間，少做了許多學問，這一集子編完之後我想多用一些時間放在學術研究上。不過，經過這十年的滄桑，我對學問的看法也和以前有些不同。我不會把學問視為知識的展覽室，用以恐嚇那些沒有思想的知識人。我的學問只是生命深處的燃燒，只是面對個體生命的大困惑和人類整體生命大困惑而提出的詰問。和散文一樣，它只是我的思想、情感、人格的另一種注疏與表達形式。不論選擇甚麼説法，我認定的學問絕不是一種姿態，一種架子，一種面具，一種保護自己的羽毛不被燒傷的堅硬外殼，一種嚇唬他人的冷面金鋼，一種電腦和機器人最終可以取代的技術和匠藝。

漂流五卷均由香港天地圖書公司出版。出版社的陳松齡社長，劉文良先生，顏純鈎先生都是我的最可靠的支持者。由於他們的支持，我的心靈才有處存放，我在海外的心史才能完整地得以表述，那些想把我的情思困死於異國的妄想也才無法實現。我在此應當鄭重地感謝他們。我還要鄭重地感謝為《漂流手記》第一卷作序的李歐梵兄和為第三卷作序的余英時教授，他們是我的知音，他們以學者的慧眼和朋友的赤誠鼓勵我，使我不忘鍥而不捨地努力並確信這種努力並非虛妄。此外，我還要感謝十年來積極在他們主持的報刊中發表我的文字的朋友潘耀明、李怡、瘂弦、王渝以及獻予《漂流手記》以真切美好評論文字的幾位評論家：絢靜、董橋、黃子平、璧華、顏純鈎等。十年前，評論我的文章遍佈大陸報刊，然而，因為一聲「救救孩子」的呼籲，我立即變成「罪人」，十年之中大陸再也沒有一家報刊敢於登載我的文字，打殺得乾乾淨淨，從南到北，了無痕跡。連一家廣播電台播送我的《慈母頌》，也不敢公佈作者的名字。社會的無情、勢利、淺薄、脆弱、冷漠，到了這個時候，我終於有所領悟。但於大冷漠中我仍然對人類抱有信念，支撐這一信念有多種因素，其中的一種，便是上述這些在我路上投射光明的名字。

一九九九年五月二十五日
於美國科羅拉多

劉再復簡介

一九四一年農曆九月初七生於福建省南安縣劉林鄉。一九六三年畢業於廈門大學中文系，被分配到中國科學院《新建設》編輯部。一九七八年轉入中國社會科學院文學研究所，先後擔任該所的助理研究員、研究員、所長。一九八九年移居美國，先後在美國芝加哥大學、科羅拉多大學，瑞典斯德哥爾摩大學，加拿大卑詩大學，香港城市大學、科技大學，台灣中央大學、東海大學等高等院校裏擔任客座教授、訪問學者和講座教授。現任香港科技大學人文學部客座教授。著作甚豐，已出版的中文論著和散文集有《讀滄海》、《性格組合論》等六十多部，一百三十多種（包括不同版本）。中文譯為英文出版的有《雙典批判》、《紅樓夢悟》。韓文出版的有《師友紀事》、《人性諸相》、《告別革命》、《傳統與中國人》、《面壁沉思錄》、《雙典批判》等七種。還有許多文章被譯為日、法、德、瑞典、意大利等國文字。由於劉再復的廣泛影響，冰心稱讚他是「我們八閩的一個才子」；錢鍾書稱讚他的文章「有目共賞」；金庸則宣稱與劉「志同道合」。

「劉再復文集」

⑧ 《思想者十八題》 劉再復

⑨ 《人論二十五種》 劉再復

⑩ 《紅樓夢悟》 劉再復、劉劍梅

⑪ 《紅樓人三十種解讀》 劉再復

⑫ 《賈寶玉論》 劉再復

⑬ 《雙典批判》 劉再復

⑭ 《高行健論》 劉再復

⑮ 《魯迅論》 劉再復

⑯ 《魯迅美學思想論稿》 劉再復

⑰ 《魯迅和自然科學》 劉再復、金秋鵬、汪子春

⑱ 《共鑒「五四」》 劉再復

⑲ 《現代文學諸子論》 劉再復

⑳ 《走向人生深處》 劉再復、吳小攀

㉑ 《科羅拉多答客問》 劉再復

㉒ 《序跋集》 劉再復

㉓ 《三讀滄海》 劉再復

㉔《漂流手記》劉再復

㉕《西尋故鄉》劉再復

㉖《獨語天涯》劉再復

㉗《共悟人間》劉再復、劉劍梅

㉘《閱讀美國》劉再復

㉙《五史自傳》（上）劉再復

㉚《五史自傳》（下）劉再復

天地 www.cosmosbooks.com.hk

書　　名　西尋故鄉（「劉再復文集」㉕）
作　　者　劉再復
責任編輯　張宇程
封面題字　屠新時
美術編輯　Dawn Kwok
出　　版　天地圖書有限公司
香港黃竹坑道46號
新興工業大廈11樓（總寫字樓）
電話：2528 3671　傳真：2865 2609
香港灣仔莊士敦道30號地庫（門市部）
電話：2865 0708　傳真：2861 1541
印　　刷　亨泰印刷有限公司
香港柴灣利眾街德景工業大廈10字樓
電話：2896 3687　傳真：2558 1902
發　　行　聯合新零售（香港）有限公司
香港新界荃灣德士古道220-248號荃灣工業中心16樓
電話：2150 2100　傳真：2407 3062
出版日期　2023年11月／初版

ISBN：978-988-8550-74-6